下卷

长篇传记小说

玄奘大传

陈景富 著

未来出版社

图书在版编目(CIP)数据

玄奘大传：全2册／陈景富著. ——西安：未来出版社，2015.5
ISBN 978-7-5417-5634-4

Ⅰ. ①玄… Ⅱ. ①陈… Ⅲ. ①传记小说-中国-当代
Ⅳ. ①I247.5

中国版本图书馆 CIP 数据核字(2015)第 083385 号

玄奘大传(上、下卷)

选题策划 陆 军
责任编辑 陆 军
封面设计 李 宣
装帧设计 许 歌
技术监制 宇小玲 宋宏伟
出版发行 未来出版社
地址:西安市丰庆路 91 号 邮编:710082
电话:029-84297353 88654719
经　　销 全国新华书店
印　　刷 西安市建明工贸有限责任公司
开　　本 720mm×1016mm 1/16
印　　张 74.25
字　　数 1180 千字
版　　次 2015 年 5 月第 1 版
印　　次 2015 年 5 月第 1 次印刷
书　　号 ISBN 978-7-5417-5634-4
定　　价 98.00 元(全 2 册)

第三十三回
图快嫌慢师徒生矛盾　邀福作恶风俗兴人祭

离开大蓭罗林长年婆罗门草庐之后，嘉尚几个师兄弟们就像出了笼的小鸟，脚步快得飞也似的，原因嘛，一方面是看到了光明前途，有学头，有奔头；另一方面是听说再走两旬日，即可走出北天竺，然后沿河而下，便可进入中天竺的平原地带，这样，到达此次西行的最终目的地就是指日可待的事情了。胜利在望，谁能不精神振奋？有了鼓帆风，船儿还会不快吗？

但是，玄奘想的跟弟子们可大不相同，归纳成一句话，其总的原则是：丢开前事，不猜后事，迈好当下步子。当下的要务是：逢圣迹必礼拜，遇高僧必参访。为什么？因为这条路不可能再走第二回，也就是说，过了这村就没这店，错过了是没有后悔药可吃的。所以，在这个问题上，玄奘自认为是完全可以做主的，而且不容任何人反对。

这不，刚到得至那仆底国，当日就按照长年婆罗门的指示，到突舍萨那寺拜谒了调伏光大德，并住下来，从他学习安慧的《阿毗达摩杂集论》、众贤的《阿毗达摩显宗论》和陈那的《因明正理门论》。至最后掩卷告别的那一刻，屈指数来，总共用了四个多月。这时，雨季已经过去了一半。在此期间，弟子们虽然心急，但深知师父志不可移，谁都没有说什么，只是默默地等待。好在总有抄写经籍的任务，所以日子也便在不知不觉中过去了。

然而，想不到的是，离开至那仆底国才走了几日，路过阇烂达那国，在一座名叫那伽罗驮那寺借宿时，不期又遇上享誉当时的月胄三藏开讲《众事分毗婆沙论》。因为此论涉及色、心等无为法，虽是小乘学说，但事关唯识学宗旨，所以，玄奘又决定留下听讲。撤席时，渐寒之季已经随着阵阵凉风从雪山方向朝南袭来。这次，弟子们焦急的情绪已经有点难以压抑了。当再次上路的时候，法钦在众人的怂恿下，鼓起勇气，壮了壮胆，拐着弯儿问玄奘道："师父，赶盛寒到来之前，能到达摩揭陀国了吧？"

玄奘以为弟子们不过是随便问问，所以并没有深味其话中的含意，草草地在心里盘算了一下，便回道："走得快的话，也许可以吧。"

弟子们听玄奘如此说，都情不自禁地乐开了，纷纷表态说：

"师父，那好办。我们虽然还没修得神通力，但都壮实着呢，只要师父吩咐，叫走多快就走多快！"

"不是说从屈露多国下山后，就是一马平川吗？还有好看的风景，走起来肯定很爽！"

"师父，需要的话，我们可以日夜兼程！"

"师父，你只管走路，行囊交给弟子们就是了。"

玄奘看着弟子们一个个急着要走的样子，猜着其中必有心眼儿，只是一时还难以弄清楚，所以一路听来只是微笑，不作任何回答。

在以后的半个多月里，玄奘师徒的确是起早贪黑在赶路。弟子们觉得师父真的是下了决心，要在年底前后赶到摩揭陀国王舍城，所以也就没有再说什么，只顾攒足劲儿往前走。

果然，从屈露多国往南，山势渐趋平缓，虽然仍要爬山渡河，但总的趋势是走下坡路，所以很快就到了设多图卢国。继之又在阎牟拿河西岸的平原上跋涉了数百里后，终于到达中天竺最西边的波理夜呾罗国。从此折北，渡过阎牟拿河到达秣兔罗国，再沿河北上，经萨他泥湿伐罗国，到达窣禄勒那国。

好家伙，一口气就过了几个国家，以如此这般的神速，有多少路走不完？

嘉尚几个师兄弟这样想着，议论着，心里已经在欢呼“胜利”了。

却说这窣禄勒那国，其北紧靠大雪山，阎牟拿河跑着小步从它的都城东边淌过。国东数百里处，即是殑伽河河源。关于这条神河的故事，这里暂且放下，还是将话题放到脚下的国度来说。原来，此国的都城周长有数十里，但现在已经不比往昔，城基虽还坚固，境域却已见荒凉。国内有外道天祠百余所，徒侣甚众。而正教伽蓝则不过几所，僧不逾千。邪正势力的强弱由此不难看出。基于这种状况，玄奘师徒决定，在此只逗留一两天，观礼完圣迹就继续赶路。

可是，才过了一个晚上，玄奘的态度却来了个一百八十度的转弯：要在这里住下来，住多久，连他自己也决定不了。

弟子们对师父的这个决定不仅觉得突然，而且感到不可思议，所以一听就都急了。号称“小聪明”的普光首先拐着弯儿探问道：“师父，此地如此荒僻，又是外道势力独强的地方，为什么要在这里停留？”

“是呀，师父，为什么要在这里停留？”法钦、玄觉、石槃陀见普光率先开了口，也便一齐乘势而上，给他助威。

玄奘将普光、法钦、玄觉逐一看了一眼，说：“你们说这里荒凉，这里外道独强，其实是只见其表而未见其里。昨晚与寺僧座谈的时候，你们难道没有听出来，他们对释尊的微言不仅领会、理解很精到，而且谈讲很通达流畅？真是身贫学不贫，寺衰法未衰呀！这难道不值得我等好好探寻探寻吗？”

普光还是赔着小心再说道：“可这里并无什么饱学硕德可参访啊。”

玄奘听普光如此说，不动声色地批评道：“又不专心了不是？座谈中不是提到，其国中有一善娴三藏的阇耶毱多大德吗？这位大德不是精通《经部毗婆沙论》吗？”

“师父不是在缚喝国从般若羯罗三藏参究过《毗婆沙论》、在阇烂达那国月胄三藏那里所听过《众事分毗婆沙说》了吗？连迦湿弥罗国秘藏的铜牒藏都抄了，还要在这里再究一遍？”法钦自以为理由充足，胆子挺壮地这样说。

玄奘顿时厉色道：“又粗心了吧！此《婆沙》非彼《婆沙》，此《婆沙》乃小乘十八部之一的经量部大论。阇耶毱多大德不是说过，此论所有解释都是以佛所说的经典为依据的，与以前研习的说一切有部《婆沙》不同呢。”

弟子们自觉没理，又见师父动了气，再也没有吭声，但情绪还是没有变。

就这样，玄奘师徒在窣禄勒那国住了一冬半春，到再次上路的时候，已是翌年的仲春时节了。

从窣禄勒那国往南没走两天，就到了秣底补罗国。此国介于殑伽河与阎牟拿河之间，气序比窣禄勒那国温和，物产也较其丰茂，正教与外道势力相当。只是国王不信佛法，而侍奉天神，致使原来平衡的秤杆出现了倾斜。不过，玄奘师徒到来后很快就了解到，此国也还算得上是正教的福地，不仅是说一切有部的卫道者众贤及其追随者无垢友暴殁处，同时也是小乘萨婆多部论师德光撰写《辩真论》等百余部论著的地方，国中至今还有门人密多斯那继承其遗绪。就为了这点，玄奘又决定住下来。

这一下，弟子们的情绪就更激烈了。当玄奘宣布决定时，所有的弟子都喊了起来："又要住下来？什么时候才能到达摩揭陀国啊？"

是啊，西游的目的地眼看就要到达，千里万里披星戴月、舍生冒死、苦苦追求的理想眼看就要实现，可现在，这理想就像挂在头顶高枝上红了的果子，可望，却总是够不着，这怎能不叫人着急呢？所以，这会儿连稳健持重的嘉尚也沉不住气了，问道："师父这次西游，为的不就是求取无上真经《瑜伽师地论》吗？怎么一路上总是反反复复地研习小乘教的经论呢？"

"是啊，师父，为什么总是为这些不相干的小乘经典耗费宝贵的时间呢？"其余人等也一起助阵，几乎忘记了弟子的身份。

嘉尚见状，更有了底气，继续说道："师父，你早日求取真经，早日回国弘扬，早日利益众生，这不是更好吗？"

"是这样嘛！"其余人等又嘟囔着附和。

玄奘用深沉而严厉的目光扫了弟子们一眼，诫道："弥子们啊，你们现如今都已是在冠之年、受了戒的正僧，应该长大了，成熟了，懂得怎样去观察、去思考了。"

终归是师者为师，徒者是徒，嘉尚等见师父容色变了，不再作声。

“你们在说什么呀？‘不相干的小乘经典’，这话说得多轻佻！”玄奘以从来没有过的严厉语气呵毕，转而又讲解道，“释尊虽是一音说法，但却是就机开示，方便多门。徒侣呢，则根据自己根基的深浅，各取所需，领悟弘扬，指导修行。故先有小乘十八部之区别，后有半满二教之分张。仅就《毗婆沙论》而言，即有经部与有部、大乘与小乘、律与论之分，于是乎真义淹没于口水，宏旨难显于纷纭。以是故，不逐一读之，岂能比较？不比较，岂能知高下？岂能得真谛？此次西游，为求《瑜伽》真经不假，但此《论》并非无源之水，无本之木。四《阿含》乃释尊所说法的最初结集，包涵了正教的根本原理如四谛、十二因缘、五蕴皆空、业感轮回、四念处、八正道等；《毗婆沙论》则是最早阐释释尊所说法的论藏，是心学的渊薮和关键所在。因此缘故，若要入大乘之门，若要明万法唯识之理，不读《阿含》，不读《婆沙》，则如何溯其渊源，得其钤键？”

弟子们虽然还不甚了了师父所讲的教理关系，但相信他所说是对的，所以再没有谁顶牛。不过，大家心里还是怏怏的，乐不起来。

玄奘看在眼里，既爱又怜地叹了口气，说道：“哎，也实在难为你们了，都是为师的我连累了你们。好几年了，让你们跟着我走了这么远的路，吃了那么多的苦，冒了这么大的险，也真的累了，乏了。谁都想早早地到达目的地，然后好好地休息上一阵子……”

“师父，你别这样说，我们巴不得跟随你一辈子呢。我们不是累，不是想休息，只是心里着急。”众弟子异口同声地打断玄奘的话。

其实，嘉尚几个说的并不全是真话。试想想，年复一年马不停蹄地走啊行啊，赶了一程又一程，过了一国又一国，这路好像就没个尽头似的，风餐露宿、栉风沐雨且不说，最劳神的是还得随时费心应对各种各样的不测之虞，即使是铜打铁铸的硬汉也有垮下的可能，何况是几个初出茅庐的小子？新鲜过后，尽兴之后，热情就免不了慢慢地淡去，烦躁情绪就会慢慢地滋生，这是再自然不过的事了。或许，他们真的还没有意识到，他们真的是累了，乏了，但却明白无误地写到了脸上，反映到一言一行中。正因为还没意识到，而且还有惭愧心，所以，当玄奘将它明白无误地指出来时，他们无论如何是不会承认，不会接受的，于是也就有了如此这般的辩解。

玄奘不需要什么天眼通或火眼金睛就能看得到他们的心，读得懂他们脸上的表情，所以又继续说道："你们不用装好汉，辛苦劳累是肯定的。为师的也不是木头做的，怎能没有感受？只是，生命没有回头路，必须珍惜每一寸光阴，走好当下的每一步。纵使你们还年轻，还有足够的时间和精力再作一次西游，可那是对生命、对时间的极大浪费，你们愿意这样做吗？游学游学，随游随学，走到哪里学到哪里，所以，游学之路其实是没有终点的。古贤说过，要成就大事，就要读万卷书，行万里路。读而博识，行而见广。你我师徒如此这般的不远万里，马不停蹄，不就是为了广闻博识吗？但要走万里路，读万卷书，必须得有无坚不摧的意志，有梳理乱麻的耐心，有百折不回的韧劲。为师的是多么希望你们能够理解如此走走停停的良苦用心啊！"

如果说"严"可以起到"镇"的作用，那么"慈"则有"导"的功效。玄奘掏心挖肺地说了这许多之后，弟子们终于解开了心中的结子，安心住了下来。

转眼间又过了半春一夏。当玄奘师徒在从秣底补罗国折东北往婆罗吸摩补罗国进发时，当地早就进入雨季了。

从婆罗吸摩补罗国直南，经瞿毗霜那国、垩醯掣呾国、毗罗删拏国；自此折东，至劫比他国、羯若鞠阇国；再走数百里，便到了阿踰陀国。一路上，川原相接，宜谷稼，多林木，沃野弥望，田连阡陌，泉流溪水潺潺，花圃池沼相间，居人殷盛，家室富饶，真所谓风光无限，其乐融融。所以，一千五六百里的路程，在不知不觉中就走完了，如果不是在羯若鞠阇国即曲女城停留三个月，从毗离耶犀那三藏学习佛使、日胄两位大师各自撰写的《毗婆沙论》，那么，到达阿踰陀国时，雨季恐怕还没有结束呢。

沿途诸国均在中天竺境域，因此，除田园风光秀美之外，同时也是佛教圣迹极多的地面，所有各国都有阿育王敕建的佛舍利塔或石柱。此外，劫比他国还有释尊成佛后升忉利天，为其母摩耶夫人说法后重返赡部洲时下落处。相传过去有天帝释为迎接释尊下落而建造的三宝阶。阶分左、中、右三道，分别以水精、黄金、白银铺之。如今唯存后人所仿七十余尺石阶、精舍，以及释尊、大梵天、天帝释诸像，还有阶旁的无忧王石柱，虽久经风雨而犹巍然挺立。阿踰陀国则是无著菩萨根据弥勒菩萨授意而撰写、讲说《瑜伽师地论》诸经典的地方，显然是法相唯识学的祖源了，所以，玄奘来到这里虽还未见此论却已有了一种满足的感觉。

已见的令人高兴，将见的更令人陶醉。要知道，阿踰陀北五百里，就是舍卫国，那里有该国富商须达给孤独长者与太子祇陀为释尊建造的一座精舍，名字就叫祇树给孤独园；其南五百里阎牟拿河与殑伽河汇合处，则是当今五天共主戒日王五年一设无遮会的大施场；东北数百里处是释尊的出生地迦毗罗卫国；东南数百里处是释尊成道后初转法轮的鹿野苑；自迦毗罗卫国往东五百里是佛入灭的拘尸那揭罗国；自鹿野苑往东数百里即是此次西游的最终目的地摩揭陀国，佛成道处菩提迦耶和正教最高学府那烂陀寺都在这里……

啊，一个虔诚释子梦中的那棵菩提树，一个勤奋学子千万里、千万里追寻的那处法脉清源，现在已经近在咫尺，举足可及！这是胜利在望，大愿将圆，何等令人心潮逐浪、热血沸腾的时刻，也是一个让人回首云天、不禁拂泪的时刻！

玄奘师徒凭吊完阿踰陀都城外五六里大菴罗林中无著菩萨撰述、说法的古寺，又瞻仰过世亲菩萨的遗迹，然后休整了几日，便开始向那心期已久的最终目的地发起冲刺。

阿踰陀紧临殑伽河，乘船沿河而下，即可到达阿耶穆佉国。却说这殑伽河从大雪山中流出，在婆罗吸摩补罗国拐了个弯后再顺势朝南一路咆哮着直闯下来，到了劫比他国之后才放慢了速度，像绅士那样，挺着大肚子，迈着方步，一步一作态地继续徜徉而去。

由于此地气序暑热，雨量充沛，林木长得快，非常茂密，河的两岸都长满了树，当地人称作无忧树。这种树树冠大，树叶茂密，枝杈既多又长，伸到河面上足足有二三丈长。有的枝杈长着气根，吊到河面上直接吸取水分；有的枝杈不堪重负，浓密的叶子紧贴着水面，由此而形成的林荫水面便成了游鱼、野禽、水兽以及一切阴类栖息、娱乐的天堂和逃灾避祸的庇护所。河中往来的船只较少时，牠们便放心大胆地到宽阔的河面上活动、嬉戏，伸伸腿脚，振振翅膀；当河面船只梭巡或者雨暴风骤的时刻，牠们就回到枝叶屏蔽的水面，人看不见，风难吹进，借以躲过一次又一次的灾难。

不过，事物总有它的两面性，乐园、庇护所是其一面，那么，它的另一面又是什么呢？关于这一点，玄奘及其弟子们压根儿就没想过，但却遇上了。

为了保持好的心情，玄奘选了一个晴和的日子上路。这天，在无著菩萨故寺比丘的帮助下，师徒六人搭上了顺流而下的一艘客船。船比较大，搭载的人共有数十个之多，除了他们师徒几个，其余人众较杂，走亲，赶集，货贩，因公因私，男男女女，等等，不可细言，目的地自然也各不相同。不过，一般而言，所历附近诸国民情淳质的多，风俗刚猛的少，所以虽是萍水相逢，却也能相处融洽。或许是因为有强烈的信仰，一路上与人为善的举动也屡见不鲜，小的如谦让座位，大的如扶老携幼、帮人提轻举重等等，让人有一种他乡遇亲人的感觉。

天竺时令，九月以后就算进入了微寒季节，其实则不过相当于中夏的清秋气温。河面风平浪静，船只的行驶划破原本静止的空气，无风胜有风，浑身都觉得怪清爽的。至第二天日中时分，行船进入了一段较窄的河面，两岸的无忧树更加浓密。正当玄奘师徒感叹这里的奇异风光时，艄公却提醒说："此处两岸方圆二三里地面，都是茂密的树林，一色的无忧树，林中罕有人迹，亦无任何物资供应，行船一般都不在这里靠岸，更不会停留过夜。"

艄公说完，又叮嘱大家坐稳当后，便开始更用力地划动船桨，很有急于穿越这段水路的意思。

然而，行船才加速不久就出现了情况：前头河湾处，几只小船从岸边树荫水面朝河心急速划出，违例一字摆开，齐头并进逆流而上，直冲玄奘所乘客船而来，丝毫没有相让的意思。艄公见状，急忙停了桨。众人莫明所以，有人责备那些小船没规矩，有人甚至为此而愤怒。可是，这边怨声、骂声还未落下，却见左、右、后几个方向都蹿出了同样的小船，同样急速地向客船围拢过来。

显然，客船遇贼了。

客船被迫靠岸后，群贼便将乘客往岸上赶，逐个搜身，继而又把乘客所携带的包袱箱笼一一打开，将其中的贵重物品全部掠走。

既毕，贼首带了两个同伙再次来到人群中，不由分说地撩开人家的内衣，扯掉人家的头巾，动手动脚，捏臂掰脸，看了又看，挑拣了好一阵子，似乎都没有满意的。

到得玄奘师徒跟前，贼首突然眼睛一亮，觉得面前这几个汉子颇是与众不同，圆圆的脸，皮细肉嫩，无须无髯又无髭，刚剃过的头比脸蛋还白，铮亮铮亮地闪着光芒。也许是看得出了神，贼首两脚就像钉子似的，扎在地上一动不动。

玄奘明知站在面前的是人中另类，不怀好意，但还是像往常那样礼貌周全地合十道："贫僧的行囊、什物好汉都拿走了，不知还有何吩咐，不妨说来。"

贼头像是未听见似的，没有作答，而是心满意足地命身边同伙道："带走！"

同伙一面将玄奘从乘客中拉出来，一面说道："这次没白辛苦，总算有了收获，又刚好没错过祭祀日子。"

玄奘听得明白，而且很快便将"收获"与"祭祀"两个词的内在联系理了出来：很清楚，群贼是要将自己当作祭祀的供品！

是的，玄奘猜得一点儿都没有错。

不知是从何朝何代开始，阎浮世界的这一方，人们有着各种各样的信仰：养育他们的土地，帮助他们劳作的牛，为部族繁衍后代、延续血脉的男女阴器，等等，都曾成为信仰崇拜的图腾和偶像。因此缘故，至今五天的牛都享有无上的特权，受到隆重的礼遇，无论大城通衢、乡村小径，牛不但可以通行无阻，甚至于横冲直撞，行人不仅不能驱赶，而且还有避之不及的恐惧呢。至于男根女阴，则五天外道天祠中，至今仍有供奉，特别是男性天根，或天成，或塑造，堂而皇之，拔地雄起。各天祠之精舍房宇，鳞次比高，但俱无出于天根者；各国王、民同敬，并无鄙耻、羞涩之感。健陀罗国有青色石柱，是大自在天毗摩天女化身，灵异极多，五天各国君王及士庶，无论远近，不辞艰辛，络绎于途，纷至沓来，致礼膜拜。由信仰而崇拜，由崇拜而求福，由求福而祭祀。在众多的祭祀中，有一种被信仰者认为是最为诚挚的，而在他人眼里则是最残忍的，那就是“人祭”。祭祀用的人，按祭祀对象不同而不同，农人、猎人、石女、秃子、跛脚、瞽者、盗贼、杀人犯、缠绵多情的诗人、重权在握的高官，等等，都会入选为各个特定神坛上的供品。祭祀的方式也各不一样，自刎、自溺、隐遁、坠殒……不一而足。无论是哪种形式，其所乞来的福祉都是以牺牲自我，乃至于生命为代价的，也就是说，其通向未来幸福的道路，其实是以尸体铺就、用血肉浇筑而成的。玄奘眼下所遇到的群贼，其所沿袭的是传统中最自私、最愚昧的陋习、恶习。他们不是以自我牺牲作交换，而是要取玄奘的血肉，还有天根，奉献于他们所尊仰的神灵，指望有朝一日厄运到头，返贫为富，仓廪充盈，财富山积，金屋藏娇，妻妾成群，子孙满堂，出类拔萃，乃至于一朝发达，官运亨通，万人之上或者一人之下……

玄奘知道自己处境险恶，唯一的办法则只有待机自救。

弟子们眼睁睁看着师父被绑走，一个个心急如焚，当时就一拥而上，企图与众贼争一高下。但玄奘用眼神暗示他们不要轻举妄动，所以，他们只是虚张了一下声势，便佯装败阵而作罢了。

贼众将玄奘押解到林中一片空地边，绑定在树身上，然后就在空旷处划地设坛，为祭祀作准备。

船上的其他乘客也被押解到空地边，由七八个手持刀戟的贼人四面站岗看守。

此间，艄公曾经悄悄地与嘉尚和几个乘客先后耳语过，都说了些什么却不得而知。

所谓的祭坛，因为是临时设施，所以很简单，不过就是在清扫干净的地面上画了一个方形图，丈余见方大小，正中设一个突伽天神的牌位，牌位前摆了一只大木盘，是盛血的容器，木盘旁铺了两张大芭蕉叶，供安放人肉和天根用。

贼首将祭坛检查了一遍，并亲自点燃天香，然后大声发令道："将供品抬上来！"

两个贼徒依令除去玄奘身上绳索，分捉其手脚，抬进坛场。在此同时，又有两个贼徒登坛，一人手捉一把大刀，一人手握一柄匕首，一副凶神恶煞模样。之后，又有两个贼徒各提了一桶水上来，放在玄奘身旁，应该是用来清洗身躯的。

贼首见一切准备就绪，便再次吼道："准备开祭！"

贼徒闻令，便要动手去解玄奘衣衫，玄奘挣扎着说道："好汉且慢动手，要杀贫僧不难，唯望讲明其中原委。"

贼首见玄奘非但脸无惧色，反而还敢于提出要求，便冷笑着说道："比丘要明白原委？好嘛，我就来告诉你：祭天祈福，乃我祖先风俗。眼见茂时将尽，气序渐寒，祭期就要过去，无奈连日来未遇上理想的人牲；不想今日得了比丘你，玉颜奇骨，气度非凡，肯定是人精了，荐于天神，必获大福无疑。"

玄奘听后，从容说道："多谢好汉看重。只是贫僧自远而来，几经寒暑，不辞万难，才到得这里，本来希望敬礼灵鹫，取了真经，然后早日回归故国，播撒法雨，化度群迷。不料好汉今日要夺小命，致使大愿未遂，不免遗憾。不过，这也罢了，贫僧所忧者，你等好汉也。"

贼首听着纳闷，问道："我等有何要你担心的？"

玄奘从容道："贫僧未曾到得菩提伽耶，真性未曾证得，生死轮回未曾脱了，好汉若以如此垢秽之身充当祭品，只怕神灵见了作呕，一时恼怒，就怕你们求福不成反招灾祸呢！"

贼首不信,仰天哈哈大笑起来。

可说来也巧,笑声还未停,便顿时刮起一阵大风,整个林子的树都摇了起来。

玄奘看看天空,只见白云一缕一缕的,如丝、如棉。凭着长期行脚云游的经验,他知道,这是天气将要突变的征兆。有民谚说:“云如絮,雨如注。”正刮着的风,定然是为大雨报信来了。心想,真是天助我也。正要对贼首说话呢,却见嘉尚朝贼首说道:“你看见了吧,这风有多大,那是老天发怒了!”

说实在的,贼首也的确是觉得这风来得突然,来得不是时候,心里本来就有所忌讳,不料嘉尚却将它捅破了,不禁恼怒道:“胡说,没有的事!”

玄奘听得清楚,贼首吼叫时看似声色俱厉,但却未能掩盖住他内心的怯懦,于是便乘机说道:“好汉不能不信呀。这风为什么早不刮晚不刮,而偏偏这个时候刮?你愿不愿意听比丘我说说其中的道理?”

贼首听后未置可否。

玄奘判断,贼首的心理防线已经有所动摇,所以便继续说道:“比丘我从凌山走到大雪山,从碎叶河走到缚刍河,再到信度河、阎牟拿河,历经的大国小邦不下数十,各国都有天祠,北天与中天诸国,天祠更多,奉者更众,人家植福的方式,是捐钱,是绝食,是舍生,都是自断身命,牺牲自己,从来没听说过,更没有见过杀人祭天的。好汉为何不想一想,天下岂有杀人害命而得福的理!”

贼首一时无话,手捉大刀的贼徒却说开了:“别人是别人,本族有本族的成法!”

玄奘没有理会贼徒,继续对贼首说道:“我国古贤说过,‘己所不欲,勿施于人’。还说过,‘祸因恶积,福缘善庆’。好汉想过没有,别人要是杀你祭天,你可愿意?又可知道杀人害命是十恶不赦重罪?杀人既多,积恶必多,灾祸自至;多做善事、好事,则福祉不求自至。这就是佛陀所说的因果报应,不能不信呀!"

"头,别听他的,快抓紧时间,下令……"

手持匕首的贼人担心贼首被说服,急忙一旁催促。可话还未说完,几道闪电已经忽刺刺地划破长空,紧接着的是一连串震耳欲聋的霹雳炸雷。

雷鸣电闪中,玄奘看见,天上的絮云早已变成了一团一团乌云,一似无数座大山,黑压压地的直向地面坠下来。这使他又想起了一句谚语:云积如山,雷鸣电闪。不过,这次他已不只是感叹民谚的灵验,而是真的相信是神佛在伸手救苦救难了。

玄奘正暗自庆幸呢,更令他吃惊的事情又发生了:

一个贼徒从河边跑着过来报告贼首说:"河里的舟子都不见了!"

贼首听后非常震惊,可还未来得及细问,几乎是所有的人又一下子惊叫了起来:"看呀,江面起火了,江面起火了……"

也就在这时,瓢泼大雨也下了起来。喊声,雨声,风声,雷声,连成一片,人群一时乱作一团。

又一个贼徒跑过来,战战兢兢地报告说:"舟子…都被…烧了!"

贼首一看情势不妙,连话都没有说一句,只向身边的贼徒招了招手,便逃进了林子深处。

风停了,雨歇了,天空湛蓝湛蓝的,更显得深邃无底。河面早已恢复平静,清风吹送凉意,船在平稳地向前滑动,静悄悄的,听到的只有船桨划破水面的响声。

乘客们都没有说话，好像是经过了这场暴风骤雨，大家都已经变得更加沉稳，既没有了惊恐，又将庆幸深藏了起来，一心想着的，是好好享受风雨过后的宁静。

玄奘表面上也很平静，但脑子却一点儿也没闲着。他在想：今儿的脱险，除了老天爷、神佛的保佑、救助外，江面上的那场大火应该也起了很大作用。可这火是怎么燃起的，却很纳闷。于是，他问弟子道：“烧船是怎么回事？”

嘉尚回道：“或许是艄公出的主意。不过，他原本只叫将船拖到河心里，造成一种声势，让众贼担心害怕，不敢轻举妄动，不敢杀害师父，并没有叫烧了呀。”

法钦说道：“火是我点燃的，也只是想吓唬吓唬贼子，没想到竟烧了起来。”

“还好，正好大雨下来了，很快就将火浇灭了，舟子并未全烧坏。”普光补充说。

玄奘点了点头，说道：“那就好。”

停了一会儿，玄奘又问嘉尚：“你怎么没和他们一起去拖船？”

嘉尚回道：“师父就躺在贼子的刀下，弟子怎么可以离开呀！万一他们敢动手，我非要拼了不可！”

普光几个齐声道：“正是这样。是我们叫嘉尚留下保护师父的。”

玄奘听后，很为弟子们的勇气和真心感动。他欣慰地笑了笑，没有再说什么。

第三十四回
风光不再身心俱沉重　道性欠深舍利未呈祥

大难不死，必有后福。玄奘的经历，又一次验证了这句名谚的颠扑不破性。他和弟子们闯过殑伽河上的死门关之后，总共用了不到两个月的时间，便最终到达了心仪已久的目的地摩揭陀国。在此之前，他们师徒先后巡礼参拜了释尊诞生、成道、初转法轮、涅槃入灭的四大圣地，此外还游访了阿穆佉耶、憍赏弥、鞞索迦、室罗伐悉底、蓝摩、战主、吠舍厘等国。这对于一个痴心佛子来说，不能不说是一个好运和大福分。

不过，这只是从一路顺风、通行无阻，行程快速的角度而言，要是从心灵深处的感受去看，就不是那么一回事了。

在殑伽河上经历了死里逃生的劫难后，玄奘有了一个感悟，那就是：佛国仙乡住的不都是佛，太平世界并非都太平。就拿阿踰陀城来说吧，它曾经作为憍萨罗国故都，无论古今都是一处繁荣富饶、官商士庶熙攘的福地，城内衢街洞达，闾阎百千，房宇比高，林苑竞秀，歌声舞影，昼夜不歇，真可谓天上人间、人间天上了。可就是这样一个钟鸣而食、鼓响而眠的安乐窝，却被一圈高不可攀、坚不可摧的城墙紧紧地包裹着，森严森严的；城墙外面还加挖了一条又深又宽的护城河。要在以前，玄奘还一定会作画蛇添足、多此一举之想，但现在却由此而意识到：繁荣的背后，其实也隐藏着忧患，于是乎才不得不居安思危、作种种防备。

随着行程的不断延伸，这种印象、感觉也有了变化，即由对世俗社会之忧转而为对正教式微之忧。

玄奘原以为，也曾经这样鼓励过弟子们：越接近佛国仙乡，应该是伽蓝越来越多，僧人越来越众，佛法越来越兴盛。然而，眼下日复一日、程复一程、不断地映入眼帘的却是相反的景象。阿踰陀以前之中天竺各国，外道天祠和信徒数目便已高于正教庙宇和僧徒，不料过了阿踰陀以后所历各国，情况不仅没有改变，相反地尤甚于前了，原来心目中的许多正教圣地，如今都变成了外道的营垒。

比如说，殑伽河脱险后，从阿耶穆佉国到憍赏弥国都城路上，所看到的简直就是一处人间天堂，可惜这天堂不是佛的世界，而是外道的乐园。放目四周，数百座天祠鳞次栉比，座座镶金嵌玉，莹饰仑奂，好不辉煌壮丽！殑伽河和朱木拿河在都城旁边会合后，便以更加浩荡的气势向前奔腾。就在这大河之滨，信徒们拥挤、争抢着从河里舀水酣饮，就像渴了八辈子似的。玄奘师徒睹之不免心生疑窦：现时天气并不热，这般的暴饮，究竟是为的哪般？一打听才知道：原来呀，这憍赏弥本是外道的一座圣城，此时呢，又正是外道寒季大施的节日，他们供奉的主神湿婆，即他们所认为的世界破坏者和重建者，曾在这里打败恶魔，从其手中夺得甘露，并泼洒在地上。所以，民俗认为，喝了这河里的水，也就等于喝了甘露，将从此获得极乐和永生。自然，玄奘不赞成他们所尊奉的这种并非究竟的不了法，但却被他们渴求解脱的热情深深打动，甚至于还生发了隐约的妒意：如此这般的信仰热情，为什么不是表现在释子身上？这般的华丽建筑为何不是诵经念佛的道场？而是……所以呀，看着既不顺眼，心里也高兴不起来。

舍卫国，也就是室罗伐悉底国，也不例外。这里本来也是释教弘传的重镇，释尊证悟成佛后居住说法的著名精舍祇树给孤独园就位于此国都城的郊外。关于这座闻名遐迩的伽蓝精舍，以前曾不止一次提到，但现在为了作个今昔对比，还是不得不再说说其建造过程中的一段动人故事：就在释尊成等正觉的当年，舍卫国里一位长者须达多，在王舍城朋友首罗长者家聆听了释尊说法后，非常仰慕他的人品和教法，决定在国内建造一座庙宇，请其前来居住、弘法。找遍全城，只有城郊的一处所在被看中了，原因是这里依山傍水，山明水秀，地面开阔平坦，环境清幽。离城不远，则便于僧徒乞食，离城不近，则可避免喧阗而利于守静，实在是一处理想的福地。于是便找到园子主人祇陀太子商量买地事宜。祇陀太子听须达多长者说明来意，不禁为难起来：答应吧，舍不得这块心头肉；拒绝吧，又怕落个“小气”、“吝啬”的名声。最后他想出了一个既能保有园子而又不失面子的两全办法，便回答道：“园子可以卖，但价钱必须合适。”什么叫“合适”？就是用金砖将整个园子地面铺个遍。太子满以为如此一来须达多长者便会知难而退。没承想，长者不假思索就一口答应了。太子知道须达多长者富甲天下，乐善好施，所以有“给孤独长者”的美称，如今建寺又是出于敬仰释尊，为了弘扬佛法，感动之余，也暗自发愿要为建寺出一份力，于是便拐了个弯说道：“长者你要弄清楚，我只说过卖地，园子里的树木可是不卖的。”长者听后大为惊讶，不免埋怨太子不讲信用。太子回道：“你先不要埋怨，我们这样处理好不好：你买地的金子我不要了，就作为建寺资金使用；树木呢，我作为份子捐出去，精舍就算是我们两家合建的。”须达多是个忠厚长者，自然同意了太子的要求。精舍建好后，遂命名为“祇树给孤独园”，简称祇园、给孤独园，也叫布金地。祇园落成时，共有殿堂僧寮数百幢，诸如礼堂、讲堂、集会所、休养室、藏经楼、库房，乃至于运动场，等等，无不具备。从此，释尊和他的成百上千弟子就经常驻锡于此，广弘大法。因此缘故，整个舍卫城的正法弘化活动也跟着兴盛起来。全城寺庙不下数百座，僧影幢幢，殿堂比高，好不风光！可是，现如今又怎样了呢？简言则是今非昔比，风光不再；详述则是倾的倾，倒的倒，瓦砾成堆，残垣断续，剩添荒凉。再看外道天祠，竟然是数目盈百，徒侣连遱，熙攘若市。两相比之，真有天壤之别。弟子们问玄奘，何以竟至于此？而玄奘自己呢，心中又何尝没有凄怆之感，但回答时却只是淡淡地一言带过：“诸法无常嘛，变化是很正常的。”

在天竺国内，有几处地方是最受佛教徒景仰而魂牵梦绕的，这就是释尊的出生、成道、初转法轮和圆寂涅槃的所在地迦毗罗卫国的蓝毗尼花园、摩揭陀国王舍城尼连河畔的伽耶山、婆罗痆斯国的鹿野苑和拘尸那国的跋提河边娑罗双树间。对那些不远千里万里巡礼求法的人来说，都是不能错过的地方，玄奘师徒自然也不例外。只是，这些圣地景况会不会比刚巡礼过的好些呢？说实在的，要回答这个问题，他们这会儿真的是有些忐忑了。

离开舍卫国偏东北走一二日，便到了释尊的诞生地迦毗罗卫国。这迦毗罗卫国，又叫劫比罗伐窣堵，地处北天竺境，曾经是由释迦族执政的国家。由于土地肥沃，风雨及时，每岁的秋收冬藏还是令人满意的。黎庶殷实，国家自然也就有了坚固的基础。大约就在华夏周灵王当政初年，释迦王室终于有了添丁之庆：净饭王老来得子。既生，取名悉达多，寓“能成就”之意。国王的初衷是一心期望这棵权门独苗能长成参天大树，传薪接火，继承父业，光大王统。然而，事情的发展却很不如人意。悉达多生后不久，就有智人登门预言：此儿生有奇瑞，长成必弃王位而出家，悟道化俗，为人天师。国王不听则已，一听即不禁忧愁、丧气。净饭王的情绪、态度，想来也合乎常理，很值得同情：你看，国王如今已是壮士暮年，奈苑在望，万一儿子果真成了尘外之人，无人继统，国将何国，家复何家？释迦族的社稷、血脉，岂不从此断绝？想到这些，净饭王遂下定决心：决不让儿子走上那条并非自己设计之路。为了防止橘变为枳，净饭王制定了一套严格而细致的耕耘、管理办法、措施：从襁褓开始，便对这棵独苗悉心呵护，既宠又严，七岁从师问学，十二岁习武练艺，务必文武双全，以便将来担当起明君英主的大任。为了断绝歧路，不让他有须臾的时间和丁点儿机会偏离轨道，王父又在其十七岁之年，厚聘邻国天臂城善觉王之女耶苏陀罗公主为妻，盼望她能以如花似玉般的美貌、优雅贤淑的德行以及缠绵柔顺的情爱，温暖其血性，唤起其对生活的热情，明白一个王储肩头担子的分量。果然，净饭王的良苦用心奏效了，婚后第二年，耶苏陀罗公主就为悉达多生下一子。据此，净饭王相信，儿子已经安心于温柔乡。老婆、孩子的能量是无穷的，所谓英雄娇妻，猛兽恋偶，谁免得了这种牵挂？哪个又抛得开这份情意？日子再长些，不怕他不留恋这僮仆如云、一呼百诺的养尊处优生活。既留恋之，就必然要守卫之，所谓的帝王心不就是由此而生发出来的吗！自从开天辟地以来，人与人之间就在无休无止地争斗不息，为什么？不就是为了权，为了色，为了钱吗！人为财死，鸟为食亡，几乎被认为是一条铁律。哪个婆罗门愿意放弃祭司的职位，摘掉头上的神圣光环？哪个刹帝利会让出手中的权力，以及凭借权力所占有的土地、人民和财富？又有哪个吠舍会心甘情愿地将自己的劳动所得拱手白送他人？哪个首陀罗会永远安心于据说是与生俱来的卑贱身份和地位？正是由于有了这种思想，当儿子悉达多提出要到王城外面游赏散心的请求时，国王便欣然同意了。心想，只要你亲眼目睹了外面那终年辛苦劳作却仍然衣食无着的艰难世态，就不怕你不珍惜宫廷中这份衣来伸手、饭来张口的丰腴闲适生活。但是，净饭王这次却失算了。当悉达多在城外看到衣衫褴褛、沿路讨饭的乞丐，骨瘦如柴、佝偻颠危的老者，气息奄奄、命在旦夕的病夫，抛尸荒野、葬身无地的死人等凄怆百相之后，怜悯、感叹之余，得出的结论是：人生即苦。进而又想：既然人生皆苦，为什么芸芸众生还是要机关算尽，尔虞我诈，争来夺去，贪得无厌，甚至于杀戮挞伐，势不两立，无所不用其极，代复一代，无休无止？这样的火宅、牢狱，如何才能出离，又怎样才能了结？正当如此思维的时候，悉达多遇到了一个道人，并从他那里知道，从生老病死、争强斗胜中解脱出来的办法是远离尘世、隐遁苦修，断绝名、利、财、色欲望。终于，在一个风清月朗之夜，悉达多在侍者车匿陪伴下，乘着一匹名叫犍陟的白马，悄悄地离开宫城，从此走上了寻求人生真谛的坎坷路。

玄奘师徒边走边问，终于到达迦毗罗卫国的王城。据说，这王城就是当年释迦族统治时的国都。和沿途所见到的十数座荒城一样，这座曾经辉煌一时的大城，如今也已是墙倒屋倾，高堂广殿全都变成了瓦砾；风摇残枝，难忆往日的轻歌曼舞；旷里野墟，羞谈往昔之锦衣玉食。煌煌宫城，如何败落到这个地步？当地村老为他们诉说了一段历代口口相传的悲惨故事：

还在释尊住世之时，西邻舍卫国的胜军王曾求婚于释迦族。

释迦族自据高贵，心欲拒之，又恐对方恼而兴兵。释尊初度五比丘之一的摩诃男遂以家婢明月，即胜鬘其人，冒充族女嫁之。胜军王迎娶，立为第二夫人，后生子，取名琉璃。第一夫人则蔑称琉璃为“恶生”，意为生而不祥。琉璃游猎至释迦园林，憩驾于一新建高堂，释迦族人知而逐之，并骂曰：“此乃我释迦族为世尊说法所建讲堂，岂容你这个贱婢之子玷污之！”琉璃既篡位为王，为雪前耻，遂发大军攻灭释迦种落，杀九千九百九十万人。今大城遗址西北有数百千塔，即昔日的屠戮场。

“不过，这琉璃王在此后不久也被火吞水溺，受尽无间地狱之苦。”村老这样自我安慰说，意犹未尽，继而补充道，“固然，人不可自高恃强，妄分优劣；而穷兵黩武呢，则会自取灭亡的！”

“老伯说得对，世间一切苦，都是虚妄心所致。”玄奘点头表示同意。

法钦没有听玄奘与村老的对话，而是怅然望着废墟，若有所失道：“这回是白走一趟了。”

“可不，什么都看不到了。”玄觉和石槃陀同声附和。

村老不明白法钦他们所说的意思，玄奘一旁解释道：“我这几个弟子是在说，所有的古迹都被破坏了，都找不到了。”

“不不不，能找到，能找到。阿育王皈依正教后，到处立柱表塔，大力弘扬，对城里所有与佛陀有关的古迹遗址都作了标记，至今有迹可循呢。”村老急忙回道，从语气、表情看得出，他是在竭力卫护这座古城的尊严、权威和荣誉。

说完，村老便自告奋勇当起向导，领着玄奘师徒到各处寻访去了。

他们就近先看了宫城内的多处故基，这些故基原来是净饭王上朝理政的正殿、王后摩诃摩耶夫人的寝殿和释尊投胎处。各处都建有小精舍,分别安奉国王像、夫人像和释尊投胎像。玄奘对投胎像施过礼,对弟子们说:"当年,摩耶夫人熟睡中梦见一俊男乘六牙白象腾空下来,径直从自己的右胁进入腹中,顿觉如饮甘露,身心安乐,遍体放光,朗照廓然。既觉而身怀六甲。你等应知,阎浮世界的大变化就是从此刻、从这里开始的!"

普光怀着既好奇又兴奋的心情催道:"怀胎十月就是诞期了,我们快到释尊诞生的蓝毗尼花园去啊!"

村老说:"蓝毗尼花园在城东数十里处,道路难行。小师父且耐着性儿,先就近看完城里的,然后再去蓝毗尼花园,这样就不用来来回回走冤枉路了。"

客随主便,何况自己也摸不着路呢,玄奘对村老的意见表示赞同。这样,他们按照远近的次序又观礼了东门内、南门外释尊为太子时练艺、习武、比试身手的几处古迹遗址,还有他出游了解民生的东西南北四门,以及城东南隅夜半逾墙出城处。最后,他们从太子射鼓而泉涌处东北行数十里,终于到达释尊降灵的处蓝毗尼花园。

这蓝毗尼花园,本是一座王家郊外园林,四季草木扶疏,花开不败,亭台水榭映照,莺歌燕语相闻,的确是一个怡情养性的好去处。却说那摩耶夫人十分注重胎养、胎教,为了使圣胎具备天然之性、自然之气,每日都在彩女的簇拥下前来园内游赏,即使临近分娩,仍然照来不误。虽说是"十月怀胎,一朝分娩",其实并无准确的日子,就像瓜熟而不知哪一天蒂落一样。村老对玄奘师徒说:"四月八日那天,摩耶夫人徐步来到园内一棵大树跟前,树名波罗叉,俗称无忧花树,绿叶纷披,柔枝低垂,又正逢著花时节,轻风浮动,清香扑鼻,好不心旷神怡!她随便举起右手,意欲攀抚垂至额前细枝,不意就在那眨眼间,太子忽从腋下降生,胖乎乎、白净净的，好似日月放光。”

石槃陀听村老讲到这里，询问道：“传说太子降灵时，江河横溢，山摇地动，还有五色彩虹贯天，是这样吗？”

村老回道：“不止这些呢。还说菩萨生下便会走路说话，朝四方各走七步后，便一手指天，一手指地，大声说：‘天上天下，唯我独尊。’在回宫的途中，又进入一天祠修敬，祠中供奉的自在天石像竟然起立迎接，至太子退去方复落座。若非圣人，何来此等神奇？”

众人赞叹中，嘉尚突然想起了什么，问道：“释尊降灵处的那棵无忧花树还在吗？”

“在，在，还在呢，快随我去看。”村老回答得很是确切肯定。

众人跟随村老七弯八拐地走了一阵，来到一片空旷的地面，村老站定下来说：“到了。”

大家放眼周围，却糊涂了：这里除了荒草以外，便再没什么能令人瞩目的了。

正在疑虑时，村老走到一根硕大的树桩前，伸手扶着它，说：“这就是释尊降灵处的那棵无忧花树。”

看见眼前这根朽腐的树桩被指为圣树，众人不禁惊讶地“啊”了一声，同时怀着疑问上前细瞧起来。果然，这的确不是人为竖立的树桩，而是真真切切的树干，原来应该是高大而茂盛的，但如今已经死了，枯了，树皮早已无存，树身也在一层一层朽烂。唯一可以令人欣慰的，就是从至今没有倒下的身影中可以看出，有人，不管多或少，还在对它怀着一份深深的钟爱和眷恋。

玄奘师徒看看枯朽的树干，又瞧瞧满园荒草，心中的滋味呀，真分不清这是在瞻礼呢还是在凭吊。最后，师徒列队合十施过礼后，便默默地走了。

离开迦毗罗卫国，普光、嘉尚诸人郁郁寡欢，总是提不起神来。玄奘明白其中的原因，为了缓解失落的情绪，为了鼓舞士气，他便把弟子们叫拢过来，讲起了释尊离开王宫后如何参访求师、苦修证悟的故事：

太子悉达多由侍者车匿陪同离开王城后，唯恐父王知觉，派人来追，于是顾不上许多危险，连夜赶路，朝着太阳升起的方向快马加鞭，穿越二百多里的旷野丛林，在曙色熹微的时刻终于到达蓝摩国境内的一座高山脚下。再往山里走不远就可到达此行的目的地苦行林，他要到那里拜访一个叫跋伽的出家人。为此，悉达多摘下天冠宝珠，割下长发，换上袈裟，像放下千斤重担般轻松无比地说道："宿心已遂，这里就是我出樊笼、去羁缚、放下生老病死担子的地方了！"说毕，即与车匿告别，催他赶快回宫，以宝珠为证，向父王禀明：儿子连夜遁去，并非轻率鲁莽之举，而是为了寻求一条断无常、绝烦恼的解脱之道，望释慈怀，不以为念。车匿走后，悉达多先后参访了苦行林跋伽仙人、频陀山阿罗蓝圣者、郁陀罗仙等。诸师或说长修苦行而求生天界之法，或显布施、禅定、读经、去欲、断执而求生四禅天之理。悉达多认为这些都不是自己心目中所期望的究竟、彻底的解脱道，所以便先后一一告辞，另寻高明去了。如此这般的寻寻觅觅，不知不觉中过了六七年，悉达多仍然没有能够找到一位称心如意的老师，于是决定靠自己的努力去实现拯救众生于水火的历史使命。离开郁陀罗仙人后，悉达多来到了摩揭陀国伽耶山附近的优留毗罗西那尼村的苦行林，在一处浓荫下坐定后，便对此前几次参学所得之法进行简择，再加上自己的创意去进行新的修炼。从此以后，悉达多严持戒律，每日所食唯有一麻一麦，勤苦精进，修难行之行，忍人所不能忍；凝神守静，诸根不乱，定如对面岿然不动之象头山；数息出入，气若游丝，充耳不闻眼前尼连河潺潺的水声；不覆不盖，鸟鹊粪污而身不动；不防不备，蛇行脚前而心不惊……斗转星移，冬去春来，如此这般的苦修又过了六年，虽然面色泥黄，眼凹颧凸，形容枯槁，但解脱之道却仍不可得。于是转而思维：一味地找苦吃，也能吃苦，但其实还是一种执着，是烦恼的另一种表现形式，心中仍然是不清不净，仍然没有放下一切、超越一切，未达人我两无、诸法皆空的境界，关键点则是没有开动脑筋去认真思考人生问题。总结了过去，发现了问题，悉达多决定改进修行的方式方法，于是跳进泥连河中洗去满身污垢。由于长期节食、苦行，原本身体就虚弱已极，洗澡后自然更加疲惫乏力。所以，当他从河中上来时，竟然踉跄着跌倒在岸边沙滩上。这时，牧女难陀和波罗二人正好路过，见此情状，悲悯之情顿生，赶忙将所携带的那瓶牛奶递上。悉达多因为饥饿已甚，就接过来一口气喝了个精光。醍醐下肚，犹如旱苗得甘露，舒畅极了。在元气慢慢地恢复后，他重新抖擞精神，决定换个地方进行全新的修炼。他重渡尼连河，回到伽耶山山麓，在一棵高大茂盛的毕钵罗树下一块圆形石板上结跏而坐，心里暗自发誓："此次若不得解脱生死之道，绝不离此座。"誓毕，即克服种种心魔外贼干扰，深入禅定，认真、深入地思考人生的种种苦，苦的原因，苦的解脱方法、途径，以及灭苦后所达到的精神境界。经过七七四十九个日日夜夜的冥思苦想之后，终于在最后一夜黎明前的黑暗中仰望满天星斗时，顿时大彻大悟，究竟、了彻世间万物的本质，找到了一条到达理想境界的通途。悉达多也从此由生死流转的俗人变成了不生不灭的佛。佛者，觉悟者也。成道、觉悟，梵文读作菩提，因此缘故，那棵毕钵罗树也便被叫作菩提树，那块圆形的大石板据说就是贤劫以来与天地同生、专门成就圣人的金刚座。

说到这里，玄奘见弟子们个个脸上有了喜色，恨不得一步就跨到那令人敬仰、神往的圣地，见着那神圣的菩提树和神奇的金刚座。

然而，玄奘却说："你们且莫急，释尊成道后初转法轮处和最后涅槃处都是非参礼不可的地方，虽然不全是在必经的路上，但如果现在不去，而直奔摩揭陀国，在那烂陀寺住下，是五年六年，还是八年九年，实无定准，到那时要出来参礼就不容易了。所以，我们还是先参礼完娑罗双树和鹿野苑为好。你们觉得如何？"

于是，师徒六人穿过东北大密林行数百里，再经蓝摩国而到达拘尸那揭罗国。

与迦毗罗卫国一样，拘尸那揭罗国也早已是城毁巷荒，村落稀旷，墟烟几绝，空剩几堵残垣和数十里的城墙砖基诉说着这里的沧海桑田。如今，城里既无僧徒，亦无外道，只好向难得碰见的行人那里去问询，然后再摸索着寻找各处圣迹。

他们首先从废都向西北出发，走四五里，渡过跋提河，先凭吊释尊涅槃处的娑罗双树。还好，娑罗树还在，就离河边不远，共四株，分布于四角，成方形；每株双身，高三四丈，身粗不能合抱，皮青白色，略显皲裂，充满了沧桑感；叶宽数寸，呈卵形，稀疏得就像老人头上的银发。玄奘对弟子们说，当年，释尊在离开吠舍离城来拘尸那揭罗城时，曾转身伫立凝望良久，同时向城而笑，随行的弟子阿难问他笑什么？释尊回答说："我是在用笑声与吠会离城诀别呢。"此话一出，天空顿时无云而雨。阿难甚为不解。释尊告诉阿难说："这不是雨，是天泪，虚空诸天听说我在与此城诀别，正伤心懊恼，悲极而泣呢。"果然，到了拘尸那揭罗城不久，在食了当地一位虔诚居士纯陀供养的名贵旃檀耳羹之后，即于当晚入灭。当时，释尊在双树间结了一张绳床，然后头枕右手，北首而卧，至中夜而涅槃入灭。现在，玄奘师徒还能看见，在娑罗树的旁边，一座砖砌的大殿堂里所供奉的释尊涅槃像，一如其入灭时的姿势。只是由于无人守护，香火久绝，因此已冷清至极。殿堂外有无忧王所立佛塔和石柱，或基础塌陷，或字迹漶漫，一并在记录着世道人心的变化。之后，他们又继续瞻礼了附近的释尊殓后停棺处、摩耶夫人哭佛处、密迹力士悲恸闷绝倒地处、如来为迦叶现双足处，以及荼毗后八国争分舍利供养处等圣迹，处处有塔，但也已无人营视洒扫。离去时，大家自然也是默默无语，走了一段，法钦才怅然嘟囔道："真是人一走茶就凉啊！"

"倒也不一定如此。城邑如此破败，人烟如此稀少，连外道的天祠都没有，不一定是人们不恭敬佛法，倒可能是发生了什么不测之事呢！"嘉尚思索着这样说。

"嘉尚善思维，说得对。"玄奘称赏道，"在曲女城时，你们不曾听说，东天竺羯罗拏苏伐剌那国的设赏迦王不是曾诱杀邻国国王王增，同时毁坏正教，致使僧众绝侣，外道及其他俗众也受到连累吗？这正是'城门失火，殃及池鱼'呢。如今戒日王虽然为兄长王增报了仇，雪了恨，大倡正教，但正如如来的嫡子罗睺罗所说，'今之纯乳，不及古之淡水。此乃人天福减使之然也。'非所谓人走茶凉呀。"

从拘尸那揭罗城回头向西，再过大林，然后折南行数百里，便到了释尊成等正觉后初转法轮的婆罗痆斯国。其国都在殑伽河与婆罗痆河的交汇处，既是一处交通枢纽、贸易中心，也是一处文化中心，五天盛行的各种宗教都在这里建立了自己的活动场所，只是外道居多，敬佛者少。大城内多为天祠等外道庙宇，接栋连云，其数不下千余，信徒亦有万人之众，而所供奉的各类神像据说竟多于信徒百倍。外道特别注重祭祀，午供，晚诵，夜灯，日日例行，逢节则更是循街行像，锣鼓喧天，纵情歌舞。在天祠等庙宇、道场内外，各种人等摩肩接踵，占星的，卜卦的，相面的，巫祝，舞女，圣徒，等等，三教九流，各逞其能。更有众多的苦行者，在城里，在河中，祠里，庙外，修各种苦行：或赤身裸体，或脸上涂灰；或拔须，或拔发；或长蹲不起，或金鸡独立；灰土里，荆棘丛，牛粪地，单杆上，独板上，水面上，荒郊野外，坟冢之间，无处不睡，处处能睡；披莎、襜草、树皮、鹿皮，无所不穿，样样能穿。总而言之，以种种苦行，表示其耐苦、耐劳、能忍、能受，所期者不外苦尽甘来，生于天界之类。在郊外，玄奘师徒似乎又看到了憍赏弥曾经上演过的那一幕：黑压压的一大片，成千上万人众拥挤在殑伽河中，只是这次不是争相暴饮，而是将全身泡在水里，或者是站在浅处用手不断地往身上撩水。人数虽众，却并不喧闹，耳边传来的只有击水之声，眼前飘过的只有飞溅的水花。那一双双眼睛对水流露出来的那一份情感，像在乞求，又像在期盼，像在感恩，又像在引咎，既复杂又单纯。说复杂，是指他们由出身不同，地位不同，处境不同，遇到的难题不同所决定的心理诉求有程度上的差别；说单纯，是指不管个人的诉求如何千差万别，共同的终极目的则只有一个，那就是希望用这殑伽河的圣水洗掉身上的罪孽，以期获得生前死后的福乐。

道不同，形同陌路。玄奘师徒看着眼前的热闹，更加惦记的则是那法轮初转的地方。鹿野苑就在婆罗痆河的东北十里处，走不一会儿就能到。根据近来越来越多的经验，他们在心理上已经做好了再次遭受打击的准备，对将要呈现的景象不再抱有更大的希望和更多的期许。

然而，正如俗话所说的那样：无希望则希望来。

过了婆罗痆河就是一个巨大的园林，此即闻名遐迩的鹿野苑。玄奘早年读龟兹高僧鸠摩罗什在长安译出的《大智度论》时就曾知道，鹿野苑之名来自一段感人肺腑的故事。故事说：往古之时，此林中有两鹿群游戏、繁衍，提婆达多和菩萨各自统领一群。此国国王常于林中畋猎，群鹿颇受其殃。后来，菩萨鹿王为了减少鹿群的损失，遂与国王约定：由两鹿群轮流日进一鹿，供国王割鲜之膳，以此换取鹿群苟延性命。有孕鹿次日即当供膳，于是找提婆鹿王说：自己虽然应死，而腹子却没有到诞期，望能斟酌通融。提婆怒而拒之。母鹿复申诉于菩萨鹿王，菩萨鹿王愍之，禀明国王，愿以己身代死。国王为菩萨鹿王的慈悲牺牲精神所感动，喟然叹曰："我是人身之鹿，而你则是鹿身之人，愧对，愧对。"说完，即下令取缔每日轮供的制度，并将林薮尽归群鹿。后人称这林薮为鹿野苑或鹿苑。

听完这则故事，石槃陀深有所感，说道："这菩萨鹿王就跟佛祖一样大慈大悲啊！"

玄奘笑道："你说得对，都一样的大慈大悲。因为这鹿王本来就是释尊成佛前的化身啊，鹿王以身代死讲的就是佛祖的本生行业呢。"

说话间，大林深处传来了阵阵钟磬声，众人情绪为之一振，不由自主地加快脚步往里走去。

不多时，齐云台观，有若仙宫，接连映入眼帘。再近之，高耸的殿堂重阁外，是四合长廊，山门东开，上书"鹿苑寺"三个大字。站在山门前，玄奘不但丝毫没有初来乍到的陌生感，反而就像故地重游，倍感亲切。寺僧正在殿堂里诵经，所以整个寺院显得特别的空落、闲静。玄奘不愿打搅主人，决定自行观礼后便尽快去赶下一段路程。

进了山门后，玄奘发觉这鹿苑精舍原来是院中有院，四合长廊之内又各起墙垣，分隔为八个院落，每院都有层轩重阁，极规矩之壮丽，各色树木堆翠，时花异草争妍。中心建筑为转法轮殿，崇高仑奂，周壁浮雕菴没罗果，又设层龛，每龛亦浮雕佛像，果、像皆涂以金；殿内奉鍮石转法轮圣像，作说法状。

观礼中，普光问玄奘道：“师父，殿壁雕菴没罗果有何寓意？”

玄奘回道：“经云：帝释曾说偈，是谓‘菩萨发大心，鱼子菴罗花，三事周时多，成果时甚少’。”

普光摇摇头，说：“还是不明白。”

玄奘详解道：“鱼子产得不少，菴罗花也开得很多，人们都曾经花了很多时间和精力去培育，但最后能长大成鱼、结出果实的却很少。就像发心入道容易，而能证菩提的却很少一样，譬喻证悟之难啊。弟子们务必以鱼子、菴罗花为诫呢。”

“那转轮殿内的佛祖为什么不作转轮状而作说法相？”

石槃陀的提问引起众人的哄笑，玄奘自然也忍俊不禁。不过，他一面笑着却一面说：“莫笑莫笑，其实呢，槃陀问得也不无道理。本来嘛，释尊之教法就犹如车轮，周转四天下，摧破一切障碍，能转众生之自心而移烦恼之他心，故伽蓝精舍中就有双鹿对跪拱卫转轮之雕像呀。槃陀只是没有明白法轮就是教法、转法轮就是说法这层关系罢了。知之为知之，不知为不知嘛。槃陀好学，是大进步，不可笑，不可笑。”

在接下来的时间里，玄奘师徒继续参礼了释尊成等正觉后第一次说四谛之法并度族人跋提、摩诃男、頞鞞和舅氏憍陈如、十力迦叶为五比丘的遗址，还有弥勒菩萨授记将来作佛处，以及释尊为象、鸟、鹿王时修菩萨行的古迹遗址，等等。

观礼结束时，寺僧诵经尚未结束，玄奘师徒便自行离去了。鹿苑寺规模如此之大，寺宇庄严如此华丽，不仅住僧多，而且法事也很兴盛，这是他们进入天竺国以来第一次见到的盛况，所以大家都很亢奋，心中凋零落寞的感觉在不知不觉中一扫而空。只是，后来玄奘得知，寺中一千五百比丘的所学所习，全是小乘十八部之一的正量部，心中不免又生起了新的疑问：在此佛国仙乡，正教本来已见凋敝，而在此一不景气的背景下，小乘半教竟然又盛于圆满究竟之大乘法，这是什么原因呢？在释尊证道的圣地，在佛国的弘法中心，在将要前往从师请益的正教最高学府那烂陀寺，会不会也是此般情景？如今辞亲别故，不远万里，前来寻求大乘真义，结果会得到吗？是虚往而实归？还是竹篮打水？

揣着这一大堆疑问，玄奘的心这时也急了起来，巴不得修得神足通，腾云驾雾，瞬间就能到达那烂陀寺。不过，对这处圣地，他现在的心理很复杂：既想看到，又怕看到；既满怀希望，又担心大失所望。只是，盼也好，怕也好，有希望也罢，会失望也罢，事到如今，不管自己愿意不愿意，都要面对，都不得不面对。

从婆罗痆斯国东北行数百里，先至战主国，继而过维摩诘居士所住之吠舍离国，从此折南约一日程，便到了摩揭陀国。

此国的王都统称王舍城，地址曾变更过三次，也就是说，有先后三个城址，而且各有其名称。最早的叫矩奢羯罗捕罗城，以地产上等香茅故，又称上茅宫城。此城位于国之正中，四面环山，犹如外廓，主要的山峰有五座，居北者叫灵鹫山或耆阇崛山，东北者叫萨簸恕崑底迦山，西北者叫毗婆罗跋恕山，东南者叫帝释窟山，西南者叫萨多般那求诃山或七叶窟山。经云：群山环绕，峻极险固，中间土地平整，细草如茵，羯尼迦树成林，常年蓊郁，暮春著花，林皆金色，香气馥郁，又有温泉浴池可以洗濯、疗养，真所谓人天福地。相传居人不慎，往往失火，国君频毗娑罗王乃定规矩，凡失火首恶者，逐迁抛尸之寒林。不料令下不久，王宫被火，国王不得不引咎自谴，而由太子代为监国。上茅宫城即旧王舍城。

频毗娑罗王迁住寒林后，邻国吠舍厘遂欲起兵图之。频毗娑罗王便于寒林兴建城邑，并以王舍名之。阿阇世王继位后，正式自上茅宫城迁都于此。王舍城在灵鹫山北，距上茅宫不过四五里，有谷道相通。

波吒厘子城原名拘苏摩补罗城，俗称香花宫、华氏城，位于王舍城之东北，地理位置十分重要，是王舍城通往吠舍离的门户要冲。所以，阿阇世王当政之后即开始建城设守，至其子邬陀那王时竣工，佛灭后二十八年，自王舍城迁都至此，阿育王继位后继续在此理政。由于地位的重要，所以建设规模也很宏大，城周设深壕和高墙卫护，城门数十，箭楼数百。城中宫殿，垒石为墙，雕花刻文，穷奇巧妙，鬼斧神工，极尽造化之能事。

然而，时过境迁，如今这三座城池已经不是什么物是人非的问题，而是彻底的“物不是，人亦非”了。上茅宫只剩下内外城的墙垣痕迹。而王舍城则是外廓崩摧，墙垣尽毁，唯有内城基址还依稀可辨。波吒厘子城同样是荒芜已久，所存亦不过基址而已。所幸是在王舍城宫址西南隅尚存两间小庙，有点像中夏王朝所设的鸿胪寺，是专门接待各国巡礼求法僧的地方。玄奘师徒六人在王舍城巡礼期间就曾在此寄宿过。

释尊从修行证悟到圆寂，大部分时间都是在摩揭陀国度过，王舍城尤其成了他讲经布道的活动中心。释尊涅槃后，许多佛教大事也都发生在这里。所以，在上茅宫、王舍城和波吒厘子城三座故城内外，到处都有佛的足迹、圣教的古迹。

因为释尊与频毗娑罗王、阿阇世王同代，所以其活动足迹及与初度弟子有关的遗址便主要集中在尼连河西岸和上茅宫、王舍城三处。例如释尊修行的苦行林，证道的正觉山，菩提树及金刚座，摩诃菩提僧伽蓝即大觉寺或菩提寺，灵鹫山佛说法石室，频毗娑罗王为佛所建的竹园寺，佛灭当年佛典结集的七叶窟，等等。至于波吒厘子城周围及其西南远郊的圣迹则主要与无忧王护佛兴教有关。当然，尼连河、上茅宫、王舍城各处遗址也都有无忧王的护法功德。

玄奘师徒在王舍城小精舍里住了七天，每天早出晚归，参访礼拜各处圣迹，唯恐疏忽遗漏。遗憾的是，和以前一样，大多数的圣迹都只剩下遗址，往往只有无忧王所旌表的佛塔和石柱，或者不明年月、来历的建筑等象征物，自然也就无人看守，也就谈不上诵经弘法了。就连佛在世时常住说法的竹林精舍，原来的十六院、六十间房、五百楼阁、七十二讲堂等，都早已荡然，如今所存者不过一石基砖室及如来等身像而已。能够让人稍为精神振奋的，只有屈指可数的几处地方，诸如低罗磔迦寺，不仅寺存僧在，而且还是弘扬大乘佛法的道场，寺僧不知道从什么地方得知玄奘师徒的消息，在他们前往参访的那天，早早地就在山门前列队迎候了。德慧伽蓝则是背岭负崖，层阁叠起，住僧弘法均与低罗磔迦寺相当。孤山伽蓝穷极规矩，位当孤山，是戒贤论师折服外道之地，至今仍由论师舍邑户而修供养。这几处所在虽然稍解了众人心中的落寞，但却远不能满足他们对这个佛国仙乡的期盼。

尽管如此，他们还是怀揣着一腔赤诚和热情，前去瞻仰了正觉山的菩提树、金刚座及摩诃菩提僧伽蓝。

菩提树在伽耶山中，西倚陡坡，东对尼连河，玄奘师徒到达时，已经周设护墙，四边各开门户。圣树附近圣迹颇多，如树下之金刚座，树东之精舍，树园内四隅之窣堵波。树园外拣其大者述之，则有南门外之大花池，北门外之摩诃菩提僧伽蓝，等等，不复详述。

大菩提寺寺主见有外国僧人前来瞻礼，急忙出来迎接。当他得知玄奘师徒来自中夏大国后，既惊讶，又高兴，便自我介绍说："比丘某法讳戒龙，本僧伽罗国人，住此多年，受众之托，厕参寺任。高僧不辞遥远，跋涉至此，想必是为瞻礼菩提圣树、金刚座了，若有所需，即便明告。既然今日有缘，比丘戒龙愿尽地主之宜。"

玄奘作礼道："恭禀上座，学僧玄奘正是为礼圣树、宝座而来。但远僧愚痴，不明奥妙，如若不碍机务，敢劳导引巡礼。"

"既是为大愿而来，戒龙岂敢怠慢！且随我来。"

戒龙上座说罢，便要领玄奘师徒进寺。玄奘心中踌躇，弟子们更是满脸狐疑，私下里相询道："既是观礼圣树，上座如何却领向寺内？"

寺主戒龙见状含笑道："法师且安心，菩提树肯定是要礼的。戒龙住此多年，所见参礼者多矣，一旦进了菩提树园，一时半会儿是出不来的。何况，礼罢菩提树，尚有诸多圣迹，也需时间呢。所以，何不先至净园，放下行囊，稍事休息，然后前来瞻礼，不是更好吗？"

玄奘听罢，释怀道："谢谢上座周到安排，学僧玄奘感激不尽。"

上座含笑道："应该的，应该的，请跟我来。"

未进寺时，由于院墙高耸，看不到寺内殿宇状况。既进去，众人不禁瞠目：好家伙，三层高阁突兀而起，院中套院，不知几许；所有榱栋殿墙一皆涂饰、雕镂，极尽天工，妙穷丹青；金像银塔，目不暇接。最让人惊叹的是那座佛舍利塔，方形锥体，基周数百步，高约千寻，塔刹由仰瓣、覆钵、轮杆、十三重相轮、宝瓶组成，周壁或雕转轮，或设龛造像，或涂金，或饰银，光辉灿烂，既雄伟，又玲珑，极难描述。

玄奘师徒个个看得目瞪口呆，欲赞而无语，好久才缓过神来。

而玄奘则仍然大睁双眼环顾寺宇，说道："前辈法显大德只说过佛得道处有伽蓝，并未明述其具体状况，真没想到竟是如此之大，如此之辉煌，实在是令人喜出望外呀！"

"法师可知这伽蓝是谁所造？"寺主发问时，神色颇为得意。

玄奘回道："学僧乍到，自然不知，敢请上座说与。"

上座自然乐意接受，说道："是戒龙本国大王舍财兴建的呢。"

玄奘不解："僧伽罗国远在南海，如何却千里迢迢来到此国建寺？而且就在圣树旁边，天竺国王还应允了？"

上座几乎是一口气讲述了其中的来龙去脉："过去世不详年代，我僧伽罗国王深有善根，大倡佛法。其弟出家后，心向圣迹，遂北游天竺。而此国伽蓝僧徒皆以其为边鄙之人，非但拒而不纳，而且动辄讥凌。御弟归而哭诉于王。王遂以重宝贡献此国，并表示想在这里建造伽蓝的意愿，一者借此加深两国交谊，二者使巡礼之僧歇宿有寄。天竺王既受重礼，又见我王心诚意切，遂许任选地域兴建之。我国比丘以累世诸佛皆于此菩提树下金刚座证悟成圣，其地脉风水为它处所不能比。我王以为至言，遂出公帑圆成此一大功德。"

上座说到这里，带领玄奘走到鍮铜碑前，说："有记载为证呢。高僧且看这里，刻着我王的御诰哩：'摩诃菩提僧伽蓝为僧伽罗国僧俗常住之所。'"

"至今如此吗？"玄奘问。

上座回道："永无穷期。"

玄奘又问："如今住僧几何？"

"一千略减。"

"所弘者何？"

"大乘上座部法。"

“大乘上座部法？大乘教哪有什么上座部呀？”普光听后颇觉新鲜，脱口问道。

玄奘见弟子唐突，赶忙致歉道：“弟子失礼，上座切莫介意。不过，学僧玄奘也欠明白呢，请教是不是可以这样理解：所谓大乘上座部法，实际上就是融汇了大乘教义的小乘上座部教法？”

“哎呀呀，莫非法师具有他心通，怎么初次谋面便知悉我法？”寺主高兴道，“其实这师弟也说得对，大乘法并无上座部、大众部之分。而小乘法呢，一般而言，也是各守所宗。僧伽罗国本尊小乘教，只是在迁住此地之后，久染大乘教法，受了熏陶，或如法师所说‘融汇’了其中的一些教义。‘大乘上座部’乃是本宗人自诩，本意是想表明我等宗属对大乘法一定程度上的认同。”

听了小乘人对大乘法的称赞，玄奘心中很有一种自豪感，近来倍感压抑的情绪因此而又舒释了一些。

安顿好行囊之后，寺主戒龙即领玄奘师徒去瞻礼菩提树。

树园不大，是一个东西向的矩形园子，菩提树居中。按玄奘从典藏中获得的信息，树高应有数丈，冠大如盖。可如今树身则被周围垒石护住，仅出一枝，两丈而已。玄奘问其原因，寺主戒龙凄然道：“无忧王归佛前，受邪道唆使，大行砍伐；其妃继之，摧残又过于王。然而圣树有灵，屡摧不死。无忧王悔之莫及，转而悉心护理，使之得以更生。数十年前，高达国设赏迦王反佛灭法，再伐其本，掘根至泉而不能尽，复纵火焦其土，以蔗汁浸沤使烂之，手段之残忍，无以复加。无忧王之后代满胄王知而哀恸，感动物情，殷勤浇灌，菩提树于是再生芳华。为防以后之不虞，更垒石护其本。以是故，今日只见其一枝。”

玄奘听说圣树屡遭砍伐之祸，痛心疾首，有如刀割，复闻其几经劫难而慧命犹存,则不免喜极而泣,敬仰之情加倍于前。仔细观之,只见其干白中泛黄,叶卵形,大如掌,青翠欲滴,艳阳之下,灵光闪烁。

菩提树之一侧,有一精舍,原为无忧王归佛后所建,后有婆罗门皈依,扩而大之。殿高百几十尺,外壁极雕饰之功,门外观音、弥勒银像侍立左右,殿内塑释尊将证圣时的降魔像,结跏趺坐,两手左敛右垂,至今完好。据传为弥勒菩萨化身为婆罗门所造。

从精舍出来,玄奘师徒不约而同地都在寻找金刚座,可举目四望,眼前只有两尊观音菩萨坐像,一南一北,相距数丈,皆东向,金刚座则渺无踪影。

戒龙上座从脸上看到了他们的心思,手指尊像间的空地说:“金刚座就在此。金刚座本是一块巨石,其顶既宽又圆,且平整,坚固无比。当年,释尊就是结跏趺坐于此石之上,深入金刚喻禅定,坚其意志,增其勇猛,断除一切烦恼,最终悟彻人生真谛。可惜后来逐渐被沙土湮没了。后人为了标记金刚石的大小、位置,于是在石座南、北边沿各奉安了一尊菩萨像。”

玄觉走到南边尊像前,不禁嘟囔道:“都被沙土埋齐胸深了,竟没人清理?”

玄奘本来也有这种看法,只是没有说,如今由玄觉道破了,他便随即招呼道:“弟子们,快寻铁锹来,把这积土清理了。”

“法师且慢,不能呀。不是寺众懈怠懒惰,而是不能,不敢动呀!”上座急忙阻止玄奘师徒道,“古老相传说:两尊圣像全身没于沙土之日,就是正法缘尽之时。天意不可违啊。”

听上座如此说,弟子们只当是好事者言。玄奘则不然,黯然问道:“上座是不是认为,菩萨像半身已被掩埋,正好证明今日之正教已经进入末法时代?”

上座点头表示肯定。见玄奘情绪低落,便一转话题道:“菩提树和僧伽蓝有两瑞，法师可知道？”

玄奘听说还有瑞兆，一时又来了精神，迫不及待地问道：“上座快说说，都是什么样的瑞兆？”

上座答道：“伽蓝宝塔中有佛指舍利，祈祷便会呈现五色灵光。而菩提树呢，也很神奇，会一时落尽，经宿复又长全如初。凡此两瑞呈祥，则教安人康，增智益慧。只是，祷者非德高、至诚不可。”

“果真如此？”玄奘知道寺主不会说谎，但还是这样求证道。

上座点头道：“千真万确的！”

玄奘很想亲眼目睹奇瑞双显，于是暗自下定决心，趁此观礼之便，设香祈祷，借此验一验自己诚心之深浅。

玄奘既没有与上座戒龙打招呼，也未向弟子们透露任何消息，当天夜幕降临后，便独自一人来到菩提树园，行香礼毕，然后围着菩提树右旋绕行、诵经。大约两个时辰后，并未见有任何动静，于是又进到精舍内扑地礼拜如来降魔尊像，备述其慕正法而遁空门，仰圣德而西游，于末法之际，冀睹瑞相，励志增勇，续佛慧命，渡有情出苦海，救众生于火宅之虔心大愿。又过了一个多时辰，仍然未有瑞相出现，眼看四更将尽，五更即到，心中不免焦急，踊跃努力又倍于前。然而，由于一路下来没有很好的休息，本来就已心力疲惫，眼下又持续绕行、诵经、礼拜了几个时辰，自觉体力渐渐不支，于是便面对菩提树席地坐下，作结跏趺坐势，正身直腰，借以进入三昧定中……

却说戒龙上座早斋时未见玄奘师徒前来进斋，便往寻访。嘉尚等弟子回说道：“一夜未见了，还以为到上座处谈话去了，所以才不着急呢。”

上座一听，不禁暗自担心起来，急忙转身往山门外走。嘉尚诸弟子见上座神色不对，也开始担心起来，也都尾随着出了门。

上座等众人最后寻到菩提树园里，只见玄奘已经倒在地上。抢步上前一看，竟已昏厥。再细看，身旁还有未燃尽之余香。这才恍然大悟，一时既钦既敬，且悲且悯。这天，适值法席解座，阖寺比丘一时知悉，纷纷前来相救。

良久，玄奘神志恢复。上座抚慰道："法师想必是在此祈祷，冀见瑞相了。哎，都怪戒龙没说清楚，这瑞相的出现，是有固定时辰的。此方之十二月三十日为大神变日，是夕舍利才会呈祥；而菩提树瑞呢，则在夏末，现在都不是时候呀！"

玄奘既失望又自咎道："都是玄奘道性德行不高的缘故。"

上座安慰道："不是的，不是的。法师不辞遥远前来瞻礼，此心已经洁若皎月；才停得脚来又连夜祈祷，若非拳拳佛子，岂可做到！法师真是我阖寺僧之楷模呢。"

玄奘无力地摆摆手，说道："惭愧惭愧。修证路长，玄奘还须加倍努力呢。"

说到这里，戒龙上座心中似有不解，便又问道："法师千里迢迢至此，只为观礼呢，还是……"

玄奘回道："不止观礼，还为求取真经。"

戒龙复问："何种真经？"

玄奘回道："《瑜伽师地论》。"

"那必定要到那烂陀去了？"

"正是。"

上座沉吟着点点头，说道："时学，时学！"

玄奘："就怕玄奘愚钝，难得要领呢。"

上座没有再问别的，只是沉思道："难怪呢！"

玄奘不解其意。

第三十五回

菩萨说缘名师候高徒　群彦评定远僧享殊供

玄奘虔诚祈祷，菩提树和宝塔内的佛指舍利都没有呈瑞。上座戒龙深知其中的原因，但只对他说了一半，另一半则用了“难怪呢”三个字来代替。玄奘听后莫名所以，一再请问其意，上座最后也只是说：“法师聪明颖慧，学而必通，德瓶云满，藏海自由，唯假时日而已。到那时，法师再来虔祈，功德定会圆满。”

玄奘听后，仍然似懂非懂，但见对方似乎并不愿意一下子把原由说透，也就不好意思再问下去，只好自己慢慢琢磨了。

可是，一连几天琢磨下来，玄奘还是不得要领，还是一筹莫展。是继续留下来祈祷呢还是另作其他安排？思来想去，始终拿不定主意。就在这个时候，上座戒龙带着几个比丘来到其所住寮房，介绍说：“这是那烂陀寺的大德，他们奉寺中住持正法藏戒贤高座之命，专程前来迎请法师速去呢。”

这事着实令玄奘大感意外。他很惊奇，自己来到摩揭陀国才几天呀，那烂陀寺就知道了！还派出高僧前来迎接！还是自己景仰已久的正法藏戒贤上座亲自安排的！

说真的，玄奘的确是被这突如其来的盛情弄懵了，既受宠若惊，又不知所措。他诚惶诚恐地一一施过礼，正准备开口问问事情的原委，戒龙上座却一面指挥随来的几个净人提取玄奘师徒的行囊，一面催道："法师快准备上路吧，僧众居士都在山门外等候呢。"

又是一个意外，竟然还有迎接队伍在等候！玄奘更加惶恐了，连忙谢过上座，便急匆匆地随那烂陀寺的大德出了房。

山门外，数百名身着绛色袈裟的比丘和千数信士、施主，或高举幢盖，或手持香花，早已在大道旁列队迎候。玄奘见之，受之，感之，不觉哽噎涕零。他想：自己初来乍到的，连面都没有见，即使是微劳寸功都根本谈不上，不仅谈不上，还是个彻彻底底的化缘者、乞教者呢，可如今却有劳人家的大驾，接受人家的隆渥殊礼，心中能不惭愧？深衷能不波澜激荡？因此，于手足无措中，他只好习惯地一路合十施礼，以表谢意。

那烂陀寺位于菩提寺东部偏北处，若以寒林王舍城而论，则在其西偏北方向。玄奘在迎引队伍的簇拥下，从菩提寺出发，过午不久，终于到达目的地——当今五天境内最令人向往的正教最高学府那烂陀寺。西行前夕，玄奘第一次从到达长安不久的天竺高僧波颇阿阇梨那里知道这座寺院的名称，如今，一路上又听了迎引大德的介绍，这才对此寺的历史有了更多的了解。

据迎引大德介绍，现今的那烂陀寺所在地，本是原来的那烂陀村，也叫那罗聚落，是释尊十大弟子之一舍利弗的生身之地，也是他最后泥洹之处，也就是说，这里既是他人生的起点，同时也是其生命的终点。佛灭度后，帝日王开始在这里为北天竺比丘曷罗社槃创建庙宇，那烂陀寺从此揭开它的第一页。此后，帝日王的子孙觉护、如来、幼日、金刚四王及今之戒日大王复先后于帝日大伽蓝四旁各有增建，六个院落，总为一寺，是为今日之大伽蓝。

说话间，不觉已到寺门，玄奘放眼望去，面前高墙盘桓，山门洞开，煌煌华宇，一时凸入眼帘。进门后，边走边看，只见重阁高崇，台殿鳞次，宝塔参天，幢幡如云，处处剞劂神工，满目涂丹绝笔，房宇之间，曲水萦纡，池波荡漾，粉荷与绿叶相映，庵罗林共羯尼花争辉……

啊，曾经魂牵梦绕、朝思暮想的皇皇学府，起早贪黑、踏破关山而追求的深幽净园，今日终于展现在眼前！此时也，玄奘的心情颇显复杂：一方面觉得自己就好像勇士登上峰巅，为胜利而高兴而自豪，欢欣鼓舞，飘飘若仙；另一方面又好像一时从虚空落到大地，整个身心顿时感到分外的踏实。然而，当他要对眼前的一切作出肯定的答案时，却又不免犹豫了：这会不会是梦中的幻景……

在这眼花缭乱的园林广宇中，玄奘一面左顾右盼，贪婪地观赏着，一面天马行空般遐想着，旁若无人，不知所趋。身后的几个弟子自然更是被眼前的景象惊呆了，一个个噤声屏气的，都快要成哑巴了。直至迎引大德请他们进客堂稍事歇息时，那魂儿才又回到身上。

玄奘在迈上台阶前，先抬头看了看，只见门额题的是“六和堂”三个大字。前面讲过，六和即僧团中众比丘于身、口、意、戒、见、利方面的六种和合敬让。玄奘知道，这殿堂就是寺院的客堂，也就是俗人所说的接待室。

玄奘踏阶而上，刚要跨过门槛，早已集合在殿内的众比丘唰地站了起来，纷纷合十表示欢迎。

迎引大德请玄奘在上首座旁的床褥上坐下，又对嘉尚、普光诸人作了安顿，然后击犍椎示警而对众宣告说：“大唐法师自今儿起就住在寺里，和大家共用寺中所有一切法物道具，各位须记勿忘。”

迎引大德说完，又唱点了二十位德学兼优、威仪十足的青壮比丘名，并告之说：“你等现即随我一起，陪伴大唐法师前往方丈室参见正法藏大和尚。”

前面说过，正法藏法讳戒贤，是那烂陀寺当今的掌门人。因为他德高望重，又是内学的泰斗、鸿爪，深得佛藏之根本，众比丘推仰，有如众星拱月，故不直呼其名而尊称正法藏。究其初，戒贤本出婆罗门种姓，后投那烂陀寺护法菩萨门下请求剃度，咨询解脱之道；年三十即洞彻究竟之理，曾代师登坛，摧破著名外道，不仅同俦折服，还得到国王的称颂、封赐。如今，他已经年过期颐，只为一段因缘未了，这才继续住世，没有归寂。

这不，昨日摩诃菩提僧伽蓝寺主戒龙上座专门派典事比丘来报：有东方大唐国比丘玄奘法师并弟子数人正在瞻礼菩提圣树、舍利宝塔。此讯让论师激动不已，乃至彻夜未眠，一大早就先后派出两拨人马前往迎邀，自己则独守方丈之室，等候佳音。可终归是寿高体衰，已经兴奋了一个晚上，接着又是一个上午的焦急等待，快到日中的时候，本来就已松弛的眼皮，就像松了绳的帘子那样垂了下来，身子也不由自主地歪倒在禅床上，居然还打起了轻鼾。

然而，有事人心里始终敲着小鼓，无论如何的困乏，都是睡而犹醒。通事比丘的脚步声虽然很轻，但论师不仅是警觉了，而且还知道来者是谁，立即睁开双眼，正襟坐好后，问道：“来了？”

通事比丘作揖回道：“是的，大和尚，正从客堂朝这里来呢。”

话音刚落，迎引大德及众高僧已簇拥着玄奘登阶跨进门槛。

戒贤自倨一寺之尊，既见众人进来，却并不起立迎接，而是正襟端坐如故。玄奘则牢记着中夏“尊老敬贤”的古训，入乡随俗，自觉地按照当地的风俗习惯，随即匍匐于地，膝行肘步，至于论师座下，然后鸣足顶礼，禀报并赞叹道：“大唐国学僧玄奘早闻和尚威名，久仰论师盛德，今日得觐慈颜，不胜荣幸，唯愿法体万安是盼。玄奘此来，不唯观礼圣迹，要在托钵山门，乞求法施，如蒙接纳，则不图入室，但获厕席，则幸哉足矣。”

正法藏本来早已有所期待，今日更得此言，不禁窃喜，以为大愿之圆满，或者就在眼前。不过，为了稳当起见，他还是压住心跳而问道：“贤俊所说之大唐国位居何方？”

玄奘回道：“敬禀大和尚，大唐国者，位于日之所出处，所谓震旦、中夏、华夏是也。西接流沙雪山，东至于海，北极寒而南酷热，虽同时而两重天，境土辽阔，广袤无垠，山川锦绣，风物妖娆，自盘古开天至今，历年不知几许，仅以结绳、鸟迹记事以来，则已历三皇五帝、夏商周秦、汉魏两晋、东西两魏、宋齐梁陈的更替，之后又有杨隋继历，现如今的接祚者则为李姓明君贤主，国号就叫大唐国。”

正法藏听后，心理距离似乎又近了一步，不觉自语道：“青史浩浩，大国泱泱，或当其地了。”

玄奘既见正法藏动容，深心不免漾起几分自豪之情，但脸上却依然保持从容、平静的神态，继续说道：“中夏不仅地大物博，历史悠久，人民也勤劳能干。远古有燧人钻木而取火，教民以熟食；伏羲画八卦、造书契而兴田鱼畜牧；神农造耒耜而肇耕犁之业；至轩辕氏败蚩尤于涿鹿而定鼎，则甲子、六书、律吕、算数、医药、织造等开物成务之举，以及宫室器用之制即大备……”

“照此看来，贤俊所说的大唐国，应该就是我天竺国婆罗多王朝纪事诗中所说的北境支那国了。”这次，正法藏不再犹豫，高兴之余，很有把握地打断了玄奘的话。

“大和尚广闻、博识、强记，古之支那国正是今之大唐国呢。”玄奘觉得自己和正法藏的距离又拉近了一步，高兴得又连着行了三个磕头礼。

正法藏连连点头说道："婆罗多王曾说过，支那国文物殷盛，且民多巧智。贤俊今日所说与古记相同，是知来自彼方无疑。"

说罢，正法藏急忙叫近侍将玄奘从地上扶起，并且就身边设座请坐。二十余同来高僧亦各就近旁床座就座毕，正法藏这才又继续说道："是了是了，我国古书《摩诃婆罗》诗集也曾有过记录，五天北境有一国度，大号就叫支那。我摩哈拉嘉王之世，支那使至，曾言其国据江傍海，山川周固，众妙悉备，国土庄严，犹如化城。宫殿壮丽，通衢平坦。人民富足，康健欢娱。大王出游，扈从随驾，旌盖蔽日，威风之极。君明民善，和乐融融。也是一方净土啊，能不让人羡慕景仰?!"

话到这里，正法藏鉴于玄奘的国籍身份已经明确，对支那国又有着那份深切的记忆，脸上带笑自不必说了，但心里呢，还总觉得有些事需要继续深入了解了解，特别是有关其修道行迹、情状以及根器等方面，似乎还不甚清楚，于是又试探着问道："五天法薮弥多，通经博论者亦众，贤俊何独偏心于那烂陀寺?"

玄奘回道："一者玄奘生当末法时代，去圣遥远，而中夏与五天又相隔万里，法雨来迟，加之远人来译，言语相隔，音义差舛，而学人则各持己见，异说歧义，玉石难分，于是乎起求法请益之心。适在其时，有佛国大德波颇阿阇梨前来我国宣扬正法，玄奘曾往参礼，请问大法奥义，阿阇梨遂告以那烂陀学府芳名，更言及论师正在寺中宣讲《瑜伽》大论，通论三乘学说，兼明大小，融贯空有。窃以为若能厕席聆听，必可拨云见日，尽除心翳。玄奘为此而轻万死，乞望不弃。"

至此，正法藏终于彻底弄清身旁的这位年轻比丘不仅是来自遥远的支那大国，而且还是一心一意奔自己而来的。这样的奇遇，如果不是天作之美，哪有这么巧的？不是因缘和合，哪里会有这千里万里间的相会？

想到这一层上面，正法藏顿时百感交集，老泪纵横，像是要把心中的沉渣全部清除似的，长嘘了一口气，不胜感叹地说道：“苟延残年，三载伫望，不期缘合，竟在今朝！”

满座听众，人人惊怵，不知大和尚所云哪般，玄奘自然更是一头雾水。

正法藏见众人不解其意，唤过弟子吩咐道：“跋陀罗，你来给贤俊及众人讲讲我三年前所结的那段奇缘。”

跋陀罗全名叫佛陀跋陀罗，是正法藏的亲侄子，春秋七十，以中夏十二生肖计，整整小正法藏三轮；内学根底虽然难比其叔，但从小就随侍至今，耳濡目染，自然也是博通经论、咆哮法席的大士；至于正法藏的“隐私”，他恐怕是唯一的“知情”者。所以，既奉明令，便开始讲起一段沉重的往事：“大和尚年轻时候，精进习法，常于山间野外修三昧禅，冷暖相继，积有岁年，感染寒湿，终至构疾，得了痛风恶症，至今已有二十多年。每病发，则恶寒发热，心悸亢进，手足肿痛，膝、足、指等处关节如刺如灼。此病夜发昼息，循环往复，无终无始，久而愈烈，苦不堪言。近三年，旧症未愈，新症又添，筋肉肿痛，周身皮下似有蛇行虫爬，骚动，疼痛，真是度日如年，生不如死呢。以是故，和尚始厌垢身，遂起不食求灭之意。”

说到这里，跋陀罗停下来舒了口气，神情由沉重而变为高兴，继续道：“说来也奇，由于和尚久修善行，积德弥多，当此生死攸关之际，妙德文殊、慈氏弥勒、救世观音三位菩萨连夜赶来入梦，先诫和尚说：‘释尊只说众生生而有苦，厌苦而修道，以求出离，证得清净之性，却未说到有什么厌身法门，相反却说了因厌身而弃道求灭，此乃教中之下劣乘，只是攀附枝叶，犹如认猕猴为帝释天，捧瓦砾以为明珠，实属暗昧无明之举，岂可蹈焉？’继又训导说：‘今日之苦，乃是前世做国王时未能体恤民众所致，只要深省前愆，忏悔自新，精勤劝化，病苦即会自行消弭。’文殊菩萨最后指示说：‘《瑜伽大论》乃弥勒尊者所说，是显扬正教的根本重典，你应当竭力宣扬，遍传阎浮，使未闻者皆闻，果能如此，身体即无恙见安。三年后，当有东方支那大国崇仰大乘教法之比丘前来就学于你，你要好生等待，接纳传法。’和尚听后立即礼拜接旨，迨重新抬头看时，尊容早已隐去。自此之后，和尚身疾果然日渐好转。”

众僧听毕，皆称胜缘，并连连赞叹正法藏德行高尚，故而受到诸菩萨的信任和厚寄。

正法藏呢，众人不说也罢，越是说到自己与菩萨的这段因缘，心里就越激动，老泪就更加止不住，居然像孩提般哽咽道：“三年了，整整的三年了！三年中，老僧唯一难忘的就这件事，无时不在惦念的也是这件事。不期今日…不期今日……”

正法藏说着说着，又不禁失声哭了起来。玄奘从怀中掏出一小块白氎，侧过身去为正法藏轻轻拭去泪水，同时好言安慰道：“玄奘此次西来，本心只为听受《瑜伽大论》，解疑除惑，不期此事竟是菩萨有心安排，弟子自当更加努力听习，将此真经大法传归大唐，广弘之，光大之，以期不负菩萨尊者及论师的悲悯和厚望。”

既行师资之礼，迎引大德便领玄奘安歇去了。

维那僧则留下与正法藏商量有关事宜，说道：“此支那僧与和尚缘分至深，比之平日游方挂单客僧大不相同，衣食住行规格自然也应有差异。和尚意见，应如何定夺才妥？”

正法藏思索着说道：“缘分固有深浅，但僧伽讲和合，支那和尚与其他挂单僧同在客位，如何好再分高低上下？”

维那为难道："可是呢，寺中有员上万，本来就分常住、外客、邪正多类，主客僧众又以通经解论多少而分群，二十部、三十部、五十部各有定数，四事供养之别，本来就存在呢！"

正法藏也为难了："只是并不知道玄奘究竟通晓多少经论啊？"

"大和尚何不趁此机会试试支那僧的根器深浅、习诵情况？摸了底，一好安排四事，二好因材施教啊。"

正法藏思想片刻，定夺道："甚好。论才分等供养，既是寺规，给多给少，主客都无话可说。另外呢，先看看他这个钵的大小，也就知道其能盛多少醍醐了。甚好，甚好。你去安排个时间，让他与众大德聚首聚首，论谈论谈。"

与那烂陀寺这个举世闻名的龙渊学薮相匹配，寺内搜罗汇集的秘笈宝典也非常丰富，除圣教大小乘三藏要典之外，其他如五天最古的三部《吠陀》、婆罗门书，以及因明、声明、医方、术数等俗书，一皆无漏，用中夏的话来表述就是三坟五典以及九流之属，无不包罗。若此多之典籍，竟然藏满了整整三座藏经楼。这三座藏经楼分别叫宝彩、宝海、宝洋，前者三层，次者五层，宝洋最高，九层。登上宝洋楼，真有高出云端之感，观日出，送落霞，气象万千，西面七驿外的摩诃菩提僧伽蓝，西南方向的目连故里拘理迦邑、正南的频毗娑罗王见佛处、东南方向的舍利弗故里迦罗臂拏迦邑，乃至东面的王舍城等圣迹都放眼可望。那烂陀寺饱学博识的高僧大德们但凡集会聚首，习惯上都选择在宝洋楼的最高层举行，一方面是要突出集会规格之高，另一方面则可为这些僧中俊彦们提供一个良好的会间休憩、养目怡神场所。玄奘接受寺内时彦俊杰考评的会场就被安排在这里。

当天，寺内一千六百余名大德中应邀而来的有数十人，都是各宗各派各种学术的代表人物，其中又以专攻小乘十八部、大乘空有二宗的为多。

正法藏戒贤上座亲自出马主持，他开门见山说道：“今日缘合，尔等人众与大唐国法师玄奘在此聚首，一来表示欢迎，二来借此机会，相互交流交流，谈谈各自的诵经习法经验和心得。玄奘法师就先开个头，自我介绍介绍？”

事情来得有点突然，因为原来通知时只是说，主客见见面，大家熟悉熟悉，现在却将馍馍变成了包子，添了馅。不过，玄奘是个聪明人，脑子转得快，立即就悟出这是一场大考，至于考试的目的是什么，现在还不清楚，只好走着瞧了。事到如今，已经没了退路，非应试不可。他稍稍整理了一下思绪，便从容开口道：“奉大和尚尊旨，学僧玄奘只好在众前辈、众高座面前不辞愚陋了。设若玄奘抛出的这块砖，能够引出众高座怀中之美玉，则不胜荣幸矣。”

说话时，玄奘不禁想起了丱角丧亲的往事，顿时悲从中来。但在众人还未来得及注意其神色的刹那变化时，他便已恢复平静，继续说道：“学僧人非上智，本属笨鸟，又未先飞，但知勤能补拙而已。幼而从父母受四书及《孝经》，此后即思古尚贤，不离圣典。十岁厌倦樊笼，神往玄门，翘思觉道，随兄入寺听讲习法，始诵《维摩》、《法华》及西方净土类圣典。十三岁，幸得职司重臣垂顾，破格剃度，自是以天下为道场，昼夜口诵目缘，不知闲暇。十五岁在洛京听讲《涅槃》、《摄论》，执卷废寝，披阅忘食。十九岁时，国家改历，初游帝都长安，继又入蜀，途中从师受《毗昙》、复诵《摄论》。至蜀部锦城后，再次听讲《摄论》、《毗昙》，此外又新习《迦旃延经》。二十一岁受具足戒，习五篇七聚之律，继而又究通诸部。二十四岁离蜀云游。在荆吴、相州、赵州从师习《杂心》、《摄论》、《成实》。二十七岁再度入京，又学《俱舍论》，问《涅槃》、《摄论》奥义。自习诵以来，曾数次被众推举，辞而不获，只好忝登法座，讲解“十二住”诸家注释，开讲《摄论》、《毗昙》各三遍……”

这时，座中的议论声不断，玄奘不得不把话停了下来，只听见有僧说道：

“这比丘必定有些能耐，才二十几岁就有了如此多的经历，读了如许多的经论，而且大小乘兼之。”

有人则不屑说：

“这算得了什么？不过就十来部而已。居然敢登狮子座！”

“可不吗，不过是得了法海点滴，就胆大如此！”

……

“各位静静，且莫议论，若要问难，请先示意。”

维那僧看见正法藏脸上流露出不满神色，赶忙站起来维持秩序。

话音刚落，座中即有僧起立发问道：“请问唐国和尚还曾习诵过什么经典？”

玄奘终于又有了说话的机会，于是继续道：“玄奘在国时虽遍谒众师，屡就法席，然典籍未全，疏释各异，疑义难辨，求解无地，二来又恐所诵不过枝叶，未尽根源，于是发奋忘躯，心向佛国，以期请教名师，究了真义，使我华夏一如五天，法雨同霈。一路上遇寺必访，逢僧必参，既学又宣，以期不辱僧命。还在本国凉州城时即开讲《摄论》、《般若》、《涅槃》。于高昌国为王说《仁王经》。就龟兹国奇特寺木叉掬多引《俱舍》文问《婆沙论》大义。出铁门，入吐火罗，至缚喝国，遇磔迦国般若羯罗三藏，再问《俱舍》、《婆沙》疑义，并停月余读《婆沙大论》，初窥其全豹。出迦毕试后，进入五天胜境，经数国而至于迦湿弥罗山国，听僧称上座讲《俱舍》、《顺正理》及《因明》、《声明》二论，同时得国王垂顾，遣书手为写所求经论，并恩准开启石函，出示世友尊者主编、色迦王下令镂刻之铜牒三藏宝文，复又特许玄奘披阅、抄写携归……”

“你在说什么，唐朝和尚？”座中一个名叫智光的大德突然站起来打断玄奘的话发问。

玄奘颇觉突然，亦不解其所问何意，心里思忖道：我说得并不快，一字一音、一板一眼都很清楚，是听不明白还是别有缘故？不过，想归想，疑归疑，人家既已发问，自己总得面对，于是回道：“我在说，承蒙迦湿弥罗国王垂顾，不但破例开启石函，出示铜牒三藏，还恩准玄奘检阅、抄写，携归大唐国弘宣。”

在座众大德听了玄奘的重述，一下子哄动起来，惊叹之声充满了整个殿堂：

“竟然如此幸运，初来乍到就能看到铜牒三藏！”

“我们近在咫尺，多少年来都没这等眼福，一个远方的和尚却获得如此的恩渥，岂非前生积德，今世果报？”

“是啊，若非有缘，则真不可思议啊。”

“不是说国法规定不允许携带出境吗？他怎么就不仅能看，还能抄写，甚至携而出境？莫非这和尚真有什么神通？”

……

七嘴八舌的议论声中，智光大德又站起来说：“正法藏大和尚，以光某看，无须再往下问，往下说了。唐国和尚既然连铜牒秘典都看了，抄了，加上此前所习、所读、所解经论，岂止二十部、三十部？依我看，已经足足有五十部……”

“不止五十部！”

殿堂门口处，有人这样抢话。

众人寻声望去，说话者是一个陌生的比丘，身上还佩着香袋，风尘仆仆的，好像是刚刚到来的游方者。

维那自远处招呼道："请问道友法讳，来自何方？"

"比丘某讳阿梨耶斯那，从西边梵衍那国来。"游方僧自我介绍毕，也不问维那是否应允，便继续说道，"玄奘法师西来曾路过我国，比丘某有幸谬充向导，偕同巡礼释迦涅槃像。临别时说是将参正法藏听讲《瑜伽大论》。数年前，比丘某曾在这里忝列大和尚法席，因非利根上智，挂一漏万，所得不过皮毛。这次是专门追玄奘法师之前踪、步其后尘而来，以便借光托福，再听正法藏高论。沿途多闻法师一路流光溢彩，僧俗多有盛赞，说是在磔迦、阇烂达那、禄勒那、秣底补罗、曲女城等国先后参访长年婆罗门、调伏光、月胄、阇那掬多、密多斯那、毗离耶犀那三藏，听讲、修习《经百论》、《广百论》、《对法》、《显宗》、《理门》、《众事毗婆沙》、《经部毗婆沙》、《辩真》、《发智》及佛使、日胄的《毗婆沙论》等等，一言难以备述。各位大德、尊者无不称其智力宏赡，有世亲菩萨之遗风呢。"

阿梨耶斯那话音刚落，智光身边的大德对正法藏说道："大和尚，智光法兄说得对，无须再往下说了，大唐法师所诵经论已经远超五十部，以海慧看，完全有资格享受寺中最高供养了。"

"或许所诵经论已经超过五十部，但诵过不等于通解。光某不才，还想听听客僧高论。"

这位"光某"大德即师子光其人，是寺中的一位大乘空宗学者，正在为众开讲《中论》、《百论》，大名鼎鼎，颇有人望，适才发言中流露出来的一丝霸气与直称玄奘为客僧，大家看了、听了，虽觉颇不顺耳，但碍于情面，并没有人站出来与他计较。

玄奘路走得多，出入场面多，见识自然也多，脑子里的开关自然就多了起来。俗话说：披了蓑衣不怕雨。他现在面对各种复杂场面已经能做到心不慌神不乱。所以，师子光话音刚落，他便接起来回道："师子光大德说得对，诵过不等于通达。学僧不敏，但自入道那天开始，便发誓无辱于法门，因此上曾屡厕法席，频参上德，贪餐圣典，然因去圣时远，法语理有隐现，诸师复又各阐宗途，于是乎异说蜂起，即五天也有南北之分、大小之争，小乘更有二十部异执，大乘亦分中观、瑜伽两家。至于中夏，更因地理偏远，佛法来迟，加之翻译音隔，文义差舛，更是解读殊异，弘宣多途，《涅槃》、《成实》、《毗昙》、《地论》、《楞伽》、《摄论》等各有专研，大流之外复又更分支派，譬如成实学之广论略论、旧本新本，寿春系、彭城系及梁代三家；地论学之南北两途，佛性的先天就有与熏后始生之异说，一阐提人是否具有佛性，“还灭”、“解脱”是就真如佛性而言还是就阿赖耶第八识而言，仅此一科即有十二家之言，如此等等，一言难尽，此正所谓众说纷纭，自相喧呶，莫衷一是，无可适从。玄奘于是望佛国而启途，仰法匠而远来，为的就是求个“真”字。今日幸得正法藏大和尚允纳，忝列门墙，玄奘之福也，东夏众生之福也。师子光上德乃如来真子，法门翘楚，博览群典，通达五乘，墙高堑深，如今有缘相见，是望能为玄奘解析所疑。”

玄奘的坦诚态度和谦和回答，让师子光非但不能再找到什么茬子，反而被将了一军，使自己陷于被动处境：终归，自己所学，重在说空的中观学说，其他方面虽有涉猎，但都不够深入，现在对方提出要自己当众释疑，一是大出意外，二是非自己能力所及，未免心虚，所以呢，既不敢痛快答应，也难于一言拒绝，众目睽睽之下，颇显狼狈和尴尬。

维那僧似乎也为师子光急得脸上渗汗。

正法藏看在眼里，却好像视而不见似的，与众大德商量道：“大家还有何要问的吗？”

座中诸德都把眼光集中到师子光身上。师子光则目光闪烁不定，不知往哪里看是好。

正法藏最后当众宣布道:“众位已经听了,大唐法师居国时就已深入经藏,西来路上又屡访时彦,频参高座,以老僧观之,其所解圣典,列众之中多有不及。按照本寺规矩,凡通经解论达五十部者,即可获得寺内特殊供养。列位说说,大唐法师是否可列其中?”

“可以!”

“应该!”

赞同声此起彼伏。

众人平静下来后,正法藏正要说什么,师子光却又抢在其前开口道:“大和尚,师子光还有一个建议。”

正法藏问:“是何建议?”

师子光回道:“适才唐朝和尚说,在迦湿弥罗国时曾抄得铜牒三藏宝文,能否请其在此出示,也好让我等在座者一饱眼福?”

众人不谙师子光之意,皆以能见未见为稀罕事而高兴,于是随声附和道:“对,对,出示抄藏让我等饱饱眼福!”

师子光见得到大家一致赞同,脸上露出一丝既得意而又神秘的微笑。对此,众人也许没有留心在意,但玄奘却听话听音,心知肚明:师子光他不相信自己已抄得铜牒三藏宝文,故以此难之。当然,除此之外,玄奘也没有把对方再往坏里想。他做事的原则从来是:怕见人的事不做,所做的事不怕人知。如果说,他对师子光的诚意有所警惕,那么,对座中众德的要求则觉得有满足的必要。只是自己在这里身居客位,做事必须得到主人的允许,所以,他把眼光投向了正法藏大和尚。

正法藏虽然看出了师子光的心思,但又想,让大家见见想见难见的铜牒藏抄文,毕竟也是一桩好事,所以便商量着对玄奘说:“法师如果愿意而且方便的话,拿出来给诸位大德、法师观瞻观瞻,也是一件功德无量的事呢!”

玄奘点头应命，立即吩咐随侍身旁的弟子嘉尚回房取来。

没过一会，嘉尚和石槃陀便各拿了一个包裹进殿，玄奘亲自将它打开，亲自将抄件首册捧到正法藏面前请其观看。

正法藏双手颤抖着毕恭毕敬地接过来，如奉至宝地抚摸着，说道："魂牵何久，今日终得亲睹，虽非铜牒真容，却也是秘藏真抄原文，幸甚幸甚，不枉此生矣。"

玄奘从正法藏手中接回抄本，然后又郑重捧着，给在座众大德观瞻。

正当玄奘准备将抄本重新包裹起来时，师子光又开口了："适才所见者，仅为经藏《邬波第铄论》，还有《毗奈耶婆沙论》和《阿毗达摩毗婆沙论》两藏未见呢！"

玄奘歉然解释道："抄本量大，不便搬挪……"

"会不会是国王没有敕准携带出境？"师子光迫不及待地打断玄奘的话这样问。

嘉尚听师子光如此说，觉得受到了莫名的羞辱，心里很不是滋味，于是不顾一切地挺身辩道："不是这样的，国王还亲自送出国门呢！"

师子光一副不屑的样子。

嘉尚更气了，迅速从随身所佩的香袋中掏出一份文书，又随手抖开让众人看，同时说："请各位大德看明白了，这是迦湿弥罗国国王签发的携藏出境的敕令，上面不仅写了《邬波第铄论》，还写了《毗奈耶婆沙论》和《阿毗达摩毗婆沙论》，清清楚楚的。我师父没有隐瞒，也没有说谎。"

正法藏示意维那接过过目，维那看后回禀道："是写得很清楚的：'敕准大唐国玄奘法师将铜牒秘藏《邬波第铄论》、《毗奈耶婆沙论》和《阿毗达摩毗婆沙论》抄了携归大唐国弘传。'下面是国王的印鉴。”

座中列位大德听毕，一直绷紧的神经这才松弛下来，不约而同地长舒了一口气。师子光则像晒蔫了的叶子，一时难以再挺起来。

会面结束已经是日中时分。

午斋过后，玄奘准备计划、安排一下今后的生活，以便定下心来研习经论。钵盂刚刚洗刷完毕，维那已进了屋，说是已经安排了新的住处，请立即搬过去。

客人嘛，只好听主人的，玄奘师徒遵命收拾行李。随后，维那招呼候在门外的几个净人连抬带背的，一下子就把行囊搬走了。嘉尚几个抢都没能抢到手。

前面说过，那烂陀寺为前后六王所建，原本是六个各自独立的院落，后来才连而成为一大巨刹。每院除主体殿堂楼阁之外，还有寺僧生活起居的僧房，总共四重楼阁，穷雕极镂，壮丽无比，为五天僧寺之首区。玄奘刚刚搬离的住处在寺内北侧幼日王所建院落，戒贤的侄子觉贤，也就是佛陀跋陀罗，就住第一重阁，玄奘住第四重阁。现在迁至的，则是一处上房，具体位置就在当年护法菩萨住房之北。护法菩萨是谁？是正法藏戒贤的老师，五天唯识学十大论师之一，也是当前大乘佛教瑜伽有宗的权威学者，那烂陀寺的前任寺主、上座。玄奘既然投师戒贤，所以护法也就成了他的“师爷”了。将法孙安排在已故师爷住房隔壁，不仅反映出对其器重程度，同时更暗示着一份厚寄和重托。

玄奘师徒进了新的住房，只见里面窗明几净，盥洗饮食之具如瓶钵之类一应俱全，显然是此前已经打扫、擦拭、清洁、整理过的。这些细枝末节多少也反映出玄奘到寺后在短暂时间里地位、人望上所发生的变化。

摆放好行李，维那招呼玄奘坐定，然后掏出一张单子，对他说：“正法藏大和尚已经宣布了，法师已获准享受寺内的特殊供养。寺内万僧之中，获此殊供的大德，包括法师在内，至今也只有十人。”

玄奘听维那如此说，既意外又感激，刚张嘴想要说些什么，却被维那阻止了。他将单子递给玄奘，继续说：“上面写明了每日给法师的供养物品名目和数量，由专人每日按时送至。这些物品是：瞻步罗果一百二十枚，槟榔子二十枚，豆蔻二十颗，龙脑香一两，供大人米一升，酥乳等随日取足，不限量，香油则每月三斗。此外还派净人一人、婆罗门一人侍候，不用亲自参与一切僧事作务，出行乘象代步。还须向法师交代的是：瞻步罗果者，五天谓之天果，又称药果，食之可除风冷；槟榔子、豆蔻可以消食、行气、化湿、和胃，去阴气、胸闷、肿胀，治嗳气、呕吐等病，与龙脑香共食则味道甘甜，口齿留香。五天多雨多水，湿气重，故宜常食此三果。供大人米唯摩揭陀国出产，稀罕珍贵，向来专供给国王及多闻博识大德，以是称供大人米，连同法师，本寺也只有十人可以享用。法师你看，又是一个‘十’字，‘十’字代表吉祥、圆满，是法师必将功成名就、功德圆满的好兆头呢。”

玄奘听后连连合掌作揖道：“谢谢正法藏，谢谢维那大德的周详安排和悉心照料。只是玄奘至此不满旬日，行未修，德未立，受此殊供，惭愧难当啊！”

维那解释道：“法师不必客气。寺中供养，向有定规，按规行事，上下同心，宾主协和，道场之福也。此供至法师而满十，刚刚说过了，此乃吉祥、圆满之佳兆。法师好生努力，必证圣果无疑。”

玄奘再次合十作礼道：“承维那吉言，玄奘定当精进努力，请得真言圣谛，传归东夏，普化有情，不辱释子使命。”

第三十六回

频列法席立志通百家　挑尽孤灯发誓窥壶奥

生活，日子，就像一条河，不停地奔腾，每时每刻都在向前挺进，当然有平缓顺畅，有曲折高低，因此也就有平静，有跌宕。玄奘西行求法，一路下来就是这样的一个过程，即使是在那烂陀寺的修习生活，也毫不例外。

到达那烂陀寺，停不几日，玄奘师徒便收拾停当，安定下来，期待着翻开生活的新一页。

而正法藏戒贤大和尚呢，虽因菩萨说缘，身得渐安，但终归是久罹膏肓之患，又值期颐之年，即使是起居饮食无恙，也很难再称得上是康健之人。所以，多年前就已经减少了登坛授法次数，目的是省下些精力等待有生之年最后一个弟子的到来。如今既已缘合，身上仅存的那点可贾余勇也便随之被激发出来，就像油灯竭尽点滴去释放最后的光辉那样。虽然多年来讲得少了，但功夫在手，现在不用过多准备，便开始为玄奘开讲了。

讲座就设在九层宝洋藏经楼底层大堂里，因为听众太多，堂内坐不下，只好扩大到堂外大院，最后也坐得满满当当的。堂内殿外加起来，足足有几千人之众。如此大规模的讲席，不敢说是空前的，但至少也是非常罕见的，特别是戒贤病后，二十多年来，寺里就再没过这样的宏大场面了。如今正法藏大和尚又要吹大法螺，击大法鼓，而且是专门为来自遥远东方大唐国的和尚特设的，仅仅是这两个头条新闻就足以煽动群情，吸引和动员四众了。

螺歇鼓停，法场顿时肃静，正法藏振振精神，唱题道："《瑜伽师地大论》者，乃弥勒菩萨学说之根本大法。论中总述十七个法门，依此次第修行，即可达到涅槃成佛的最终目的。此论沿引众多其他经典的相关内容，对十七种法门进行详尽的阐释，复又发掘、诠释论中提及或未提及的问题和深义，指出此论与其他相关经典的差别。特别是，它虽属大乘有宗的经典，但同时又兼明小乘教理，所以是内容渊博、无所不包、将释尊整个教法全体赅摄尽净的鸿篇巨制……"

正法藏的演讲才开了个头，却突然被讲座外的一阵嘈杂声打断了。举座听众回头看去，只见一个婆罗门穿着打扮、年过花甲之人，又哭又笑着走进来。讲座主持者维那僧急忙上前询问究竟。

老婆罗门回答说："静志某系东天竺人，原事大梵天神，现已改奉释迦圣人。不久前曾在布呾洛伽山观自在菩萨像前发愿，期望将来当为万民之王。菩萨呈瑞现真身，责诫静志某说：'你不宜有此俗愿，难道忘了护法尊者之嘱托不成？支那僧眼看就要到来，待比丘戒贤为其开坛传授大论之时，你可前往列席受听，既可闻法见佛，又可见机行事，实现昔日诺言，这才是要紧的大事啊。'以是故，今日才如此高兴。"

维那问："既然高兴，却为什么哭？"

静志回道："不是说喜极而泣吗？笑者，哭者，全系一个'喜'

字呢。”

维那又问:“护法尊者曾嘱托你什么来着?你又曾有过什么样的承诺?”

老婆罗门也不等维那许可不许可,便找了个地方坐下,然后才回答说:“天机不可泄。”

维那将询问情况禀报了戒贤上座,上座见老婆罗门话中有玄机,便令将其妥当安置,听任列席。

座中听众见这个疯疯癫癫的人居然得到如此礼遇,无不为之侧目。

讲座既开,便连日不辍,玄奘自然是按时列席无缺。不仅如此,每次散席之后不是问师友就是跑藏经楼。所以,站在正法藏大和尚的角度看,他自然是个好学生;但对负责照管其生活起居的弟子来说,他则是个难照料的人,不得不格外地操心。

就在讲座开始的当天,讲席不到午时就结束了,而弟子们直等到日昃还未见到他回来用斋,于是不得不分头去寻找,最后发现他正在宝洋藏经楼第三层的一个角落里寻找着一册什么典籍。

玄觉埋怨道:“都什么时辰了,师父还不回去用斋?”

玄奘头也不回地答道:“已经用过了。”

玄觉愕然:“怎么会呢?我们几个一直在等你呢!”

玄奘听玄觉如此一说,也莫名其妙了:“是你们把斋饭送到这里来的呀!”

玄觉说:“不知道师父你在哪儿,怎么送?还摆在寮房的案子上呢。等你不回,才找来了呀。”

“怎么会是这样?我确实已经食过了,钵盂还在案头呢。”

玄奘为了证明自己的话确凿属实,便领着玄觉从角落里出来看究竟。既到书案前，钵盂却不见了，心里虽然也觉得奇怪，但却仍然信誓旦旦地表示，自己确实已经用过了午斋。

玄奘的坚决态度让玄觉不好当面再说什么，而当他把这等怪事说给嘉尚等师兄弟听时，大家却并不觉得有什么可奇怪的，都认为，是师父用功过度，脑子里产生了错觉，如此而已。于是，大家也便不再在意，只是相约今后务必更加悉心照料就是。

看来，玄奘是否用过午斋的问题，一时是无法核实了，这先放下不说。现在先说一下他为什么要如此急不可耐跑藏经楼。原因是：正法藏在开题时曾讲到，正教法相唯识学的渊源可以上溯至无著菩萨上请弥勒尊者为说《瑜伽师地论》、《中边颂》、《庄严颂》、《分别瑜伽论》，借以阐明唯识中道的妙谛。无著听后为之作了签释，著《摄大乘论》、《大乘阿毗达摩集论》和《显扬圣教论》，无著菩萨之弟世亲再继之撰《百法论》、《五蕴论》、《唯识二十颂》和《唯识三十颂》，继续阐明深义，大加弘扬。于是乎，以《瑜伽论》为“本”，以其余十论为“支”的瑜伽行派学说得以建立。如今正法藏金口一开，有如瓶泻，要跟得上他的节奏，听得懂其中之奥蕴，不仅需要就论听论，而且必须事前预习“十支”，这样才能在听讲时做到连干接枝，溯本穷源，融会贯通。之所以急着到这书山墨海中来，目的就是要把它们寻找出来置于枕边、案头，以便随时翻阅。

所要的经籍都找到后，玄奘又生出了新的念头：机会难得，何不趁此把它们抄写下来，也好日后带回传译弘扬！于是，嘉尚、普光、法钦三人又被派上了新的任务。而玄觉、槃陀便不得不把照料师父的事务包揽了。

本来嘛，两个人照顾一个人，二比一，任务不算重，甚至可以说很轻松，但实际情况却并非如此。

五天气序，除北部雪山脚下地域外，一般来说，几乎是整年暑热潮湿。摩揭陀国地处殑伽河中下游平原地带，更是这种气候的典型类例。虽然略分热时、雨时、寒时三季，实则相差无几，纵在岁末，亦有时花鲜果；终年无雪，仅有微霜，虽热而不生痱子，虽寒而肌肤不皴。因此，当地人多勤洗沐，讲究身体洁净，甚至有食前必先洗澡的不成文规定，简单地说就是不洗不食。习俗认为，洗罢方食，一则身体清虚，污垢尽除，二则痰癊消散，食欲大增。而饱食再洗，则为医方之大忌。所以，每天洗沐就成了当地人的常务，僧人不仅不例外，甚至还将其列入严戒之中，叫“洗浴随时”。无论僧俗，一皆以凿池为福。浴池或在室内，或在室外。室外浴池随处可见，一驿之地，往往有二三十池。那烂陀寺在寺外就有十余方大池，供三千余长住僧和几千名游方挂单僧洗沐之用。每天平旦晨时，阖寺僧但闻犍槌声起，便千百成群，手拿一条长约六尺、宽两尺的白氎浴裙，蜂拥着到这些大池中沐浴，日复日，月复月，从不间断。

一方面是入乡随俗，一方面是天气使然，玄奘师徒到寺不久就开始加入了这鱼贯行列。

玄奘不喜欢群浴，每天都是在寺内浴室中冲洗。他觉得自己正是壮实之年，所以但凡时间不紧，所有役身劳体的事情都一概拒绝弟子们帮忙。像洗浴这等小事，更是不准别人提水执巾侍候。师父执意如此，弟子们又拗不过，几天过后也就习惯了，不再管他了。

这天，大约是讲座开坛的第五日吧，和往常一样，犍槌声一响，嘉尚几个师兄弟们便嬉闹着洗浴去了。

按常例，洗浴回来，师徒一起用斋。可是，当玄觉、槃陀他们回来准备用斋时，却左等右等，良久仍然不见玄奘的影子。细心的嘉尚一一查看盘盂、食物，最后说道：“不用等了，已经走了。”

众人不解，四双眼睛一起凝望着他。他端起一个碟子对大家说："你们看，这瞻步罗果是不是少了？"

法钦一数，报道："只剩了一百枚。"

普光恍然大悟："师父揣走了二十枚。"

"光靠这二十枚果子就能充早斋？"玄觉不免担心道。

槃陀出示玄奘专用的钵盂，说："你们看，还干干的，动都未动过，分明是连早粥都未喝呢。"

师兄弟们几个耸了耸肩，一脸无奈的表情。

临出门抄经前，嘉尚吩咐玄觉和槃陀说："得赶快找到师父，如果午前不回来，又不知人在何处，想送斋饭都无法送。过午不食，岂不是要饿上一日夜？"

于是，玄觉和槃陀便分了工：槃陀留下来准备午斋，玄觉则出门寻玄奘的去向。

前面说过了，玄奘师徒到达那烂陀寺时，全寺共有六大院落，即最初为北天竺曷罗社槃比丘建造的帝日院，其次的觉护院、如来院、幼日院、金刚院和如今戒日王所建的大伽蓝。六大院互为毗邻，由一高大的长廊圈在一起。从外看，长廊是一堵三四丈高的直墙，从内看则是一大圈砖室，分三层，直檐平顶；西面设山门，两边与廊房连接，层檐凌虚，突出墙外两步，由四根圆柱擎起，檐牙斗拱雕刻绮丽，巧夺天工。每院皆有僧寮，是一幢九棱形的建筑，中间为露井，九面各分隔为若干房，每房宽窄丈许，僧房门户相对而开，都无遮挡，据说是为了便于相互监察，各房门前有廊庑连通。每个大院皆为方形，四角建砖堂，专供高僧大德居住，例如正法藏及其侄觉贤法师就住在幼日院，而已故的护法菩萨则曾住在觉护院，其北房即玄奘现今的起居之所。每院东西两侧设殿堂，或一或二或三，其数不等，一一堂殿，像设庄严……总而言之，整个那烂陀寺地域宽广，栋宇重森，若要细细游观，非三日五日不能尽情尽致。

所以，现在玄觉要在寺内寻觅玄奘的踪影，以大海捞针譬喻当然言之为过，但难度很大却是实实在在的。又者，这那烂陀寺是五天最高等级最大规模的学府，主修圣教内学，小乘之十八部，大乘之中观、瑜伽，一皆弘扬，不偏不废；此外又有俗典、《吠陀》，以及因明、声明、医方明、工巧明之属，亦皆研习；寺内每天的讲座都不下百场。玄奘到得这里，就像旱苗得雨，那馋劲就别说了。不问何人讲说，都想厕列其席，特别想听的讲座，更是不问时间早晚，都要想方设法去参加。其日夜紧张、忙乎、焦急的样子，就像恨不得有个分身术似的。如此众多的讲座，师父去的是哪所？有的放矢去寻找，显然做不到，而要一一过一遍，则谈何容易！

但是，寺院再大也非走不可，讲座再多也非过不可，若是放任不管，就等于白白看着他挨饿。

玄觉从觉护院北门出来，先进入居北的帝日院，但宝洋藏经楼今儿并无讲座，据说是正法藏身体欠安，暂停一日。无果，再到东邻的金刚院去打听，才进得门，便听到从多个方向传来的辩论声，心头不觉一喜，自以为师父必定在此无疑，于是挨个地循声找去。原来是在一座大殿外，几十个比丘聚集在一起，没有主讲，因此也无什么秩序可言，或坐，或蹲，或站，但都面朝着两个激昂慷慨的论者，听他们就什么“现量、比量、非量”在进行辩论。好像听师父说过，这些词儿和因明、唯识学有关系，但既高深又抽象，听不懂，也无心听，所以在扫视一遍、确定没有所要寻找的目标后，便匆匆地离开了。

在一处僧寮门外，玄觉看见墙上贴着一张小布告，说今日有三藏大德慧天法师在此讲说小乘十八部源流及教理提要。玄觉想，既然是名师开讲，师父或者就是奔这来的，于是便走了进去。只见一位长者正在天井设坛开讲，众比丘有的坐在房内的大床上，有的坐在廊檐下的小床上，屏声息气在听讲，不时也有人在交头接耳小声议论几句。玄觉先是把廊檐下的僧众打量了一遍，没有师父的踪影。还不放心，于是又将九面僧房逐一探头查了一遍，仍然不见踪影。最后只好失望地离去。

接下来，玄觉又到同院内的另几处讲座查看了一番，结果同样令人失望。

在帝日院北边的戒日院、东边的如来院，讲座、论座也都不少，其中听众最多的应算大德师子光的讲座。布告上说，他开讲的内容是中观学说的根本经典《中论》和《百论》。关于师子光的形象、人品，在玄奘与寺内大德的见面会上已经略有叙述，当时在场的嘉尚事后曾经将其表现给师兄弟们描述过，留给大家的印象并不怎么好，甚至可以说有些反感，觉得他用审查式的态度来对待一个来自远方客人太过无礼，至少也是不通情理。师父虽然是个有海量的人，当时只是一味地谦恭忍让、委曲示好，没有表现出丝毫不满情绪，但心里肯定不舒服，对他的印象自然也就不会好。想到这里，玄觉便信心满满地认为：师父没有理由，也不会降格屈就这样的法席，于是只是约略地扫了一眼会场，便匆匆地离开了。

最后，玄觉到了位于帝日院东北方的幼日院，那里也有一个大讲座，是寺中高德智光大师在讲古典《吠陀》。据说这长老是正法藏戒贤大和尚的高足、上首门人，精通大小乘教义，旁及《吠陀》、五明等外书，是现今寺里享誉仅次于正法藏的人物。今儿所讲的《吠陀》，师父也曾念叨过，说这是雅利安民族从中央高原南下，越过大雪山，至于殑伽河流域，与沿途原住民族融合过程的一部长篇赞歌、五天竺最古老的圣典、婆罗门立教的根本依据，读之听之，自然有益于了解佛法源流和根底。玄觉深知师父是个喜欢广求博览、兼采众长的人,凡事都要打破砂锅问到底,所以,没有放掉一个既重要又新鲜的讲座不听的道理。再说了,全寺都找遍了,其他地方都没踪影,那这里就应当是他必然的投足处了。因为讲座人多,密密麻麻的,实在无法穿插于其中一个一个地辨认,要是真的那样做,人家不以为你是一个疯子才怪哩。这样想着的时候,玄觉自觉不自觉地抬头看了看日头,已经是隅中时分,判断着讲座很快就要散席,所以决定就守在门口不走,到时候出来一个看一个,还怕你插了翅膀不成?再说了,就算你不出来,人走光之后,山还不显?石还不露?

然而,这一回玄觉又真的落空了。当听众鱼贯出来时,他的确是把眼睛睁得大大的,而且全神贯注,一个也没放过。可是,当全部听众散尽后,却仍然不见要找的人影。他不得不怀疑,自己是不是看走了眼,可转而又想:断然没有漏掉的道理啊,一个白面书生混在似是而非的中央高原族属人群中,那是很容易区分、辨认出来的呀。难道他真的没有列席这个讲座?那他又到什么地方去了呢?

至晚,玄奘终于回来了,弟子们不免埋怨他只顾忙事,不顾别人焦急,出门也不留个去处,又往往过午误斋,长此以往,岂不要耽误身子!

玄奘听着弟子们的嘟囔,觉得很是奇怪,反问道:“你们都在说些什么呀?我怎么误了斋饭了?你们不是给我送去了吗?”

“连人都不知在哪儿,谁给你送斋了?都送到哪儿了?”玄觉发泄着满肚子怨气。

玄奘仍然觉得奇怪:“我在哪儿?我在听师子光大德讲论呀。不错,我是不想回来用斋了,因为用完斋又要接着听讲,来来回回耽误时间呢。可将要重新开讲时，却有人递上斋饭，说是你们送来的。”

“怎么会呢？我一直待在屋里等玄觉的消息呢，谁给你送啊？”石槃陀也奇怪了。

玄奘至此仍然确信无疑：“有钵盂为证呢，我看那钵盂正是我的呢。”

“又是钵盂！你还看见了！怎么会呢？”槃陀说着，走到桌边拿过一个钵盂递给玄奘，“它一直没有离开过这屋子，你也一直没有回来，怎么会见到它？”

玄奘接过来一看，钵盂里的大人米饭还动都未动呢！直至此时，玄奘才开始觉着事情有点儿蹊跷，再联想起宝洋藏经阁的那顿午斋，那钵盂的不翼而飞，这蹊跷的事儿就更加令人费解了。

玄觉此时没有心思去想那蹊跷的事，他正在心中作深刻的检讨，是自己的武断和疏忽，致使整整一个上午劳而无功，要不是那位不知名姓的人好心、用心，还真的要害得师父误了午斋呢。不过，他至今不明白，师父为什么要去听师子光的讲座，便带着几分抵触情绪说道：“真想不到师父还去听那师子光的讲座，难道忘了初见面时他那无礼的态度？”

玄奘不知道玄觉一个上午寻找他的经过，因此也就不明白他此问的意思，所以不免有点诧异，想了想，回道：“你是说师子光大德询问抄得迦湿弥罗国铜牒秘藏事吧？也不见得人家无礼啊，想想看，这里的四众近在咫尺，连亲睹的机会都没有，你一个远道而来的和尚却不仅见了，读了，居然还获准抄了携带出境。如此大的反差，人家要是不怀疑，不问个明白清楚，那才是大怪事呢。”

玄觉的心结还是解不开：“那也得端正态度，讲个礼貌嘛。”

玄奘道：“你这话倒是值得斟酌考虑。不过这并不影响去听他的讲座呀!”

玄觉回道:“话虽如此说,但树活一张皮,人活一口气,为什么要给他捧场?”

玄奘听后不觉笑了起来:“捧场,给谁捧场?我是去向人家讨饭、化缘,不是去随喜,不是去捐赠,人家能慷慨给予,就算万幸呢!”

“就是嘛。师父的胸襟有多宽啊!”一旁的法钦听玄奘如此说,极表赞同,接着又转过来揶揄玄觉道,“你怎么人长高了肚量却变小了啊!还是一般的小肚鸡肠。自己折磨自己,净找闷气生,真是钝根钝机,不可教也。”

玄觉怀里装着事儿,没心思反击法钦,只是难为情地低头不语。

嘉尚见状,一旁安慰道:“法钦嘴子烂,别理会他。”

普光从玄觉的低调应对中却似乎看出了什么端倪,带点质疑的意思问道:“哎,师兄,你怎么突然提出这个问题来呢?”

玄觉自觉失责,有点心虚,见问,连眼都未抬一下,仍然低头不语。

普光于是推论道:“你是以为师父与师子光有心结,不会去听他的讲座,所以路过那里也没进去看看。结果呢,师父却正好就在那……现在正在为自己的判断失误暗自检讨、后悔,是吧?”

“好啦好啦,是为师的疏忽,没有向你们交代好,怎么反倒怪罪起玄觉了?”玄奘见法钦、普光将矛头对着玄觉,急忙解围说,“这么大的寺院,一个人转一遍就很难,还能每个旮旯都细细地过一遍?再说了,即使缺一顿斋,这才是多大的一点事?以后再碰到此等事,你们就不要再东找西找了。我都快到不惑之年了,还会糊里糊涂,自己糟践自己不成?”

弟子们并不苟同师父的意见,但谁都没有再发声。

在弟子们看来,日子是在焦急乃至于忧心忡忡中过去的。但玄奘并不这样想,也没有这样的感觉。他并不太以缺餐少寝为意。有舍才有得嘛,这是自然之理;理之使然,谁可违逆?循理而行,遂成习惯;既成习惯,便连想都不去想,或者说,根本上就没有这方面的意识、概念。他的一切行为的动力,主要地就是两个字:虔诚——出自肺腑的对释尊及其教法的绝对信仰和忠诚。如果说还有别的因素,那就是他追求学问的那种持之以恒、锲而不舍的精进精神和山石难移的本性。正是这些因素叠加、累积在一起,致使在冬去春来的这几个月里又发生了几次非常事件。弟子们说也没用,焦急也无济于事。

可不是吗,今天又出情况了:早上出门时说得好好的,听正法藏讲座结束后回来用午斋,而结果呢,日中都过半了,人还没影,怎么说话不算数啊!

玄觉、槃陀知道,正法藏的讲座只在上午进行,既解座,便人去楼空,再到那里去找,纯粹是白费功夫;到别的地方去吧,又全然没个目标、方向;不找吧,想着他又要缺一顿,心里便像自己挨饿一样难受。真是左右为难,不知如何是好。

事情的确如玄觉、槃陀判断的那样,正法藏讲座歇席后,玄奘和众人一样,随即离去了,这回倒是真的要回去用午斋的。但未想到一出门就碰上了静志,就是正法藏开讲那天哭着、笑着进场的那个婆罗门。相互打过招呼后,静志便对玄奘说,斋后在戒日院有一个讲座,由智光上德主席,问他有没有兴趣。

玄奘问:“就是数月前开讲《吠陀》古典的那位法师吗?”

“法师知道他曾讲过《吠陀》?”静志颇觉诧异,这样问。

“是弟子们告诉的。”玄奘如实作答，想了想，又反问道，“是从头再讲吗？”

静志道：“你是说《吠陀》吗？不，不是的。《吠陀》已经讲完，今日开讲的是《声明记论》。”

“就是‘五明’中的声明吗？”玄奘问。

静志回道：“是的，正是五天的语学俗书，也是梵文宝典！”

玄奘一听“宝典”这词儿，脑子里立刻就有一种浩瀚、深邃的感觉，说道：“肯定是大部头啦！”

静志道：“不仅是部头大，还源远流长呢。相传此典为梵王劫初所说，因此故，取名为《梵书》，有百万颂之多呢。至帝释天节录略为十万颂，迦多没仙人再略为一万二千颂，波腻尼仙更略为八千颂。此外，还有《声明论》三百颂、《声明略本颂》一千颂、《八界论》八百颂、《闻释迦论》一千五百颂、《温那地论》二千五百颂，诸如此类，种类繁复，难以尽言。”

“竟有如此之多呀！”玄奘颇感惊讶，“佛寺里竟设如此一门功课，可见其很重要啦？”

“那自然，自王舍城至迦湿弥罗城的四次佛典结集，都是用梵语将口诵真言记录下来的，要通正教，当然要先通梵语了。”静志好像有意考验玄奘似的，接着补充道，“当然，设若只求听懂看懂法典，其实也大可不必下此苦功。”

玄奘果然睿智，一听此话即知道其用心所在，于是立即剖露心迹道：“一人饱不是福，众人饱才是真正的福。玄奘此来，不只是想一人闻法礼佛，而是要为有情众生乞取资粮，求得真经，引明灯而照暗室，划慈航而度众苦哩。”

静志听罢，不觉喜上心头，问道：“如此看来，法师是打算将圣言翻传于唐国了？”

玄奘道："正是。"

静志深心所盼者正是这两个字，于是立即为其筹谋道："既如此，也有捷径可走。宝典虽然浩瀚，但重点也突出，其中最为重要的，则是护法菩萨所造之二万五千颂《杂宝声明论》。世人都以《声明》为究竟之极论，而《杂宝声明论》则是极天地之奥秘，穷人伦之精华，学而至此，方可称得上是善解《声明》。所以，法师不妨将主要精力集中于此，其他则大可简之、略之。"

玄奘经静志指点，顿时有了头绪，高兴得直说"多谢"，接着又问道："前辈所说的护法菩萨就是几十年前才灭度的大论师吧？"

静志答道："正是，住世时的居所就在法师你住所的南隔壁呢。"

玄奘更加高兴了："后学真是与菩萨论师有缘啊！"

"不只是有缘，而且是深缘哩！"静志话中有话道。

玄奘似乎有所感觉，但又不好贸然追问。恰好就在这个时候，肚子咕咕地叫了起来，于是说道："哎哟，该用斋了，不敢再耽误前辈，后学谨此告辞……"

"法师不想耽误静志，却要耽误了自己呢！"静志这样打断玄奘的话。

玄奘不解，问道："前辈此话怎讲？"

静志反问："法师不听慧光上德的讲座了？"

"听啊，怎可不听呀？"玄奘望着静志，似乎在期待答案。

静志指指日头，说："就要过午了，再赶回去用斋，岂不耽误了讲座？"

玄奘抬头看看日头，说道："也是，只是又得委屈肚子了。"

"那倒不一定，且跟我来。"

静志说着，拉着玄奘的手就迈开了步。

玄奘一面跟着走，一面问道："到哪里？干什么呀？"

玄奘哪里知道，自己与静志的这次相遇，其实并非"巧遇"。静志算准玄奘一定会在了解声明讲座的重要性后，非要参加不可。为了避免玄奘为午斋来回折腾，他早就作了准备，而且早早地便来到幼日院门前等候。此刻拉着玄奘到哪儿，要做什么，难道还不明白吗？

玄奘跟着静志走近戒日院，以为是赴讲座来了，便说道："我们是不是来得早了些？"

静志回道："还没用斋呢。"

静志将玄奘领到一眼僧房，又打开一张小床招呼他坐下，然后说："这儿就是正法藏为静志安排的住处。"

至此，玄奘这才彻底明白了老婆罗门的一番用心。正当他四周打量着这间简之又简的僧房时，静志已经将安放饭菜的小托盘送至跟前，当他再端了自己的托盘回到玄奘身旁准备用餐时，意外的事情却发生了：嘉尚突然出现在他们的面前！

你说这嘉尚是怎么知道他的师父被人带到了这里？又为什么早不来，晚不来，偏偏在用斋这个时候来？此来的目的是什么？难道他的师兄弟们也像他这样在满院子的找吗？

要回答这些疑问，其实是既难又不难，既容易又不容易。

玄奘断餐少顿的现象发生多了，劝又劝不动，从身体上又看不出任何变坏变差的状况，因此上，弟子们似乎也就慢慢地习以为常了，漫不经心了。只有嘉尚例外，此前发生的种种蹊跷事让他老是抹不去心里的疑团：似乎有一个人总是如影随形在师父身边转悠，监视他，保护他，照料他，这个人究竟是谁呢？他为什么要这样做呢？无论是从安全还是弄明真相方面考虑，都必须揭开这个秘密。主意既定，他于是开始抽空暗地里窥察师父的行踪。好几次了，都因种种原因而一直未能达到目的。俗话说，有心栽花花不开，无心种柳柳成荫。今儿嘉尚本没有这样的一个计划，但意外的事情却发生了：因为平日里忙着抄写经典，难得有个闲时；今天正好没有新的任务，所以便想趁此机会将全寺六个院落好好地观瞻一遍；但直至中午，他也只转完四个院落。正当他要离开幼日院回去用斋时，却意外地发现前面几十步开外的一个熟悉身影正被一个老者拽着手往前走，于是，往日曾经有过的那种侦察冲动立即驱使他悄悄地尾随跟进。当他在僧房门外瞥见老婆罗门端给师父的那只钵盂竟是那样眼熟时，心里一下子豁然开朗起来，而且有一种难以掩饰的胜利喜悦。

当嘉尚走到师父和老婆罗门面前时，玄奘颇觉惊讶，像是在说：你怎么找到这儿来了？老婆罗门则不然，脸上微露沮丧的神色，像是在自语：我这张纸看来是包不住火了。

嘉尚朝老婆罗门施礼后，意味深长地说道："小比丘嘉尚谢谢大德慈悯，向来费心照顾尊师，实在感激不尽。"

又是两种表情：老婆罗门知道老底已被嘉尚看穿，沮丧之中夹杂着些赞许，好像是说：算小师你有能耐！玄奘则不免愕然，心想：我分明只来过这里一趟，人家怎么就成为'向来费心'的了？

嘉尚看出师父的心思，但并不立即说透，而是拿起托盘上的钵盂，问道："师父的钵盂怎么到了这里？"

经提醒，玄奘这才细细观看眼前的钵盂，心里不禁一惊：可不，我的钵盂怎么到了这里？

这一惊、一问不要紧，结果却是勾起了玄奘对往日的记忆：宝洋藏经楼案头莫名其妙消失的钵盂，听师子光讲座那天用斋的钵盂，分明都是自己平日里所用的，怎么今天却到了这里？莫非这世界上还有另一个与之一模一样的钵盂不成？莫非静志曾经用这只钵盂给自己送斋不成……想到这里，再联系起嘉尚的突然出现，还说了句“向来费心”这样的话，糊涂迷茫之中似乎觉察到了些什么，于是不由自主地看了看静志，又瞧了瞧嘉尚，显然是在问：这是怎么回事？

嘉尚没吭声，只是目不转睛地盯着老婆罗门。

静志知道秘密已经无法再保守下去，但却又不愿直截了当地作正面回答，便反问道：“请问法师是如何得着那烂陀寺的钵盂的？”

玄奘一时不知其所问何意，反问道：“前辈是说，后学所用的钵盂是那烂陀寺的？”

静志点头道：“正是。”

玄奘原本是个点到即通的人，听了静志的一问一答，一下子就明白了原委，说道：“我钵非彼钵，彼钵同我钵，你用此钵当我钵，一心助我得解脱。大德呀，玄奘说得可对？”

静志还是不愿意直截了当地回答，只是又反问道：“且问法师，你的钵盂是从哪儿得来的？”

“是后学西行前夕从波颇阿阇梨那里得来的。波颇阿阇梨知道后学将赴五天求法，特地赠予此钵，以便沿路化缘，乞取资粮。这与大德给玄奘送斋有何干系？”

静志仍然是只问不答：“你可知道人家送你的钵盂出自那烂陀寺？”

“大德是说，我的钵盂是…”话还未说完，玄奘猛地拍了一下脑门，恍然道，“是了是了，波颇阿阇梨在到大唐传法之前，曾在那烂陀寺听过正法藏讲解《瑜伽大论》呀，此钵当是他那时使用的了。”

静志道：“这就对了。就在那时分，摩揭陀国王曾为那烂陀寺比丘施钵数千只，波颇阿阇梨所用者与静志所用者同为此王所施。

是故质地、形状、大小相同,难以分辨。”

“虽然如此,可前辈如何知道后学有此一钵?”玄奘仍然理不清其中的关系。

静志深有感触地说:“缘分,你我有缘啊!”

“这又怎么说?”玄奘进一步追问。

“法师一定还记得菩提树下悲伤懊恼、流涕扑地的情景。”静志回道,“当时静志也在菩提寺参加法会,你身边这几个小师兄弟不断来回递浆送水的,因此上得见所用之钵。后更打听,复知法师来自支那,从此之后,静志就暗中相伴法师,直至今日。”

“这又是为什么呢?”玄奘更加不解了。

静志又是那句话:“缘分,你我有缘!”

玄奘仍是一头雾水了。

静志看着玄奘穷追不舍的样子,知道今天是非得把事情挑明不可的时候了,于是整理了一下思绪,徐徐道:“当年,静志改梵从佛之后,曾在菩提寺从护法菩萨习法多年。菩萨临寂,将自制论稿一册交与静志,说是五天无缘,传之无人,宜待东方有志者来,方可交付弘扬。在菩提寺与法师初面,已知缘合,又听法师有志《瑜伽》,更是倍加高兴,于是喜极而泣,哭笑舞蹈于法席之上。既见菩萨所托已有对象,却复忧法师你万一闪失,以是故暗地随护。所作所为,皆出菩萨叮嘱,岂敢须臾怠忽!本想待法师学成归国时,再将菩萨论稿交付,不料被这小师弟看破……哎,或许这也是因缘所致吧!”

玄奘听说护法菩萨竟有遗稿托付,心中一时大喜,连道谢的话都没说,便问道:“前辈的意思是,现在就可将菩萨论稿交付玄奘?”

静志没有回答,转身走到床边,从香袋里取出一叠包裹严实的书稿。玄奘快步上前就要接过,但静志没有立即松手,而是说:“菩萨遗嘱:因为五天国土无缘,故秘藏未传。所以,法师在得到论稿后,亦不可在此开卷张扬,待归国传译遇到难处时方可启阅。法师能否遵守?”

玄奘见静志神色凝重,深知此非小事,于是庄重立誓道:“天地为证,学僧玄奘唯菩萨之命是从!”

静志将论稿交付玄奘后,转对嘉尚说:“此事你知我知……”

嘉尚正色道:“阿弥陀佛！长老与师父说了什么,做了什么,小辈并未听见、看见呢!”

静志欣赏地看了嘉尚一眼,转而对玄奘示意道:“股肱之才,入室之器也！可喜,可贺。”

第三十七回
杖林山投师铁鞋踏破　佛指骨放光心路开通

玄奘在那烂陀寺专心修习，殚精竭虑，不遑寝食，乃至二者俱废，五年的时间，一如白驹过隙、忽然之间。在不知不觉中，不仅从正法藏戒贤大和尚听习了多遍《瑜伽大论》以及相关论典，还在寺里就便从其他大德研习、决疑过小乘、中观诸方面的根本论著，钩沉发隐，精微造尽，终于德瓶云满，藏海嬉游，尽得正教大旨，成就了多年的夙愿。弟子们看着师父已经事功告成，都眼巴巴地盼望其开口言归。可结果呢，却事与愿违了。

玄奘将弟子们安顿着落，又布置了任务之后，便孑然一身离开了那烂陀寺。临别时，他对弟子们说："如今虽已得了真经，可你我师徒不辞风霜，多冒寒暑，披星戴月，不知经过了几多的辛苦艰难，才到得了这佛国仙乡。这不仅是许多人梦寐以求、可望而不可即的事情，同时也是人生中不可重复的一段经历，因此，万万不可错过了这大好机会。为师的从今日开始，即要徒步环游五天，归期何期，现在还很难定。你们呢，务必寸阴是竞，完成我所布置的作务，万不可须臾怠忽，虚度了时光。”

说到这里，玄奘从万一计，又郑重地交代说：“为师的如果旅途中有不测之虞，你等务必将在此所寻觅到的经典安全携归，于我大唐国弘扬光大，谨记切切。”

说完，不容弟子们奉劝，便转身走了。

玄奘从那烂陀寺出发东进，经中天竺之伊烂拏、缕波二国，进至东天竺海边；从此折而南，到达南天竺之羯陵迦；继而深入中天竺之憍萨罗；然后又返至东海岸驮那羯磔迦，往南到于达罗毗荼；从此转身，望西北直进，先顺河谷，继循海岸，西北行万余里，先后历恭建那补罗、摩诃剌侘、跋禄羯呫婆、摩腊婆等国至于西天竺之阿难补罗国；经极西之狼羯罗，再沿信度河上溯，从北天竺之钵伐多折东，最后辗转还归摩揭陀。周游五天，前后经过三十余国，历时三年许，行程数万里。期间，伊烂拏山的烟霞仙踪，瞻波国境内的群象、巨犀、黑豹，恭御陀、珠利耶境内的大荒和猛兽，恭建那无边无际的林野与出没无常的群盗……一路下来，既有看不尽的无限风光美景，更有那令人胆战心惊的凶险与艰危。当然，无论是风光美景还是艰危凶险，都无法取代荡漾在心中的那份法喜：从名宿师子忍、如来密、苏部底、苏利耶研读论典的那段令人难忘、或长或短的宝贵时光，亲眼目睹乌荼国佛牙宝塔和臂多势罗国阿育王塔瑞光烛天时的那种激动雀跃，瞻礼伊烂拏孤山刻檀观自在像并抛花祈愿的那份神圣和庄严，在故往的龙树、提婆菩萨与陈那、清辩、最胜子、贤爱、德光、护法等论师的弘法圣地或本生故里踯躅踟蹰、留恋难舍的那份缠绵等等，诸如此类言语难尽的体味、感受，无不如刻如镂地深入骨髓，如镶如嵌地长留心中。

结束五天巡游，回到那烂陀寺，玄奘向恩师戒贤正法藏参礼、禀报才了，又听说本寺之西五十里处的低罗泽迦寺有名德般若跋陀罗法师既精于小乘有部三藏圣典，还擅长《声明》与《因明》，于是便又马不停蹄地赶往咨询、决疑，整整花了两个月的时间。

就在低罗泽迦寺请益即将结束的时候，这位新的师父不知是有心还是无意，给玄奘讲了一个故事，说是有一位了不得的居士隐居在杖林山中，大名叫胜军。他出生于西天竺苏剌侘国刹帝利望族，自小喜欢恬淡简朴的生活，寄情山林，枕藉书史，耽读无倦，内典外籍，无所不通。国王满胄钦其德学，下诏立为国师，并封以大邑，居士谢而不受。至本朝戒日王即位，亦以师礼待之，封邑又更数倍于前，仍不受，并且回道："若受王之俸禄则须为王分忧，可如今众生沉浮于生死荣辱之中，暗昧难明，苦海方阔，胜军正欲救其急难，实在没有闲暇眷顾大王之机务。"国王无奈，只好作罢。而居士也为避免再遭烦扰，便从此隐遁于杖林山中，专心养徒授业。四方学士、内外道人，乃至国王大臣、长老豪右，无不倾心向往，受业请益者，往来络绎，门庭若市。

故事很动听，但玄奘已经是一匹久在旅途的老骥，什么样的清风明月，什么样的时雨朝露，什么样的高峰峻岭，未曾亲历，没有见过？像这样清心高洁、以度人为乐的拱璧、巨擘，所见所闻者亦何止一二？所以，听过之后，虽亦仰之敬之，却一时未曾倾心。只是，般若跋陀罗后来又说："居士在年过古稀之后，毅然捐废余学，专心于至极之真谛，手不释卷，昼以继夜，往往微旨独发，奥义先得，在唯识心学方面更是独树一帜，标新立异。"听了此话，玄奘这才开始按捺不住了，他知道，"万法唯识"之说乃是当今五天圣教最新、最高、最究竟之无上法门，正法藏讲解《瑜伽大论》时虽然有所涉及，然犹车轮之缺辐，尚欠圆满。如今既然又有名师通达此学，机会难得，岂有轻易放弃之理？

于是乎，在告别般若跋陀罗大德之后，玄奘便径直往杖林山去了。

杖林山在哪里？其实，此山就在那烂陀寺的西南，距离并不太远。它的东面数十里开外是上茅宫，东北方是孤山，西南方有大山阳温泉。杖林山原名叫佛陀伐那山，顺此山之空谷东行三十余里，即可看到一片大竹林，这就是所谓的杖林。竹林漫山遍野，一片碧绿，根根修竹，堪比琅玕，高标显节，纤枝绿叶，阳光照射，银光点点，单株看，犹如凤尾随风，成片看，一似碧波万顷。明明是一片竹林，为什么却称之为杖林？这其中还有着一则有趣的故事呢：史载，释迦文佛双耳垂肩，两手过膝，身高丈六，婆罗门疑之，因以丈六竹干丈量其身。结果呢，佛身实长竟超过此杖。婆罗门自责多疑，遂弃杖愧走。不料此杖却落地生根，似得甘露，疯长成林，以至于弥坡满谷，苍翠有如泼黛。以是故，不称竹林而誉之为杖林，山亦因之而易名。

既见竹林，玄奘知道已经到达目的地，但四下望去，却除了竹林还是竹林，并无什么砖木架构之屋宇，自然也就无处寻找什么袅袅炊烟了。总而言之，简直就是一处渺无人踪的荒山野岭嘛，到什么地方去找这胜军大德呀？

就在玄奘四顾茫然、一筹莫展、不知所之的时候，竹林深处突然传来几下犍椎声。不知是出于本能还是习惯，他抬头看了看，日头果然正在头顶上空。心想，这肯定是山寺放斋的信号了。惊喜之余，便循声寻了去。

果然，才走了几百步，便见一片不小的茅棚草舍出现在眼前，不时有比丘从一所大草庐中出来，像是用完了斋的样子。

玄奘朝一个近前的比丘合十作礼。

比丘回礼并唱道："善来！"

玄奘欢喜回道："极善来！"

比丘定睛看着玄奘，像在问："客僧此来何意？"

玄奘见状赶紧将自己的身份、来历、此来的目的，一口气说了个囫囵。

比丘听毕，随手指了指几十步远处的那间独立草庐说道："长老就住在那里。"

玄奘谢过比丘后便朝那草庐走去。到得跟前，却扑了个空：柴扉虽然只是虚掩，但庐内却无人。玄奘自度：门既然只是虚掩，人应当不会走得太远，说不准很快就会回来，便在门前竹林边盘腿坐了下来，然后从香袋里摸出一个饭团，聊充午斋。

斋后，又望着远方，翘首等了一两个时辰，还不见人回来，于是便干脆静下心来，正襟危坐，默念起《心经》，鼓励自己说："我能披星戴月、攀山越岭来到佛国仙乡，也就一定有足够的耐性在这儿等到想见、须见的大德。"

开始时，玄奘只是双目微合，嘴唇还在翕动；慢慢地，双眼便完全闭了起来，双唇也不再有些许的动弹，但仍然是腰直身正，真有习武人"坐如钟"的姿态哩！

俗话说，风雨无时。五天的天气更像孩子的脸，说变就变。傍晚时分，太阳还在竭尽全力显示它的能耐，照在人身上还是火辣辣的。可是，一团乌云压过来后，雨点便像豆子般撒了下来，噼啪有声，风声、雨声、竹林摇撼声交织在一起，活像一首激昂澎湃的天乐，那前俯后仰的竹林，则犹如那绿波翻滚的汪洋。

然而，眼前所发生的这一切，玄奘好像压根儿就不知道似的，依然坐在原地，一动不动，当然更谈不上躲避了。

在俗人眼里,此时此刻的玄奘,肯定被认为是个十足的疯子;但在教内法侣道友那里,他们对此又是怎样看待的呢?

风雨中,夜幕的降临比寻常日子提前了许多。当玄奘打过一个寒噤,重新感知眼前这个现实世界时,这才发现满地都是湿漉漉的,但身上却只是有点儿发潮,并没有湿透,伸手摸之,原来是披了一件蓑衣,头上扣了一顶斗笠。

哪来的这蓑衣、斗笠呀?玄奘一面自问,一面举目朝前看去,只见草庐内有灯如豆,那小小的灯焰还在不停地摇曳闪烁,心中不觉一阵惊喜,急忙忙地站起,拔腿就朝草庐跑了去。

院子柴扉和草庐门都敞开着,玄奘以为这就是主人欢迎自己的表示,所以没有打招呼就径直走了进去。

庐内,暗淡的灯光下,一个比丘正在床前收拾物件。玄奘想:这应该就是自己要找的胜军论师了。所以,既到跟前,便立即跪地肘行鸣足致礼,同时唱道:“谢谢论师怜爱,亲自为远僧玄奘遮风挡雨,不胜感激。”

“论师?我不是论师,我是论师的侍者,叫多罗。”收拾物件的比丘听到背后有人说话,似乎并不惊奇,从容转过身来这样说,而且对玄奘的道谢也不怎么买账,淡淡地说道:“要打坐入定,也得找个恰当的所在啊!你不知道此地的天气反复无常吗?就不怕大雨把你淋成落汤鸡?”

“远僧久等不见论师回来,便随地打坐养神,不想竟然入了三昧。师长教训极是,后学今后一定注意。”玄奘歉然解释道,“师长既为论师入室,那一定知道他几时归来了?”

“和尚莫非有事要找亲教师?”多罗审视着玄奘,颇有明知故问的意思。

玄奘少不得又将自己如何远道而来、求知若渴的情怀讲述了一遍，最后说：“玄奘离乡日久，如今虽然游遍五天，历聆名师教诲，但仍然心有余疑。听说胜军论师承难陀、护法、安慧、贤爱等论师之遗绪，捃其菁华，得兰蕙之双馨，集徽猷之美誉。远僧玄奘今日之来，即蜂之逐蜜也。”

多罗对玄奘的诚挚渴求并没有表示多少赞赏和热情，又是淡淡地说道：“客僧你来晚了，亲教师前一日才离开这里，到鸡足山巡礼去了。”

玄奘听后多少有些失望，但转而又想，鸡足山离此不过百里，论师长时间在此习法、弘法，难道以前就没有去过吗？于是带点疑虑口气问道：“真的到鸡足山巡礼去了？”

“不是真的难道是我打诳了不成？”多罗带点不满情绪回道，“客僧难道不知，那里是迦叶尊者入定、奉持如来咐嘱之金襕袈裟待弥勒出世处？”

玄奘点头表示知道，但仍有疑问：“论师莫不是年年去，常常去？”

“是年年去，常常去，有烦恼就去，有疑问就去。”多罗知道玄奘还会问个不停，便继续往下说道，“当初大迦叶手捧袈裟到达鸡足山时，山中众生骄慢，很是看不起他。待大迦叶授衣宣法后显大神通、化火焚身而升空时，无明众生这才幡然悔悟，尽除骄慢，并最后证得圣果。亲教师常到那里巡礼，为的就是防范生起骄慢心。”

“论师真是令人景仰，只是不知他几时才能回返？”玄奘赞叹之余再问归期。

“说不准。”多罗回道，“巡礼之外，当地僧俗还要请他开坛说法呢，法体又欠精神……”

“前辈是说，论师身体欠安？身边可有侍者随护？”玄奘颇显焦急地问道。

多罗略显无奈，回道：“比丘某本在身边侍候的，可亲教师把我赶了回来。”

玄奘听多罗如此说，心想：论师已经年在耄耋，法体又欠佳，身边竟无侍者，这如何使得？他再次向多罗确认胜军论师的行踪后，也不告别，更没有说缘由，便转身离开了草庐。

多罗既不表示奇怪，更没有挽留，目送他离开院子后便关了门熄了灯。

玄奘离开草庐时，其心中已经没有了问学的急切，更多的是对论师年高体弱的那份担忧。他连夜赶路，人还在路上，心则早已到了鸡足圣山。

鸡足山，玄奘在到达那烂陀寺之前就曾巡礼过。此山因形似鸡爪而得名，又以大迦叶曾于此山寂灭，后人忌讳鸡足之名而称为尊足山。此山冈峦峻极，上接云汉，洞壑幽深，俯瞰炫目，涧底奔急流，空谷走长风，竹木摇曳，茅草偃仰。自从与弥勒、大迦叶结缘之后，山中精舍、兰若、净园、金地与日俱增，朝山礼圣者络绎于途，不绝如缕，一派天上净土、地上福田的景象。

玄奘赶了一夜的路，终于在第二天日中时分到达目的地。他在山门口歇脚的时候，心里寻思：偌大的圣山，众多的道场，走一遍要多少时间啊？倘若有个目标、线索，寻找起来岂不是可以事半功倍吗？论师是个远近闻名的大人物，一旦进山，谁个不知，哪个不晓？于是，他就近问山门值守比丘道：“请问师父可曾听说杖林山胜军长老莅临尊足圣山？”

值守比丘果然掌握这方面的信息，他毫不犹豫地回道：“来过，就在前天。”

玄奘自觉决策正确，来对了，颇为庆幸，甚至可以说是大喜过望，于是又问道：“如今正在何寺说法？”

“你找长老有事？”值守比丘以问作答。

玄奘点头：“既有事，又不为事。”

值守比丘听得糊涂，责怪道：“你这和尚说话怎么这样拗口？什么叫既有事，又不为事？”

玄奘虽然见责，但还是不慌不忙地回道：“有事者，问道请益也。不为事者，唯惦念其法体安否也。”

“嘿，和尚你怎么一句话分两句说呀！不过，你这个用心倒是很好的，一个老头儿，漫山遍野地跑，身边没个人照料，万一有个三长两短，真是个大损失呢！”值守比丘批评毕、赞扬毕，却又说道，“只是，和尚即便有心侍候，也来不及了，今儿一大早，他就下山了。”

玄奘听后，失望不说，心也更急了：“师父可知道，长老要到哪里去？走时身板可灵便？”

“竹杖芒鞋，悠哉游哉的，倒也看不出有多大问题，双腿稍有点儿瘸罢了。”值守比丘略一搜索记忆，又补充道，“只是问他要去哪里时，他只说了三个字：大山阳。”

“大阳山？在哪？很远吗？”玄奘连连问道。

值守比丘：“就在杖林山西南七八十里处。”

玄奘听后不禁生疑：“既然近在咫尺，为何不回杖林而去大山阳？”

值守比丘估摸着玄奘不像自己的同胞，于是便津津乐道起来，竭尽所能显示其对家乡地理、历史、人文情况的了解：“想必和尚不是此方人，所以有所不知。这大山阳呀，倒也没有多么的奇特，只是那里的两处温泉，可是稀罕着呢！那泉水热乎乎的，还有一股药味，凡有沉疴宿疾，只要到此泉就浴，便可迅即痊愈。只是此泉并非自然涌出，它是当年释迦文佛在此诵经说法时，备受酷热煎熬，地仙为之动容，遂发心开凿，出地宫温汤而成泉。相传释尊就泉沐浴后，疲劳尽除，精神倍增，一连在此说法达三月之久。也正因为释尊曾就泉洗浴，所以泉水至今仍有神效哩。”

天地之大，阴晴冷暖各处大不相同。人心也一样，心思不同，情绪差别也大。值守比丘热爱自己的家乡，所以说起话来眉飞色舞；而玄奘挂念的则是心仪中人的健康，听了值守比丘的话却一点儿也高兴不起来。他将温泉和治病两者联系起来，大感情况不可乐观，心想：中断说法而赶去泡温泉，可见病情不轻。既是带疾之身，又何堪长途旅行之苦，况且又是孑然一身！

玄奘越想心情越沉重、越焦急，请益的事儿此时已经变得无关紧要，脑子里转悠的全是论师安危这事儿！

他无心再问下去、再想下去，急忙从值守比丘那里请了碗水喝，道过别，便离去了。

不用猜，玄奘离开鸡足山后的下一个目的地就是大山阳。

他按原路折回走了五六十里，出小径朝东南缓步上山，约二十余里，赶天黑前爬上最后一处高岗。稍事休息时，透过夜幕往前方山坳里眺望，隐约看得见云遮雾罩的景象。显然，目的地就在眼前。

下了岗，果然看见两眼清泉，不，应该说是两方清池，热气升腾，随风回旋，满山弥谷的，置身其中，很有云山雾海的感觉。

以前说过，五天习俗，不洗不食。当此即将入定就寝之时，就浴者自然少了许多，又时值秋后微寒，即使罹病者也会谨慎行事，无疑也会减少许多浴客。如此一来，玄奘于池中所能见到的真可谓寥寥无几了，一一问讯，人人都说认识，但今儿却没见过影儿。

不过,有人告诉他,室内有小温汤,专供耆宿大德就浴,或许在那里可以找得到。

小温汤设在一座小庙里,要进去须经住持长老允准。长老叫耶舍提婆,年事已高,也有一定的德学。他在此纲维寺任已有几十个春夏,之所以能够这样安于现状、乐此不疲,那是因为这所小庙地位特殊,经常有机会与耆宿大德聚首晤谈,不用投师而师自来,笑谈戏谑之中即可受法益。所以,凡是长老上座辈前来就浴,一皆出入随便。但要是幼壮者到来,不要说就浴,就是烧香拜佛做功德,都得盘问再三,弄清楚了来意,方准跨过门槛呢。

可不,这事真就让玄奘遇上了。他到得门前,正要抬腿进去,黑暗中突然走来一位老者,正是刚刚说过的那位住持长老耶舍提婆,他迎着玄奘唱道:"善来。"

玄奘见状,赶忙将抬起的腿放下,伏地便拜,同时回唱:"极善来。承蒙长老接待。"

也不等玄奘起身,长老便发问道:"都这么晚了,还进寺作功德?"

玄奘回道:"也算是功德吧,是来找杖林山胜军长老的,听说他今日前来这里就浴。"

提婆诘道:"既是寻人,为何称作功德?"

玄奘禀道:"长老年在耄耋,身患沉疴,只身到此浴疗,着实令学僧不安,故特地赶来侍候,尊老敬贤,既是释子本分,也是一份职责。能够侍候这样德高望重的大德,不也是一种功德吗?"

"唔,算功德,算功德。"提婆长老表示认可后,却告诉说,"舍耶犀那居士的确在此就浴过。不过,他并无什么沉疴,而且浴罢便走了。"

"没什么沉疴?浴罢便走了?又要到那里去?如此这般地绕

圈子,是何讲究?”玄奘百思不得其解。

提婆长老像摸透了玄奘心事似的,饶有兴趣地讲起了胜军居士为人、处世的生活情性和风格,似是无意却是有心地一一回答了他的诸多疑问:“这耶舍犀那老居士说是闲处索居,实际上却是一只野鹤,一朵闲云,来无踪去无影,飘忽难定,简直就是一个行脚头陀。只是,尽管他转来转去,绕圈圈,车轮似地转个不停,但始终没有离开附近的几座山,也就是你刚到过的鸡足山,敝寺所在的这大山阳,还有此地东北的大山,大山北六七里的孤山,又次东北四五里的小孤山。这山那山都是山,处处不离山,再转再走还在山,也仍算是隐遁吧。问他为什么要这样,回说是‘闲来无事’。事实却并非如此。其弟子们说,几天不见,说法时又会语出惊人,独辟蹊径,自成新论。如此这般地走呀走,脑瓜子转呀转,哪像闲来无事?哪像身患沉疴?当然,也有人说他的新论是怪论。以是故,但闻有人登门求教,便要百般回避,不见其诚心、耐心、恒心、虚心,那是不会接纳的。当然啦,设若缘合、投机,他却是不分长幼老少地引为知己,推心置腹,倾囊倒匣,没一丝一毫的悭吝……”

至此,玄奘完全弄明了胜军论师如此不舍昼夜、来去匆匆的原委。心中有了数,于是在谢过寺院长老后,拔腿便要走,长老却说道:“连夜就要寻找去?还未弄清去向呢!”

玄奘笑了笑,回道:“任他这去向那去向,我只朝心之所向去就是。”

当天晚上,玄奘便摸黑上了路,他不再东跑西颠地瞎追赶,而是直接回到杖林山。

根据提婆长老的谈叙,玄奘判定:胜军长老这次离开杖林山到处游走,显然是在得知自己要前来参访的消息后,专门设计出了这个捉迷藏的方式，用以考验考验我玄奘的信愿和耐性。既然如此，你老玩你的游戏，我呢，权且用用那个古老的笨办法：守株待兔。这个比方，固然有些不敬，而且还有“偷懒”之嫌，但说不准还是一个稳妥而有效的办法呢！除非你远走他乡，改遁他山，否则便总有一天要回到这“老窝”来。

玄奘估计得没错，胜军论师的确是在和他斗心眼。有关这个东方支那国和尚前来求法请益的情况，早就不断有人对他说过。在所有的信息中，最让他留心的，是这个东方和尚不远万里直奔戒贤正法藏而来，而且一学就是五年，足未出门，寸步不离，其忠诚、勤奋，人皆知之。而自己呢，固然也从正法藏学过大论，而听后的见解却与其说有所不同，但一是碍于师资之礼，二是忌讳纷争，所以从来没有当面表达过。如今这东方和尚要来问法，究竟是真心还是假意？可不能因了一时的疏忽大意，让他拿了我的话头，在我与正法藏之间，挑起矛盾，掀起风波。于是，他决定在与这和尚见面之前，先考察考察他有多大的决心和诚心。他一面走着，一面从弟子多罗处不断获得消息，知道这个东方和尚正在穷追不舍。离开大山阳时，提婆长老问他还要到那转转，他一反常态，随便打了个马虎眼，说是“走着看吧”。实际上呢，他又在玩心眼了：这回我不留下方向、行踪，让你猜，让你找，找不着，泄气了，生气了，放弃了，我也就省事了，现在且回窝里去歇着。

不过，强将碰上了骁勇，论师这回真的是失算了，失策了。当他一觉醒来推门往外看时，只见竹林边上有人在打坐，心腾地跳了一下便准备回避。不想打坐者已经跃然站起，并大声唱道：“亲教师存念。”

论师回避不及，正在想应对办法呢，玄奘已经小跑着来到跟前，膝行肘步、鸣足顶礼道：“远僧玄奘请安了。亲教师夜里睡得可好？四大平和不？行动灵便不？饮食消化得了不？”

这却让胜军为难了，他想：伸手不打笑面人。何况，现在面对的人不仅憨厚诚实，而且还毕恭毕敬的，才见得面呢，便称呼你亲教师了，还嘘寒问暖没个完，不要说赶了，就是拒都不好意思拒呢。没办法，他只好一一应答过，然后将其引至庐内。

玄奘待胜军坐定，又再次肘步、鸣足施礼。既毕，这才自述心曲道：“学僧玄奘自远而来，专为圣教正法，尤其偏心于大乘瑜伽一宗。然玄奘愚冥，非利根上器，虽受教多年，复遍游五天，心中犹有不解之疑。欣闻亲教师学兼内外，穷究幽微，久探壶奥，独得枢要，是以躬临拜谒，求教请益，愿得忝列门墙，谬充入室。如蒙不弃，实玄奘之大幸，华夏之大福也。谨此切切。”

胜军从输掉最后一着的那刻起，对玄奘非但没了原来的戒备心，反而还生起了一种亲近感，觉得眼前的这个东国和尚果然有志向，有智慧，大气，知礼，行之也谨，言之也切，显然是个可信、可交、可教之人。所以，在听完玄奘的陈请后，便直截了当地问道：“贤俊所疑者何？老衲愿洗耳一听。”

玄奘见论师居然这么痛快就接纳自己，心里真有说不出的高兴，略为整理一下思绪，便说道：“玄奘愚以为，圣教之弘宣，虽系由小乘而般若，由般若而瑜伽，最后终之于唯识。然而唯识之说，本出自圣言，蕴之于半满经典；至佛灭后九百年，无著菩萨发《增一阿含》、《大乘阿毗达摩》、《深密》、《华严》等诸经之微言，世亲造《摄大乘论》及《三十唯识颂》，于是唯识学即法幢高树；此后数百年中，复有十大论师大力弘扬，而又尤以护法菩萨得其真髓，于是更有今日之无限风光。唯识法门乃一切法中最究竟、最显明、最切要的教法，是了解众生生前死后、流转灭度大事之钤键，舍此不能达究竟之理。不过，由于论说众多，异论蜂起，孰是孰非，孰优孰劣，却使听者踌躇，读者糊涂。于众说之中，如何抉择，才得当要？玄奘不才，常为此辗转徘徊，不知如何是好，深冀亲教师指点迷津。”

胜军论师听玄奘说完，徐徐开口道：“佛之圣言，本是一音，众人疏释，虽各持一端，偏执一见，却皆是尽其力、竭其思所得之精华。贤俊岂不闻，兼听者易明，博采者多得？设若将诸多异见综合、比较，择优而录，统而合之，融而汇之，贯而通之，岂不是既调解了纷争，又洞明了真义？所谓抉择者，不过是将诸说做个比较，区分优劣，排其次序，择善而从，如此而已。”

玄奘听后不免为难道：“亲教师说得极是。只是诸家论典众多，何处求索？其文又既繁且广，即使不舍昼夜，亦非一年半载可以毕其卷帙。仰闻亲教师上承难陀、安慧、护法、贤爱诸家法统，兼收并蓄，府盈库满，玄奘敢乞一匙半勺，以解饥渴。”

论师略一沉吟，欣然道：“既如此说，老衲这里倒真有一册刚刚截稿的论疏，还没对谁说过呢。贤俊如若想看，不妨拿去翻翻，果然有所裨益，则既不枉了老衲的一片痴情，且又从此心音有寄，大愿了矣圆哉，岂不是一件快事！”

玄奘听得真切，喜出望外，连声道：“巴不得呢，巴不得呢！谢谢亲教师偏爱。”

论师叫侍者多罗取来论疏交给玄奘。玄奘接过一看，疏名赫然在目，是谓《唯识抉择论》，接着便如获至宝地翻了起来，那贪婪劲呀，就像是渴者遇水，饿者见食。

在随后的几个月里，居士并没有什么开坛授法的一定之规，只是由着玄奘自研自习，居间作些讲解、启发。玄奘呢，自然也是昼夜手不释卷，如饥似渴地不知看了多少遍。

按照正教的戒律，师资之道是必须严格遵守的。律条警告说：

若不守师资之道，则法灭可期矣。玄奘在五天游学，迄今已快十年，自然熟悉一切持犯严规。所以，在杖林山参学的期间，无时无刻不在竭诚尽弟子之礼。每日清早起来，必先咀嚼齿木自净其口，随后前往居士草庐，奉上齿木、水巾之属，铺好坐具，请居士安坐稳当，再按照仪式旋绕礼佛。都毕，即对师摄衣致礼，双膝跪地，合掌三叩，然后就起居、饮食、身体等方面一一问安。夜间，又先后两次前往草庐为论师按摩，整理衣物，清洁房宇，为所养虫鱼换水、喂食，等等，可谓礼貌周全，无微不至。

对玄奘的言行，老居士一一看在眼里，听在耳里，记在心里，时间一久，不免感慨系之，觉得这个唐国和尚果真是好学、知礼，不失为圣教之栋梁。于是传法便更为尽心，教授也格外认真。

转眼间，冬天就要过去，而春风的飒飒脚步声已经侧耳可闻。当玄奘将已经磨损了的《唯识抉择论》奉还给胜军老居士的时候，满心欢喜地说道："谢谢亲教师开示，玄奘细细研读这过宝典之后，只觉得头顶蓝天一片，没了一丝儿云翳……"

"贤俊且莫说大话，过分高兴了。"论师打断玄奘的话说，"连老衲也还没有这份自信呢。是不是究竟之理，还要经过检验呢。"

"检验，还须检验？由谁来检验？"玄奘不明白胜军的意思。

圣军回道："由释尊检验呀。"

玄奘更加不解了："释尊检验？释尊已经涅槃了千年呀！"

胜军见片言只语无法使玄奘弄清楚事情的原委，于是便详细地为他讲解道："不错，释尊灭度已经千年，但他的法身、真身仍在。所谓法身，即其一音所说之法。所谓真身，即其遗身舍利，例如释尊成道处，即菩提树垣北门外大菩提寺的佛塔中所瘗藏的佛指骨舍利和肉舍利，都属于真身舍利。贤俊可知道，这枚佛指骨舍利有何大神变吗?”

玄奘回道:“略有所闻,亦曾竭诚祈祷,只是因为自身垢秽,未感其瑞。”

胜军没有就玄奘的回答作评述,继续说道:“指骨舍利第一次显示其大神变是在本土某年的十二月三十日月满之夜,据说是相当于贵国的正月元宵夜,后来因以此月为大神变月。此后年年当此月日,便有无数千万道俗云集菩提树垣,七日七夜竞申供养。尽心竭诚供养者则可感指骨舍利呈瑞放光。既感奇瑞,亦证明于正教大义再无疑问了……”

“亲教师是说,但感指骨舍利呈瑞放光,便可证明自己已经究了佛法真谛?”玄奘打断胜军的话问道。

胜军答道:“自古以来,圣典、口碑都是如此说的。”

玄奘听了这个回答,并未因此高兴,反而是增加了一份担心。为什么?因为论师的话让他明白了自己初到菩提寺时祈祷一夜佛指舍利没有呈瑞的原因,自然也是寺主戒龙上座当时不忍对自己说出口原因。现在虽然已得《瑜伽大论》微旨,于唯识宗要的认识、领会也更上一层楼,但是不是真的达到了彻悟的地步,连亲教师都拿不准,自己还敢说有把握吗?看来,是真金是鍮石,还得过完最后一关才能下结论。

如此一来,玄奘的心情便矛盾了:既期待、又害怕大神变月的到来。

时间的长流既无法加速,也无法减缓。大神变月没有理会玄奘的心情,而是按照日出日落的铁律分秒不差地按时到来了。

还在此之前,远近道俗便已经不约而同地集结到伽耶山,将菩提树垣及寺院一带地面占了个满满当当。人群中有念经诵佛的,有烧香燃灯的，有施财捐物的，等等；幢幡飞扬，人头攒动，香烟缭绕；唱诵、梵呗之声弥漫山谷。好一个朝圣觐礼的盛大场面。

自然，胜军论师也偕同玄奘到了现场。菩提寺主戒龙上座专门为他们搭建了一眼小小的草庐。草庐所在地地势高爽，居高临下，视野开阔，距离寺塔不近不远，不僻不闹。草庐既可遮风避雨，又可作为他们在整个神变月期间继续修习的禅室。

不过，戒龙上座虽然想得很周到，但玄奘却没有按照他的设计去做。为什么？因为玄奘游学五天多年，不仅是该瞻礼的圣迹都拜谒过了，该学的经典也都学过了，甚至连五天境内未传之论典都学了、搜集到了。他眼下的要务就是等待、接受检验十余年来自己在这里是否学到了究竟的真谛。如果检验的结果为“是”，那么他就不枉了十几年来的辛苦，再苦也觉甜，再累也值得；如若检验的结果为“非”，那就真的是无地自容、无颜面对江东父老了。退一步说，即使有志从头再来，却也不一定一切如愿，人生有限而日月如梭，时不我与且不说，单从形势倏忽，风云难测，事不由人这一点而论，就十分使人没有信心了。

玄奘这样想不是没有原因的。就在来菩提树垣的前一个晚上，他做了一个梦，梦见那烂陀寺所有殿堂楼阁、宝塔灵台、房宇屋舍，大都倾的倾，倒的倒，圮坏颓毁；丛棘荒草间，几头满身污垢的老牛正在四处觅食；从围墙的残垣缺口处往外看，周围的村庄、原野，也都被烈火、浓烟笼罩着，呼儿唤女、喊爹叫娘、哭啼嚎啕之声不绝于耳。玄奘悲痛不忍，转身抿泪间，忽见一残破的楼阁上飘然站着一位金人，身放毫光，耀眼瞩目，便要上前询问眼前事态原委。金人却先已出手挡之，并说道：“我是文殊菩萨，今晚特来告汝：此国十年后，戒日王当驾崩，五天难免祸乱，恶人当道，残害无辜。汝宜知之，早作归计。”以是故，玄奘知道，自己的归期已不可延，因此也就特别迫切地想知道，自己的学习成果，仅仅是一杯鲜奶呢，还是一瓶醍醐。在结果出来之前，自己要做的事、能做的事，也只是竭尽一个释子的虔诚，祈求释尊作出裁判了。所以，他没有在草庐里再做什么研习，而是把心思用到了别一个方面。

大神变月的第一天，玄奘离开草庐在外面转了一整天。傍天黑回来时，香袋里装了满满一袋东西，此外还有用外衣做成的一个大包袱。

老居士问他带回来了什么宝贝，他没有立即回答，而是将香袋和包袱一一展开，然后问："亲教师你说吧，这是什么？"

小草庐光线昏暗，论师只是摸了摸，又闻了闻，便回道："香末儿。"

玄奘不置可否，而是说："想学亲教师，造些供养品。"

论师一听就摸透他的底，说道："祈祷佛指舍利呈瑞！看看心中是否还有疑网！"

玄奘笑道："亲教师果然神通，一开口便说着了。"

论师不再说什么，只是叫多罗提来一瓶子水和一只钵盂，然后教玄奘如何于香末中添水，搅和成泥，接着便动手制作起来。

论师为何一摸一闻就知道玄奘带回了什么物品？又为什么知道他要造些什么供养品？操弄起来为何又这般的娴熟自如、得心应手？其实呢，对了解论师的人来说，这些所谓的疑问早已是公开的秘密了。论师在古稀之年彻底皈依正教之后，不仅是励身清志，宵衣旰食，专心于经论，口宣妙法，化导学人，而且还作种种功德，盛修供养，借以表达其推崇佛祖遗教志矢不渝的决心。其中的一种功德就是亲手制作佛塔，式崇胜福。他用净水将香末调和成泥，制成各式各样形状的小佛塔，给它们起了个尊名叫"法舍利"。据其侍者多罗比丘说，论师三十年来所制作的法舍利塔已经装了满满七座大砖塔；每装满一大塔都要集合僧众大兴法会，称颂佛德。想想看，三十年的坚持，三十年的实践，三十年的经验，其技能不娴熟？其手能不灵巧？其诚能不昭昭？如今，玄奘之意不在学其技，不在练其手，所仰者，是他的恒心、诚心、决心。

玄奘在小草庐外正对菩提树的方向设了一个坛，每做好一座法舍利塔，便放到坛上供养，然后双膝跪地，三叩其首。不仅白天造，晚上不过子时也不会停手。所以，才两三天，便造了四五百余座。

第四天晚上，都快到中夜了，玄奘还没有收工的意思。论师见他如此的不辞劳苦，便也帮起忙来。

可是，论师才揪起一团香末泥，草庐内仅有的一盏豆灯却突然无风自灭了。玄奘试着重新点燃，但试了几次都没有成功，心里不免生起疑惑：莫非是不吉之兆？于是不无担心地自语道："怎么会是这样呢？"

论师知是玄奘希望过切而心生焦急，便说道："诸法因缘生，缘可顺而不可违。《最胜王经》说：'随缘所在觉群迷。'贤俊宜知之。"

"亲教师说得极是。玄奘一时执迷了。"

玄奘虽如是说，心里还是由不得忐忑，过了好一段时间，心情才慢慢地平静下来。

大约又过了半顿饭工夫，玄奘眼前忽然有几点光亮在闪动，定睛辨之，光亮竟是来源于论师胸前的项珠。又过了一会儿，不仅项珠的光亮越来越明显，连草庐里也亮堂了。

玄奘正奇怪时，论师已叫开了："贤俊你快往外看，哪来的光亮？"

说时迟那时快，这一老一少很快携手到了草庐外，放眼望去，只见菩提树处已经光明烛天，那束巨大的铮亮铮亮的光芒就发自菩提寺住持戒龙上座手中高擎的那枚佛指舍利。光焰色呈五彩，光亮无比，致使星月隐曜，天地失色；在此同时，又有馨郁香气，随风回转，沁人心脾。

当场四众既睹祥瑞，无不五体投地，连连膜拜稽首。

玄奘以大愿、希冀毕竟圆满，因而心中之激动又倍过于他人，那喜极而泣的泪水就像泉涌般流个不停，乃至于最后竟与论师紧紧相拥，呜呜地哭了起来。

半个时辰后，戒龙上座将指骨舍利奉还寺内大塔，天地明暗恢复如初，但塔顶仍有毫光迸发，至曙色曦微时分，瑞光方绕刹三匝后才渐渐收歇。

一阵晨风吹来，玄奘顿觉浑身上下清爽极了，心情平静得就像没有纹丝涟漪的湖水，澄澈得就像一望见底的清泉。他向上举起双手，伸了伸腰，然后放眼远眺，只见一轮红日正从东边的地平线上缓缓升起，天地顿时变成了一个金色的世界，久违了的故国乡关似乎已经放眼在望……

回到小草庐后，玄奘向论师讲起了几日前所做的那个梦，想聆听聆听他的意见。

论师沉吟片刻，回道："三界无安，本来如此。五天将乱，抑或情理中事。文殊菩萨既已劝归，贤俊自图可矣。"

玄奘点了点头，没有再说什么。

第三十八回

谦恭自守学府传美誉　宏论两宣众口称栋梁

玄奘从杖林山返回那烂陀寺时，一路上心情怡悦，步履轻松，原因有两个：一是感佛指舍利放光呈瑞，证明已扫除佛学上的余疑，十几年来的心血和努力终于换来了累累硕果；二是归期在即，仿佛故国的乡关道树、师尊道友都已在向自己这个漂泊日久的游子频频招手。

回到那烂陀寺，弟子们见师父喜形于色，纷纷询问其中的原因。玄奘开始时只是笑而不答，有意吊吊弟子们胃口；待弟子们急了，这才以问作答道："要是现在就回我们大唐国，你们高兴吗？"

"现在就回大唐？当然高兴，明天就走最好呢！"弟子们以为玄奘已经作出最后决定，高兴得几乎要跳了起来。

"好吧，既然都想回去，那就加把劲，赶紧将手头上的事儿干完。"玄奘安抚弟子们道，"待我向正法藏大和尚禀报过，就开始收拾行囊。"

玄奘要向正法藏禀报的，是指在胜军论师处学习的事。向老师汇报求学经过、学习心得，这是情理中事。不过，当他出门要走时，心里却矛盾起来了。他知道，正法藏虽然只比胜军论师大一岁，但在身份上却明显的是两个等级，前者是师尊，后者则为门弟子；在职务上，前者是五天最高佛教学府的现任当家上座，而后者则不过是一位山居野处的邬波索迦——清信士。当然啦，在学术上，这师徒二人则各有所长。单就唯识学方面而言，学生则比老师更得护法菩萨的心要，兼容和会的意向更为鲜明清晰。所以，要汇报，就必须如实地谈在胜军论师处听到的唯识抉择新观点。但恰恰就在这点上，却正是正法藏在教学中的短板，汇报中即使不作对比评论，老和尚也会有感觉，甚至产生误会，以为我玄奘师事不专，攀高附丽，追奇逐异，有意让为师的丢面子、难堪；而要是不汇报，或是避实就虚，则不啻为打诳撒谎，不仅无礼，而且也有违僧规和自己的做人原则。

就这样，玄奘怀着两难的心情走进了正法藏的方丈之室，而且不由自主地向尊师如实叙述了如何就胜军论师处学习以及意外的收获，一面讲，一面不动声色地观察尊师脸上表情的变化。让他深感意外的是，正法藏一路听下来，不仅听得入神、专注，而且临到末了时，竟然毫不掩饰高兴的心情说道："胜军抉择得好，经此抉择，凸显了唯识究竟之法门，洞彻了正教深蕴的义理，更加明确了修证入佛的通衢，这正是老衲用心未到之处呢。贤俊既从其学了，正好在寺中设坛申其大义，借以广视听、增法益！"

听了正法藏的话，玄奘的第一感觉就是两个字：震撼。为什么？这得从"师道尊严"一语说起。据自己所知，无论是华夏民族还是五天民族，自古以来都推崇"师道尊严"。越有希望的族类，必然越崇尚"师道尊严"。但是，对于"师道尊严"的理解、诠释，自古以来也有着两种截然相反的态度和做法。有一种人认为："师道尊严”即师者的绝对权威。作为学生、弟子，对师者只有听命、呐喊、传声的份儿；不要说冒犯，不要说叛逆了，就是学说上有所新创，有所歧异，也会被判为离经叛道，难免遭到排斥疏远，乃至摈弃。这是一种以“师”为体、“道”为“师”用的“师道尊严”，本质是“师”的一己之尊，一己之严，“道”在他的眼里，不过是一件华丽的外衣、拉帮结派的针线。从这样的师门里出来的，如果不是亲缘弱智者，就是巧言令色、阿谀邀宠之徒。与此相反，另一种“师道尊严”则是以“道”为体，“师”为“道”用，即所谓师者，传道授业者也。孔圣人说，“三人行必有我师”，这是主张就近而学，择善而从，不局于门师一人。古贤又说，“师何常？在明经。”这是在明确地主张，以通明经术多少而定师尊；更有圣贤以“青，取之于蓝而胜于蓝”去寄望、鼓励学生超过老师，从而彻底地否定了论资排辈的庸俗意识。这样的“师”才是真正的师表。眼前的这位年过百龄耆宿、巨擘，身为五天最高学府的当家、瑜伽学说的泰斗、至尊，面对弟子门生的长足进步，竟然能够表示衷心赞许，大力推荐，同时还反躬自省，检讨、承认自己的不足，这是一种怎样宽阔的胸怀！又是一种怎样崇高的情操！年长未倨，德高弗恃，学富犹谦，既出类，又另类。人们往往说，对人不仅要听其言，还要观其行。如今，其言已掷地有声，其行已步步留印，在五天内学、外道并行，教内宗派林立、门户见深的背景下，如此的德，如此的行，就尤其显得难能可贵了。这样的师尊如何能不叫人钦仰，敬佩！

不过，尽管玄奘对正法藏敬仰有加，但对其关于开坛说法的指令却不敢贸然答应。他不无忐忑地回老和尚道：“尊师的厚爱，弟子感激不尽。只是，一者，玄奘虽然在这里习法多年，但始终是个远国的客僧，岂可冒失设坛，喧宾夺主？二者，寺中本已论坛连日，群雄争长，玄奘设若再掺和进去，火上加油，加剧争讼，既无益于弘法，又坏了僧和，岂非罪过？三者，弟子厕身学府、忝列门墙多年，尊师谆谆而训，循循善诱，舐犊情深，恩重如山，固然，师无反哺之冀，可弟子却务必图报，玄奘如今既已学毕，正准备禀过你老之后，便装束行囊，告辞归国，尽早播法雨于遥天，传真言于东夏。如今心已上路，身又何可恋栈……”

“什么，你在说什么呀？又是整束行囊，又是何可恋栈，这是怎么回事啊？”正法藏听玄奘说要立即动身回国，颇觉突然。

玄奘见正法藏焦急，遂将金人托梦劝归一事细细地向其重述了一遍。正法藏知是文殊菩萨护念，波动的心情始复平静下来，但仍然坚持要玄奘设坛开讲，说道：“贤俊所说皆无妨碍，那烂陀寺住僧虽分主客，有常住和挂单之别，但法尔平等，多闻博识者为尊。汝虽来自支那，但从入住本寺开始即以德学兼优享受殊供，如今更是窥了《瑜伽》全豹，复又廓清余疑，究了唯识诸家奥蕴，此外还复核了《中》、《百》空宗要旨；至于小乘有部、大众部、经部、正量部之论典，也已旁征博采，备闻无遗，如此学兼内外、半满、空有者，寺中更有何人？固然，那烂陀寺每日讲座确有百余坛，但论辩争讼，却是其传统风气，自立寺以来，一以贯之，从未间断，理屈不能服众者惭而退让，少有犯讥妒之戒者。所以，加剧论讼、有害僧和之说实不足为虑也。贤俊既称厕身学府、忝列门墙，如今言归，究竟是虚来实往呢，还是半途而废，为师的虽然清楚明白，但阖寺僧众却未曾见识。所以，贤俊离去之前总得对他们有个交代，大家听了，认为合格了，通过了，甚而称颂了，这样，老僧也便对文殊菩萨、观音菩萨、弥勒菩萨有了交代。所以呢，开坛的事，既是学术交流，又是弘法任务，既是一次汇报，又是一次考试，理所应该，责无旁贷啊！如若继续推辞，你就不怕别人怀疑是‘丑媳妇怕见公婆’吗？”

玄奘见正法藏话已说到这个分上，知道已无退路，只好表示遵命。

玄奘的讲座，其主题干脆就用了胜军著作的题目：唯识抉择论。因了胜军论师的名声，内容又是一家之言，所以，阖寺僧看了露布后，无不欢欣雀跃。加之，主讲者又是一位来自远国、誉满五天的客僧，好容易有个面识耳聆、交流摸底的机会，远近四众乃至于外道、俗众，谁个又不好奇、珍惜！所以啊，讲坛地点不得不数次变易：先是设在宝洋楼的九层阁上，就是当年表决玄奘是否应当享受殊供的地方，因为人多坐不下，只好移到楼之底层，底层仍然铺排不开，于是再扩大到楼前的整个庭院，也就是当年正法藏为玄奘开讲《瑜伽》大论的场地。即使如此，还是坐的少，站的多，摩肩接踵的，挤了个满满当当。

玄奘开讲的时候，只有普光一人随座照应。嘉尚仍然领着法钦、玄觉继续完成经籍的抄写、整理工作，早粥午斋等生活杂事则还是由石槃陀及寺院派来的净人和婆罗门三人承担。石槃陀疏于文字，在修行悟道方面比师兄弟们稍差一些，但因为有过混迹商旅的经历，所以在生活管理方面却有其长处，在玄奘巡游五天的两三个年头里，师父和师弟们几个人的日常生活都是由他一手料理，一切井井有条，平平安安。大家都很满意，都称赞他是个管理人才。

这天，赶在日中之前，石槃陀已经准备好了斋饭，早早地就站在门外等候着玄奘归来。

然而，直到日中时分，玄奘仍然没有回来，连嘉尚他们三个也没有踪影。平日里的这个时分，正是那烂陀寺僧人们熙来攘往的时刻，可今天却平静得有点异常，不要说人声，就连雀儿的叫声都听不到，真让人有一种寂寥、压抑的感觉。

槃陀正纳闷，只见玄觉气喘吁吁地跑了回来，那脸上的表情，既兴奋，又焦急，既让人不解，又让人担心，便问道：“看你这个样子，出了什么事？”

“别问了，快给我准备一碗蜜汁水！”玄觉一面喘着气，一面这样吩咐。

石槃陀戗道：“你摆什么谱呀，蜜汁是给师父的供养品，你配喝？”

玄觉连连摆手说：“哎呀呀，你别啰唆了，就是给师父要的，快快取来吧！”

石槃陀不信：“你别哄我，你在抄经，怎么又扯到师父渴不渴的事上了？”

玄觉本来想闲话少说，赶快把事情办完了事，可没想到欲速不达，只好将实情说了：“今天抄写的分量少，早早就完成了，回来的路上，听到从宝洋楼处传来阵阵喊声，我们便一起转过去看个究竟，这才发现是师父在说法，听众正在喝彩不停呢！我等高兴不已，就留下来听了一阵。你没看见，师父每说完一段，台下就传出一片掌声、欢呼声，会场都快要沸腾了。”

槃陀听玄觉如此一说，心里也生起了自豪感，兴致勃勃地问道：“师父都说了些什么，这么吸引人？”

其实，玄觉只顾了讲座上的气氛，并没有一句一句仔细听，如今槃陀问起具体内容，自然也就无法理出头绪，说出个子丑寅卯。他挠了挠头，想了想，这才回道：“哎呀，我没有从头听，也真的没听懂多少，只隐隐约约记得师父说了几段，什么‘比较四涅槃而简择无住’啦，什么‘比较三智而简择后得’啦，什么‘比较三性而说依他起’啦等等，其他实在是记不起来了，也没心记了。因为师父说法时不断有人提问，所以只好随时作答，连歇口气的时间都没有，不时地要停下来咽口水润润喉。看他难受的样子，我等在下面也跟着难受,所以就赶了回来……哎呀呀,我给你说这些干吗,师父要渴坏了呢,快给我调蜜汁水!”

玄觉提着一小瓶蜜汁水匆匆地赶到会场,却见会场里的气氛整个地变了:在玄奘的旁边,另一个人正在激昂慷慨地发言,振振有词,滔滔不绝,由于音频太高,未免有点嘶哑。许多听众神情凝重,一面听,一面在琢磨着什么,还不时地摇摇头。而有些人则喜形于色,显然是听得开心,听了惬意。两拨人马各自成群,界线颇为分明。

玄觉不管这些,他径直朝讲坛走去,将瓶子交给普光,同时瞄了瞄发言人问道:“他是谁?”

普光接过蜜汁瓶,低声回道:“师子光。”

玄奘从普光手中接过瓶子,自己没有喝,而是递给刚刚停嘴歇气的论敌师子光,说:“前辈先喝口水,润润喉,再继续说。”

师子光喉咙正冒烟呢,所以一点都未客气,接过来就连喝了几口,交还玄奘后,便又提高嗓门说开了:“概而言之,只有龙树、提婆二菩萨在《中论》、《百论》中所宣说的‘一切无所得’之空观,才是释尊教法的正义,而瑜伽行人所立之遍计所执、依他起、圆成实的三性说,也就是‘真有俗无’说,与法不合,应当否定。”

会场上议论蜂起,有人欢呼,有人抗议,有人拥护,有人不屑,场子顿时失控,乱成一团。

联想起玄奘当年刚到那烂陀寺时师子光曾在供养等次问题上一再提出异议的往事,大家很可能又会怀疑,他现在是不是又在故意闹场?这其实是多虑了。前面说过,自由讲学,注重辩论,各持己说,诸学并存,这是那烂陀寺的一贯学风和教学特点,寺中享有时誉、名震五天的学者不仅有佛教的高僧,也有精通《吠陀》等古典的婆罗门等等，五明，五科，莫不授受。从护法菩萨担纲以来，内学中观、瑜伽两科尤其兴盛，两派既分河饮水，又相安无事，各有各的旗帜、领袖，自然也就有各自的门徒和拥护者，相互对阵，无分高下。两派相争质讼，这是司空见惯了的寻常事，用不着大惊小怪。至于这种无休无止而且日见激烈、升级的争端，是利是弊，这就只能由时间检验了。这师子光也是寺中享受殊供的十大高僧之一，当今中观派的领军人物，尽管他思想有点儿偏执，甚至于刚愎自用，但遵守学宫规矩还是有足够自觉性的。所以，不讲理乃至于故意闹场的顾虑和担心，真的没有必要。玄奘在寺里待了这么些年，对这里的规矩、禁忌、人情世故已经了如指掌，对质疑、论辩这类激烈的研习方式，也早就习以为常，正像刚才面对喝彩声时没有胜利者的傲慢一样，现在刺耳的反对声浪也未能令他胆怯和动摇。他耐着性子等待着场子平静下来，然后语气平和地说道：

“各位大德，各位道友，我早已不止一次地说过了，玄奘不才，远非利根上智。早在本国之时，因惑于双林一味之旨分成佛性本有与始有二说，大乘不二之宗析为南北两道之别，故而冒死孤征，特来鹫岭求证问真。今日向诸位汇报的不过是本人学习的一点心得，列位的赞同、支持当然是对玄奘的鼓励，而批评、反对也并非没有裨益。玄奘虽然崇重瑜伽教，但亦曾同时游心《中》、《百》二论，反复检索之，仔细考核之，唯见龙树、提婆二菩萨破遍计所执性之说，而并无说及依他起性和圆成实性的片言只字，不知师子光前辈所说‘一切无所得’的结论有何依据？”

“是啊，证据何在？”

场子里响起了一片质问声。

师子光知道，“一切无所得”的说法其实只是自己的计度、发挥，的确在两论中并未找到任何依据。他完全没有料想到玄奘竟然抓住了自己的软肋，所以一时竟被问得个无言以对，急得不停地用手拭额头上的汗。正在这个时候，台下又响起了一片喊声：

“说呀，把你的论据拿出来！”

“怎么不开口呀，你总不会认为无云就有雨吧？”

师子光哑口无言的窘态，让玄奘在一旁看着也难受，于是为他解围道：“各位道友，且莫急，让师子光大德再思量思量。”

满场子重新恢复平静后，玄奘继续发言道：“后学且冒昧问前辈另一个问题。后学以为，龙树菩萨的学说是根据佛所说《般若经》来组织的，不知前辈是否同意？”

“当然，这是中观理论的源头啊。”师子光毫不犹豫地说。

“前辈可又知道，”玄奘紧接着说，“瑜伽学说中的遍计所执、依他起和圆成实三性也正是《般若》所讲的‘空’‘无’、所讲的‘有’、所讲的‘知行清净’和‘法性本净’呢？”

师子光似乎想要反驳，但由于没有思想准备，最后不得不欲言又止。

玄奘其实也不期待他回答，所以又接着说道：“由此可知，无论是中观还是瑜伽，其思想学说都渊源于佛所说的般若真言。”

“争来争去，原来都是一家子呀！”场子里有人如此大声说道。

接着而起的是一阵笑声。

玄奘没等师子光歇过神来，便又诘道：“后学再请问前辈，与无著、提婆同时的众护尊者是不是一位瑜伽师？”

师子光终于有了说话的机会，顿时生起一种解脱感，应声答道：“只是一般的瑜伽师，并非瑜伽行派成员。”

“前辈说得对。”玄奘先肯定师子光的回答，然后又问道，“众护尊者是不是写了一本《修行道地经》？”

师子光随口回道：“当然写过。”

玄奘再问："这部书与无著菩萨所写的《瑜伽师地论》的名字是否相同，内容又是否有相通之处？"

听到这里，师子光这才发现，对方是在给自己设套子。如果作肯定的回答，那就正中其下怀，如果作否定的回答，那就等于当众撒谎，不仅犯戒，而且有违道德良心，有损学者风范。没办法，既然走到这一步，也就只好如实回答了："书名嘛，当然是只有字面上的不同，义理则并无两样，两书的内容自然也就有相通的部分了。"

"很好。"玄奘对师子光的回答表示衷心的赞许，只是接着又说道，"据后学所知，前辈的尊师是清辩论师，而清辩的尊师又是谁呢？"

"当然是众护尊者！"师子光不假思索，脱口而答，待答完，这才意识到又是一个套子，倒不是后悔回答得太干脆，而是觉得心里窝得难受。

至此，玄奘不再绕弯弯了，他直截了当地总结道："这也就是说，中观学说与瑜伽学说不仅都源自于《般若》大经，而且又同出于瑜伽师，不是吗？"

师子光很无奈、很不情愿地点了点头。

听众听着台上两位主角儿的对话，又看着他们的表情，更多的人心中已有所属。

这轮发言结束，玄奘所得到的掌声又比前面多了许多。师子光的心情则显得有些儿沉重，其拥护者甚至开始焦躁起来。

对场上气氛的变化，玄奘就好像没有看见似的，仍然按照自己的思路将对话进行下去。他还是那么的温文尔雅，字斟句酌，不紧不慢，仍然带着商量探讨的语气继续说道："后学曾经听到过这样一个故事：清辩尊者在组织自己的学说时，曾吸收了瑜伽《辩中边论》的思想，却又不尽同意人家的说法，于是便去找退居大菩提寺的护法菩萨辩论；可菩提寺有规定，不够资格的人是不能进去的；再加上护法菩萨也不愿意接见他，最终没有辩论成。后来护法菩萨传出话来，说《辩中边论》里所说的内容都是弥勒菩萨的主张。至此，清辩尊者才没有再说什么，这是为什么呢？”

师子光回道：“因为他很推崇弥勒菩萨。”

玄奘诘道：“可弥勒菩萨是瑜伽学说的始祖啊！”

师子光嗫嚅，无以言对。

会场上再次议论蜂起，不过不是混乱，不是喧闹，不是对抗，而是趋同，是赞许，是法喜。

玄奘抬手示意，请求大家安静下来，然后说：“各位大德，各位道友，玄奘之所以在此与师子光前辈谈论这些问题，本意是想说，圣人随机说法，不相违妨，只因惑者不能会通，以为乖反。此乃失在传人，并非圣教本身存在什么差舛。中观、瑜伽本来都是出自金口圣言，就像是一个完整的瓜，味道是一样的，后来有人把它切开了，各取一块，都说自己的这块甜，别人的那块酸，忘记了同根、同源、同味的本来面目，争来吵去，分道扬镳，势不两立，形同水火。如此作为，不仅是无谓的，而且对续佛慧命、教化利生更是有百害而无一利。真心佛子，能不以此为忧？玄奘片心，唯在于此也。”

会场上又开始议论纷纷，有人甚至高声喊道：

“既然分而无益，那为什么不再和合起来呢？”

“大唐法师何不再指点迷津，说说怎样才能使既分之河重新汇流？”

玄奘见大家心情焦急，于是慰抚道：“道友们少安毋躁，对治的药方其实早已有之，何须玄奘再说？”

担任论辩会主持人的正法藏上座本着公平公正的原则，在玄奘与师子光对辩过程中，始终未曾开口。直到这时，见情势已经明显的一边倒，而且毫无逆转的可能，又听玄奘说得如此胸有成竹，便开口道："贤俊所说之对治药方何在？又是何人所开？不妨明示大众。"

玄奘见正法藏老和尚开了金口，师资之礼不可违，只好回道："玄奘所说的对治药方就是护法菩萨为提婆的《广百论》所造的论释。玄奘初来不久，即在鹫岭之北听讲过，深受教益，欢喜不已，故而随听随译。"

说到这里，玄奘停住话，伸手从衣兜里摸出一本子展示给大家，继续说："多年来，玄奘将此论本一直贴身携带，伺空玩味……"

"大唐和尚且为我等说说大意！"

"是啊，法雨同沾嘛！"

……

台下连绵不断的渴求声打断了玄奘的话语。

玄奘深为僧众的热情所感动，故而又由衷地继续道："最令人钦服的是，护法菩萨虽钟情于瑜伽学说，竭力护之，尽力弘之，但对待空、有二宗的态度却是不偏不袒的。他认为，中观与瑜伽，都是按照一己的偏见，断章取义地去理解释尊的言说，将它分割得支离破碎，然后各执一端，大兴争讼，刚愎自用，自是非他，这种做法是十分可怕的。那么，应当怎样去解开这个纠结呢？护法菩萨说：有效的办法是，既不要执着于空，也不要执着于有，这样才能真正地去领会大乘教'自性空'的中道道理。护法菩萨的说教，是多么的精要和深刻啊！玄奘愚钝，但每次温习都有新的心得体会……"

"请法师说说自己的心得体会！"

"对，给大家说得更具体些！"

会场上又是一片喊声。

玄奘面对此情此景，不知如何是好，转身把眼光投向老和尚正法藏，既有征询的意思，也有求助的意思。

正法藏看看日头已经偏西，对众人说道："时候不早了，今儿个就到这里，明天再请玄奘法师接着说。大家记着，都按时到会。"

次日早粥后，讲论会按时开始，听众比昨日又多了许多。

师子光大德没有来。昨日里，他本打算力挽狂澜，为中观学派筑起中流砥柱，可没想到对手并非等闲之辈，不仅多闻博识，而且还能抓住别人的软肋，那刨根究底的撒手锏更是令人猝不及防，整个的气势，简直就让人穷于应对，没了招架之功。更难堪的是，到最后，自己完全被撇在一边，就好像师子光其人已经不复存在，没有人再来理睬，砥柱未筑起来就被中流冲垮了。虽然，这大唐和尚口口声声说不偏不袒，和会融通，但自己却总觉得是中观派被瑜伽行派收编了似的，脸上无光，心里窝气，只剩了骨子里不服气。他今天没有与会，没有勇气面对现实，这是一个方面；而抱着拒绝"招安"、"归附"的态度，又是一个方面。所以，他的缺席，却不等于其会就此罢休，没了别的安排。至于他安排了些什么，下面再说。

与师子光相反，玄奘是一个思维很简单的人，自皈依释尊的那天开始，他一心追求的唯有正教的真谛。为了这个真谛，他走遍了半个神州大地，上下求索之；为了这个真谛，他不辞万死，前来五天参访请益。然而，他不是为真谛而求真谛，而是为教化众生而求真谛；他把弘宣真谛看作是对释尊的一个信守、对众生的一个承诺、是释子的一项重任，质疑诠理的目的只是为了弘扬光大，如此而已。对今天的宣讲，他也是持同样的态度，所以，尽管他已经注意到师子光大德没有出现，但他没在意，没挂怀。讲者自由，听者也自由，来去自由，这在那烂陀寺是再平常不过的事了。所以，在正法藏宣布讲座开始后，玄奘便登上了狮子座。他从护法菩萨拒绝和清辩尊者当面争讼后，如何造《广百论释》，就清辩对瑜伽行派的指名道姓攻难所作的辩释，以及对两家各自的错与对一一甄评说起，继而再旁征博引地进一步考核、论证，加进自己的理解、体会，将义理进一步引申、深化。他的谈吐，口若悬河，滔滔不绝；他的仪态，从容不迫，信马由缰；他的论述，周详缜密，丝丝入扣……

讲演和昨天一样，整整持续了一天，差别只在于按时吃了午斋。

讲演中，会场上不时响起一阵阵的掌声、喝彩声。这说明，玄奘的演讲得到了僧众的广泛认可和支持。

讲演结束，正法藏作了一个简短的总结，他说："大唐法师独得护法菩萨的壶奥，把握了《广百论释》所阐发的正义，并以之来会通中观、瑜伽两家的不同观点，消弭了彼此间长久以来存在的有关二谛义诠释上的分歧，功德无量。其学之精，思之远，阐之明，实可推为五天之首，即老衲戒贤我亦自叹弗如，此正所谓，后浪推前浪，后生可畏啊！为此，老衲建议玄奘法师将此次讲演整理成册，以供大众宣行。因其旨在会通中观、瑜伽两家学说，阐明了在中道观问题上，各自论述虽不相同，但也并不相悖，所以，是不是就定书名为《会宗论》或《会中论》，如何？"

全场听众以经久不息的掌声和欢呼声对正法藏的提议投了赞成票。

讲座结束后，僧众陆续散去。最后，会场上只剩下了一个人，在空荡荡的场子中央不停地辗转徘徊，特别的显眼。他神色颓丧，茫然四顾，不知所之。他是谁？又是何方人士？为什么别人都欢天喜地走了，而这个人却是这般的踌躇却步，欲走还羁？

前面已经说到，师子光大德虽然没有出席今天的讲座，但他却忘却不了昨日辩论会上的感受。不仅忘却不了，还企盼着风云突变，把昨儿所有的晦气都给荡涤干净。那么，谁是这样的回天妙手呢？他没费思索就选定了一个旧日的同窗好友，对他说："你今儿到讲座上听着，找机会发起攻难，杀杀这个蔑戾车地和尚的盛气，让他看看五天竺的天有多高地有多厚，不要太过趾高气扬、不可一世了！"

这个被选中的同窗就是眼下在空场子上遛弯儿的比丘，大名叫旃陀罗僧诃，原籍东天竺，曾和师子光一起师事清辩论师。连自视甚高的师子光都不得不求助于他，可见其也应该是中观派不凡之辈。旃陀罗僧诃既得到师兄的青睐，自然也就勇气倍增，欣然应诺下来，踌躇满志，一副不辱使命的神气。可是，让他没想到的是，本来是带着挑茬儿、出难题的使命来的，可听来听去，却觉得论者分析鞭辟入里，句句在理，乃至于不由自主地反省起来：在双方争论的核心，即对二谛的解释问题上，中观家显然比瑜伽行人显得简单而粗糙。再说，这支那和尚也不是一概否定中观的说法，而不过是将两家的观点和会之后再进一步深化而已。所以，要从鸡蛋里挑骨头，这岂不是在无事生非吗？如此这般地想着，他哪里还有攻难的念头？再说了，面对这样的场面，黑压压的人群，一阵阵雷鸣般的掌声、赞许声，哪里还有勇气、胆量去逆势而动？所以，直到玄奘讲演结束，他也没有动过嘴，既没有那种冲动，也没有那种意愿，更觉得没有那种必要。不过，旃陀罗僧诃没有忘记，自己是中观队伍中一个有身份的成员，心里可以认同别人的观点，外表则不能说变就变，纵便不为自己考虑，也不能使同侪太没面子；而更犯难的是，自己是受托而来的，理应不辱使命，凯旋而归，可如今既未弯弓更未发箭，甚至还被缴了械，这样一个表现，叫人如何回去面对师兄？不面对，那就只好不告而别，并且从此不再谋面，果真这样，也还有问题，那就是：一时的难堪没有了，不良的名声却留下了……这真是进亦忧，退亦忧，进退维谷，叫人如何是好？

不管是出于什么原因，师子光的“特使”旃陀罗僧诃没有搅场，使玄奘的演讲得以顺利进行，圆满结束。此后的十来天中，玄奘紧赶慢赶地将讲演整理成稿，在封面上端端正正地写上《会宗论》三个字，亲自送到正法藏手上。正法藏免不了又称赞了一番。

无论是玄奘本人还是几个弟子，都满以为这次游学的“毕业考”得了满分，肯定是过关了。自然，这也就意味着，可以收拾行囊了，可以很快踏上归程了。谁人能不心花怒放！

这天一大早起来，法钦就迫不及待地问玄奘：“师父，我们这次回去是走原路呢还是过葱岭？”

玄奘反问道：“你们说呢？”

石槃陀抢先说道：“走原路，这样我可以就近回老家看看，究竟还有没有亲朋故旧。”

普光却主张说：“走老路没意思，听说葱岭高插云霄，站在顶上看天下，肯定是风光无限。机会难得，何不顺便走一回？”

“既经葱岭，肯定得从南道回长安，那我们就回不了高昌了。”玄觉不免担起心来。

“好呀，还没往回迈一步呢，就动起散摊了的念头了。”嘉尚故意给玄觉扣顶大帽子。

玄觉正欲辩解，玄奘却先开口了：“你们都别打各自的小算盘，不管走哪条道，都一起回长安，我灭度以前，你们哪里都不能去，和我一起译经弘法。”

弟子们听玄奘如此说，各有想法，还想发表发表意见，可就在这个时候，觉贤大德，就是正法藏的侄子，急匆匆地走了进来，向玄奘出示一封书信，说：“先请法师看过，再商量商量。”

玄奘展开书信看得明白，原来是五天共主戒日大王给正法藏发来的急件。信中说：“弟子行次乌荼国，见小乘师凭恃小见，制论诽谤大乘，词理切害，不近人情，还叫嚣要与正法藏大和尚等决一雌雄。弟子知寺中大德都有大智慧，学无不悉，所以就答应了，谨此奉报。愿差兼善本宗、它宗及内外学之大德四人，速赴乌荼国行在，准备对论。”

玄奘看毕，将书信交还觉贤。觉贤复又将信中未提及之事细说了一遍，其经过缘由大致如下：摩揭陀国戒日大王近因征战，路过乌荼国，那里的僧人信奉小乘，不信大乘；他们当面嘲讽大王，说他在那烂陀寺破费重金，修建富丽堂皇的鍮石精舍来推崇大乘教法，而所谓的大乘佛教呢，则不过是空花外道而已；这空花外道跟迦波厘外道并没有什么不一样，所以也应在迦波厘外道寺里建一座同样的精舍才是；甚至还公然声称，大乘教法非佛所说，不足为信。大王批评这些小乘僧诋毁大乘教，就像狐狸、鼷鼠群小在背地里叫板狮子，真的见了狮子，肯定要吓个丧魂落魄，贻笑大方。小乘僧不服，拿出一本册子炫耀说：“这是南天竺国国师老婆罗门般若毱多写的《破大乘论》七百颂，我等皆叹重、敬信之，愿就此与大乘人决一高下，设若大乘人能破其中一字者，我等当改宗易服。大王可敢出面组织这个辩论会？大王崇信大乘，哪里容得了小教张目，于是就有了这道旨令。”

觉贤叙毕事情的原委，接下来便转到最关切的话题上，说：“根据大王的旨意，老和尚挑选了几位应战的大德，让觉贤就此提名前来征求法师的意见……”

“羞愧，羞愧。正法藏大和尚慧眼识金，所选最当。玄奘身为门徒，又在客位，岂敢妄自鼓舌！”

觉贤摆手道:“法师不必客气,那烂陀寺是全阎浮释子的学府,虽有师资之分,却无高下之别。何况,这是大和尚的真情实意,法师就不要推托了。”

玄奘无奈,只好点头答应。

觉贤首先提到的两名大德是海慧和智光。他介绍说:“他们都是大和尚的入室弟子,除瑜伽正宗外,在《因明》、《声明》、《对法》,乃至梵书等科都很有造诣,法师以为可以入选否?”

玄奘自然没有异议,说道:“他们不也是寺内享受殊供的大德吗!学富五车,谁个不晓,舍此其谁与?”

第三位人选是师子光,觉贤特别提醒玄奘多加考虑,让其参与对论,会不会产生什么负面作用?

玄奘回道:“师子光前辈执着中观,坚持己见,这是学者的作风,不足为奇。何况,他在辩论之后,已经知难而退,出住菩提寺,如此恪守规矩,节操清厉,应当受到景仰和信赖才是。”

觉贤听玄奘如此说,一颗提着的心这才落了地。

第四个被提名的是玄奘。玄奘一听,立即连连说道:“不可,不可。戒日大王不是说了吗,寺中大德才慧有余,学无不悉者多矣,何待玄奘滥竽充数?”

玄奘与觉贤说话的时候,除嘉尚随侍之外,其余几个弟子都已退避到门外,只是也都倾耳听着屋里的谈话,当听到师父也被列进入选名单时,不是高兴,而是一个个都丧了气,心里都在想:归期又要被延误了。他们怪玄奘没把拒绝的理由说透、说充分,一个个急得不停地朝屋里的嘉尚使眼色、做手势,甚至小声地喊道:“坚决辞了,回国要紧!”

其实呢,嘉尚更焦急,见师父忘了说最大的理由,恨不得立马为他作补充;看了师兄弟们的态度,心里增加了底气,于是再也顾不得许多,便大着胆子开口道:“师父,正法藏大和尚不是答应了,讲毕《唯识抉择论》就让我们回国吗?现在不仅讲完了,还写了《会宗论》,得抓紧时间上路呀!”

嘉尚所说的事,玄奘何尝不知道,哪里忘记了?他只是觉得,话不能一股脑说完,挑要紧的说了,能解决问题就可以。如果一而再地以归期作为理由,则未免显得私心太重。而现在,嘉尚既已提出,也就没有必要再藏呀掖呀的了,于是便接口说:“是啊,玄奘此次西来,志在传灯故国,而人命无常,时不我待,如今呀,已经是身在五天而心在大唐了,还望前辈理解……”

“理解,理解,大和尚早就想到这点。”觉贤打断玄奘的话说,“他专门吩咐觉贤务必转达:乌荼国之行结束后,决不再挽留,法师大可放心。至于寺内大德的才慧问题,你我都无须多说,掌声和喝彩已经作出了最好的评价。当下需要与法师商量的,是更为要紧的事呢。”

玄奘见已拒绝不得,虽然无奈,也只好随缘了。既闻觉贤如此说,便询问道:“更有何事令大和尚如此操心?”

觉贤摇摇头,犯难道:“海慧他们三人同意倒是同意了,但都心里没底,更不要说必胜的信心了。大和尚说,法师有天纵之才,既精于大乘,又遍学小乘诸部三藏,具悉其宗,所以,希望法师能领衔指麾,如此,则克敌可期矣。”

玄奘思虑片刻,说道:“玄奘虽然学浅才疏,但以为要以小乘之旨破斥大乘,则犹如家鸡登天,白日做梦。也罢,正法藏既然不弃庸拙,玄奘自当贾三军之勇,不辱使命。退而言之,即使出师不利,未尽人意,那也无妨,该担责者,乃远国学僧玄奘,非关此方诸大德之事。所以还请转告三位大德,不必多虑。”

就这样,觉贤与玄奘达成了一致意见,正法藏高兴了,海慧、智光、师子光也不再忧心忡忡、顾虑重重。

嘉尚等诸弟子见师父竟然答应了觉贤的要求，初时心中颇有怨气，待听说正法藏称师父为“天纵之才”，这才化怨气为豪气，那骄傲的神情就像是自己也成了英雄似的。

当然啦，名师出高徒嘛，这骄傲也并非没有一点儿道理。盼只盼，他们不要就此止步，而是要用事实来证明，自己日后也是虎族。

玄奘既接了任务，当然就得立马作准备。他原想，对于小乘经论，如《毗昙》、《迦旃延》、《杂心》、《成实》、《俱舍》、《理门》以及各种《毗婆沙》等等，早在求法之前、西来路上时就已多次研习，既达五天，复又反复咨询质疑，虽不能说研核造尽、知微知著，但若问是否知晓其利弊长短，则心中还是有数的。这既非大话，也不是自夸。

不过，当真正开始草拟心稿时，玄奘这才发现，还缺少一些最基本的资料，也就是对手的那篇《破大乘论》。老祖宗说：知己知彼，百战不殆。不了解对方的论点，如何能做到有的放矢、克敌制胜？可是，时间是这么紧迫，乌荼国又远在东海之滨，想去访寻都来不及，这却如何是好？

脸是心的窗口。什么样的心事都会从脸色、表情上流露出来。尽管玄奘是一个遇事从容镇定的人，但这回因为事情重大，难度不小，因此，焦虑之情也就难以掩饰了。

弟子们深知师父的脾性：一般情况下难见其动容，而一旦形之于色，那就说明问题已经到了相当严重的地步。所以，大家看在眼里，也跟着焦急起来。焦急之余，当然就要询问。这样，玄奘只好把原委、心情说了出来。

弟子们听后，明白了底里，但却束手无策。所以，焦急的气氛不仅没见消减,反而显得更加浓重了。

忽然,石槃陀打破沉默建议道:“师父,为什么不问问顺世师呢?”

众人听槃陀如此说,先是一愣,接下来便是一阵炮轰:

“无聊! 这与顺世师有什么关系?”

“真是风马牛不相及!”

“南辕北辙!”

……

尽管遭到一连串的呵斥,石槃陀却仍然固执己见:“我觉得可以问问他。”

师兄弟们这回不再发声,只是表示了十分的不屑。

玄奘见槃陀如此执意,便问道:“为什么要问顺世师?”

槃陀反问道:“师父不是提到乌荼国吗?”

玄奘点头作答。

槃陀道:“顺世师在屋里帮活的时候,我问过他老家在何处,他说在乌荼国……”

“喂喂,槃陀,你在说什么? 你是说,顺世师是乌荼国人?”玄奘好像从云缝里看见了一线蓝天,带点惊喜地打断槃陀的话。

“唔!”槃陀眼睛眨也不眨一下地直视着玄奘,非常肯定地点点头,那神情似乎在说:这是千真万确的事实呀,有什么值得大惊小怪的?

玄奘见槃陀回答得如此肯定,心里也觉得这或许是一个能救急的人物。

这位顺世师是从哪里冒出来的? 又有怎样的身份和经历,值得玄奘重视,而且还打起他的主意来? 这其中呀,还真有点儿离奇曲折的情节。

把时间往回倒一个多月。一天，那烂陀寺山门外张贴了一纸挑战书，上书四十余条有关外道的观点，最后立誓说：若有谁能攻难、破解其中之一条者，当斩首相谢。”这个叫战者就是槃陀所说的顺世师。他之所以敢夸下如此海口，说这么满这么狠的话，一是仗恃自古迄今五天外道所拥有的强大势力，二是看准了佛教中人自视甚高，往往不屑去了解外道的教义，不屑与之争辩。然而，让他始料不及的是，那烂陀寺来了一位东国的和尚，他除了认真探求正教的真谛外，还竭力去追根溯源，弄清正教对天竺古典文化取舍上所做的种种努力，所以也几乎遍研过诸如《吠陀》、《梵书》、《奥义书》、《森林书》以及其他外道典籍等古书。玄奘见战书贴出多日，煌煌学府，济济僧众中竟无一人挺身出来应对，颇觉不是滋味，于是便揭下战书表示应战。在正法藏及诸大德的见证下，玄奘与顺世师展开了一场辩论，他历数五天境内的各种外道的名称、教义以及修行仪轨，然后以佛教正义驳斥、批判了顺世外道享乐至上、放任纵欲的主张，字字掷地有声，声声振聋发聩。如此这般的往复数番，顺世师皆不能敌，乃至于最后噤声无对，不得不引颈就刑。玄奘以戒不主杀，又悯其信守承诺，故最后仅据当地习俗，收留为奴，让其随侍效劳而了结这桩公案。

玄奘怀着侥幸心理叫来顺世师，就相关的问题试询了一下，不期然竟有了意外的收获：顺世师不仅出生在乌荼国，而且还在那里多次听讲过《破大乘论》，至今尚能背诵其文！

于是，玄奘请他赶快为自己讲说讲说，但顺世师拒绝了。玄奘怪而问道：“为什么要拒绝？”

顺世师回道：“我如今是法师的奴仆，奴卑贱而主尊贵。按五天成法，卑者不得为尊者讲，否则，为奴的要获罪，而主人要为此而蒙羞。以是故，为奴的我，不能、也不敢开口。”

玄奘说："那《破大乘论》只在小乘人中流传，玄奘无缘面识，今急欲了解其义，以便攻破之。你但说无妨，一定不会获罪的。"

顺世师见玄奘如此焦急，思虑再三，这才松口道："那好吧，一者为感谢法师宽赦不斩奴头，二者仰师弘法护法高德，奴某今日纵获罪亦在所不惜。不过呢，还是避免事情泄露为好，否则会玷污了法师的美声。要诵，要讲，也只能安排在夜深人静之时。"

玄奘高兴了，不管顺世师愿意不愿意，一步上前就紧紧地握住他的手说："这事就听你的。"

二人既已约定，当晚便找了个密室开讲。

却说五天的习惯，但凡经籍、圣典，其初都是口口相传，无有文字记载，人们也因此练得了一副好记性，洋洋千万言的宝典，就是靠背诵而流传下来的。所以，七百颂的《破大乘论》简直就是小事一宗，哪在顺世师的话下？他只用了一个晚上便讲说了一遍。而玄奘也是个过耳不忘、一点即通、举一反三的才子，所以尽管只听了一遍，却已经掌握了此论的大意与要义。此后复又闭门运笔一昼夜，终于写成一篇千六百颂的答辩论文，题目就叫《破恶见论》。正法藏读罢，连声称奇，当众赞赏说："真是一部厚积薄发、言简意赅，字字中的之作，一定所向披靡，无敌不克的！"

然而，谁能料到，正是这篇奇文，差点儿没要了玄奘的性命，毁了他千辛万苦、呕心沥血所取得的求法成果！

第三十九回

争法师两王误生怨忿　甄胜劣归期再次延误

正当玄奘一行准备就绪，整装待发之际，正法藏大和尚突然接到戒日大王的令旨，说是征战正急，无遑顾及辩论之事，乌荼之行可以暂缓。

就在戒日王的信使离去之后不久，东天竺迦摩缕波国鸠摩罗王那边又送来了邀请书，文字虽少，但意思明白，是谓："弟子悉闻大唐法师学通内外，尤精大乘教法，故载怀钦伫，引颈累日，愿得早早相见，望师尽速发遣前来，以慰深衷。"

戒贤得书，心里暗自思量道：这迦摩缕波国远在东海之滨，向事天神，不敬佛法，而玄奘虽云游五天，却未曾涉足此国，这鸠摩罗王怎么就得知我那烂陀寺来了一个唐国僧，还知道他学通内外，尤精大乘，岂非咄咄怪事？

其实呀，此事说怪不怪。前面不是说过婆罗门顺世师到那烂陀寺挑战之事吗？挑战失败后，玄奘免其一死而收之为奴，后来因为给玄奘讲解《破大乘论》立功，重获自由后，东行至迦摩缕波国，在鸠摩罗王面前盛赞玄奘的德行学问。这个过程,戒贤至今浑然不知,自然也就不免存疑。所以,事出有因不为奇,而戒贤罔知底里亦不足怪。再说了,戒贤疑归疑,而现在却没有时间去质这个疑、解这个惑,当务之急是如何打发眼前的这位来使。

戒贤看着文书,心里却不免踌躇彷徨起来:戒日大王这边的事尚未交代完毕,如何又能够去接第二件活儿?满足了你鸠摩罗王的大愿,你固然高兴了,但要是戒日大王那边说不定什么时候又来要人,那时我可该如何作答?要是他得知了真相,计较起来,我岂不是要吃不了兜着走?权衡再三,他决定挡回鸠摩罗王的盛情,便对来使说:"大唐法师离乡日久,现已执辔就鞍,正准备踏上归程,来不及赴命了。请使者回去禀明鸠摩罗王,老衲不胜悚惧,敢乞恕谅是荷。"

迦摩缕波国的使者走后,戒贤不禁暗自高兴:几句简简单单的话,一个半真半假的"真实谎言",居然就把他给打发了。

不过,这大和尚也高兴得太早了。他万万没想到,就在其余兴未尽的时候,鸠摩罗王的信使又到了。这回,书中不再是温文尔雅的谦情曲意,而是满纸的冲天怒气:"本王愚鲁,向事天神外道,纵情世乐,不知佛法为何物。今闻唐国高僧深解出离之法,能救吾民于贪着苦海,令发道芽,臻于永乐,故而欢喜不已。而师却以不经之口实,拒不遣送,莫不是要置吾民于永夜,辗转六道而不得稍安?这难道就是师绍隆佛法、化度众生的功德吗?今再遣重使更申渴仰,冀速遣至。倘再延误,则休怪本王不善。师不闻当年设赏迦王信受外道,妒忌佛法,毁寺害僧,乃至于砍伐道树,除其根本之事?师以为本王无设赏迦之力乎?今儿指天为誓,师若再拒遣送,耽误了大事,吾当整饬象军,踏平那烂陀寺,使之碎如微尘。望师好自思之。"

戒贤看完来书，不觉渗出一身冷汗。你知道这是为什么吗？那是因为，这迦摩缕波国呀，本是东天竺的一个大国，周边过万里；全境一马平川，江河交错，湖泊星罗，加之又南连大海，故气序湿润，土地肥沃，稼穑丰茂，花果珍奇，论其富足，邻国多不能比。国人虽黧黑矮小，但情性狂暴，不信佛法而敬尚天神，自古迄今，无有伽蓝，未度僧侣，向为异道之一统天下，此王虽在政多年，国情、旧貌却纹丝未变。如果万一处置不慎，怕只怕他真格儿如信中那么说，那么做，岂不是要招来弥天大祸？魔事要是真的成了事实，到那时再后悔也就来不及了。可是，他转而又想：玄奘急于回国行化之事，不仅属实，而且深可理解，自己也已许诺乌荼辩论之事告毕即放行，而如今前事未了，后事又生，就怕他不胜折腾，埋怨起老衲，那又如何是好？三思之后，他拿定了一个主意。

老和尚把玄奘召到方丈室来，先给他看信，然后对他说："这鸠摩罗家族累世敬崇外道，从未移心改宗，今个却因了贤俊的盛名、令望而发心皈依我佛，敬事沙门，此真乃天大的善举、喜事。常谓上行下化，一人举麾，万人风从，其福利之宏广，功德之无量，不待多言。贤俊不是曾起广大心，发弘誓愿，孤游异域，舍命求真，普济含生吗？释子以天下为道场，既然都是弘法教化，又何必独钟乡国？如今鸠摩罗王金口既开，设若违而不从，万一起意作祟，保不定难免魔事呢。何况，弘扬正法，拯溺救妄，图报佛恩，此乃佛子天职，责无旁贷！老衲冗言，贤俊可善自思之。"

玄奘听正法藏词理恳切，不啻祈求，同时也担心那烂陀学宫横遭劫难，所以便不再推托，应承了下来。

却说鸠摩罗王听说那那烂陀寺大和尚已经同意遣送支那高僧至国，脸上顿时露出胜利者的微笑，不免得意地想：都说兵不厌诈，果然灵验。我的那番狠话原本只是吓唬人的，不想这老头儿果然怯阵了！

没错，这鸠摩罗王虽然是一介武夫，原本也不信佛法，但却尊贤好学，敬仰多闻博学之士，对德高望重的比丘也不例外。自从听了婆罗门顺世师有关玄奘如何不远千里、万死不辞来投佛国，又如何谦恭自守、呕心沥血读经习法、德学兼优、会通大小、独崇自他普度大法精要等等介绍后，终于动了回向归佛之心，一想借高学之名，导国人以向善，二想假远僧之方便，了解那远东大国，伺结深谊。于是乎才有此接连遣使之事。未料这那烂陀寺的老和尚却从中作梗，坏了自己的兴头，气不过而发了这些个狠话，本心而论，自己压根就没半丁点儿动武作恶的念头，内心只是企盼早些儿见到那位被描绘得神乎其神的唐国高僧。如今那烂陀寺的老和尚被唬住了，愿望实现了，当然有凯歌高奏的感觉啦。

玄奘既到迦摩缕波国，鸠摩罗王立即率领群臣迎接，延请入宫，殊礼相待，音声、香花、饮食供养，样样俱全。当他听玄奘说，现今之大唐国就是往昔之摩诃支那国时，突然脱口问道：“此方近传《秦王破阵乐》之歌，莫非就出自大德之乡国？”

玄奘欣闻当今皇上的圣德、仁化，竟已如此远洽遐披，心里真有说不出的高兴，连说了几个“正是”，继而又将皇帝如何的胸怀大略、除凶剪逆、登基理国的殊大功德说了一遍。

鸠摩罗王听罢，向慕之情愈增。不觉间，二人更显得情投意合，仿佛阔别已久的故旧邂逅相逢，那高兴劲儿真是难以言语形容。这且放下不提。

却说这鸠摩罗王并没有忘记，他之所以仰慕玄奘，并且派出重使迎延，其最关心的当然是佛法教化问题了。所以，在有关唐皇话题结束后，便直问道：“诸佛究竟有何功德，值得圣僧你如此奋不顾身，逾越重险，来游五天？于迦摩缕波国君臣民庶又有何作用？”

玄奘心里明白，对此问题回答得好坏，这是决定此次行化成败的关键。所以，他用了几天的时间细心地整理思路，对旧有的颂佛文如《四百赞》、《一百五十赞》、《杂赞》、《糅杂赞》等进行了概括、总结，又将在那烂陀寺从戒贤和光友两位上德那里听来的异说新义摄纳进来，在综合的基础上加以提炼、引申、发挥，写成《三身论》，然后又用了整整一天的时间，为鸠摩罗王详细解说释迦如来此三身之利物功德，即如来如何变化为种种身，显种种大神通，使凡夫众生见其形、感其德，发心入道；然后再为其说法，指示修行的方法和路径，断除疑网，生发无我平等、无缘大慈的智慧，自利利他，自度度他，最终达于心境清净、静而致寂的最高境界，证得菩提、涅槃成佛。其中特别强调如来之自性身、受用身、变化身，以及化土、诸神通皆是“智”的作用，也就是说，是由大圆镜智、平等性智、妙观察智、成所作智转化而成的。主旨在说明转识成智、由智而生发功德的关系。

鸠摩罗王听玄奘讲罢，整个的感觉就是“新鲜”两字，闻所未闻，欣然说道：“释尊解脱之教的确与本国原所尊奉诸天、诸神大有不同，既可安国利民，又能教人超凡入圣。难怪从者如此之众，难怪圣僧要不惜身命求之。我童子王怎么没早些儿发现呀？自今以后，本王定当除旧布新，竭力护持、诚心弘传，使之行化全国。”

当日，鸠摩罗王即请玄奘为自己授了三皈之戒。

就在鸠摩罗王与玄奘叙谈甚欢的时候，戒日大王将数十万军众还至羯朱温祇罗国。于殑伽河南岸屯驻刚毕，却听信使前来通报说，大唐法师已被鸠摩罗王强邀至迦摩缕波国。

戒日王听了此讯，先是只觉得蹊跷，再思而不禁起火。这火并非无名之火。戒日王想:大唐僧玄奘是戒贤大和尚派出来与乌荼国小乘僧辩论的领军人物,虽然因故没有如期派上用场,可辩论却是铁定的事,早晚的事,如今你童子王连招呼都不打就要了去,明摆着是不把我放在眼里嘛。退一步而言,纵便你没有这份傲慢,可万一乌荼国小乘僧催着辩论,我拿不出人来,人家岂不说我心虚胆怯、失信无守,脸面岂不因此丢尽?

面子、权势、责任心一起作用,最终导致的结果就是情绪的失控、冲动。果然,戒日王愤然遣使前往迦摩缕波国责曰:“我频请在先,你童子王却强把人要了去,根本就不把我这个五天共主放在眼里嘛!你务必在接信后火速将人送至本王行在,否则后果自负。”

前面不是说过吗,那迦摩缕波国本是异教外道的天下,佛法不兴,鸠摩罗王虽雅尚博学之人,但向佛不久,善心尚薄,加之性情狂暴,所以,一听来使宣信毕,便不觉怒从中来。他用鞭子指着信使说:“回去告诉你主儿,要我的头可以,要我立即送去唐国法师,断不可能!”

鸠摩罗王接见来使时,玄奘正好就在殿旁的客房内歇息,对二人的谈话听得一清二楚。当他完全了解两王相争的原由后,既不理解,又很不安,心想:不都是为了弘宣佛法吗,这边早些儿,那边晚些儿,有多大的关系?再说了,这边的鸠摩罗王并不知道你戒日大王早已有约,错不在他,何必把话说得这般的重?而鸠摩罗王呢,又何必火气这么大?把原委细说清楚,约个时间把事情了结不就得了,要头要命的话又何必说呢?这样顶牛下去,必然没有好结果;万一动起刀枪来,那就更是有违初衷了。

玄奘越想越觉得事态严重,越想越焦急不安。所以,在鸠摩罗王送走信使后,便立即过来相劝道:“两位大王近亲紧邻的,何必为了玄奘而起纷争?释尊教人要能容能忍,戒瞋戒怒。气头上何不各自先退一步？两位大王要真闹僵了，闹翻了，玄奘岂不成了罪魁祸首？”

“这不关圣僧的事。”鸠摩罗王打断玄奘的话，气不打一处出地说，“圣僧有所不知。这尸罗阿迭多也太不讲情义了，为了这丁点儿的事就对我要起威风，摆起架子来了！他不想想，当年他国破家亡的时候，要不是我主动与他结盟，出兵帮他一把，对高达国的设赏迦王形成东西夹击之势，他能那么快就攻下曲女城？能那么快为胞兄报了仇，雪了恨？能那么容易救出被关在贼军牢狱里的胞妹？能那么顺利地登上王位，号令五天？”

玄奘听鸠摩罗王如此说，不禁反忧为喜，连连击掌道：“新闻，新闻，两王竟然还有过如此这般的精诚合作！”

“可才过了几年啊，就这样翻脸不认人！”鸠摩罗王怨气倍增，继续说，“别看他今天当了王，可边境犹未安宁，坐不坐得稳五天共主这个位子，还得看我童子王投不投赞成票呢！他既如此忘恩负义，趾高气扬，不把我当朋友，那好吧，你能给我一棍，我也只能回报你一棒。”

玄奘见鸠摩罗王越说越气，担心弄不好矛盾还会进一步升级，可虽明知他的话欠妥，却又不便直截了当地进行评价，思忖片刻之后，这才平静地对鸠摩罗王说：“大王且莫生气。玄奘这里有个故事，不知大王乐不乐意听？”

鸠摩罗王看玄奘一脸的和颜悦色，不好拒绝，只好说道：“法师有好故事？好啊，且说来听听。”

玄奘既得到鸠摩罗王的应允，便开始娓娓讲述起来。故事的梗概是这样的：释迦佛涅槃后，佛法出现了后继无人的景况。提婆拔题国国王尸毗决心挺身护持善法，续佛慧命。忉利天王帝释天不相信他有这样的诚信和决心，决定对其进行一番考验，便化作一只老鹰，又让他的大臣毗首羯摩变成一只小鸽子。老鹰要扑食鸽子，鸽子逃到尸毗王处请求庇护。老鹰说，鸽子是他的午餐，要尸毗王还给他。尸毗王说，自己曾发誓要保护和化度一切众生，不会让鸽子去丧命。双方为此争执了好一阵子。最后，尸毗王与老鹰达成协议，愿意割自己身上的肉代替鸽肉，重量与鸽子相当。但是，尸毗王割尽身上的肉还不能使秤子平衡，便干脆把全身的骨头也搭了上去，秤子这才平衡了。虽然舍掉了全身，而尸毗王还是为自己能够救鸽子一命感到非常满足和高兴。老鹰看后非常感动，便现了原身，问尸毗王："你这样做究竟是想得到什么？难道一点都不后悔吗？"尸毗王回答说："我唯一想得到的就是修得佛果，永远护持佛法，努力度脱苦难众生。为此，我心甘情愿地牺牲自己的一切，永远不会后悔。"话刚说完，尸毗王支离破碎的身体不仅顿时复原如初，而且比前又庄严殊胜了十倍。

鸠摩罗王听完这则故事，玩味良久，最后说道："法师用心良苦，谢谢了。"

玄奘仅仅得到了一声"谢谢"，并没有知道鸠摩罗王听毕这则故事的更多感受，所以心中还是没有底。

第二天，戒日王的信使又到了，鸠摩罗王接过信展开一看，上面只有简单的一行字："童子王阁下，你说头可舍，望即付使者带回。"

信短，也并非声色俱厉，但其中的对抗性一点也不含糊。

鸠摩罗王不是傻子，自然明白戒日王的意思。但是，他看完信，并没有怒发冲冠，当然也不犯愁、害怕，像是向戒日王学习似的，也不温不火地对部将下达命令说："务于今日内整饬象军一万、战船三万艘，听候指挥。"

众将听令，个个震惊不已：国家外无强敌入侵，内无寇盗扰乱，百姓安居，四民乐业，太太平平的日子里，兴师动众的，这是为的哪般？”

玄奘闻讯，更是大惊失色，急忙跑来问究竟。鸠摩罗王回答说：“明儿借日出之光送我启程，溯殑伽河到那羯朱温祇罗国去。”

鸠摩罗王话说得很平静，但玄奘听后却吓出了一身冷汗，因为他知道，戒日王的军队现如今就驻扎在那羯朱温祇罗国，这不是明摆着要开仗吗？人在焦急之中往往疏于思索，他明知故问道：“干什么去？”

“给戒日王送头去。”鸠摩罗王一面回答，一面将戒日王的来信递了过去。

玄奘听到此话已有不祥之感，待打开信一看，那魂儿差点没被吓出了窍，扑通一声跪到地上恳求道：“大王呀，要不得，要不得，且莫动气轻举。玄奘曾闻，两虎相斗，必有一伤。又闻，斗则结仇，和则为友。两位大王以前有过精诚合作，现如今本意也都在弘扬正教，为什么却要相为仇雠，兵戎相见？这可是违戒的重罪呀，实在使不得，实在使不得。”

鸠摩罗王一面将玄奘扶起，一面安慰道：“无妨，无妨。那尸罗阿迭多要不去我的头，也不敢要我的头，法师放心吧。”

玄奘以为鸠摩罗王不过是在哄自己，所以仍然心急如焚：“千军万马的战场，双方都红了眼，那刀枪可是不认人的呀！”

鸠摩罗王怕玄奘急坏了，于心不忍，终于笑着拍了拍他的肩膀说：“有法师在，谁敢动刀动枪啊！”

玄奘听罢，先是一愣，继而恍然：“大王是说，玄奘也随军出发？”

鸠摩罗王点头道：“当然。”

“也就是说，是要送玄奘到戒日王行在啦?”玄奘仍然将信将疑。

鸠摩罗王没有直接回答玄奘，而是神情庄重地说：“还得谢谢法师的苦口婆心呢。那尸毗国王为了修得佛果，护持正教，连身命都不可惜。我鸠摩罗王如果连几句刺耳的话都听不得，那还谈什么皈依？那还请法师为我剃度做什么?”

玄奘虽然为鸠摩罗王的觉悟而高兴，但心头仍有所疑：“既然如此，为什么还要出动这么些象军、兵船?”

鸠摩罗王耸了耸肩，说道：“为什么要出动这么些象军、兵船?为了表表我鸠摩罗王对大唐法师的敬意！为了给国人看看我童子王弘扬佛法的决心！当然，也为了让法师你风光风光，让那尸罗阿迭多不敢小觑、慢待法师啊！”

玄奘听毕，既感慨又感激，不禁合掌胸前，连连称念阿弥陀佛名号。

那羯朱温祇罗国本是迦摩缕波国的西邻，溯殑伽河而上，不过是一日的航程。鸠摩罗王和玄奘同坐在前头那艘最大的舰船上，在熹微的晨光中起锚，一路乘风西行，浩浩荡荡，好不气派。当晚霞张开它那宽阔而斑斓的帷幕时，他们已经顺利地到达目的地，住进刚刚突击搭建起来的行帐之中。

按鸠摩罗王的既定计划，是先让玄奘好好休息一宿，第二天再与戒日王办理交接手续。

然而，当夜三更未到，便有通事官报告说，南岸有灯火、鼓声趋北而来。鸠摩罗王听后赶忙起身出看，果然是千支灯烛映红一江水面，步鼓声声，响彻深沉夜空。他断定，这是戒日王的迎宾仪仗无疑，因为只有五天共主出行之时才会用此仪仗。本来，鸠摩罗王想：你急我不急，本王倒要看看你尸罗阿迭多对这位大唐高僧有几分诚意、敬意，是真想请人家讲经说法呢，还是看着人家和我亲热而起嫉妒心。反正，我已把人送到了你门前，量你也不敢再起恶心。然而，当那连天火把、震天鼓声越来越近的时候，心中却忽然生起一种好感，好像与来者从来就没有过什么过节、从来就未产生过任何猜疑似的，由衷赞叹道："不愧是五天共主，有诚心，知礼数，够规格，值得我让你三分！"

鸠摩罗王这般地想罢，便急忙转身回帐张罗迎接事宜去了。

却说戒日大王这一边呢，自打得知鸠摩罗王亲自将大唐圣僧送至的消息后，心中的那股怨气、怒气就像天上的乌云遇到了强风，顿时飘走了，唯一的念头就是如何尽快地会会这位大唐和尚，看看他是不是头顶打髻、两耳垂肩、手长过膝、足宽六寸、有种种不可思议的方便神通，为什么会如此超群出众，凭什么博得僧俗喝彩，五天拱仰。为此，真想立马乘上一叶飞舟，直投那北岸而去。但是，他清楚地知道，这是不可能的事情，因为自己位当五天共主，起居出入，每个行动都必须与身份相匹配；更因为他要迎接、参礼的是一位身份特殊的和尚，这和尚不仅是戒贤上座举荐的辩论主帅，同时还是来自东方大国的客人。如果贸然前往，快是快了，却没了身份，没了气派，没了诚意，没了礼貌，不仅要贻笑天下，那童子王也会小觑我。如果这和尚回国又提起此事，不是更要贻笑于大唐了？如此计量一番之后，他决定以最高、最隆重的规格来迎接这位大唐和尚。于是，一支盛大的仪仗组成了，出发了：王自乘一只彩艨居前，百面金鼓分置十船紧跟，五千将士披甲执炬分乘百船殿后，金鼓一步一击，数千烛炬随风摇曳，舳舻相接，鼓浪而前，其声势之浩大，甚至比往日之出巡又超过了许多。

二王的行帐大体上是一南一北，但因为是斜向相对，所以距离却不下数十里。不过，由于将士效力，好风相助，从入黑摇起第一橹到最后靠岸抛锚，也就用了一个多时辰。

却说戒日王与鸠摩罗王因为心中的疙瘩解开了，茬儿除掉了，所以见面时不但没有丝毫生分、别扭感觉，反倒颇像当年战场上的胜利会师，两人脸上都堆满了笑容、喜悦，行过合十礼后再拥抱一番，便手牵着手快步进了大帐。

人有时候很怪，不仅有言行不一的现象，甚至行为也缺乏逻辑性。拿眼前事来说，这戒日王连夜兴师动众，又迫不及待地进帐，这不都是为了早点儿见到心仪中人吗？可当鸠摩罗王将玄奘介绍给他时，他却丢了魂似的愣在人家面前，一动不动，活像一个木桩儿。为什么？因为，眼前的这个人与他所想象的太不一致了，反差太大了。他觉得，眼前的这位大唐和尚根本就不是自己设想的那副模样，形体虽然伟岸，但却出奇的清秀；心慈面善，但却威仪十足，刚勇而坚强；尤其独特的是那眼神，既淡定从容，却又有着锐不可当的穿透力和不遗纤毫的洞察力，似乎是瞥一眼就能分清一切真假、善恶、邪正，君子见了生亲近感，邪佞遇之则唯恐逃之不及……

戒日王就这样站在玄奘面前神思遐想着，不能自已，直到鸠摩罗王用胳膊肘轻碰了他两下，这才出了楞严定，立即俯身伏地，准备行肘步鸣足大礼。

玄奘见状，慌忙上前阻止，并连连作礼感谢其盛情邀请。

戒日王还过礼，便命散花供养，且热烈捉手问安，赞叹不断。

供养毕，也不少坐聚谈，便挽着玄奘的手一起登了船打道回府。行前与鸠摩罗王约好，明日一同在南岸宫帐内为客人设斋供养。

次日一早，戒日王引玄奘至行宫左侧一泉林雅室中就座，鸠摩罗王在群臣陪同下亦按时到达。

斋供、散花过后，戒日王先对在座作陪的国师并诸大德逐一作了介绍，之后便直截了当问玄奘："曾闻圣僧为赴乌荼国辩论而造有《破恶见论》，不知随身带了没有？"

"就在身边。"玄奘一面回答，一面取出呈奉。

戒日王将论稿逐页翻了一遍，掩卷说道："五天有谚云：日光出则灯烛失明，天雷震而锤凿绝响。正法藏老和尚曾说，师所造大论以大乘义破尽诸宗异说，如此长卷，弟子一时难以看了，师可否在此略为弟子讲说讲说？"

戒日王既开口，玄奘没理由推辞，遂就大小乘之长短作了个提纲挈领的概括，诸如大乘讲中道空、体有色空，以证性得菩提为涅槃，主自利利他，境界高而法益广；而小乘讲我空法有，以至我法皆有，以灰身灭智为涅槃，偏重自利自度，法不究竟，利益面窄，等等。话虽不多，但言简意赅，透彻明白。

座中国师并诸大德，有一面听一面悄声议论者，有沉思玩味的，也有人在不时地赞叹、叫好。戒日王和鸠摩罗王当然更是听得入了神，这从他们专注的眼神、微翘的嘴角、扬动的眉毛、频频点头中可以得到准确的诠释。

座上的种种神态中，有一处最让玄奘关注，那就是戒日王曾好几次回头与座后的什么人交谈。只是，他根本就没有想到，这个置身国王座后、始终不曾露脸的神秘人物，不仅身份特殊，而且地位极高。此人究竟姓甚名谁？

此人就是戒日王之胞妹，长公主罗阇室利。

说起这位长公主，就不能不追述一下她的坎坷人生：罗阇室利是中天竺萨他泥湿伐罗国国王波罗羯罗伐弹那的幼女，其大哥曷罗阇伐弹那继承王位后，为了拓展势力，决定将胞妹嫁给羯若鞠阇国国王哥罗诃伐拉曼，通过联姻的方式结成联盟。可就在迎亲路上，羯若鞠阇国国王哥罗诃伐拉曼被入侵的西天竺摩腊婆国与东天竺高达国的军队杀害了。罗阇室利没能进洞房，而是进了牢房。戒日王即位后，东天竺迦摩缕波国鸠摩罗王主动与之结盟，消灭了侵略军，这位长公主也因此获救，重见天日。国家盛衰的历史，家族荣辱的变迁，让兄妹二人看清了世事无常的道理，并最终皈依了佛教。所不同的是，戒日王宗仰的是大乘法门，而罗阇室利则依小乘正量部修行。当她听王兄说请来了一位十分了不得的大和尚，德学无匹不说，还是来自遥远东方的大唐国，颇觉新鲜、稀罕，虽明知教内有男女不相共处的严戒，但受好奇心驱使，所以还是死磨硬缠非要前来亲眼见见、亲耳听听不可。戒日王深知妹妹自小恃宠撒娇、不达目的誓不罢休的秉性，只好同意了，不过有话在先：只能在座后静听，不得露脸张扬。长公主口头上答应得好好的，可她终归不是正式的出家人，又生来任性随情，到了现场，哪里还记得住许下的诺言？所以，不看不听则已，一听一看，便神儿魂儿的再也不由自己：这洋和尚果然是一表人才，体态英挺神俊，虽经天竺阳光多年的暴晒，竟然也未能完全改变他原来光鲜明净的肤色；椭圆形的面庞没一点儿胡须楂子，五官当位，尽显天然；沉稳的外表下隐藏着一份热情冲动，风怀淡雅却又血气方刚……就这样，长公主情不自禁地陷入了十里云雾之中，尽量地发挥一个成熟女人的特长，从独特的视觉出发，如此这般地欣赏着、品评着眼前的这位“天外来客”。不仅欣赏、品评，而且还动了芳心，生了痴情，一股热血直冲殿堂天门，满脸热烘烘的，那高高隆起的胸脯儿也明显地一起一伏加快了跳动。对此，她不仅没加丝毫掩饰，反而有一种以求一逞的欲望，于是便以赞叹、称道为由头，屡与王兄交语，竭力引起心仪中人的注意。

然而，玄奘只见表象而不明底里，只知大概而未得细节，更不知道其是一个女儿身，所以，虽见而似未见，虽已注意而未求彻底，结果是无动于衷，未当一回事。

倒是鸠摩罗王好奇，又喜欢出人不意，所以，当玄奘讲说告一段落时，他便对戒日王戏而喊道：“喜增大王不要只顾与长公主独飡法味了，何不当众说来，让大家也一同分享分享！”

玄奘忽听座中有公主，心里不免惊怵，好在应付自如，脸面上未曾有所流露，仍然是身定心清地合十道：“有女菩萨在呀，阿弥陀佛，阿弥陀佛！”

秘密被突然揭露，戒日王显得相当尴尬，连忙作礼道：“圣僧莫惊。这里并无什么女菩萨，不过是弟子之愚妹罢了。愚妹仰师高名，又听说今儿要演说大乘深义，是以恳求弟子相携前来瞻礼敬聆。弟子不能拒，有失持犯，罪当三途之苦。”

玄奘摆手道：“此是王居之所，非是精舍兰若，无妨的，无妨的。只是，既闻贫僧说了这许多，有何得失，还望指教指教。”

长公主既见询问，深洽衷怀，便欲起身作礼回答。戒日王唯恐再生唐突，急忙止而代述道：“愚妹适才与弟子说，她原来所修乃法体可得之有我胜义，推重祸福业报因果，对瑜伽行人所缘缘义颇为抵触。今儿听了圣僧高论，这才发现自己的偏狭，大乘更出小乘之上，而瑜伽行法则又圆满多了。不知其所解是否真实，望师裁鉴。”

玄奘听罢戒日王陈述，不禁喜上心头。想道：一个部派中人竟然能作出如此深刻检讨，还对大乘教法给予如此好评，真是难能可贵。于是嘉奖、鼓励道：“善哉善哉。女菩萨竟有这般的悟性，真乃利根上智也。可喜，可喜。”

鸠摩罗王听得高兴，便由此及彼对戒日王说道：“如此说来，乌荼论辩是必胜无疑的啦!”

戒日王摆手道:“不不,不去了,不赴那个论场了。”

听戒日王如此表态,玄奘始而觉得突然,寻则却暗自高兴:如此一来,归期不就在即了!

鸠摩罗王却不然,他误以为戒日王是临阵退缩,所以颇为不满地说:“堂堂五天共主,岂可说话不算数?再说,这不等于不战而降吗?大王不怕贻笑天下,受得了这份羞辱,大唐法师却受不了这般的……”

“童子王你先别急,先听本王仔细说来。”戒日王打断鸠摩罗王的话说,“本王亦以为圣僧论说极好,在座诸位国师大德也都信服无疑。只是此论制成不久,未广闻听,而举世小乘、外道徒众至今尚守愚迷,我正欲借法师之力,使之幡然易辙,改宗大乘,造福五天呢。乌荼国算个啥?那里的几个小乘僧又算个啥?我是要在国都曲女城设个更大的法会,令五天各国的王臣、婆罗门、尼乾外道、各寺多闻大德、义学辩才等等,一应与会,请大唐法师为论主,演讲其大论,一者为彰显大乘微旨,断绝小乘、外道毁谤之心,二要借此突出大唐法师之圣德,摧灭迷执者自矜慢他之意。曲女会场岂不比乌荼国那穷街陋巷又堂皇壮丽了许多?论坛法益岂不比一乡一国又大了许多?”

鸠摩罗王既闻戒日王的豪言壮语,顿时也奋发、鼓舞起来,击掌道:“果真如此,本王当率万众赴会助阵、随喜。”

戒日王见童子王已表态支持,转而征询玄奘的意见道:“圣僧以为如何?”

玄奘能怎么说呢?以归国为由而推托?不行,这已经是失效的老调了。临阵退缩?更不行,这不是玄奘的性格,他有生以来只知道迎难而上,而从未有过在困难险阻面前退却逃避的先例,困难险阻从来不曾成为过他求法寻真路上的障碍，相反倒是成了一剂激发潜能、勇气的偏方良药。再说了，飞不过雪山顶的不算雄鹰，在草原上不能跑的马怎么能期望牠去攀山越岭！十几年了，五天再大的风雨都经过，再搏一次又何妨？何不将此法会当作一次告别的盛会，留下友谊，留下祝福，留下一个华夏男儿的身影，蘸满殑伽河的圣水，为十多年来的天竺之旅画上一个圆满的句号？这岂不也是一个很好的机会，一个很好的场合？主意既定，便当即回道："俗谚说：客随主便，恭敬不如从命。大王既有如此宏图大略、雄心壮志，玄奘岂能不鼎力效命，添个增上缘！"

于是，曲女城大辩论会就这样定下来了。自然，玄奘的归期又要被耽搁了。归期无期，能担保不生出什么枝节、意外吗？

第四十回

婆罗门作祟破坏法会　曲女城论辩大考折桂

举办曲女城论辩法会的决定作出后，接下来的便是紧锣密鼓的准备工作，有关这些情节，稍后再提，这里先说说曲女城的故事。

前面说过，戒日王的妹妹罗阇室利曾嫁给羯若鞠阇国国王为妻，曲女城即此国之国都。因其地处一巨大花林之中，故原名叫花宫。其南靠朱木拿河，北背殑伽圣河，地当冲要，交通方便，奇货囤积，百业兴旺，城池坚固，人民安乐。后因一大树老仙出“万年三昧定”，欲念复起，特来此国求婚。国中公主合百，唯最小丑女情愿许身服侍洒扫。仙人恶九十九女恃芳嫌萎，遂咒其一一腰曲伛偻，终身不得婚配。事果验，城名亦因之改成“曲女”。戒日王统一五天后，迁都至此。曲女城虽为国都，却并非戒日王常驻之所。他自当政之后，便一心致力于富国安民的机务，厉行节俭，修善营福，断荤禁杀，推崇正教，供养沙门，礼敬高德，倾库恤民，取富济贫，惠施鳏寡等等，为此而象车相继，出巡不辍，督促检查，无分昼夜，行止随时，居无定所。凡到之处，结庐为宫，去繁就简，随遇而安。以是故，留住花宫之时日，仅雨季二三月而已。不过，既为王都，本来就衢街辐辏，巷陌相通，台阁相望，檐接甍连，此外又新筑有高大的佛塔、伽蓝、宝台等等，因此上，选择在这里举办一次盛大的法会，条件充足，环境亦好。最重要的是，不仅可以借此法会壮大五天威望，还能扩大大乘教法的影响，这岂不是一举多得的大好事吗？

自那羯朱温祇罗国会见之后，戒日王在派人备办法会会场的同时，即与鸠摩罗王相约前往会所。此后不数日，戒日王率众数十万依南岸，鸠摩罗王集众数万居北岸，以中流为界，分麾引导，人众则或鼓棹，或驱象，溯河并进，长驱而前。一路上，鼓声震天，螺号激昂，丝竹之音回荡远近。所经之处，观者如潮，叹未曾有。自初冬启程，历整整九十个日夜，终于到达目的地。

按当地季节，此时虽仍然在腊，但林木已开始换装，花草正随时趁势，暖风轻拂，池波潋滟，春意显然。最主要的是，伽蓝、宝坛、佛塔之属都已庄严一新，自行宫至伽蓝四五里间又夹道建阁，一一装饰穷丽，阁上笙歌不断，雅乐连绵；加之五天各国王臣、教内髦俊、异学翘楚的先后到来，象车塞路，人众熙攘，幢幡相接，帷幄连营，诸如此类的盛景，一言难尽。会未开而已见其气势，这在一般人眼里，更多的是被看作一种节日或盛会前的热闹序曲，而那些想在法会上挫败论敌的人，则应当是另有一番滋味的。

戒日王、鸠摩罗王等到达会所后大约一个月里，各国与会者亦先后到达。于是，曲女城辩论法会便正式宣布开始。

二月初一日一大早，象舆载着一躯等身金色佛像自行宫向会场进发。戒日王身穿帝释华服，手撑华盖，居左侍护；鸠摩罗王则扮作梵王相，手执白拂，居右护持。次后是玄奘法师及二十余位国师、门师，一一乘象相随。

金像之前，国师、门师之后，又各有百头大象前呼后拥，或导或随。前者承载的是一支庞大的乐队，旋行旋奏，一路上百音和鸣，尽是赞叹歌颂之调；后者承载着诸国君臣、大德，口中呢喃，随行随颂，无非如来无量功德。

队伍的两旁则各以五百象军披甲护卫。

戒日王沿路不停地抛撒各种珍珠、杂宝、金银制作之花，供养佛法僧三宝。

队伍先到行宫西南之宝坛为金像行浴佛之礼，之后将金像送至宝坛以北之高台奉安，由戒日王偕同玄奘先行，下接各国国王及诸大德，一一供养讫，即鱼贯直赴会所。

所谓会所，实即临时搭建起来的南北毗连的两座巨大草殿。本来，高台西侧原有大伽蓝，虽已够广大，但仍不足以容众，所以不得不再下敕赶建草殿，每殿可容一二千人。如今，仅十八国国王、大臣、高僧，那烂陀寺大德，五天婆罗门及诸异道德高名重者，便已经是济济一堂，其余四众及在俗九流人等又不啻数千无处容足，以是故，又只好在草殿之外更置便座了。

众人坐定之后，戒日王遂引玄奘至北殿狮子座就座，并宣告论辩法会开始。他向座众介绍说："本次法会的论主就是在狮子座上就座的东方大唐国高僧玄奘法师，论辩的主题是：大乘教乃佛金口所说，能使众生开一切智，度脱一切有情于生死流转而得清净身，是求得正真正觉所循之正道，所以是最上乘、最妙乘、最胜乘、无等乘、不恶乘，是最圆满之教法。四十条论旨并近来所造《会宗论》、《破恶见论》二文，已由那烂陀寺沙门明贤大德于会前抄出公示于众。大唐法师已经如制立誓：若有人能难破其中一偈一字者，愿斩首相谢。列位大德、异学名师，各擅雄辩，咸称克敌，望各努力，奋发辩才。不过，本王也有言在先：大唐法师既能以首相许，列众亦必须有所承诺，设若无能难破，则须从此之后尊奉大乘教法，不得再口出恶言，抵牾谤伤，违者亦当斩首。”

戒日王的讲话引起了不同的反响，在佛教大小乘和尼乾等外道队列中，都有议论：

“国王所说乃理所当然的事。五天自古迄今就有一个常理：但凡论辩，胜者当受敬仰，负者当自赧退。”

“论主既能以斩首立誓，抗辩者自然也应当恪守规则啦。”

“负者是不是从此改弦更张暂且不说，杜绝恶言却是应该的。”

……

在婆罗门的阵营里，情况则有些异样，他们不无怨气地说：

“这偏袒的意思也太明显了吧？分明是在加持大乘，打压其他教派嘛。”

“我婆罗门自古就是最尊贵的种姓，如今莫不是要由秃丁取代不成？”

“你尸罗阿迭多身为五天共主，在自家人里发号施令，指指点点，也就罢了，凭什么要把矛盾摆在一个外国和尚面前，让我们丢人现眼？”

……

赞成也罢，埋怨也罢，但国王已经下了明令，宣布了规矩，众人自然也就不能不细加思量，掂掂斤两，谨言慎行。因此故，一连两天下来，席中竟然无一个人站出来对论。

第三天早上，戒日王偕同玄奘等法师并十八国国王按例送金像至高台供养。既讫，即准备赴会场继续论辩，可就在转身的当儿，忽见大伽蓝处烟焰烛天，接着又听见远处传来喊声：

“伽蓝门楼起火啦，快取水！快救火！”

戒日王一听便急了，顾不得许多，拔腿就朝伽蓝奔去。其余人众见状，自然也紧跟而去。

既到伽蓝跟前，只见门楼早已被大火覆盖。戒日王说时迟那时快，立即脱下身上的帝释华服，面对熊熊大火宣誓道："幸以宿善，得为五天共主，愿我福力，禳此灾异。若所祷不能动天，则鄙身愿从此殒命。"

说毕，即纵身跳过门槛，抡起华服扑向烈火。

你说这戒日大王今儿个放下社稷的重担不顾，而去为一区区庙宇赴汤蹈火，这可是为了什么？要了解这点，那还得从这座伽蓝的兴建说起：

戒日王经过多年腥风血雨的苦战，最终统一了五天竺。为了铭记、彰显、绍隆先王的勋业，特地倾国帑、舍珍宝兴建了这处建筑群，虽名功德寺、内道场，实即不啻为明堂、宗祠，是王权这棵大树根之所在。宗祠被毁，老根被除，这不是要命的事情吗？作为一个孝子贤孙，作为一个王族继承者，怎能无动于衷，怎能不痛心疾首，怎能不罄其性命扑救？他甚至想："如果这是老天爷对我的谴责、惩罚，那我与其活着受人唾骂，还不如以死明志、自赎为好。"就是这种责任心和自省精神，促使他有此纵身一跳。

不是说榜样的力量是无穷的吗，何况又是一国之尊带的头，臣民们谁还能不踊跃向前？于是乎，官民、僧俗一齐上阵，不多时就把伽蓝近旁的几个浴池的水都舀干了，大火，当然也被扑灭了。

走出火场，十八国国王聚拢到戒日王跟前，争着赞叹说：

"如此大火，居然瞬间扑灭，岂非神助也！"

"神者，戒日大王也。不曾见，大王一挥锦袍，那火苗便如风偃草般退却了？"

"是啊，非有神威，哪能振臂一呼便万人响应呀！"

……

戒日王摆手止住众人道："今日大火之灭，正如各位大王所说，是神助的结果。神以伽蓝乃教化众生之净园，是不能烧、不能毁的。神有感于尸罗信奉释尊，悲悯为怀，惠施连年，坚持三七日供养沙门，四事无缺，又普建伽蓝，庄严法座，广饰义筵，大弘正教，于是大发神威，假诸大王及众人之力，扑灭邪火。所以，各位不必赞尸罗，赞佛、敬佛、归佛才是最要紧的。"

戒日王急于了解伽蓝被火及受损情况，说完，也顾不得擦去脸上的尘灰，将被火烧坏了的那件华服往肩上一搭，便一口气登上伽蓝旁那十数丈高的佛塔，往下仔仔细细地将伽蓝的每一个角落观察了一遍。看到隐患已经消除，除门楼受损比较严重外，其余建筑还算完好，这才安下了心来。

然而，就在戒日王从塔座顺阶往下走的时候，事故又发生了：一名身穿清素氎布长衫、缠腰络腋、横巾右袒的男子，手捉剔骨短匕，疾步从台阶的一侧突然纵身蹿上来，直朝戒日王身后的玄奘扑将过去。

戒日王见状，本能地伸开双臂阻挡凶徒。凶徒仍然不顾一切地举着匕首扑向玄奘。戒日王眼明手快，一把捉住凶徒的手腕，再用力一抖，只见匕首咣啷一声掉落在地，凶徒自然也便束手就擒。

审问时，戒日王责问凶徒："本王什么时候、什么地方得罪了你，竟然生此毒心，下此毒手？"

凶徒回道："大王德泽无私，五天荷负，我虽愚贱，却无害王之心；匕之所向，唯外国和尚是指。"

戒日王惊诘曰："东国法师又如何得罪了你？"

凶徒回道："我与外国和尚素昧平生，从未谋面，也谈不上得罪、亏待。今日所为，实乃受人之雇，拿人钱财，为人消灾，如此而已。"

戒日王追诘曰:“谁人雇你?”

凶徒想:既然已经成了阶下囚,生杀予夺,全是人家的权利,何况面对的又是五天共主?与其负隅顽抗,不如痛快招了,或许还能落得个宽恕。主意既定,便爽快回道:“诸祭司说,我婆罗门向来称尊五天,今日未蒙大王礼重,实因这外来和尚在争宠,如再让其论辩得胜,则婆罗门并各异道当更无立锥之地。唯有阻止法会,不让这外国和尚得胜、得志,我等才能继续过平安日子。以是故,雇我纵火焚寺,搅乱法会。焚寺未能如愿,于是复要取此和尚性命,来个釜底抽薪。”

审问既明,戒日王即按此线索找到婆罗门住所,果见无数婆罗门齐聚一堂,个个衣冠楚楚的,星点儿的泥水烟火痕迹、味儿都没有,显然全都在隔岸观火,幸灾乐祸。眼下则似乎因为阴谋没有得逞,正在惶惶不能自安呢。

戒日王从婆罗门众中揪出为首者,决定就地正法,还要将五百婆罗门逐出五天境域。

令下之际,玄奘出而进言道:“以玄奘之愚见,大王处置之法并非上策,诚不可取。”

戒日王诧而问道:“何故?”

玄奘解释道:“玄奘以为,婆罗门异道矛头所指并非大王本人,所以犯的不是叛逆之罪。既非叛逆而杀之、逐之,则其众必以滥杀之名迁怒于大王。外道始烧伽蓝,既又企图行凶杀人,这其实也只是表面现象。他们之所以出此放火杀人下策,其实真正忌恨的是佛法,尤其是忌恨大王护持、弘扬的大乘佛法,忌恨大王支持一位大乘僧、而且还是一位外国的大乘僧来做辩论会的座主。他们担心一旦大乘僧得胜,大王一旦将大乘法在五天全境推行,大乘教关于众生平等思想、人人可以成佛作圣的思想、理念深入人心,必然会动摇他们的权威和地位，尤其是婆罗门的独尊地位，从此不能再自高于人、自大于世。大王可以把为首的婆罗门正法，可以将五百共犯驱逐出境，可众多的信徒能驱逐吗？他们的思想、理念能驱逐吗？”

戒日王为难道：“那依圣僧之意，如何办才好？”

玄奘回道：“既然佛法，特别是大乘法可令自诩至上无比的婆罗门、外道惊慌失措，大王何不以佛法对治，赦而不杀、不逐，一方面可以昭示大王的大海胸怀，同时也可以显示佛法能容能忍、有教无类、悲天悯人精神，这岂不是更好一些？”

戒日王觉得玄奘说得在理，复又问道：“那如何处置才好？”

玄奘回道：“俗话不是说过吗，以德报怨冤家少，心服口服才是真服吗？大王设若能给他们一条出路，使更多的人都有了活路，不是既广播了大王的恩德，又促进了五天民众的和睦？于国于民都是百利的好事啊！”

戒日王采纳了玄奘的建议，不再计较婆罗门的前非，但明令说：“异道乱真，其来久远，向以谤毁埋汰正教、迷惑误导群生为能事，非有上贤不能矫其曲，正其本，清其源。大唐法师神宇冲旷，行解俱深，为求大法，来游我国。本王今请其为论主，显扬大法，化导愚迷，不肖之徒不知惭悔，反而谋为不轨，横起害心，是可忍，孰不可忍。本王以慈悲为念，宽恕为怀，权从大唐法师请求，对纵火行刺者及策划者一律赦而免责，既往不咎，但下不为例。今后众中若有一人再敢伤害大唐法师者，当斩其首，毁骂者断其舌。若欲申理救义者，即听其便，不必拘束。”

雨过天晴，风平浪静。曲女城大会也是如此，事故前，热闹之中夹杂着一种不太和谐的躁动，不同营垒的人群间几乎都在以谨防严守的态度来对待他人，乃至于发展到放火杀人的地步；事故之后，人们则变得平和、理智了许多，虽然还是在争强斗勇，但求真的气氛毕竟比先前浓了许多。会场上，针对论主的四十条论题和两篇宏论，无论是外道学者、半满名师，一个个在交头接耳，或商榷微言，或探讨至理，一句话，都在用心的思考。不过，议论归议论，思考归思考，结果却是在好长的时间里仍然没有人挺身出来辩驳。

从会场上的气氛中，戒日王看得出多有持不同意见乃至反对意见者，只有让各人把意见都摆出来，通过辩论，分辨是非邪正，才能达到彰显正法的目的，于是动员说："凡欲救义者，悉听其便，不必拘束，纵言辞激烈亦不追责。"

如此这般地动员了几次，全然没有结果，戒日王于是改变策略，使出了一个新招："辩论会已经进行了五天，如果再无人出来答辩，那明日就可以为论主大唐法师庆功行赏了。"

此话一出，会场立即炸开了锅：

"五天比丘果然无能者吗？"

"我仙乡佛国怎能让一个外来和尚独占鳌头？"

"如此不战而降，我小乘人还有何面目？"

……

终于，戒日王的激将法起作用了。就在快到晌午时，有人站起来要发言。这位大德不是别人，正是来自摩诃菩提僧伽蓝的大德，法讳慧天，小乘十八部要典无不通达，是小乘教中之佼佼者，景仰、追随者不在少数。所以，当其起立发言时，会场上响起了一阵热烈的掌声，当然是表示支持、鼓励啦。

会场静下来后，慧天顺了顺气，颇带挑战性地说道："灌顶师般若毱多老婆罗门以大乘法为空花外道，与迦波厘《僧佉论》所说无异，比喻或许不当，但他以大乘法非佛所说，慧天则完全支持。"

玄奘正色道："老婆罗门毱多长老既皈依三宝，却又诋毁大乘法为恶见、空花外道，说什么与迦波厘无异，出言何其之不逊！迦波厘是谁？黄头仙也。《僧佉论》乃不究竟之法，世亲菩萨早已造第一胜义谛七十论破之。大乘法是释尊为救难拔苦、解脱生死而创立之究竟大法、清净大法，即使与小乘所见不同，亦是教内事，将教内歧见比之于外道，岂不是自毁形象，自矮于人，为外道张目吗？”

会场上掌声、欢呼声播动，显然，玄奘的话引起了与会者的共鸣。

掌声、喊声停止后，玄奘针对慧天的论点说道：“毱多长老说，大乘法非佛所说，慧天大德对此也表示认同。那么请问，佛在世时都说了什么法？佛说的都是小乘法吗？”

慧天不假思索应声道：“佛在鹿野苑初转法轮，为阿难、憍陈如五侍者讲四谛义，讲缘起法，讲八正道，自然属小乘法。”

玄奘回道：“四谛义、缘起法虽是诱引最劣根机之善巧法门，但其理却通于大小乘一切法，而且是释迦大法的核心和基础，怎么能说只属于小乘一家？至于八正道，乃是释迦菩萨为向五侍者阐述苦行不能求得真正解脱而说的不苦不乐的中道法、中和法；只有这种中道法、中和法，也就是正见、正思维、正语、正业、正命、正精进、正念、正定之法，才是证性成佛最合理最可行的方法。大乘教向来推重八正道，以之为重要法门而加以弘扬，怎么能说只属于小乘一家呢？”

“可小乘三藏圣典结集在前，弘扬在先，这却是众所周知的事实。”慧天没有回答玄奘的质疑，而是提出了另外一个问题。

玄奘没有计较慧天回避问题的做法，而是随其话题作答道：“佛本是随机说法，故方便多门，而所说之法有隐有显，有深有浅。显浅者易见，深隐者难谙，而凡事悉皆由浅而深，由易而难，自然之理。何况，佛所说法，最先皆是凭借口传，难免讹漏。而最初结集，窟内上座本来就偏于迦叶尊者一系，人数既少，又多为苦行厌离、急求自证者，固执戒律小节，厌恶女性及菩萨道，其局狭与偏颇，当时就受到了大多数人的质疑反对，并由此而分道扬镳，门户见深，相互拮抗 ，讼争不息。部派内尚且相互抵牾，其对大乘法的忌讳和排斥就更是不言而喻了。又者，虽曰结集，其实最初并无文字记录，也仍然是凭强记背诵，天长日久，多所散遗，如《增一阿含》，阿难诵出百篇，传至优多罗则仅存十一，后来书写成文，又因为诵出不全、书写文字不同，衍文歧义复又增之，如是辗转流传，如何能确保佛一音说法无遗漏？由是而知，结集之先后，弘扬之早晚，并非判定是否佛说的标准。佛所到之处极广，所化有情极众，由少数人集成的藏典又如何概括得了全部‘佛说’？以是又知，所谓大乘非佛所说论，不过是妄谈罢了。”

“不管怎么说，东国和尚你并未从最早的结集中找到佛说大乘的依据，不是吗？”慧天说话时，一副自以为得计的样子。

玄奘针锋相对回道：“大德怎个如此健忘啊？大乘所弘乃四谛、十二因缘、五蕴皆空、业感轮回、四念处、八正道等至理，《四阿含》均有详细文字，怎么说没有在最早结集中找到依据呢？大乘华严、瑜伽所宗之缘起心学，《杂阿含》、《长阿含》中也都有明文记载，所谓‘彼畜生心种种，故色种种’，‘于此名色灭，识灭余亦灭’的这些法语，不都是证据吗？大德是没有披读过呢，还是神不定心不专？”

“是啊，是没有读诵过还是心不在焉呀？”

“自己是睁眼瞎，还说藏中没记载，真是的！”

……

会场上呛声不断，大乘众尤其激动。

呛声、议论声停止之后，玄奘不再坐等质询，而是取主动出击势，说：“假若大德一定要固执认为，只有藏典中有的才是佛说的，那么，玄奘倒有几个问题请教了。首先，说一切有部以诸法因缘生之因体有六种，是谓六因，此六因具见何经？”

慧天思索片刻，摇头道：“经中似未有明文具说六因……对了，有部认为，此六因是依据经藏中的各种说法总结概括出来的。”

玄奘认为慧天的回答其实就是一个遁词，不必再加追讨，便又继续说道：“玄奘孤陋，唯闻佛说诸行无常，诸法无我。可是，说一切有部却宣称什么一切法皆有自性，三世实有。敢问大德，不知这又是出自哪一部佛说之经典？”

慧天皱了皱眉头，不很情愿，却又拒绝不得，只好很是无奈地回道：“佛说的经、律中，其实也无明文可查，此说之最早提倡者应是阿毗达摩师，他们也是在解释经律时推导出来的。”

“好，很好，大德很诚实，回答确实不差。”玄奘说道，“如此说来，六因也好，诸法实有也罢，其实都不是释尊亲口所说，不过是有部自己造出来的，推论出来的，对吗？”

慧天点头：“可以这样说吧。”

玄奘进而说道：“既然如此，那有部学说还算不算是佛说的呢？是不是因为它不是佛亲口所说便可以随意诋毁、排斥呢？”

慧天一时语塞，无言以对。

玄奘未等慧天换过气来，接着说道：“至于小乘弘扬在前的问题，其实也只是一个声势大小的问题。佛灭后，部派声势较大，这与结集者的偏执有关。不过，佛所说的既然包括大乘法，自然也就有其弘宣者。不是吗？”

没等慧天回答，会场中便有人站起来大声说道：“对，东国法师说得对，我们大众部的分化就是因为一部大乘经的问题造成的，有人信，有人不信，道不同不与为谋，于是就分手了。”

“没错，我们就是因为广学三藏，善解佛言，相信雪山部主讲解的大乘旨趣而聚集一起的。物以类聚、人以群分嘛，很自然的。”说这话的显然是多闻部信徒无疑。

玄奘对会场上这两位听众的发声颇感突然，觉得这两位并非同宗道友，却竟然在如此盛大的场合，附和一个大乘论主，当众披露自己的“家事”，显然是对大乘少了许多的嫌隙、成见和隔膜，甚至明显地表现出亲近之情，这当然是很令人欣慰的。于是他高兴地说道：“谢谢两位道友为玄奘的话所作的举证。这显然说明，小乘流行时，不仅也有人在弘扬大乘法，而且还有了大乘经籍，因此又进而说明，大乘经典用文字写出与小乘经典的写出的时间，其实是相前后的。慧天大德，玄奘说的可有差错？”

慧天心里知道，玄奘说的既是事实，也在理，当然无懈可击，但要在此大庭广众中低头服输，却不是那么容易的事情。于是，他选择了沉默的态度。

可是，听众不答应了，会场上又出现了躁动，大乘众鼓噪着催要回答，小乘众及诸异道则表现各异。

有人扼腕说：“没有准备好就仓促上阵，哪有不败的道理？”

有人则对玄奘表示钦服，说：“这东国法师真非等闲之辈，不但精通大乘，对小乘各派典藏也是这般的熟悉，不仅抓住关节，还了解其枝末。”

有人接着附和说：“要不然还敢在五天设坛摆擂，挂出战旗！”

次日，论辩继续进行。慧天并没有因昨日的失利而气馁，不仅早早地就到了会场，而且一开始又抢先发了言，提出了另一个新问题：“法师昨日说，佛灭之后，是小乘法首先盛行起来，也承认小乘经典结集在先，其中还蕴含了不少大乘教义，这不是等于说，小乘对大乘的发展起了很大的作用吗？”

玄奘注意到，对方的质询还是不依不饶的，但态度、语气都出现了变化：第一次称呼自己为“法师”，由“大乘非佛说”转而为“小乘对大乘发展有很大作用”。显然，自己在论辩中已取得成果，但还不是鸣金收兵的时候。由于对手已经有所转变，而且所说又符合实际，于是也便坦然回道：“大德所说极是，大乘发展，的确从小乘教中获益匪浅。就结集言之，小乘自有不世之功，《四阿含》乃佛金口所说最主要部分，是无比法、最上之法，正法之基本教义，如前面所言之四谛、十二因缘、五蕴皆空、业感轮回、四念处、八正道等无不详载其中。经内对释尊立教弘法之社会背景也多所涉及，若舍此经，则无从知晓正教之发展历程和大乘教之深义，以是故，非止小乘人重之，大乘众亦不敢轻视。至于迦湿弥罗所出之《毗婆沙论》等三藏释文，同样是大教之鸿宝，而尤其为心学之渊薮，习瑜伽、治法相，若不从其取途，则不能得唯识学之渊源，甚至无从索解本宗之要典。至于弘法化导，小乘各部，尤其是大众系的各派，都曾为大乘的发展打下了基础，铺垫了道路，例子之一，就是大众系的方广部主张：只要出家人信愿行相同就可结为夫妇。大乘教当初以在家信徒为主、不以出家为条件的规定，无疑就是受此影响的结果。大乘人岂可因门户之见而忘之？”

玄奘说到这里，忽听得会场上响起一片呼喊声：

“木叉提婆！”

“木叉提婆！”

“木叉提婆！”

一声声，一阵阵，接连不断，持续了好一段时间。

“木叉提婆”这词儿是梵语，译成唐言就是“解脱天”，意指依解脱戒修行而得正果者，小乘人又往往借指精通本宗本派经典的法匠。与木叉提婆相对，大乘教的法匠则称作“摩诃耶那提婆”，翻译过来就是“大乘天”。

玄奘对小乘人如此拥戴自己颇感意外，虽然高兴，但却没有陶醉。称赞声停止后，他继续说道："大家先别赞扬，也先别高兴，玄奘还有话要说呢。关于小乘对大乘的影响问题，其实只是事情的一个方面。也就是说，小乘曾经对大乘的发展起过作用，而大乘呢，也同样对小乘产生过影响。比如，在佛有何功德的问题上，说一切有部先是以十力、四无畏、大悲、三念住来概括，被龙树菩萨讥为见识不广后，便仿照大乘也提出了另一种十八不共法，其中有三种就是从大乘十八不共法中移植过去的。请问慧天大德，玄奘说的可有错？"

慧天还没开口，听众中便有人站起来大声说道："东国法师说的没错。我们南部上座系也不同意有部原来的说法。大众系的态度也和我们一样。"

玄奘接着说道："无论大乘人、小乘人，大家都会记得世亲菩萨吧？他原本是说一切有部的信徒，后来却转而成了大乘法的主将。为什么呀？我国圣人曾经说：'三人行，必有我师焉，择其善者而从之。'世亲菩萨之改弦易辙，即择善而从也。在此之前，尽管他曾经吸收各部派的新说，依据法救的《杂阿毗昙心论》写成《俱舍论》，借以救小乘之弊，除《婆沙论》之局狭，虽有收获，但终不能尽意，比之于胞兄无著所弘扬之瑜伽圆义，不啻为扁舟与艨艟之别，于是乎毅然弃小归大，服膺自利利他之法。那么，这瑜伽圆义圆在哪里呢？前面不是讲过，缘起法是佛法的核心和基础吗？释尊在世时，对机说法，着重就人生现象来宣说缘起法。佛灭度后，各部派继续发掘缘起法的深义，从观察人生现象发展到如何认识宇宙现象，对世间万物，或执有或执空，各持极端。龙树菩萨独运智慧，宣讲内根能取、外境是所取的'能所取缘起论'，并借此建立真俗二谛自性空的中道观。无著认为，龙树的二谛'自性空说'还是不能圆满解释宇宙一切现象，只有秉承弥勒菩萨从释尊那里学来的法门，用佛在《大乘阿毗达摩经》中所说的‘阿赖耶识’来解释缘起法，才能达到究竟、穷了宇宙万物的目的。那么，阿赖耶识又是什么呢？阿赖耶识就是众生眼识、耳识、鼻识、舌识、身识、意识、末那识之后的第八识，也就是名目、言语一类的概念。人之所以被称为万物之灵，就是由于有了这个根本识，它就像种子一样，既执持万物的特征性能，又能在外缘的作用下变现出万物。用阿赖耶识讲解缘起法，这叫‘分别自性缘起法’。用这个缘起法去观察、分析宇宙万物，就会知道，万法‘实有’是妄情执迷的结果，因而是‘妄有’；种子以‘妄有’为助缘而在意识中涌现的万物则是‘假有’。通过修证，去掉迷执，消除‘妄有’，‘假有’也便不能生起，万物的本来面目‘无’这个‘真实性’就显露出来了。从缘起法深义被一步步揭示出来的历程看，瑜伽教的宣说是最精致入微的，因而是最透彻、最究竟、最圆满的法门。世亲菩萨因向慕而投归，既归之又为其弘宣贡献了毕生精力，是可贵也，实可仰也。玄奘不惜身命前来佛国，为的就是追先贤之遗踪，求取这佛法真谛、瑜伽大义。今日在此与众人分享者，乃玄奘十几年来不辞寒暑，不舍昼夜，苦苦追求得来之心津也。”

玄奘说到这里，五天所经历的千辛万苦一幕接一幕地在脑海里相继闪过，既有不堪回首的苦涩，也有登峰造极的狂喜，五味杂陈，心情一下子冲动起来，两行热泪不觉断线珠儿似地滚了下来。

就在这时，会场上又一次爆发出震耳欲聋的呼喊声：

“摩诃耶那提婆！”

“摩诃耶那提婆！”

“摩诃耶那提婆！”

……

呼喊声经久不息。这次，不只是部分人在喊，而是所有的人都在高呼，喊声就像翻江倒海的巨澜，席卷会场内外。

又是一个意想不到，玄奘顾不得抹去泪水，只管不停地在胸前合十，向各方道众作礼致敬。

最后，还是戒日王出来示意，会场才又恢复平静。他满带笑容地说道："大家且莫高兴欢呼，谁胜谁负还没有决出来呢。东国大法师标立的'真唯识量'，可是大乘瑜伽行学说中最新、最独特的论证法。它正确还是不正确呢？慧天法师，亲光法师，戒龙法师，师子光法师，各国国师，各教长老、道魁，你们谁来发表发表高见？"

会场上议论纷纷，显然是在私下讨论戒日王提到的问题。但是，直到当日休会，始终没有挺身起立发言者。

次日，先是主持人明贤法师催大家发言，随后又是戒日王逐一点将，仍然没有人挺身而出。

于是，会场上又爆发出连续的呼喊声：

"摩诃耶那提婆！"

"摩诃耶那提婆！"

"摩诃耶那提婆！"

……

这呼喊声，既是对玄奘的肯定和赞赏，也是对与会各路法匠、巨擘的呼唤和催促。

此后的七八日中，不管戒日王如何的诱导，鼓励，不管法众如何的呼喊、催促，都不再有人起来质难。

既定的十八日会期到后，戒日王怀着高兴的心情宣布说："大唐法师以所立大乘义，破诸异见，尤其是其所立的'真唯识量'，十八日来都无人能难破，由是知大唐法师道心虔笃，智慧超人，五天道俗普宜知之。邪者务思归正，小教必当向大，一心宣扬大乘，度已度人,利益众生,护国安邦。此乃本王之所愿,亦大唐法师之良苦用心。”

会场上又响起了如潮的呼喊声:

“摩诃耶那提婆!”

“摩诃耶那提婆!”

“摩诃耶那提婆!”

……

此间,戒日王并诸国国王纷纷向玄奘施赠、供养。其中有金银无数,有上等氎衣、憍奢耶衣、褐剌缡衣百余领,还有各色各样的奇珍异宝。玄奘一一谢过,并不接受。

按照五天惯例,凡在大论辩中的胜利者,必获殊荣,即乘坐庄严殊丽的大象,在达官贵人的簇拥陪侍下,巡城游行,宣告获胜喜讯,接受僧俗的祝贺。戒日王见连日来一直无人出来对论,便知道玄奘必胜无疑,所以早早地就庄严好一头大象,至此即依例请玄奘乘之。但玄奘也坚决谢绝了。他诚恳地对戒日王说:“大王的盛情厚意,远僧玄奘领了,但乘象之命却坚不能从。论辩法会是大王筹划、主持召开的,法会的圆满,功在大王。玄奘不过倚仗大王的护持,尽了一份助缘之力,岂敢夺五天人主之誉?再者,今日之众望所归,佛德所感也,非远僧之片言所能致,又岂可贪非分之功,逐不名之誉?”

戒日王无奈,只好要过玄奘所披之金襕袈裟,令贵臣高举着随象同行,一路宣示这位大唐法师胜利的喜讯。大小乘僧众簇拥紧跟,不停地重复高呼:

“摩诃耶那提婆!”

“摩诃耶那提婆!”

“摩诃耶那提婆!”

……

第四十一回

竺王重义洒泪表惜别　公主痴情赠物寄芳心

玄奘满以为,曲女城大会的圆满结束后,戒日王一定会完诺,自己回国之事也就可以实现了。

弟子们的心情比之师父更加急切:早在玄奘赴迦摩缕波国的日子里,他们被留在那烂陀寺看管一路下来所收集的经籍、法物,本以为师父见过鸠摩罗王面,大不了再留几日讲经说法,然后便可回来,没想到却拖了快两个月,你说急人不急人?直到赴曲女城时,师徒才又集合在一起。然而,由于城中人事杂乱,经籍法物更需仔细看管,再加上玄奘法事忙碌,除戒日王外,其他人根本就近不得身边,所以,弟子们仍旧很少有机会见到他,更不用说侍候照料了。因此上,纵火行刺事件发生时,他们又着实提心吊胆了一回。好不容易盼到论辩会结束,弟子们即急不可耐地拥上前,催着赶快告辞上路,免得夜长梦多,再生出别的枝节来。

然而,人算不如天算,老天爷像是要考验玄奘师徒的忍耐力似的,波澜又起了:戒日王无论如何也要玄奘参加他五年一办的钵罗耶伽国大施场的无遮会,而且整整延续了两个半月。在这段日子里,玄奘师徒虽然见所未见,闻所未闻,比如数十万人拥挤在殑伽河、阎牟拿河合流处的盛大场面啦,又如一连七番的施佛、施日天、施自在天、施万僧、施外道、施诸远方行者及施诸贫穷孤独者啦,再如戒日王在将五年中府库全部积存的金银珠宝、绸缎布匹施尽之后再进行的裸施、赤条条地暴露在众人面前的抢眼之举啦,等等,高兴是高兴了,满足是满足了,但内心却总有度日如年的感觉,还有对后事不可估摸的茫然与担心。

茫然之后是清醒,担心往往催生出决心。当无遮会进行到最后一施的时候,玄奘就令弟子们将经籍、法物整理、包裹、捆绑成一包一包、一担一担的,准备法会一结束便立马登程上路,颇有十头大象也再不能拉住的架势。

结果又怎样呢?老实说,结果有点悬。

无遮会结束后,戒日王刚刚将诸王出资为他赎回的那身施舍出去的衣服、珠宝穿戴完毕,玄奘就上前告辞,说是次日一早就上路。

这回呀,戒日王没有开口阻止,倒是鸠摩罗王抢先说了:“本王说过了,圣僧乃天纵之才,德馨学优,是无人可以匹比的摩诃耶那提婆,正是我迦摩缕波国所缺人才呢,所以,弟子我劝圣僧就不要回大唐国了,千里迢迢的,万一有什么闪失,法师徒丧了性命,佛祖则少了一个接班人,而弟子我等愚顽呢,也会失去一盏指路明灯、一个引导慈航的舵手,岂不可惜!圣僧跟弟子回迦摩缕波去,我于境内为你造一百座伽蓝,任由弘法,四事供养,必使丰裕无缺。”

玄奘最不愿意听到的就是挽留的话,可如今又一次在耳边响起了。如此的反复无常,不守信诺,还说什么“万一闪失”此等不吉利的话,这使玄奘不由得由敬而生怨,所以狠了狠心回道:“此去大唐国的确是路途遐远，也正因如此，所以闻法较晚，虽得梗概而未能委具，玄奘以是不惮险阻来访殊域，求取真经。今日既了大愿，正当归国弘扬，这也是我国同俦所冀，不敢须臾忘忽。释尊有言：‘障人法者，当代代眼盲。’大王如果强留玄奘，不使回国弘法，则必遭眼盲之果报。这难道不是深可畏惧的事情吗？”

鸠摩罗王见玄奘动了真情，念了咒语，这才换了口气说道：“深可畏惧，深可畏惧。弟子之所以如此竭诚挽留，实因仰重圣僧之德学，愿得长久供养，为国为民邀延福祉。既然弟子之所为与圣僧本意不合，有违弘法大愿，岂能不知惭愧悔过？去住两便，任师选择就是了。”

玄奘见鸠摩罗王已经改口，便转身看戒日王的态度。

戒日王明显地揣着心事，嘴上却颇痛快地说道：“人无信不立，弟子先前既已应允师于无遮会结束后回国，岂有再反悔之理！只是……”

戒日王把话拐了一个弯，停住，伸手从袍子里掏出一封信递与玄奘，说道：“弟子受人之托转交此信，还望师看完之后再定夺去留大事。”

玄奘听戒日王如此说，接过信便要展开来看究竟。戒日王按住他的手说：“师且莫忙，回屋去再仔细地看，仔细地体会，然后再把结果告诉弟子。”

鸠摩罗王听着，看着，一头雾水，怪而问戒日王：“大王有话为何不明说，却如此这般的神秘？”

戒日王回道：“这不关你我弟子的事，休要询问。”

玄奘回到住处，弟子们看见师父神情凝重的样子，本来是等待好消息的心情一下子全没了。他们没敢再问什么，玄奘也没有理会他们，只是找了个地方坐下，怀着许多疑问，打开了从戒日王手中接过的那封信。信不长，具谓：

“大唐尊师大鉴：两听法音，再睹俊颜，实三生之大幸。法音净我身心，俊颜牵我魂魄，是故乞师常驻此方，以得日日为伴，常常请益。尤冀师能学维摩诘之豁达，委身在俗，弟子甘愿以身相许，共结永好，白首偕老。片心果有所寄，痴情若有所属，则此生无憾。若临泉不能饮，凭松不能倚，弟子当暗室自守，老死闺中。设此誓言，永志不改。弟子罗阇室利，谨此稽首和南。某月日。”

玄奘看完信，一时却为难了起来，这倒不是说因此动摇了归心，而是因为遇着了一个难于应对的问题：试想，一个娇贵的公主竟然能如此放低身段向你吐露隐秘的心曲，如果没有一份深切的情意，如果没有足够的勇气和决心，怎么可以做得到？对于如此一份情意，你可以不接受，但你不能不以为然，更不能动气，不能粗鲁对待，否则将是对至上柔情最肆意的辜负，对至净心灵最残酷的伤害。可是，从客观实际而言，这事却显得十分的不可思议，甚至于近似荒诞不经，因为自己从来就没有起过这个意，没有动过这样的念，因为男女情爱这档事，既是教戒所不允，也有违平生的志向。设若玄奘我如了她的愿，真的走出这一步，忘记西来的目的、归国的大愿，那么，在俗叫作半途而废，在教叫作退没、退转、堕落，由上地跌落到下地，由乐处坠落到苦处。如此一来，以往的一切修行都会白费，一切努力就会付之东流。退转、堕落这等事，只会发生在钝根罗汉身上，难道我玄奘就那么不成器，就甘愿与他们一般见识，一般水准？只是，理是理，事是事，眼下最要紧的，是如何跨过这个坎，跳出这个坑。只见其信，未谋其面，怎么向她说得清楚？去找她？不可，严戒不允许。按照戒日王的意思，再回到他那里禀报自己的决定？也不行，如此来来回回地折腾，时间磨不起不说，又不知中间还会弄出什么岔子呢！

就这样，玄奘思来想去的，始终不得要领，真正地体会了一回“烦恼即是苦”的滋味。

弟子们看着师父六神无主、一筹莫展的样子，料定其必是遇到了什么难解的结子，于是也跟着担起心来。嘉尚凑上前去想探个究竟，但还未开口，玄奘却极不寻常地主动将信递给了他。

普光等见师父居然肯把信给嘉尚看，便也一窝蜂地围了上来。看毕，大家却都不禁笑了，一齐起哄道：“师父，美事一宗啊，高兴还来不及呢，怎么倒愁眉不展的了？”

玄奘正色道：“你们如今都不是弥子了，怎么还说如此离经叛道的话？不为我着想也罢了，还取笑？你们不想回去了，还是想将师父我抛下不管了？”

弟子们见玄奘认真起来，不敢再造次，转而把心思用到了想法子上。

玄觉首先主张：“留下一封回信，说明态度和原委即可。”

玄奘摇头回道：“留下一封信，都说什么呀？只怕越说事越多呢！”

石槃陀则认为：“出于礼貌，还是得向戒日王当面禀明态度，争取谅解为好。”

普光反对道：“这可使不得，万一见了大王，人家强留不放，岂不是自投罗网了？”

在一时计无所出的情况下，法钦带气说道：“这回去的事儿，怎么就这么不顺？这个邀那个请的，一拖再拖，把时间都给耽误了，如果再犹豫，继续待在这儿，事情就会不断发生，得拖到哪年哪月啊？依我看，根本不用吱声，不再这个告辞那个道别的，一走了之，既成事实，难道还要抓回来不成？”

玄奘知道法钦是在说气话，但却很实在，很实际。只是，自己礼貌周全惯了，要真的照他说的去做，却有点狠不下心。

嘉尚见玄奘踌躇不定，便不紧不慢地说道：“师父，依弟子看，法钦说话虽然带气，办法却并非不可行。”

玄奘见嘉尚的想法与自己不谋而合，便进而问道：“怎么说？”

嘉尚解释道：“这不是明摆着的事吗？归期一延再延，原因都在他们那边，纵然不说他们失诺，起码也欠了我们的情。如今的这个事儿，就算是长公主的真心实意，但最终目的也还是要留住师父你，只不过是理由、法子变了而已。明知不可为而为之，不仅是出格了，甚至可以说是故意给人出难题嘛。既然如此，理由再多也没有用，再解释她也听不进去。法钦说得对，再在这里待下去，还会不断地生出事儿来，能不多个心眼？所以，只好一走了之，事出不得已，戒日大王、公主本人，不用寻思也知道个中原因。”

“你说的自然不无道理，只是这等偷偷摸摸的走法，让人看着像是做了亏心事似的，不够光明正大，有失体面。”玄觉、石槃陀同声表示反对。

嘉尚听后很不以为然，反驳道：“你们说得不对，师父一再向戒日大王禀报过了，连童子王都知道并放行了，我们是先告而别，怎么叫偷偷摸摸的？其次呢，这样的走法，刚才说过了，也是出于不得已。悉达多太子不也是乘夜逾城出走的吗，难道他是因为做了亏心事？也不光明正大？也丢面子了？”

“不只悉达多太子。”普光表示支持并补充道，“瑜伽宗匠护法尊者从建志城入山隐修，不也是用的这方法？胜军论师隐居杖林山，不也是不告而别？谁追责了，谁遭难了？相反，因为这一逃，结果是都成就了一番事业。”

说到这里，普光诡秘地看了师兄弟们一眼，笑着说道：“如今师父也来个拒婚夜遁，肯定也会留下一则千古佳话。”

玄奘一听“拒婚”这两字就觉得刺耳，立即板起脸来嗔道：“说事就说事，怎么说着说着又不正经起来了！”

檠陀、玄觉、法钦三人看着玄奘满脸通红的样子，禁不住暗地发笑。嘉尚瞪了他们一眼，转对玄奘道：“师父，我看法钦、普光说得对，三十六计，走为上计，反正行李都整理好了，今夜就上路。”

法钦、普光同时随声附和道：“对，越早越好。”

檠陀、玄觉见嘉尚他们说得有理，也改变了主意。

玄奘见众意一致，一时又想不出更好的办法，所以也就下了决心。

玄奘主意既定，弟子们个个欢喜踊跃，哪里还安得下心来！好不容易盼到天黑，为了好赶路，破例加了一顿晚斋。人饱马足后，已经是入定时分。这时，天上没有皎月，星星也像困了似的，不停地眨着眼睛，昏昏欲睡；天气呢，进了三月就已经是盛热期，如果不是为了防蚊防虫，赤身露膊也可以在旷野里行走住宿。这样，他们将一切暂时不用的东西都打了包，每人只穿了一件单衣就上路了。还好，人缄口马衔枚，没有任何惊动地就出了钵罗耶伽城。

可是，直到出了城，他们才想起：按照事先打听到的路径，必须先往西南方向行数日，经过憍赏弥城后再溯阎牟拿河而上，而出发的当夜就得进入一个方圆几十里大小的密林。密林虽靠近城邑，但因其面积太大，野兽、巨蟒、大象出没，伤人现象时有发生，而且以夜间为多。由于一心想着如何应付戒日大王与长公主，一时却把这要紧事儿给疏忽了。现在才想起来，显然为时已晚。发弓没有回头箭呀，再危险，也只好硬着头皮往前走了。

为了缓解弟子们紧张的心情，玄奘遂发话道：“大家不要只顾走路啊，何不各自讲个故事给大家听听？”

“讲故事，哪来的故事呀？这么些年来，不是赶路就是写经念佛，哪有空去顾其他？”玄觉首先说开了难处。

“看看，看看，你说没有故事，故事不就来了！”玄奘立即接过话头道，“俗话说，干什么就吆喝什么嘛。既然写经念佛多年，肯定知道许多佛陀证道的故事啦，何不再来温习温习？”

“讲这个呀，连我都知道一些呢！”一听玄奘如此说，石槃陀便来了劲，不管别人支持不支持便说开了，“不是说释迦太子乘着白马连夜逾城出家后，经过许多周折，一直不能证得真正的解脱之道，于是辗转到达伽耶山泥连河侧的大林中，于一树下结跏趺坐，虔修苦行吗？坐禅数息，无想无念，无所希望，心凑泊处，如若虚空；日食一麻一麦，无论冬夏寒暑，昼夜无复无盖，风来不躲，雨来不避；大解小解，不挪不动，端坐如桩，不靠不倚，不屈不倾，鸟粪污之不揩，虫蛇缠身不惊。如此这般的长达六年，修难行之行，受难受之苦……”

“嘿嘿嘿，你说的是什么呀！”法钦听着不耐烦，打断了槃陀的话，“你说的仍然是禅河澡浴、牧女献乳、天人献衣前的事儿，不关菩提树下证道觉悟。”

“那我也知道。”石槃陀仍不示弱，“不就是坐到树下金刚座上之后的事吗？菩萨既坐下，便发誓说：若不证得无上菩提，宁可碎身，终不从此座起。”

“还有呢？”法钦有意为难槃陀。

石槃陀终归是半路出家，年岁又大了些，记的事情当然也就有限，哪里经得起一再的追问。法钦于是带着教训的口气说道：“记着啦，菩萨发誓已，眉间即放毫光。毫光惊动了魔王波旬。魔王认为，如果让这释迦种在这里证得菩提，必会给自己带来灾祸，于是调集诸天诸魔兵众，以及诸龙、夜叉、八部乾达婆鬼神等众，各执弓箭刀剑、槊矛斧钺，乘无数象驼马车，吼声震天，呼啸而来，企图恃势摧垮菩萨勇猛修证之心。但菩萨却充耳不闻，视而不见，无所畏惧，岿然不动。魔王不甘心，又改用美色引诱，命众女作种种勾魂摄魄的妖冶姿态，妄图乱其心神。但菩萨仍旧心定神安，不为所动。魔王施尽百般妖术，始终没有得逞，而菩萨却最后证得了等成正觉。”

“唔，法钦记得还算周详。只是，你可知道，释迦菩萨何以能战胜魔王？”玄奘肯定的同时又问道。

法钦正为自己的侃侃而谈暗自高兴，压根儿就没有想到玄奘会如此提出问题，当然也就没有任何思想准备，但凭着天赋的那点机灵劲，便随口答道：“因为他有大神通啊！”

“为什么会有大神通呢？”玄奘紧接着问。

“为什么？不知道。”法钦答不上，只好实话实说。

玄奘转而问其他弟子：“谁知道，菩萨为什么有大神通？”

“肯定是精进修行的结果了。”嘉尚回答。

玄奘道：“说得太笼统。”

“应该是修得正定了吧？”普光补充说，但也拿不定主意。

“基本上对了，但仍不够准确。”玄奘说，“《庄严经》说，释迦菩萨升菩提座后，即证得首楞严定。首楞严指的是健相、健行。首楞严定则是指了知生死流转、还灭此一大事因缘时所获得的一种三昧，也就是最高的禅定，最坚固的正定。所以，诸魔莫能摧，众妖不能坏，或者说，能降众魔，能伏众妖。”

嘉尚一面回味着师父所说的话，一面思索着问道：“这是不是说，持戒当先，戒具定修，定修则慧发。戒可擒贼，定可缚贼，慧可杀贼，贼既杀，则修证路上便畅通无阻了？”

“说得好，说得好，又有长进了。”玄奘连声称赞道，“杀贼之时，也就是出生死乡、入涅槃境的时候。”

就这样，师徒们一路走，一路说着话，脑子里全然没了野兽、虫蛇的影子，不知不觉中就走了许多路。

正当大家无忧无虑地走着说着的时候，数十步开外处突然齐刷刷地亮起了一排火把，将幽暗的林野照得通明。在此同时，人的喊声，马的嘶鸣声，连成一片，将个沉睡的林野彻底吵醒了。

这突然出现的事态，着实令玄奘师徒大吃了一惊，普光等几个弟子不禁失声道：

“糟糕，遇上强盗了！”

“可不，贼人这么多，这回看来是逃不脱了！”

玄奘终归是行旅中的沙场老将，他很快从惊讶中镇定下来，仔细看那火把，感觉虽然气势很大，但却始终没有动弹；那人叫马嘶，也全然没有奔驰冲突的样子。心里于是也就有了判断：此事必与戒日王有关，所以不会有遭劫、杀身之祸，大不了是被押解回去，强留下来。于是，他既无畏惧，也无顾虑，领着弟子便径直朝那火把光走了去。

快到跟前的时候，只见从队伍中快步走出一员既文又武的官人，连连拱手作揖道：“弟子无礼，在此惊动了支那法师，还望恕罪。”

玄奘疑而问道：“大人是……”

“弟子是北天竺国小王乌地多，无遮会毕后拟还本国。今日午后启程时，临时奉戒日大王之命，专门在此等候支那法师。”

“专门等候？”玄奘不胜惊讶，“为什么？”

乌地多王回道：“除了在此等候之外，弟子其余一概不知。”

玄奘仍然有所疑问:“为什么在此等候,而不在别处等候?”

乌地多王先是摊摊手,忽而却有所发现地指着路边的一块牌子说道:“大概是这个原因吧!”

法钦首先就着火把光看去,只见上面分明写着:“日没后不得过此!”

玄奘对乌地多王说道:“那想必是告诫行人防兽防蟒了。甚好,如今有王师伴行,玄奘就不用担心了。趁夜间凉爽多走一程,不是很好吗?”

乌地多王回道:“不可。戒日大王明令,就此等待,不可挪动一步。”

玄奘一时猜不透戒日王的心思。

由于是奉戒日大王之命,自己又曾一路参加曲女城辩论会和两河口钵罗耶伽的大施会,乌地多国王本来就见过玄奘,而且敬仰有加,所以在说明了原委后,便请他进了小帐,稍事休息,等候戒日大王的到来。

师徒六人见一时半会儿走不了,又估摸着不会有什么危险,于是也就暂且随遇而安,加之走乏了,所以进帐后不久,一个个就迷迷糊糊地打起盹来,渐渐地进入了梦乡。

等到玄奘师徒醒来时,一束刺眼的阳光已经从树顶上直射进行帐内。帐外人声嘈杂,似乎正在忙着什么活儿。玄奘起身用手抹了一把脸,便要出帐看个究竟。可才掀起门帘,却见戒日王已站在面前,于是急忙施礼说道:“大王此来不知有何见教?”

嘉尚他们一听戒日王已到了帐门外,便也蹭地站了起来,不知是有意还是无意,竟然都没有合十作礼,而只是警惕地直盯着他。

戒日王对嘉尚他们异样的表情装作未看见,只顾回答玄奘道:

“弟子让师为难了，受委屈了，特地赶来谢罪呢！”

玄奘认为戒日王说的是客气话，正要开口自辩，对方却先摆手阻止道：“弟子深知师还国心切，以弘法为志，只因弟子鲁莽冒失，才使师不得不连夜启程。不过，愚妹对师的确是一往情深的，自从见了面、听过说法之后，便左也“法师”右也“法师”地在弟子面前赞不绝口，朝思暮想，茶饭不香，若非倾心向慕，岂会如此魂不守舍？当年与羯若鞠阇国的联姻，本非情愿，中间又出了那许多的波折，于是心灰意冷，从此不愿再谈婚论嫁。如今好不容易才又荡起那一汪幽情，点燃那一腔本已熄灭的心火。俗不谓‘长兄如父’吗？妹有所求，为兄的岂能不竭力成全？所以还望师能见谅弟子两难之身，不以此事为怪。”

说到这里，戒日王停住话，长长地舒了一口气，然后才又继续道：“只是，如此的一汪痴情，不料竟是一厢情愿！法师可知道，罗阇室利现在还不晓得你已经在路了呢！弟子不敢告诉她啊！”

玄奘听如此说，一方面是知道了戒日王并无强留之意，所以紧绷的心便轻松了许多，另一方面则深为长公主的纯情所感动，不胜感慨这人世间竟然还有如此痴心的女子。但出于自守、自律，他却不得不硬着心肠说：“玄奘如今已经是身在尘外，心绝六欲，剩下个皮囊为的也只是施作化世度人的福田，公主大可不必为愚僧耽误了青春，错过了世间乐。所以，还望大王多多劳神开导，让公主早有洞房花烛之喜。”

“托师的吉言，但愿如此吧。不过呢，那得等些时日了，现在你我先不谈这些。”戒日王显然不想再继续这个话题，他回过身招手道：“过来，你们都过来，为大唐法师饯别送行。”

鸠摩罗王等十八国国王从十来步开外处快步走来，一溜儿站在玄奘面前合掌作礼，没有言语，没有拥抱，但心里都揣着祝福，脸上都写着难舍。显然都明白，这一次或许就是生离死别的分手。

玄奘见戒日王此来是专门为自己送行，而且阵容又是如此庞大，反倒一时愧疚起来，赶忙招呼嘉尚等几个弟子出帐，一起叩头致谢。

戒日王首先取过一高脚银盏，斟满葡萄浆，双手奉与玄奘，然后，与十八国王、要臣等也都举杯在手，才要开口说话，两行热泪却已夺眶而出，泣不成声，只好仰脸让泪水往肚里流。好不容易平静了些，方哽噎道："师来我国，本在求真问疑，然于十年之后，却非止是瓶满钵盈，而且狮吼五天，风骚独领，内外景仰，半满同尊，此真乃弥勒化身，非止难陀再生也。弟子深恨与师相见太晚，供养不周，是所遗憾。如今一别，不知今生尚可再面？"

看见戒日王流泪，又听了他这一番出自肺腑的话语，十八国王、要臣等再也压抑不住早已涌动的心浪，也呜呜地哭了起来。曾经重权在握、号令一方的英雄好汉们竟然一时不能自已，一个个都成了泪人儿，无不留恋道："何时再是重逢之日啊？"

面对此情此景，玄奘的心理防线也崩溃了，但他深知：有来必有归，离之难免，别之必然，于是硬起心肠说道："大王暨诸王的深情厚谊，玄奘当永记于心，不敢须臾忘忽。各位既与玄奘秉诚相交，腹心相照，声气相投，诚所谓知心、知己、知音也。有道是，情若在，心相连，则天涯不远。再者，五天与大唐皆为古国，源远流长，虽各东西，但却水陆相连，互通有无，譬如我国周秦之世即有贵国化人来传入水火、贯金石之术，而旃陀罗笈多与阿育王代，五天已见用中夏之蚕丝、邛竹之属；此后之往来便更是频见于竹帛，屡闻于使节，各所增益，可谓良多。更闻戒日大王于近年已与大唐通使修好，续深谊，开新篇，此真乃可喜可贺之大事也。可见大道畅通，天涯咫尺，何虑后会无期？虽然，世事本无常，聚散皆自然，不过，纵便你我天各一方，但只要大家都真心向佛，精进修行，证得他心通、天耳通、天眼通、神足通，则山不能阻，水不能隔，同游一个法海，同飡一种法味，同享一种和谐、康乐，这岂不是也近若比邻，亲如一家，情同兄弟，其乐融融吗？"

玄奘的一席话，说得大家心暖了，亮堂了，满脸的愁云惨雾顷刻消散了。戒日王首先举杯说："还是法师站得高，看得远，看得透，所以说话也在理，能破暗昧，展示光明。弟子今已明白，人之亲疏，不在朝夕共处，形影不离，而在于心之相通，志同道合。如此，则永无分离告别之愁、哭泣流涕之恸。来来来，大家都举起杯来！"

诸王、众臣随声一起举杯。

戒日王恭敬郑重道："十年来，大唐法师日赶征程，夜守孤灯，习法求真，不辞劳苦，今日终于功德圆满，载誉荣归。弟子谨以此杯致贺，祝愿顺风顺水，安达乡国，早竖法幢。"

玄奘谢过，与诸王一饮而尽。

戒日王再次举杯说："十年来，大唐法师以身作范，为法忘躯，锲而不舍，破殊俗而高唱大乘，领风气而独推瑜伽。在俗，则为我五天上下树立了一个勤学、苦修、万难不屈的楷模；在教，则为含生有情指示了一条广增法益之通途。以是故，弟子谨以此杯再表深切谢意。"

玄奘盛情难却，推辞不得，只好又更尽一杯。

戒日王复举杯说："十年来，大唐法师足遍五天，神交白黑，诚所谓朋友遍天下，知心如殑伽河沙。以是故，弟子谨以此杯为誓，愿与师同心协力，将此友谊发扬光大，传之千古，造福于五天、大唐，造福阎浮世界。"

"大王之所想亦玄奘之所想，大王所愿亦玄奘之所愿。"玄奘举杯与戒日王等一一相碰，说，"愿五天与大唐两国的友谊万古长青！

干杯!”

饯别过后,乌地多王受戒日王之命,专门选派马匹、乘舆为玄奘运载经、像及其余装束、行李,同时率军随行伴送。

戒日王与十八国国王送了一程又一程,玄奘劝止不能,没办法,只好勒缰下马跪而恳求道:“乡国有句古话说:送君千里,终有一别。大王身当大位,日理万机,岂可为了区区远僧耽误了国家大事!大王与诸王若不自此回驾,玄奘诚不敢再往前迈出一步。”

戒日王等无奈,也只好驻马下鞍,与玄奘执手相拥告别,不免又哽噎唏嘘了许久。

在乌地多王的陪护下,玄奘师徒朝南渐行渐远,不知不觉中便过去了几日,正当他们一心赶路的时候,意想不到的事情又发生了。

大概是离开钵罗耶伽大施场的第四天吧,师徒们旋行旋谈,计划着到达憍赏弥城后如何抓紧时间瞻礼当地的圣迹。不过,嘉尚几个师兄弟们想到的只有释尊自忉利天宫下来处的旃檀如来刻像,而玄奘则还想到了另一处,那就是瞿师罗长者施佛园。

为什么要到这施佛园?这还得往回说说。

就园林本身而言,瞿师罗长者施佛园与其他圣迹并无多大差别。它原是长者所住园林,长者皈依佛后,于中兴建精舍并施给了佛。因释尊曾在此说法多年,故阿育王在当政后又于园中建起一座二百余尺高的佛舍利塔以示纪念。与别的圣迹不同处在于,园里还有一壮丽重阁,世亲菩萨曾在此造《唯识论》,园中菴没罗林处则是无著菩萨造《显扬论》处。这两论都是法相唯识学的根本要典,造论的两位菩萨理所当然地也就是本宗名副其实、名正言顺的祖师。玄奘心属并推重大乘瑜伽行派,并决心将其当成回国后弘扬的主轴，当然也就推重两论，崇敬两师。所以，归途中绕道再次躬临，不为别的，只为表示最后的离情别意和重申内心的誓愿而已。

大家正说得热闹时，乌地多王部下来报说，后面二三里处有一支人马正朝这里飞奔而来，情况不明。

乌地多王闻报后，遂指示玄奘师徒继续前进，自己则勒马转身往回飞奔而去。

事情来得突然，玄奘和弟子们的心自然又收紧了。

玄觉和槃陀明显地要比别人惊慌，不无担心地说道："莫不是戒日王反悔，不让师父回去？"

法钦则唯恐再生变故，耽误归程，加之心眼多，说话又比较随便，所以不仅同意玄觉、槃陀的看法，而且还把问题进一步放大，说："可能性很大，师父还是早做思想准备为好。"

普光对法钦的说法颇不以为然，说道："事情还没弄清楚呢，瞎猜什么！再说了，设若真的要追堵，准备又怎么样，不准备又怎么样？人家有兵有马，人多势众的，能奈其何？"

说话间，只听得乌地多王在后面喊道："法师且止步，戒日大王有事要交代。"

待玄奘转得身来往后看时，数骑已经并辔来到跟前，除戒日王之外，还有鸠摩罗王、跋吒王。

玄奘见状，急忙翻身下马，合十稽首道："敢问大王何故枉驾，还如此快马加鞭？"

戒日王下得马来，注意到玄奘心神不定的样子，先安慰道："法师不必惊疑，弟子此来不为别的，只因那日为师饯行，焦急出门，疏忽了一些事，心里连日不安。鸠摩罗王、跋吒王亦如是，故今日相约前来补过。"

玄奘连忙回道:“大王情致礼备,何过之有?”

“法师莫再言语,且听弟子解释便是。”戒日王不由分说打断玄奘的话,一面招手让侍从将几个包裹拿过来,对玄奘说,“这是三千金钱、一万银钱,是弟子与童子王、跋吒王给法师的供养,旅途中少不得的。”

“是的是的,旅途遥远,没足够的资粮可不行。”鸠摩罗王应和道,“师既不愿从海路归国,弟子欲助而不能,遗憾至极,只好以此自慰了。”

玄奘坚决拒之:“谢谢大王等悉心关照,只是,玄奘万里轻生来到佛国,只求法不求钱,还请能成全此愿。”

戒日王回道:“此是生善之福田,非是货贩之金钱。法师莫非嫌少不成?”

玄奘赶忙说道:“不是不是……”

“既然不是嫌少,那是不是诚心要让大唐天子笑我逸多悭吝,让大唐百姓笑我五天赤贫,连一僧果腹、行脚的小费都不愿出、出不起?”戒日王不给玄奘留下一点儿回旋余地。

玄奘还要辩解,戒日王却不由分说地将包裹塞了过去,再交代道:“法师此去,又少不了要过关、入境,恐有阻难,弟子已修书若干,素氎为稿,红泥缄口加秘,已派专使送往沿路各国,师定当平安可保,归程顺利,不须些微忧愁。”

玄奘感激不尽,又要拜谢。戒日王一面将他拦住,一面回头大声招呼道:“过来吧,不要耽误了法师的行程。”

玄奘不知戒日王此是何意,企图求解,但他却笑而回道:“剩下来的事便与弟子等无关了,谨此告辞,祝师一路平安。”

戒日王、鸠摩罗王、跋吒王策马走了,一个女子却牵着一头大象从远处走了过来。

女子头顶作小髻，上插一朵小而鲜丽的花朵，余发下垂，随风舞动；玉臂金钏，丰容靓饰；紫红色褂子，长裙接地，再覆以白绢憍奢耶宽大长巾，衣着色彩鲜而不艳，既洁且净，尊贵典雅；但凡移步，那长裙长巾便轻扬摇举，飘逸随风，有如天女，一似洞仙。比穿戴更加抢眼的是其容貌和气质：脸色微褐透白，玉润柔健；额广若庭，灵气充溢；娥眉欲飞，神采奕奕；眸子若清泉，澄澈得直见心底，又如钩，锋芒所及，则魂魄就擒，又似火，热烈得能融化冰心。鼻直而高，分明是雅利安血性在达罗毗荼人身上留下的记号。总之，就其秉性、气度大体言之，让人一眼就能看出，这是一位胆大而心细、开放而不纵狂、活泼而不轻薄、自信而不凌人、任情而不失检点、刚直而不失温柔的豪门闺秀，在恃宠撒娇的生活中，也显然受过严格的训导。所以，其容颜、气质比之沉鱼落雁、闭月羞花又更胜了一筹。

玄奘只看了女子一眼，就几乎记住了她的一切特征；也只看了一眼，就像临渊履薄般吓得不敢再次正视。他不问就知道，这位大家闺秀不是别人，一定就是戒日王之令妹，即长公主是了。长公主虽然两次列座听玄奘说法，但因为每次都没有露出真容，所以玄奘也就一直是只闻其声而未谋其面。不料今日所见，竟是如此天女般绰约娉婷的佳人，俗人对之，或许会一见钟情，不顾山高水长而觅之、追之。但在僧人这边，如此这般的姣丽之貌、婀娜妖娆之态，却是不得不防，不得不忌的。玄奘对之所以不敢留恋顾盼，就是唯恐色毒攻心，乱了方寸，毁了一生大愿。不过，已经来不及躲避了，情理上也不容许有所回避了，没办法，现在只得凭借意志定下神来，勇敢面对了。

玄奘正在这样想着时，那女子已经到了跟前，落落大方、彬彬有礼地作揖道："弟子罗阇室利只顾自己的一片私心，竟然逼得尊师如此仓皇,深知罪愆难赎。弟子不求宽恕,但愿尊师不因罗阇室利冒失而劳神误法,唯此是盼。”

罗阇室利说罢,再作揖致礼。玄奘急忙道:“施主……不不不,殿下光临法席,对玄奘奖誉有加,恩渥逴论,又何错之有?玄奘只是思乡心切,于是……”

“尊师无须多说,一切尽在不言中,弟子心里完全明白。”长公主打断道,“罗阇室利今日之来,非是要为难师,只是有两句话要当面说。”

玄奘合十作礼道:“不知是何指教,玄奘愿得一闻。”

长公主回道:“谈不上什么指教,不过是几句心里话罢了。”

玄奘过度敏感,一听罗阇室利又要说什么“心里话”,那颗脆弱的心不免又扑通扑通地跳将起来,脸也顿时红了。

长公主看着玄奘的窘态,不觉既嗔又怜,但为了不伤他的面子,她像什么也没看见似的说道:“以弟子观察,师游学五天,得了佛法之精要,登峰造极,五天法坛已无能过之者。师既归国,象驾东移,此消彼盛之势是所必然。罗阇室利既无缘随侍出力,今有一物相赠,或可聊表弟子与共之心。”

话音才落,侍者牵过那头大象,长公主将两束鲜花分别挂到大象两枚长长的白牙上,继续说:“相传大象闻响雷而牙上生花。谨以此祝愿大唐国有情众生,闻尊师说法,即回向开悟,见性成佛。”

玄奘合十作礼道:“善哉,善哉。玄奘定当精进努力,不负殿下厚望。”

长公主又说道:“象是大圣神体,性善柔和,有大威力,娴调御。今送与师,一供承载经籍金像,顺利还乡;二寄予心,愿师进止如象王,于乡国高竖法幢,大振徽音,无阻无碍。”

说到这里,长公主又从侍者手中取过一件织物,抖开来展示在玄奘眼前。玄奘细看之，原来是一件上等兽毛绒线织成的斗篷披风。

长公主将披风重新叠好，递与玄奘说：“这是弟子这几日赶织出来的，千针万线，全系一心。尊师归途遥远，风霜难免，雨雪无时，此衣或可以防寒保暖，望师受之，应该用得着的。”

玄奘深为长公主的真诚和细心感动，接过披风，一时不知道说什么是好。

其实，长公主也不期望玄奘再说什么，她转身搂住象头，附耳轻声说道：“去吧，莫负罗阇室利的托付。”

长公主说完，便翻身上了马，头也不回，清风似地飘然而去。

玄奘望着长公主远去的身影，一脸的怅然若失。

第四十二回

播密川放歌畅谈宏愿　陡多河呜咽哭挽弟子

佛界与俗界，本来就是两个截然不同的世界，这且不说。即使对于有情众生所居住的这个世界，各自的描述其实也是有差异的，当然，在差异悬殊之中，也并非完全没有相同点。

就拿刚说过的有情世间，亦即器世间来说，佛陀、释子们的描述是：这个世界的最下面是一个大风轮，往上是一个大水轮，再往上是一个大地轮，也叫大金轮；大金轮上有九山八海，其中，须弥山最高，位于诸山中央，被水淹没的部分有八万由旬，露出水面之上的又有八万由旬，山顶是帝释天的居所，半山腰是四大天王的居所，山的周围有七香海七金山；第七座金山的外围是咸海，咸海的东西南北四面分别是胜神洲、牛货洲、赡部洲和瞿卢洲。其中之赡部洲又称阎浮提，乃人类居住之地；洲内有四部主，以雪山为中心，其南为象主，多大象，其北为马主，多骏马，其西为宝主，多宝货，其东为人主，人文最备。须弥山由金银铜铁四宝构成，最为庄严殊丽，积善积德，充满光明，非有神力不可攀登，既登之则神通尽具。

俗人的描述则是：这个世界有五大洲四大洋，每洲都有高山大川、平原湖泊、国家地区、国王臣民、家畜野兽、百矿诸稼、草木虫鱼，等等，不一而足。总而言之，就是我们睁眼闭眼、司空见惯了的现实世界。

这两种不同版本的器世间的差别是显然的，但就某一局部而言，则不能不说是何其相似乃尔。比如说，玄奘一路走过来的这片大陆，与佛界描述的赡部洲就颇有重叠之处：洲的中部群山绞缠，拧成一个巨大的结子。这个结子就像一座无比巨大殿堂那圆而平的屋顶，向四周伸出的几条山脉如东北方的白山、西南方的大雪山、西北方的阿赖山、东南方的昆仑山等，就是屋顶的几条戗脊。圆形屋顶是这个世界的制高点，时人称其为葱岭，也叫播密或波谜罗川，与佛界的须弥山相类；几条戗脊则仿佛七金山；前述赡部洲诸国，在俗人绘制的葱岭边舆地图里也大致可以对上号。玄奘西行求法基本上是绕着葱岭这个世界屋顶转了大半圈，即从人文最备的国度出发，依次历马主、宝货之国而最后到达象主之国。

如今，在寻寻觅觅中如愿以偿之后，已经在回程中登上这个世界的屋顶，准备还归那片生他养他的故土，去实现他最后的夙愿。

前文说过，玄奘在西行求法前夕曾做过一个梦，梦中，他来到须弥山前，苦于不能攀登，忽有石莲托足，搏飚扶举，旋至其顶，顿觉眼前光明一片，胸襟与环宇比阔。醒而欢喜，西行之志遂决。此后，十数个春夏秋冬在马不停蹄的脚步声中悄悄地逝去，而他，靠了一个信念，一份虔诚，一份执着，一份坚毅，一份勇猛，茹苦含辛，舍生忘死，不知揽抱过几多云和月，踏破了几多重关和险阻，殑伽河、信度河，北山、南海，业已游览；四大圣迹，八大灵塔，无不致礼；正教名师，外道耆宿，悉皆遍访；秘藏真经，未传论本，一一荟萃。至是，宝典在握，摩尼之珠已撷，非止独唱于那烂陀一寺，即五天之僧界、婆罗门等外道，亦都无有出其右者，就像现在脚下的这座崇山峻岭，谁与比高！

这个世界屋脊的所谓平坦，只是相对而言。它的上面其实分布着许多缓坡山峦，山峦中间是一个方圆百余里的长方形湖泊。湖泊莽莽苍苍，无边无际。由于地势高峻，气候寒烈，长风不断，湖水涌动翻腾，白沫吞吐，触到湖岸便激起如雪的浪花，有节奏地发出哗哗的声响。偶尔也有风平浪静的时候，此时，整个的湖山就像累乏了、睡去了一般，沉寂，宁静，轻轻摇荡的湖水喘息着，仿佛阵阵细鼾。夕阳照在峰峦终年不化的积雪上，反射出来的是粉中带绿的光芒，倒映在湖面上，活像一幅绝妙的湖光山色图。也只有在此时，人们才能看清湖水的真面目：澄碧得透着冷气。大概是由于湖水太深，颜色暗蓝近于黝黑，夕阳照射处，波光潋滟，一湖碎金银屑。

玄奘站在湖边，望着湖面，木然不动，但胸襟内却像面前的湖泊一样，时而风生水起，时而风平浪静，变化不停。湖中只有细浪涟漪时，他觉得自己的整个心性、情感就像湖水那样的清澈澄明，无念无欲，淡定自在，自有一种超尘脱俗的出离、解脱感，一如葱岭高出云表，鸟出金笼，鱼归大海。然而，当劲风吹过，一湖静水倏地抖动起来，激起的浪花号叫着你推我拥时，他心中的宁静也随之消失，苦海深渊中、三途六道里的众生挣扎呼救声顿时响彻耳际，撞击心扉，猛地觉得原来的那份心宁不过是个人的感受，而并非一切有情所共有，于是乎，心中不由得顿时生起一种迫切感、责任感，恨不得立即点燃智慧明灯，将整个阎浮世界照亮，鼓动慈航风帆，度尽一切苦难众生。

随着夕阳沉没，夜幕也徐徐地降落下来。不过，由于玉盘高挂，清光撒在周围的雪山上，所以，整个波谜罗川仍然是朦胧可见。

高原寒冽，侵人肌骨，冷中透着清爽。为了好入睡，玄奘师徒们和其他几小队商客一样，用事先准备好的木柴生起了一堆篝火。

篝火熊熊，映照在每一个人的身上，大家都没有说话。乍一看，像是累了，倦了；细看之，则好像在想着什么心事。玄奘感到有点儿不对劲，于是打破沉寂说道："嘿嘿，弥子们，你们都怎么了？月色这么好，夜景这么好，这么神奇的山，这么别致的海，大家难道就没有一些儿感触、感受？没有一点儿心情要抒发？"

玄奘的话果然奏了效，普光首先半恃宠半不满道："师父，你怎么还是弥子长弥子短的，我们都多大了啊？"

一句话唤醒了玄奘的记忆：可不是吗，他们都多大了呀！贞观二年深秋离开高昌国的时候，高昌王曾下令度四沙弥作为行伴。那时，普光最小，才不过十四岁，玄觉最大，也不过十六岁；而如今，斗转星移，忙忙碌碌中已经过去了十六个年头，都是而立之人了，比丘戒早就授过了，还能称之为弥子？玄奘自觉此称谓确已过时，但嘴上还是辩护道："你等随我多年，变化自然是很大，身体长高了，长大了，长壮实了，德学也提高了，思想也成熟了，只是，十几年来，你我师徒冷暖与共，亲热惯了，一时难改口啊！普光的话倒是一个提醒，为师的今后改了就是。"

普光见玄奘居然因为自己的一句话检讨起来，赶忙说道："师父不用改，普光也不是这个意思。弟子是想说，我们在师父的教诲下，已经长大成人，师父应当往我等肩上压担子了，不要再宠再溺了。"

嘉尚接着说道："师父，普光是这个意思，只不过说得娇里娇气些罢了。一日为师，终身为父。师父比生身父母还要亲呢。弟子们的哪一点儿进步里没有师父的心血？事实就是如此嘛，娘活一百，儿活八十，还是有大小之分嘛。'弥子'这称呼，蕴涵着宠爱、亲昵和呵护，‘弥子’就像儿女的乳名，巴不得师父就这样叫我等一辈子呢。”

“对，师父就这样叫我们一辈子好了。”其他人也一起附和。

嘉尚言犹未尽，接着又说道：“我等不仅由师父亲自剃度，还言传身教了这么些年，既有舐犊之情，又有栽培之恩。师恩、父恩，岂止涓滴，我等弟子终生难报啊！”

弟子们的肺腑之言使玄奘得到不少慰藉，但又觉得他们眼光太局限，于是便说道：“说到报恩呀，你们不能言必不离‘师父’，要多想想，还有哪些恩需要报答？”

弟子们听玄奘如此说，一时真的不知从何说起，因为父恩、师恩之外还有佛恩和众生恩。佛恩很重要，但其余三恩却很直接，如何分出缓急轻重，实在不容易呢。

玄奘看弟子们犯了难，便说道：“你们都想想，我们离开大施场后能一路平安无虞地走过来，最终到达这里，首先应该是谁的恩德呢？”

具体到这个问题上，弟子们很容易就有了答案，异口同声道：“当然是沿路施主的恩德了！”

玄奘问：“为什么？”

“首先嘛，如果没有戒日王、鸠摩罗王施赠的盘缠，又要赶路，又要化缘，困难倒不怕，只是路途就没那么顺利了。”

“我看啊，长公主送的大象功劳也不小，没有牠驮载这么些经像，怎么可以腾出马来让我们骑，能走得这么快吗？”

“那北天竺乌地多王从钵罗耶伽国将我们护送到阇兰达国，用了两个多月呢，一路上尽职尽责，也真是有仁有义的了。”

“不错，谁不记得从阇兰达国出来后所走的那条山路，多少双贼眉鼠眼在暗地里盯着我们呀，要不是乌地多王派人护送，被抢不说，恐怕性命都难保呢！”

“我看那迦毕试王也够意思的了，不仅远远地就来迎接，还不辞劳苦地伴送我们到滥波国……”

“可不是？要不是他派了那一百多号人背粮担草相送，我们能过得了那大雪山？崎岖峻峭不说，又值大雪纷飞，暴寒奇冷，那艰险状况真不减凌山呢！”

“山民的帮助也不小呢。没有他们开路，能过得了那雪涧凌溪，能顺利过得了悬崖深谷？”

……

“你们说得很对，我们是靠了众多施主的帮助才能平安、顺利登上这阎浮世界绝顶的，所以，最应当感谢、报答的当然是他们的大恩大德了。”玄奘不仅赞同弟子们的话，而且感触甚深地说道，“其实呀，施主不仅帮了我们大忙，而且在整个佛法的发展中都出了力，都作出了贡献，就连释尊的证道弘法也是这样。设若没有牧女献糜，菩萨岂能很快恢复体力，增长智慧，最后证得无上道法？设若没有频婆娑王舍竹园而建伽蓝，释尊能那么快就有了弘法教化的落脚点？设若没有须达多给孤独长者布金买地，释尊又如何能在舍卫国建立规模巨大的弘法重镇？诸如此类，实在不胜枚举呀！弟子们，能看到、能记住施主的恩德很重要，施主们不仅给了我们物质资粮，更重要的是给了精神资粮。要说回报，要说报答，那就是将这些精神资粮加倍地、三倍四倍地归还给他们，让他们感受到、认识到施舍是一种善行，是一种爱心，是一种悲悯精神，行善积德必有福报，诸善奉行者其心必净。为师的希望弟子们自今以后能够以此为大愿，为目标，并为此而精进努力。你们知道农夫什么时候最高兴吗？春华秋实的季节啊！为师的盼望你们努力耕耘，个个收获硕果。”

弟子们在不知不觉中又上了生动的一课，心里暖洋洋的，脸上美滋滋的，比篝火的热量又强多了。

玄奘看在眼里，知道他们听懂了，理解了，接受了，但觉得还有一点需要强调，便又说道："你们还要知道，这些施主的帮助具有很重要的意义。"

"很重要的意义?!"弟子们不知"意义"云何，怔而说道。

玄奘怀着深情说道："这重要意义就是：这些施主都是异国他乡人，与我们无亲无故，并无深交，大多数甚至可以说是萍水相逢，但却乐于伸手相助，尽心尽力，这正是释尊所宣示的'无缘大慈，同体大悲'精神啊！这比之乡党、邻里、亲朋故旧的帮助不是更加珍贵吗？我们把这种情分叫什么好……"

"就叫国际情谊。"普光不假思索地大声说道。

"对，就叫国际情谊。"法钦不仅表示同意，还解释道，"国度不同，种族不同，却能相亲相爱，互帮互助，这不是一种更大的爱、更深的情吗?"

玄奘笑着点头道："好，说得好。国际情谊，更大的爱，更深的情！既然如此，那怎么个报答得了呀?"

嘉尚脱口回道："送师父安达长安后，弟子等即返回高昌，还住原来的寺院，好好地弘法……"

"王国师和象法师即使法体安康，但年事已经很高，我们回寺，正可以助他们一臂之力。"普光抢着补充道。

石槃陀看着师弟们都表了态，于是也说道："这就好了，有你们送师父，我就不去长安了，就在瓜州分手……"

"怎么，还做货贩营生?"法钦话中带点揶揄的意思。

槃陀一听便急了，反驳道："别看不起人。我虽不像你那般的能说会道，但在弥勒寺敲敲木鱼、念念佛号还是可以的。成不了佛也做得个罗汉吧？”

法钦、玄觉与嘉尚、普光是一伙，同国同寺，心思自然也一样，所以不用再说话。

玄奘见再没人开口，便认真地问道：“就这些？这就是你们的雄心壮志？”

弟子们不知玄奘此话何意，一时都没有对答。

玄奘检讨般叹道：“哎哟哟，让你们跟了我这么些年，真是耽误了你们的前程呀！”

嘉尚听着玄奘说话的味儿不对，便问道：“师父不同意我们的计划？”

“是啊，我们的打算错了？”普光、法钦也问道。

“你们说的都没有错。”玄奘正色道，“可你们就这么点理想，就这么点志气？”

弟子们知道师父对他们的计划不满意，可又不晓得如何做才好，所以一个个都难住了。

玄奘料想弟子们一时难以找到答案，于是说道：“你们不是才说过，你们已经长大了，要为师的给你们压重担吗？可你们眼里却只有高昌，心里却只有护国寺、弥勒寺。不惜身命，周游数万里，到处寻寻觅觅十几个年头，最后又回到原点上，你们的长进就这么一点点？你们的能耐就只配念念经，撞撞钟？”

弟子们听得出师父是在批评他们，可还是不知道该如何给自己定位，只好说道：“那我们能有什么能耐，除了念经还能做什么？”

“怎么，你们就是这样评价自己？你们就是这样估计自己的能力？”玄奘对弟子们的回答颇觉惊讶，连问道，“十几年来，你们曾否到过许多国度？曾否见过许多民情风俗？曾否参访过许多高僧大德？曾否赴过许多讲座、法席？曾否看过、抄写过许多宝典秘笈？

曾否接触、了解各色各样的外道异教？是不是既懂胡语又通梵文，既能说又能书写？”

“那又怎么样？”弟子们仍然缺少自信。

玄奘正色道：“那又怎么样？那都说明你们有了丰富的阅历，有了丰富的知识，具备了足够的能力，可以去担当更大的重任，去为众生做更多的事情。难道不是吗？”

弟子们听得真切，但却依然不知路在何方。嘉尚带点怯生心情求解道：“依师父之意，弟子如何做才好？”

玄奘没有直接回答嘉尚的问题，而是说：“大家都知道，释教源在天竺，释尊寂灭后几百年才传到中夏，因言语之隔，故不得不托命翻译。先是，所翻经典，率凭梵僧依天竺国俗口诵，录成梵文，然后再由汉僧译成汉文。迨至南北朝代，梵本渐来，翻译始有所本。然口授者不娴汉言，笔录者未谙梵旨，致使译文伤本乖趣。后之所译，虽有依凭，却往往是随来随翻，广来广译，割裂重沓，不成系统，前缺后补，或重复，或异译，增损难免，疏漏是常。正所谓前病未愈，后疾又起。以是故，道安有‘五失本三不易’之谈，彦琮定‘八备’之规。此虽不失为翻译之经验谈。然以为师的对圣言、经籍之了解，其中尚多有可以斟酌之处。又者，亡隋之前，从译先贤百数十人，所出圣典，卷帙不减数千，译匠则敦煌菩萨、什公耆婆、南海真谛称首，大教倚之而兴，其垂世之功，日月可鉴。你我师徒如今所收集的典籍，大小乘兼备，瑜伽一宗尤其齐全，既有无著兄弟的宏论，又有护法师徒的新著，加以我等对五天风俗之了解，对《梵书》、《悉昙》的通达，只要发奋努力，必能在前贤的基础上再进一步、更上一层。”

弟子们见师父对自己评价如此之高，开始有了成就感，又听了他对未来蓝图的描绘，心里更是激动不已，胸中就像燃起一把火，比面前的篝火还旺、还热烈，普光甚至高兴地脱口说道：“再进一步！莫不是要像现在这样，登上赡部洲的最高峰？”

玄奘见弟子们的热情已被激发出来，于是便用手中的那根拨火棍敲了两下地面，郑重地宣布说：“所以，就像临回国时对你们说过的那样，你们谁都不能走，谁都不能离开，都得一块儿跟我到长安，一起将带回的这么些典籍通通翻译出来，以此报答佛恩，报答诸大菩萨、诸大论师之恩，报答一切施主、朋友之恩，将更多的典籍保存下来，将佛的慧命永远延续下去。”

“那师父决定不去高昌了？”普光这样问道。

玄奘知道普光所问的用意，解释道：“既然当年我与高昌王有约，去是一定要去的。只是不悉当今高昌国情况如何，加之译务繁急，所以，即使去，恐怕亦难以久留。”

“那我们是不能长住高昌了？”嘉尚恋乡之情难泯，失望之中还抱着一丝希望。

玄奘听后，便既郑重又坚决地说道：“能，怎么不能？典籍译毕，为师的灭度了，你们就自由了，爱到哪里就到哪里。”

玄觉等四人再没有说话，只有石槃陀还在犹豫：“师父，槃陀不是不愿到长安，更不是不愿跟随师父，只是槃陀比嘉尚他们几个都大许多岁，脑子也不如他们水灵，言语上虽能对付，但要舞文弄墨就欠火候了，到了长安，只会给师父添烦，成累赘，所以还是让我留在瓜州吧！”

玄奘鼓励道：“世间万物，有情无情，都有灵性。既有灵性，则必精彩、有用，不要自己灭自己的威风。古今西行求法者，何止成百上千，幸而能死里逃生，传灯故国者可有几人？所以呀，你我师徒应当自勉自励，不要枉费了十几年来的辛苦。何况呢，事不分大小，任不在轻重，位不论高低，能持平常心，干好本分事，就能成为自在人。什么是自在人？佛就是自在人。寻寻觅觅了十几年，到头来却放弃了不成？不要忘了，自度之外，还有度他的责任呢，能撂挑子？”

接着玄奘的话，嘉尚几个也从旁劝道：“这么些年来，大家朝夕相处，情同手足，都成一家人了，你不想大家，大家还想你呢。怎么能说分就分，说别就别呢？”

槃陀见大家如此挽留自己，觉得很有面子，于是也就安下了心来，说道：“师父和大家既然不嫌不弃，那槃陀就铁下心，一辈子给师父执巾打水、洒扫值堂便是。”

木柴燃尽了，篝火只剩了一堆炭。炭火仍旺，红透了心，纯青纯青的火焰散发出来的高温，不仅驱走了玄奘师徒身上的寒意，而且煮沸了他们的满腔热血。他们站在高山顶上，又产生了摘星揽月的欲望，是梦想，是理想，而绝对不是狂想、空想。

同是一座葱岭，东、西两坡气温的寒烈程度却很不相同。西面紧紧与大雪山相连，一岁之中有大半年受到来自西北大漠冷风的侵袭，几乎是终年冰雪不化，山路崎岖陡险。当然，如果足衣、足食、足力，货贩、旅行于其中也并非是不可能的事。东面情况就不同了，向阳，直连大漠沙海，东南方水汽浸润等多种因素在作用，致使其气候变化很是独特，冬天融冰成水，山洪泛滥，盛夏则雨雪无时，难以预测。无论冬夏，道路堵塞、难行乃至于不通，这是常有的事。

玄奘师徒在山上露营的大湖，分出两股水流，一股奔西，一股奔东。西边一股是流经吐火罗故地的缚刍河源头，玄奘他们就是沿着这条河的河谷攀登上来的。东边一股则是流入塔克拉玛干大漠这个死亡之地的陡多河源头，玄奘他们离开大湖之后，就是沿着这条河往下走的。如果能顺利从葱岭，也就是播密川下来，归程的平安，几乎就有了八九成的保证。只是，下山才开始，有无不测之虞，还很难说。

从离开大湖的那天开始，玄奘师徒都是天一亮就开拔，目的是想趁一天的融冰尚未开始时多走一些路。果然，在出川至朅盘陀的那段路，虽然坎坷，但每天正午前都走得较快较多，而过午之后就不得不多加一份小心，脚步自然也便慢了下来。从朅盘陀再往下走，由于地势走低，气温走高，冰雪易化，山洪多发，泥土松软，所以道路便越来越难走了。一行人当中，玄奘在想他的心事，嘉尚、普光几个则边走边海阔天空地谈论着什么，只有槃陀一个人在关注道路的状况。他在对山径、河床、象马的负荷一再作了观察、考虑之后，便向玄奘建议说："师父，不能让大象再走坡路了，牠体大，负载又重，一踩地下一个坑，还靠近河沿，万一不胜重压，路面垮塌，或者脚滑，后果不堪设想。"

槃陀的话提醒了大家，所有的人都开始观察道路的情况。玄奘觉得槃陀所说不无道理，的确不可轻忽，便问道："依你的意见，怎么办才好？"

槃陀说："将大象驮载的经像法物卸下来，分由拔达克矮马负载。除师父之外，所有的人都步行，并且各背各的行囊，人和马仍走坡路，大象则走河床。"

"这样一来，人、马、法物自然是安全了，只是，大象会不会被洪水冲走？"玄奘边思索边自语。

槃陀手指河床说："师父，不用担心。弟子沿河观察了好久，这条河的河床比较宽，洪水也不是满河跑，循没水、浅水处走就是了。万一遇到水深处，大象身体高大，又会游泳，应该没什么危险。"

玄奘一想也对，便立即叫过其他弟子，让他们就此事发表发表意见。大家不但没有提出任何异议，反而夸奖槃陀心细，善于动脑子。

法钦拍拍槃陀的脑瓜子，说："还说自己'笨'，不'水灵'，看看现在，你老兄比谁都强，要不是你想得周到，还真不知道后面要出多大的问题呢！"

嘉尚几个也都很高兴，一齐朝槃陀竖起大拇指。

随后，说干就干，很快就按计划将物件倒换完毕。不用说，玄奘的坐骑也让了出来。

最后，法钦又提了个问题："就让大象自个儿走？"

槃陀指指象背，回说道："当然不能。你没看见我的行李包？"

众人朝象背一看，上面果然系着槃陀的行囊，于是又一起向他竖起了大拇指。

玄奘则嘱咐道："有你跟着大象走，那就好。只是，路上要加倍小心，既要注意河水深浅，又要观察两岸状况，一句话，安全第一。"

"那当然，长公主送的宝贝嘛，槃陀能不经心?!"槃陀诡秘地看了玄奘一眼，这样答道。

玄奘装作没听见，没搭理他。但嘉尚等都笑了。

队伍分开后，岸上岸下，并驾齐驱。有时，他们能彼此相望，遥相呼唤，互通信息。有时，他们又被山包或高崖隔开，好长一段时间音信全无，寂寞与担心相伴。就这样，相望与相隔交替，兴奋与担心轮换，一路下来，那心情就像眼前的景致，山高水低，云开云合，阴风朗日，走得辛苦，苦乐相伴，乐中带着牵挂，那滋味非劳顿行旅不能品味。

日头的运行比人的行走要快要顺利，不知不觉中它就滑落到了大山的后面，整个东坡都被一个巨大的阴影笼罩着。山风渐渐地紧了起来，身上也感觉冷多了。好在他们已经到达一片低洼的开阔地带，而且从上泻下的陡多河水就流经这里。陆行者因为偶尔可以取直道，到达得自然要早些；走河床的因为河弯多，又有水无水、水深水浅的，费时费力气，自然要晚到些。

天色已晚，必须等会合后才能决定宿营地点。

玄奘让嘉尚他们找了个避风处安顿下来后，自己便独自走到河边，对上游的地理形势作了一个仔细观察：自脚下地面往上，河床就像是一个倒放的漏斗，上窄下宽，两岸随山，不断走高，往上大约一里多处，河道大拐弯，像是到了头；弯道处的山崖，犹如关闭严实的大门。可喜的是那处水面还算比较平稳，细浪隐约可见，这说明河水并无巨石或坑洼，这当然是十分令人欣慰的。

后来，嘉尚四人也都来到玄奘身旁，一齐向那关严的“山门”处眺望，怀着期待，怀着希望。

不到一顿饭的工夫，希望果然出现了：在朦胧的夜色中，山门像开启了一条缝，一个大黑点正从缝里慢慢地挤出来，紧紧地溜着边儿移动。

普光首先看清楚了，不禁惊喜得大喊起来：“是大象，大象过来了！”

随即，嘉尚、法钦、玄觉，当然还有玄奘，也都看见了，也都喜不自胜地喊了起来：“是大象，槃陀就骑在象背上呢！”

普光几个情不自禁地跑向水边，企图淌水到数丈外的沙渚上，然后沿渚北上迎接。

正当他们伸脚蹚水的时候，上游突然传来闷雷般的响声，轰隆隆的巨大声响，震天撼地，山抖了起来，水颤了起来，拔达克矮马也惊怖不安地嘶叫了起来。

众人寻声望去，只见就在大象出现的地方，十来丈高的悬崖刀劈斧削般崩了下来，填满了半边河面。

玄奘见状，惊呼一声“出事了”，便不顾一切地跳进河里，扑腾着奔向出事地点。嘉尚几个也疯了般朝那儿跑去。

可是，就在这个时候，背后传来了一声大喝："站住，去不得！"

玄奘师徒闻声，回头一看，是随后下山的几个商客在同时呼喊。

见他们回过头，商客又带着责备兼警告的口气大声道："不要命了?!"

话声刚落，刚才崩塌处又有几块崖石、土块相继滚落下来。

玄奘师徒不敢再往前走，只能站在水中呼号：

"檗陀……"

"大象……"

"都快到家了……"

哭声，呼唤声，撕心裂肺，弥漫于整个山谷，回荡在寒冷而阴沉的夜空。

面对此情此景，岸上商客着实于心不忍，便蹚水过去，将他们接回到岸上。

当商客知悉详情后，唏嘘之余劝解道："和尚们且自节哀。须知你我所走的本就是一条不测之路，生死全凭运气，生可庆幸，死非偶然。今日的损失固可痛惜，但没有全赔就是大胜利。死者可哀，活着的则要坚强。路还长吧？光哭是走不完的呀！要痛悼死者，最好就是做好他没有做完的事。和尚们，你们说是不是？"

商客的话，很直率，只有三言两语，但在极度悲恸的情况下，在艰难的旅途中，却使心灵得以安慰，而且让人清醒。玄奘一再合掌致谢后，便招呼弟子们聚集过来，在河边划地设坛，摆了些随身携带的食品，又取出几支香点燃插好，然后一齐结跏趺坐下来，为檗陀，当然也为大象，追荐冥福，念了整整一夜经。

四十三回

昆丘九叩喜接天子诏　京城空巷欢迎远归人

行旅中人，心情是相同的，既有同病相怜的意思，也有同舟共济的成分。商客见玄奘他们遭了难，不免恻隐，第二天一早便来相约一起上路。玄奘师徒之间也相互担心对方情绪不佳，想着人多一起走，或许有助于振奋精神，所以便接受了邀请。

由于人多，你追我赶的，又是下山路，所以行走的速度比往日快多了。不过呢，脚步的轻快，还是不能掩盖玄奘师徒内心里的痛楚。难怪啊，才裂开的伤口，怎么能期望经宿就能痊愈！

一路上，嘉尚几个很少说话，因为桀陀那憨厚、自知、无争、耐劳的形象总是在脑子里闪现。平日里，大家都将他看得很平常，平常得有点笨，有点傻，不时地拿他当调侃对象，而现在却觉得，他身上的一切，都是那样的实际、实在、可亲可爱，没有了他，心里就像被挖掉了一块肉似的难受。

玄奘的思绪比弟子们又复杂了许多。他一路走，一路在不停地自问：为师的怎么能忘，是谁在葫芦河边幡然悔悟发大愿，矢志追随到如今？为师的怎么能忘，是谁在师兄弟们危急之时，机智地冲进王宫，报告了消息？为师的又怎么能忘，是谁在忙碌中多用了一个心眼，几根毛绳竟然解决了登梯的急用？为师的又怎能忘，是谁坚持推荐一个败阵为奴的顺世师，为破恶见找到了钥匙？为师的更不能忘，要不是他的智慧，马背上的这许多经像法物怎么能够至今安全无恙？真是想不到啊，真的想不到，就在家门在望的时候，你却遭此不测之虞，阴阳两隔，再也不能跨过这最后的一道坎！这怎么能不令为师的痛心疾首，后悔不迭……

就这样想着，走着，不知不觉中把个葱岭甩到了身后。

之后的几天里，又沿陡多河曲折东行了几百里，最后到达死亡之地塔里木沙海西南沿的乌铩国。继又按计划向西北佉沙国前进，准备过跋禄迦、龟兹、阿耆尼而重访高昌。

可是，临到佉沙国的时候，却从商客那里得到一个确凿的信息，说是麴文泰已经作古，高昌地域已统属于大唐西州，由安西都护统领军政。问及个中原因，商客说："高昌王原本与唐皇关系密切，曾有兄弟之约；前几年却转而尊奉西突厥，不仅断绝与唐朝的朝觐往来，还截留西域西部诸国入唐的使节，兵犯伊州，掳掠阿耆尼。据传唐皇曾对其变节行为晓以利害，但麴王却撂出'鹰飞于天，雉窜于蒿，猫游于堂，鼠安于穴，各得其所，岂不快邪'等离心离德话语，要与大唐分庭抗礼。唐皇无奈，只好诉之于兵，于是乎，十万大军，浩浩荡荡，铁骑亘原野，金鼓动天地，旬月间将一座交河城围了个水泄不通。麴文泰因此惊恐暴死，其子不得不奉诏称臣。唉，人生所重者，诚信也。诚信既失，则节义何存？既无诚信，又缺节义，则何以立身，何以经国！"

这消息，在别人听来，或许只是茶余饭后的谈资，谈完议毕，再唏嘘几声也就作罢。可在玄奘师徒方面就不一样了，因为这事直接关系着还去不去高昌的问题。作为嘉尚诸弟子来说，他们从小就知道，自己本是戍边屯垦人的后裔，老根在中原，但高昌毕竟是生身养命之地，童年的记忆是最难抹去的。可如今已经物是人非，内心就难免不在须舍、难舍之间徘徊挣扎了。在玄奘方面，心情也大致相类，因为曾经有过一段殊胜因缘，要在平日，虽已人去楼空，趁此归程路过，顺便凭吊，也算是践了诺、还了愿，从此可以心安理得了。但如今，设若知而再往，便得冒个是非不分、亲近奸猾的风险。西行时未获敕准，归途中再落此罪名，这国门还能进去？日后的弘法译经大业又靠谁护持？再说了，即使不以近君子远小人的标准去劝世化俗，但如今你麹王已自弃于人，自绝于大唐，我玄奘再想有教无类也没了对象，再故地重游也就没了实际意义。

三思而后行，玄奘决定不再走北道，不再过高昌。次日告别商客之后，便从佉沙转身直南，渡陡多河，经斫句迦，再折而西，顺南道至瞿萨旦那国，也就是史书上所说的于阗国，然后从此东行，进阳关。

然而，决定好做，担心、忧心却仍然未能解除。自从得知高昌王败亡的消息后，玄奘就有一种潜意识：朝廷会不会已经知道自己与高昌王的交往？设若已经知道，那么其对自己的回国又将取何态度？会不会秋后算账？允不允许进入长安？会不会支持弘法？诸如此类，疑问一个接着一个，而且没有一个可以回答得了。由此，他又联想到大象之死，长公主说象是大圣神体，性善柔和，有大威力，善于调御，故以之为赠，一愿归程顺利，二愿高竖法幢，大震徽音。可如今大象已遭遇不幸，会不会是一个征兆：归途受阻，弘法无门，大愿难成？

思来想去，他又做出了一个决定：且在瞿萨旦那住下来，设法摸清朝廷的态度后，再决定下一步的去向。皇上如果未忘旧怨，那就只好另作他计，敦煌，凉州，蜀部……偌大个赤县神州，总不至于没有我玄奘立足之地吧？只是，眼下还不知瞿萨旦那国国王愿不愿意接纳呢！

还好，瞿萨旦那王伏阇信是个念旧的人。他于贞观初曾入侍唐廷，不久前才归国继承父业。不知是哪路消息，当他得知有位大唐高僧从天竺国求法归来，要走南道经过本国，于是早早地就下令沿路关卡密切关注，随时报告消息。

当玄奘一行才在边城勃伽夷停住脚，消息很快就传到了伏阇信的耳朵里。次日，他就组织了一支盛大仪仗队伍，鲜花簇拥，音声伴随，亲自前往迎接，而且一见如故，致礼问候之后便迫不及待地攀亲扯故谈了起来，神气还挺自豪的："圣僧一定知道的，还在大汉武皇帝时，先王即与中国通好，诏敕频传，使节络绎；公主传蚕，飞蛾治茧，边荒自此知有丝绢之织。迨班司马火烧匈奴使营，威震西域，三十六国归汉，日之所入，莫不向化，大小欣欣，贡奉不绝，谁人不知倚汉等于依天？大唐抚运，瞿萨旦那更蒙恩顾，今上即位六年，父王遣使献贺；又三年，小王尉迟伏阇信有幸入侍，皇风民俗，犹如雨露润怀，以是知小国难比于大唐。今日圣僧到来，再结胜缘，实在是瞿萨旦那国之大喜、大幸呢！"

玄奘深为瞿萨旦那国王的热情所动，便也以诚回报，叙说了自己求法的过程，如一路上所遇到的艰难险阻、各方面所得到的支持帮助，以及虚往实归的高兴、象死人亡的哀痛等等。当然所说的都是可说之事，不能说的自是讳莫如深，不待言也。

国王听玄奘谈及佛法，兴趣更高了，说道："小国国境内就有不少圣教遗迹，且多渊源于天竺。圣僧既然志在巡礼求法，但愿能趁此机会，在此多住些时日，一面参礼圣迹，一面为我国臣民开示法义，不知可否赏脸？”

玄奘根本就没有想到，原来担心的事，竟然这般出人意料地顺利解决了，心里当然高兴极了，于是欣然答道：“承蒙大王关爱，谨此恭谢了。学僧玄奘正想在此整顿整顿身心，待恢复气力后再往阳关进发。至于说法之事，一来呢是才疏学浅，不胜担当，二来呢瞿萨旦那本来就是佛教重镇，多闻博识的大德不少，玄奘岂敢下车伊始就喧宾夺主？还望大王容玄奘再仔细思量思量。”

国王见玄奘态度谦恭，心中又觉亲近了许多，立即叫来达官大臣将他们引至城内大刹萨婆多寺安置下来，并吩咐四事供养，不可慢待，不得有缺。

回国事大，懈怠、轻忽不得。玄奘住下来后，所做的第一件事就是修表，向朝廷奏报求法归来之事，弄清楚皇帝的态度。当晚，等弟子们都睡了，便秉烛正襟，略理思绪，一挥而就，表文谓：

“沙门玄奘言：奘闻马融该赡，郑玄就扶风之师；伏生明敏，晁错躬济南之学。是知儒林近术，古人犹且远求，况诸佛利物之玄踪，三藏解缠之妙说，敢惮途遥而无寻慕者也。玄奘往以佛兴西域，遗教东传，然则胜典虽来而圆宗尚缺，常思访学，无顾身命。遂以贞观二年四月，冒越宪章，私往天竺。践流沙之浩浩，陟雪岭之巍巍，铁门巉崄之途，热海波涛之路。始自长安神邑，终于王舍新城，中间所经五万余里，虽风俗千别，艰危万重，而凭恃天威，所至无鲠，仍蒙厚礼，身不辛苦，心愿获从，遂得观耆阇崛山，礼菩提之树，见不见迹，闻未闻经，穷宇宙之灵奇，尽阴阳之化育，宣皇风之德泽，发殊俗之钦思，历览周游一十七载。今已从钵罗耶伽国经迦毕试境，越葱岭，渡波谜罗川，达于于阗。为所将大象溺死，经本众多，未得鞍乘，是以少停，不获奔驰，早谒轩陛，无任延仰之至。谨遣高昌俗人马玄智随商旅奉表先闻。”

哎，玄奘初来乍到，足未出门，怎么就结识了个马玄智，而且如此这般的信任有加，一下子就委以如此重任？这事啊，且容后面慢慢交代。

却说玄奘修好奏表，读了几遍，反复推敲，觉得再没有不当之处，便密封了藏到枕下。

第二天早上，玄奘召集弟子们说道：“昔日到过的龟兹，前日路过的斫句迦、乌铩，现在所住的瞿萨旦那，都是正教东渐的重镇，不仅圣迹多，圣僧多，而且宝典也多。相传仅斫句迦一地，十万颂为一部的大乘经典就有数十部。曹魏先贤朱士行优婆塞就曾在这瞿萨旦那国求得《道行经》梵文正本九十章，至于胡僧携而东传者就更无法计算了。所以，为师的想，趁此停留时日，前往此等处所找寻所缺，你们谁愿意前往？”

弟子们见问，便都争先恐后地表态誓愿，一定不辜负师父的信任和厚望，各人的话不同，但心思都是一样的：“俗不谓养兵千日，用在一时吗？跟了师父这么些年，师父说我等都具备了足够的能力，可以担当大任了，现在正好趁此机会练胆，练志，检验检验自己的智慧和能力呢？”

玄奘本来心中早已有了安排，现在用提问的方式让弟子们表态，只不过是想看看他们究竟有多少主动性、自觉性和勇于担当的精神。现在，他看到了，弟子们没有丝毫的胆怯、畏难和退缩，个个踊跃，热情高涨，心里自是有说不出的高兴，再一次感受到，弟子们的确是长大了，成才了，真的可以担当大任了，可以成为自己的左膀右臂了。所以，他不再犹豫，不再有什么顾虑，径直宣布道：“收集经籍的事就由普光、法钦和玄觉负责。我会请求国王派人同往协助，大家不用担心。嘉尚留下来，以后再派用场。”

弟子们都无异议，安排就这样定了下来。

不数日，送走普光一行后，玄奘对嘉尚说：“明日此国就有商队前往长安，你带上我的这封奏表随他们一起出发。记住，从今儿起，你就是高昌俗人马玄智，你知我知朝廷知。在其他人面前，你还是嘉尚。谨记，天机不可泄露。”

次日，“马玄智”上路时，玄奘送了好长一程，一面走，一面将自己从前如何伺机陈表请求西行的法儿传授了一遍。告别后，又临风伫立目送了好一阵，直至天际处只剩下了茫茫沙海。

在玄奘请求派员协助求经、打听使节入朝事宜时，国王每次都提及设坛开法之事。玄奘因为心不在焉，所以一再请求容后考虑。如今，一是弟子们一个个都领命走了，延宕的理由自然也就没有了；二是觉得为人固然要谦恭，但过了头就不免给人一个恃才傲物、虚情假意的错觉，不仅有伤情分，也是对利生事业的不负责任；三是国王提出来要讲的那几部经，诸如《摄论》、《俱舍》、《对法》、《瑜伽》等，有的是从长安讲到天竺，重复了多遍，有的则是近几年来论辩时的热门话题，功夫在手，凉茶一杯，这份自信心还是有的。所以，当国王第三次提出请求时，他便欣然同意了。

这瞿萨旦那是一个笃信大乘佛教的边国，别看绿洲不大，可伽蓝庙宇却多达百余所，僧人不下五千。除所住的萨婆多寺属小乘寺外，其余皆为大乘寺，如土城南的麻射僧寺和毗卢遮那寺，城西南的牛角山伽蓝和娑摩若寺，还有勃夷城伽蓝等，都是远近闻名的大刹，有的曾经是如来说法的地方，有的则与天竺正教重镇迦湿弥罗有着甚深的因缘，其国僧徒往往以此为荣耀，夸口于毗邻、外邦。玄奘在讲经期间，经常前往观礼参访。

在忙忙碌碌中，时间过得倒也快，转眼间，四五个月就过去了。

白驹过隙，流水无痕，玄奘此时就颇有这样的感觉。

可是再往下的日子就不是那么一回事了。俗话说，忙可解忧，闲易生事。当讲经告一段落，城内该观礼的也已礼罢，一旦停歇下来，心里便顿时觉得空荡荡的，不知做什么、怎么做才好，真有点儿惶惶然不可终日的感觉。在屋里坐时睡时，脑子里就会立即想起弟子们：人在何处呀？事情办得可否顺利呀？还在忙呢还是已经踏上归程？诸如此类的问题，一个接着一个，像泉水般往外冒。站在庭院里或外出散步时，更多的则是朝着那日出处翘首放目，心里总离不了一个“归”字，那眼神，那心思，无论谁都能看得出，读得懂：弟子何时回，乡关何处是……有时候，不知道是思念心切，还是由于漠风的吹拂，眼眶潮了，泪珠也滚了下来。

国王是个善解人意的人，一是出于对客人的礼貌，而更重要的是自己也有过身在异乡的经历，颇能体会亲人远隔、思乡心切的离愁别绪，所以每日都少不了亲问起居饮食。今儿个起床后，也不知是触动了哪根神经，突然来找玄奘说：“法师连日来为弟子及本国臣民讲经，累了，乏了，走，弟子今日陪师一起到城外去看两处遗迹。”

玄奘因为心里有急事，又一时解决不了，正不知如何打发日子才好，见国王主动上门相约外出巡礼游观，便一时动了心，想借此机会散散心，解解愁，于是便问道：“大王要领玄奘观礼哪两处遗迹？”

国王卖关子道：“随弟子去就是，师会满意的。”

就这样，在一小队卫士随护下，国王偕同玄奘，从都城西门出去，然后北拐，沿通往龟兹的驿道，直奔第一个目的地去了。

差不多费了两个时辰，便来到了大沙碛深处的一个高阜。站在这里，四下望去，满目尽是连绵不断、高低起伏的沙丘。

高阜制高点处有一间土房，爬上去一看，原来是一处祭祀场所，但没有什么神像之属，所供奉祭祀的是一方版画。画中绘群鼠，大如刺猬，毛皆金银色，正在啮噬着一军旅的马鞍、皮铠、弓弦、马缰，一切箭袋、套绳、包裹等等，无不被其毁坏，满地狼藉，士兵或束手就擒，或落荒而逃。

国王指着版画说："伏阇信不是给法师说过吗，瞿萨旦那曾经备受匈奴的欺凌。有一次，匈奴来袭，先王军力不济，出于无奈，只好到这里祭祷神鼠，冀其显灵相助。是夜果来托梦，相约次日兴兵，必获全胜。先王如约，匈奴果然不堪一击。打扫战场时方知，原来是神鼠于前夜已将敌军的兵仗器械一切军用物资器具等等，悉数毁坏殆尽。我国君臣士民，念其功，感其恩，纪其德，是以代代至此设祭，以志不忘，并祈求来福。"

说毕，国王即就地行了个叩首大礼。

起身后，国王似乎意犹未尽，略一沉吟，继续说道："当年，大汉三定西域，三十六国始得安生。是后天下大乱，此方更有强族相争，战事频仍，人不安寐，土无宁日。近闻皇唐已抚定流沙以北，当地军政大局复又布新。由是知：大国兴，则边鄙宁。这是实实在在的道理。现如今，昆丘之下，仍受突厥掣肘蹂躏，伏阇信能不日夜有待吗？以是故，冀法师回国后，能代弟子向唐皇述此深衷，则不胜感激。"

玄奘看了版画，又听了此番肺腑之言，数百年前的往事复又历历出现于眼前：当年，班司马正全力抚定西域，值明帝驾崩，都护陈睦又刚被焉耆攻杀，朝廷恐其孤军不能自立，下令征还，不料疏勒王竟然以死挽留，于阗君臣则号呼"汉使如父母，岂能弃我而去"，抱住马脚不肯放行……

历史记忆与现实画面，无不使玄奘感动，他满怀慈悯安慰道：

“大王放心，玄奘一定记住所托。”

从灵鼠庙回来的路上，伏阇信国王又领玄奘去看另一处遗迹，也就是城南五六里处的麻射僧伽蓝。

到后一看，玄奘大感意外：唯一的一座殿堂，不供佛菩萨而奉一妇人画像。画中妇人汉家面容，身上却着胡服，富贵不骄，雅而近俗，一副高堂慈母福相。庭院里，并无绿草红花，所见不过是几株死而未倒的枯树罢了。枯树高出檐口，枝如伞骨，或许据此可以想象其昔日的婆娑身影，但也仅此而已。不过，无论是殿堂还是庭院，却是干干净净的，可见国人对它的重视和管理的周到。

国王见玄奘有点儿发怔，立即介绍说：“画像乃王妃，原是汉家公主。往昔秘传桑、蚕至此种植繁育，国人由是修建伽蓝，以兹纪念。庭院里的枯树，即桑树。殿内原来供奉的是春蚕，王妃升天之后，这才以其像代蚕，从那时至今，不曾易动。忘不了她的功德啊！”

玄奘很为这故事所感动，连连说道：“愿汉家与尉迟民族永结友好，亲如一家。”

随后，国王又领玄奘到寺中一偏院，院子也不起眼，除砖塔一座外，其余一无所有。宝塔保全完好，只是留下了几经修复的痕迹。玄奘正要问其缘由，国王却招呼他进入塔室。侍者拿来火把，火光照亮了整个塔室，只见塔壁上有几组彩绘。玄奘凑近细看，左边一组画的是堂殿之前烈火熊熊，一比丘将经卷投向火中，大火顿时熄灭，青烟散去，经卷完好无损，四周人众惊诧欢腾。右边一组画的是阇维场景，薪尽火灭，法体犹存，一比丘念动法语，法体应声散碎，周围众比丘一齐稽首，合十作礼。室门正对的一组画的是巍巍宝塔，毫光四射。

玄奘看毕，向国王询道：“此画所讲的莫不是中夏先贤朱士行居士西域求经、散形于阗的故事?”

国王高兴道:“正是正是。师真是博识强记呀,几百年前的事了,竟然还记得如此真切!”

玄奘回道:“贵国君臣百姓也同样对此刻骨铭心呀,要不然,多少代了,宝塔还会保存得如此完好?这不只是保护了一座宝塔,一座祠堂,更是在呵护一份深情厚谊啊!”

国王听着玄奘如此这般的赞扬,心里乐滋滋的,一脸的爽气。

走了一天的路,劳了一天的神,本应是倒身就能睡去的,可玄奘却总是合不上眼,躺在床上,不停地辗转反侧,日间的情景一幕一幕地在脑海里不停地重复。时而觉着有一种推力、一种责任在催促着自己赶快踏上归程,回到大唐,向乡亲,向道友们传达此方君民的那份倾心向往和依恋;时而又担心归期无期,乃至于老死他乡,一事无成,徒费了一生的努力,先贤朱老居士虽耄期不归,但至少已经将《放光般若》梵文正本九十章传归中夏,而现时自己身边这几百夹几百部梵文要典能有个着落吗……

雄鸡一唱,玄奘仍未入眠。他干脆起了床,洗漱后又转了一会儿经,之后便到庭院里踱起步来。未待破晓,更出至城外,迎着晨风,抬眼眺望着遥远的东方。

东方,连绵起伏的沙丘渐渐地明晰起来。天边,万里无云,一轮红日冉冉地从沙海中升起,金光四射。可惜的是,在这个金世界中,天无飞鸟,地无走兽,人呢,更是全然没个影儿。

玄奘有点儿失望,但仍不甘心,于是又向前走了几十步,爬上一个更高的沙丘,为的是要看得更阔、更远。

然而,地平线处,除了沙丘与红日,依然一无所有。

此时,玄奘活像个战斗中失利的士兵,一脸的沮丧、失落。无奈之余，正准备往回走呢，背后却传来了连续的呼唤声：

“师父！”

“师父！”

……

玄奘急忙转身回望，只见普光、法钦、玄觉几个正朝他这里跑过来。既近，法钦先喘着粗气说道：“师父，让我们好找呀！”

“是呀，大清早的，自个儿跑这荒郊野外来干吗呀！”玄觉有点儿心疼说。

经玄觉的提醒，普光这才想起缺了个人，便问道：“对呀，师父，怎么只有你一个人？嘉尚怎么不在身旁侍候呢？”

“是呀，他到哪去了？”法钦也奇怪起来。

玄奘见大家都问起嘉尚的去向，知道事情已无法继续隐瞒，也不必再隐瞒，于是回道：“你们去后，我让他随商队赴长安，给皇上呈表禀报求法回来的消息……”

“师父这么早到这儿来，一定是在等他回来。”普光很有把握地说道。

“可不，师父光想着嘉尚，把我等都给忘了，连取到经没有都没问一句。”法钦一副委屈的样子说。

玄奘固然知道法钦是在耍心眼儿，故意刺激自己，但同时也意识到自己确实有点儿失态，冷落了这几个远道归来的弟子，赶忙说道：“傻弥子，为师的怎么忘得了你们。还用问吗，取不到经你们会回来？是相信你们，才没有问呢。”

玄奘的巧答，果然使几个弟子很满意，大家乐着嚷道：“哎哟哟，倒是师父有理了！”

笑毕，玄奘忽然问道：“哎，你们怎么这么早就到了，夜里没睡觉？”

普光回道："嘿，屈指一数，所剩路程已不多，心里又惦着师父，哪还睡得安生，所以干脆就没歇脚。"

玄觉觉得普光说得不全面，遂补了道："惦挂师父是肯定的，同时也怕耽误回去的事儿呢。这下该装束启程了吧，师父？"

一句话问到了玄奘的烦恼处。玄觉啊玄觉，你的师父自打到达瞿萨旦那的那天开始，就一直在问这个问题，一直问，一直没有答案。他这么早就在这里守候，不就是在等答案吗？没有人回答他，他又怎么能回答你呢？

普光眼尖，看出了师父有一肚子难言之隐，急忙打岔道："师父，出来的时间久了，我们先回去吧。"

玄奘顺着普光的话茬儿，乘机撇开玄觉的问题，应声道："对，快回去看看你们取回的经籍。"

普光等人取经回来，非但没有见师父高兴，反而是觉出其心情更加沉重了。虽然，他竭力地装出一副平静无事的样子，但却始终无法遮掩内心深处的那一缕焦虑：他出城的次数一天比一天多了，每日在房里读经的时间越来越少了，在庭院里踱来走去、转圈圈的时间比以前长了……一言以蔽之，一副吃不香睡不稳的模样。弟子们虽然摸不透其心底，但知道为的就是回去的事儿，而嘉尚的行踪则是其中的关键所在。为什么是关键所在？他们当然不知道，也不敢问，即使问了，也不会有任何答案。

为了不让玄奘过度劳累，更是为了预防师父急出病来，弟子们不约而同地行动起来：每日里轮流着出外等候、打探消息，不停地回来向他禀报。

玄奘看出了弟子们的良苦用心，也在竭力按捺自己心中的烦躁与苦恼。

酷暑过去了，嘉尚还没有消息。

秋风起了，嘉尚仍然没有消息。

胡杨树的叶子渐渐地变成了金黄色，嘉尚还是没有消息。

这天，午斋时，玄奘满腹心事，没一点儿胃口，几次捧起钵盂又几次放下，一粒米都没有下肚。他闷着头在屈指计算，嘉尚离去至今，已经足足八个月了，而瞿萨旦那距京师不足万里，即使步行打个来回，也不至于要费大半年的时间，何况是乘马，又给养无缺！是路上出了问题？还是在京师遇到了障碍？万一，万一……果真有什么万一，那真是不堪设想了。

不仅玄奘焦急了，弟子们也焦急了。普光担心长此以往，师父难免不急出病来；而归期无期，也让人有一种脚不着地的悬空感觉。不过，他只是急在心里，而口上并没有说。玄觉就不一样，人倒憨厚，但遇事沉不住气，所急也有所不同，他忧心忡忡地嘟囔道："再不起程啊，北风一刮，大雪一下，那就只好在这里再过一冬了。"

"要是嘉尚再无消息，恐怕就不只是一冬了。"法钦把严重性又推进了一步。

说来也怪，听了弟子们的议论，玄奘反倒冷静了下来，发觉自己的情绪已经影响了他们，使气氛更加沉重了，于是赶紧调整心态，自己说服自己：不是时时在说随缘吗？随缘就是根据形势定举止嘛。强求只会徒增烦恼，随缘才能自在心安。急既无用，又何必呢？

这样一想，玄奘果然顿觉脑子开了窍，蓦地记起了一桩往事，不胜高兴地对弟子们说道："大家不需焦急，你我师徒必得平安到达长安无疑。"

弟子们见师父情绪骤变，愁容尽除，还说出如此有信心的话，颇感惊讶，不禁问道："师父有把握？"

玄奘从容回道："你们还记得我应邀前往迦摩缕波国这事吧？鸠摩罗王使者未到时，不是有一尼乾子来为我占卜吗？他占后对我说过：'师留住此方最好，五印及道俗无不敬重；回国得达，亦受敬重。'看看，不仅回国得达，而且还受到敬重！不必焦急，大家耐心等待就是了。"

"他倒是这样说过的。"弟子们同声认证。

"还有一次呢。"玄奘继续道，"我周游五天时，路过伊烂拏钵伐多国迦布路寺，寺里有一尊刻檀观自在菩萨像，非常灵验，七步之外抛掷花环，若贯菩萨头颈、手、两臂，必吉祥如愿。当时，为师的许了三大愿：一是学成归国得安达，二是得生兜率天宫侍奉弥勒菩萨，三是以为一切众生皆有佛性，修行皆可成佛。结果，每投必中，一一如愿。"

弟子们听后，没有人提出质疑，但也没看见谁因此兴高采烈，或许是因为现实太不可捉摸吧。

玄奘见状，一时也没了主意。

师徒沉默着，至夜幕降临也没人再说过话，沉闷的气氛塞满了整个屋子……

忽然，一阵急促的马蹄声打破了死一般的寂静。继而，马蹄声越来越响，分明是在朝这里直奔而来。

又是一个忽然，马蹄声戛然而止，接着便是砰的一声，门被推开了，一个人风尘仆仆地冲了进来。因为事情的发生既突然又很快，所以，直到此时，屋里的人还没充分的清醒过来呢，来人已经开口了："师父，快准备接旨，朝廷敕使马上就到！"

一听声音，屋里的人一下子全明白了：来者不是别人，而正是大家朝也盼晚也盼的嘉尚。惊喜之余，正要上前拥抱呢，嘉尚却将他们一个个推开，只是一个劲地催玄奘道："快，师父快点儿穿上袈裟，准备接旨，耽误不得！”

玄奘被嘉尚催得紧，压根儿就没有空儿开口问个缘由。普光几个师兄弟虽然问了，可又没得到回答。所以，这里还得把个事情的来龙去脉先作个交代：刚过去的那会儿，嘉尚随朝廷敕使才到得这瞿萨旦那国都城，趁敕使进宫会见伏阇信国王的空儿，便赶紧来给玄奘报个信，因为时间紧迫，只好捡紧要的说，其余如问安、别后的相思、旅途的劳顿、上表的周折等一类事，就只好往后放了，靠边儿了，如此而已。并不是嘉尚没情义，无话说，不想说，更不是因为进了一趟京，做成了一件事，傲慢了，拿大了。

待玄奘整束好后，嘉尚才喘过气，定下心来，才一个个将师兄弟们拥抱过，把相关的事儿做了个简单的汇报。当然，改名换姓的事儿是不会说的。

玄奘高兴中问嘉尚，皇上的旨意如何，嘉尚回说道：“无从知晓。只听说皇上看过奏表后，立即就下了敕文，次日就随敕使出发了。”

玄奘听后，心里又不免忐忑起来。

就在这个时候，朝廷敕使在瞿萨旦那国国王伏阇信的引导下来到了玄奘住处，才进得门便唱道：“求法沙门玄奘接旨！”

玄奘闻声，箭步上前叩首道：“沙门玄奘接旨。皇上万岁，万岁，万万岁！”

敕使宣曰：“闻师访道殊域，今得归还，欢喜无量，可即速来与朕相见。其国僧解梵语及经义者，亦任将来。朕已敕于阗等道使、诸国送师，人力鞍乘应不少乏。令敦煌官司于流沙迎接。”

玄奘膝行接过诏书，同时谢道：“皇上隆恩，沙门玄奘永世不忘，誓必报答。”

送走敕使和国王后，没了旁人，原来压在心头的那座大山一下子没有了，眼前的浓云重雾消散了，于是，一腔被压抑得太久了的情感，一下子喷涌了出来，师徒们个个热泪纵横，特别是那几个弟子，个个像泪人儿似的，相互拥抱着，又是叫，又是跳，个中滋味，一切尽在不言中。

玄奘接旨后会做什么、要做什么，自不待言。这里转来说说大唐国都长安城的事儿。

时间得回到半年以前，长安城里传开了一件奇事：西郊的某所寺院有一棵松树，树上的一枝原本是一直朝西边方向生长，都有碗口粗细了；可如今人们却猛地发现，这枝杈竟拐了个一百八十度的大转弯，往东直指那日出方向。这消息越传越广，越传越神，起先是佛教四众，后来是不分僧俗，都纷纷打听起这棵神树来，而且闹得满城风雨的。追来查去，最终确定，这座寺院不在别处，就位于沣河东岸圣女泉旁，寺名叫观音禅院，那棵神树则长在寺院的山门前。而最先发现这棵神树并将消息散布开去的，正是寺主法山和尚。

说到这里，大家的记忆或许已经被唤醒：记得吧，玄奘西行求法就是从这观音禅院迈出第一步的。分别时，玄奘手扶着寺门前的松树枝条对法山和尚说："你等着，待这枝头往东长的时候，我就会回来的。"这本来是句安慰话，甚至可以说是一句戏言。随着时间的流逝，这话也就慢慢地从法山的脑海里淡出。直到有一天，他在执帚清扫树下的松针时，偶尔抬头，这才发现这树枝的特别长势。不过，开始时他也只是觉得有点奇怪，后来再细而思之，终于猛地觉悟，十几年前指松相约的那一幕就像昨天才发生似的，激动的心情整整好几天都没能平静下来。不用说，此后消息就像一阵风,不胫而走,很快便传遍了整个长安城。前来寺院猎奇览胜或虔申供养的僧俗络绎不断,日计千百。询及事情原委,法山一因心中没有十分的把握,二来是想保持事件的神秘性,在回答时,便总是藏着掖着,说一半留一半,只说“神”的一面,至于其中的委曲始末,则三缄其口,涓滴不漏。如此一来,虚虚实实混合在一起,神树的“神气”就越来越浓,名声自然也就就越来越大,影响就越来越广,来寺院申礼的僧俗便越来越多。而寺院也因此获得了许多意外的供养、捐施。

又过了几个月,坊间府衙又传出消息:说是有位圣僧十几年前就离乡背井,孤身只影,勇闯天涯,到佛国巡礼求法,在经历了九死一生的大难后,如今已经回到于阗国,正在等候圣旨回京呢。人们将这个新的传闻与观音禅院的神树联系在一起,尽量地发掘其中的内在联系,再加以夸张、附会,然后一而十、十而百、百而千地传播开去。于是乎,神树更神了,圣僧的形象也就更加神圣了。

终于,所有原先有意或无意的夸张和附会,现在都变成了活生生的、实实在在的事:前几日,朝廷已令有司,赶紧给城内大小寺院布置任务,赶制帐舆、华幡等器仗用具,准备迎接一位十七年前自长安出发,前往五天竺巡礼求法归来的高僧玄奘法师。

事实与传说相印证之后,满城的舆论简直沸腾了。树也好,僧也好,一时成了街谈巷议的对象,神奇,神秘,神圣,总而言之,人人都有神乎其神的感觉,人人都流露着神乎其神的表情,一个个摩拳擦掌,宣誓许愿,无论如何也要争取第一时间看到这位历尽劫波的幸存者、极富传奇色彩的神僧圣僧、高奏凯歌的盖世英雄。不是说大难不死必有后福吗?见见这样一个历劫不死的人,或许也能沾点儿光,得些儿福呢!

再说玄奘这边，先是有瞿萨旦那国国王伏阇信的帮助，继之又有鄯善、敦煌等道官府衙门的迎接，驮运脚力足够，饮食、安全也都有了保障，所以，一路下来自然也就很顺当了。赶岁末就抵达瓜州，稍事休息期间，就便观礼了莫高窟胜迹。

就在准备继续行程的时候，使者报告说：文皇帝即将御驾亲征，出兵高句丽。玄奘一听便急了起来，于是改变原来的计划，决定加快速度，日夜兼程，争取赶在皇上出征前到达京城。

结果，的确是提前几天抵达了京西漕上。只是，皇帝已经离开长安到了洛阳宫。

由于官府事先并不知道玄奘提前到达，守着原定日程安排，自然也就没有前往迎接。可神僧回来了的消息却在附近传开了，人们奔走相告，四方辐辏，潮水似地涌到路旁观看。自咸阳以降，数以千、万计的人们把整整一条路堵了个水泄不通，既前进不得，也后退不能。

此时此刻，玄奘真是焦急极了。他最担心的并不是人的安全，而是那二十几匹马所驮载的金像、舍利和经卷：这都是十几年来茹苦含辛、费尽周折才请来的至宝、大宝啊！千山万水都安然无恙地过来了，要是在家门口还遭遇不测，丢失了，毁损了，这可如何是好？

正在玄奘一筹莫展、心急如焚的时候，只见几十个壮健僧人，一面合十念经一面开路，直朝他走过来。既到跟前，为首的胖个子施过礼，恭敬请道："大法师随我来，此地人多杂乱，久留不得。"

玄奘一时无计可施，又见来的是道友，所以也就顾不了许多，便随了他们进了附近的一座寺院。

玄奘进门时，抬头瞥见门额上写的是"观音禅院"，心里猛地颤了一下，像是有什么感应似的。但由于眼前的寺宇崭新，寺域宽广，所以，由寺额引起的瞬间颤动便很快变成了狐疑，加上急着进门，一时没有询问。待到进了寺想问时，那胖师父却回道："往后有空了再慢慢地谈，当下最要紧的是安排人员为大法师看好物件。你们先在客堂歇着，衲僧办完事就回来。"

这位自称衲僧者不是别人，正是玄奘当年的道友法山和尚。由于岁数大了，身体更加发福了，玄奘一时没有辨认出来。而法山呢，眼见得玄奘已经是一位连皇上都看重的大法师，加上有关松树预言的灵验，心里早已对他敬之若神，不好意思、也不敢随便攀亲拉故，因此，在安排好看守人员之后又忙别的事去了，并没有如诺回到客堂看望玄奘。

寺院里是安静了许多，但寺外仍然是人山人海，人声鼎沸，玄奘师徒哪里敢歇息？虽说已有专人守护那些宝贝，但他们还是放不下心，所以整整一夜根本就没合过一会儿眼。真没想到，都在家门口了，还得紧张兮兮地过上一宿。

第二天，也就是唐贞观十九年正月二十四日，曙色曦微中，一夜没有再照面的那位胖师父，也就是法山和尚赶来了。他对玄奘说："大法师快快抖擞精神，右武卫大将军侯莫、陈实、雍州司马李叔昚、长安县令李乾祐诸位大人已前来迎接，很快就要到了。"

玄奘急忙到圣女泉边捧了一掌清水抹了把脸，又正了正僧袍，这才朝山门走去。刚要跨过高高的门槛，即见一彪人马已在百步之外站定，几个披甲服锦的文武官员跳下马来，快步走到玄奘跟前，一一施礼，作自我介绍，之后，为首的一员将领说道："法师求法荣归，末将侯莫等奉西京留守、梁国公房大人之命前来迎接，请快快上马进城。"

话音刚落，官差已经牵过一匹雪白的骏马，并且不由分说地就将玄奘扶了上去。

玄奘人在马上，心却在那几十驮经像上。马在往前走，他却是一步一回头地看个不停。

侯莫大将军看出了他的心事，大声抚慰道："法师不用担心，有大队人马保护着你的宝贝呢，一根毫毛都丢不了。"

听了此话，玄奘这才抖了抖缰绳，放心地策马走了。

侯莫等几员文武大臣领着玄奘从漕上出发，朝南沿金堤到达昆明池，再折东经定昆池到达城南明德门外大道，其间虽然总共才有几十里的路程，但由于道路两旁观者如潮，人山人海的，竟然走了大半日的时间。

从漕上进城，最近的路是走外郭城西边的三门，首先是最北的开远门，其次是中间的金光门，又其次是靠南的延平门。为什么要舍近求远，不走这三门而要从城南的明德门入城？因为呀，这明德门本是京城外郭城南面三门中的中门、正门，进了门便是长安城的中央大街，大街直北正对着皇城的朱雀门、宫城的承天门，所以又称朱雀门大街、天门街或天街，路面宽约五十丈，绵绵邈邈，足有十里长，那气派自然是天下无匹的。而玄奘呢，他是当今皇上降敕派专使迎接回国的传奇式人物，不亚于沙场上浴血奋战后凯旋的骁勇、猛将、英雄。这样的人物，理应、也只有走这样天下无匹的通天之路，才能显出他的威风和神气；也只有这样宽阔的大道，才能适应得了万人空巷、倾巢出动的阵势。

可不吗，当玄奘进了明德门之后，眼前呈现的果真是一条黑压压望不到头的"大河"：都城士子、坊间民庶、僧俗四众、内外僚属等等，挤满了大街的两旁，人头攒动，犹如波涛翻滚，人声喧阗，一似海潮拍岸。幡帐幢盖庄严，梵吹雅乐萦绕，珠佩相撞而作响，金花纷飞而流彩,盛况空前,难以言表。

时值日中时分,暖融融的阳光,再加上人们胸中的那股热浪,把个隆冬寒意全给驱散了。人们为了能挤到前面,将传闻中的这位传奇式的圣僧、神僧看个真切,那一张张的脸,涨得通红通红的,汗都流到腮帮了,也顾不得擦一擦。

玄奘为了回应夹道群众的欢呼、喝彩、赞叹,一路上真是忙个不迭。他一时左一时右地不停合十,表示谢意和敬礼。满城人众所表现出来的如火热情,让他看到了他们的心,一颗颗向善的心,可以化导的心,并从而受到了鼓舞,得到了激励,感到了身上的重任。

不过,玄奘是个细心人,此时此刻更是一个十分敏感的人。不是说西京留守梁国公房玄龄奉敕迎接吗?可一路观察下来,并未发现他的身影呀!而现在呢,虽然距离朱雀门、承天门只有一步之遥,却未能进得去;最后落脚过夜的,也不过是一个普通的旅馆都亭驿。于是,他心头不知不觉地飘过了一丝淡淡的云翳,而且颇有几分寂寞的感觉。

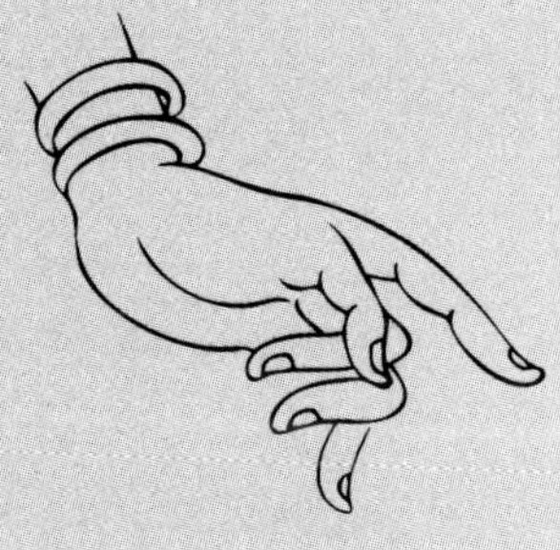

第三部　升华录

第四十四回

皇帝思政力劝罢道　法子乐道死辞公寄

玄奘结束了长达十七年的游学求法生涯，带着五百余夹共六百五十七部佛教的真经宝典，还有诸多金、银、旃檀圣像、佛舍利，紧赶慢赶地回到京师长安，意想不到地受到了非同寻常的欢迎。人们倾城空巷，蜂拥出来，挤在十里长街的两旁，如壁如堵，如海如潮，争着看一眼这位传奇式人物。

看到如此盛况空前的欢迎场面，特别是感受着久违了的故国亲情，玄奘先是情至而泣，禁不住流下了两行热泪。但当他被从大街引进街西通化坊的旅馆都亭驿时，却不由得朝着那可望而不可即的朱雀门发愣，一时又觉得再次飘浮在空中似的，心里明显地有着一种不踏实、没着落的感觉。虽然，有司于第二天又组织了一次迎经、像至弘福寺安置的隆重仪式，一路上幡帐蔽空、金花飞舞、梵吹回荡、彩云呈祥，比之于前日又高了许多规格，但所有这一切，依然不能抹去心中的抑郁、落寞，不能使他最终定下神，安下心。于是，他在当天晚上便急不可耐地秉着孤灯、大着胆子给西京留守房玄龄阁撰写了封书，提出前往洛阳行在谒见皇帝的请求。

却说房玄龄这官儿，十八岁进士及第，隋臣称其“必成伟器”；高祖李渊称其“深识机宜，足堪委任”；李世民在藩为秦王时，录为记室参军。玄武门之变中，他与长孙无忌、杜如晦、尉迟敬德、侯君集皆为同谋。贞观以后，任总百司十几年，更是虔恭夙夜、尽心竭力，前年刚刚因功图形凌烟阁，题赞称“才兼藻翰，思入机神，当官励节，奉上忘身”。前不久皇帝起驾东征辽左时，命其留守京师，说：“公当萧何之任，朕无西顾之忧矣。”由此诸端可见，房玄龄不只是李唐王朝的开国元勋，而且还是皇帝身边的近臣、忠臣、力臣、正臣。既然人品、臣节如此，又知道主上对这位归僧的态度，所以在接到玄奘致书之后，不曾怠慢，立即遣人驰呈洛阳宫行在。

正在洛阳宫运筹帷幄的李世民一看是玄奘的来书，当时就下了准允的圣旨。他之所以这样快就做出决定，急于见到玄奘，此时此刻还谈不上思想上与之有什么相同之处，当然也就不是出于对玄奘的理解和体谅，而仅仅是因为，在抚定西部边疆的大业中，他正需要玄奘的帮助。但是，不管怎么说，他的这个决定，却使一代明君与一代法将结下了一段不平凡的因缘。关于这点，且待下面话分两头说来。

玄奘刚刚回到长安，为什么却要不辞长途跋涉的劳顿，在风尘未拂的时候就急着要觐见皇帝，而且还是在他甲胄在身的当下？

要理解玄奘此时此刻的心情，最好的办法就是换个立场，设身处地去思考。试想想看，玄奘为什么要不远万里舍身求法？既求得了真经正法，下一步的任务自然也就不言而喻。玄奘是个过来人，深谙正教发展的历史，知道“法待人弘”这话不假，但同时也知道，这弘法的事儿，光靠教内四众的努力还不够，国王的态度才是至关重要的，他往往决定着正教发展的步伐，乃至于兴衰荣辱。在国内行脚、修炼时，他就听说过拓拔魏和宇文周两朝汰僧毁寺之事。在五天游学请益期间，又知道，在魏周灭法之前，佛陀的故乡迦毗罗卫国、说一切有部的大本营迦湿弥罗国这两个地方，早就发生过当权者灭佛的祸害，设赏迦王更是毁法的首恶，就连被后人称为护法轮王的阿输迦氏，即阿育王，其早期的人生旅途上也留下过不光彩的足迹。这些抹不去、也掩盖不了的往事，让他对古人所说的那句话，即“不依国主，则法事难举”一语有了更深刻的体会，在天下一人的社会里，如果争取不到这“一人”的赞同和护持，那么，十七年的千辛万苦、九死一生的寻寻觅觅，就有可能前功尽弃，化为乌有。而功亏一篑、功败垂成的结果是无论如何不能接受的。固然，皇帝已经下旨欢迎自己的归来，但只是说明早年“偷渡”的行为得到了宽宥，既往不咎；固然，到得京城时，也有文武官员接程，欢迎的场面也很盛大，但这也只是民情社意，至多也不过增加了些衙门有司的成分，却终不能代表至尊的圣意；固然，所下恩旨中也明明写着“可即速来与朕相见”的字样，可如今到了宫前却进不得门，见不着人，皇帝出门在外也就罢了，可为何奉诏留守的大员也不照面？哪一个人遇到这档事，能不推敲琢磨、左思右想？倒不是自己自高，摆谱，怨天尤人，或有什么奢望、苛求，为只为悬着的一颗心一时落不到实处，在实现理想的道路上还有难以预测的未知数、不确定因素，如果就这般长住寺里，无人问津心愿，无从商量去就，这可如何是好？

皇帝这边急着见玄奘，出发点则不同。虽然，他从其父李渊起事时就与佛教结了缘，在剿伐王世充的过程中得到嵩山少林寺十一棍僧救助后曾表示要护持正谛，化阐缁林，玄武门之变后立即停止执行父皇的沙汰僧尼诏，等等，但是，直到这时，他对正教还没有到达深信的程度，更没有时间、精力去关心什么弘法一类的事情。为什么？史不谓“创业难，守成更难”吗？他现在的整个心眼儿就只是“守成”两个字。过去，他曾首建大谋，举义当先，然后又擐甲执兵，出生入死，削平海内，奠定了李唐王朝的基业。现如今，自己已身为人主，位当至尊，国家兴衰治乱，全系一肩，需要操心的事，岂止万机！虽然，宇内已经平一，政通人和，可边境却犹未安宁，东有高句丽莫离支盖苏文凌上虐下，弑主杀臣，侵暴邻国，阻断交通，西有狼族西突厥乙毗咄陆恃强骄倨，不仅拘我国使，寇唐伊州，而且还侵西域，围天山，击康居，灭吐火罗及米国，致使西域诸国不得不畏威慑附。这大漠深处的烽火狼烟虽远在千里万里之外，感觉却就像烧在自己的心头一样，令人寝食难安。如何才能早日制订出经略西陲的奇谋良策，多少年来一直使他费尽了心机，伤透了脑筋，至今还是一个心中难解的结、脚下难迈的槛。兵书说，知己知彼，百战不殆。要抚平西陲，必先了解那里的山川形势、历史现状、民情风俗、兵马士气。有关这些方面的情况，史书上固然有过记载，但零碎简约不说，又都是几十年乃至几百年前的老黄历了，哪里还能提供新的信息？至于那个远在万里之外的仙乡佛国国情，简直就是眼前一片黑，什么都不知道。前几年人家已经遣使来献方物，还说自己所制的《破阵舞》已经传到彼方，这些显然都是示好的表现。这橄榄枝接还是不接，这邻居应防还是应交？要防，原因是什么？要交，心中实在没有底。光阴荏苒，生而有限，如果将连自己都解决不了的繁难大事不得不留给宽厚的太子，这又让人如何放得下心？就在这当口上，居然就像天上掉下来似的，突然冒出来一个在西域混迹了十几年、亲眼见过那里的一草一木的高僧、行者，这怎能不令人喜出望外？于是乎就有了降敕远迎的那等事，于是乎行在召见自然也就很在情理之中了。

不过，由于各自心里的盘算不同，要想得出相同的答案就不是那么容易的事了。

现在，皇帝与高僧玄奘不管出发点有什么不一样，但急于见面却是共同的愿望。严格地说，这算不上什么情投意合，只能说是各有所需。这是一种别样的“缘合”，其结果是成就了两人的“相会”，相会的结果则又达到了各自的目的。

二月初一日，太宗皇帝在东都洛阳宫城仪鸾殿接见了玄奘。虽然两人地位、身份悬隔，又是第一次见面，但见面时的气氛却像是邂逅相逢的老朋友，很有一见如故的味儿。

仪鸾殿位于洛阳宫阊阖门内隔城西南，其北为百戏台、映日台，其南为五殿、德昌殿、饮羽殿、雒城殿，虽与朝集、听政的含元殿、宣正殿的重要性不能相提并论，但却是玄奘弘法事业的起跑线，也是华夏佛教走向鼎盛的新起点。不知是忘记了呢，还是刻意回避问题，皇帝招呼玄奘坐定后，便带点诧异表情问道：“法师既然立志西行，为何不给朕通报一声？”

本来，十七年前的往事是玄奘最讳莫如深的，可经此一问，就像沉淀的泥沙突然被搅动一样，瞬间便又漂浮了起来。当时的求告、无奈、狼狈相，走马灯似的，一幕接一幕地出现在眼前。如今，皇帝不管是有意还是无意提到此问题，点到了“穴位”，你总不能没有反应吧？所以，他既不回避，也不掩饰，照直回道：“玄奘西行前，曾经奏请皇上，只是由于诚欠深而愿不笃，未蒙圣允。唯因求法心切，而人生苦短，不得已而混迹流民中私行出关，擅违之罪，至今还既愧且惧呢。”

皇帝听后也感触良多，喟然回道：“当时严禁出关，也是时势使然，迫不得已。不过呢，师等出家人又当别论了，现在想来，法师与俗众不同,一心唯在佛法,利益众生,甚而不惜舍身委命,精神可嘉啊! 所以呀,也就不必再忐忑了。”

说到这里,皇帝略一沉吟,继又颇有所疑地问道:“朕深为纳闷的是,自长安至鹿苑,不知几万里,山高水长,殊方异俗,言语不通,人心难识,困难何止千万,师孤身只影的,真不知是如何到得了的?”

如今,再远的路已经一步一步地量完,再多的困难惊险也统统成为谈资,回忆起来,既没了沉重感,更用不着再提心吊胆,所以,玄奘在再谈起来的时候,不仅显得轻松,而且还不由得赋予了许多诗情画意,他回答说:“玄奘曾闻,乘疾风者南冥非远,御龙舟者涉江波不难。自陛下统有天下,郭清四海,厚德广布于九州,深仁远被于八荒,淳风吹拂至炎天之南,圣威振扬于葱岭之外。因此故,夷狄君长连天上东来之飞鸟都以为发自大唐,肃然起敬,敛衣致礼,何况玄奘乃圆首方足、亲承皇化之人? 往还无阻,实赖皇上天威也。”

皇帝听玄奘如此说,心里很是高兴,但脸上却没有笑容,而且还连连摆着手说:“这却是法师的美言了,朕可不敢当啊。”

谈话很随便,很融洽,开了一个好头。接下来,皇上自然要询及求法请益中一路下来的所见所闻,特别是那个前人所未到、旧史所罕载的神秘国度。而玄奘呢,本来就有心借这次谒见的机会晒一晒多年来的收获,只是不愿给人落下个“轻狂”的第一印象,所以一直没有主动开口。现在见问,正中下怀,于是便滔滔不绝地讲了起来:从五天先驱达罗毗荼人到雅利安族的入主,从摩揭陀国的纵横捭阖统一殑伽河流域到孔雀王朝、贵霜帝国、笈多政权的交替,再到戒日王朝这个后黄金时代,从最尊贵的婆罗门贵族到不可接触的旃陀罗贱民,从梵书文字到经典《吠陀》和《摩诃婆罗多》、《罗摩衍那》两大史诗，从最原始的吠陀天启、祭祀万能的婆罗门教到裸形、涂灰诸外道，当然更有释迦圣人降世、证道、初转法轮以及入灭的四大圣迹，即迦毗罗卫国的蓝毗尼花园、摩揭陀国的伽耶山、波罗奈斯的鹿野苑、拘尸那国无胜河边的娑罗双树林，佛灭度后诸国争分舍利所建的八大灵塔，佛典结集的七叶窟、毗舍离、波吒利弗城和迦湿弥罗遗址，阿育王放下屠刀、立地成佛后宣扬佛教的无数佛塔和石柱，等等，都尽其所见，倾其所闻，既绘声绘色，又大小无遗。

皇帝听得认真专注，直到玄奘讲毕住口，还一时回不过神来。

玄奘见皇帝没有反应，心里不免有些沉。一旁陪驾同听的国舅长孙无忌也一时无措，不知如何是好。

就在这个时候，谏议大夫褚遂良进报："谨奏皇上，西京留守房公刚刚传来一表，是新丧兵部尚书、秦州都督大亮临终前所遗者。"

皇帝猛地收住神思，接过褚遂良递上来的奏表，展开看了看，便放到了案头上，自语道："又是要朕罢征高句丽。"

在场的重臣长孙无忌、尉迟敬德，当然还有递表的褚遂良，听皇上如此说，心里不免高兴起来。为什么？因为这李大亮也是个非同一般的人物，还记得十七年前在凉州、瓜州拦截玄奘的事吧？其忠正秉直真不一般呢。这都不说了，单说贞观十七年以后的事，他身兼左武卫大将军、工部尚书、太子右卫率三职，负责宿卫两宫，皇上每出巡，都是由他随驾值守，连一人之下的司空房玄龄都称赞他有王陵、周勃之节，可当大任。可不吗，当皇上决定亲征辽左后，大亮又被敕命为西京留守的副职，前月当皇上听说他不幸罹疾，遂亲为调药，既卒，恸哭不已，为之废朝三日，又是赠职又是谥号的，其见重于朝，由此可见一斑。以是故，他出面吁请皇帝罢停辽东之役，当然就具有相当的分量了，而这个请求正好也反映了这几位大臣的心声，他们能不高兴吗？

褚遂良前不久才奉敕参与朝政，先为黄门侍郎，继又迁谏议大夫，很想有个表现才气能力的机会，如今见皇上执意亲征辽左，深为忧心，前不久曾进谏罢役，皇上虽以所言为是，却未改初衷，当下见李大亮遗表又谈及此事，故又想借风使力，实现本愿，于是乘机再谏道：“臣虽愚，亦知陛下用兵如神，无人能知，无人可比。克平隋末大乱，抚定北狄南蛮，无不是陛下深谋远虑、英明决策的结果。可陛下如今决定讨伐高句丽，臣下多不解圣意。若论陛下的英名神武，周、隋之君皆莫能比，因此故，如果兵渡辽河，则必须限期取胜，方能起到威慑远边的作用。万一目的不达，则陛下必然震怒，更发兵众，求决雌雄，果然到此一步，则安危之数就难以预测了。大亮乃陛下股肱心膂，知兵善战，身在膏肓而尚忧陛下，微臣深望陛下能听其一言，以社稷万乘为重。”

皇帝听毕，摆了摆手，未当一回事。一旁的虎将尉迟敬德有点急了，立即帮腔道：“不只是褚大夫说的那个理呢，陛下若御驾远征，而皇太子又人在定州，无遑顾及东西两京重地，虽然已委重臣留守，但终为空虚之地，恐有玄感之变。再说呢，高句丽不过是边隅小夷，何劳万乘躬亲？陛下若执意亲征，胜不足称武功，不胜则难免贻笑边鄙。以愚臣之意，陛下只需遣偏师出征，便可指期摧灭，即事功垂……”

“好啦好啦，众卿忠诚可嘉，但都不过是老调重弹而已。”皇帝打断敬德的话道，“还记得不，不年之前，突厥俟利苾部众背弃其主儿南渡大河，请居于胜、夏二州间，卿等皆不同意，说什么朕方欲远征辽左，却安置突厥于河南，而此地距京师不远，必有后患之忧，要朕坐镇洛阳，而以诸将代征。朕当时是怎么回答尔等的？”

长孙无忌回道：“陛下当时说，夷狄亦人也，其情与中夏不殊。

作为人主，所患者乃德泽不被，对异族不必过多的猜忌。德泽既被，则四夷和洽如同一家；猜忌多了，即骨肉至亲亦难免仇雠……”

“朕以突厥贫弱，许其所请，收而养之，即是以德化导，与隋之行怨，皤然不同，恩入骨髓，何来反意！遂良曾记否，朕当时就叫你记下这样的话：此后十五年，可保无突厥之患。结果呢，未届一年，俟利苾可汗便入朝归服了。”皇上打断无忌的话说，“卿等皆以突厥定居胜、夏与杨玄感黎阳之变相联系，这根本就是不搭边的事，隋炀帝无道失众，积怨日久，其辽东之役，民为避兵徭而不惜自残手足，杨玄感乘机鼓动运卒反于黎阳，事与戎狄异族无关。朕今发兵辽左，一以辽东本中国之地，高句丽于汉晋时皆我郡县；二为高句丽莫离支盖苏文弑主杀群臣，擅国乱政，凌上虐下，侵掠邻国，断其入朝之路，境内则万民引颈呼救，境外则新罗、百济求援，朕岂能对之无动于衷？”

这时，有兵部职司进报：“将作大监阎立德等于洪、饶、江三州所造大船四百艘前日已告完成，现正载粮沿运河而北。行军总管姜行本并少府少监丘行淹所督造的云梯、冲车，已从安萝山运抵前线。又，远近应募勇士，以及所献攻城器械，不可胜数，正等待陛下亲自损益、钦定。”

“知道了。”皇帝一面说，一面朝禀报官员摆摆手，示意其下去，然后对诸将大臣道，“朕今征高句丽，取士征卒，皆选其志愿者，募十得百，募百得千，听说很多人因不能从军而愤叹郁悒呢。此外，朕又已下令，问罪之师所过邑里，不得劳费官府、百姓，凡诸种种，无一不与暴隋别若天壤，此乃必胜之兆也，众卿不必担心，勿要再谏。”

众臣见皇帝主意已定，不敢再有言语。

皇帝环顾众臣一眼后，将目光最后锁定在玄奘身上，说道：“往昔,苻坚以十万兵征襄阳,得道安,以为神器,举朝共尊。朕今日听法师一席谈,词论典雅,风节贞峻,非惟无愧于古人,反而又出之更远呢。”

“圣上所说极是。”长孙无忌接口道,“臣曾读《三十国春秋》,中叙道安事迹,博识强记,精娴内典,雄辩巧对,无不称绝,故俗有‘漆道人,惊四邻’、‘学不师安,义不中难’之谓。不过呢,那时还属正教初来,所出经论典籍不多,虽然有所研习,但不过枝叶而已,与奘师躬游净域,穷探道源,考核幽微,极尽还灭之理者,又不能比矣。何不如晋之法显,也写一部《佛国记》?”

皇帝听罢,以为言未尽意,于是接话道:“固然,佛国遐远,灵迹法教,前人罕有记述,亟待传闻于后。只是,方今区宇之内,南北虽已抚定,可东西边陲尚有余忧,隅夷之乱易平,讨定西面突厥之扰则需假以时日,为此,朕正计无所出呢。所以呀,朕更乐见在记述灵迹法教的同时,兼而详叙往返途中闻见之山川地理、形胜险要、胜兵甲仗、民情风俗之类,合为一传,既宣扬了佛法,又记录下一段旷世经历,必定更有深义。师若能将《佛国记》扩而成为《西域记》,不是更好吗?”

玄奘见皇帝开口要自己撰写西游行纪,脸上颇觉光彩,心中顿时荡漾起一种旗开得胜的喜悦,于是欣然答应了下来:“陛下圣明,玄奘安排停当之后,即着手编写。”

皇帝审视了玄奘一眼,因又说道:“孟子谓,天将降大任于斯人也,必先苦其心志,劳其筋骨,饿其肌肤,空乏其身云云,实至言也。朕观师既读万卷书,又已行万里路,既成百炼之身,又具宇宙怀抱,博达通明,应物随机,待人恭谨,行事干练,颇有经世理国之才,若一朝去此法服,换着袍带,本朝台阁岂不又多了一颗智星!”

玄奘是个聪明人,不须仔细咀嚼玩味,就可明白皇帝话中寓意:这分明是在劝自己罢道还俗,做皇帝的爪牙手足嘛！所以,刚才还处于兴奋状态的一颗心,一下子又被阴霾所笼罩。他甚至一下子就悟出,皇帝这么快就召见自己,又明明白白地叫写西游行纪,其实主要并非为了弘扬佛法,而不过是为他准备一份经营西域的地图罢了。当然,记下求法路上所见所闻也是自己心之所寄,而且又已经答应,再更改不了,这也就罢了。但要让自己还俗为官,这却是万万动摇不得,答应不得的。所以,皇帝的话音刚落,他便开口道:“玄奘自幼遁入空门,所习乃佛道心学、玄宗微旨,对经世之儒学并无深知,如依陛下驱遣,则无异于舟楫弃水而就陆,不唯使其再无载运之功,实际上是在让它白白地等着腐朽啊。所以,玄奘唯愿终身行道,以报圣恩,若是,则幸矣甚哉。”

皇帝见玄奘情真意切,态度又外柔内刚,志不可夺,于是也就不再勉强,从了他的请求。

玄奘呢,见皇帝不再坚持己见,也就放下了那颗悬着的心。

不知不觉间,谈话已经持续了快两个时辰,长孙无忌看了看殿外的日影,提醒皇帝道:“陛下,现已日近晡时,法师安置在端门内鸿胪寺歇息,再晚回去就不便了。而陛下也出征在即,需要好好养精蓄锐呢。”

皇帝也朝殿外看了看,无奈地摊摊手,站起身来,正要说话,只见兵部司事官急步进殿奏报道:“馈运使太常卿韦挺,未及时疏通漕渠,致使所运军粮六百余艘至鲁思台而前进不得,以玩忽职守罪,现已械押至洛阳,听由陛下处分。”

皇帝听完奏报,脸一沉,袖一拂,说:“兵马未动,粮草先行,此乃村夫野叟都知道的道理,身穿朝服,口吃皇粮,竟然懈怠如此,根本就没把公差当一回事,不要说是用兵时刻,贵在神速,即在平时,也不能心不在焉,是可忍,孰不可忍！传朕谕旨,韦挺除名,永不得为官,以将作少监李道裕代;副转运使崔仁师免职听后处置。”

皇帝说完,就要举步离去。

玄奘一看急了:好不容易有个谒见的机会,还没半个字谈及正事呢。机不可失,时不再来,会见可不能就这样草草收场、结束了。于是,顾不了那许多的讲究,就在皇帝举步的当儿,他也跨前一步,拦住作礼道:“陛下!玄奘还有启奏呢!”

皇帝闻声止步,气消神回,对玄奘歉然道:“朕都被这等庸官气昏了。”停了一下,再定了定神,脸上终于又添了些笑容,继续道,“哎,刚才与师都说了些什么了……噢,噢,师答应写一部西游行纪,朕一定品读,一定。你看,匆忽间,朕与师尚言犹未尽呢。这样吧,师与朕一起东征,你呢,一面观赏沿路风光时俗,一面趁指麾余暇与朕更细细叙谈,如此不就有充足的时间了!师以为如何?”

皇帝的建言,既使玄奘为难,却也让他再次看到了一丝希望。之所以为难,一方面是害怕摸不透皇帝的心思,说不定这一招正是他罢道还俗连环计的一部分呢,只要你随了驾,就不怕你没有被说服的那一天;另一方面,这分明是无法答应的事情,且不说自己对戎事没有兴趣,如果真的随行,这一去也没有个回还的准确日期呀!译经弘法的大事还没着落呢,哪能如此这般去消磨时光?之所以说看到了一丝希望,那是从皇帝的这个表态中可以判断,他并没有就此终止交谈的意思,这无疑是留下了一条后路,只要有路,就有达到目的的可能。不过,眼前最紧迫的事情是如何应对随驾出征的要求,连环计之类的话只能在心里想,绝对不能在口上说;如何谢绝随驾呢,也不能直言不讳,而只能来个弯弯绕。主意既定,他首先摆出的第一个理由是:“玄奘刚刚远道归来,又身兼病疾,随驾之事,恐怕难从圣意。”

皇帝笑道:“此言差矣,与孤游绝域数万里相比,眼前道路不过跬步而已，何足道哉？师不必推辞。”

玄奘见第一个理由没有奏效，于是又想出了另一个原因：“陛下东征，旨在伐乱国，诛贼臣，六军拱卫，谋臣盈幄，必有除纣灭莽之奇功。玄奘未习孙子之书，不懂诸葛之阵，非但不能为雄兵助阵，反而要给陛下平添累赘，岂能无愧？再者，为国家、百姓计，兵戈相见、战斗厮杀在所难免，但这却是释教律条所禁，明戒既在，不敢不奏。伏愿天慈哀矜，则玄奘幸甚。”

本来，皇帝要玄奘随驾出征的话，不过是在不得不暂停对谈时对对方的一种安慰、示好，并非一定要其服从不可，既听玄奘陈述，以为符合实际，说得在理，所以也就作罢了。

玄奘虽然又过了一关，但心里并无丝毫的高兴，因为还是没有切入正题。正题是什么？前面说过了，就是译经弘法，而译经弘法是否顺利开张、进行，关键则在皇上是否支持、护持。在玄奘看来，译经弘法的最好的地点是京师。光就佛典翻译一点来说，量大、难度大，非有众多英髦时彦佐翼不可。京师人才济济，得之则难题就能迎刃而解。但是，能不能如愿以偿，皇上这一关则非过不可。只是此事也不能直截了当地说，否则就有妄自尊大、不知天高地厚之嫌，事办不成还会失了人格。这样一想，玄奘决定退而求其次，以求稳、求成为要，所以，在皇帝准备离去之际，抓住最后的机会，委婉地说道：“玄奘自西国求得梵文佛典六百余部，有意译出弘宣。家乡嵩南有少室山，远离廛落，泉石清奇，林深树密，幽静闲适，拓拔魏孝文帝为西僧佛陀造有少林寺，菩提达摩曾在此面壁九年，创开禅法，玄奘愿追先德遗踪，就寺为国译经，伏愿陛下敕准。”

皇帝听说玄奘要离开长安到嵩岳山中翻译佛经，一下子就急了眼，反应很是强烈，连说了几个“不可”。个中的原因前面已经提及，因为他慧眼识金，一接触就判定玄奘是个旷世奇才，有惊天地泣鬼神的阅历,是自己经营西部边陲的一张活地图、一处储存西域历史现状资料的兰台石室。随着西陲事业经营的进展,相互交往的频繁,他还是一个身边离不开的咨询师、不入簿籍的鸿胪寺官员。何况,"守成"之功还在"收心",得民心者得天下,民心惬则天下安。都说儒家之用在经世,道家之用在养生,佛家之用在治心,要守成,防乱、利养之外,大莫过于劝善除恶。将这样一位僧中领袖留在身边,说不定有派上大用场的时候。既然有了这许多的理由,所以,这回便轮到皇帝沉不住气了:"师西行之后,朕在西京修德坊奉为穆太后建造了一所寺院,也就是师眼下歇息之处,寺中禅院甚为虚静,正是译经的好所在呢。朕就敕准法师长住寺中翻译,不需往什么山里去。"

皇帝的回答和态度,令玄奘喜出望外:以退求进的策略果然奏效了!本来就是心中想要而又不便开口说的事,如今眨眼间就变成了事实!于是他不再犹豫,当然也不再推辞,立即回道:"百姓见玄奘自西域远道归来,颇觉稀罕,争相围观,比市肆还喧闹,既有违治安之法,又妨碍了寺院的法事活动,都是玄奘惹下的麻烦,还盼陛下敕令有司设防,以免生出事端。"

皇帝一听此话,便知玄奘已经答应下来,兴奋之余,便慷慨说道:"师严于律己,朕甚是高兴。法师高奏凯歌,载誉归国,不要说黎民百姓,连朕也稀罕不得了呢!围观之事,不必过虑了。为译经计,倒是应该让法师有个清静的环境,所以,朕当自有处分。法师既不愿随朕东征,可在此停三五日,歇息过后,即还京就弘福寺住止翻译,凡有所需,可与留守司空房公商量筹划。"

玄奘想不到第一步就走得如此顺利,让他对前途充满了憧憬和期待,此时此刻,真有点春风拂面、踌躇满志的感觉呢!

皇帝将离去时,复又关心地问了一句:"师还有什么事需朕发话的吗？”

这一问，使玄奘想起了几日来萦绕在脑海里拂之不去的那桩心事，也就是回到京师西郊漕上，在人群围堵中被引进旁边一所寺院暂宿一晚的事。经过一再回想追忆，终于记起那寺院就是自己西行前夕所住的圣女泉旁的观音禅院，而那领着一队僧众出来为自己排忧解难的胖和尚就是昔日的师兄法山。当年在观音禅院分别时，法山曾表示次日就从大庄严寺搬到禅院来住，看来果真如此做了，并且是在了悟师父化度后接了班。法山的所为很使玄奘感动，既听皇帝如此问，便将当日在漕上的情况说了一遍，思报之情溢于言表。皇帝听后也对寺僧大加赞赏，转身对长孙无忌说：“给留守房公传旨：准敕赐予观音禅院御棍三十六根，以示奖挹护法之功。”

玄奘听得真切，大喜过望，立即伏地叩拜，连称“皇恩浩荡”。

第四十五回

风尘未拂又上新征程　译事开篇铆定大方向

贞观十九年春，二月庚戌，皇帝亲统六军自洛阳出发，经由定州，直指辽东方向，开始了对高句丽乱臣盖苏文的征讨之战。

玄奘与皇帝告别之后，又稍事休息了一段时间，至三月初一还至长安，遵旨正式住进弘福寺。

前面讲过了，这弘福寺是皇帝当年为其母亲穆皇太后追福而兴建的愿寺，具体位置就在朱雀大街之西第三竖街，亦即皇城西之第一街最北的修德坊内西北隅。这里原本是右领军大将军彭国公王君廓的宅第，改建后便成了京城的名寺大刹、皇家的香火庙。寺域宽广，寺宇壮丽，内有十光佛院，殿堂之外，其北部又有果园一区、莲池两方，玄奘师徒所住处乃西北隅之禅院。与寺院的派头相符，这里所住之僧也都是教内的宿学名流、法匠义龙，如智首、灵润、慧斌、文备、明璿、玄会、慧云等等，都非等闲之辈。特别是在上座智首的纲维下，整个寺院虽法侣云集，但却不肃成规，等臭如兰，流芳不绝。玄奘一进寺便觉出了这种特殊的气氛，很是感激皇帝的良苦用心、优宠恩顾。

安顿停当后，玄奘便开始谋划佛典翻译事宜。他参酌汉魏南北朝以来的经验，又根据自己预估的翻译实际，很快便制订出一份职事及所需人员表。在上报的疏文中特别强调了各种职事人员的必备条件：证梵语、梵文者，负责与译主评量梵本原文有无差错，诠定梵义，以便准确对译成华文，故任斯职者必须谙娴梵语、华语和半满、空有理趣；笔受者，负责禀受译主口授梵语，然后以笔转述成华文，故当此任者，不仅必须言通华梵，学综大小、空有，而且还要博物洽闻，通古达今，唯此才能相问委知，顺利下笔；缀文者，负责连缀词句而使之成文，故亦必须具有笔受者的同等素养条件；证经义者，务在核实已译文稿所诠定之义，非谙解大小乘经论者担当不可；字学僧，负责审听梵文，用汉字记录梵文语音……诸如此类，都一一写清楚后，便按皇帝的敕令，很快上呈到了留守梁国公房玄龄处。

而房玄龄呢，因早已得到钦旨：凡玄奘译场所需人、物，务须供给周备，不得延宕。所以，疏上不满月，答复就下来了。

玄奘从祠部官员手上接过名单一看，调遣预席的人员总共有：证义大德十二人，缀文大德九人，字学大德一人，证梵语、梵文大德一人，此外还有若干书手，其他译事所需什物，也都答应一一满足，按时送至。

开始，玄奘为房公办事的迅速颇受感动，很赞赏朝廷这么快就使译场具备规模，使开译的时间比先前的计划提前了许多。后来，当他仔细看完名单之后，却感到其中有所不足，最突出的问题是笔受一职似乎未被引起足够的重视，在人员安排上也就少了些。不过他转而又想：万事开头难，不管做什么事，一开始就要求事事完美，这也未免太苛求了，果子都是由生而到熟，做事自然也要有个完善的过程,皇上既然表示支持,有司方面又答应满足一切所需,自己也就应该知足了。这样一想,他的心也就平静了下来。

玄奘接触的第一个译经班子成员是弘福本寺的灵润法师。此师已在耳顺之年。观其外表,则风格弘毅,举措大方,正行伦据;试其内蕴,则经纶满腹,不仅统括《涅槃》、《摄论》深义,曾先后开讲各数十遍,分别造有疏文多卷,于《维摩》、《胜鬘》、《起信》等论亦能随缘即讲,立意新颖,有异常伦,于《摄论》有关第八识赖耶义,尤有独到见解。据说,在论席上,往往奇论奋发,乃至一座惊愕,众人刮目。听其发言吐气,玄奘便已心有所属,以为其不仅堪当格言证义之职,而且必居同俦之上,为译席所不能缺者。

应调众僧中,年纪最大的是来自益州多宝寺的道因法师,花甲已过。据传,此师七岁丁艰,为报父母养育之恩而立志出家,试诵《涅槃经》,不一日,即通解其义,举寺惊骇,咸称神童。落发之后即行开讲,宿齿名流无不叹服,后又学通《摄论》,每抗音论辩,一如雷惊波注,穷尽微旨,藏牙折角。此外亦专于《华严》、《大品》、《维摩》、《法华》、《楞伽》等经,《十地》、《地持》、《毗昙》、《智度》、《对法》、《佛地》等论,以及《四分律》等,确实是一位三藏俱娴而又特专大乘的法匠。更为难得的是,这位法师还懂梵文,玄奘试着说了一段经文,他听后居然书写无碍,显然也是既能证义又可助校梵本的多面手,玄奘当然是欢喜得珠,赞赏有加了。

给人印象深刻的第三位预译者是道宣律师。一提到这个人,满京城僧众不仅知之甚详,甚至还有所畏惧。史载他生之也奇,活之也神:在胎十二个月始呱呱坠地,时间又正好是释尊降诞吉日,传为毗沙门天王之胤也;有生以来又多感舍利现前、与天人相会。同样令僧众惮畏的是,此师向受律匠严训,恪守持犯,将小乘《四分戒律》会通于大乘,撰疏以明之,筑坛以授之,检约纠谬,一心以护持正教为己任，释种谁不既敬且畏？译事要顺利进行，如何少得了这样的律虎来执行佛之家法？不言中，玄奘已经将此公当成了自己的知友和译场干将。

看完名单，听毕介绍，还让玄奘高兴、惬意的是：预译僧众中，大约有六七成年在而立至不惑的岁数间。当初为了赶时间条疏上报，预译僧的年龄问题被疏忽了，而现在却意外得到了解决，内心里对房公，对有司的那份细心、对译事的长期性、复杂性和高难度的充分了解和估计，深心很是佩服和敬仰。在万机待理的繁忙国事中，他们对译经事宜却同样处理得如此周密、周到、周详，真不愧为治国理政的行家里手。所选送的这些年轻僧人不仅身体壮实，而且也都个个怀抱绝技：郴州昭仁寺释慧立有支道林、释慧远的高风和僧肇、道融的识量，善思，能辩，还写得一手好文章。此外呢，又能正辞正色，不惮威严，很有为法忘躯、赴汤蹈火而在所不惜的气概。京城会昌寺释辩机于志学之年便落发归空，从大总持寺义龙道岳法师习法，聪明敏捷，既通经论，又略懂梵语，而尤长于笔墨，只是本为仙道胤嗣，遗风难改，难免风流倜傥、率性轻狂些，可幸法流湛寂，可以去染除垢，俗不谓近朱者赤吗，长参法席，未必不能成为伟器。其他如靖迈、彦悰、法宝等，或者志操高洁，气性沉厚，于经论有颇深研究；或者性情敏利，咆哮颉颃，认理不让人；或者精通玄儒，兼娴缀习之学，辞笔过人，等等。一个个生龙活虎、踌躇满志，虽然还未上阵，却已让人看到了其骁勇虎气，怎能不令人欢欣鼓舞！

此外，让玄奘既惊又喜的，是其中的几个新罗求法请益僧。一个叫神昉，一个叫智仁，一个叫胜庄，和慧立、辩机、靖迈他们相仿，都是刚过而立之年，当然也都是个个朝气蓬勃。其中最令人瞩目的是神昉，他原住在皇城西第一街最南的布政坊法海寺，不仅通习内外学，精研大小乘经论，而且还谙娴华语、梵文，所以，年纪不大，却已经是有名于僧界，这次就是作为十二位证义大德之一被征调进来的。观其情性，内向，随和，少言语，一心全在佛法上，不谙人事，因此也就无是非，绝纷争，以其心善、老成、持重，所以有“好好菩萨”之雅誉。玄奘不免感叹，有司之选拔，真是唯才是用，不分国籍，不拘一格了。

总体而言，玄奘对这个初步组成的译经班底是满意的。但鉴于当初自己考虑的不周，这些上头选派来的人员还存在前面说过的一些缺陷，所以，当天晚上，他便把嘉尚、普光、法钦、玄觉四人叫在一起，发话道：“弥子们，你们很快又得上路了。”

玄奘说到这里，停了一下，扫了大家一眼。众人一时听不明白他的话，也都愣愣地看着他。

玄奘看在眼里，明白他们的心思，但却只是对着大家微笑，并不立即往下说。

玄觉沉不住气，满腹狐疑地问道：“又得上路了？到哪去？很远吗？”

玄奘还是微笑着，仍然没有往下说。

“不是要我们留在长安一起译经吗？现在正组成译场，准备开译，为何又要我们走？”平日里花点子最多的法钦，这时也拐不过弯来，说道，“难道皇上没有钦许师父所请？”

一扯到皇上，玄奘却急了，唯恐弟子们万一言语不慎，闹出麻烦来，于是赶忙说道：“别瞎猜了，皇上不仅钦许了所请，而且还亲自指定了翻译场所，敕令有司满足译场一切需要呢！”

“那是不是用不着我们，放我们回高昌啦？”玄觉没有注意师父的情绪，更没有去领会其话中的深意，急着这样问道。

没想到，玄觉的这句话引起了其他人的共鸣，惊讶的神色中都带着一点失落。

玄奘本来是想考考弟子们的智慧，知不知道将要叫他们干什么，没想到他们想歪了，发急了、失望了，于是正色说道：“如果为师的没有猜错，你们现在好像是在埋怨：‘要知道是这样的结果，当初同意我们回高昌不就好了？’想得美！为师的巴不得你们都来个分身术，一变为二、为三呢！”

嘉尚仍然不明白师父的心思：“那师父怎么又叫弟子们上路呢？”

玄奘见弟子们仍然找不到答案，便这样问道：“生活是不是就像一条很长的路，是不是也要一步一步地走下去，一程接一程？十七年的求法请益生活是不是只是人生旅途中的一段、一程？求法请益结束了，是不是还要继续走下去……”

“那师父的意思是说，翻译佛经就是新的征程！”嘉尚恍然大悟，转忧为喜地打断玄奘的话。

其余弟子也立即高兴起来，齐声道：“要译经了，又要开始新的行程了！”

玄奘点点头说道：“对啦，译经就要开始了，新的长征又要开始了。”

“长征？征途有多长？也要十七年？”普光这样问。

玄奘略一沉吟，回道：“十七年？恐怕不止。对为师的来说，纵便毕此一生，也未必能走完。对你们来说，就更是一段考验耐力、恒心、颇费攀登的漫长路程了。所以，今儿把大家叫到一起，就是想对你们说，大家要有足够的思想准备，足够的吃苦耐劳精神，勇敢地去承担大任，干一番轰轰烈烈、利益万世的伟大事业。为什么对你们说这些？因为呀，从眼前选调来的预译人员情况看，没有你们参加进来不行，你们不抓紧时间加强文化修养也不行。少了你们，梵文、梵语的力量就太薄弱，而你们如果没有足够的坟典玄儒方面的知识、涵养，则难于胜任笔受等职。因此，你们眼下的要务是赶紧补课，‘增益其所不能’。为此，从今以后，你们即开始和其他参译人员一起吃住。”

弟子们一听，不明其意，便议论开了：

“那谁来照料师父？”

“这与‘增益其所不能’何关？”

……

玄奘待他们议论停止，遂问道：“你们谁知道，孟子为什么能成为大儒？”

普光脱口道：“孟母三迁得其所……知道了，知道了，师父是让我等与诸大德一起生活，多接近他们，争取有更多机会向诸大德法师学习。”

嘉尚等听后恍然，踊跃表态道：

“没问题，我等一定按师父说的去做。”

“只要是为译经，能尽力，我等都会努力。”

“我们绝不会辜负师父的期望！”

译经班子有了着落之后，玄奘的一门心思便都集中到了制订翻译计划上。十七年几万里的求法路，很长，艰难险阻很多，很能考验人的意志和毅力，但由于主要的任务是吸收、取来，只要你有大海、天空的胸怀，就可以做到兼收并蓄，保证虚往而实归。而佛经翻译呢，看似简单，不过是坐在房子里抄抄写写的问题，既没临渊履薄的危险，也无行住衣食之忧。其实不然，选择什么经典翻译，按照什么标准、遵循什么原则翻译等等，这不仅决定着翻译质量的好坏，更重要的是关系着弘法的大方向，所以，光有意志和毅力，光有吃苦耐劳的精神是远远不够的，要做好这件事，还非得有大智慧、绞一番脑汁不成。

又经过了一个多月的深思熟虑，玄奘终于定下了开译的日期：贞观十九年五月初二日。

自是年正月二十四日求法还至长安，到这时正式开始翻译，满打满算，前后相隔也不足一百天。日夜兼程、长途奔波的困惫还来不及消解，紧接着又赶到洛阳一趟，又是一个月的车马劳顿，剩下的两个月，则全都用在译事的运筹、计划上，所以，在这一百天中，玄奘其实一直在殚精竭虑、呕心沥血地操劳着，这是怎样的精神和毅力啊！要是没有一份对释尊及其教法的虔诚深衷，要是没有一份对苦难众生的悲悯情怀，要是没有一份对事业的忠诚和责任心，那是无论如何做不到的。

那么，在这亘古未闻的庄严事业中，玄奘是怎样开的头呢？

经过缜密的思考，他做出了如下的决定：译场揭幕的第一日，同时开译《六门陀罗尼经》、《大菩萨藏经》、《佛地经》和《显扬圣教论》。

嘉尚几个弟子知道师父的这个安排后，甚为不解。玄觉首先忍不住问道："既然是亘古未有的译事，为什么不从一个大部头开始？"

"是呀，师父，你不是老说生命有限，时不我与吗，为什么不趁精力还充沛，精神还好的时候挑难的、大的先干呢？"

玄奘听后反问道："你们是不是认为《六门陀罗尼经》是一部小经，不应该放到第一天来翻译？"

弟子们口上没回答，但表情上都承认就是这个意思。

于是，玄奘为他们解释道："别看这《六门陀罗尼经》篇幅短，文字少，内容却重要着呢。它是释尊在净居天众妙七宝庄严道场为薄伽梵和无央数菩萨所说的陀罗尼法。你们知道，所谓陀罗尼，其实就是佛所说的法语和咒语，按照法语去做，念动咒语，就能得到一种神力，使持善法而不散失，持恶法而不令生起。此经的法语内容是释尊的一番表白，他说：‘我在生死轮回中所受过的诸苦，愿众生不要再受；我所享受过的富贵快乐，愿众生都能享受；我如果作了恶、干了魔业，又未曾悔过、觉悟，则绝不会说自己得了无上佛法；我所励行的布施、持戒、忍辱、精进、禅定、智慧诸波罗蜜多法，愿一切世间、出世间的广大善根都同样具有，并且速证无上正果；我能证得解脱，愿众生也皆得解脱，不再住着于生死、涅槃之中。’之后，释尊念了一道秘密咒语，并咐嘱道：‘一切有情善男信女，如若能每日六时念诵这些法语和咒语，就可以消灭一切业障和诸恶，很快证得阿耨多罗三藐三菩提’。这阿耨多罗三藐三菩提就是一切真理之无上智慧。”

弟子们听了，面面相觑，明显地是在表示：仍然不理解。

玄奘看出了弟子们的心思，但没有立即直接去解释，而是说：“翻译一门，周秦时代已启其端，那时的译官，东方称为‘寄’，南方称为‘象’，西方称为‘狄鞮’，北方称为‘译’，故史有象胥氏通六蛮、狄鞮主七戎、寄司九夷、译知八狄之说。大汉朝时，因为北方多事，那里需要的翻译人员多，‘译’被经常地、广泛地、大量地使用，于是也就逐渐地取代其他名称而通用于全国。而佛经翻梵为汉，则是华夏大地有明文记载、有史实可查的最早翻译实例，如《四十二章经》者是。在大唐以前，佛经翻译大概经过了这样的历程：由散译到有计划翻译，由私译到集体翻译，也就是译场翻译，由直译到意译，译事分工越来越细，译场组织越来越严密、完善。一般而言，但凡译席开张，都有隆重的仪式。你们在天竺住了十几年，知道那里的习俗，其文句多为偈颂形式，音韵入弦，适合歌咏，觐见国王须赞其德，拜佛则须歌叹。中国的法事活动深受天竺国俗的影响，就译事一项而言，开译前要装饰坛场，以香、花、灯、水、豆、果设供，持念秘密咒七昼夜，旋绕礼拜，祈请冥佑，殄除魔障。”

玄奘说到这里，担心弟子们听得不耐烦，停了停，解释道：“为师的之所以要扯那么远，说那么多，就是要说明翻译事业的源远流长，说明它很重要，尘世间不同种落、不同国家的交流，都是靠翻译来搭建桥梁、沟通感情、传播文化的。礼仪，仪式，也是一种文化，它不只是一种形式，还是一种准则，还包含着一种誓愿。释尊在《六门陀罗尼经》中所说的法语和咒语，是要向诸菩萨及有情众生展示其无缘大慈、同体大悲、宇宙般宽广的大爱胸怀，同时也期望诸菩萨及众生都具有同样的胸怀，并最后达到证性成佛的目的……”

普光未等玄奘说完，便插话道：“师父的意思是，将《六门陀罗尼经》安排在头天翻译，而且当天就译完，就是借释尊的法语，宣个誓，表个态：今儿个翻译佛经，完全是为了拯救长陷六道、生死不息的苦难众生，祈求释尊咒语发大神变力，加持护佑，使译事能够善始善终，功德圆满。”

玄奘听了普光的话，心里很赞赏这弟子的聪慧、机灵，但嘴上却没有说出来，而只是念道：“阿弥陀佛，善哉，善哉。”

不过，弟子们的疑虑并未因此得到全部解决，虽然再没有人发问，但似乎又都在等待着师父的下文。对此，玄奘也很理解。可不是吗，求法的收获，除众多佛像、舍利不说，光是经典一类就有大乘经二百二十四部、大乘论一百九十二部、上座部经律论十五部、正量部经律论十五部、弥沙塞部经律论四十二部、说一切有部经律论六十七部、因明论三十六部、声论十三部，合共五百二十夹六百五十七部。如许多典籍又分属法相宗类、法性宗类、大乘的其他宗类、小乘各宗类、叙述宗派源流类、讲学问的工具书和外道书等等。

其中，重要的大部头经典着实不少，为什么不挑它们先译，而偏偏看中仅有二十卷的《大菩萨藏经》？仅仅看中、看重也就罢了，还要放到第一批、第一天来翻译？这到底又是出于何种考虑？动机、出发点又是什么？

玄奘看着弟子们仍然迷茫不解的神情，笑了笑，继续解释道："当然，超过百卷以上的大部头经典确实不少，也都很重要，但《大菩萨藏经》已有二十卷，篇幅也不算短啊。况且，先安排翻译此经，并不等于不译那些大部头了，相反，正是为了让大家有个明确的方向，有足够的信心、恒心和毅力，能攒足劲去攻克那些大部头，所以才作了这样的安排呢！"

因为嘉尚等人没有看过《大菩萨藏经》，不知道此经都说了些什么，当然也就不知道它的重要性，所以听毕玄奘的话后，还是一头雾水。

玄奘为了解开弟子们心中的疙瘩，同时也想趁此机会介绍介绍这部经典，于是继续说道："你们可知道，大唐境内如今所盛弘的正法属何派别？是大乘法，最上乘法。自姚秦世鸠摩罗什法师入关翻出大量大乘经典，并加以弘扬，大乘佛法便在中夏大地找到了最广阔的家园。不过呢，以玄奘入道以来参访、问道的情况看，中夏所传正教，不唯有大乘，也有小乘，各擅宗途，说法迥异；即大乘教内，义学的歧异，宗派的对峙，也比比皆是，随处可见。如宣扬《地论》的分为南北两派，在佛性问题上有四宗五宗之说，或主张佛性乃与生俱来，或主张佛性是经过熏习之后才具有，或以万法生成于真如缘起，或以第八识阿赖耶才是宇宙之本源……诸如此类，一言难尽。玄奘虽前后参访过众师，备餐其说，无奈求签无地，仍然不得要领，所以才萌生西游、追根究底的大愿。十几年中，你我师徒在五天都做了些什么，你们都亲眼看到了，了解了，感受到了。

瑜伽学是大乘教的最高发展阶段，唯识思想经过阿含、般若、中观、瑜伽几个阶段的递进发展，释尊的教理也随之更加系统、更加严密、更加圆熟、更具有理论性。可是，令人担心的是，如此利益众生的瑜伽学不仅不为小乘人接受，就连大乘中观人也在飞短流长地批评、抵牾，仙乡佛国也难免诉讼纷争、宗派对立、门户争长的恶斗。你们还记得为师的在杖林山从学于胜军论师时，曾梦见寺院变成牛圈，村邑被火，金人指示赶快还国的事吧？这不正是五天正教将衰的征候吗？这一点，连罗阇室利公主都看出来了，她不是在临别时又是赠送大象、又是叮咛你我师徒要把大法传归大唐、并且发扬光大吗？"

嘉尚听玄奘如此一说，也觉得不仅责任重大，而且是责无旁贷了，说道："既然如此，为什么今儿个不从这紧要的、大部的开始呢？"

玄奘不慌不忙地回道："但凡做事，事先都得定个方向，向哪走，怎么走。有了准备，有了明确的目标，做起事来不就顺当多了？"

普光听后插话道："师父是说，先译《大菩萨藏经》，就能解决上面的这些问题了？"

玄奘没有直接回答普光所问，而是说道："这《大菩萨藏经》不是讨论什么专门性理论问题，而是一篇总结性的大文章，在总结中将大乘佛法发展至今的所有法门进行了一次全面系统组织，可以说是翔实地记录了大乘佛法发展成长的轨迹，让人看后便可明白大乘佛教是怎样由昨天走到今天，由低走到高、走到成熟，它与外道有什么异同，它比外道高明在哪里等等。在对全体法门的组织中，特别强调了四无量心、六波罗蜜和四摄，认为对一个大乘行者来说，最重要的，首先是具有慈、悲、喜、舍这广大而无可计量的四无量心,因为慈能生爱,能给予众生一切乐,悲悯则能生发拔苦济困之行,见众生乐而乐,把给予众生快乐和拔苦济困当成是最大的舍,不图任何回报。有了这样的情怀,也就植下了善根,种下了善因,生出了善心。有了这样的根器,就有了修道的基础。如果说四无量心是对行人心理上的要求,那么,六波罗蜜就是一种行为规范,因而也就是各种法门中的最核心部分,施舍、持戒、忍辱、精进、禅定、智慧六波罗蜜具有依次生起的密切关系,即先是舍除世俗物与利而出家习法;既出家则须受持戒律;持律护戒则须忍受种种屈辱、谩骂,既能忍辱,则修道便可勇猛精进;一心既在修道上,则五根便可调伏、息虑、入定;既入定则可悟彻、究竟真如法界。因此,修此六波罗蜜还可对治悭吝、邪恶、恚心、懈怠、乱心、愚痴,有利于行善止恶,自净其心。六波罗蜜既是行者自度自化的法门,同时也是化他度他的法门,是一组连环扣,缺一不可,否则就难以了脱生死流转而成就一大事因缘。四摄是什么,就是布施摄、爱语摄、利行摄、同事摄。摄就是感化、导引的意思,四摄就是通过财、法布施、善言慰喻、善行饶益、同事同乐这四种方法、手段,感动众生,化解其疑问,使其亲近行者,对正法生起信、愿,最终入道修行。四摄实际上就是六波罗蜜法门的扩大、延伸、外化,虽然大都说得抽象、笼统,但却具有更普遍更实际的意义。在全部法门之中,六波罗蜜位居中心,是核心部分,而六波罗蜜的重点则是智慧,即用智慧去化己、度人。大乘教的所有其他法门都可以融摄、划归以上四无量、六波罗蜜、四摄这三大行门之中,而这三大行门又集中体现了大乘佛教自利利他、普度众生这个最大特点,是释子应当永远坚持的大方向……”

“《大菩萨藏经》虽然包括了大乘佛教的全部法门,显示了大乘法的重要性,可它并未能突出瑜伽学的最高地位啊!”普光打断玄奘的话，这样说。

法钦似乎也发现了问题："师父最倾心、最用力的不是瑜伽学吗，《大菩萨藏经》对此并没有更多地强调呀。"

"你没看见师父还安排了《显扬圣教论》在第一批中翻译吗？"普光回道。

但法钦仍不明白："那又怎么样？"

"我听师父说过，《显扬圣教论》是对《瑜伽师地论》学说的重新组织，是《瑜伽论》的纲要性著作，是法相唯识学所依据的十一部论著之一。"普光说完，转眼望着玄奘，似乎在等待着他的评判。

玄奘对普光微微点了点头，表示肯定，脸上充满了喜悦和慈祥。

"那师父的意思是：先撷朵莲花示人，然后让它引导你步入夏荷满池的园地。"法钦顿时觉悟，而且文思大发，颇为得意地这样说道。

玄奘与其他弟子一听，都会心地笑了，就像正在面对满池绿荷红蕾一般。

第四十六回

上《西域记》受青睐得意　求《圣教序》被婉拒失落

翻译拉开序幕以后，玄奘的生活就像河里的流水，脚步再也停不下来。不仅如此，他往往还要快马加鞭，日夜兼程，分明地是在争分夺秒啊。

为了方便玄奘起居往来，弘福寺专门腾出其所住禅院附近的一座大殿作为译经堂。殿堂是七开间的重檐歇山顶建筑，宏伟壮丽，足够宽大的了。玄奘作为译主，自然是居中靠壁面南而坐，两旁分别为证梵语、证梵文大德，左右相对各设三排几案，是证义、笔受、缀文、书手等大德的座位。如此一来，原来看似宽大的殿堂，如今竟是满满当当的，真可谓济济一堂了。

为什么会这么挤？一是按职事分工算，本来人数就不少；二是玄奘为了抢时间、赶速度，在翻译开始后不久，即同时、同堂翻译两经，笔受和书手的人数自然也就相对地增加，这样一来，原来显得宽大的地面当然就显得小了。

为什么能同时同堂翻译两经？这得先回过头来交代几句：前

代翻译佛经,因为译主都由西来的梵僧或胡僧担任,他们谙娴梵语或胡语而疏于华语,所以,翻译的时候,一般是由译主用梵语诵出经文,然后由笔手用梵文记录下来,然后再倒写成华文,最后再进行连缀、修饰、润色。这样一来,一是行文中难免有增损失实的现象,二是所费时间太多,事倍而功半。玄奘则不一样,无论是华文还是梵语,他都有很深的造诣,加之经义法旨又全由他一人定夺,念出梵语之后立即翻成唐言,出语成章,辞理明达,执笔承旨者据而随写,写出即可披玩,如此一来,自然是事半功倍了,不仅质量有保证,而且也大大地节约了时间。所以,同时、同堂翻译两部经,对他来说,真可谓游刃有余呢。

这种效率,从译经堂现场就可以看得清清楚楚:玄奘诵出《大菩萨藏经》中的一句,道宣律师等一拨人马便忙着记录、删缀词理;趁这空儿,玄奘随又拿起案头上的《显扬圣教论颂》诵了起来,辩机等一拨人马随之也动起手来,或许是因为年轻气盛,脑子活灵,所以动作特别快,虽然动手在后,但却比道宣那边完成得快。就这样,玄奘轮流念诵,两拨人马轮番记录、书写,无形中在你追我赶着,就好像是在进行一场比赛似的,虽然没人催促,没人监督,没人裁判,也没人设限,可全场的人几乎都在噤声静气地埋头工作着。

辩机写完最后一个字,夸张地挺了挺腰,又长长地舒了一口气,然后看了道宣律师那边一眼,没有声音,也没有动作,但那表情却是无声胜有声。

玄奘这时已经拿起《大菩萨藏经》准备继续诵出,但眼角的余光却注意到了辩机的神态。他也没有声音,没有动作,但心里却在想:这小子的确聪颖机敏,身手快捷,同侪难有过者,但愿他不要因此而轻狂起来。不过,话又说回来,狂傲往往是才子的通病,“靡持己长,得能莫忘”的劝诫对他们是不起作用的……这样想着时,心里笑了笑，也就作罢了。

也许就是这种爱才的心态，使玄奘没有太在意辩机的小节。不仅不在意，甚至在看了他笔受的文字之后，还给他增加了一项特殊的任务：协助自己编写《西域记》，由其耳听笔录，连纰成文。果然呢，他也能吃得了苦，耐得了劳，不论是晚上加班，还是假日抽闲，都是随叫随到，从不拖沓，这都不说，最让人赏识的是他的一种精神。什么精神？且看刚刚说到的同堂翻译两经的那天晚上发生的一件事：

当时，玄奘和辩机加班继续编写《西域记》，玄奘在陈述南天竺达罗毗荼国国情时说："其国有天祠八十余所，多露形外道。"

辩机听毕，良久并未动笔记录，似乎在等待玄奘往下解释。玄奘则以为话已说得再明了不过，不知他为何木然不动，于是反过来用疑问的目光看着他。

辩机见状，只好开口道："三藏你在讲三摩咀吒国、羯陵迦国两国国情时，都明指'露形'外道就是尼乾子天衣派，可这达罗毗荼国，还有以前所讲的珠利耶国，都只说有天祠多少多少所、'多露形外道'，又更前所说的毗舍离国，则更简而为'天祠数十，异道杂居，露形之徒，寔繁其党'，这几处都未说明露形外道是尼乾子天衣派呢，还是婆罗门教中的苦行者，三藏能否说得更明确些？"

玄奘听后很是惊诧：这样的细微处他都能记得如此清楚，打上问号，追根究底，设若不专心，没有较真的态度，那是无论如何做不到的。赞叹之余，玄奘坦白地回答道："贤俊正问到是处了呢。先说那毗舍离国，其境圣迹实多，有维摩诘居士及其子宝积的故居，有维摩诘居士讲经处，还有菴没罗女园、释迦文佛说自己即将涅槃之处、如来说普门咒的重阁讲堂、七百贤圣结集处、阿难寂灭分身处等等，连日巡礼，又急着赶往摩羯陀国，所以无暇细询有关异道详情，表面看又没有尼乾子或天衣派的明显标志，一时难分其派别，只好如此简约说之。至于其他两国，均为周游五天时所历，因行色匆匆，有关情况都是从同路道友那里听来的，连我也留了一肚子遗憾呢，不足之处，只好让后贤去琢磨考证了。”

这辩机听玄奘说自己问得对，就像得了头奖似的，既得意，又更来了劲，于是换了个话题再问道：“还有提婆达多，也就是调达这个人，三藏在讲摩揭陀、室罗伐悉底、羯罗拏苏伐剌那、拘萨罗等国时都说到了他的情况，或说他连怀胎的母鹿都要杀害，或说他放出醉象欲害如来，或说他从远处向如来投掷石块，或说他想用毒药害死如来，以此缘故，正信的人们都把他看成是个坏到骨子里的家伙；可你同时又讲到，他曾经精勤苦修十二年，诵持法藏竟有八万颂之多，又有三十大人相，与释迦文佛相去不远，也同样有大众围绕拥护，在持戒上甚至不食乳酪，比之释迦文佛还严格。照此看来，此人似乎又并不是很坏，甚至还有他的长处。前后所说，判若两人，不知哪个才是他的真面目？”

玄奘听罢，心里又是一震：这小子还真是不同凡响，很有主见呢！一面这样想着，一面回道：“记事嘛，最重要的是如实，玄奘只是怎么听来就怎么说，好坏都由事实说了算。而事实是什么呢？事实是，释迦文佛涅槃后至今已千年，正教大法已经广泛传布，长成参天大树，而提婆达多却不过是大树下一棵猥琐的蒿草。为什么会是这样的果报？贤俊必知，佛法的根本是远离贪瞋痴，去恶从善，自净其心，益世利人。提婆达多却反其道而行之，生嫉妒心，认友为敌，以邻为壑，可证其所谓诵得八万法藏者，不过是只得皮毛，未得精髓；所谓‘大众围绕’之说，也不过是自诩罢了；饮食之戒虽严，却是只知乳酪可‘镇婴儿饥苦’，不知以智慧解众生三途六道之难。如是而观之，其真面目还不了然可见吗！”

经玄奘这样解说，辩机终于无语。而玄奘呢，越发将他当宝贝一样看待了。为了使他百炼成钢，自然还必须不断地往烘炉里加炭，于是，玄奘在他的担子里又添了些斤两：让他又笔受了《佛地经》，自然，结果也令人十分满意。

人忙的时候，时间就像一阵风，无声无息，倏地就过去了。时下已是贞观二十年的流火之月，虽说火星西流，秋声已闻，而实际上呢，关中平原上的热浪却没有一点儿退却的意思。京师长安城里因为屋多人多，闷热的程度尤其不堪忍受。市井小民耐不住矮房陋室的高温，不得不在大街小巷上放倒门板或铺张席子，赤身露膊地坐着或躺着，去享受偶尔吹来的夜风，借以消暑解热。但是，众多佛寺里的僧人就没有这等自由自在的福气了，再热的天气，也只能待在寮房里读经习法、休息睡觉，而且还不能赤身裸体、除汗止燥，只能靠既具哲理又含甚深禅味的那句“心静自然凉”的话去消暑了。

这天晚课过后，玄奘便准时到了译经堂，准备完成《西域记》的收尾工作。往常，辩机总是比玄奘早来一步，可今天，玄奘到殿时，里面却是空空如也，等了半个时辰，还是不见影子。天气这么热，又遇上这等事，要是别人，早就急躁乃至光火起来了，但他凭了长期修炼而成的宁静平和涵养和制心息虑功夫，无论是面庞还是内心，都依然平静得像一湖澄水，似乎什么事也没有发生。此后，他一面看经，一面等候，如此这般地又过了半个时辰。后来，他瞄了瞄门外，还是没有任何动静，于是便放下经卷，起身走出了译经堂。

玄奘绕过十光佛院，习惯性地往院北藕池走去，一因那里正荷叶被浦，芙蕖凌波，清香沁腑，不啻为一个洗心醒脑的好去处，以是故，一旦有空，他便要到此一游，短则停留片刻，久则流连忘返，如果有事寻他，禅院、寮房找不着，到此则必能见到其人；二来呢，从藕池往西数十步即是起居的禅院，从译经堂到藕池，再回禅院，不仅没走一步冤枉路，而且还是一举两得的事情。这样一来，在此停留止步就是经常的事了。

这晚，他在往前走的时候，头是低着的，但既不思也不想，脑子里就像没有星月的夜空，寂静而空旷。

忽然，从藕池方向传来隐约的喃喃声。玄奘心想：都二更时分了，谁还在这池边玩耍？为了弄个究竟，于是便蹑着脚径直往那边走了过去。

快到跟前，发现竟是嘉尚、普光、法钦和玄觉几个弟子，他们正围在池边的一方石桌坐着，石桌中央是一盏摇曳闪烁的豆灯，每人面前都摆着一本册子。

弟子们并未觉察师父的到来，所以仍然在念念有词地说着什么。玄奘冷不丁地从背后问道："你们都在看什么书，这样津津有味的？"

弟子们回头一看是玄奘，唰地站起身来，齐声讶道："是师父呀，你不是和机师在一起写《西域记》吗，怎么到了这里？"

玄奘与他们一样，也没有回答对方的问题，只是紧紧地盯着石桌上的册子。

嘉尚他们见状，并不隐瞒，一个个要将册子拿起来给玄奘看。

玄奘示意弟子们都坐下，之后便弯下腰去看那些册子，看一册，念一声："《尚书》…《诗经》…《论语》…《墨子》……"

看完大家面前的册子，见灯旁还有一册，于是伸手拿了起来，一看，有点出乎意外地说道："哟呵，还有《尔雅》呢！谁看的？"

法钦见问，应声道："是我从字学大德玄应法师那里借来的，不知是否对译经有用？"

“自然，这是华夏民族最早讲文字、讲训诂、讲音韵的书，从根本上、源头上了解了解祖先是如何用文字记述历史、表达情感，裨益多着呢。”玄奘答完法钦，又看了一眼诸弟子，颇得安慰地说道，“看来，大家都行动起来了，很好，很好。”

嘉尚回道：“师父布置的功课，能不完成吗！”

“是呀，能不完成吗！”其余弟子同声附和。

玄奘似乎没有听见他们说什么，微微地皱了皱眉头，又问道：“你们各人看的并不相同，为何还聚在一起？”

“为了学得更多、学得更快呀。”普光抢着回答说。

玄奘不解：“怎么讲？”

普光比画着回道：“我背诵《诗经》的时候，玄觉帮着监听，反过来，玄觉背诵《论语》的时候，我则帮着监听，嘉尚与法钦也一样，如此一来，阅读的书不就多了一倍，如果四个人都这样轮流背诵，轮流监听，不就等于一个人同时阅读四本书了。”

玄奘听后，颇觉有趣，称赞道：“这倒是个好办法，事半功倍呢。”略停一会儿，复又问道，“只是不知如今都有了什么收获？”

因为没有思想准备，众弟子一时无语。

嘉尚想了想，这才开口道：“在求法的路上，听师父说起上古的故事，便觉得稀奇，不可思议。现在看了《尚书》，便更加具体知道上古先人是如何的聪明、睿智。一千多年前他们就详细地记录了华夏民族发展的历史，总结出了一套正身齐家、经邦治国的道理，虽然讲的都是俗事俗理，但却是华夏民族生生不息积累下来的经验，什么‘明德’啦，‘慎罚’啦，‘保民’啦，实在了不起啊！而且呢，文章也写得很好，绘声绘色，生动形象，实在值得我等学习啊。”

“《诗经》也是这样的呢。”普光紧接着嘉尚的话头说，“一千多年前的古人就能吟出如此这般美妙的诗篇了，语言虽然很简约，却给人描绘出了先人各种各样的生活场景、情感波澜，有地狱，也有极乐世界；有呻吟，也有笑声。不管是痛苦还是快乐，都一样是情景交融，让人有亲临其境的感觉。那比兴、象声的写作手法，同样是尽善尽美，逼真贴切，灼灼桃花，依依垂杨，霏霏雨雪，苍苍蒹葭，虫声，鸟鸣，日照，星光，诸如此类，都是看不够、赏不厌的图画丹青，读着这些诗，就像唱着歌在画廊里行走呢。”

法钦在听普光发言的时候，态度有点不以为然，待他一说完，便说道：“其实呢，《楚辞》，尤其是屈原的《离骚》，情节曲折生动，起伏跌宕，希望与失落交替，坚持与放弃反复，辗转徘徊，踌躇踯躅，真挚，悱恻，加之景致神奇多彩，既使人荡气回肠，肺腑震撼，又让人不胜遐想，情趣横生。诗人自幼修心、正身，立志报效祖国，却忠而被疑，贤而招妒。在被排斥疏远后，仍然竭尽其诚，冀伸其志，上天下地，驾玉虬，乘鸾凤，役羲和与望舒，使飞廉并丰隆；时而苍梧县圃、咸池扶桑，时而白水阆中、流沙赤水；聆训诫于女媭，就重华而陈词；之阊阖，游春宫，求有娀之佚女，追有虞之二姚。然而哲王不寤，闺秀邃远，不得已而问前途于灵氛、巫咸。最后下定决心离开眼前这个浑浊的世界，指西海以为期。然而，就在八龙婉婉、云旗逶迤、奋蹄远去的途中，却忽然临睨旧乡。此时，仆夫含悲，御马蜷局。终于，他放弃了远游，不舍，也不忍离开自己的故国。但想到怀乡、恋君之情人莫我知，怀抱终难实现，于是不得不从彭咸之所居，安排命运的最后归宿。叹只叹啊，终于未能开辟出一条自救、救国的道路！”

听了法钦的话，玄奘正想说些什么，可还未开口，玄觉已经插进来讨论：“我看墨子的学说也是挺有意思的。他主张任用贤能，为官于朝，有能则举，无能则下，与孔夫子的‘亲亲’政策大不相同；此外还主张平等，认为官无常贵，民无终贱，反对强劫弱，众暴寡，诈谋愚，贵傲贱，富侮贫；主张兼相爱、交相利，爱人则若爱其身，亏人自利是一切罪恶的根源。禁恶劝爱叫作义，义是天下的大器、良宝，以是要鼓而进于义。这也与孔夫子之'爱有等差'大不相同；其余还有非攻啦，节用啦，禁止过度的兴礼作乐啦，等等。他的这些想法做法，与释尊的众生平等、大慈大悲、止恶扬善是不是很相似呢？”

玄奘听着弟子们的议论，心里颇觉高兴。才两个多月，弟子们在补习传统文化方面就有了这样的成绩，实在难能可贵。不论其认识是深是浅，正确与否，千真万确的事实则是，他们已经在努力学习，而且各有见解，剩下的只是个坚持不懈、继续积累、消化融会、进一步提高的问题。于是，他笑着鼓励说：“真是'三日不见，当刮目相看'啊！不仅读了书，了解了华夏的历史、先圣的智慧，还知道将华夏文化与五天正教联系起来比较、思考。善哉，善哉。”

就在众人说话的时候，从藕池北边传来一声异响，因为夜深人静，那像重物落地的嘭然之声显得特别清晰。被惊动的众人寻声望去，只见不远处的池边有人影晃动，普光不由自主地喝问道：“是谁？”

黑暗中的人影本欲往藕池的另一边走，听到喝问后，知道自己已绕不开，避不了，便转过身朝普光他们走来。

既近，众人看清来者面孔后，颇为诧异，齐声道：“是机法师呀！”

这机法师就是辩机其人。他看见玄奘也在场，所以没有应答普光他们，而是朝玄奘道：“这么晚了，三藏还没有歇息？”

“还没有呢。贤俊也没有歇息呀？”玄奘这样答道。

辩机知道有个问题无法回避，于是便主动说道：“今晚有个朋友相约，来不及向三藏告假，便走了。回来后即到译经堂，见三藏不在，便到这里来走走。”

玄奘一面听对方说，一面用手掸了掸辩机衣衫上的尘土。

“噢噢，是刚才在那边不小心绊了一跤弄脏的。”辩机笑着回答，但笑容有点儿不自然，答毕，他转而问道，“三藏与他们在谈什么呀？”

玄奘从嘉尚手中取过《尚书》给辩机看：“他们出生在边陲，又自小出家学道，随后又西行求法请益十几年，三坟五典、八丘九索之书不用说，就连夫子整理的五经及诸子学说也知之甚少，为了适应译经的需要，现在正在努力补习呢！”

辩机瞧了瞧玄奘手上的《尚书》，又瞥了普光他们一眼，颇不以为然地说道：“还来得及吗？”

玄奘护犊情深，怕辩机的态度和话语打击了弟子们的积极性，赶忙说道：“嘿，事在人为嘛，事成不成，来得及来不及，就看做不做，有没有决心、恒心、毅力，就看精进不精进，就看能不能坚持到底。如果把乌龟的精神和白兔的速度加起来，路再长，还怕走不完？对么？”

“三藏所说固然在理，但实际还是实际。”辩机仍然坚持己见道，“后学本是老道嗣胤，志学之前就已耳濡目染了先贤古德学说，出家之后又得到郢匠斧正，所以才有今日。他们呢，都快不惑之年了，岁数一大，脑子已经不灵，过眼即忘，记不住东西了。”

说到这里，他又瞥了嘉尚他们几个一眼，补充道：“不过呢，谋事在人，成事在天，诸位加油吧。不耽误大家了，我先走一步。”

辩机向玄奘作了个揖，便扬长走了。

望着辩机渐行渐远的背影，嘉尚等几个议论开了：

“我听他话里有股酸味儿，什么意思嘛？”

“是呀，不阴不阳的，真弄不清他说的是黑还是白。”

“怎么弄不清，不就是说你我别白费劲了。”

“嘿，管他说什么干啥，自己拿主意就是了。”

“是啊，做自己的事，走自己的路就是。”

……

玄奘没有注意弟子们在说什么，他望着辩机渐行渐远的背影，心里颇觉黯然，就像头顶上悠然飘过的那片浓云将皎月的光芒遮住了一般。

又赶了几日，译经场的第一批成果终于在七月中旬出来了，共得六部五十九卷，具为《六门陀罗尼经》一卷、《大菩萨藏经》二十卷、《显扬圣教论颂》一卷、《佛地经》一卷、《显扬圣教论》二十卷、《大乘阿毗达摩杂集论》十六卷，前后共历两个半月。都说万事开头难，可才用了这么点时间，就取得了这许多成绩，玄奘心里当然是很高兴的了。这区区几部经，与他规划的宏图相比，或许只是九牛一毛，不足挂齿。但不管怎么说，总是开了个好头，奠定了基础，增强了信心，意义无疑是重大的。因为组织译场这件事是奉旨进行的，所以当他手捧这些还散发着墨香的译典时，很自然地就想到了上表奏报圣上的问题，一来是述职，汇报自己的工作，二来是借此成果争取皇上对译经工作的进一步护持。

但是，当他拿起笔来准备写奏表的时候，心里却又为难、犹豫了。因为，今上正在闹病呢。

自贞观十九年九月从高句丽班师以来，关于皇上得病的消息，八九个月来一直有所传闻。开始发病是在回师的路上，说是背上患了痈疽，挺凶险的，如果不及时排除脓血，必将危及生命。相传战国时候的名将吴起就曾为士卒吸吮过脓血，项羽的谋士范增则是因疽病致死的。今上患疾，究其原因，皆为劳碌过度所致。众所周知，这皇帝主儿本来就是个号令威严而又身先士卒的将才、统帅，为了激励士卒，取得东征的胜利，出征时他就曾发誓：不到凯旋之日，决不更换身上的褐袍。果然，在战斗最激烈的几个月里，无论酷暑秋冻，他从来就没有换过衣服，甚至连澡都未擦过一次，每日里宵衣旰食，殚精竭虑，其辛苦劳累自不待言。这也罢了，对于半生戎马倥偬的他来说，这些苦或许可以等闲视之，而最让他不能忍受的是那种功未成、愿未达的失落和抑郁感。实话实说，此次东征，其实并未达到预期目的。战事的最初阶段，虽然连下了十余城，但在围攻安市城时却遇到了麻烦。当时，江夏王道宗曾建议：先放下安市城而乘虚攻取其首府平壤，覆其根本，则其余数十万众便可不战而屈之。先前已投诚过来的高句丽将领高延寿、高惠珍也曾建言：绕道先攻取安市城南面兵力薄弱的乌骨城，然后乘胜南下，夺取平壤。但是，由于大将、重臣李世勣、长孙无忌的反对，加上自己的犹豫不决，最终没有采纳这些建议。安市城既久攻不下，进军平壤又失去了时间，失去了机会，眼看冬天将到，而粮草又难以为继，不得已，只好下令还师。试想想，这样的一个半拉子结局，对于一个信心满满、志在必得的帝王兼主帅来说，对于一个从青年时代开始就在举义、平乱、定国、安民的伟业中出生入死、身经百战、无往不胜的盖世英雄来说，不啻为一次失败，一种耻辱，直至回到京城之后，他对此事仍然耿耿于怀，深自悔恨，深为自己举天下之众而竟然困于一方小夷这个结局郁闷不已。由此可以推知，在不得不撤离战场的那一刻，他的心情比之后来不知要糟糕多了多少，同时又是怎样地追悔和自责。正是如此这般的心与形俱役，冷热随时，伤身伤脾，终致构疾落病。待到回师过了临榆关之后，真的是举步维艰了，不仅骑不了马，连乘舆也坐不得了，无奈只得由侍卫抬着走。到了定州，病情加重，几将不济，前往迎驾的太子李治，既心痛又焦急，于是亲自为之吮吸脓血，消毒救命。停几日，险期过后，才又经并州直奔京师长安，这时已经是阳春三月了。因为虚耗太甚，虽经一二个月的治疗，仍然没有完全平复，于是，皇帝决定将军国机务交付皇太子，以便专心保养。皇太子李治是个忠厚淳孝的人，日间听政于东宫，夜则至太宗寝殿侍候药膳，彻夜不离左右，皇帝悯之，特令于寝殿侧收拾一个院落，让他就近歇息。

皇帝患病的消息像一股风，串门过户的，很快便传遍了整个京城。所有的人几乎毫不例外地都将皇帝的身体健康与自己的切身利益联系在一起，恨他的人因此而高兴，喜欢他的人则为之担心。

玄奘自然属于后一类，不过不是出于衣食之忧，也不仅仅是看重他的人品和丰功伟绩，而是把他当成自己后半生事业的靠山、圣教流传神州的护法轮王，虽然现在还没有一点儿的把握，但却是必须努力争取的，而且是非达目的不可。尽管圣教有解脱众苦的力量，但掌握着生杀予夺至高无上权力的皇帝却是一个决定性的因素，正教在中国的传播发展史上曾经遭受过两次惨烈的灾难，每一次都是由那天下第一人的好恶决定的。可见，要以正教教化天下，必须首先化洽国王，必须首先争取到天下第一人的护持。了解了这些历史，自然也就能更为深切地了解玄奘对皇上病情关切的程度。不是说天有不测风云吗？皇帝的病和所有人的病一样，有可能治愈，获得重生，也有可能不治，从此阴阳相隔。玄奘当然希望圣体万安，但又深知事情并不是自己的愿望所能左右的，因此，他下意识地有着一种迫切感：必须不失时机地让今皇进一步表态，给正教的弘宣颁发一张通行证。他也深知，这人世间没有空手人情。但可以庆幸的是，现在自己手头上已有了翻译完毕的几部经典，可以将它们附表呈奉，借此机会求一个御序。果真如愿，则不啻得到了一个护身符，慈航呢，也就有了鼓帆风。

想到这里,他不再犹豫,提起笔就要写进新译经奏表。可是,正要着墨呢,心里却又犯嘀咕了:皇上委权于太子,不就是为了专心去保养吗,现在打搅,万一龙颜不悦,给你一个脸色,这岂不是事与愿违,枉费了心机!

无奈,玄奘把手中的笔又放到了案上,轻轻地舒了一口气,站起身来,在屋里慢慢地来回踱着步。

就在这时,证义大德道宣律师出现在门前,见玄奘满腹心事的样子,未进门便招呼道:“看三藏神态,颇显焦虑,莫非有什么难解的事儿?”

玄奘抬头一看是道宣,赶忙应道:“哎哟,是律虎呀,快请进,快请进。”

道宣进了屋,将手中的《大菩萨藏经》二十卷译本交给玄奘,同时说道:“遵嘱仔细看了一遍,要不是三藏审改过那几处文字,而按宣某连缀的原文流传开去,那真是要贻笑大方了,三藏法师就是三藏法师,名副其实,名不虚传!”

“哪里哪里,玄奘不过是在天竺时听正法藏论师讲过几遍,多点儿体会罢了。倒是律师出了大力了,要不是由你来删缀词理,玄奘恐怕就得花很多时间来校正了。所以,劳苦功高的才是律师呢。”

道宣莞尔而笑,摆摆手,表示婉拒称赞,然后转了个话题道:“适才法师神色怏怏,宣某能否一闻其中缘故?”

玄奘见问,又觉得此公可以信赖,于是便和盘托出了自己的胸臆。

道宣一听,禁不住呵呵而笑,并且连连击掌道:“这才是三藏要谢宣某的时候呢,快谢,快谢啊!”

玄奘被道宣的诡异表情怔住了:“谢什么呢,律师什么也没有说……莫非你有什么好消息?”

道宣还要卖关子,要挟道:“是的,是有好消息,不过,三藏要先谢过,宣某然后才会说。”

玄奘急于求得答案,猜道:“与进经表有关?”

道宣不肯让步:“先谢过了再说。”

玄奘想着对方肯定带来了好消息,很想快快知道,于是诚心诚意地合掌颔首作了个礼,恳求道:“请开尊口!”

道宣伸手拍拍玄奘的肩膀道:“三藏道性至高,感动天地,所以能心想事成呢!”

玄奘焦急道:“律师别再吊玄奘胃口了,快说要紧的吧。”

道宣终于说道:“看来三藏确实还不晓得,今儿举朝都在庆贺,全城都在雀跃呢! 因为啊,皇上已经康复,今儿又开始上朝了。”

对玄奘来说,这的确是个格外令人高兴的好消息,但他一时还不敢相信,便又问道:“律师是说,皇上的病已经痊愈! 今天又开始坐朝了! 这是真的,对吗?”

律师正色道:“当然是真的。谁敢拿皇上的健康开玩笑,不怕掉脑袋呀?”

玄奘确证是个好消息后,情绪又高了起来,连声道:“好,好,是真的就好,值得庆贺,值得高兴。其他经典都校对定稿,律师这么快也校完《大菩萨藏经》,我立即就写进经表,立即就写。”

道宣看着玄奘急切的样子,便说道:“宣某紧赶慢赶地看经,就唯恐三藏有急用呢。”

玄奘望着道宣,会心地笑了笑。

经受了折磨,又经过了调养,皇帝逐渐地恢复了往日的精气神。对一个勤政恤民的皇帝来说,每日里养尊处优、无所事事,那简直就是一种严刑重罚。在卧病的半年左右时间里，他真有度日如年、如坐针毡之感，所以，当能够停了药物，能够正常进食和自由行动之后，便再也安分不下来，几次准备要整装上朝，只是在长孙无忌、房玄龄、高士廉、杨师道、刘洎等众大臣的劝阻下，这才作罢。可未过几日，便再也无人可以阻拦了。

今天，也就是病愈之后上朝的第四天，皇帝在太极殿龙座上坐定不久，六曹八座等大小官员陆续奏报不停，房玄龄最后出列，手里捧着一摞册子奏道："昨日祠部转来玄奘法师新译佛教经论六部五十九卷并奏表一封，谨此奏闻、奉上。"

侍者上前接过经卷并表章，一并放到御案上。

皇帝看完奏表，然后又逐一拿起经卷翻了一遍，时而还仔细地阅读数行。翻毕，一一还置案头，环视众臣道："有事奏来，无事退朝。"

停了一会，再无人出列，皇帝于是对侍者使了个眼色，侍者转身对众唱曰："退朝！"

按惯例，退朝时，为臣的必须等皇上走后才能离去，可今儿唱过退朝令后，皇上却仍安坐如故，并无要走的意思，众臣自然也就不知所措了。

皇帝自然明白其中的原因，于是发话道："今儿例外，众卿可以退下了。"

大小臣子退下后，整个太极殿里就只剩下三人：皇帝与侍者，还有房玄龄。

房玄龄目送着同僚们一个个出殿后，才回过身，便听皇帝发话道："朕就知道你不会走，快过来吧，有什么高见？"

房玄龄赶忙作礼回道："皇上圣明，微臣该奏的都奏了，眼下只是想得个信儿。"

说完,房玄龄瞄了一眼御案上的那摞经卷。

皇帝拿起玄奘的奏表说道:“这法师会说话,什么‘窃闻八正之旨,实出苦海之津梁,一乘之宗,诚升涅槃之梯隥’,什么‘从是以来,遂得人修解脱之因,家树菩提之业,故知传法之益,其利博哉’,分明是在向朕宣传释教嘛。”

“不过,他也没有夸大其词呢。陛下举义时屯军佛寺即有‘兴国’之兆,这且不说。当年敕令印僧住大兴善寺翻译佛经时,陛下不是说‘眷言真宗,无过释典’吗?与弘福寺僧人谈论佛道二教时不也说过,论治化‘则释门居上’吗?这都是因为释教利益宏博啊。”房玄龄话中颇有为玄奘辩拥之意。

皇帝不理会房玄龄的话,继续说道:“这法师不仅会说话,还会说好话,又是‘独奉明圣,所将经论咸得奏明’,又是‘蒙陛下崇重圣言,赐使翻译’,这分明是在用甜言蜜语将朕噎住嘛。”

房玄龄听毕笑道:“陛下多虑了,法师说的是实话,真心可鉴呢。何况,行止、进退还不都是由皇上说了算。”

皇帝仍然没有理会房玄龄的话,放下奏表后,又捡起一册经卷,一面翻弄,一面说道:“这法师的确很勤快,很出活儿,也并不贪功,说什么‘比与义学诸僧等,专精夙夜,无堕寸阴,虽握管淹时,未遂终讫。已绝笔者,见得六部五十九卷……’话不仅说得明白,而且周密,谦虚。”

房玄龄听皇帝话中虽多少有些微词,但主要还是持肯定和赞扬的态度,于是便试探着问道:“那陛下是同意他的奏请,答应写御序了?”

皇帝将经卷放回案头,说道:“今儿累了,且歇了吧。”

不需做任何的解释,房玄龄便知道皇帝话中的意思,所以,说了声“是”,便转身走了。

不过呢，才过了三四天，这老伙计又找上门来了，不是到太极殿，而是直接到寝宫，手里当然也少不了一摞册子，还有一封奏书。这是什么内容的册子，又是谁的奏折？

原来，玄奘把新译经进上之后，在等待皇帝复旨的空儿，又按计划将杀青不久的西游行纪复核了一遍，自度已无什么纰缪，便郑重地在封面上题上《大唐西域记》五个字。才放下笔，一桩心事却立即又浮了起来：新译经已进上多日，怎么至今仍无回音？想到这里，心里就不免发急。但转而又想：急也没有用，想个法儿催催就是了。当眼光又转到刚刚放下的《大唐西域记》时，终于有了一个添柴加炭的主意，这主意既能达到“催”的目的，而又不露“催”的痕迹。一朝元老房玄龄今儿就是来为玄奘办这事儿的。

皇帝接过册子一看，那脸上立刻就像是洒满了阳光一样，亮堂了，笑逐颜开，又惊又喜地大声念道：“《大唐西域记》，玄奘撰，这么快就写出来了！”

说毕，便把老臣撂在一边，自顾自地埋头翻阅起册子来。良久才把册子合起来，但仍然是爱不释手，于是复又将它翻开，饶有趣味地看了几行。如此这般反复了好几次，就像把玩一件稀世宝贝，珍惜有加，嘴里还念念有词：“奇书，千古奇书！手握一卷，百国山川近在眼前，翻开一页，千年历史并非过眼云烟，古今内外，天文地理，典章文物，圣哲贤能，民俗风情，诗书歌舞，外道正教等等，无所不收，真可谓包罗万象，五光十色，花团锦簇。美不胜收，美不胜收！”

房玄龄见皇帝如此兴奋，一直提着的心才落到了实处：“这么说，微臣此来没有惊动陛下的休息？”

“无妨无妨，来得很及时呢。急朕之所急，真是知朕者，莫如公也。”皇帝说着，又再次翻起册子来，“好一个《大唐西域记》，何止救了朕之所急，还将成为垂世之宝典呢。”

房玄龄趁着皇帝的高兴劲儿提醒道：“陛下还没有看过他的奏书呢！”

好心情，好办事。这皇帝今儿得着了宝贝，心里舒畅，见提起奏书，立即命侍者道：“为朕念来！”

侍者不敢怠慢，展开奏书便开始念道：“沙门玄奘言：窃寻蟠木幽陵，云官记轩皇之壤；流沙沧海，夏载著伊尧之域。西母白环，荐垂衣之主；东夷楛矢，奉刑措之君。固已飞英囊代，式微前典。”

“这说的是上古轩皇、伊尧的疆域，它们与周边的关系，但现在已无典籍可征，不过是些美好的传说罢了。”皇帝打断侍者说。

侍者继续念：“伏惟陛下握纪乘时，提衡范物，刳舟弦木，威天下而济群生，鳌足芦灰，堙方舆而补圆盖，耀武经于七德，阐文教于十伦，泽遍泉源，化霑萧苇，芝房发秀，浪井开华。乐囿训班，巢阿响律，浮紫膏于贝阙，霏白云于玉检。遂苑弱水而池濛汜，圃炎火而照积冰，梯赤坂而承朔，泛沧津而委贶，史旷前良，事绝故府。岂如汉开张掖，近接金城，秦戍桂林，才通珠浦……”

“不听，不听，都是些恭维讨好话。”皇帝连连摆手，脸带几分焦虑地再次打断侍者，“朕如今正东困于小夷，西为突厥所扰，还远不是歌功颂德的时候呢。”

房玄龄见主子动了情，赶忙抚慰道：“其实呢，玄奘法师所说并无夸大之处，如今宇内一统，四方辐辏，这是千真万确的事实啊。至于陛下所言小虏，那不过是大海中之泥鳅鱼鳖，终不能掀起大浪的，平定其乱，时日而已，何必忧虑！”

侍者见皇上与房玄龄一时无话，于是继续念道：“玄奘幸属天地贞观，华夷静谧，冥心梵境，敢符好事，命均朝露，力譬秋螽，徒以凭假皇灵，飘身进影，辗转膜拜之乡，流离重驿之外，条支巨鸟，方验前闻，罽宾孤鸾，还稽曩实。时移岁积，人愿天从，遂得下雪岫而泛提河，窥鹤林而观鹫岭，祇园之路迤逦空存，王城之基坡陀尚在。寻求历览，时序推迁，言返帝京，淹逾一纪，所闻所履，百有三十八国……”

“嗨，真是难为这痴僧了，难为他了。”皇帝打断侍者，从座位上跃然起立，感慨道，“当年，高昌麹文泰与西突厥联手与国家为敌，拒绝朝觐，截留他国入朝贡使，朕拟除恶扬善，力排众议，发兵讨之，各路重兵之外加上铁勒、突厥骑士，不下二十余万人，铁骑亘野，金鼓动地，旌旗蔽日，长戟冲天，浩浩荡荡的，好不容易才渡过了那地无水草、寒风如刀、灼热如烧的二千多里沙碛。而这法师竟然单枪匹马就闯过了这道鬼门关，又来回地走了不知几万里，寒来暑往，栉风沐雨，寝冰卧雪，出生入死，真不容易啊。能够安然而去，安然而回，这需要多少勇气、胆量、智慧和毅力？”

“以微臣之见，除此之外，恐怕还有大唐的皇威为其壮胆、开路呢。陛下不是说他净说好听话吗，这些好听话正道出了陛下的皇恩浩荡呀，没有这浩荡的皇恩，哪来的‘天地贞观，华夷静谧’？哪能‘凭假皇灵，飘身进影’？”

皇帝没有回应房玄龄的话，他从侍者那里要过奏表，自己念了起来：“‘窃以章允之所践籍，空陈广袤；夸父之所陵厉，无述土风。班超侯而未远，张骞望而非博。今所记述，有异前闻，虽未极大千之疆，颇穷葱外之境，皆存实录，匪敢雕华’。唔，这说得倒也实在、谦虚。如实记载，不加雕饰，正合朕意，好，好。”

再往下，便只看不念了，片刻，掩卷说道：“‘望班之右笔，饰以左言’，这分明又在要朕劳神动笔嘛。”

房玄龄见皇帝话语温和，并无拒绝之意，于是便又小心说道：“前些天进新译经论请求御序，未得纶音，这回就一块儿顺了他的意愿吧!”

皇帝听后,未作任何言语,只是示意近侍铺纸研墨。

房玄龄看得真切,以为皇帝这回真的准了玄奘之请。

不错,就在进《大唐西域记》的次日,玄奘接到了皇帝的墨敕,而且的确也高兴了一阵。不过,当他看完之后,那脸色却一下子“晴转多云”了。因为皇帝虽称赞了他的求法功德,表示要认真披览《大唐西域记》,却以“学浅心拙,在物犹迷,况佛道幽微,岂能仰测,请为经题,非己所闻”为理由,委婉地拒绝了为其所译经典制序。

墨敕既令人高兴,也让人失落。阴晴两兼之,这是对玄奘此时此刻复杂心情最贴切不过的写照了。

第四十七回

奉敕译《老子》彰显国学　拒绝翻陋序惊动台阁

曾记否,约于大唐贞观十五年之际,玄奘在天竺曾觐见迦摩缕波国鸠摩罗王和五天共主戒日大王,谈到《秦王破阵乐》和皇帝李世民英明神武的事情?真没想到啊,一个和尚的话,竟然翻开了大唐王朝与五天竺两个大国之间友好交往的新篇章!

当时,鸠摩罗王与戒日大王在听了玄奘的讲述后,都明确地表示了对这个东方文明古国的仰慕之情。是年,戒日王即遣使入唐朝贡,大唐皇帝亦遣使降玺书慰问。戒日大王闻大唐使者来,实亘古以来没有过的事,故而惊异不已,乃出而跪受诏书,并再次遣使入唐贡献。大唐皇帝出于交好的目的,也给予了优厚的赠礼,紧接着又派出以卫尉丞李义表为首的二十余人的庞大使团前往其国报聘。戒日王以自己受到一个东方大国的如此礼重,觉得很有面子,所以便将文武大臣召集起来,列队出郊迎接,老百姓亦倾城出动欢迎、观看,在道路两边焚香示庆。从此之后,大唐与五天竺的交往便日见频繁起来,五天的奇珍异宝如火珠啦、郁金香啦,菩提树啦,等等，陆续传入大唐，以甘蔗为原料的熬糖法也是这时由唐朝使者从五天竺学会而传回来的。当然，五天竺使者对大唐文物更是羡慕有加了。

虽然，自秦汉以降至于南北朝，已有天竺古国前来华夏贡献的故事，但毕竟为数尚少。而中夏出使其国者，则更是少之又少，汉季之张骞虽号称“博望”，深入西域，但也不过是到了它的边边，所以，有关五天的舆情，中夏还是知之甚少，而懂得五天方言的人就更是难找了。要在平时，有无此等人才倒也无关大局，但如今两国交往日趋频繁，人员接待，文书往来，都断断少不得译员。培养吧，事情并不像养鸡鸭那般容易，不几月就能生蛋孵化了。所以，玄奘的求法归来，对朝廷来说，真的就像辘辘饥肠时得到了一块饼，这比什么价值连城的宝贝都要贵重。它关系着大唐王朝的安边大计呢！当然啦，发现这个顶级天才译员的人自然是当今皇帝本人了，从在洛阳宫仪鸾殿第一次见面，亲耳听过玄奘的谈吐，此后又先后亲眼看过他的两次奏章，发现这和尚不仅颇有才气和大志，善于交往、周旋，而且口才上佳，文辞典雅，既熟悉五天的风俗人情，又精通梵文梵语，所以便传令中书省：“敕以异域方言，旨在忠实原文，符会其义，否则将沦声教。是故，凡诸信命，并须资于奘师，依照彼国梵语文辞之轻重，转为唐言，使读者见文如见大唐，尊重中夏。”

如此一来，玄奘身负的重任，除了翻译佛经外，又多了一个朝廷编外“翻译顾问”的名头。

这不，今天一早就有礼部的几个郎中、员外郎就敕书的翻译问题前来咨询，耗费了大半个上午才告事毕。之后，他们又趁此难得的机会请问西域的舆情，玄奘不得不又给他们讲述了佛经描绘的三千大千国土、娑婆世界概况，继而又从佛教世界回到现实，着重讲述了四大洲中居南的赡部洲，洲中央的无热恼池，池南北的大雪山和香山，以池为源而四出的殑伽河、信度河、缚刍河和陡多河，洲中的象主、宝主、马主、人主四大国土以及各国的人性、风俗、异术、方言等等。

玄奘讲得绘声绘色，众人听得忘情入神。

讲毕，一员外郎奇而问道："三藏法师所说的四国，莫非就是指五天竺、波斯、吐火罗故地南北和神州赤县这四大地区？"

玄奘点头道："正是，所谓的无热恼池，就是葱岭上的一个高山大湖。"

另一个部员问道："以三藏慧眼所见，若论山川物产、文教道德、人性风俗之类，四国相较，谁更为优？"

玄奘略一思考，回道："若谈舆情，则人主之国有国史可征，宝主、马主乡俗则史诰备载，唯象主国史并无系统文字记述，不过散见于诗书而已，实难详举。不过呢，就玄奘所见而论，象国人性躁烈，但却踏实好学，尤其擅长各种异术；因其地多暑湿，故髻发袒肩，重阁邑居，尊卑分明。宝主国人则重利轻义，长于贸易货利，断发长髭，左襟偏短。马主治内则人性犷暴，不以杀戮为忌；穹庐为屋，毡毳为衣，逐水草而居。至于人主之国，此乃你我所住之皇天后土、神州赤县，知之已详，无须赘言。总而观之，四主之国相较，拟以东方为上。就君臣上下之理、宪章文轨而言，则人主之国可谓无可匹比者；若就清心释累之训、出离生死之教而言，则象主之国理尤见优。"

由于如此这般地问来答去持续不断，所以直到中午时分才告一段落。

没想到，礼部官员才辞去片刻，又有道宣律师前来造访。两人相交时间不长，但关系发展迅速，如今已是过从甚密的知交了。

律师进了门，只是招了招手就算是打过招呼，接着便上前附耳小声道:“快跟我来,有一位大人要见你。”

玄奘听说有重要人物约见自己,颇为诧异,不过,诧异之余也多少带些疑虑,似乎是在说:是什么大人物?既要见我,为什么不召我进衙,或者直接找来?”

律师看出了玄奘的心思,又附耳道:“怕惊师动众,所以微服到了宣某那里,宣某就是奉命前来邀请三藏的。”

玄奘还有疑问:“究竟是哪位大人?”

“快走,快走!”律师不回答玄奘,而是拽着他的手就往外走,“见了面,就给你介绍个一清二楚。”

随着大唐与五天竺国的友好交往日见频繁,特别是玄奘求法归来所掀起的一股持久不息“西天热”,皇帝看在眼里、处身其中,不可能没有任何感触、任何动作,甚至可以说,他本人就是这股西天热的推手,这从他对玄奘的欢迎、高度评价以及给予的种种殊遇就可以看出。他之所以这样做,一是出于治国安边的需要,二是基于一种情结:首先,其祖母贞元后乃鲜卑独孤信的第四女,是以知他本人就是一个胡汉混血子胤;其次,皇帝的祖上曾先后视事于拓拔魏、宇文周,曾祖时西魏赐姓大野氏,有隋时才敕准回复李姓。就是这样的出身、这样的家族史,使其认识到夷狄在华夏发展史上的重要作用,并最终得出“自古皆贵中华,贱夷狄,朕独爱之如一”这样的结论,并且将这种思想认识视为是李家能够成就霸业的基础条件。正是基于这样的思想、这样的民族情结,他对发端于五天竺的释迦教法采取了一种宽容的态度。但是,另方面,由于李氏家族早已融进了华夏民族的大家庭,他如今又已成为这个大家庭的“家长”,所以,心中自然也有一份国民自尊、国家自尊,也想把华夏文化推广于五天。可华夏文化如此丰富多彩,应当首先推广什么呢？俗话说，无巧不成书。就在这个时候，东天竺国童子王，也就是鸠摩罗王，遣使随唐使李义表入唐献方物，上地图，并请老子像和《道德经》。这件奇巧事儿一下子打开了皇帝的心扉，着实使他高兴不已。原来，李氏当国之后，为了提高本族的地位、身份，已经不满足于只是大家庭中的普通一员，于是来了个翻新、包装，认定“本系”乃出于柱史，老聃李耳就是自己的老祖宗，而且正是这位老祖宗的上德之庆、无为之功，成就了李家今日君临天下的大业。他怎么也没想到过，这位老祖宗居然还引起了异域国君的兴趣。既然人家有所求，我何不随其所愿，成人之美？同时呢，又可以此为开头，向五天宣传宣传、彰显彰显我中华自三皇五帝以来悠久辉煌的历史文化！

不过，皇帝兴奋之余却又泄了气：人家不识你的唐语华文，谁看得懂《道德经》，送了也白搭呀！正犯难呢，却忽地灵光一闪，一时高兴得直拍脑袋，为什么？因为绝地逢生，有了救星：摆在眼前的玄奘法师不就是最现成、最称职的译匠吗，让他随便拨弄拨弄，那五千文不就变华为梵了？于是，他立即召来新宠中书令马周，述说了自己的想法。中书令听后说道：“这事很简单，陛下下个敕旨，我传达下去就是。”皇帝摇摇头，说：“这事不要这样办。法师现在正忙着翻译他的佛经，不一定能腾出空儿。另外呢，释老之间向来就有些儿过节，还不知道他对老经的态度如何呢！所以呀，还是先了解一下情况，摸摸底，与他当面商量商量，再作决定。这法师是个人才，说不定还有大用，又是久别荣归，必须以礼待之，不能动辄行使敕令。”

马周领旨后，不敢怠慢，立即换了便服，居然没有惊动一个寺僧，便到达了这座享誉京城的寺院，找到了大名鼎鼎的道宣律师。

回头说道宣，他带着玄奘紧赶慢赶地回到律院，也就是他在寺里的住处，只见马周已在伫候。马周呢，见玄奘到来，便迎上前学僧家的样子合十作礼道：“久仰法师高节大名，马某因冗务缠身，一直无缘拜谒聆教。今日贸然求见，又令法师耽时误工，还请多多包涵。”

玄奘这时尚在云山雾海里，既不知道马周的身份，也不晓得他为什么要见自己，所以只是习惯性地回了礼，连说了两个“无妨”。

道宣看得分明，赶忙介绍道：“此乃当朝西台中书令兼右庶子马周大人……”

玄奘听说面前站着的竟是朝廷大员，皇上的左臂右膀，自知失礼，不免暗自后悔，赶忙再次合十补礼道：“愚僧玄奘无知，失礼了，失礼了。大人今日屈临净刹，必然有事吩咐，玄奘一定洗耳恭听。”

马周没有立即转入正题，而是目光炯炯地审视了玄奘一阵后，才开口道：“敢问法师年庚几何？”

玄奘回道：“再有三个春秋，便是知天命之年了。”

“巧，巧，马某正与法师同庚呢！”马周高兴说道。

律师也情不自禁地在一旁称奇：“马公与三藏竟然同岁，有缘，有缘，要办的事情已经成就了一半呀！”

玄奘听说马周有事相委，也欣然道：“大人若有事要玄奘效劳，不妨说来，定当鞠躬尽瘁。”

马周看玄奘言语殷切，便不再拖延，说道：“马某今儿要办的事，说起来还是法师起的头呢。”

玄奘听后颇为诧异，问道：“由我起的头，怎么说？”

马周唯恐玄奘因此担起心来，赶忙笑着回道：“法师还记得吧，在天竺时，您曾对五天共主戒日王与东天竺迦摩缕波国童子王说过《秦王破阵舞》以及皇上的神武功业事？”

玄奘点头回道：“有那么回事。”

马周继续道："自那以后，戒日王已多次遣使前来通好，皇上自然也派出使者前往抚慰。前年李义表奉使回朝后奏报说：东天竺迦摩缕波国鸠摩罗王听说中国与佛同时也有圣人设教化导国人，因遣使随来请翻译为梵言传于彼方。看看，法师的一席言，便架起了华夏与天竺两个大国之间的一座桥梁……"

"不不，大人过誉了，过誉了。玄奘不过是一个托钵和尚，哪里有这等架桥铺路的本事，不敢当，不敢当。"玄奘以为所谓由他起头的事就是指此，赶忙打断对方的话。

马周接着说："法师不要谦虚，由您引出的事还不止这些呢。天竺王的请求，不料正合了皇上的意，深衷正盘算着也向五天等异邦推广推广中华文化，彰显我东方古国的智慧。考虑再三，最后确定先以老君《道德经》传之，希望法师亲自将其翻汉为梵。以是故，皇上特地吩咐马某前来询问法师，有无兴趣、有无余暇兼顾此事。"

玄奘终于明白了马周的来意，心想：这哪里只是来"询问"的事，分明是在传旨嘛。

一般而言，在圣旨面前，臣下、庶民只有遵命的份儿，即便是直臣谏士，只要不违法纪、玷污清白，也照样得听而从之。那么，玄奘今儿将会如何对待这道圣旨呢？

从本心上说，玄奘是不很情愿接受这项任务的。原因之一是，他本人是一个对佛陀及其说教百分之百的拥护者，至诚至笃，纯之又纯，掺不得半点假儿。而老子虽然是国家的先贤，《道德经》亦不啻为国学重典，但在一个皈依三宝的人眼里，却和西天的婆罗门教、大自在天教、尼乾子教等一样，属于外道，不属于其弘扬的内容。更何况，玄奘出身于书香门第、官宦之家，小时候曾多少背诵过诸子百家的名篇大作，自然对老子及其《道德经》都有所了解，尽管他的"致虚极，守静笃，万物并作，吾以复观"的说教，也就是通过内心直观的“玄览”方法，去达到认识“道”的主张与佛陀提倡的入定通慧、觉悟学说有其相似之处，但其对人世及宇宙的解释和看法却分明与佛陀的观点相悖，要自己亲自翻译推广这样的“外道”，岂不是心怀二志，违背了夙愿？不过呢，玄奘转而又想：不管《道德经》与圣教在旨趣上如何不同，但它终归出自华夏先贤之手，而且与佛陀几乎是同出一时，是华夏文化上的一位巨子、圣人，其想法和主张又自有其独特之处，对理国经邦、修身养性不无裨益，宣之扬之，也是一个国人的一份责任。更何况，如今皇上已经下了圣旨，干不干，已经不由自己，正教今后仰仗皇上的时候还多着呢，不要说抗拒圣旨，就是有所怠慢，也很有可能招来不可弥补的损失和后果。因小失大，那是无知童子也不会干的事，再忙、再累，也得把这事办了。

经过如此思前想后，玄奘终于开口道：“谨此谢过皇上的信重。只是玄奘多年来一直用心佛典，对《道德经》并无造诣，设若要翻，必得有几个道人共同咨讨方可。”

马周殷喜道：“如此说来，法师是同意翻译了？”

玄奘深藏着那缕无奈之情，回应道：“皇上既开金口，玄奘岂可怠慢，辜负了宸衷？国务大事，匹夫有责啊。”

“好，好，说得好，法师果然胸有大局！”马周一面称赞着，一面答应道，“法师所说之事，马某这就办去，这就办去。”

第二日，果然就有几个黄巾前来玄奘处报到，为首的两个叫蔡晃和成英，而后者颇有些来头，他是今上于贞观五年从东海召至京师的道士，还给了一个“西华法师”封号。正是仗着与皇帝的这一层关系，他一见玄奘便显出一副不可一世的派头，说道：“老道乃奉皇上之命，前来帮助翻译太上老君圣言《道德经》的，法师如有不解之处，随时可以咨询。”

玄奘听成英如此言语，只觉得身子像是被虫子咬了一般，颇感不舒服，但出于礼貌，并没有表现在脸上，而是和颜悦色地回道：“各位道人来得及时，玄奘庸拙，对道经虽然习诵过，却没有深研，正待宗极法轮之高座来指点呢。”

成英等听得高兴，不待玄奘再开口便打开了话匣子，相互争着讲述道经的玄旨：

“祖宗将世间万物的根都说透了：‘道冲而用之或不盈，渊之似万物之宗，挫其锐，解起忿，和其光，同其尘。湛兮似或存。吾不知谁之子，象帝之先。’这意思是说：道是万物之根之本。”蔡晃首先开口这样说。

“正是这样的呢。‘道生一，一生二，二生三，三生万物。’‘一’指的是气，‘二’指的是阴、阳，阴阳之鲜明者乃天、地两仪，‘三’指的是由气和阴、阳作用所孕育的各种形、气、质兼备之胚胎，之后，万物由是而生。道生万物，这思想是多么深邃、玄妙啊。”又一个接着这样发言。

成英听到一个“玄”字，精神立即振奋起来，说道：“可不是吗，老君说，‘道之为物，惟恍惟忽。忽兮恍兮，其中有象；恍兮忽兮，其中有物。窈兮冥兮，其中有精，其精甚真，其中有信。’道混沌恍惚，深邃悠远，不可捉摸，但却有精有信，并由此而生发万物，不只是玄，而且玄之又玄。如何解释老君的‘道’，老道认为，完全可以沿引释教《中论》、《百论》之旨用通道经。”

“西华法师说得对，释教的《中论》、《百论》讲的不就是空、有双遣而主张非有非空的中道思想吗？”蔡晃附和成英说，“本道认为，用《中》、《百》之旨会通《道德经》，既恰当，又容易为五天竺人所理解，这不是很好的办法吗？”

玄奘听后问道:“如何以《中》、《百》玄旨通于道经,两位高座不妨释教。”

成英应声回道:“这‘玄之又玄’的‘道’,究竟是‘有’还是‘无’?在吾看来,有欲之人一般都是滞于‘有’,无欲之人一般又滞于‘无’,而老君则以一个‘玄’字来遣除这两种极端、两种执着;为了使人不执着于‘玄’,所以再说‘又玄’。无论是执着于‘有’、‘无’或‘玄’,都好像是人得了病,于是先用‘玄’为药治有、无双执,遣除二偏之后,继之用‘又玄’去治‘玄执’,病去药除,病药一时俱消,是谓‘玄之又玄’。这‘玄之又玄’之理,不正是释教《中》、《百》论的中道观吗?而有、无二偏,亦即双执,不就是《中》、《百》所指之空、有执着吗?”

玄奘听后微微地皱了皱眉,但却没有明说自己的感受,只是解释道:“佛道两教,意趣天殊,对人世乃至宇宙的认识和判断截然不同,佛主世界万有毕竟空,老君则主万物实有,两相天隔,如何可以融通?翻遍古书,也没有见过这说法呀。”

蔡晃听后,颇不以为然,俨然一副通经达论的神态,说道:“晃曾闻,往昔相传就有祖凭佛教之说。有关三论之学,晃曾研习多时,对其深义,颇得要领,确实与老君所说,不无相同之处,佛言似道,并不相违。以是故,僧肇造论时就曾盛引老庄言辞。古人可为,我亦为之,何足怪也!”

玄奘回道:“高座倾心释教,旁习三论,令人钦佩。只是以僧肇之所为为口实,玄奘则仍然不敢苟同。为何?当时也,佛教初传东夏,深文奥义尚未清晰,道家但谈玄理,往往附会佛言,僧肇因之借以联类比拟,但终不过是譬喻之词,切不可以将此视为常例。何况,今日中夏佛教之盛,实非往昔所可比拟,经论繁富,章疏累牍,显微指隐,皆可为学者司南,已经不再需要假借用通。老君所述

《道德经》，本土贤明之士如何晏、王弼、周颙、萧绎、顾欢等数十辈相为注释，源清本正，为何不沿而引用，反而要假道借途，依凭释教？取其皮肉，弃其骨髓，这不仅曲解了空假中三谛之说，而且也有违老君的本意，到头来，难免不是画虎不成反类犬，何苦来着？”

成英、蔡晃再也无话可说，只得依玄奘主意进行翻译。

凭着玄奘的学术涵养、功底、造诣，又有老道们帮着检索何晏者流的注解，不旬日便将《五千言》翻毕。正要封卷上报时，成英却又急匆匆地赶来，递给玄奘一篇文稿，说：“老君之作，义理幽邃，没有介绍文字，异域之人如何读得懂？为此，老道特地赶制了这篇经序，法师可译了附于经中。”

玄奘心里惦着译场的事，早就心不在焉了，见成英末了又生出事来，多少有些烦躁，不过，他还是用隐忍的功夫把躁气压了回去，和气地将稿子接过，并认真地翻阅了一遍。其实呢，这位西华法师在所谓的序言中对老君的“道”并无多少说辞，更多的是有关道教养生延寿的文字。

既看毕，玄奘把文稿交还给成英，断然道：“细观老君修身治国之旨，《道德经》中已详具，序中叩齿咽液的文字，不仅与经义无关，而且又粗陋多了，若传于西国，恐怕有辱于乡邦，不译也罢了。”

显然，玄奘对成英的序文颇为反感。

什么是“叩齿咽液”？它为什么又如此地让玄奘不屑？

“道术”之说，由庄子首唱。道术也称方技、方术、仙术。道教认为，道虚至真，术为变化之玄技。道无形，因术以济人；人有灵，因修而会道。道寓于术，行术就是演道，因此，道无术而不行。道教自创立的时候开始，道术就伴而生起，而且日益繁复，诸如占卜、符箓、祈禳、内丹、外丹、炉火黄白、辟谷、导引、行跷、方药、服气、存思等等，叩齿、咽液法当然也是其中之一。

所谓叩齿法，就是上下牙相叩：先左左相叩，叫作叩天钟；继而右右相叩，叫作叩天磬；接下来是中中相叩，叫作叩天鼓。叩齿有两种作用：一是祈禳，遇凶恶、不祥，当叩天钟三十六下；遇凶辟邪、威神大咒，当打天磬三十六下；若存思念道，至真招灵，当鸣天鼓，闭口缓颊，使声虚而深响。二是健身提神，叩齿可以召身内神，令其安定，又可使牙齿不朽。所谓咽液法，即生津吞液术：用舌搅动口腔，使生津液，待口腔满，然后分三次咽下，留下少许备下一次搅动用，每做一次，称为一通，也叫一度。如此反复，达于三十六通即为小成，达于三百六十通为中成，达于一千二百通为大成。咽液可生万神，这个神指的是心神，养无津液则万神不存，坚持咽液，日久则精神焕发，能延年益寿。

在道教看来，叩齿咽液的过程就是演道、显道的过程。但在玄奘看来，此则至多是一种养生小技，老君的《道德经》中并无文字。因此，宣扬老君及其金言尚可，宣扬与此无关的外道小技就更有违一个虔诚佛教徒的本意了。何况呢，这序也写得不怎么样，既未得老君学说要领，又没一点儿气派，内容细琐，行文鄙陋，就跟叩齿咽液小技那样不起眼。以是故，他才断然拒绝了成英的翻译请求。

而成英呢，自恃是今上请进京的，获得过皇上的封号，眼下还是钦遣的助译大将，所以神气很足，但在遭到玄奘拒绝之后，自觉面子扫地，一气之下，一纸诉状就告到了朝廷。

成英告状之事不胫而走，流言也很快便传进了弘福寺：

有人说：“这玄奘胆子也真够大的，竟敢抗旨拒译《道德经》！”

有人说：“也可能是恃才傲物，连皇上敕封的法师都不给面子。”

有人说：“俗界有党同伐异，教界有门户之争，难免啊！”

……

听了这些议论，玄奘没有急，可弟子们却先急了。嘉尚、普光等四人相约到玄奘处打听情况，安慰师父，表示不平之意。及见面，却发现玄奘像是什么事也没有发生过似的，仍然安详地在闪烁的油灯下为第二天要翻译的经典做准备，甚至对他们的到来都不理不睬。

师兄弟四个不知所从地站了一会儿，嘉尚忍不住开口道："师父你怎么还像个无事人似的呀？"

玄奘放下手中的笔，又用镇尺压好了翻开的经籍，然后抬头望着弟子们，慢条斯理地问道："我不是正在看经吗，怎么像个无事人？"

玄觉见玄奘仍然未把他们说的话当回事，急得跺脚道："那西华老道也太没有风度了，居然……"

法钦嫌玄觉说话不直接，打断道："人家不仅把您告到了中书省，还放出了许多脏话……"

普光的担心似乎更多，也忍不住抢过话头："我看是在借题发挥，破坏译经。"

玄奘看着弟子们为自己担心，心有不忍，于是说道："清者自清，浊者自浊，为什么要管别人说什么、做什么？"

玄奘的话音刚落，忽听见门外有人说道："三藏说得对，别管什么好话坏话、污水净水。不是有这样一句话吗，'任人说得天花乱坠，我有一定之规。'自走自的路就是。"

众人正要举目往外看时，只见两个人影已经进了房。再近一看，一个是译经班子中的缀文大德慧立法师，另一个是西僧利涉。说起这利涉，这里就便交代一下：他本是天竺婆罗门种姓，自小聪明机警，超出同龄，在习法读经方面，也远超同侪。后来结侣东征，欲游中夏，至金梭岭遇求法归国的玄奘法师，遂礼请剃度，不久后便洞悉群经众论，在奘门中，其造诣、能力，皆与普光、法宝相伯仲，为人则豪放旷达。

既进门，利涉接着慧立的话说道：“这西华老道也太过分了，皇上只叫翻译老子的《道德经》，他却凭空又生出事来，要翻什么序，明明是自己想借光出风头，却放言说三藏抗旨，真是岂有此理。”

慧立又接着道：“翻也无妨，有本事自己动手呀！求人家做事，还要耍手段，真没境界！”

众人说话间，又走进一个人来。你猜是谁？不是别人，正是翻译《道德经》的“穿线人”道宣律师。他一看满屋子里弥漫的气氛，便知道大家正在谈论的内容和所持的态度，于是说道：“大家不要只顾说气话、火上加油了。俗话不是说，冤仇宜解不宜结吗，误会也是这样，不能老是误会下去，更不能误会加误会，最终铸成大错。西华法师已经误解三藏的本怀，并且告到了衙门，宦海如渊，深浅不是方外人所能测的，万一小人得志，坏了三藏的名声，甚而影响到译经弘法事业，这却不能不考虑。所以，三藏纵便不看重个人的得失，却不能不为阎浮众生着想。”

玄奘虽然明白律师话语的分量，但却不知应该怎么做才好，为难道：“天要刮风下雨，玄奘能奈之何？”

“这不难，三藏您变成个托塔天王，那罗刹夜叉不就老实了？”慧立一旁抢话道。

玄奘连连摆手道：“莫莫莫，莫如此比拟。玄奘与西华法师虽然道不同，见解各异，但都是以法化天下的出家人，还不至于成为势不两立的仇雠呢。”

利涉似乎嫌玄奘太过谦让，带点情绪嘟囔道：“那也不至于一言不发，一味地忍气吞……”

玄奘摆手叫停利涉，自己却说道：“万事忍为先，忍是波罗蜜多，能忍才能圆修。”

大家一时无语。

片刻，道宣开口建言道："三藏不争不讼，风格自然值得称颂。但众口可以销金，众舌可以干海，一面之词再假，说一千遍就会成为真的。所以，宣某以为，三藏不妨也向宰辅陈述心衷，台阁了解到两方面的看法，也好斟酌、比较，裁决起来不就容易了！"

玄奘若有所思道："律师是说，玄奘也上书宰辅，申明原委。"

道宣没有说话，只是动了动眼皮儿。

此后过了三日，传说玄奘被中书省召了去。

本来，宰辅召僧讯问此档事儿向来就很少，值此佛道结怨、闲言碎语、飞短流长四起的时刻传讯，就更使事情具有神秘和震撼的效应了。阖寺僧都知道了这事儿，表面上看来很安静，其实呢，一个个的心里像是打鼓似的，都在跳个不停，忐忑不安地等待着吉凶难定的结果。

中书省位于皇宫太极殿南右边延明门外。玄奘人未到，中书令马周已经在门口等候了多时。既见到来，立即引入衙内，各自就座后，中书令便开口道："三藏法师真是身手不凡，这么快就翻毕了《道德经》，可喜，可贺！"说到这里，他把话停了下来，伸手拿起案上的一封信函，接着往下说道，"三藏的陈情信已经看过了，看来事情颇与西华法师所说不同。卑职冒昧请教，天竺真的没有叩齿咽液此类道术吗？"

玄奘回道："恕玄奘直言，五天之地，除盛行佛教之外，尚有诸多外道。所谓外道，即不受佛化、另行别法者。其中，九十六种外道皆以超脱生死为其宗旨，九十六道，道道师承有序，教理明晰。而像顺世外道所主张的地水火风四大生一切有情、否定道德、唯图肉欲满足和物质享受的教义，像数论师说明宇宙万有开展状况的二十五谛根本原理，像胜论师有关实（本体）、德（属性）、业（作用）、同（共通性）、异与和合（物物之间的固有性）六句义的哲学信条，这都是我东夏闻所未闻的。设若将西华法师文理粗陋的序言翻译出去，则恐被五天道众视为笑柄。以是故，玄奘未从其请，绝非轻慢老君，更无抗旨之心。”

中书令听罢，心里不禁暗想：这法师确实是一位虔诚的佛教徒，又久违故国，深受异域风教影响，能不犹豫接受《道德经》的翻译任务，其通融大度胸襟已昭然可见。序文既非道经原有，三藏对它又持异见，拒绝翻译是可以理解的。所谓“慢上”、“抗旨”种种说法，当然也不过是被挡了面子时的负气之言，将事情闹到公堂上，则更是有点儿小题大做了。当然啦，拒绝翻译序言的理由并不很充分，要知道，这文化上的事，惟因有差别，惟因有不同，这才需要交流嘛，也只有这样的交流，才能达到相互学习、相互借鉴，取长补短，不断提升嘛。想虽这样想，但他并没有把这些心里话流露出来，而是说：“马某明白了，法师回去抓紧时间翻译佛经吧。”

玄奘回到禅院，只见屋里已经挤满僧众，显然都是在等消息。及见面，就有人问：“三藏，上头怎么说？”

玄奘接过玄觉递过来的毛巾，擦了一把脸，答道：“好好的。”

又有人问：“怎么个好好的？”

玄奘见僧众心急情切，于是将中书令最后的话如实地说了一遍。

众人听后，个个哑然无语，感觉上既不是坏消息，也不是什么好结果。

于一片神色怏怏中，道宣律师却击掌道：“妥了！”

众人听着不禁瞠目，一齐将疑问的目光投向道宣律师。

道宣神秘兮兮地问众人：“你们了解中书令吗？”

众人摇摇头。

道宣继续道："不了解吧？我来给你们讲讲。此公呀，少孤家贫，嗜学，尤善《诗》、《春秋》，但性情旷达，不拘小节，乡人看不起，官府不肯纳。"

"原来是个贤不肖！"不知哪个这样插话道。

"错。"道宣反驳道，"看似潦倒的时候，'伯乐'出现了，密州官赵仁本慧眼识金，认为他才气过人，劝他到京师闯荡闯荡，必见后功。至长安，被召为中郎将常何家的食客。"

又有人插嘴道："还是不得志！"

道宣寻声看了看，没反驳，而是继续说道："此时，适值今上诏百官言朝廷施政得失，常何滔滔不绝地条奏了二十余事，皆切时要。皇上高兴之余却想：你常何乃一介武夫，肚里哪来这许多墨水，断然没这等能耐。经质问，方知乃食客马周代拟，乃召见，果然答对称旨。皇上高兴，敕于门下省任职。此后又因屡奏有功，于是乎官运亨通，青云直上，不几年，便从最初的卑职递升，由监察御史而侍御史、给事中、中书舍人、治书侍御史、谏议大夫，至于现职。一边是皇上锐志立事，需要人才，一边是忠臣言事，切中时要，能裨政益国，以是故，君臣关系致密，亲于胶漆。皇上曾说：'我一会儿见不着马周就要想念他。'又曾赐飞白谓：'鸾凤冲霄，必假羽翼；股肱之寄，要在忠力。'恩顾宠幸由此可见！没听说，皇上近来在修建南山翠微宫时，还专门选地构建第宅供其疗养治病呢！"

"律师所言与三藏被召询何干？"慧立不解地问。

道宣惊讶："何干？凭着中书令与皇上的关系，还有什么事摆不平，过不了关？如果没把握，怎么会叫三藏回来安心翻译佛经？"

众人还是将信将疑，律师于是补充道："谁要不信，等着瞧！"

第四十八回
秉三五执意令归俗　守严戒决心拒良缘

果然，关于《道德经》“序言”译不译之争，最后的结局是不了了之。因为，玄奘被召见后的第三日，天竺使者便要启程回国了，中书令觉得此事并不影响大局，时间又紧，没有必要再去打搅圣衷；而皇帝呢，他有一条原则：用人不疑，疑而不用，对亲信就更放得手了。因为译事是交给心膂去办的，所以交代过后就不再问津，即使偶尔有几句流言入耳，也当它是耳边风，压根就没有追究的意思。试想想，一君一臣抱的是这样一种态度，你西华法师还能到哪里去找市场？而玄奘方面呢，自然也就从此安然无恙了。

不过，皇帝在翻译《道德经》上是遂愿了，可在身体方面却违意了：龙体又欠安了！

前文讲过了，在贞观十九年东征高句丽一役中，皇帝因为体力与心神两伤，在班师的路上便得了一种痈疽病，连路都走不了。回到京师后，病情仍未平复，不得不委军国大事于太子。可是，才过了半年，稍稍有了些精神，又惦念起军国大事，再也闲不住，便起驾巡幸灵州、泾州、陇山关，终于又因冒寒疲顿，再次病倒，停止公务，专事保摄休养。此后，虽经多方诊疗，乃至服用金丹，非但没有达到回神转气的效果，反而有每况愈下的趋势。治既不成，便转而为养。因为所患风疾，畏寒怕热，所以下令修复先帝于终南山太和谷所建之离宫，并更名为翠微宫，五月开始转热的时候便住了进去。

之所以要选择翠微山，那是因为它带秦川之浩渺，接陇岫之苍翠，向东可以观日出，面西则能赏悬月，又有风企穷奇钻天之石、龙盘诡谲刺汉之崖，加之岩松拨日，涧竹梢云，风景灵秀，气候清爽，因此而成了历代君王首选的的避暑养生胜地。

不过，皇帝在山上停留不过旬月，便又撤了下来，原因是那里地势局促，难容百官及侍卫，虽适于疗养，却不便于理政。

无奈，只好再下敕营建玉华宫。

玉华宫地在何方？福地就在京师长安北面之宜君县玉华山凤凰谷内。这里地势塽垲，虽然离长安远了些，但气序又比翠微山清凉多了，加之游山放目，处处皆景，初春残雪中的悠悠小径，雨后空谷里的七彩斜虹，漫山遍野的似锦繁花，凭空跌落的呼啸飞瀑，锦鲤争流，仙鹤驾云，松径幽深而崎岖，兰草芳菲而馨郁，雾锁重岗，寒出洞壑，高峰鸟路通，月低林薄明，凤巢梧桐，鹓栖薞木，青苔，绿藓，藤蔓，苍耳，等等，或缠树，或攀崖，或取阴，或争阳，各得其所，各竞芳姿，景物妍丽，真是一言难尽。县境地当南北交通要冲，从刘汉王朝时起就已设官治理。苻秦、拓拔魏继之。至本朝武德七年，先帝高祖李渊下令在山中建造仁智宫，在此设置一个边防守备指挥部，同时又兼自然之趣，用作消夏避暑的去处。

如今皇上扩建仁智宫为玉华宫，初衷很简单：一切从俭，除所居殿用瓦之外，其余皆以茅草茨之。但结果呢，却大出计划之外，渐次建成了一处规模巨大、富丽堂皇的行宫,宫设五门九殿。玉华山中共有三条沟谷,即凤凰谷、珊瑚谷、兰芝谷。其中,五门九殿的大多数如南风门、嘉礼门、金飙门、玉华殿、排云殿、肃成殿、晖和殿、嘉寿殿、庆福殿,以及官曹署寺,一皆分布在兰芝谷,其他如显道门、紫薇殿、云光殿、明月殿等则分布在其余两谷。这些堂殿台阁,处处金碧辉煌。太子李治曾于宫成之后作铭描述其壮丽,是谓"风标衔露,鸟跂扪空。丹溪缭绕,璇树玲珑"。山色加上琳宫,即崆峒仙境亦难比拟。

不数月,玉华宫告竣,皇帝便于次年,也就是贞观二十二年新年过后住了进去。随从人马有以司徒赵国公长孙无忌、黄门侍郎褚遂良、宋国公萧瑀为首的行政官员及衙署,还有皇太子、扈从侍卫等。官曹署寺与太子所住的晖和殿相邻。

开始,皇帝的疗养生活过得倒也惬意,特别是在残雪消尽、冬去春回的时分,温而未热,清新的空气,宁静的山野,不是药而胜于药,不施治而胜于治,沉滞的身体因此轻松了许多,头痛、肌酸、瘙痒等常症都有所缓解,茶余饭后已经可以出门溜达溜达,散心练腿。兴致来时,便吟起诗来,一篇《玉华宫铭》就是在悠游闲适的日子里制成的,既成,便令文臣、学士们一起和对。其中,太子李治承欢和了两篇,一为《玉华宫山铭》,一为《玉华宫赋》,父子俩相对申歌,好一幅天伦之乐画图!有时,他还操起旧业,手握如椽大笔,运钟繇、张旭之神气,轻翰暂飞,花葩竞发,挥洒一帧飞白,群臣欲得之,纷纷争抢。又好了些,便再忍耐不住寂寞,开始纵马扬鞭,畋猎取乐,忘情中奋蹄百余里至于华原。为了尽快康复,竟然又命西域方士那罗迩娑婆在金飙门炼延年益寿药……

游玩休养的同时,自然没有,也不可能忘记一国之君的职责。其间,先是策划如何用兵西突厥及龟兹,继而是敕令发兵讨伐松外诸蛮，接下来又连续接见新归附的西突厥叶护阿史那贺鲁可汗和自天竺凯旋回朝告捷、献俘的右卫率长史王玄策，诸如此类等等，总而言之，并未因疗养而贻误国家要务。

然而，所谓病情的缓和、好转，既是暂时的，也是表面的。也许是风、寒、湿三气交织，早已深入骨髓，也许是因为一时意气的畋猎，再次刺激了那攻之不可、达之不及、药不能至的膏肓，也许是骗人的金丹妙药起了助纣为虐的作用，也许是近日太史局有关“女主昌”的占卜扰乱了心宫神府，老毛病于是重又开始作祟，并有加重的征候，心里不免烦躁起来，空荡荡的，真有惶惶不可终日的感觉。又者，不知怎么搞的，几件新事旧事又总是魂牵梦绕般在脑子里转悠个不停：前年国舅兼重臣高士廉的老病仙去，年初羽翼、股肱马周的早逝，前几日又有亲家、特进萧瑀的噩耗，以及老臣司空房玄龄病重的奏报，凡此种种，都不免让人生起命如朝露、无常闪忽的感觉。

在这阎浮世界上，最怕死的就是有权有势有钱的人。皇帝虽然自谓弘济众生，其益多，肇造区夏，其功大，人不怨，业不堕，可谓英名一世，恩泽四海。但他终究还是个俗流中人，所以仍然不免有忧生之虑。从损益的角度评之，他舍不得权位，舍不得既得利益；若为他辩护，则是因为继承人皇太子李治还年在弱冠，力不足以撑起唐王朝这座落成不久的大厦，作为父辈的他，必须利用自己的威信和众大臣的能量，再扶幼主一把。可现在怎么办呢，人未老却已是风中残烛，哪一根顶梁柱能撑着李家王朝这座大厦让其永远不倒？治世益人的药方就三帖：儒、释、道。儒家，拿得起，敢担当，是经国的灵丹，往代都用它来行政、端民，但于治病却不大相干。道教，自诩可以治身，但飞升荒诞，金石又已证明有损无益，诚不足取。如今就剩下释教了，都说可以治心，使人平静，放下一切，可由于长久以来，不是戎事在身，就是政事万机，没有时间深究，加之佛道冲邃，义理幽微，难得要领，所以，即使它真的可以安神养心，修身治病，现在也只能是望梅止渴了。

这天，皇帝把内侍、宫女撇在远处，独自一个人站在紫薇殿附近的八桂亭中，远望飞瀑从红如珊瑚的高崖顶上跌落下来。此时此刻是在想难解的心事，还是在纳凉赏景，连他自己也说不清楚。正在眼前一片云来雾去的时候，背后突然传来一声："陛下，小心着凉了！"

皇帝回头一看，见是黄门侍郎褚遂良，又瞧他的脸色，便不答而说道："不用说了，你赶快安排乘舆，将他接到这里，将息将息，或许比用药更有效。"

褚遂良惊奇不已，问道："陛下，微臣尚未开口，怎么就知道要禀报的事了？"

皇帝回道："连日来有过几个喜讯？看你那张脸，能藏得住秘密？"

褚遂良要奏报的是京师留守房玄龄病情加重之事，太宗要接来玉华宫疗养的人当然也就是此公。房公是李唐王朝的开国元勋，凌烟阁图形二十四位功臣之一，有汉萧何之喻。太宗心里惦挂老臣和亲家公，这是自然之事，不用多说。

褚遂良既已得到明令，转身便要去履责，但却被留住了。皇帝冷不丁地对他说："朕想起当年，龙田寺僧释法琳曾说，西天佛陀立教，三千大千世界咸仰其慈悲之泽，八万四千秘藏明其教理，二谛十地之文启其法门，上智之人依佛语而得益，惩恶则滥者自新，进善则通人感化，安国利民，超凡证性，法益无穷。他敢在朕面前犟嘴，一定是心有所恃，懂得很多了。真后悔偏听了秦世英一面之词，伤了他的性命。"

褚遂良一时猜不透太宗的心意，试探着问道："陛下的意思，要是他还活着，便要向他讨教讨教？"

皇帝叹了口气，说道："哎，泼出去的水不能再收回，想想罢了。"

"想想罢了？那也不见得。"褚遂良似乎已经心里有谱，"故去的固然不能再生，可活着的还是有嘛。依微臣看，不仅有，而且还要远胜法琳呢！"

皇帝望着褚遂良，显着一副讶异样子。

褚遂良回道："陛下忘记玄奘法师了？"

皇帝一听，刷地圆睁双眼，呀呀连叫两声，说道："可不是，可不是忘了！真是病昏了，糊涂了！"

褚遂良连忙回道："不不不，陛下言过其实了，哪里是因为病啊，是机务太忙，无暇顾及罢了！"

皇帝想了想，又摇摇头道："不行啊，他正忙着翻译他的宝贝佛经呢！"

褚遂良建议道："无妨，陛下若敕追其到此避暑，如此，一来可以彰显陛下崇佛敬僧的圣怀，二来又可解除眼下思虑之灼，三来法师还可以利用余暇译他的经，岂不是一举三得的好事！"

"好，好主意。"皇帝抑制不住心头的高兴大声说道，可话音一落，情绪也随之变了，他摇摇头，说道，"过云雨再大也救不了旱苗，人来了，住个十天半月的，就算一月两月吧，也总还是要离去的，眨眼工夫哪能解得了朕的烦虑？"

褚遂良提醒道："陛下在洛阳宫时不是有意劝法师还俗归政吗，果然能够说得动他，问题不也就解决了！"

就在麦藏桃红、蝉鸣高树时节，玄奘接到了前往玉华宫陪侍、疗养的圣旨。

皇帝因为心有所冀，所以在得知玄奘到来的大概时辰之后，便迫不及待地从所住的紫薇殿来到玉华殿等候。

正午未到，玄奘的乘舆终于甩掉一路尘土，在南风门前戛然停下，宫苑侍者上前为其打开舆门。

玄奘下了乘舆，进得大门，便见皇帝已站在殿阶上，于是立即加快脚步走上前去。皇帝见状，也下了一级殿阶迎接，拉着手将他引进殿内。

既坐定，皇帝首先开口道："朕在京城苦于暑热，不得不就此山宫借泉石之清凉，稍事休养，气力比往日好了许多，又未误机务，实可幸也。因为惦念法师，故邀约前来，与朕同消酷暑。长途奔波，一定劳累了。"

玄奘回道："天下苍生，唯陛下是赖，龙体欠和，率土不安啊！伏闻銮舆至此之后，起居饮食平顺，天大喜事，含类众生谁不舞蹈！愿陛下永葆康健，与天同寿。玄奘庸薄，竟蒙圣召，高兴都来不及，哪里还觉得劳累！"

叙礼问安既毕，皇帝便说道："师就在紫薇殿旁左殿住下来，就近与朕谈谈话，聊聊天，累了乏了，就到旁边的八桂亭观赏观赏紫崖飞瀑。"

当天晚上，劳累之后又有了一个凉爽的处所，玄奘睡得很沉、很香。

皇帝却不一样，脑子里老是抹不去玄奘的影像。自洛阳宫仪鸾殿第一次见面之后，不知不觉中竟然又过去了两年半。两年多来，世事迁移，可这位法师的形象却没有多大的改变，如果一定要说有所变化的话，那就是由于生活条件的大大改善，加上长时间的室内工作，活动少，又避免了风雨的吹打，所以体形胖了些，脸色温润了许多,肌肤也逐渐褪去古铜色而恢复本来白皙的面貌。精力方面,旺盛之中微微露出一丝倦意,不舍昼夜的劳费心神,这是难免的。至于言谈举止,则依然是有礼、有度、得体、到位、敏锐、机智,是一个十足的谦谦君子。由人及物,皇帝又想起前不久看过的《大唐西域记》,从这本奇书中,不仅看到了西域复杂多样的舆情,也看到了一种履险如夷、百折不回、敬业尽职、大胆探索、务求广博、不达目的誓不罢休的品格和精神,这样的一个身已立、德已立的人,自然也就可以立功于国,那是毋庸置疑的。国家社稷不可或缺的,正是这样的人才啊!

想到这里,皇帝便急着要把难做之事再做一遍,把难劝的人再劝一遍。精神一来,哪里还有倦意,结果是弄了个彻夜未眠,好不容易才挨到天亮。

一大早,好像是知道皇上有事似的,大臣如长孙无忌、褚遂良等便先后前来紫薇殿请安,太宗将他们留住,又遣内侍引领玄奘进来。

坐定后,皇帝便开门见山道:“朕曾闻,尧、舜、禹、汤之君,姬周、刘汉之主,无不以为,六合广大,机务繁多,两目一心,难以兼顾、详察,因此周凭十乱、舜托五臣,辅佐朝廷,致国清平。如此明君圣主尚且仰仗群贤,而朕暗昧寡闻,又怎能不寄厚望于众哲?法师学业赅博,风仪卓然,绀殿再崇,亦不足以展翅高飞。所以,朕于洛阳宫所期,至今初衷未改,深冀法师能脱须菩提染服,挂维摩诘之素衣,就座虚位,陈谋扛鼎,为朕分忧,为国尽力,不知意下如何?”

这事儿实在出乎玄奘的意外。从接到赴玉华宫令旨的时候开始,玄奘便从心里感到高兴,原因自然是拒译《道德经》序言一事终于没有触怒龙颜，这就为自己以后的行事留下了很大的空间，而这次见面，又给了自己一个大好的机会，只要把握好这个天赐良机，设法争取到这天下一人对圣教更多的护持、对译经事业的关注，那弘法大业就可以大大地推进一步。所以，从昨天的接风，到今天一大早应召会见时为止，他的感觉都是良好的，满以为好运真的就要到来了。谁曾想，一大早见面，皇上竟然把平日里作战的计谋用到了这里：出人不意，突然袭击。真让人想不到！他分明觉得：这皇帝是在下一个套子让自己钻，不钻也得钻。只是，你老话题可以这般的提出，我老脾气也可以依然不变，硬要让我入套，干自己不愿意干的事儿，那可不行。现在你既然要我表态，那我就只好硬起头皮，豁出去说个痛快了。于是，他整顿了一下思绪，尖锐却又不失礼貌地回道：

“陛下说国家机务繁复，即三皇五帝诸圣亦不能独守，非有贤哲辅佐不能成就；又引夫子言，‘君失臣得，故君为元首，臣为股肱。’玄奘以为，此言只适用于一般的君主，并不包括上智之君。假若有了贤臣天下就能致治，那么桀、纣之世难道就没有贤臣了？所以呢，陛下不必依着他的话去做。”

皇帝讶而驳道：“夫子乃文祖圣人，朕岂可不从其言？”

玄奘从容回道：“玄奘之所以如此说，是因为陛下乃上智之君，非常俦所可比拟，一人纲纪，万事自得其绪。谁人不见，谁人不知，陛下自扶运以来，天下劳止，中外晏宁，皆是陛下不荒、不淫、不丽、不侈、兢兢业业、虽休不休、无为有为、居安思危、为善承天所致，并非他人之功啊。”

皇帝摆摆手，正色道：“罢罢罢，法师不过是在以溢美虚言来推托罢了。”

玄奘怕皇帝真的怀疑自己心不实，赶紧回道：“陛下恕罪，玄奘断然不敢,此真乃玄奘肺腑之言也。陛下且听玄奘举其二三说来。”

皇帝一听,乐了:“呵呵,还能举其二三呀！那好,那好,就听听法师如何说。”

玄奘不假思索,随即开口道:“一者,陛下经天纬地之谋略、驾驭英豪之雄才、剋定祸乱之丰功、崇阐祥和之伟业,以及聪明文思之厚德,体恤黎元、包容夷狄之宽怀,皆天之所授,无假于人,此其一也。”

“还是溢美虚言。二者呢?”皇帝很想知道玄奘还要说什么,很愿意继续听下去。

“二者,陛下除末季之薄俗,复上古之淳政,轻刑薄赋,九州四海咸沐恩波,俱享安乐,此亦圣心所化,无假于人。”

皇帝听玄奘说到了理政问题,兴趣终于来了,嘴角上开始挂了些笑意,再问道:“三者……”

“三者,陛下至道博通,深仁远洽,东踰日域,西迈昆丘,南尽炎洲,北穷玄塞,雕蹄鼻饮之族,卉服左衽之人,莫不望风回向,稽颡顿首,贡献络绎,鸿胪充委。此又天威所感,无假于人。”

皇帝听罢摇了摇头,觉得玄奘所说并不尽然,有虚有实。实的是安边大业确实取得了一定成效,而所以说虚,也还是安边问题,并不是所有的边患都已平息。不过,他的摇头,只是对自身工作的评判,而不是计较玄奘说得对不对。其实,他这时的兴奋点已经转移了,转到了玄奘侃侃而谈的口才上,其伶牙俐齿,典雅吐辞,都让他听之不厌,听了还想听,于是接下来又问道:“法师还有何事可举?”

玄奘其实并没有停止的意思,立即回道:“四者,自古以来,猃狁扰边,匈奴寇内,三皇五帝不能制,殷周以来不能攘,致使河洛为披发之野，丰镐为鸣镝之场，中国凌迟，戎狄得志。此后虽经汉武穷兵、霍卫尽力，亦不过断其枝叶，根本未除，荼毒依旧。及乎陛下御宇，一征摧灭，巢倾穴覆，瀚海、燕然共入提封，单于弓骑俱充臣妾。虞、夏虽有贤辅而并无斩获，而陛下立马一麾则顷告功成，是以又知有道斯得……”

“无假于人也。”皇帝按玄奘的套路接了此句，这时，他的心情又不只是钦佩他的口才了，他真的没有想到，一个整日里翻来覆去念叨“如是我闻”的和尚，竟然对世俗历史也知道得这么多，既博闻又有见地，实在令人钦佩、叫绝。人们遇到天才总是想一再验证，皇帝这时的心态也是如此，“莫非还有‘五者’不成?”

“是的，陛下。盖苏文小蕃，无端寻衅，失礼于上国，隋帝统天下之师，三征辽左，攻城未毁其半堞，掠卒无得其一人，徒耗六军，不堪狼狈。而陛下御驾既出，连下十城，获户十万，凡三大战，多所斩获，大功垂世，润泽东方。同为用兵御将，得失成败，全系一主，无假于人也。”

玄奘说毕，原以为这个尾还收得不错。但是，当他看见皇帝沉默、举座无声的情景后，心里也发怔了：为什么会出现这样的冷场?!

为什么，玄奘可以不晓得，但大臣们都知道：你玄奘犯忌了!

前面已经交代过了，在皇帝本人看来，东征辽左不是一次胜利，而是一次失败，一次由自己的失误而导致的失败，至今还追悔莫及呢。玄奘的话虽是出自肺腑，但却再次勾起皇帝的心事，触到了皇帝的痛处，他的情绪还能好吗？大臣们还能不为此而揪心吗?

还好，这皇帝终归是个过来人，是个经历了无数顺利与挫折的人，当他发现大家都在沉默无语后，便立刻意识到自己失态了，于是很快整顿了一下精神，便略带诙谐的语气问道：“法师莫非还有第六个‘无假于人’不成?”

玄奘见云翳散去,心里的疑虑也便随之消除了,应声回道:“当然,陛下。譬如天地交泰,日月光华,和气氤氲,庆云纷郁,四灵见质,一角呈奇,白狼、白狐、朱鸾、朱草等等无量千亿祥瑞,昭彰沓杂,不胜枚举,这也都是应德而至,无假于人啊! 所以呢,陛下比喻前王、寄功十乱之说,窃以为诚不可取也。退一步而言,纵便陛下需人,则朝中将相堪比伊尹、子牙者多矣……”

“好,好。法师说得好。”皇帝未等玄奘说完便打断道,“众卿听见没有,法师的陈述,是不是像流水行云,通达,畅快? 是不是神气十足,淋漓尽致?”

众臣摸不清主子的底子,一时犯难,不知如何应对才好:凭以往的经验,大家都认为,他不会这样欣然地接受玄奘的歌功颂德,更不会就此加以褒奖。今儿的事情太特别,原因何在,目的又何在?

玄奘则不一样,他居然以为皇上认同了自己的说辞,不仅心里偷着高兴,还满怀希望说道:“玄奘庸鄙,实在不堪槐庭之任,所愿乃空门持戒,阐扬遗法,伏乞天慈不夺素志。”

可皇帝呢,却没有立即明确表态,而只是做了个抚慰的手势,说道:“法师莫急,且住下安心疗养,朕自有主张。”

三天之后的早上,玄奘再次如约来到紫薇殿,他心里想:今儿个一定会得个准信,从此摆脱那罢道还俗的纠缠。因为心里想着好事,所以脸上就像抹上了一缕阳光似的。

皇帝迎玄奘进殿,刚坐下,还没开口说什么,一位女官也步履翩翩进了殿。她向皇帝执过礼、唱过圣安,便将手中的卷轴呈上说:“微臣奉尊旨,已将陛下《玉华宫成曲赦宜君县诏》恭缮完毕,谨此呈上。”

女官说毕，转身就要离去，皇帝做了个手势挽留道：“且莫急，你还欠个礼呢！”

女官用眼角瞥了一下在皇帝身边坐着的玄奘，犹豫道：“圣上要微臣……”

“你知道这位法师的大法号吗？”皇帝未等女官说完便问道。

女官并没有随着皇帝的发问去正视玄奘，而是直面皇帝回道：“知道的，法师求法回来时，微臣就在朱雀门外大街的欢迎队伍中呢。”

皇帝微笑着说道：“当年人山人海的，你都挤着抢着去看，今儿个人就在眼前，面对面的，却怎么不招呼、不问安？”

女官听皇帝如此说，心花顿时绽开了。为啥？因为，从两三年前所见的第一面开始，她心里就老是惦着这个名字，特别是那风神俊朗的身影，像是在脑子里长了根似的，总是拂不去、抹不掉。今儿要不是碍于传统的繁文缛节，她早就按捺不住怦然的心跳而对之稽首合十了。皇帝这一说，不仅投了她的意，而且给了她一个大好的机会，让她有了一个正当的理由，正是个巴不得、盼不来的事呢，何乐而不为！

“陛下说的是，微臣失礼了。”女官说罢，然后转向玄奘颔首合十，既落落大方，又含情脉脉地致辞道：“法师法体安好。”

玄奘起座接礼道：“女菩萨亦安好。”

直到此时，玄奘才正眼打量了一眼近在咫尺的这位女官，不看则已，一看便怔住了：又是一个奇女子！这女子与时下低胸露背穿着的妃嫔不同，她没有云鬓花颜，更无步摇、翠钗之饰，眉非远山，脸无花子，面庞清瘦而不乏气度，随顺之中见执拗，柔媚眼中藏坚强，声色不动，内秀尽露，秋波无漪，情荡其中，一身窄袖绯绿公服，尤能显示其精明、利索的素质，比之五天那位性格张扬、率直的罗阇室利公主，又别是一番风采。

玄奘正在试着给眼前的奇女子下评语的时候，皇帝已经将女官刚呈上来的卷轴展开，打算让玄奘对这帧笔墨谈些看法，同时向他介绍介绍这位女官的芳名和身世。可也就在此时，长孙无忌、褚遂良、上官仪、高履行等官员像是事先约好了似的，鱼贯进来了。

女官见状，立即向皇帝及诸大人告辞，她没有对玄奘说什么，但其眼光就像一支桨，直向他的心海划去。

女官离去后，皇帝立即兴致勃勃地指指摆在御案上的那帧笔墨，向诸大臣道："众卿来得正是时候，你们和法师都来评评，这笔墨的功底如何！"

众臣闻召，立即围上来观看，见是新制诏书，不禁齐声叫好。

皇帝问："好在什么地方？"

长孙无忌先回道："陛下秉周武克纣而不住瑶台、承汉高入关而不居萯阳之志，杜亡隋之奢靡，开新政之俭风，济育之心昭然，谁不称颂。"

"是呀，陛下行古圣休养之道，创此玉华一宫，依涧为壕，凭崖构宇，壁无彩绘，木不雕镂，荆扉为门，瓮牖是窗，屏风帘帏，皆得遁世幽栖之趣。如此清规，实足为万世之帝范。"褚遂良接着这样称颂说。

褚遂良刚说完，上官仪立即抓住机会，接茬道："如今，宫才落成，陛下又趁此玉烛协洽、和气弥天之良辰，降霈泽，施膏腴，免傜奖励，曲赦罪人，又岂止恩重如山！"

三位重臣说毕，其余人等自然也准备伺机开口，皇帝急忙摆手道："罢罢罢，看看你们都说了些什么呀？朕叫众卿来点评书法，可你们一个个却都在歌功颂德，真是南辕北辙，风马牛不相及！"

众臣听皇帝如此说，再次放眼端详起几案上的那帧诏书。可观摩了一阵子，却始终没人开口。

皇帝一时急了，便说道："怎么了？是字写得不佳，不屑一评，还是都成哑巴了？"

大臣们相互看了看，仍然一句话不说。

又过了一阵，上官仪这才犹豫道："这字是写得不错，尤其具有江南的遗风，又融河北于一炉，清丽、婉媚之中兼些朴直，浮艳去尽而见凝重。但微臣窃以为，这字虽有御笔之势，却并非圣上所书。"

玄奘听毕，心中暗自称许上官仪的眼力，但因为不摸皇上的心思，所以没有随便开口。

皇帝笑而问道："爱卿就这么肯定？"

上官仪回道："依微臣看，陛下的书法又远胜于此。天下谁人不知，陛下于万机之余，雅好书法，更独推右军，不仅得其神韵风采，又多了一份雍容、大度，而眼前所见者却于此有所欠缺。鉴此，微臣才敢下此断言。"

褚遂良也补充道："一方面呢，尽管绮丽之中见遒劲，筋骨显然；可另一面呢，因为疏朗过分，故又隐约露些凋气，以是也知此书并非陛下所为。"

皇帝复问道："既非朕所为，那又出自谁之手？"

长孙无忌似乎已经胸有成竹，笑着从旁恳求道："分明的事嘛，陛下就不用再考他们了。"

"是呀，陛下就饶了我等吧！"褚遂良等人也随即齐声求情，然后意味深长地朝殿门外看去。

皇帝明白众臣已经知道底里，便撇开他们转而问玄奘道："法师呢，你又以为这字写得如何？"

玄奘回道："书者，最重要的是取象以显神气，其次是执笔临洗必须凝神静气，然后可使刚柔之情、动静之态发于毫端，著于纸帛，象成神具，随心所欲，如愿以偿。两位大人说，此字清丽、婉媚而不浮艳，朴直凝重，遒劲有筋骨，疏朗太过而凋萎隐约，这恐怕与书者的身世不无关系。”

“哟呵，看来真是心有灵犀了！”皇帝听玄奘如是说，惊讶不已，“法师说到是处了，笔墨可以传神，一点不错。遂良，你既工隶楷，又是临右军体行家，当年朕曾出御府金帛求购书圣真迹，天下争相以献，当时莫能辨其真伪，是卿为朕一一鉴定的呀！现在，你再来佐证佐证这书者的身世与这帧书法神气的关联。”

褚遂良问道：“陛下是要微臣讲薛婕妤的身世？”

皇帝点了点头。

长孙无忌一旁插话道：“要说婕妤的身世，当然得先说其父的遭际了。”

褚遂良说道：“可薛内史的事陛下及诸位大人都知道了啊！”

不知是这句话挑动了玄奘的哪根筋，只听他冷不丁地问道：“褚大人所说的薛大人是谁？”

“看看，看看，还有不知道薛内史底里的嘛，遂良快说说。”皇帝以怂恿的口气催促道。

褚遂良看皇帝心情如此迫切，不需细想就知道其中的原因，于是说道：“薛内史，薛公道衡……”

“就是亡隋那个极享时誉的直臣薛道衡？”玄奘一听“薛公道衡”这几个字，身子微微颤了一下，急问道，“就是那个十三岁讲《左氏传》，仰子产之功而撰《国侨赞》，词致称奇的薛道衡？”

褚遂良圆睁双眼看着玄奘道：“正是。”

玄奘又问：“他曾经与南朝萧陈使者傅縡有过即兴唱和，机敏巧对，南北称美，魏收曾戏称此乃傅氏‘以蚓喂鱼，投其所好’？”

“确有此事。”上官仪一旁插道，“道衡每有新作，南人无不吟诵呢！”

“此公不仅以才学出名，而且还善于筹策呢！”长孙无忌也忍不住称赞道，“当年隋文即将克定江东之际，元帅长史高颎曾问前途凶吉于薛公，薛公答以‘五必克’。得胜还朝后，因擢吏部侍郎。”

玄奘听到这里，心有所疑，于是问道：“不是因上《高祖文皇帝颂》得罪炀帝而被赐死，其妻、子也被徙往西陲且末了吗？怎么现在……”

“噢，是这样的。”长孙无忌解释道，“大唐承运，先帝高祖即位之后，拨云扫雾，为在虐隋一朝的忠臣义士申雪沉冤。以司隶大夫薛道衡怀抱忠义，陷于极刑，宜该褒饰，以慰九泉，特赠上开府、临河县公之号，其妻、子亦被接回京城。此外，薛公还有一子，也就是收大人，他出生后就过继给从父孺为后，以生父死于非命，不愿仕进，躲避于首阳山，大唐举义后，毅然归国，房公荐之于朝，陛下先是引为秦府主簿，后复因功擢升汾阳县男、文学馆学士。可惜英年早逝，陛下痛失一股肱…… ”

“逝者长已矣，心里记住就是了，不要再哀伤不止。还是言归正传吧。”皇帝见长孙无忌又提起薛收，不觉一阵心痛，连连摆手叫停，又怕臣下离了主题，扯得太远，于是便亲自介绍了起来，“正如法师所知，薛公既以学业见称、才名享誉。其女，也就是刚刚离去的这位美人儿，亦不亏家训，文章写得好，字也很有章法，宫内女官无出其上者，真称得上是德芬彤管，美擅椒闱，所以，父皇将她留于宫中，封为婕妤，掌记功书过之务，太子治儿幼时就是托她管教的。”

说曹操曹操就到，皇帝话音刚落，太子李治已气喘吁吁地进了殿，脸上略显喜色，行过叩见礼后才要说些什么，皇帝却先开口了：

“好好，来得正是时候，给大家说说你师傅的事，她的才干，她的人品，你心中都有哪些印象。”

李治怕听得不真切，认真问道：“父皇是说薛婕妤，皇儿的师傅？”

皇帝点了点头：“当然。”

李治满脸高兴道：“师傅当然好啦，妙通经史，兼善文才，学问好不用说，操守也是好样的，身正，心正，律己律人，无欲无争，清净自在，威严慈爱，不露于声色，循循善诱，细心周到，从来不曾对皇儿大声说过话，也不曾让皇儿有些儿的越规出轨，露一点儿懈怠……”

“好啦，好啦，看你滔滔不绝的，天花都要坠下来了！”皇帝听着高兴，指指座中的长孙无忌，喜中带嗔地说道，“你就不怕得罪了太师！”

长孙无忌笑着摆手道：“无妨，无妨，太子说的是事实，并无夸大之词呢。”

这时，皇帝像是想起了什么似的，转而问玄奘道：“哎，刚才听法师言语，好像是颇知薛内史的身世，何故？”

玄奘见问，心一沉，但很快又恢复平静，回道：“玄奘长大后得知：家父于亡隋时曾出任江陵令微职，深恨无力回天而辞官还乡，不久之后忽闻薛内史被缢杀，悲愤不已，一时气绝不省。为此缘故，玄奘曾多方了解过薛内史的行状、节操，铭记在心，至今难忘。”

皇帝闻之，既感慨又高兴道：“法师高堂与薛内史竟然还有如此一段因缘！”

褚遂良听罢，也在一旁赞和道：“可不是吗，陈、薛两家的缘分真不浅哩：高堂曾为内史拍案而丧生，三藏则品一字而知人身世。如此心通、神通、气通，真像一家人呢！”

“如果再有才子配佳人的美事,那就不只是‘像’了。众卿以为如何?”皇帝笑着说。

众臣会意,但谁都没有说话。只有太子李治懵懂,说道:“只是哪来的才子佳人呀?”

众臣仍无人说话,但都把眼光投到了玄奘身上。太子先是糊涂,继而有所解悟,看着皇帝道:“父皇是说,让三藏法师与我师傅结为连理?”

皇帝只是笑,没有言语。

太子踌躇说:“可三藏法师是出家人呀!”

褚遂良笑道:“那还不好办,除去染服不就可了。”

太子高兴道:“果真如此,那就太好了,师傅就终身有托了。”

“法师有了家,有了贴身照料,就能全心为朝廷出力了。”皇帝给太子的话做完补充,然后转问众人,“众卿以为如何?”

众大臣齐声道:“陛下圣明,想得周到。如此一来,便既添了羽翼,又成就了一段奇缘,可喜可贺呀!”

与众人不同,玄奘一路听下来,越来越觉得不是滋味。他原本以为今儿皇帝一定会敕准所请,从此不用再为罢道归俗之事操心烦扰;却万万没想到,问题不仅没有解决,反而是越缠越紧了,满怀希望盼来的,竟然是又落入了一个更令人难堪的局面,如今是既不能接受,又不能生气,真是窝心憋屈极了。怎么办?如果今天不表示更明确、更坚决的态度,不就此事做个了结,任其无休无止地纠缠下去,这经还怎么译?当然,这样做也可能有风险,惹恼皇上,失去护持,离开京城,都有可能。但又怎么样?违心?隐忍?听命?服从?不可以!在这件事上,绝对没有退让的余地。终于,他决定作最后的反抗。当众大臣恭贺未毕之时,他便跃然起身,攘袂伏地叩首奏道:“天威圣旨,本不可违,但玄奘尘缘既了,向佛之心难移,染服不能脱，俗情必须断，宁可为法乐生一日，绝不犯戒存命百年。伏乞陛下勿强玄奘之所难，否则宁愿归隐山野……”

玄奘话未说完，便有尚药局奉御神色慌张地进报道：“谨奏陛下，太傅房公病情增剧，恐将不济。”

皇帝闻之大惊，厉声诘太子李治道：“既是探视太傅回来，为何不及时如实奏报？！”

李治委屈道：“皇儿离开时还平平静静的，并无大恙的征候，此来本是要给父皇报喜呢！”

皇帝没有继续与太子理论，转脸对玄奘说道：“法师且平身，再好好地想一想。”说毕，便心急如焚地疾步走了。

第四十九回
御序护圣教慈航加速　彩衲资象德绣锦添花

阳光从东边的山坳处射过来，把西边突兀矗立的玉华山上半部整个儿给照亮了，就像画了一条分界线似的，使山的上下两部分形成了截然的明暗反差。

皇帝站在紫薇殿前的大道上，举目看着远处洒满阳光的玉华山顶，那眼神，像凭吊，像追挽，恭敬而忧伤，脑子里则不由自主地想起前几日与重臣房玄龄诀别时的情景：

那天，得知房玄龄病危的消息后，他即快步出了紫薇殿，直奔嘉寿殿而去。他没有绕路走大门，而是抄近路，就近进玉华殿，然后穿过殿庭东围墙的一个洞口而进入嘉寿殿。前面说过，皇帝决定到玉华宫休养时，房玄龄虽然正重病在身，但还是降诏令其卧总留台，主持朝廷的日常事务。及病情加剧，帝害怕万一，于是下诏用担舆将其抬至玉华宫，一再吩咐路上要小心加小心，决不能使之受到任何惊吓乃至发生意外。当皇帝在玉华殿阶前亲自将房玄龄从乘舆上扶下来时，君臣相拥，自然免不了流涕唏嘘，难以自胜。

在嘉寿殿住下之后，治有御医，食为御膳，照料的悉心、周到，自不必说，每日里不是皇帝本人就是皇太子代驾，三番四次地前往问安探视，每有好转即喜形于色，稍见加重便忧戚凄怆。皇帝但凡听事都是在玉华宫，为了探视时少走路，少费时，于是下令凿通两殿院的隔墙。这小小的一眼洞门，谁能说清楚其中包含了多少君臣间的恩爱！然而这次，皇帝抢得了时间，但却未能救得了这位忠臣的性命。当他到达病榻边时，房公已经气息奄奄，整副面容实在让人不忍：简直就是皮包着的骷髅。这副容颜让人读出如下内容：他，房玄龄为大唐王朝宵衣旰食、呕心沥血、茹苦含辛工作了三十二年，除了一副骨瘦如柴的身架子，已经耗尽了一切；如今，唯一还显示着一息尚存的，是他那没有合上的双眼，它没有闪动，但还有余光，还很传神，平静，安详，满足，此外好像是还有所等待、期盼。是的，不错，这个猜测很快就在君臣相见的当儿得到了证实：那双深陷眼窝里一直在闪烁着的薄薄清波，一下子聚集成两滴泪珠，慢慢地渗到眼角的深沟中，之后才慢慢地合拢眼皮……

这样想着时，皇帝眼里已经不知不觉地噙满了泪水。而当他再次将手中的那份遗表展开时，竟然像孩提般失声啜泣了起来。

当此之时，太子李治与其姐高阳公主来到。太子见其失声，便劝慰道：“父皇莫太悲伤。临风而泣，会伤龙体的。”

高阳公主没有吭声，脸上似乎有些不高兴。

皇帝将手中的奏表扬了扬，对这一双娇儿宠女说道：“房公身陷危笃，尚能忧我国家，遗表切谏罢征句丽，设无忠悬之心，岂能如此？朕当年将其图形于凌烟阁时，曾题赞称其‘才兼藻翰，思入机神，当官励节，奉上忘身’。纵观其始终，这个评价一点都不过分啊。”

太子应和道：“父皇说得极是，太傅不仅自己禀忠励节，还曾集古今圣贤家训，书于屏风，要诸男继承家风，世代相守呢！”

高阳仍然不说话，皇帝看了她一眼，问道：“什么事又不顺你的心了，一大早赶来这里，嘴巴儿却一动不动？”

却说这公主不仅人长得漂亮，那相貌与文德皇后几乎就是一模一样，加之又聪明伶俐，活泼乖巧，所以，文德薨后，皇帝就把对贤妻的那份爱全部转到了娇女身上。然而，高阳却不珍惜这份爱，而是恃宠撒娇，动辄闹性子。这不，今儿又犯老毛病了，见皇帝问，便气哄哄嘟囔道：“父皇以遗直为嫡出故，拜爵为银青光禄大夫。他自知能力不如夫君，已经表示要把官爵让给夫君，可父皇却执意不允，为什么？父皇常常说喜欢臣儿，疼爱臣儿，可有了实际利益却总是给了别人，光说空话哄臣儿。结果怎么样呢？他得了便宜又卖乖，还不知足，尸骨未寒，又闹着要分家产。这是谁人的遗风，哪家的家训！”

高阳公主嘟嘟囔囔中的遗直是谁？夫君又是谁？遗直者，房玄龄之嫡子也。夫君者，遗直之弟遗爱也。太宗将高阳公主下嫁于遗爱，这样，房玄龄就不仅是唐朝廷的重臣，而且还兼有“国戚”的身份。如此一来，房家的事不也就相当于李家的事了？所以，当高阳公主说出“尸骨未寒便闹着分家产”这句话时，皇帝便警觉了起来，审问道：“谁在闹分家？”

高阳公主眼珠儿一转，回道：“还有谁，银青光禄大夫呗！”

“姐说的是真？”太子李治将信将疑。

高阳公主撇撇嘴，很有点不屑回答的样子。

皇帝听着、看着，一股怒气直往嗓子眼上冲。正要发作时，发现大臣们正在从远处接二连三地走过来，这使他意识到，早朝的时间到了——因为是疗养期间，早朝的时间放后了，仪式也简化了，地点也改变了——只好抑制怒火，打发高阳走后便进了殿。

近来国内安睦，边无急警，大臣们鱼贯进殿应卯、颂安后，并无一人出列奏事，按惯例就应当宣布退朝了。可皇帝今天却没有这样做，而是说：“众卿既无事可奏，那就陪朕聊聊天吧！”

众大臣先是一怔，想不到皇上今天会有这个兴致。继而又显出些犹豫，因为不摸皇上的底子，不知他到底要聊什么，担心话不搭边，跑了题，漏了嘴，反而让皇上平添烦恼，甚至凭空生出事端。以是故，谁都不愿先开口。

皇帝似乎看出了臣下的难处，便先自我释怀道：“忆往昔，朕决机万里，指期灭寇，人未解甲，马不歇鞍，数十年如一日，刀光剑影，伏尸卧血，从来就不曾当一回事。可如今，士廉之哀才一年，又接连有马周、萧瑀、玄龄之丧，股肱连失，朕身体又如此一日不如一日，真有天崩地陷之忧呢。人命无常，世事难料，何至于此！众卿谁可给朕一个答案？”

皇帝出了题，众臣也就陆续开了口。有人说，死生乃天命所定，哀故可哀，但奈何不得。有人说，皇上“有天崩之忧”言之太过，只要龙体安和，国家社稷就会坚如磐石。有人则表示，股肱虽逝，忠诚可继，愿以有生之年，为陛下，为国家，不遗余力，鞠躬尽瘁，死而后已……

皇帝一面听一面不停地摇头，总觉得没有一句能解除自己心里的疑问、郁闷和忧愁。

褚遂良见状，提醒道：“陛下何必问臣下，圣衷不是早已成竹在胸了？”

“朕早已成竹在胸？卿是说玄奘法师那边吧。”皇帝摇摇头，说道，“那天众卿没看见？一头犟牛似的，十个人也拽不回头。用还俗从政办法让他留在朕身边，恐怕是办不到了。”

褚遂良不以为然道：“不还俗也无妨，还可用别的法儿让他为陛下出力嘛。”

皇帝道:“还有别的什么法儿?”

褚遂良回道:“人各有志,法师既然不愿脱染服,陛下何不让他一步,然后再收其心。”

皇帝问:“如何收他的心?”

这一回,褚遂良没有直接回答,而是反问道:“陛下可曾与佛教有过因缘?”

“有过。”皇帝毫不犹豫地回道,接着便一面思索一面具体数点起来,“孩提时曾患过一次重病,是父王到一所名叫草堂寺的庙宇拜佛求佑而得以痊愈的;太原举义时,行军至一所名叫兴国寺的庙宇宿营,此后果然一路顺利,取得了天下;大唐立国后,在荡平王世充的战事中,曾得到过少林寺十三棍僧相助;平寇旋师途中,曾在观音菩萨显瑞处立庙记德;登基后,诏停行先帝所颁的禁佛令;贞观三年于建义以来交兵之处为义士勇夫殒身戎阵者立寺七所;贞观五年,开启扶风法门寺阿育王塔下地宫供奉佛舍利;八年,为穆太后追福而造弘福寺,亲开佛眼;其他如译经、断屠、请僧入宫为太子诸王、皇后授戒、转经行道、祈福消灾等等法事,究竟都做了多少,嗨,已经记不清了,记不清了。不过这都是众卿知道的呀!”

褚遂良感慨道:“看看,光凭陛下所说,就已知道陛下不只是与佛教有缘,而且是缘分很深呢! 所以,依微臣愚见,陛下既已在弘法路上迈出一跬,又何吝余力不跨而成步呢?”

其余大臣应声道:“是呀,陛下既然已经开了头,那就把功德做到底呗。”

皇帝反询道:“众卿是叫朕支持玄奘法师译经弘法?”

褚遂良回道:“陛下不再与他谈还俗事,法师肯定高兴不已,设若陛下又表示向佛、崇佛的意愿,日后无论什么时候向他询问圣教大义，他能不随叫随到？”

“唔，真不失为一个好法子。随叫随到，岂不是不留自留了？！”皇帝一听，很是高兴，立即下令道，“快快将法师请了来！”

玄奘因为对还俗从政这事儿还较着劲，心里不畅快，虽然处身于如画的风景之中，还是吃不好，睡不安，每日里醒得也早，今天也不例外。当内侍前来传旨时，他正站在悬瀑不远处想心事，听说是皇上召见，心儿顿时扑通扑通地跳了起来，说不出是高兴还是担忧。若说是高兴，那是因为终于又有了与皇帝见面的机会。自己的住处与御寝虽然近在咫尺，但宫规严格，如无诏令，也难得见上一面，现在机会终于来了，能不高兴？但是，凭着最近的两次经验，这回见面，不知皇帝又要玩什么招儿，是祸还是福，真不敢多想。不过，他已经做好了最坏的准备，很快便心定了，主意也有了：大不了卷起铺盖儿走人，再回到深山密林中去，不见得那里就不能成就一番事业。

人呀，为了尊严，为了理想，就得准备失去些名呀利呀诸如此类的东西，这也就是所谓的平常心、放得下、有舍才有得吧。正是怀着这样的心态，玄奘从容地走进了紫薇殿。

玄奘才就座毕，皇帝便致歉道：“近因梁国公丧事，冷落了法师，此乃不得已之事，法师不在意吧？”

玄奘连忙回道：“岂敢岂敢，玄奘此来，给陛下平添了许多麻烦，正诚惶诚恐呢，哪里还敢无端造次！再说呢，玄奘本来就是吃斋念佛之人，承蒙皇上恩顾，有幸静处琳宫，正是读经习法的好时光呢。”

“那敢情好，难怪法师如此博学多闻，见解深刻。”皇帝赞毕，接着问道，“只是不知法师眼下正在研习何种经典？”

玄奘回道："新近刚刚翻毕《瑜伽师地论》，共得百卷，这几日正在校读呢。"

皇帝再问道："如此大论，出于何圣，又阐何大义？"

玄奘听此一问，不禁又想起了前些天关于归俗从政的谈话，唯恐再次陷入圈套，于是多了几分警觉，心想，你莫不是又出难题，布罗网了？好嘛，我今天不再颂你的功德，只讲佛的妙法，明我的素志，从此断了你那念头。

主意拿定，玄奘便滔滔不绝地讲了起来。发题就从此论的来历说起："这《瑜伽师地论》呀，或说是释迦文佛灭度千年时，弥勒菩萨自覩史多天宫下降至中天竺阿踰陀国为无著菩萨所说，或说是无著菩萨于佛入灭后自阿踰陀国讲堂升夜摩天听受于弥勒菩萨。两种传说，大同小异，最重要的是都肯定，此论乃弥勒尊者所造。"

说到这里，玄奘略停了停，梳理了一下思路，继续道："此论的结构，总分为五大部分，即本地分、摄抉择分、摄释分、摄异门分和摄事分，重点、核心部分是本地分，其他四部分的内容是对本地分相关问题的解释、强调。本地分包含十七地，即三乘行者，也就是瑜伽师，修成正果所经历的十七种境界，或者说十七级阶梯，或者说十七个阶段、等次。十七地的中心则是菩萨地，主要讲大乘人只要发菩提心，坚持正行正修，就一定能成就菩萨地的正果；为此目的，还为修行者建立了包括四重戒、四十三轻戒的大乘教律仪。"

玄奘又歇了歇，然后将话题转入最重要的内容："此论是弥勒尊者显扬正教的根本经典，其大义是强调三乘行者所处的境，也就是心所游履、攀缘的事物境界，所修的行，所证的果位，是相应、和合、一致的，种瓜得瓜，种豆得豆，有几分努力、精进，就有几分功德、几分收获。"

皇帝听到这里，心里焦急，插话道："朕不明白，什么叫所对的境、所修的行、所证的果?”

玄奘回道:“玄奘深知读经难,听经更难。陛下莫急,且待下面逐一说来。首先说所对的境:三乘行者从认识自己的身、眼、耳、鼻、舌、意及其作用开始,建立起诸法由识而起的观点。在此基础上对所对的境进行推求、审察,分别哪些是会生烦恼的有漏法、哪些是不会生烦恼的无漏法。进而深入经籍,了解佛所说的各种禅定、非定的异同、区别,然后发心修道。总之,六根所对的种种事与物就是三乘行者共同所对的境。

“其次说所修之行,其中又分为共修与别修两种。行者既发心,就进入了修行阶段,修行中要博闻,要善思,要虔诚,即首先要了解掌握声明即言语文字、工巧明即工艺技术历算、医方明即医术、因明即考定邪正真伪之理法、内明即佛教自家的学说等各种知识,再用清净的心去谛思静想所闻诸法的道理,思维抉择一切法中所应知道的法义,以及思维抉择一切经文、偈颂的奥义,然后再虔诚精修各种清净、圆满法。这闻、思、修三者,都是三乘行者的通修课、共修之行。此外,三乘行者还有各自不同的别修之行:或闻佛之声教而觉悟苦、集、灭、道四谛之理;或通过独居静处,由见飞花落叶或观十二因缘而觉悟,自脱生死;或修六度、万行,而究竟了知一切法因缘,等等,这些都属于别修之行。

“最后再说所证之果。三乘行者通过通修、别修,最后所得的是与之相应的有余依涅槃、无余依涅槃果。什么叫有余依涅槃呢?就是诸漏,也就是所有的烦恼,永远除尽,众苦悉断,已得遍知一切法的智慧,亦即究了一切事物不生不灭、非有非空此一真性,而进到不再造恶、唯善是奉、六根不动、连正知正念都舍弃了的寂静状态,一句话,作为生死之因的惑业已尽,而处于一种无烦恼、无痛苦、无损于有情众生、舍弃了一切的寂静境界,唯一留存的只有原来承受烦恼的肉体，简单、通俗点说就是人活着时就已证性成佛。无余依涅槃则是证得涅槃时，连承受烦恼的肉体也都灭尽了，不复存在了，所以无余依涅槃是进入寂灭的最胜寂静境界和无所依恋、永离烦恼诸苦、解脱流转生死的真无漏界。"

在玄奘滔滔不绝讲说时，除了皇帝偶尔的插话，整个殿堂都是鸦雀无声的，十几号人连一声小咳都没有，一个个肃然神注，专心谛听，虽然不是每句话的含义都能确切明了，但却能大体领悟出其中的道理。

讲说完了，但大家仍然沉浸在闻法的喜悦中，寂然不动地坐了好一阵子。

皇帝在回过神后问玄奘道："法师所陈大义甚深、甚好，只是听过遂忘，能否将论本取来，让朕一览？"

很快，玄奘弟子玄觉便将《瑜伽师地论》送了来。

皇帝接过论本，便旁若无人般翻看起来。众大臣见皇上如此忘情，既不敢作声，更不敢离去，只好耐着性子静候着。

无论是槐庭还是坊间，士民几乎是无人不知，当今这皇上是一个文武双全的奇才。武功不用说了，大唐天下，几乎无处不有他昔日征战的身影。文的方面则是留情坟典，属意篇什，不仅字写得好，而且有"词穷班马"之誉。所以，这佛经虽然像隔世之语般陌生、艰涩、难懂，但他还是能够阅读无碍、领悟言前。翻了几十页后，一来觉得大论词义宏广，前所未闻，二来觉得篇幅浩瀚，一时难了，于是合卷对众臣说道："朕观这佛经呀，譬如瞻天俯海，莫测高深。朕前此忙于军务，不及委寻佛法，今法师于异域得此深法，用心研之，实属宗源杳旷，浩渺无涯，真可与儒家、道流典籍同辉呢！"

皇帝将经卷放到案头上，正正身，提提神，对众人道："从今以后，朕当助法师弘扬释迦大教。"

玄奘闻太宗如此说，心里不觉大怔，还来不及细想，更来不及说话，长孙无忌便已经先开了口："看来，皇上还是被法师说服了。"

皇帝道："无忌说的是关于劝法师归俗谋政之事吧？"

长孙无忌只笑不答。

皇帝自解道："嘿，朕明白法师之辩言，其实不过是为了自存雅操，所以甜言蜜语，滥相光饰而已。固然，集腋成裘，一狐难成，大厦摩天，必须众材，大唐清政，非朕一人可以独成。可法师也说得对，朝中既有列卿襄拱，这也便大可安枕了。也罢，就不夺法师之志了。"

玄奘听得真切，喜不自胜，又要振衣叩谢，结果又被褚遂良抢了先："法师所述陛下丰功伟业，千真万确，犹如出自臣等肺腑。如今四海廓清，九域安宁，一皆陛下圣德所致，臣等不过备位而已。"

皇帝朝褚遂良摆手叫停，转而问玄奘道："朕今后不再难为法师，你就一心译经弘法好了。"

玄奘立即趋前欢喜作揖道："陛下鸿恩厚德，玄奘感激不尽。"

皇帝示意玄奘回座，说道："法师先别谢，再等会儿吧。"

众人不解皇帝所说何意，面面相觑，无从开口。

玄奘呢，也一时愣住了：莫非又要刮风下雨了！

然而，皇帝并不不理会他们的反应，只是叫过秘书省官员吩咐道："传朕旨意：速令有司简书手用上好纸张、上好笔墨，将三藏法师新译经、论，各写九本，分与雍、洛、并、兖、相、荆、扬、凉、益等九州辗转流通，使率土之人同禀未闻之义。"

又是一个出人意料，玄奘简直是被弄糊涂了：这皇上演的是哪出戏？实在让人费解。想高兴，却又不免担心。

皇帝仍然不理会旁人的态度，转而对驸马高履行道："你先前请朕为你父亲作碑，然朕气力不如往昔，唯愿多做功德，为法师新译经论制序。在此特别告知你,所请不能如愿了。”

高履行的父亲是谁?就是文德皇后的舅舅,当然也就是当朝的国舅了。连为国舅撰碑此等大事都放下了,可见这皇帝对佛教,对玄奘的态度有了多大的变化!

喜事一个接着一个,座中谁不高兴!长孙无忌、褚遂良一班大臣接二连三地赞扬佛道玄奥和玄奘闯关履险求经访道的精神,颂扬皇帝至道昭明、泽沾远近、护教弘法的功德。玄奘这边呢,此刻的心情又如何?当然高兴,不仅是因为还俗从政这道坎终于迈了过去,而且还由于亲耳听到了皇上如此之多的好评和承诺。只是,刚刚经历过的变故太深刻,老是忘不了,所以高兴之外又不免还有些余忧。毕竟,这变化来得太大、太突然,而承诺呢,也还是虚的,果子还没尝过,怎么就可肯定它一定是甜的呢?

当今皇帝在战场上是个英勇果敢的统帅,在理政上则是雷厉风行的君王。他答应为玄奘新译经论写序之后,说干就干,当日众人离去之后,他便乘兴执笔就纸,文锋轻振,管磬自谐,花葩竞发,不到一个时辰,洋洋洒洒七百八十一言的《大唐圣教序》即告完成,只见满纸上都是右军的骨法,字字洋溢着书圣的神韵。

第二天,皇帝下令现在玉华宫听事的臣下人等都集合到显道门内的庆福殿,因为天气晴好,所以不是在殿内排班列次,而是连皇帝自己在内所有的人都一律站在殿前的阶墀或大道上,面对一碧如洗的青山,呼吸天地自然之气,然后命弘文馆学士上官仪捧了《圣教序》,对众宣读。

序文先述了天地有像而易识、可徵,阴阳无形而难以穷究,而比之于阴阳学说,则佛教宗趣又幽微崇虚多了。因为佛教乘幽控寂,弘济万品,典御十方,举威灵而无上,抑神力而无下,大之则弥于宇宙，细之则摄于毫厘，无生无灭，历千劫而不古，若显若现，运百福而长今，妙道凝玄，遵之莫知其际，法流湛寂，挹之莫测其源。释尊在成道之前以菩萨身行化，言未驰而成化；证悟成佛之后则大转法轮，民仰德而知遵；涅槃寂灭之后，虽迁仪越世，金容掩色，但释尊的法身三十二大人相及其所创建的正法仍放射出无限光芒，照耀三千大千世界，微言广被，拯含类于三途，遗训遐宣，导群生于十地。次述佛教本兴起于西土，至后汉明帝时传入中夏，但由于义理深奥，极难理解，于是乎异说丛生，邪正难分，空有之义、大小乘之旨，一直争讼不休，各人有各人的理解，随时间的变化而变化，终致真教难仰，莫能一其指归，曲学易尊，邪正于焉纷纠。玄奘法师幼怀贞敏，早悟三空之心，长契神情，先包四忍之行，松风水月未足比奇清华，仙露明珠讵能方其朗润，智通无累，神测未形，迥出六尘，千古无双，诚所谓法门领袖。他悲正法之凌迟，慨深文之讹谬，欲于纷乱之中，分条析理，彰显真谛，截伪续真，裨益后学，于是乎发奋西游，励志求法，乘危远迈，杖策孤征，虽积雪飞舞，惊沙弥天，皆无反顾，万里山川，拨烟霞而进影，百重寒暑，蹑霜露而前行，遍游五天，历览灵迹，承至言于先圣，受真教于上贤，深入妙门，精穷奥业，广求圣典，历十七年，共收集得大小乘三藏等经籍六百五十七部，携归译布中夏，大加弘宣，引慈云于西极，注法雨于东陲，致使圣教缺而复全，苍生罪而还福，出火宅，拔迷途，渡昏波，同臻彼岸。序文最后感慨道：人世间的恶果都是由恶行酿成的，而善果则是因了善缘所致，可见这一恶一善，都是由人的信仰所决定，这就好像桂生高岭，云露方得泫其华，莲出绿波，飞尘不能污其叶，非是莲性自洁而桂质本贞，良由所附者高则微物不能累，所凭者净则浊类不能沾。卉木无知，尚能资善而成善，何况人伦有识，能不缘庆而成庆？朕之所以为三藏所译经典制序，就是冀兹经流施，将日月而无穷，斯福遐敷，与乾坤而永大。

御序文采飞扬，霞焕锦舒，对佛教，对玄奘，都极尽了褒扬之意，而制序的深衷也已昭然跃于纸上。在场众人听罢，无不赞叹叫绝，欢呼雀跃。

至此，玄奘心头的疑云、担忧完全消除了。他谢过皇恩，像得了稀世之宝般还至卧处，心情久久不能平静，不停地踱了十几个来回。随后，趁着心花怒放的劲儿，写了一封谢表，少不了又颂扬一番皇帝金轮御宇的功德，以及护持圣教的天恩。最后说，听了、看了皇上文超《象》《系》之上、理括众妙之门的《圣教序》后，就像微生亲承梵响，闻佛授记，踊跃欢喜，无任欣荷之极，真是感激不尽啊。

好不容易等到第二天，一大早，玄奘穿戴整齐，估摸着早朝将要结束，便拿了谢表，径直往御殿去了，一路上脚步十分轻松。

到得殿前往里看时，尚未散朝，玄奘正犹豫着，不知该进还是退，不期却听见内侍传呼道："有旨请法师进殿。"

玄奘闻召，立即进了殿，将谢表奉上。

皇帝接过谢表阅毕，然后微微笑道："朕就知道法师要来，大家都等了好一阵呢！"

玄奘听皇帝如此说，心里不觉纳闷：怎么回事呀，知道我要来，还等了好一会?!

其实，这没有什么奇怪的。皇帝知道，玄奘得了《圣教序》，一定会很高兴，也一定会上谢表，而且是不出今儿的事，这是常理嘛。而今儿奏事者不多，事毕之后本该立即退朝，但惦着玄奘必定要来，所以便找事儿拖延了些退朝时间。果然是猜了个对，等了个着。

皇帝看完谢表，把它放到御案上之后，对玄奘说：“朕才不如君子，所言又厌博达，至于内典，尤所未娴，所制序文，深感鄙拙，就怕秽翰墨于金简、标瓦砾于珠林呢。今日谬承褒赞，躬自检省，实在汗颜啊。所序善不足观，空劳致谢了。”

玄奘见皇帝如此谦卑自贬，不觉吓了一大跳，立即就要拜谢。皇帝阻止道：“法师且慢，我知道你又要说些感恩戴德的话，等会儿吧。”

说完，皇帝令近侍打开御案上的一个精致箱笼，取出一袭衲衣。还未展开，众人便已惊呼起来。原来，此衲虽无金线之饰，却是以七彩色丝织成，毫光四迸，耀人眼目。细而观之，更不知针线从何而出。巧夺天工，精美绝伦，真可谓人间罕有，见所未见！

皇帝知道众人的心思，所以不问而自说起此衲的故事：“朕库内旧衲颇多，却无好者，故特教后宫造之，费了好几年时间才制成的，这是朕最称意的一件了。每当出巡，虽随身携带，却舍不得用，只有在重要场合才披之，唯恐将它弄脏污损了。”

说到这里，皇帝得意地笑了笑，继续说道：“贞观十一年，朕行幸洛阳宫，时有苏州法师法恭和常州法师法宣二僧，皆三吴德高博学者，尤其是那位法恭法师，上秉严师，下运慧思，在什么《成实》、《毗昙》学方面尤有造诣，九派之众无不争趋问道。朕特召二师入宫对扬论道，谈像教之兴废，说遗法之付嘱，果然是僧中之杰。当时，二师各披袈裟一领，俱云为梁武帝施与先师，然后传之于己者，颇为骄傲得意。朕从容出示此衲，二师见之，始愧所著针线不工，争相为朕之衲赋咏。”

皇帝停住话，伸手从箱笼中取出一页书签，又继续说道：“这就是当年恭法师为朕此衲所赋之诗。上官仪过来，你给众人念念。”

上官仪上前接过诗稿，念道：“福田资象德，圣种理幽熏。不持金作缕，还用彩成文。朱青自掩映，翠绮相氤氲。独有离离叶，恒向稻畦分。”

念毕赞诗，皇帝取过彩衲嗖的一声抖开，眉飞色舞地说道：“众卿看，法恭法师描绘得像不像？”

众人中，有人回道：“这诗写得逼真，与彩衲一丝不差。”

有人则说：“诗虽美，但仍未能尽其致。”

皇帝待众人静下来，又问道：“众卿可知道那宣法师赋的什么诗吗？‘如蒙一披服，方堪称福田。’此是何意？”

有人说：“想得到呗。”

有人说：“那法师话都出口了，陛下为何不给个面子？”

皇帝摇摇头，说道：“赐给他？不不不，如此殊丽的彩衲，非盛德者岂配服用！不过，朕还是给他们每人赏赐了五十匹绢。”

长孙无忌道：“各赐五十匹绢，这面子也算给足了！”

说话间，皇帝招呼玄奘过来，说道：“法师披上，让朕与众人看看。”

玄奘怵道：“玄奘并无盛德，岂配如此华服？”

太宗不由分说地将彩衲披到了玄奘身上。众人一看，正所谓彩衲资象德，相得益彰，不禁惊呼道：“好匹配，好威风！”

玄奘在五天游学时，曾经接受过各种殊礼隆遇，从来没有过半点儿忐忑惶恐，但今儿当着皇帝和众大臣的面，听着如此这般的赞叹，心理却有点不同，总觉着不是那么心安理得。固然，他很珍爱这份殊荣，因为这份殊荣意味着正教得到了呵护；但殊荣突然到来，却又觉得自己还做得还太少，并非名至实归，甚至还有些儿无功受禄的味儿，心里自然也就不够踏实了。所以，还在众人赞叹的当儿，他就急着要把刚披上的彩衲脱下还给皇帝。皇帝见状，立即伸手按住他的肩膀说：“不需脱了，这是朕当袈裟赐予法师的，披上它，师就更有法门领袖风采了。”

玄奘谢过皇帝的恩典，还是执意将金襕袈裟脱下，抱在怀中，然后说："玄奘译经弘法不过才开了个头，何堪法门领袖之称，但能做一法海渡夫，心里就满足了。"

"好一个法海渡夫！好，好，朕再为你这个渡夫添一条竹竿，好好撑船渡人。"

皇帝说完，向旁一招手，侍者立即捧过一个漂亮的皮套袋。

皇帝打开套袋，取出一把铮亮剃刀，递与玄奘道："愿师努力，剃尽天下一切烦恼丝。"

玄奘接过剃刀还未来得及谢恩，皇帝又对太子道："治儿，你不是要送法师什么吗？"

太子闻令，随即命侍者取来自己刚刚写毕的《述圣记》，并当众宣读了。

玄奘听罢方知，太子看了皇帝所制《三藏圣教序》之后，深有感触，于是也运毫写成此《述圣记》，盛赞圣教奥旨遐深，词茂道旷，圣慈所披，无善不臻，妙化所敷，无恶不剪，弘六度之正法，拯群有于迷途等奇功以及上皇恩加圣教，泽及昆虫，虽尧舜汤武所不能比之护教圣德。自然啦，也少不了对玄奘取经弘法的颂扬。

连皇储，也就是未来皇位继承人、下一代皇帝，都举起了护教的旗帜！看看，恩顾，殊荣，如此接二连三地到来，玄奘能不有受宠若惊的感觉吗！于是，他又要开口致谢。但如前一样，又被皇帝阻止了："法师且慢，先听朕说。朕曾闻，万行成万德，而佛具万德，故知佛为万行所成。朕今不求成佛，但求善兼天下，和谐致治。听师说过，众生沉迷昏昧，非慧莫启；慧芽之抽，必资正法；弘法由人，僧尼是依。所以，朕已决定度僧，准京城及天下诸州寺院各度五人，朕之愿寺弘福寺度五十人。遂良，你算一算，全国要度多少人？"

褚遂良向祠部询问后答道："海内寺院总计三千七百一十六

所，约度僧尼一万八千五百余人。”

皇帝道：“好，就按这个数剃度，朕当择日降诏施行。”

玄奘一听皇上还要下诏度僧，而且还是大度、普度，真觉得又是一个天降之喜，于是不由自主地踊跃上前合十道：“阿弥陀佛，金轮王御世，玄奘有幸，众生有幸也！”

众臣的反应如何？不用说，也都在拱手相庆。

玉华宫内连日来发生的事情不翼而飞，很快便传遍了京城，然后由京城再向九州辐射，轰动性的效应一波接着一波。王公、百辟、僧尼、黎庶，无不为慈云再荫、慧日重辉而手舞足蹈，欢呼歌咏，特别是在那京城内外的寺庙里，归依四众更是拱手相庆，诵经声、钟磬声，波回雾委，热闹非凡。而那《大唐三藏圣教序》、《述圣记》两篇金文，很快就被辗转传抄出去，流向东西南北、天涯海角。

弘福寺主圆定长老得到御序和《述圣记》之后，如获至宝，珍惜有加，并发了一个大愿：将两篇金文镌于贞琰，永远藏于寺内。经奏请获准，立即找到寺内善书僧怀仁商量此事。怀仁说：“皇上对书圣右军推崇备至，珍爱有加，所临皆得其遗意。又者，当今虞、欧阳、褚三家亦二王之笔迹，若能集而勒之于碑，岂非双绝！”

圆定听后非常高兴，立即采纳了这个好主意。

因为心情好、热情高，干劲自然就大。不旬月，不仅集齐了二序所需之字，而且很快又镌刻完毕。

又过了几日，两通巍巍丰碑就竖立在寺院山门前，一左一右，像两张鼓满了风的云帆，推动着一艘艨艟巨舰，正朝着光明而清净的彼岸破浪前进！

第五十回

宫中陪驾再遇痴心女　陌上散心初识卦中人

前面已经断断续续地讲过，当今皇帝与佛教有着很深的因缘，而他与佛教结缘的原因却有不同的说法。但不管怎么说，自太原举义以来至于执政后多年，他做了许多崇佛敬僧之事，这都是事实。只是一路下来，他的态度还是若即若离，徘徊于儒释道三家之间，直至生命的最后几年，崇佛之心才坚定了下来，原因之一，则在于他内心那份掩饰不住的忧生之虑。

众所周知，皇帝年少即参军作战，从太原举义起，至克平宇内，十数年间，一直是戎马倥偬，出生入死于刀光剑影之中，劳心劳形，身体、元气的虚耗，都远在常人之上。正所谓：十丈之槐，外虽威风，内已中空。及至征辽一役，栉风沐雨、饮冰卧雪之外，复罹疮痈，身体更不如平昔。又眼见老臣、新宠接二连三地倒下去，兔死狐悲，触景伤情，心中不免有终期不远之忧。为打开心结，于是亲近玄奘，于是对佛法有所期待。在倾听了玄奘关于四谛、十二因缘，以及扬善去恶、正行积德、自净其心等说教后，总觉得它的确是一种能够究了、诠释人生的真理法义，一把能打开心锁的钥匙，一盏可指示光明前途的慧灯，于是从此心属之，意归之，推崇之、护持之，而写序、赐衲衣、度僧，等等，便是自然、必然之事了。

从舆地上说，玉华宫所在的坊州宜君县已经属于京畿北界金锁关外之地域，与八百里秦川相比，除地理、物产差异之外，气候也有很大不同。九月已是深秋，紧接下来就要面对寒冬了。所以，当北风来临之前，皇帝及随扈便及时地离开玉华宫回到了京城。

玄奘还京后未能回到弘福寺，而是奉诏继续陪驾，进了太极宫，被安置于皇帝寝殿，即紫薇殿西侧不远处的弘法院。

紫薇殿位于玄武门内以东不远处。当年，太子建成与齐王元吉密谋对秦王李世民下手时，自东边的太子宫进入太极宫后，再行至临湖殿，突然发觉形势有变，于是紧急拨马想返回宫府，但已经来不及了，二人一前一后被李世民及其伏兵就地射杀。这临湖殿就在东海池南岸，而它的南面就是今帝的寝殿。

有关陪驾的事，玄奘直至临回时才得知，心里一点儿准备都没有。这几个月里，饮食起居自然优裕，令人高兴的事也不少，但心里却一直在发急，原因很清楚：译经的事耽误了好几个月，如今又要陪驾，不知又要耗去多少时日，心中的那张宏图，才开始不久的大业，要到什么时候才能实现、完成啊？怎样才能在既不违抗圣旨又不误译经大事这两者之间找到一个平衡点呢？考虑再三，他对皇帝说道："奉陛下圣旨留与谈说，实玄奘之大幸、释教之大幸。只是玄奘停译日久，若不寸阴是竞，则不足以补往日之所缺。所以，一乞陛下准允玄奘昼间谈说、夜则译经；为此，再乞陛下准允所需笔受、缀文、证义等职事僧随玄奘进院助译；最后呢，再乞于谈说之余，准允玄奘自由出入宫禁，方便还寺处理事务。如此，则玄奘方可稍安。”

皇帝见玄奘所提要求并不过分，亦非什么难事，便一一的照准了。

安置停当后，又稍事休息了两日，生活于是又像水车般悠悠然运转起来。每日里，皇帝总要匀出一段时光与玄奘相会，或在寝殿内，或在东海池边，或在千步廊，或在凝香殿，或在紫云阁，或坐或走，从容自在，悠哉游哉。玄奘对皇帝所问，无论是单本的经论大意，还是圣教的总体要点，都一一作答，条分缕析，简约明了。而皇帝本来就是一个文武全才，稍经点化，便能十得七八，其不停地点头首肯和有所得的愉悦神态，都颇能说明问题。这里放下不说。

一日，皇帝问玄奘道：“朕闻有一部名叫《金刚般若经》的圣典，自姚秦以来，历代都有翻译，流行甚盛，它究竟是一部什么样的圣典，具有如此之大的吸引力？”

玄奘回道：“此《金刚般若经》，乃是释尊在舍卫国为须菩提等菩萨所说之法，论其大，则不如大部般若经之浩瀚，谓其小，却又胜于太简之《般若波罗蜜多心经》，虽然只有一卷，却能尽般若之理，穷空慧之性，也就是一切法无我之理性，三世诸佛舍此不能成就，菩萨闻说此经而不谤毁，其功德比之施舍身命还要大，即使如恒河沙多之珍宝亦不能等其价。所以者，无论西方人、东夏人，都信受爱敬之。只是呢，此前所译，尚有遗漏差讹，比如所谓的‘金刚般若’，按梵本实应为‘能断金刚般若’。些微差异，却失了大义：众生怀分别心执着诸法实有，因此产生种种烦恼，这样的暗昧迷惑，坚硬难破，犹如金刚，唯有此经所阐释之无分别智，也就是诸法性空的认知，方能除断一切烦恼之根。此即‘能断’之义也，舍此“能断”二字，就言不达意了。”

皇帝听后欢喜，遂建言道：“师既娴梵本，何不就便更翻，也好让朕诵习诵习，修取这能除烦恼的无分别智！”

玄奘回道：“陛下既然喜欢，玄奘遵旨择日翻了就是。”

说法论道，对玄奘来说，这是伸手拈来般容易的事，费的只是时间，而不是心力。眼下所遇到的烦恼事，既出人意料，又不是那么好处理了。

当秋风将长安城九街十八巷道旁的槐树叶一扫而光后，寒冬腊月便宣告届临了。从高原大漠长驱南下的朔风，突破最后一道屏障梁山，便进入到关中盆地，一阵紧似一阵，撞到人的脸上、身上，让人觉得有如刀割一般。刮起地上的尘土，满天飞扬，将个八百里秦川一下子变成了灰色的世界，长安城，特别是作为帝都标识的太极宫、大明宫等处巍峨高大的殿堂、门楼、亭台，一下子变了脸，顿失平日的斑斓色彩。

风大，无雪，干冷，这是另一种滋味的严寒。城中一百一十四坊中的府邸、民居，其冷暖状况不得而知，仅就玄奘居住译经的弘法院而言，屋子中央虽然设置了一个火盆，炭火也在不断地伸出通红通红的长舌，靠近它，自然温暖舒服，离它稍远些儿，情况就不一样了，即使裹紧棉袄，缩手笼袖，也还是让人觉得寒气森森。在此助译的几个僧人都年在而立、不惑之间，血气还旺，不仅没人喊冷，反倒认为可以借此刺激刺激，提神醒脑。玄奘则不然，一方面是过去长期的履艰历险，久瘿痼疹，两年多来的日夜操劳，更是使之有增无减、每况愈下；二来是花甲已近，年龄不饶人，事事都差年轻人一筹，身体的抵抗力自然也不例外。寒冷对他的威胁，晚上尤其见重，躺到床上，一个、甚至两个时辰，脚心儿都暖和不过来，被窝儿拽得再紧，双脚再蜷缩也没有用，所以，每晚都是辗转反侧，难以入眠。都说人是铁饭是钢，这说法其实是不完全对的，因为还有比吃饭更重要的，那就是睡觉。饭一顿两顿不吃无大碍，一觉睡不好，第二天就没了精神；连续的缺觉，再硬的汉子也要垮下去。让玄奘担心的是，如果一个冬天都睡不好，身体垮了不说，译经的事也就别谈了。

就在玄奘为睡觉的事发愁时，东宫的两个侍者拿了一只大木盆，提了一桶子热水过来，对玄奘说："三藏法师身体欠佳，又整天劳碌，睡前用热水泡泡脚，好入睡。觉睡好了，第二天才会有好精神。"

玄奘没泡脚便先被侍者的这番话说暖了心。他知道，这些话虽然由侍者说出，但教他们这些话的却是那位东宫主人，这是确定无疑的。

冬季最冷的时段是"三九"，"寒冬腊月"就是指的这。随着天气越来越冷，弘法院屋里的火盆也越来越旺，延续的时间越来越长，但显而易见，小小的火盆发出的热量与漫天的寒气相比，谁强谁弱，谁消谁长，那是很清楚的。白天译经的时候，捉笔久了，翻书久了，手指头就有木棍儿的感觉，硬邦邦的，不听使唤。所以，隔一段时间，书写手就得到火盆前烘一烘，搓一搓手，然后再继续工作。可玄奘却没法这样做，因为他要主持全盘，得带个好头儿，凡事都得检点检点，起个好作用。遇到难忍之事就忍，这是他几十年来所养成的习惯，成了性，定了型。只是，白天好应付，夜里的事却还是没有得到彻底的解决。热水泡脚是容易入睡了，但到了三更时分又被冻醒了，正是最解乏的觉却又被打搅了，那困劲儿真是不好受。

又是在玄奘为冷暖事儿伤脑筋的时候，东宫侍者又来了。这回只来了一个，他掀帘进了屋，径直走到玄奘跟前，将双手捧着的物件递过去，说："三藏法师辛苦了。这是给法师的暖壶，白天可以用来暖手、暖身，晚上睡觉放在脚边，可得一夜安睡，随时换上热水就可以，很方便的，只是别忘了套上布袋儿，小心烫伤了皮肉。"

这一回，玄奘开始吃惊了：都说太子仁厚，其实又何止是仁厚，真难想象，一个贵为太子、储贰的人物，又还在在冠之年，竟然为别人的生活琐事谋划得如此仔细周到，这是多么亲昵、多么真挚的情分啊！这样的恩情，比之暖壶又不知要温暖多少倍了。

就在送暖壶后不几天，还是那个送暖壶的侍者，又给玄奘送来一个精致的长方形木匣子。匣内分作四格，每一格里都放了些药品，侍者一一指着说："这是送给法师的草药，有黄芪，有党参，有甘草，有枸杞，都不值钱，但对法师也许有用。每日里用五钱黄芪和一两片党参、甘草，外加几颗枸杞，泡水当茶喝，第二天再换新的，连续些日子，必会神气充足，咳嗽也会停止的。"

这一回，玄奘不仅吃惊，而且觉得简直不可思议。的确，玄奘长久以来就发现，自己的精神元气越来越不如往昔，疲倦，乏力，一迈腿就觉得累，而且还有一个顽疾：每天早起洗漱时，都要咳上好一阵，厉害时还会引起恶心、呕吐，如此这般的折腾一阵后，这一天才得以安稳下来。反复循环，天天如此，既让人烦，又让人担心。一直以来都当作咽疾来治，可就是不见效果。他想不明白的是，起居室里的事，身体上的顽疾，怎么却传到了外面，传到了太子耳里？莫非有一个人时刻跟在背后不成？莫非有一双眼睛一直盯着自己不放？要不然，这事儿就实在太离奇了。

也罢，既然是东宫那边送过来的，太子又这么善解人意、体贴入微，那就试着泡来喝呗。

果然灵验！才喝了不几天，首先是早咳减轻了，没有了。又过了一段时间，精神也明显地振作了，譬如说话，底气就足了许多。

一日，又是与皇帝约定的谈讲时间，玄奘按时到达御寝紫薇殿，不期太子李治也在那里，正在谈举办新落成的大慈恩寺入寺式问题，见玄奘到来，知是事先约好的，便停了下来，并准备告退。玄奘急忙开口道："殿下先别走，正好陛下也在，玄奘要借此机会，当面谢过殿下的恩典……"

"哦，皇儿几时又为三藏法师做了好事？"皇帝听玄奘说要谢恩，一时高兴，这样问太子。

太子见玄奘如此说，皇帝又如此问，一时摸不着头脑，连连否认道："师此话从何说起？没有呀，皇儿最近并没有为师做什么好事呀，恩典从何而来？"

玄奘道："殿下仁厚，天下谁人不晓。一连为玄奘作了如许多好事还说没有做，我可都留着证据呢！"

太子更觉得奇怪了："证据，师手里还有证据？"

玄奘望着皇帝，断然说道："当然。玄奘胆子再大，也不敢欺君罔上呀，何况，不诳语还是出家人的严戒呢。"

太子相信玄奘说的是真话，所以更加觉得此事颇为蹊跷："莫非是谁在假冒名义？我倒要看个究竟了。"

说着，牵了玄奘就往外走，才迈了一步，却又回头望着皇帝，显然是在无声请示：可不可以走。

皇帝摆手放行道："事情既然这般有趣，那就去弄个明白吧。入寺法事放后再议，今儿与法师的谈讲也作罢了。"

玄奘与太子李治很快就到了弘法院。玄奘叫弟子将他所说的"证据"一件一件地拿过来给太子看，还没开口介绍呢，太子李治却像孩子般一面手舞足蹈，一面大声地笑了起来："哈哈，真是好事连连啊，师交好运了，交好运了！"

玄奘莫名所以地问道："好事连连当然不假，可怎么就交好运了？"

太子也不回答玄奘，而是说："师仔细看看，这些器具上面都画了些什么？"

玄奘不假思索回道："画呀！"

太子道："画呀，不错，是画。什么画呢？"

玄奘先看了看脚盆，只见上面画着一汪清泉，泉边是一块奇石，一男正在教一女吹箫，一只凤鸟正往石头上降落。他想了想，说道："这画的应该就是秦穆公之女弄玉向萧史学吹箫的故事吧。弄玉吹箫，作凤鸣，凤闻而来止。"

太子击掌道："师不仅广闻博识，而且记性还忒好哩。只是，师没有讲：弄玉与萧史结为夫妇，后来一起飞升去了。"

玄奘听后赞道："殿下的记性比玄奘又强多了！"

太子像是没听见似的，没搭理玄奘，而是将暖壶的套子取下展开，问道："这上面绣的又是什么？"

玄奘凑近看了看，回道："飞鸟、行人。"

太子道："对，两只飞鸟，两个行人，都是成双成对的。天上飞的无疑是比翼鸟了；地上走的呢，一个美男，一个美女，寸步不离，应该就是《述异记》中的'比肩人'陆东夫妻了。"

没等玄奘表态，太子又指着木匣子说道："师少时曾饱读诗书，一定还记得《诗经・木瓜》这首诗的，'投我以木瓜，报之以琼琚。非报也，永以为好……'师仔细看看，匣盖的这一头，是不是画着一棵硕果累累的木瓜树，一个俏丽的村姑正在将一只青里泛黄的木瓜投向过路的意中男子？那一头呢，是不是画着壮健男子一手拿着木瓜，一手正将一枚玉坠递给俏姑？那俏姑大胆泼辣，含情脉脉，那男子健美英俊，憨厚大方……”

“投桃报李，真是天生的知己，美满的一对。”玄奘也禁不住赞扬道。

太子听玄奘如此说，便笑着问道：“好一个投桃报李！那师的回报是什么呢？”

玄奘回道：“俗话说，涓滴之恩，当涌泉相报。玄奘一定加紧译经，报答殿下的鸿恩。怕只怕，纵便舍此一生也报答不完呢。”

太子回道：“嘿，错了错了。治何恩之有？师应当报答的是送师什物的人。”

玄奘讶道：“这样样物件不都是从东宫送过来的吗？”

太子说道：“东宫住的又不只是治一个人，为什么就一定是我送的？”

玄奘一时糊涂了：“可送物件的都是东宫侍者……”

“治给师傅也配有专门侍者呢！”太子打断道。

玄奘更是惊讶了：“殿下所说的师傅是谁？”

太子回道：“还有谁？薛婕妤呀！”

玄奘讶道：“薛婕妤也住在东宫，也有专门侍者……侍者送来的样样东西也是她的主意？”

太子诧道：“嘿，师才明白呀！师的这几样‘证据’呀，治一看就眼熟，天天见着呢，所以才笑了嘛。”

玄奘听到这里，这才开始品出其中的一些味儿，同时也才开始警觉起来，并且开始暗暗责备自己的傻劲儿。不过，他不愿意将自己的真实心态流露出来，并企图不动声色地将此事由大化小，由小化了，于是说道：“那就拜请殿下代为向薛婕妤致谢了，谢谢她对玄奘的关切。”

太子笑而推托道："不能不能，这个事儿别人可代替不了。人家既然投来了木瓜，你就得拿出琼瑶来报答啊。"

"殿下取笑玄奘了。"玄奘见话儿岔不开，慌忙打断道，"玄奘是个断了尘缘的出家人，心中唯有佛世尊，不知何物为琼瑶。皇上也已敕准玄奘专心弘道，岂敢再分心、懈怠！"

太子坚持道："父皇早有明敕，治岂有不知之理。这事儿，其实也不是治提不提的事。人家敬仰谁，思慕谁，那是人家的自由，岂是明敕能管得了的事？治不是也一直蒙在鼓里吗？直到现在治才恍然大悟，为什么自玉华宫回来后，师傅总是时不时问起译经场的事儿，又总是若得若失、神不守舍的样子。依我看呀，师傅对师真的是一往情深，痴心难改了。而师呢，游方请益了大半辈子，也实在辛苦了，现在还是夜以继日地劳碌，身边虽有弟子、侍者侍候，但都是些男儿汉子，哪里比得女辈的温柔体贴、无微不至？所以呢，师何不就从了父皇先前之意？一来呢，不辜负我师傅的一片痴情，二来呢，身边也有个知冷知热的人来打理生活……"

玄奘越听越觉得难为情，屡次要打断太子的话，可太子一连摆手阻止道："治知道师要说什么，不外是不愿破戒啦，译经事大，不能一心二用啦之类。其实这都不是理由，因为师很了解，与佛世尊同时，就有维摩诘居士，他委身在俗，晦迹五欲，同样可以辅助释尊教化，而成为无垢、清净之法身大士。就近而论，则有鸠摩罗什三藏，虽受妓女而终为一代译家。师从长考虑考虑，要是决定以琼琚回报，治情愿做一回月下老。"

玄奘坚决回道："诚不可以，诚不可以。"

太子无奈道："那这个结就只能由师自己去解了。"

对玄奘来说，陪驾一事，本非心之所期，如今不仅分了神、费了时，而且又横生出这段欲避不能的情缘。这情缘，让人感动，却又不能接受，不过是徒增许多烦恼而已。虽然，薛婕妤并没有公开求爱，但却是再三委婉地表示了恋情，所以这事儿很是让人犯难：公开拒绝吧，人家并未当面向你提出，未免有此地无银三百之的嫌。不作任何表示吧，对方则可能误以为我已接受，于是苦苦等待，乃至贻误终身。这真是拒亦难，不拒又不行。

又经过再三思考，玄奘毅然决定：三十六计，走为上计，离开弘法院，离开这温柔乡，回归清净道场，岂不就一了百了啦！

主意既定，玄奘便一次次地借着回寺布置、指导译经工作而离开禁宫。而每次在工作完毕之后，又尽量地拖延回宫的时间，或者无事找事做，或者漫无目的地在寺里转悠。再拖延不下去时，又不走直路而走弯路，慢悠悠的，像遛弯儿练腿。那样子呀，简直就像一个闯了祸而怕回家的孩子。

这天，玄奘在弘福寺办完事，用过午斋，便动身返回弘法院。本来，从寺院出来后，顺皇城西第二街南下，向东拐进辅兴坊南街，便可经安福门进入皇城，但玄奘为了散心，却舍近求远，没有东拐，而是继续南走，打算过颁政坊、布政坊，再东拐从皇城南第一横街进宫。

路过布政坊西街时，见一少年正在街旁蹴球，时而带球左闪右突，盘旋前进，时而用足、用膝颠球，花样不断翻新。陪侍随行的玄觉低声对玄奘说道：“这是谁家的小子，如此游手好闲、无所事事的？”

玄奘看了一眼那少年，回玄觉道：“人各有志，莫要闲言碎语。还是孩子呢，玩玩无妨。”

师徒二人一面说，一面往前走。

那少年似乎听到了他们的议论，把球停住，拿起靠墙立着的一根长杠子，追上来，在二人面前站住，同时将长杠子往地上一戳，质问道：“你们两个和尚在说谁？”

玄觉本来对他就没好印象，现在见他又要起蛮劲，更没好气，便要开口回敬。玄奘伸手按住玄觉的肩膀，示意他不要出声，然后定睛打量着年轻人：八尺之躯，可谓魁伟，项负玉枕，面相宏伟，眉秀目朗，神气十足，十指相交，自成印契，举止疏旷而专执，然而，所有这些特点都遮掩不住那没有褪尽的稚气。再看他手上的那根杠子，长约一丈七尺，径三四寸，黑黝黝的，坚硬而沉重。

看罢，玄奘正在心里给对方估年庚、划门第，还来不及言语，只听对方又开口了：“看，看，看，看够了没有！和尚你们还没回答我的问话呢！”

玄觉再也按捺不住心中的不满，上前一步，说道：“你怎么这样没礼貌？你一口一个和尚的，你知道你面前的这个和尚是什么身……”

玄奘未等玄觉说完，便将他往后拉，同时对少年说道：“要回答并不难，但我且问你：后生是否年在未冠？莫非将门之种？抑或立志从军？”

少年倒也痛快，既见问，便立即回道：“十七岁，当然未冠。但何以看出我乃将门之种，抑或立志从军？”

玄奘笑了笑，回道：“蹴球者，为的是锻炼奔跑、盘旋、拼抢、对攻等诸般技能；拓关者，练力、较力之术也。执此二技者，不是为从军做准备，便是将门之家教。我和尚说得可对？”

少年听后颇觉诧异，脱口道：“和尚也知道蹴球、拓关这些事？”

玄奘回道：“只许你后生知道，就不许我老和尚知道？后生的球技，刚才已经见识了，能不能也表演表演拓关之技？”

少年志气高，以为和尚是要将自己的军，所以，听罢也不推辞谦让，便开始表演起来。只见他双手紧握长杠的一端，然后臂不弯、脚不动，慢慢地将杠子举起，直至与地面垂直，然后又慢慢下放，如此反复举起放下，竟达十余次之多。最后放下杠子时，居然脸不红气不喘，嘴角上还挂着一丝豪气哩。

玄奘见状，不由得鼓起掌来，玄觉则没有任何表示。

年轻人看在眼里，嘴里没说什么，拿起杠子往玄觉跟前一戳，说道："和尚也试一试？"

玄觉打量了一下那根杠子，不屑道："棍棒，争斗、伤身之具，教有严戒，岂可破之？"

少年撇了撇嘴，回道："和尚不愿试也就罢了，理由却不能成立。棍棒乃争斗之器不假，既争斗则难免伤生，这也不假。问题是与谁争，与谁斗，伤及何人。只要心直无谄曲，深心向善，调伏欲念，身正行端，为民请命，救苦救难，虽持棍争斗，务在除恶，纵有所伤，弗及无辜。佛祖不是说过，菩萨欲得佛土净，当先净其心？随其心净，则佛土净？直心无曲，深心向善，为善而舞刀弄棒，有何不可？佛祖不是又说过，要诸恶莫作，持戒捉贼吗？此恶彼恶皆是恶，此贼彼贼皆是贼，戒恶除恶，捉贼杀贼，方法不同，殊途同归，怎么可以说拓关就是破戒呢？"

玄奘没想到，面前的这个年轻人，岁数虽小，阅历也不见得广，但却能振振有词地说出这样一番大道理，言简意赅，又符佛旨，心里因此欢喜不已。待他话音一停，便连连鼓起掌来，表示赞赏，随又问道："后生莫非正在从哪位法师研习佛法？"

少年讶道："从师研习佛法？！不学，不学，从来没想过此档子事。"

玄奘询道："为何？"

“为何？戒律繁复，约束太多。”少年回答，很干脆。

不知怎么回事，玄奘喜欢上了这个年轻人，还想了解他更多的信息，沉思片刻后，假作恍然道：“哎，对了，后生说了那么多，可还没有回答我和尚最初的问话呢？”

少年略作回忆，然后用手反指自己说道：“关于出身门第的事？”

玄奘微笑点头。

少年并不忌讳回避，直言道：“先人兴于代北，与拓跋氏并为部落，内属后以部落为姓，祖父为杨隋代州镇将，父乃当朝左金吾将军松州都督江油县开国公，叔父为凌烟阁二十四功臣的第七位……”

“鄂国公尉迟敬德！”玄奘脱口道。

少年没有作声，但显然露出得意的神色。

玄奘还想知道得更多：“可否一闻芳名？”

年轻人回道：“美德未建，未敢言芳，排字洪道。”

玄奘听毕，深心不禁微颤，想道：洪者，大也；道者，法也。大法即圣教也。莫非此君即圣教之所寄者？忽然，他又像回忆起什么似的，喃喃自语道：“是了，是了。”一面说，还一面不住地点头。

玄觉和洪道一旁看着，都觉得莫名其妙。

玄奘如获至宝地看了一眼洪道，然后指指街旁的一处豪宅，问道：“此即府上？”

洪道回道：“不，此是叔父家，家父住在长寿坊。”

玄奘点点头，再向洪道摆摆手，说了声“后会有期”，便和玄觉一起走了。

洪道对玄奘二人的突然离去并不介意，也不在乎。

在回弘法院的路上，玄觉问玄奘："师父问了洪道的名字后，连说'是了，是了'，是何意思？"

玄奘回道："你难道忘了？为师的给你们师兄弟讲过，在求法将归时，曾向露形尼乾子伐阇罗就去留、归程、寿命等诸事问卜，伐阇罗折草为筮，一一作答，其中说道：'师但东归，哲资生矣。'当时百思不得其解，今儿见了此君，方才茅塞顿开。"

玄觉不解其意，问道："怎么讲？"

玄奘回道："哲者，才能识见超人之谓；资者，可资、能资之徒也。此君虽然在俗，却能无师自通，深解佛旨，且既有威武壮勇之气，又不失仁爱慈济之心，以理诲人，发自天然，真乃日后之法器、将来之栋梁啊。哲资者，当指此君了。"

玄觉似有不同看法："可他说了呀，戒律繁复，约束太多，并无意于佛法呢。"

玄奘回道："设或有缘，则无意便是有意；若是无缘，则有意亦是无意。"

玄觉觉得师父说得对，不再作声。

次日，玄奘向皇帝提及布政坊街上奇遇一事。皇帝听后，不仅没有惊异的神色，反而淡然笑道：

"嘿，此子之脾气、做派，都是家传的。师已知道，其叔父，尉迟恭，戎马一生，与朕出入生死，定国安邦，屡建奇功，只是颇为自负，好讦直，每见他人短长，必面折廷诤，难与人合。朕引汉韩信、彭越故事，劝勉其不要恃恩非分，善自修饬，无贻后悔。还好，自此之后，即穿凿池台，罗衣绮服，清商奉养，不与外人交接，笃信仙方，飞炼金石，服云母粉，诸如此类，虽与佛教殊隔，但仍不外道法之属。法师说，此子既有威武壮勇之气，又不失仁爱慈济之心，无师自通，深解佛意，等等，对，还有言行举止，哪一样不有建德之痕迹？只是，要其真的出家为僧，则恐怕不容易。当然，法师若执意度之，也不妨试试，朕可以给建德打个招呼，但是否能如愿，朕可不能担保。”

玄奘虽听皇帝如此说，但心里并无丝毫动摇。他相信尼乾子的卜辞，更相信自己的眼力和判断，所以，当天过晌后，便寻到了长寿坊开国公尉迟宗的府上。

尉迟宗方面呢，忽然得到宫使报信，说是陪驾法师要登门造访，一时惶恐起来，立即整顿了衣衫，赶紧出到大门外等候。玄奘既到，便毕恭毕敬地迎进正厅，就上座安置了，礼拜了，献茶了。

玄奘待主人也坐定后，便开始将事情的原委说了一遍，最后表示：“设若因缘相契，能将令郎度为弟子，则圣教可望有寄。”

尉迟宗听罢，暗地觉得事情十分不可思议，过去常常将“因缘”、“缘分”两个词挂在嘴上，但因为没有切身体会，向来总觉得有点儿“玄”，将信将疑；现在听法师说到这份上，才倍感亲切起来，过去心中的那个“玄”字，现如今一下子变而为二：玄妙。为什么？因为今儿的事与过去的事对上了：十七年前，内人裴氏曾告诉说，夜里做了一个梦，梦见自己曾将一轮圆月吞之入怀，醒后便觉有孕。十月之后，果然产下一儿，取名窥基，也就是今之洪道，这小子虽然出生于将门，但却自小喜欢方术，酷爱习诵，悟性远出群儿之上。这情形，一个屋檐下的人知道是自然的事，如今这个从未谋面的法师，不过是一次邂逅相逢，便一眼就盯上了，而且还寄予了厚望，连皇上都凑起热闹来了。你说，这事还不够离奇、震撼吗！

想虽这样想，说话则必须掌握分寸，尤其要恭谨谦虚，于是便这样回答道：“竖子本性粗悍，哪配法师劳神调御？”

玄奘回道：“令郎之气度，非将军不生，非奘某不识。”

尉迟宗道："法师既见爱器重若此，宗某岂有拒绝之理。只是竖子生性无羁放任，不受约束，难以驾驭，不知是否愿意从命？"

玄奘请道："能否让奘某一见令郎？"

因为事情来得突然，无法事先关照儿子，一大早就没了影儿，现在哪里去找？

尉迟宗正为难时，一只气鞠滚进厅前庭院，接着传来的是"儿回来了"的报安声。话音刚落，人就在门口出现了，不是别人，正是窥基本人。

窥基见了玄奘，先是一怔，继而嬉笑着说道："'后会有期'，真的又被和尚说准了。"

"少要无礼！"尉迟宗呵道，"你知道面前这和尚是谁吗？是弘福寺的玄奘法师，刚随皇上从玉华宫避暑回来，眼下还在宫里陪驾谈讲呢！还不赶快进来施礼！"

窥基尽管是个放旷自任的人，但听了父亲介绍，性儿也一下子被镇住了，马上行了个叩头礼，起身后，仔细地看了一眼玄奘，复又任性说道："和尚就是前些年才从五天竺求法归来的那位法师？"

尉迟宗扬了扬手，斥道："又无礼了！"

窥基这回没有顺着父亲，而是执意分辩道："儿并非无礼。以儿所解，和尚者，和合僧中最上者也，教中人还解为'亲教师'呢。所以，称和尚是尊敬，并非无礼。"

尉迟宗又斥道："还要狡辩！"

玄奘解道："将军且勿生气，令郎所解正确，非是狡辩。天竺俗语称和尚为'吾师'，也泛称为'博士'。令郎神悟，发自天然，很是稀罕。"

尉迟宗顺势试探道："法师既然看得起他，干脆度为弟子好了。反正，如今世道太平，没有了腥风血雨的考马念、磨炼，再怎么样也培养不出虎将。我列祖列宗的门风家训,看来他是继承不了了。还不如随师习法,多懂些行善积德的道理好。”

“差矣,将军此话差矣。依奘某看,令郎若有心归法,严加调御,不出数年,即可担当大任。到那时,将种成为法将,同样可以光耀门户。”

尉迟宗欢喜道:“若如法师所言,那听师剃度就是……”

“爹,你还没有问儿是否同意呢!”窥基急忙打断尉迟宗的话说。

尉迟宗一脸严肃道:“问什么咧?爹为你做主就是了。”

窥基回道:“爹做主可以,但儿受不了佛寺里的清规戒律,顿顿清汤寡水,夜夜孤灯冷焰,这日子如何过?即使一定要儿入道,那也不一定要削发住佛寺呀。天竺国不是有个叫维摩诘的道人吗,他上干军政,下游酒肆,不是也可以以方便法,为国王、大臣、长者、居士,乃至婆罗门,宣传四谛十二因缘之理,讲授六度万行之法,指示常乐我净之路!”

玄奘听后笑道:“贤俊说的自然属实,但却仍然有所不知:一者,维摩诘居士到吠舍离城说法前,已经在妙喜国从无量诸佛学得大教要义,契入不二法门,修得无量智慧功德、庄严清净之身。而贤俊至今仍然在俗,自己未化,又如何化人?二者,中夏境域,远离佛国,传之又晚,经籍短缺,教义难明,历代虽有翻译,但仍然不足以窥其全豹,特别是当今天竺境内所弘之瑜伽学说,更是我国所未闻者,典籍未全,纵想弘法,也必定是心有余而力不足。以是故,当今佛法之要务,仍在于翻译,翻译则必须得人,而此等人才既应在经集子史、三教九流之学上有所造诣,更要精通天竺梵语,梵语之难,则非聪明才俊不能克。奘某从天竺携来梵夹六百余部,正欲翻出弘扬,本以为可与贤俊同甘共苦,襄成圣业,如今看来,恐怕是空有期待了。”

玄奘说话间曾与尉迟宗交换过眼色，意思是说：我在用激将法呢！尉迟宗心里明白，便也接着叹气道："连一点儿苦都吃不得的人，还谈什么学梵语，共襄圣业？"

窥基性子直，而且好强，又恃宠撒娇惯了，听了父亲和玄奘的话，心里很不服气，忍不住抗言道："吃不了清汤，守不了孤灯，不见得就办不成别的事。出家无妨，学梵语也无妨，只要能依了我三个要求。"

尉迟宗斥道："出家就出家，还提什么要求，讲什么价钱？"

"无妨，无妨。"玄奘见窥基松了口，看到了转机，赶忙道，"贤俊且说说，有什么要求。？"

窥基正色道："和尚，不，法师听清了，记好了：一，不断情欲；二，得食荤血；三，一日三餐，也就是过午得食。此三者，缺一不可，否则作罢。"

尉迟宗听罢，顿时怒火中烧，呵斥道："混账东西，休要拿正经事当儿戏！什么要求？分明是公然犯戒嘛。都依了你，寺院岂不成了酒肆、红楼了！"

窥基嘟囔道："是法师催儿说的嘛！"

尉迟宗说话间，玄奘想：众生中就是有这样的另类，放任无羁，言行出格，常常招人诟病。但正是这样的另类，往往具有活跃的生命力和特殊的创造力，是真正的不世之才。不过呢，这些另类却往往不是靠通常的方法，亦即晓之以理、动之以情的劝诫所能点化的，必须也用另类的办法去诱引，去收摄。经过两次接对，玄奘认定，面前这小子就是这样的另类，劝诫不成，激将法也难行，那就只能投其所好，上足饵料，把线放得更长了。主意既拿定，便也摆出一副认真的架势说道："君子一言，驷马难追。贤俊也听清了，记住了：若答应了这些要求，便须立即削发，回向出家！"

窥基以为，对方不过是在吓唬自己，虽然，教史上有维摩诘的先例，鸠摩罗耆婆也曾蓄室传胤，但那都是修成正果的尊者、博学多才的大师，我窥基是什么人，既不博学，又无高德，这法师真能看得上？如果不是看走了眼，那肯定是拿我开心。那好嘛，我现在就赌他一把，看看他是真心还是假意，说话是不是算数，让他退都无路可退，于是宣誓道："窥基若反悔，当断舌烂嘴！"

玄奘执意要度此子，心里又有了一个治病的偏方，于是便要与之相约剃度时间。窥基呢，还想考验考验对方究竟有多少真情实意，便又提出了更为苛刻的条件，说道："君子言而有信，法师若要窥基相信你真的能说到做到，那就先做了这些事儿再说，也就是必须先制作三车，一备载运经籍，一备自乘，一备安置家妓、食馔。眼见是实，三车成时，即是窥基断发之日。"

"这也依了。"玄奘答应后，转询尉迟宗，"将军可否为此作证？"

尉迟宗心里犹豫，问玄奘道："此事可行否？"

玄奘附耳小声道："兵书不谓'欲擒故纵'吗？"

尉迟宗会心，大声答应了下来："就这样定了，勿得反悔！"

未旬月，窥基在崭新崭新的三驾车前接受了玄奘剃度。

满寺僧众看着那三车和窥基，有人暗地里对玄奘表示不满，有人则对窥基表示不屑，而更多的则是觉得此事有点不可思议，茫然不知所以。

而就在众人议论纷纷时，只见窥基一把火将三车烧了，又对着熊熊大火，口中连连念道："了，了，了！"

玄奘听后，笑了！

僧众见状，傻了！

第五十一回

太子建寺请法师当家　公主作孽拉痴僧下水

玄奘街头散心，不期应卦得珠，收了一个好弟子，高兴的心情还没有完全来得及平静下来，便又接到太子的一个令旨：要他从弘福寺搬出来，住到新落成的大慈恩寺，作为上座僧纲维寺任。高兴的事儿，一个接一个的，挡都挡不住，真是让人羡慕。

大慈恩寺是一座什么样的寺院？住进此寺又有着怎样的荣耀？又能表明一个人什么样的身份？要明白这些个，话还得从文德皇后与太子李治的身世说起。

文德皇后即今上的发妻，族属鲜卑拓跋氏长孙支系。其父本杨隋右骁卫将军长孙晟，知兵，矫健壮勇，一代枭雄。皇后自小知书，尚礼法，能以古之善恶自鉴、自律。与帝连理之后，尽孝事高祖，以仁和嫔妃，誓与帝同患难共生死。天性俭约，一生无奢华之心，虽贵为皇后，凡服御所需，够用即止，器物虽小而不弃，以为太子应以无德、无名为患，不可追求什器多少。病既重，又拒绝以大赦、度僧、斋醮消灾，临死亦主张薄葬，以免劳费天下。最可楷模的是，常以汉之吕后、霍氏干政、外戚跋扈为切骨之戒，不干政，不私亲，不记仇，皇帝凡与之言及天下事，皆以“牝鸡司晨，家之穷也”为辞，终不言对；又曾采往昔妇人善事，撰《女则》十篇，以警宫闱；不愿因自己托身紫宫而使兄弟子侄布列朝廷，力劝皇帝不要过分重用其兄长孙无忌，而对贤臣如房玄龄、魏征等则力举之，力保之；异母兄无行，曾待皇后不善，皇后既贵，不计前嫌，使之得以擢升将军，后来谋反当诛，皇后又恐人误以为伺机报复，损及皇威，于是叩头向有司申述，使之得以减为流刑；临终仍不忘国家社稷，恳求皇帝纳忠容谏，勿受谗言，省游畋作役。死后，皇帝曾喟然叹道：“以其每能规谏，补朕之缺，今不复闻善言，是内失一良佐，以此令人哀也。”可见，在朝，长孙氏不啻为贤内助，不能说无功于国、无功于贞观之治；在家，则为贤妻良母，为天下人妇敬之、则之。

太子李治在皇帝的十四个儿子中，排行第九，于文德皇后所生四男中则属最小者。俗话说：祖爱头孙，娘爱尾仔。李治取字“为善”，显然是包含着父皇的许多美好愿望，而作为血亲母后，自然更是怜爱有加了。可惜的是，李治九岁那年，文德皇后便病殁了，幼年丧母，岂不就像雏鸟顿失温暖的怀抱，白云没有了依恋的大山！别看身为皇子，兄弟姐妹成群，心怀真爱的却往往只有血亲生母，所以，一旦永诀，其哀号之状就不言而喻了。从此以后，皇帝将他和五岁的妹妹晋阳公主交由宫妃薛婕妤料理、教习，虽然代替不了慈母的挚爱，但终归又享受到了一份女性的温柔和体贴。好不容易长到十七岁，命运终于有了根本性的转折：其大哥承乾声色犬马，倨傲不悛，终被黜太子之位。而李治本性仁孝，又深为皇上怜爱，最终被选为皇储。此后，皇帝每次视朝，都让其随侍身边，锻炼听政决策能力。其间，每逢天阴下雨，李治的两只手心就隐隐作痛，当此之时，文德皇后心病发作时双手捂胸的痛苦情景就浮现在眼前,随之而起的思亲幽情,直令人填胸塞气,难以安生,日愈久,思之愈切,追福报恩之愿愈烈。于是,还在玉华宫随驾避暑之初,他便给有司下了一道令旨,大意是:寡人罪孽深重,不堪培养,所以年在未识就落了个慈颜永隔,留下终身之痛。不过呢,母后的教诲,至今刻骨铭心,每当龙忌之辰,更是忧思绵绵,伤感至极。如今,悲伤的挽歌渐去渐远,但陟屺望母之愿未果,奉祀之所并无,乌鸟之情无寄,实在是愧疚之极。以是故,今令所司于京城内选旧废寺一所,奉为母后营造僧寺,仰觉道洪慈,用资冥福,冀申孺慕,永记昊天罔极之恩云云。

中大夫守右庶子高季辅奉命将此令旨宣布后,有司即着手选址,并制订了一份像天阙、仿给园的建造方案。不数月,工程告竣,重楼复殿,云阁洞房,总一千八百九十七间,略分为十余个院落。建筑的富丽堂皇,真可谓穷班倕之巧艺,尽衡、霍之良木,文石、紫桂、橡樟、栟榈充其林,珠玉、丹青、赭垩、金翠备其饰。寺的原址为隋代所建的净觉故寺,位置就在长安外廓城东南隅之晋昌坊。此地林竹丛萃,莲沼盘纡,水面浩渺,南面的杏园和曲江池是京城官民士庶游乐的场所,芙蓉园则为皇家的禁苑,再南处,终南横亘,一似游龙,千峰崇立,翠莲凌空,风景可谓美不胜收。

李治之所以同意在此建寺,除了环境优美,符合挟带林泉、务尽形胜的旨意外,最主要的是:萧寺与大明宫同在一条南北轴线上,正适合李治每天坐朝相向、放日缅怀的心理需要。正因为如此,他还亲自将新寺命名为大慈恩寺,其拳拳赤子之心可见一斑!

从创建的背景来看,大慈恩寺显然是为文德皇后追福的愿寺,属皇家寺院,乃至于国寺,无论于国于太子李治本人来说,其重要性都是不言而喻的。正因为如此,就必须挑选一位德学兼优、盛享时誉、能与寺院的地位、名声相匹配的高僧大德来充当上座,纲维寺任。按照这个标准,自然就非玄奘莫属了。

然而,玄奘可不这么想,接到令旨后,他其实并无多少高兴,他首先感到的是责任,是风险,权衡利弊,思来想去,何去何从,始终未得要领。

玄觉一旁看着发急,忍不住说道:“师父,这是一件风光无限的事啊,你为什么老是眉头紧锁,老是拿不定主意?一来呢,这寺院堂殿峥嵘,金碧辉煌,既宽敞,风景又好,不要说住寺弘法,就是到那里转上一圈,也让人精神振奋许多呀!二来呢,太子这样做,不仅仅是器重你,同时也是对圣教的护持,这对我们的译经弘法不是大有好处吗!所以呀,有必要犹犹豫豫吗?”

“你除了知道爽气、威风、好处以外,还知道些什么?”玄奘带点责备的口气回道,“不错,能成为如此一座寺院的当家,自然是一份无上的荣光,但却不一定是一个美差。你可知道,寺新,僧众新,一切规章制度、人员安排等等,都得从头做起,千头万绪,得花大力气才能理顺;既是愿寺、国寺,斋醮祷祝之类的法事活动必定多,而且与宫廷禁内关系密切,责任大,事事都得倍加小心,不可有所闪失,非有充沛的精力、充裕的时间不能胜任、完成,一旦担当了寺任,就必须全力以赴,竭心尽力,而将精力都集中到了这些方面,那好不容易带回来的许多经典还要不要翻译?如果一身二任,将精力分开来用,两头都不放,那必定要顾此失彼,两边都没有好结果。”

玄觉见师父说得有理,也为难了:“可太子金口既开,师父你总不能拒绝吧?这不仅是驳面子的事情,弄不好要犯颜、获罪呢!好不容易求得皇上和太子的圣教序记,为正法弘通打开了一道门,如果拒绝,这门说不定又要被关上呢!孰轻孰重,不能不仔细掂量呢。”

没想到,玄觉的话非但没有说服玄奘,反而在“孰轻孰重”的问题上提醒了他:可不是吗,在孰轻孰重的问题上,怎么可以犯糊涂呢?当年不避风霜,杖策孤征,到底是为了什么?好不容易寻寻觅觅搜求到如此众多典籍,又千辛万苦地将它安全带了回来,难道就只是为了装进仓库,让虫蛀鼠啮不成?这样一想,犹豫转而变成了决心:心里有话总得说出来!"

决心既下,他便连夜赶拟了一封启书:开首自然少不了许多受宠若惊、感恩戴德的话,接下来便申述了三条理由:一谓凭恃皇威,远道求法,所获经籍,现正奉敕翻译,所冀者乃法流渐润,克滋鼎祚,圣教绍宗,光华史册,由于译事缠身,实在不能二任。次述即使是专任翻译,也因往昔冒险远行,久患痾疹,身疲力衰,唯恐不能卒业,辜负了皇恩,那罪过就大了。又次述大慈恩寺乃太子为母后追福而建造的愿寺,所以,操持寺务,匡理僧众,固然光荣,但责任亦大,非贤者不能胜任,如果用非其器,必然会弄出乱子,而玄奘学艺不深,行业空疏,即使罄尽余力,也未必能完成如此重要的使命,这就好像鱼与鸟的不同,一个善游,一个善飞,性易技别,难以替代。所以,伏愿太子睿情远鉴,察愚诚之忠款,如此,则玄奘可无老朽之恨,鱼鸟得飞沉之趣云云。

启书既奏上,玄奘便一直在等待回音,可等来等去,什么消息都没有。

大约一个多月后,消息终于来了,当然不是玄奘所希望的。有关令旨说:不久之后将举行隆重的送僧入寺仪式,要他做好一切准备,此外连一句通融的话都没有。

玄奘哪里知道,太子李治接到启书后,只在心里嘀咕了一句:"这法师又在推让了。"看毕,便随手往案上一放,根本没把这当回事,依然按照原计划紧锣密鼓地准备送僧入寺的各项工作。待玄奘得讯时，一切事项都基本安排就绪、停当。

生米已经成为熟饭，玄奘再有什么意见，也不敢开口了，否则就有点不顾大局，不识大体了。

终于，在贞观二十二年十二月己巳那天，迎像送僧入大慈恩寺的隆重仪式开始了：

清晨，迎着东升的旭日，由东宫兵卒充当手力，抬着来自宫内的绣像、画像、金银像和金缕绫罗幡，还有玄奘从西域、天竺等地请回的经、像、舍利，自弘福寺出来，安置到帐座及车舆上，在如云的幡幢及师子神王像的导引下，起程前往大慈恩寺。经像之后是玄奘及五十大德所乘的宝车，紧跟宝车的是手执香花、口颂赞呗的万千僧众，次后是文武百官及其侍卫步从。太常九部乐及长安、万年两县音声，一左一右，分列于队伍的两边，一路管弦，满城钟鼓，震天撼地的，好不热闹。

队伍沿皇城西第二街南下，过辅兴坊，然后朝东至兴福门南拐，再经皇城南第一横街、朱雀大街及街东自南而北第二横街，最后达于大慈恩寺。

皇帝偕从太子李治及后宫，登上兴福门城楼焚香执礼，既迎又送，极尽隆礼。沿途数十里，观者如堵，人潮涌动，可谓空前。

与街头的情景不同，玄奘的心情、表情，都不是那么热烈，那么高兴。倒不是因为场面不够大，礼待不周全，恰恰相反，心里总有些无功受禄、愧对欢送人群的感觉。往昔，在西行求法的岁月里，自己曾受到沿途许多国家的殊遇，或被当作大唐国家的使者来欢迎，或因申理张义、力挫谰言邪说而受到拥戴，那时候，心里总觉得踏实、骄傲，为国威的远扬，为自己是一个真理的坚持者、捍卫者、弘扬者。而今天呢，经籍翻译才刚刚开始，后面的路上还不知有多少坎坷障碍，劳而至疾的身体能不能坚持到最后……总而言之，大业正等待推进，大功尚未告成，功德远未圆满，还拿不出更多的成果来回报如此热情的众生啊。

如此这般地想着，玄奘的心中就像燃着一把火，既急又躁，恨不得立即冲出宝车，恨不得一步走完这数十里长街，在新寺里重新布置一间静室，赶快坐到香熏烟绕的案前。

入寺仪式后数日，太子李治在侍卫扈从下来到晋昌坊南街，然后列仗进入大慈恩寺，毕恭毕敬地礼过佛，又先后接见了新聘的五十位高僧大德、当众宣布了对京师现禁囚徒的宽宥令、赏赐王公以降人等束帛、游览寺宇等等，最后到翻经院看望玄奘。他环顾、数点着院宇建筑，对玄奘说道：

“治知道师的心事，为了留住师，为了让师专心工作，特地建造了这座翻经院，其殿堂楼阁，台榭回廊，样样齐全，虹梁藻井，丹青云气，琼础铜沓，金环华铺，处处华丽。如此，师不会再有所缺，因此也就不会再有什么顾虑，不会再上启书推辞了吧？”

玄奘恭敬回道：“殿下睿思远鉴，护法情深，舟楫已备，玄奘岂敢懈怠、吝惜微生？自今以后，定当乘风破浪，力争朝夕。”

太子回道：“听师如此说，治就放心了。苦海虽阔，渡之有日矣。”

高兴之余，李治命取来纸笔，即兴随吟随书诗一首，是谓：“停轩观福殿，游目眺皇畿。法轮含日转，华盖接云飞。翠烟香绮阁，丹霞光宝衣。幡虹摇合彩，空外迥分晖。萧然登十地，自得会三归。”

写毕，李治将笔递与玄奘，满怀期望说：“望师努力，努力。”

玄奘接过笔，正要说些什么，宫使进来传敕道：“圣旨令法师今日仍回宫谈说。”

玄奘听得分明，心里不禁一沉，刚刚高涨起来的热情，一下子便消失了。不过，他控制住了情绪，没有当着太子的面流露出来。

玄奘离开大慈恩寺，很不情愿地又回到了弘法院。

没过几天，玄觉从外面办事回来，神色有点慌张地附耳对玄奘说："师父，不好了，出事了，出大事了！"

玄奘有点不相信，嗔道："鸿恩殊礼够多的了，还会出什么事，让你这样惊慌失措的?"。

玄觉见玄奘怀疑，复又强调道："是真的，出大事了，连皇上都震怒了呢！"

玄奘见玄觉说到这份上，不敢再轻忽，赶紧问道："究竟是什么事？事有多大？有多严重?"

虽然明知旁边没有人，玄觉还是把声音压得低之又低，说："与师父都连带上了，事情还不大，还不够严重?"

"嘿，你这弥子，怎么如此吞吞吐吐？究竟是什么事，快说了不好吗?"玄奘急得有点不耐烦了，"与我又有什么牵连的?"

玄觉的声音更低了："辩机被刑部的人带走了，他不是师父的爱将吗?"

话到这里，玄奘这才恍然记起，自打入寺式那天起，的确没有照过辩机的面，或许那时就已经事发，只是适逢大喜日子，又害怕我玄奘担心，所以，无论官方还是道友、弟子，都对此事讳莫如深，没在自己面前言及。果真如此，则不仅玄觉所言不诬，而且真是够严重的了。影响自己的声誉倒也罢了，由此殃及圣教弘宣，这就真是大事了。

当晚，玄觉奉玄奘之命，再次出宫与师兄弟联系，核实辩机所犯事实，弄清原委经过。

第二天一大早，玄觉便回来禀报说，事情确实无误，又道：“根本的事儿则是与今上的爱女高阳公主私通苟合。”

玄觉说得神秘，玄奘听了更是大为震惊：“怎么会有此等事情！？”

这会儿玄觉倒不慌不忙了，他慢慢地搜索着记忆，尽量一点儿不漏地将听来的消息和盘托出说：坊间传言，这事儿呀，其实是今上的爱女高阳公主起的头，而且是早些年就开始了。有一次，公主与其夫，也就是刚过世不久的开国元勋房公的次子遗爱，前往所封地游猎，此时呢，辩机也正好在公主的封地内结庐静处。却说这公主本来就恃宠娇蛮，又年在芳龄，人面桃花，还学着西域女人打扮，低胸露膊的，自有一种妖冶的风情；而辩机呢，师父也见识了，他现在虽然是上了些岁数，也还是风流倜傥，人才一表，路上相遇，不仅女人的回头率高，男人看了也要生起嫉妒心。一个是生来只知寻欢作乐，一个是尘心未了，于是，两相邂逅，便一见钟情。当晚，公主便遣了两个侍女缠着丈夫，自个儿却到僧庐偷情交欢去了。后来，干脆将辩机召到京城。却说城中金城坊有座会昌寺，原址是隋代海陵公的旧宅，秦王，也就是今上引义兵进入长安时就驻扎在此，正是为了纪念这件事，立国的那年就下令将它改建成了佛寺，显然是皇上的愿寺、家佛堂了。正是利用这一层关系，高阳将辩机安置在这里住下，又逐渐取代了原来的寺主，这样，两人的关系就更加是如胶似漆了。

玄奘听到这里，喟然叹道：“如此不肖，真是波逸提重罪啊！”

因为事情太严重，玄奘实在不敢轻信，于是再询道：“不过，你说的这些都有真凭实据吗？”

玄觉惊讶道：“哎哟哟，师父还不相信呀？都是辩机招的呢！”

玄奘还是将信将疑：“只是，既然只是两人间之事，刑部怎么又会知道呢?”

玄觉回道:“嘿,要想人不知,除非己莫为。不过呢,这事的暴露,也确实有点偶然。”

“怎么个偶然法?”玄奘总想打破砂锅问到底,了解得更详尽一些。

玄觉继续道:“先是御史在纠察京城风宪时,抓到一个盗贼,审问时,他供出曾从寺庙里偷得一个缀有金银珠宝的枕头。御史一看,不得了,竟是深宫闺秀所用的金宝神枕,于是押解他指认盗得神枕的处所,物主竟然就是辩机。后面的事儿,不说师父也可猜到了。令人意外的是,辩机不仅供认高阳送给神枕,而且还承认高阳暗地里送了他无量财物。”

玄奘了解了事件的大体过程,除了唏嘘、摇头,再也没有说话。他为教内出了这样一个破戒僧深感羞耻,更为他出在译经班子里而感到一份失察的责任,心情自然是沉重的。

玄奘是这样,那么,作为另一个与此事有重要关系的人——当今皇帝,他的态度又怎样呢?

本来,皇帝的确是宠爱高阳公主的,所以给她选了一个高门第、好夫家。可这份溺爱没有得到应有的回报,她恃宠撒娇,任性嚣张,还记得以前说过的一件事吧,她公公房玄龄临死前上表切奏停伐高句丽,皇帝当着她的面表示赞扬,而她却显出一副不屑的模样。这表现正是这位公主的性格、作风的真实写照。不过,即使这样,皇帝也还是找了理由原谅她。直至她一面嗾使其夫遗爱与兄长遗直闹分家,背地里却又在皇帝面前诬告遗直的真相大白后,皇帝这才狠狠地将她训斥了一顿。本来呢,高阳唆使分家不过是个由头,其真正的用心是嫉妒遗直官位高于丈夫,想借此事损坏他的声誉,降低父皇对他的恩宠,进而黜之,夺取封爵。谎言被揭穿之后，高阳非但不思改悔，反而怨恨父皇不帮扶自己。可闹腾的结果是她在皇帝眼里的形象从此暗淡下来。现如今，竟然发生这样一件事，大伤风化，致使皇帝老子爷在国人面前没了脸面。于是乎，皇帝由爱生恨，爱之愈深，恨之愈切，冲动的结果，是做出了一个欠理智的决定。

就在玄奘得到消息的第三天，玄觉又从外面带回来一个消息："辩机伏法被腰斩了！"

玄奘对此事的结果有过最坏的预料，但这个消息还是让他大感意外而且震惊：皇帝把这件事的责任完全归到了僧家这边，是否意味着他对佛教的态度变了，风向从此就要逆转，后面会不会波及更大的范围……他不敢再想下去。

后来几天，玄奘都按惯例按时到达谈讲的殿堂，可一直没有等到皇帝出现，也没有任何人来作些解释说明，这自然就更加重了他的心事。欲走不能，欲问无门，他不由得下意识地想：这是不是也算一种软禁方式？自己是不是也得面对大理寺的审劾？

应见、要见的人没影子，不应见、怕见的人却出现了。这个人不是别人，正是自己所赞慕、所心仪却又不能示爱的才女薛婕妤。天啊，你来干什么呀，这把麻还没理清你又丢来一团，岂不是故意添乱吗！

与玄奘不同，薛婕妤像无事人似的，大大方方地进了弘法院，恭敬地施过礼，便开始整理屋里凌乱的东西，一一恢复它的原位，好一会儿没有开口说话。

玄奘想说些什么，可又未能找到话头，想等婕妤先开口，而又怕她说出自己不想听的话，心情真是矛盾极了。

婕妤看了一眼心神不宁的玄奘，一面整理案头上的笔砚、书卷，一面开口道："师父在外求法多年，对国内的事了解不多。依弟子看，皇上其实是从一开始就护持圣教的，但讲究一个界限，那就是扶正抑邪。皇上悲天悯人，诚心向法，建寺，译经，断屠、设斋、奖挹高僧，下敕禁断买卖佛像，等等，在弟子看来，他大有护持之功呢。当然啦，皇上对犯戒违律行为的惩罚，也是非常严厉的。婕妤记得，是贞观十三年吧，有司反映说，末俗缁素多有不尊奉佛所定戒律的行为，皇上深恐大道将隐，微言绝继，于是颁发了一道《佛遗教经施行敕》，又令有司差书手抄写了许多《遗教经》本子，分发给五品以上的官员，以及诸州刺史，人各一卷，要他们纠察僧尼，如有行业与经本不同者，当行劝勉，令其遵行。严格戒行，不正是最好的护教吗？”

说到这里，婕妤抬头看了看玄奘，只见他正在专心地听着，脸上似乎没了刚进门时所看到的心烦意乱情绪，知道自己的话已经产生作用，有了结果，于是，趁着玄奘还没完全回过神的时候，猝然问道：“师父大概没忘了皇上九月间在玉华宫颁布的度僧诏吧？”

玄奘闻声，定了定神，看见婕妤正盯着自己等待什么，歉然地笑笑，回道：“婕妤说的是皇上的度僧诏？当然记得啦。”

薛婕妤笑道：“师父既如此说，那弟子可否考考你还记得多少？”

玄奘无法拒绝面前这个女人的亲昵和诚恳，便也笑着答应了：“那就试试吧。”

薛婕妤一本正经地问道：“请师父回答：皇上为什么要度僧？”

玄奘回道：“依诏书所说，原因有二：一者，圣教虽分三乘，其旨则皆以慈悲为主，济度为先，启发智慧，化育群生，剪除烦恼，证得自在，总摄积善余庆之理，与皇上冀人免盖缠，家登仁寿，庇护含灵，福著国家，永绝三灾六难之旨契合。然因丧乱连年，僧徒减少，华台宝塔，窥户无人，绀发青莲，栉风沐雨，皇上不忍正教之凋零，此其二。”

薛婕妤听毕，感叹道：“皇上崇佛护教之心好诚恳啊！”

玄奘也颇为感激道：“可不是，转轮王出世了！”

“只是，弟子仍有所不知。”薛婕妤一副犯难的样子，“为什么皇上在诏令中却又要特别明令所在官司加紧检校部内僧尼行状呢？”

玄奘看破了对方的用意，欣然笑道：“婕妤是在装糊涂，明知故问，还在考玄奘呢！”

薛婕妤决定一装到底，回道：“真的呢，弟子糊涂着哩。”

玄奘见对方非要答案不可，于是收起笑容，摇了摇头，换了一种沉重的语调，说道：“唉，花园里不是只有芬芳的花朵啊。皇上说得对，出家人中，难免夹杂着沉溺流俗、不守戒行的人，有的假托神通，妄传妖怪，有的谬称医筮，左道求财，有的串通衙门，收赃纳贿，有的燃顶烧指，骇俗惊愚。所有这些个呀，不只是自我糟践，而且还往往触犯刑律，确实是有亏圣教呢，不加强督察怎么行！”

薛婕妤道：“弟子懂了。难怪皇上要明敕依附内律，参以金科，严格简选和管制僧徒了。这皇上啊，真可谓既当爹又当妈，严慈双施，全然一个爱字，其护持圣教之心，昭然可见呀。”

玄奘玩味着薛婕妤前后所说的话，觉得很顺耳、很耐听、很受用，渐渐地气通神定了，心里暖暖的，充满了感激，而且不由自主地大起胆来，睁大双眼，直愣愣地审视着眼前这个女人。本来，他对她就且敬且仰，颇有好感，现在呢，更加刮目相看了。她如此地善解人意，如此地无语通心，设若没有对对方长久的观察，细心的琢磨，怎么可以做得到？分明的是来安慰一颗受惊的心，却劝人不露痕迹，解惑还忌声张，真是用心良苦、体贴入微啊。

玄奘此时心之所向，情之所系，自己当然是知道得清清楚楚。然而，他除了在心里赞赏、感激之外，却不得不提防感情堤坝的溃决。为了已经许身的事业，他不得不坚持一个释子的操守，将眼前这颗晶莹剔透的心、这份真挚、珍贵的俗情，拒之于千里之外，免得害教，也免得误人。于是，他狠狠地下了一个决心，对薛婕妤说道："婕妤不仅文德双美，而且聪明过人，哪位公子哥儿要是能慧眼识君，那一定是前生修了福德，积下阴功了。玄奘向来不管俗事，现在却要劝君一语：早结良缘，莫误终身啊！"

薛婕妤没想到，玄奘的话头会转得这么快、这么明确无误，胸中那颗痴心顿时觉得被针重重地刺了一下，只是由于磨难多了，这才能够处变不惊，随遇而安，风雅依旧；也正是这些磨难，铸成了她执着、坚韧的性格，相信逆境中隐藏着转机，跨过高山就是一马平川，成功的原因往往就在于艰难中的坚持。于是，她落落大方地回道：

"谢谢师父的夸奖和关怀，弟子何尝不作如是想。只是，婚姻嫁娶之事，必须两相情愿，情投意合，方可结成良缘。设若有人一时将似水柔情泼了出去，却等呀盼的总是听不到一些儿响声，那心情，那味儿，师父能体会得到吗……"

话音未落，御前侍者进来传旨："皇上有事传法师。"

事情来得突然，玄奘没一点儿准备，心里不免敲起小鼓来，脸色也变得凝重了。薛婕妤看在眼里，心定神静地注视着玄奘说："师父去吧，没事的。"

玄奘对薛婕妤的话将信将疑，好不容易挪动双脚走了。

事实很快就证明：薛婕妤言中了，而玄奘则多虑了。

玄奘进得紫薇殿，皇帝随即上前迎接，招呼他就了座，自己却没有坐，而是站在几步外面对玄奘，首先开口道："前儿日生了些气，今儿才稍稍缓过神来，怕师因此受惊吓，所以邀师过来谈谈。

那就刑之僧与师无关，勿要疚怀。朕曾颁过令旨，违戒者必无宽宥，犯法者必依律条严惩。此僧既犯戒又犯法，不严惩不足以警民心、正风纪、安社稷。”

玄奘见皇上谈及辩机的事仍然余怒未消，便接住话自我检讨起来：“陛下说的是，罪僧不仅犯戒违法，而且毁损陛下英名，理应严惩不贷。陛下仁慈，宽慰玄奘，恩如山海。然而，译席有不肖，既亏圣教，又损皇化，玄奘实有用人不察之过，岂能不痛心疾首，不惶恐自责？”

皇上摆摆手，说道：“不必，不必。译经人手是由有司选派的，与师何干？何况，此徒亦非庸辈，不是助师总成《西域记》，笔受过几部经典吗？师能尽人之才，朕要论功还来不及，哪里还能追责问过？他作奸犯科，咎由自取，罪有应得，只能怨自己了。”

说到这里，皇上转而忧伤道：“哎，要反躬自省的，倒应该是朕呢！朕教子无方，宠出了个冤家，乱我法纪。她罪在不赦，理应同罚。只是，朕虽是天下一人，但也有骨肉之亲、护犊之私，所以不忍……这回呀，难免不留下骂名，贻笑世人了。”

玄奘对皇上的检讨不便表示许否，于是转了个角度安慰道：“陛下慈悲之心，公主岂能不知！相信她一定会知恩必报、知过必改的。”

皇帝怆然回道：“朕之不忍，深心正在于此。设若再不好自为之，继续怙恶不悛，那就真是咎由自取，不仅朕难容，天下也难容了！”

第五十二回
讲《般若经》与皇帝诀别　出《王法论》向新主投石

贞观二十二年整整一冬，没飘过一片儿雪花，天气干冷干冷的，健壮的人都冻得瑟瑟发抖、心燥气憋，有病人的日子就更难熬了。皇帝虽然在玉华宫休养将息了一夏半秋，但身疾却没见减轻。回京之后，军国事务不断，抚定西边龟兹国王布失毕的反叛和北方车鼻可汗的抗礼，谋划与西南蛮部、东邻新罗国的结好，等等，都不得不让他宵衣旰食去应付，加之老天爷不作美，连月大旱，自然也使他寝食难安。在如此心力交瘁的情况下，病情哪有好转的份儿？

迨至次年春，情况更糟了，唯一可以令人稍安的，是下了一场春雨。为了感谢上天的眷顾，皇帝大发慈悲，抱病蹒跚出至显道门外，宣诏大赦天下。此后没过四五天，实在是撑不下去了，只好又委权于太子李治，敕令其至金掖门听政。

基于病情日见恶化的趋势，皇帝虽然每日仍坚持约玄奘谈经论道，只是每次延续的时间越来越短了，这对皇帝来说，自然是不可乐观的事。但在玄奘方面，却是有了更多的时间和自由。正是在这段时间里，玄奘译毕和开译了多部经论，如《大乘百法明门论》、《摄大乘论世亲释》、《摄大乘论无性释》、《摄大乘论本》、《缘起圣道经》、《阿毗达摩识身足论》、《如来示教胜军王经》等数十卷。但是，这种近似“奢侈”的日子很快又结束了。

四月乙亥，玄奘奉诏继续陪驾，还是老内容：与皇帝谈玄论道。唯一不同的是，地点由北阙大内移到了号称京师长安后花园终南山的幽宫。

玄奘对这次陪驾，说实在的，心里并没有太多的喜悦。对于这等差事，甚至包括第一次在洛阳宫觐见，他的心情都是矛盾的：一方面是想见、应该见，为了避免发生类似历史上曾经有过的灭佛惨案，为了使正教能够存在、发展，为了使佛陀的智慧能够深入到众生的心田，为了使整个阎浮世界都充满大悲、大慈和大爱，一句话，为了心中的大愿，低低头，弯弯腰，虽然出于无奈，却还是必需的；何况，皇帝本人，不也是教化的对象之一吗？另一方面，仅就译经弘法这一点而言，花那么多时间、精力去陪驾，实在是一件有违本心的事情，要知道，面前摆着那么多的经籍要翻译，即使舍此一生，也未必能够毕此一功，而自己眼看就到知命之年，人生七十古来稀，可以利用的日子已经无多，加之又没有天赐的金刚不坏身，不能不急啊！

可是，事情并不是由自己说了算。皇帝几乎用尽所有的疗法，药疗、针疗、灸疗、推拿、食疗、养疗、甚至于饵金石，可以说，但凡是宫廷御医知道而又据说是对症的医方都倾箱倒匣、竭其所能找到并使用过了，结果呢，病情不但没有减轻、渐愈的一点儿征兆，反而是越来越严重了，既怕热又怕寒，既怕风又怕湿，盛夏则如芒在背，遇寒则头痛如裂，卧细席则如涉炎火之林，总而言之，浑身上下没有一处是安生的，没有一时一刻可以宁静。但鉴于自己乃一国之主，一言一行、身体的好坏，都会对国情民意产生巨大影响，加之又一向做惯了强势人物，不会轻易在挫折面前低头弯腰，所以，现在虽然自知已经病入膏肓，却还是一直忍受着，遮掩着，尽量地给人一种神威、睿虑不减平常的印象。自然啦，自身的事，可以瞒过别人，却绝对骗不了自己。正因为如此，还在阳气渐盛的四月首，便有了翠微宫之行。这次，他似乎已有不祥预感，不再指望御医们还有什么回天之力，而只是想躲进一个清净宁静、可以涤滤尘劳、杜绝凡喧的小世界，不思过去，不念现在，不挂将来，将是非功过抛却一边，专门与心仪中人谈些可以使人心静、心定、心净、心慈、心善、心安的话题，怡情养性，借以减少病痛，减轻烦恼，减轻痛苦，平平静静地走完最后的一段人生旅程。

玄奘接到的令旨说，只允许一二译僧伴随登山。他因此而揣度：这次陪侍谈讲的时间将会更多，自由支配的时间，或者说，用于译经的时间，几乎是不会有的；陪驾的时间有多长，不知道，令旨没有说，自己也不便问、不敢问，一切只能听其自然！想到这些，他禁不住在心里叹了口长气。

终南山翠微宫的前身乃武德八年所建的大和宫。高祖李渊崩驾后，今上舍宫为其建龙田寺追福。至贞观二十一年四月，复下诏在大和宫旧址上进行扩建，并改名为翠微宫。翠微宫正门北开，称云霞门，门后即皇帝视朝听政的翠微殿及御寝含风殿；去此里许，即是太子李治的别宫，正门朝西，称金华门，门内为喜安殿。此外又有南宫，即大和宫旧址，它的正院就是龙田寺。翠微宫虽为离宫，但除了原来的大和宫是土木结构外，其余扩建部分，实际上是裁木为架、帷幔为墙的大帐，类《周礼》所说的四合象宫室的“幄”，所不同的是顶上覆瓦而已。以是故，整个工程只费了九天的时间即告毕功,之后又过了半个月,即五月三日,就住了进去。

这次是皇帝二上翠微宫,时间是贞观二十三年四月初一日。随驾者有太子李治和玄奘,其他官僚臣属则随时经由黄峪、白石峪登山奏事、领旨。

玄奘上山之后被安排在龙田寺就宿,每日沿山坡向东北走不远就可到达翠微殿。任务虽然是陪侍谈讲,但起首的旬月间,却是陪侍的时间多,谈讲的时间少。因为登山的劳顿,环境的变异,皇上病体一时难以适应,自然也就没了听讲的兴趣。待调适过来,稍有精神后,这才问些有关正教的事儿,玄奘自然都一一做了回答。

其中一次,玄奘在讲释尊行化事迹时,说到这样一件事:一天,佛陀带领初度的五个弟子憍陈如等在殑伽河边游化的时候,忽然有一个人大喊其苦,跑到佛陀面前,请求帮助。经询问,知道此人名叫耶舍,就住在鹿野苑所在的迦尸城里,家财亿万,富甲天下。佛陀打量了耶舍一眼,说道:“你家既然这样富有,身服天冠璎珞,脚著无价宝屐,吃的用的肯定也很丰裕,为什么还如此大声叫苦,要我帮助?”耶舍叹了口气回道:“佛陀有所不知。不错,我的吃穿用度都很宽绰,白日里出入酒肆,觥筹交错,醉眼蒙眬;月色中,红楼召妓,寻欢作乐,中夜忘归。可昨晚却做了一个梦:只见眼前一片狼藉,妓女们伏卧、仰眠,披头散发,口角流涎,满屋子里服玩零落,管折弦断,场面恐怖,如遭横祸。眼睁睁地看着这副烂摊子,保之不能,舍之不得,都把我急死了。听说世尊已经证得圣果,所以特地前来请您出个主意,要是梦里的事情果真发生了,我该怎么办啊?”佛陀听后说道:“耶舍呀,你真是深陷苦海了,贪瞋痴三毒攻心呢!”耶舍辩道:“我的家财都是自己挣来的,既不偷也不抢,怎么会是贪瞋痴呢?”佛陀解释道:“无度地占有谓之贪,贪而无厌谓之痴,为富不仁必生瞋,三毒相攻,烦恼丛生,其苦不堪言呀。”耶舍听佛陀说得有理，进而问道：“怎样才能去除三毒呢？”佛陀回道：“三毒之生，皆由无明所致。本来，世间万物，也就是宇宙万法，诸法，都是因缘和合而成，各自并无起主宰作用的自性、本体，所以都是虚幻的、假有的，包括色、受、想、行、识五蕴这些色法、心法，都是无常的、苦的、空的、无我的，也就是说，诸法皆空无我。无明众生执虚为实，执假为有，以无常为常住，于是产生贪欲，营营终日，追逐名利，唯恐得之不多；既得之，又恐一朝散失殆尽，担心这个，害怕那个，脑汁绞尽，烦恼不止，岂能不苦……”

听到这里，皇帝突然插话道：“释尊所说的这些话，朕一时还难以句句透彻究了，但有个总感觉，佛陀说得对，世间万事万物都是不断变化的，由生到死，死而再生，由无到有，有而还无，由兴而衰，衰极复兴，由荣而枯，枯而复荣，这都是不以人的意志为转移的，所以呢，只有看透了，想通了，卸下包袱，放下担子，人才会有轻松的时候。师以为朕说得对吗？”

玄奘明知皇帝所说并不完全准确，但还是鼓励道：“对，对，陛下说得对。放下一切，做个自在人，这正是佛陀悟得的解脱生死的正道呢，陛下的神思睿智真是名不虚传！”

皇帝见自己的见解得到玄奘的肯定，高兴回道：“不是朕有什么了不起的神思睿智，而是佛陀高明，话说到朕心里去了，让朕似乎轻松了许多。佛陀真是一位了不起的导师啊！”

玄奘听皇帝如此说，顿时觉得某根神经被触动了，感慨道：“可并不是所有的人都像陛下这样称颂佛陀呢？”

“怎么，还有人反对不成？”皇帝颇觉诧异。

玄奘回道：“是的，有些人开始并不理解佛陀到处乞食行化的行为。有一次，佛陀到摩揭陀国的一苇村乞食，有村民对佛陀说：“我们日出而作，日落而息，一年到头辛辛苦苦，不知流了多少汗水，才勉强维持温饱，而你们这些和尚却不耕不种，衣食所需全靠别人布施，很是不公平呢！”

皇帝嘲道：“嘿，真是凡夫俗子之见。术业有专攻嘛，天下人哪能个个都去耕田种地！”

玄奘继续道：“佛陀听了村民的话，笑了笑回道：‘你说和尚们不耕不种，这话欠公平。其实呢，我们每天也和你们一样都在耕田种地，劳作不息呢。’村民摇头说：‘我没有看见你们在种什么田耕什么地，不过是天天念经说法而已。’佛陀笑得更甜了：‘这不就对了，念经说法也是耕田种地啊。只不过，我们是用话语播下信、愿的种子，用智慧当犁，用精进当牛，不断地清除心田里的杂草，培育出来的是清净无染的圣果……’”

“好一个心田，好一个清净无染的圣果！大唐域内设若有许许多多佛陀这样的农夫来耕种心田，结出很多很多清净无染的圣果，那天下不就和睦了、太平了、长久了！”皇帝高兴得有点儿激动，在卧榻上挣扎着挪了挪身，对玄奘说，“师不要只顾自己做农夫，还要培养更多更多的农夫呢！”

玄奘合十致礼道：“陛下既然下了令旨，玄奘岂能不加倍努力！培养更多的农夫，育出更多的圣果，这也正是大乘佛教的愿景呀。”

皇帝平静下来后，心有所憾地说道：“只是，朕与师相逢太晚，恐怕没剩多少时间助师一臂之力了。”

果然，事情不幸被皇帝自己言中了。到了五月中，他已自觉病体难支。虽然听玄奘谈讲后，无论是对人生还是事业、功过还是是非，都有了新的认识，对死之不可避免，也有了一些思想准备，但要说是已经完全抛却俗欲，断了俗缘，顿成正觉、立地成佛了，那却是言过其实的。或许对自己的生死已无所谓，但对年在弱冠的太子接任社稷大位这件事,说什么也放心不下。固然,他的舅父长孙无忌可以扶他一把,中书令褚遂良等文臣也能尽忠效力,但真正能够左右政局而又可以信任的将帅人选,却未免显得捉襟见肘了。现职为中书门下三品的李世勋倒是个将才,也忠于自己,但太子却无恩于他,自己死后,他能否还心悦诚服听命于太子,却很难说。而除此之外呢,还哪里去找替代?无奈之中,他做出了一个出人意料的决定:将李世勋从权力中心出为叠州都督。下诏之前,他密授太子说:“如果他接旨后立即赴任,待我死后,你便擢他为仆射,如此,他就会对你感恩戴德、任从驱驰;倘若接诏后徘徊顾望,你就趁我还在就杀了他,以免留下后患。”还好,李世勋终归是个忠臣、善类,接旨后连家都没回就走马上任了。而皇帝的心也因此稍安了一些。

皇帝在重病时刻做出这个决策,再次反映出他思想深处的矛盾和纠结:既对佛教“放下一切”的说教表示赞同,又未能做到与尘缘一刀两断,依然难舍难分,难断难了,不说他自己恋栈吧,起码也是希望江山永固,肥水不要外流。可见呀,淡然对待权势、地位,说来容易做来难。中夏几千年来的王者思想传统,根深蒂固,影响至深,不是仁人、圣哲,很难摆脱这个羁绊;而大唐天下这份家业又是他李世民在刀光剑影中用性命换来的,继而又千辛万苦地经营了二十多年,好不容易才挣来个太平盛世。按他的想法,五十开外的年龄正是大显身手的好时光,如果再给些岁月,他一定会使大唐王朝变得更加富足强大,而最主要的是皇储也长大了,建立了威信,学会了执政,自己也就可以安心地走了。而如今呢,却已黄泉路近,终期将至!英年早逝,宏图未展,这也罢了,可心里却留了一件说什么也难以放下的事,也就是自己死后,过于忠厚、又没有威相的太子,有没有能力担当王者的大任,继承偌大的一份家业。万一大权旁落，乃至丧家败国，那可就要白白地葬送了自己的一生努力和理想了。平心而论，这种想法并非纯粹出于私心，所以，似乎也就没有必要太过苛责了。

敕令出李世勣为叠州都督后不几日，皇帝病痛加剧，太子李治昼夜留在御榻前，服侍守候，忧心忡忡，食不下咽，不觉间，青丝丛中竟然冒出了几根银发。

重臣长孙无忌、褚遂良等唯恐发生不测，也不敢离开含风殿半步。而玄奘呢，亦被留宿宫中，皇帝但凡自在一些，都要召他到床边问这问那。

就在弥留的前一个晚上，他睁大双眼，声音很低，语速很慢，但还咬字清楚地问玄奘道："师前日说，正在翻译一本专门谈空说无的经典，好像是什么《般若波罗蜜多心经》吧，不知译毕没有？"

玄奘回道："回陛下，经文很短，当日回去后，于晚间只用一个时辰不到，就译毕了。正带在身边呢，看陛下正在休息，才没有说。"

皇上道："师曾说过，此经讲佛陀用智慧观察人生、宇宙，悟得一种真理，能够使众生度脱一切苦厄，这是一种什么样的法宝呀？"

玄奘回道："佛陀悟得的真理就是前些日子给陛下讲过的五蕴皆空之理。佛陀观察、思考后发现，宇宙万物，即万法，也就是色、受、想、行、识五蕴所包含的色法和心法，各自都是由因缘所生，无有实性，即无起主导作用的本体，一一都是假象、假有，虚幻不实，无常、不住，总谓之空。所以，从本质上讲，色不异空，空不异色，色即是空，空即是色，五蕴中的其他四蕴，即受、想、行、识也是同样的道理。佛陀所说的空性，并非空无所有，而是清净平等，非有非无；以此空观来观察宇宙人生，则五蕴皆空，无有一物，六根无有，六境无有，六界无有，无明无有，老死无有，苦无有，道无有，智无有，总而言之，一切皆空，一切无所得……”

“师且等一等。”皇帝打断玄奘的话，问道，“什么叫无所得？”

玄奘回道：“所谓无所得，意思是一切法既空、无有，假而不实，自然也就得不着了。”

皇帝低声再问：“得不着，无所得，又有何意义？”

玄奘回道：“世间万物既然是空、是无有，得不着，那就不要执着了。没有了执着，没了区别简择，也就没了贪心、占有心、得失心，遂至最后无牵无挂，于是也就没有了恐怖，远远地离开了颠倒妄想，最后达到究竟涅槃的目的。三世诸佛都是依这样的方法修持而证得无上正果的。这就是般若波罗蜜，也就是以智慧度人的法门。”

玄奘讲完，皇帝已经昏昏欲睡，不久就睡去了。

次日，皇帝病情急转直下，太子李治、国舅长孙无忌、重臣褚遂良都围到了御榻前，个个心事重重。

皇帝用力睁开一条细细的眼缝，先是看了看太子，继而将微弱的视线停歇在无忌和褚遂良身上，有顷，复将那细细的眼缝合上，翕动嘴唇，声音细细的，断断续续自语道：“万…法皆…空…无执…着无…牵挂…无恐惧得…大…自……”最后一个“在”字还没有说出，喉咙里呼噜噜地响了一下，终于咽完了平生最后一口气。

太子见父王崩驾，悲痛欲绝，搂着舅父长孙无忌的脖子嚎啕大哭起来。无忌则一边抹泪，一边提醒太子赶紧安排后事。李治像没听见似的，还是止不住地啼哭。长孙无忌急了，肃然说道：“主上以宗庙社稷付殿下，殿下岂可丢下大局而像匹夫般只顾哭个不停！”

太子至此才止住泪，与顾命大臣们商量、安排皇帝的丧葬及自己登基即位的事宜，这里放下不说。

就在太子嚎啕痛哭的当儿，玄奘对着皇帝的遗体，恭敬合十，念起能破众生昏暗妄执、除一切苦厄、令觉行圆满的般若波罗蜜大神咒、大明咒、无上咒、无等等咒：

“揭谛揭谛，波罗揭谛，波罗僧揭谛，菩提萨婆诃。”

以前解释过了，这“揭谛真言”的意思是：断我执，断法执，一切执着皆断除，断除执着为大空，菩萨自觉又觉他。

皇帝崩驾后，玄奘自然也就回到了大慈恩寺。照理说，他现在不用陪驾了，有了充分的自由和时间，可以随心所欲地干他想干的事情了。可是不然，在长达一个多月的时间里，他的心神总是安定不下来，一方面是太累了，玉华宫，北阙弘法院，最后的翠微宫之行，整整的一年时间，都是陪驾谈讲，好处、收获自然有，但费力劳神也实在令人难以忍受。人与人之间的交际应酬，本来就很累，而陪驾又不同于一般的应酬，事事处处、一言一行都得提着心，留着神，免得无意中触犯了龙颜，落得个意想不到的罪名，这就是所谓伴君如伴虎的道理，能轻松得了吗？一年的形神俱役，一时半会儿怎么能缓得过来？二方面呢，皇帝之死，也使他有茫然若失之感。好不容易才建立起教门与朝廷的密切关系，好不容易才争取到天下一人给正教发放了一张通行证，可如今，人去了，楼会不会空，茶会不会凉？时过了，境会不会迁？虽然，新主儿在春宫时，曾写过《述圣记》，还奉敕为新译出的《菩萨藏经》写过后序，如今的寺任和翻经院也都是其恩渥的一部分，不过呢，那时他还没有登上大位，还有人管他、教他，引导他，左右他，而如今，他已经由储贰变成了国君，可以一言定谳，谁能保证他会继续前踪而不改弦易辙？即使他本人不会变，可会不会又出现一个新的傅奕呢……所有这些，无一不关系着佛典翻译、正教弘扬的整个大局，万万疏忽大意不得。

玄奘的这些想法，这些担心，是不是多余的，是不是空穴来风呢？事实证明都不是。就在这样想着的时候，一道圣旨传了下来：要玄奘根据经文和天竺方面的实践经验制订一份授戒、忏悔法。他接到圣旨时的第一感觉是，新帝要加强对正教的管理；第二个感觉是，加强管理的原因一定与年初辩机与高阳公主间的事有关。想到这里，便下意识地萌生出一丝危机感：固然，僧团中，包括自己的译经班子内，的确存在着违律犯戒的现象，自己对此也是深恶痛绝的，当然应当整顿，应当加强教育管理，并使之经常化，从这个角度看，新帝的用意是无可厚非的，自己也可以借力使力，使僧团更加清净、纯粹。只是，不怕一万，就怕万一，如果事情并不是想象的那么简单，而是另有背景，另有原因，另有意图，那问题就复杂了，也就是说，先帝所发放的通行证不仅可能失效，而且日后还可能出现逆风和恶浪。于是，他觉得，无论如何，必须防患于未然，未雨绸缪，主动出击，既要遵旨行事，又要投石问路，及时加固旧路。

这样想定之后，玄奘便召集静迈、明琰等二十余名译经僧，布置说："今奉明旨，要根据佛言，集成大乘菩萨受戒忏悔的法式仪轨，作为日后受戒、忏罪的定则，当然也是日常遵守的戒规，就叫作《菩萨戒羯磨文》吧，内容包括受戒羯磨、忏罪羯磨、得舍差别三部分。先前所出的《瑜伽师地论》'本地分菩萨地初持瑜伽处戒品'中已有明文，各位仁者只要将其中的有关文句拣出、汇集起来，再一次仔细地检查证义、证文、正字的精确性，然后进行条式化即可。此文就由普光任笔受吧。"

接着，玄奘又留下道林安排说："贤哲的任务是将《瑜伽论》'摄抉择分有寻有伺地'中佛世尊为出爱王所说经这部分文字别行录出。"

道林不解玄奘心意，总觉得派给自己做的是一份无用功，于是问道:“《瑜伽论》已经译出流行多时,现在为何又要再单出这部分?”

说话间,已经走了的普光又折了回来,听见道林所问,便对他说:“这还要问吗?法兄难道不知道佛世尊对出爱王说了些什么?”

“当然知道,不就是告诉出爱王说,作为一个国王,他可能会犯的过失有十种,要修的功德也有十种;此外又有五衰损门、五方便门,五可爱法和能引王可爱之五法。”道林以为普光是在考自己,便这样回答了,但意犹未尽,又质了一句,“其他琐细事项尚多,还要一一作答吗?”

普光回道:“法兄既然知道得如此真切,那还能不知道它会派上什么用场吗?”

不当家不知柴米盐油贵。道林的本职是笔受,虽言通华梵,学综空有,至于人情世故的道理,就生疏了。他哪里想过,玄奘别出此论要派什么用场,所以一时不知如何回答是好。

普光还要说些什么,玄奘却有意岔开,对道林说道:“贤者别管他,赶快去做就是。”

道林走后,玄奘瞄了普光一眼,微嗔道:“你这弥子,不赶快干事去,又折回来干什么?”

普光颇显委屈道:“弟子见师父心情欠爽,害怕身体出了毛病,所以……”

“弥子你说什么呀,为师的如何心情不爽,为什么会不爽?”玄奘话声不高,但心情很是激动。

普光见状,不禁吓了一跳,不敢再说什么。

玄奘为什么会反映强烈,为什么会心情激动?因为他觉得心事已被弟子看穿了,因为为师的居然反过来要弟子怜悯、关照了,心里未免感到有些尴尬,有些难为情,于是不免懊恼烦躁起来,自然也就不知不觉中失态了。这也是人之常情,不足为怪。

玄奘虽然激动,但却没有再进一步责备普光,而只是把他晾在一边继续想他的心事。他十分欣赏道林的回答,心里感到十分惬意,因为道林记得很清楚、很真切,佛世尊曾对出爱王说过:出身低下或非正出,制驭无术而政令难行,性情暴恶无体恤之心,对下严苛动辄加罪,赏罚不公怨声载道,听信谗言任用佞小,省察不周任用非人,不信佛法无慈悲心,姑息养奸忘恩负义,骄奢淫逸放纵自任,如此十种劣行是为国王之十种过失。十种过失既具,则虽有大府库、大辅佐、大军众,亦不能使人归仰信服。国王如果能反此十种过失而行政,则可成就十种功德,虽无大府库、大辅佐、大军众,也能受人敬仰信服。所谓的五衰损门其实就包含在十种过失之中;而五方便门、五可爱法、能引王可爱之五法,又都根源于十种功德,反过来,它们也都是成就十种功德的助力、推力。

玄奘这样想着,不知不觉地自语道:“佛世尊所说的国王十种过失、十种功德之类,对阎浮世界万亿为王为帝者来说,字字都是振聋发聩的警钟,句句都是情真意切的劝诫啊!”

普光见玄奘恢复了平静,胆子又大了起来,他话中带话地说道:“听师父如此说,是不是真的要还俗坐槐庭了?”

玄奘知道普光又在耍心眼儿,便嗔而质道:“你这弥子,还有什么话就直截了当说了吧。”

普光蛮有把握地笑着回道:“依弟子看,师父别出《王法正理论》,心思并不在政事上。”

玄奘质询道:“这就是你折回来的原因,这就是你要说的话?”

普光没有直接回答,而是按着自己的思路说道:“新帝登基伊始,就敕令翻译羯磨戒本,就要抓戒律持犯事儿,师父一定因此而想得很多,担心新帝对正教的政策有变,所以要借佛世尊的话来试探、来提醒……”

玄奘反问道：“何以见得？”

“师父分明是在考弟子了。”普光回道，“佛世尊对出爱王说的十过失、十功德、五衰损门、五方便门、五可爱法诸端，不是处处突出、强调信守善法的问题吗？他说，国王不顾恋、不信守善法，不信也不觉悟三世因果报应的道理，于是也就不能分别什么是五戒十善之善行和与之相反的恶业，而对一切不净物产生贪着、迷恋心，不知羞耻，放纵身口意三种恶行，自然也就更谈不上布施修福、受斋持戒了。反之而行，则为国王之无上功德，国强，业兴，万众拥戴。师父所重者，应该是这一点，借佛世尊之金言以为谏书，正君，护教……”

“你这弥子，”玄奘一面环顾周围，一面向普光摆手说，“隔墙有耳！这世间事，有的只能做不能说，懂吗？”

普光不以为然道：“师父也担心太过了吧，新帝即使欲规范受戒制度，整饬僧团，未见得就是要改变慈航的方向吧？”

玄奘沉吟道：“皇权至上，天子第一，风雨无时，阴晴难测，如之奈何！译经事大，耽误不得，不能不步步为营，处处小心啊！”

第五十三回
为刺史授戒咐嘱殷勤　借佛塔兴建再测风向

永徽二年岁首，不少地方官都进京，向皇帝恭贺新禧，汇报工作，领受圣旨，同时也借此机会，利用公余时间走亲访友，互祝平安。所以，官员之间自然也少不了接触，相互了解情况，彼此交流理政心得。

正月壬寅那天，朝见结束后，从太极殿出来，瀛洲刺史周敦颐、蒲州刺史李道裕、谷州刺史杜正伦、恒州刺史萧锐四人，不约而来，聚到了一起，尽管各自为政一方，又久未见面，但今儿久违相逢，彼此都显得格外亲昵，连一句客套话都没有，便开始神聊了起来。

杜正伦拍了拍周敦颐的肩膀，打趣道："仁兄，你也太抠门了吧，堂堂一州刺史，带家携口的，随随便便就来逛京城，见天子，自己不觉得寒碜，就不怕别人说你对皇上不尊吗？"

周敦颐毫不在意地回道："周某本来就貌不惊人，又无大的事功，敝衣旧乘即是本色，别人怎么看我可管不着。你怎么不看看锐公，人家贵为驸马爷，可第门亦不过双戟而已。相比之下，周某心里也就自在了。”

萧锐不作任何谦让，而是这样表示道：“其实呢，萧某不过是沾了襄城公主的德光罢了。何况，先主太宗皇帝曾说过，自古帝王凡有兴造，必须贵顺物情。大禹凿九山，通九江，顺物情而得民心；秦始皇营宫室，徇私欲而招众非。又引古圣人言，‘不作无益害有益’，‘不见可欲，使心不乱’，雕镂器物、珠玉珍玩之类，若恣其骄奢，则危亡之期可立待也。谆谆训诫，不可不牢记啊。”

李道裕称赞道：“好，好，萧公真不愧乘龙快婿也！”

萧锐摇头道：“不才，不才。萧某哪里比得道裕兄呀，捋龙髯而诤谏，那神气、风采，真不落亮尚书呢！”

李道裕连连摆手道：“罢罢罢，要说这个，谁比得上杜公？”

……

初听这些谈话，不免让人有一种云里雾里的感觉，不知他们所云者何。其实呢，他们的每一句话都有一个故事。比如说周敦颐的所谓“抠门”，实际指的是他每次入朝，虽举家出动，但所乘者只有敝车，羸马数匹，连笼头羁勒都舍不得买，缺损了就用麻绳代之，走在路上，行人根本就不知道他是朝廷大员、刺史大人；可在公方面，他却十分体恤民情，立堰筑堤排除水患啦，没收豪富籍外占田分给贫乏之家啦，等等，不仅口碑好，连贞琰都有记录呢！“第门双戟”的事儿，指的是太宗女襄城公主下嫁萧锐后，有司要为其新建府第，但公主以另居别处不便敬事舅姑为由，再三拒绝，最后只是将故第略作修葺，竖双戟以为门。公主本性孝睦，凡事遵规蹈矩，皇帝爱甚，乃至于令诸公主以之为师范。萧锐所谓沾了公主的德光即指此而言。李道裕的“捋龙髯”，是说他在贞观二十年朝廷讨论给顾命大臣张亮的处置意见时，力排众议，以张亮反形未显不当诛相谏，太宗不听，勃然斩之，寻而后悔，擢道裕为刑部侍郎。亮尚书即李大亮其人，即李道裕之叔叔也。关于李道裕之让杜正伦，则是因其在贞观二年被太宗任命为给事中兼起居注后，大胆进言说："君举必书，言存左右史。臣职当修《起居注》，不敢不尽愚直，陛下若一言乖于道理，则千载累于圣德，非直当今损于百姓，愿陛下慎之。"

了解了以上诸端，也就明白这四人之所以不约而集，无话而通，非亲而相知，都是因为"物以类聚，人以群分"这条法则在起作用，直臣与廉吏有着天然的共性、通性。四人似乎是在打趣、闲聊，实际上都是在表示对对方的仰慕和倾心。

谈话中，李道裕向杜正伦提了个请求："都说佛教可以清心明性，杜公不仅以文见称，而且深解释典，何不为我等登一回狮子座？"

"讲经说法？"杜正伦讶道，"岂敢，岂敢。锐兄才是不二之人选呢。其远祖如梁武大帝，近则高堂金紫光禄大夫宋国公，或舍身、说法，或深研苦空微旨，锐兄得楼台近水之利，祖传家教，耳濡目染，能不成器？以是故，设坛咆吼，非其莫属。"

周、李二人同声附和道："是呀，怎么就忘了锐兄这个嫡传佛子罗睺罗了！"

萧锐摆手叫停道："罢罢罢，诸公言过其实了。先祖、家父崇佛，固然是实，但锐某根机愚拙，虽向往而终不得其要，怎敢据座占席？不过呢，诸公若是真想聆听真诠，我倒是有个主意，不知是否愿意一听？"

众人齐声道："既有好主意，不妨说来。"

萧锐道："诸公莫非忘了，新建大慈恩寺的当家是谁？"

"哎呀呀，果然是个好主意！"周敦颐连拍几下脑瓜子，喊道，"早就听说寺中当家是位了不起的法师，游遍五天，半满大小，还有什么瑜伽时学，样样兼通。回来几年了，还没有机会见过其尊容呢。”

“不仅没见过玄奘法师，今上为文德皇后新营的功德寺也未游观过呢。”

“我等好不容易进京一次，何不趁此机会一起前往拜访，既请安、求法，又游览观瞻新寺，岂不是一举两得的好事！”

四人一拍即合，并立马付诸行动。

曾记否？太宗皇帝崩驾后，玄奘奉诏译出《菩萨戒羯磨文》、《最无比经》、《菩萨戒本》各一卷，又用心良苦地从《瑜伽师地论》中单出《王法正理论》一卷，一起奏上，走了必须走的一步棋，尽了“谋事在人”的努力。自此之后便沉下心来继续译经去了。

不知不觉中，玄奘和他的译经班子又冒寒熬暑苦干了一年又半载。至永徽二年正月壬寅这一天，一大早，玄奘将全体译经班子成员集合到译经堂，对此前的译经工作进行了一次全面的总结，连带就下一步的翻译做了动员，他首先说道：

“自贞观十九年五月起始，迄于永徽元年岁末，在各位仁者、贤俊的共同努力下，译毕的经律论三藏经典，已得三十七部二百五十六卷。天竺佛教学府那烂陀寺，在教学中以因明、对法、戒律、中观、瑜伽五科概括佛学全体。在过去的这一期里，我等用力主要在瑜伽科，其重要经典‘一本十支’，除前贤已经译出的《大乘庄严论》外，现又翻毕《瑜伽师地论》、《百法明门论》、《大乘五蕴论》、《显扬正教论》、《阿毗达摩杂集论》、《摄大乘论本》、《三十唯识论》，因为《分别瑜伽论》要义与已译出之《解深密经》同品内容基本相同，所以不再翻译，剩下的就只有《辩中边论》和《二十唯识论》了。因此可以说，基本上是穷源尽委阐释了《地论》、《摄大乘论》相关学说，甚至还有了新的发展。其他如中观科，译出者有《广百论》以及《广百论释》，特别重要的是，护法菩萨在《广百论释》中彻底地洞明了中观自性空学说的奥秘，而且达到了沟通瑜伽、中观和秘密教三家的目的。律科则译出了瑜伽律《菩萨戒本》和《菩萨戒羯磨文》，此外，《最无比经》也是比较三归五戒乃至具足戒功德之要典，这样，大乘戒及其羯磨法便也得到规范与弘扬。因明科译出者有《因明正理门论》和《因明入正理论》，从而展示了本科学说之精要，既揭示了因明学的独特性，同时又廓清了因明与内明区分之界线。”

说到这里，玄奘掩饰不住心头的喜悦，拿起案上已经凉透的那杯清茶，啜了一小口，再将它放回案头，然后继续道：“各位辛苦了，玄奘谨此表示深深的谢意。”

说完，玄奘双手合十，十分诚恳地连作了三个揖。

众人回道：“都是三藏的功劳，我们是在跟着三藏长见识呢！”

玄奘摆摆手，说道：“大家不要客气了，独木哪能成林呀！只是，后面的道路还很长，还需要玄奘与各位仁者、贤俊继续努力。就五科而言，对法科，也就是经律论三藏圣典中之‘论藏’，特别是小乘教之论藏，我等接下来的工作重点就在这一科，大乘方面的《阿毗达摩杂集论》，小乘方面的《阿毗达摩发智论》、《大毗婆沙论》、《俱舍论》、《顺正理论》和《显宗论》即《顺正理论》的节录本，都在翻译之列。《发智论》是小乘论藏‘一身六足’的‘身’，义理最全面；《婆沙论》是详细解释《发智论》的疏文，同时又兼评破当时流行的异说；《俱舍论》则是以《杂心论》为基础而写成的批判《大毗婆沙论》的著作；《顺正理论》是毗婆沙师站在卫道士立场上对《俱舍论》的批评性注释。通过这些论典，一可穷究小乘学说的本末源流，二可明了大小乘对法相通的脉络，这一点，从安慧造《杂集论》救《俱舍论》之短就可看得出来。”

玄奘少停片刻，接着又说道："诸论之中，《俱舍论》最为重要。南朝陈代时，此论的《本颂》及其《释论》曾由真谛三藏在广州先后译出、写出，大唐初年的道岳法师对此颇有研究，但由于相关各家疏释传译缺如或不全，致使深义难明，我等这次译出，或可弥补。各位仁者、贤俊，普光啦，法宝啦，神泰啦，都可在翻译过程中仔细揣摩、领会，诠释疏解，一竞风采。"

说到这里，玄奘在众僧中放眼寻找，最后将目光停在玄觉身上，发话道："玄觉，你赶紧抽时间，带几个人到藏经殿去，将刚才说到的论典梵本找出来，以便不日翻译时使用。"

玄觉起身应道："弟子一定抓紧去办。"

会议结束了，众人先后散去，侍者这才进来禀报道："三藏，客堂里有四位官人请求参见呢，已经等候多时了。"

玄奘闻讯，立即整理衣衫，准备到客堂接见来访者。刚出殿门，正好碰上半路折回来的道宣律师，玄奘不问道宣回来的缘由，不由分说便拉了他朝客堂走，一面走一面说："律师回来得正好，有几位官人前来造访，可玄奘并不认识、了解他们，律师是老京城了，和我一起去见见面，从旁帮我把握把握。"

玄奘与道宣刚到客堂门口，脚还没跨过门槛，里面的来访者便唰地一下站起，喜形于色迎上前来作礼。

这些官人是谁？不是别人，正是前面说过的四州刺史。他们为什么如此高兴？一是终于见到了心期已久的神话般人物玄奘法师，二是与京城有名的律学大德不期而遇，能不喜形于色？

相互致礼之后，道宣因为与四位官员都熟识，所以便主动地当起了中间人，向玄奘一一介绍了各人姓名，然后说道："这四位都是刺史大员，清廉耿直，皆有美声。"

玄奘从道宣的眼神和评语中得到了可靠的信息，心里方才踏实下来，遂问道："诸位大人此来，不知是拜佛游览来呢，还是有何公干指示？"

"惭愧，惭愧，三藏法师言过了。"周敦颐听罢，连忙拢袖作礼道，"周某等乃凡夫俗子，岂敢有什么指示？三藏法师为法忘躯，周游绝域，披星戴月，十有七载，终于摘得摩尼宝珠，此实亘古未有、光照古今之壮举。凯旋之后，复又风尘未拂便开译宝典，化育群迷，增光国家，周某等感佩至深。今因朝集在京，天赐良机，特至萧寺，拜佛游寺固在必然，但主要则在参礼三藏，请为我等开法。"

杜正伦等其余三人亦同声请求道："恳望三藏法师慈悲为怀，为我等指迷津，导觉海。谨此切切。"

说毕，四人便同时展衣行叩首大礼。

玄奘上前扶起道："众生平等，法性平等，无有上下、高低之分，不必行此大礼，不必行此大礼。"

道宣从旁插话道："今儿是清官参法匠，真是一次盛会啊！诸公既然如此虔请，三藏何不随顺其意，为讲解新出之《菩萨戒本》，抑或《最无比经》？"

玄奘像是看透了道宣的心思似的，微微一笑，说道："宣公真乃律虎也，时时不忘律，事事强调戒。"

说到这里，玄奘将眼光又转到了四位刺史身上，继续道："宣公的建议很好。诸位大人应知，法王之所以大张法纲，就是要使众生认识到，要出离生死轮回，就必须剪除贪瞋痴烦恼、五逆十恶诸业、三途果报等障碍，而剪除三障的利器则是戒定慧三法。戒可防非，管束身口，犹如捉贼；定能制乱，诫约心源，犹如缚贼；慧则除邪去惑，觉悟证性，犹如杀贼。贼者，烦恼也，难以一时卒除，功由渐降，所以立此三法，循序渐进，戒具则定修，深知障惑，明智观察，了见缠缚，颠倒既消，则恶业不集。以是故，推其本也，则净戒为功，举其治也，则正慧为德。尔等诸公，既发大道心，求无上果，诚真菩萨也，玄奘就依宣公建议，为你等宣说《菩萨戒本》。”

刺史们听得真切，齐声叫好。

道宣也踊跃道：“宣某以往所用心者，乃小乘教昙无德部之《四分律》，今日有幸，得沾诸大人的光，学习学习大乘大戒，同时也借此机会，比较比较大乘菩萨戒与小乘四分戒有何差别，能否相互连通。”

因为《菩萨戒本》原为《瑜伽师地论》“菩萨地戒品”九门净戒中之第二门“一切戒”，永徽之初又拣出重译了一次，玄奘对其内容已经了如指掌，所以，他并没有凭借本子就开讲了起来，首先概括其大意说：“菩萨戒出自大乘律藏，而大乘律藏则是将佛说大乘经中有关戒律集结而成，主要内容是说明菩萨戒的戒相，也就是所谓的开、遮、持、犯，更具体地说，就是哪些事是菩萨许做、应该做、必须遵守的，哪些事是菩萨禁做、不该做、不能违犯的。可见，《菩萨戒本》当然也就是菩萨学习戒律的唯一课本了。”

玄奘说话时注意到，刺史们都听得很专心，所以也就讲得特别认真，他以叮嘱般的语调说道：“菩萨戒之戒相分为三大类，也就是三聚净戒，即摄律仪戒、摄善法戒和摄众生戒。摄律仪戒与解脱戒、十善戒相同，为大小乘出家五众比丘、比丘尼、沙弥男、沙弥女、正学女及在家二众男女居士所受持，故《菩萨戒本》中不再具说。摄善法戒与摄众生戒包括四重戒和四十四轻戒，是专为大小乘七众以外之菩萨所制定的戒禁。”

“请问三藏，何谓四重戒？”周敦颐迫不及待地问。

玄奘不慌不忙地回道：“诸公莫急，且待玄奘慢慢说来。菩萨受持的四重戒，梵语叫作四种‘他胜处法’，一是贪求利养，自赞毁他；二是虽拥财、有法，却悭吝拒施；三是暴打有情，无体恤、悔改之意；四是谤毁大乘，信奉异法，自惑惑他。菩萨受持四重戒，要在杜绝贪瞋痴三毒；若犯以上任一重戒，则不能获得、不能积集修证的功德。这样的菩萨并非真菩萨。”

李道裕等三人再次将目光集中到周敦颐身上。周敦颐会意，再问道：“那四十四种轻戒又是如何规定的？”

玄奘答道：“四十四种轻戒，说起来颇为繁复，待会儿给诸公各送《戒本》一册，回去后再慢慢研读体会。这里只给诸公总括地讲一讲，这四十四种轻戒，内容亦不出布施、持戒、忍辱、习定、精进、智慧六波罗蜜善法和布施、爱语、利行、同事四摄之法。行六波罗蜜善法，功用在于菩萨自利自度；四摄行法，功用在于利他度他，即所谓饶益有情，使受摄有情萌生爱心，回向无上正道。”

周敦颐听后，十分欢喜，说道：“这菩萨戒比之比丘、比丘尼所受持之至极具足戒虽较简约，但却实在、实用。我等一来根机浅愚，二来身陷尘网，虽慕至极之戒，但却难由自己，如果三藏能授予我等今儿所说之菩萨戒，使能防非止恶，上忠于国，下恤于民，岂不更好！”

杜正伦、萧锐、李道裕齐声附和道：“是呀，周刺史说得对，菩萨戒更切合我等之实际，恳请三藏慈悲为怀，为我等授之。日后当更洁身自守，为国为民恪尽职守。”

玄奘见诸刺史情意真切，心里高兴，回道：“也罢，诸公既已发菩提心，又有为国为民之高致雅怀，玄奘为授此菩萨戒就是。”

众人高兴，问道：“三藏拟于何日为我等授之？”

玄奘道：“这菩萨戒本，文既简约，授戒之羯磨法也简单方便，不需另择日期，当下即可行之。”

说罢，玄奘便领了四位刺史前往大雄宝殿。既至，又将羯磨法，也就是授戒作法、程式向四人说了一遍，然后便开始授戒。

首先，周敦颐先礼玄奘双足，然后右膝据地，合掌恭敬说："大德怀念我周某敦颐，于大德所，乞受一切菩萨戒，唯愿须臾不辞劳倦，哀愍听授。"说毕，复恭敬礼拜，并供养十方诸佛世尊。其他三人亦一一如法而行。随后，玄奘为四刺史讲说三藏中之论藏，继而逐一问四刺史："善男子，你们听着，你们是菩萨不？"四刺史分别回答："是。"玄奘复问："汝发菩提愿未？"四刺史分别答："已发。"玄奘继而说："善男子，今者听你等于我所受诸菩萨一切学处、受诸菩萨一切净戒。如是学处，如是净戒，过去一切菩萨已具，未来一切菩萨当具，普于十方现在一切菩萨今具；于是学处，于是净戒，过去一切菩萨已学，未来一切菩萨当学，现在一切菩萨今学，你们能学不？"四刺史分别答："能学。"玄奘听罢，便恭敬顶礼、供养佛像及十方现住诸佛诸菩萨双足，同时说："仰启十方无边无际诸世界中诸佛菩萨、第一真圣，于现不现一切时处，一切有情皆现觉者，于此周敦颐、杜正伦、萧锐、李道裕受菩萨戒，我为作证。"

受戒既毕，四刺史欢喜起身，向玄奘感谢作礼后辞去。

在回翻经院的路上，道宣律师问玄奘："三藏今儿的受戒羯磨法，当年在天竺亲眼看到的吗？"

玄奘回道："大体一般，只有些微地方作了省略。菩萨受戒，原本是要偏袒右肩的，诸位大人今儿穿着官服，又大冷的天气，故而没有照天竺法进行。"

道宣又询道："据《菩萨戒本》所说，三聚净戒中之摄律仪戒与别解脱戒，也就是声闻地之所说戒、小乘之二百五十戒相同，而且都是释尊所说之戒，又以一切出家菩萨与小乘僧一样都现比丘相，以是故，大乘出家行者受戒时，为显示受戒之庄严与威仪，是否也可以按小乘比丘受戒羯磨法进行？"

玄奘稍一思索，回道："无论何种戒律，都是佛亲自制订的，无论小乘僧还是大乘僧，都以比丘称呼。所以，通用小乘受戒羯磨法受戒亦无妨，但在家菩萨通受菩萨戒时，就不必如此了，只要如刚才的方法，或从师而受，或自己在佛像前诚心发誓而受即可。"

受戒后的第二天傍晚，玄奘正在翻经院回廊中为新度僧讲梵天求法请道故事，一连讲了几段，正准备结束，可话音刚落，僧徒中便有人问道："三藏法师，您所讲的修楼婆王、尼婆梨王、毗楞竭梨王、梵天王太子、师多罗仙人为了求得正法，或舍妻儿性命，或割肉点灯，或身钉千钉，或投身火坑，或剥皮析骨书写佛经，事迹都很震撼，也很感动人。只是，我很纳闷，是不是只有受过如此大难大苦的人，才能求得正法呢？"

玄奘注意到，不只是那个发问僧人存在着疑问，而且几乎是所有听者的眼神都显得茫然，因此深感很有必要趁此机会开导开导。

可是，当玄奘正要开口时，玄觉却急匆匆地带了一个人来禀报说："师父，周敦颐刺史等四位官人差人送来缎帛等净财，还有银钱，供养师父，都在客堂里放着，等师父过目呢。"

说到这里，玄觉指了指随来的公差，继续道："差使说，四位大人具函一封，要当面交给师父。"

差使上前一步，向玄奘合十作揖道："礼过三藏法师。周刺史等四位大人说，昨日有幸面聆三藏说法，受菩萨大戒，感激不尽，今儿各尽净财若干，聊充福田。此外修书一封致意，并交代说，伏愿有幸再聆法音。"

差使说完，双手奉上书函。玄奘接过当场展看，其中谓："昨因事隙，遂得参奉，曲蒙接引，授菩萨戒。施以未曾有法，发其无上道心，一念破于无边，四心尽于来际，菩提之种起自尘劳，火中生莲曷足为喻。由是始知如来之性即是世间，涅槃之际不殊生死，行于般若便是不行，得彼菩提翻为无得。忽以小机预闻大教，顶受寻思，无量欢喜。然夫檀义摄六，法施为优；尊位有三，师居其一。弘慈利物，虽类日月之无心，仰照怀恩，窃同葵藿之知感。大士闻法捐躯，非所企及，童子见佛奉土，非敢庶几。谨送片物表心，具如别疏。所愿照其诚恳，生其福田，受兹微施，随意所与，使夫坠露添海，将勃澥而俱深，飞尘集岳，与须弥而永固。可久可大，幸甚幸甚。”

玄奘看毕，对差使说道：“正好，玄奘正在为众人讲梵天请道求法故事，你也顺便听听。刚才有僧问，是不是人人都必须像过去世的修楼婆王、尼婆梨王、毗楞竭梨王、梵天王太子、师多罗仙人那样，都要经受大苦大难之后才能求得正法？大家不要领会错了，佛经中讲的这些故事，并非人人都须经历舍妻、割肉、钉身、投火之苦难，这些故事的主旨，是要启发一切学道者，都应像修楼婆王、尼婆梨王、毗楞竭梨王、梵天王太子、师多罗仙人那样，一要信仰佛法，知道它是救度暗昧众生出于苦海火宅的渡筏和甘露，二要有一个度人救世的大愿，三要精进修行，坚持不懈，不舍不弃，即使赴汤蹈火，亦在所不辞。有了如此虔笃的信、愿、行，就能无坚不摧，无往而不胜，涅槃可期。这就是这些故事给予我们的最大法益。大家可明白了？”

满廊的僧众听后，顿如大梦初醒，骤增欢喜踊跃。

玄奘转对身旁差使说：“回去告知诸位大人，所供净财，玄奘领受之后当转施为悲田养病之用。唯愿诸位大人勿忘前誓，勿失大戒，勤政恤民，尽忠报国，若此，则不负如来所期矣。”

送别差使后，玄奘径直回了方丈室。才进门，便见嘉尚、普光、法钦几个已在屋里候着，个个脸色凝重，满腹心事，打招呼时没一点儿精神。

玄奘逐个地看了一眼，发问道："怎么了，个个都像晒蔫了的叶子似的，一点儿精神都没有？"

嘉尚不无忧心地回道："又出事了。"

"谁出事了？"玄奘反问道。

法钦口快，先回道："房遗爱、房遗直都被黜出京了，一个为房州刺史，一个为湿州刺史。"

玄奘问："你们是如何知道的？"

普光回道："昨儿回弘福寺一趟，那边都传开了。"

玄奘听了这个消息，心里不免一沉，但口上却这样说："房家的事，与你我有何干系？"

嘉尚说道："据说都是高阳公主于中挑拨、唆使所致。"

玄奘听后并不惊奇，他从一开始就猜到是这主儿把矛盾弄大了。前年先帝处置房家兄弟纷争和辩机事，她就大为不满，皇上驾崩时，她甚至连眼泪都没流。此后更加嚣张蛮横，自然也就在情理中了。

嘉尚见玄奘没有立刻表态，又说道："都说又有教内智勖等多僧犯戒，与高阳不轨……"

玄奘听到这里，连连摆手阻止，就几旁的墩子坐下，既无言语，也无特殊的表情，但心底里却翻起了巨浪：教内的失戒行为，实在让圣教蒙羞，深恶痛绝之余，更是担心由此给圣教带来的严重后果。

弟子们见玄奘闷声无语，心情更是沉重起来。法钦嘟囔道："事情都闹到皇上那里了，会不会又要办处一个辩机呀？"

玄觉是他们中最晚听到这些消息的人，没有丝毫的思想准备，越听越觉得事态严重，于是也忍不住插话道：“一个辩机、两个辩机尚不足惜，咎由自取嘛。怕只怕，一粒老鼠屎，坏了一锅粥。皇上一气之下也跟魏周武帝一样，下个诏书，汰僧去寺，那就惨了。”

玄奘猛地觉得心窝被捅了一下，生痛生痛的，但却无事般向众弟子挥挥手，说道：“罢罢罢，不要见绳就当蛇，自己唬自己。走吧走吧，你们都回去，我还得为明天的翻译准备准备。”

玄奘的话，一下子提醒了玄觉一件事，他急忙从几案上拿起一摞经本，禀道：“师父，不得了，弟子到藏经殿寻找所需翻译梵本时，发现许多被虫咬了，你看是不是？”

玄奘接过本子一看，果见上面出现了许多虫眼，一下子也急了起来，问道：“其他梵本如何？”

玄觉回道：“弟子大概查了一下，接近地面的几乎都发潮了，上面干一点的，或多或少都有虫眼。”

普光等人听后也急了，说道：“如许之多的梵典，没译毕恐怕就要损坏殆尽！”

“那可是用命换来的呀，这样下去，十几年的寻寻觅觅岂不就白费了！”

……

弟子们的话，句句都像针一样刺在玄奘的心上，他再次挥挥手，对弟子们说：“都回去歇息吧，问题发现了就好，总会得到解决的。”

弟子们走后，玄奘冷静下来，将新得来的信息仔细地梳理了一下：房家兄弟的矛盾，源头在高阳公主，而高阳公主与当今皇上为同母姐弟关系。如今，皇上已经不顾同胞大姐的脸面，将驸马姑爷贬黜出京，事情的严重性由此不难看出。不过，这是皇上家里的事,不管它就是了。让人忧心的是,如今又有数僧犯戒出轨,卷进了漩涡。要知道,先帝已对释教立下规矩:“扶正抑邪”。不仅有明诏,而且有实例可征。今上如果觉得正不压邪,恼怒至极,下诏禾苗杂草一块薅,那正教的前途就不妙了。想到这里,玄奘又联系到一件事,就是:太宗皇帝崩驾后,自己曾用心良苦地别出《王法正理论》进上,一在提醒、劝诫新帝继承先帝遗志,继续护持圣教,二在借此投石问路、试问风信,摸摸新帝对《王法正理论》的看法,当然也就是对圣教的看法。可是,过了一年多的时间了,皇上并无任何表态、任何回音,是皇上公事忙,无暇顾及呢,还是风雨酝酿的前兆?设为后者,则译事受阻不说,那许多的梵本又如何得以安然无恙?

一夜无眠,玄奘最后想出了一个办法,如果依照这个办法去做,不仅可使梵本典籍有处可藏、有利于防潮防虫,金像、舍利也可得到很好的保护。而同样重要的是,还从中可以一窥当今皇上对圣教态度有否变化。

自太宗皇帝驾崩后,玄奘返回大慈恩寺埋头翻译佛典,一直坚持这样一个作息规则:每日都有一个行事安排的明细表,倘若白日里的事完成不了,那就一定要在夜间补课;至二更停笔,收拾案头经籍、笔墨,礼佛;三更就寝,五更起床,然后开始新的工作日,读诵梵本、断句标点;早斋后开始翻译,一直持续至中午;斋后至黄昏,讲解新译经论,回答各地学僧的质疑,处理寺务等等。想出办法次日斋后,他破例停止一切常规活动,用心写了一封奏书,中谓“玄奘唯恐人命不常,于西域求得之经像、舍利有所散失、毁损,故欲于慈恩圣寺山门之阳造三十丈石浮屠安置之,而巍然宝塔亦可显示大唐国之宏基,为释尊立永久之圣迹”云云。末了,复将石塔的形式、规格详列之，然后封了，在次日曙色临窗之时便差人送进了宫。

回头再说今上皇帝李治，自打继承大位以后，便每日里忙得不可开交。虽然，从十七岁立为太子之后，便随太宗视朝听政，学习经国之术，但终因年岁小、历练少，经验不足，一下子便要挑起经理一个泱泱大国的重担，还要理出个头绪，拓展好的局面，即使是废寝忘食，也实在是件不容易的事情。因此缘故，不急之务自然也就被搁到了一边，对玄奘以及他的译事，自然也就无暇顾及了。直至接到奏表，他才又记起了这位“故人”，心头不觉涌起几分歉意。

皇帝看罢奏表，不禁展颜笑了。为什么？不是笑玄奘的奏表写得不好，也不是笑他动机和意图出格，而是笑他的计划过于天真：建一座高三十丈的石塔，得多少石头？得多少人工？得多少费用？得多少时间？隔行如隔山，真是异想天开呢！不过，他虽这么想，却并没有丝毫反对的意思，所以，收起笑容后，便立即提起御笔作了三条批示：一谓用石建造，工程浩大，一时难以毕功，宜改用砖材；二敕建塔地点由寺之山门改在寺之西院，以便确保所藏梵本、金像、舍利之安全；三诏以大内、东宫、掖庭等七宫亡人衣物折钱支付建塔费用，不劳法师辛苦、破费。

当日，中书舍人李义府奉敕将此御旨向玄奘宣读了。玄奘听了，心中的那块石头顿时落地，心花盛开，那欢喜劲就甭说了。

人逢喜事精神爽。皇帝的表态、支持建塔，给玄奘吃了定心丸，同时也解决了建塔工程所需的人力、物力、财力问题。于是，建塔速度之快就无须细述了。至年末，宝塔已冲天而起，端倪可见。到永徽三年春梢，终于穿着佛国盛装巍然屹立在长安曲江湖畔，俨然华夏文明丛中绽放的一朵异域奇葩：

宝塔方形，面宽一百四十尺，五层塔身加九盘轮相总高一百八十尺。塔身四面仿天竺法，砌出法轮、佛龛，龛内浮雕佛像。塔内下四层各安奉舍利一千、二千粒不等，第五层为石室，拟供安置梵本之用。塔南底层门外两旁壁间，分别镌刻太宗皇帝的《大唐三藏圣教序》与今上的《述三藏圣教序记》，圣文皆由顾命大臣、当朝大书家褚遂良正书书丹。

千寻宝塔，一如佛陀出世，唯我独尊；巍巍丰碑，显然护法金刚，释子有赖。

宝塔开光的那天，法会结束后，嘉尚、普光、法钦、玄觉几个弟子，还有众多寺僧，簇拥在玄奘身旁，仍然不舍离去。他们仰望着突兀摩苍穹的宝塔，心里总有一种功德未圆的感觉。

在一片沉静中，玄觉忽然自语道："这宝塔怎么称呼呀，总该有个名号吧？"

一句话引起了众人的共鸣，于是七嘴八舌地议论了起来：

"是呀，人呱呱坠地之后第一件事就是给他起个名字呢！"

"依我看，就叫慈恩寺塔好了。"

"还是叫舍利塔好。"

"叫藏经塔好。"

……

众人各持已见，莫衷一是，最后都把目光集中到了玄奘身上。

玄奘沉默了一会儿，然后说道："大家说的都好，但我以为叫雁塔更好。"

"雁塔，为何叫雁塔？"靠玄奘最近的玄觉问道。

未等玄奘开口，普光就抢着回答道："我知道，师父在《西域记》中不是记述过我们在摩揭陀国看到的一处圣迹吗？那里有一座因陀罗娑诃山，山上曾经有一所小乘教伽蓝，寺僧常吃三净肉。有一天供应不及，寺僧见群雁从头顶上飞过，便仰天对之戏言道：‘今儿僧众净肉不充，大菩萨当知啊。’声音才落，一雁坠殒于僧前。众僧见之，于悲恸之余，感而相谓曰：‘如来设法，随机诱导，我等守愚，遵行渐教。大乘者，正理也，宜弃先执，务从大乘圣旨。’随后，寺僧建了一座塔瘗埋这只死雁，用以旌表大雁之厚德。这塔就叫雁塔，我等巡礼时亲眼见过的呀。”

“可这塔里并不是为瘗埋死雁而建的呀！”玄觉心中还有疙瘩。

法钦呛道：“你真是愚不可及。师父的取意，是要歌颂菩萨的度他精神。”

“其实呢，就是将此大塔当作宣扬大乘佛教的一面旗帜。”嘉尚对法钦的话进行了发挥，然后又问玄奘道，“是这样吗，师父？”

玄奘点头回道：“说得对。如来虽随机说教，但若论微言至理，则无过大乘，于是有半教与满教之分、羊鹿与白牛之别。我等师徒今日所译，大小兼之，目的仅在于厘清佛法之源流，而主唱、力弘的则是大乘圣旨。雁塔者，劝有情众生弃小归大也。”

第五十四回

高朋邂逅悦哉快哉　佛指易地缘也势也

雁塔的落成，不仅是圆成了一大功德，更重要的是，通过这件事，皇帝对佛教支持的态度再次明朗化，玄奘因此而安心、欢欣，自是不言而喻。不过，喜事还不止于此。孔夫子不是说过吗，“有朋自远方来，不亦乐乎”。玄奘接下来遇到的“乐乎”之事，正是老朋友的久别重逢。

就在雁塔落成后不久，正是暑热来临之季，祠部司宾传来消息，说是从天竺国佛成道的金刚座所摩诃菩提僧伽蓝来了一位比丘，指名道姓要参见木叉提婆玄奘阿阇梨。

玄奘闻讯，立即披上太宗皇帝所赐之衲衣金襕衲袈裟前往迎接。见面后相互致礼问候方知，西来比丘讳法长，的确是来自摩诃菩提僧伽蓝。此寺也称菩提寺、大觉寺。

到了大慈恩寺，法长在就座之前，解开随身包袱，取出一封书、两本册子、两端氎料，一件一件奉与玄奘，说：“这是摩诃菩提寺慧天上座所致书、自撰论颂以及赠物，请木叉阿阇梨验了收领。”

玄奘首先拆开书函看阅，其辞曰："微妙吉祥世尊金刚座所摩诃菩提寺诸多闻众所共围绕上座慧天，致书摩诃支那国于无量经律妙尽精微木叉阿阇梨，敬问无量少病少恼。我慧天比丘造《佛大神变赞颂》及《诸经论比量智》等，今付比丘法长将往。本寺无量多闻老大德阿阇梨智光亦谨此致问，居士日授同稽首敬礼。今寄白氎一双，以示存念，路远莫怪其少，愿领。彼需经论，录名附来，当为解脱天阿阇梨抄送。愿知。"

大家不会忘记，当年曲女城法集时，玄奘力压群雄，四众钦服，竞为其立美名，大乘众称他为摩诃耶那提婆，译为唐言就是"大乘天"，小乘众称他为木叉提婆，译为唐言就是"解脱天"。阿阇梨即"教授"、"轨范师"。慧天信中所称之"木叉"，即"木叉提婆"的略写，他至今仍然如此称呼玄奘，说明他对玄奘的敬仰依旧，深情依旧。

看罢信，玄奘很是感动，被时间慢慢冲淡的记忆重又逐渐清晰起来，快要尘封了的往事一幕一幕地浮现在眼前，心情也立即激动起来。

慧天是谁？书函中已经作了自我介绍。他是释迦牟尼成道处摩诃菩提寺的僧人，这本身就已经很抢眼。要知道，想成为这寺里的僧人可不是一件容易事，必须是"实有所得"的人，才有资格。慧天不仅是寺僧，还位居上座，精通小乘十八部派的学说，玄奘西游之日曾经与之切磋过，曲女城辩论会上还一度成为论敌、对手，败阵之后却能心悦诚服，成了'和而不同'的好朋友，至今还念念不忘，万里致书赠物，平日里常说的所谓"挚交"，大概也不过如此吧！信中所提到的另一位大德智光，与玄奘则是正法藏戒贤门里的师兄弟，他不仅对大小乘学说，而且对婆罗门经典《四韦陀》，对包括语言文字、工艺历算、医疗技术、逻辑推理在内的"四明"之学，也都通晓无碍，所以，曾奉戒日大王之命，受老师委派，与玄奘、师子光、海慧组成一个四人团队，准备到乌荼国与小乘僧就大、小乘的谁短谁长问题，进行一次大辩论。很明显，玄奘与他的关系，比之慧天又深了一层。

谈话中，法长忽然神情沉重起来，告诉玄奘说："木叉阿阇梨离开我国东归后不几年，正法藏大和尚便舍世了。"

这消息，玄奘早就从出访天竺的使臣王玄策给朝廷的报告中知道了，思想上已经有了准备，所以听后只是颇为惦念地问了一句："不知走时有否烦恼痛苦？"

法长经此一问，反倒容颜一展，欢喜地回道："并无痛苦烦恼，并无痛苦烦恼，相反，倒是挺欢喜似的。临灭时，他含笑对身旁侍候的人说：老身今已经圆了大愿，宗门有寄，有脸面去见三金人了。"

玄奘听法长说得真切，顿时既惊又喜地问道："正法藏去前果真如此说了？"

法长回道："佛陀跋陀罗，也就是老和尚的亲侄子，他当时俯身谛听，老和尚就是如此说的，一句不漏呢。"

玄奘在得到肯定的答复后，双手合十胸前，虔诚而又感激地唱道："南无如来佛！"

玄奘为何如此关注正法藏的这句话？一是"三金人"勾起一桩往事，这在玄奘初到那烂陀寺参见正法藏戒贤时已经说过了：正当玄奘于贞观年初从长安起步西游日，戒贤患了一场重病，痛苦不堪，不免心生舍世的念头。三金人，也就是文殊菩萨、观世音菩萨和弥勒菩萨，闻讯前来劝阻并告知："有支那国僧乐通瑜伽大法，欲就学于你，今已在路，你可待而教之。"戒贤闻而叩首领命。又过了几年，玄奘果然到达那烂陀寺，终于成就了一段师资教学的佳话。

戒贤所谓的“圆了大愿”，就是指此而言。而“宗门有寄”，则是指玄奘已经从他那里学到了瑜伽大法的真谛。这既是对玄奘学业的肯定，同时也是一种厚望。玄奘知道老师在临灭时还念叨往事，还这样信赖和鼓励自己，心中如何能不感动！

法长接着告诉玄奘说：“正法藏老和尚圆寂后，智光长老由众人推举，接过了那烂陀寺寺主的担子，亦能勤劳和众。”

说到这里，法长顿了一下，刚才闪光的眼睛一下子又黯淡了下来，满腹心事地说道：“只是……只是法事已经不比木叉阿阇梨在的时候了。”

法长所说的事，玄奘略微有些消息，只是不甚确切，所以不无挂念地问道：“如何不比从前了？”

法长不堪回首般说道：“戒日大王死后，五天群龙无首，大国之间复又开始争雄称霸，战事不断，境无宁日，佛法弘扬自然受到影响。木叉阿阇梨知道，天竺境内本来就是各教平等并行，外道势力从来就没有示弱过，而佛教却已开始显示衰相，大乘教比之小乘教又更显寥落，多得戒日大王的护持，还有木叉阿阇梨你到来之后，在那烂陀寺掀起瑜伽学说、唯识宗旨研习之风，挽狂澜于既倒，这才又使大乘教法呈现重振、复兴之势，至今五天僧俗都还念念不忘木叉阿阇梨呢。木叉阿阇梨当年用过的匙、筯，穿过的麻履还被僧寺保存着、供奉着，每至斋日都要对之敬礼膜拜。哎，如今轮王死了，正法藏西归了，木叉阿阇梨你也不在那里了，没人护持了、弘宣了，所以，所以……”

玄奘看着法长努力了几次都没有勇气将话说完，自己也开始沉默起来，耳边不期然地传来这样的声音：“汝宜早归，此处十年之后，戒日王当崩，印度荒乱，恶人相害，汝可知之。”说话间，一组伽蓝净住杂草丛生，荒秽不堪，僧房变成了牛圈，寺外村邑被焚，烈火熊熊，哀鸿遍野，乌云遮天蔽日景象相继出现在脑海里。

不忍的景象震撼了玄奘，他身子颤动了一下，神智终于完全清醒过来，揉了揉眼，在心里对自个说：“这不就是当年在杖林山所做的梦吗？不幸全被文殊菩萨言中了。”

哀愁之中，玄奘又多少有些庆幸感，那就是当年做出了一个正确的决定，没有为戒日大王、童子王，以及那烂陀寺僧众的盛情挽留所动，毅然决然背起行囊还归故国，为正教找到一个新的家园和大展宏图的天地，尽了自己的一分责任。这真是一个莫大的慰藉啊！这样一想，他的心情便又恢复了平静，抬眼看了看法长，然后问道：“大德这次东来，是一时的游方参访呢，还是要在此长久驻锡弘法？”

法长不假思索回道：“是参访，是参访。法长此来，是因为不断有东来西往的国使、商旅、道人传说此方的弘法盛况，还有木叉阿阇梨译经之事，戒龙上座很是惊喜，说是百闻不如一见，特遣法长东来看个仔细，看个究竟，所以还得回国禀报所见所闻情况呢！”

“既如此，大德就先在本寺住下，多长时间都可以。玄奘当遣人陪同大德四处观礼观礼。”说到这里，玄奘像想起什么似的，突然问道，“大德刚才说到的戒龙上座，就是当年摩诃菩提寺的寺主吧？”

法长回道：“正是。”

玄奘再问道：“法体还硬朗？”

法长回道：“都还好，精神矍铄，思维敏捷，就是白发满头了。哎，都是愁出来的。”

玄奘好像没有听见法长后面的话，一门心思地想着当年初到菩提寺祈祷佛指舍利放光时被戒龙上座引进寺内的情景。

法长经过几天的休整，很快便恢复了精神、力气，于是向玄奘提出参访的意愿。玄奘欣然答应，并立即为之做了个计划：

头一阶段，让他先参访的是长安城内佛寺。

译经班子中的宝昌寺僧法祥是第一个带领法长参访人员。他首先领着法长来到京城西北部的敦煌寺，寺院不大，堂宇僧舍不过十来间，梁栋上没有落尽的华彩隐约可见，证明其昔日曾经风光一时。庭院中央是一座三四丈高的舍利塔，塔壁缝隙中生长的小草泛着青绿，是要反衬出历史的沧桑呢还是要为小塔增添几分生气，很难说个清楚。寺院虽小，虽旧，但在几个住僧的细心打理下，处处整齐、清净，而且格外安静。

也许是因为寺院不太起眼，法长似乎兴趣不大，脚步匆匆，很有急着离去的样子。

法祥看出了端倪，于是开口道："大德知道吗，这座寺院可不一般呢！"

法长颇显诧异，站住问道："很不一般？"

法祥没有直接说寺院的事，而是给他讲了这样一则故事："距今三百几十年前，中国出了一位了不起的高僧大德，法讳法护。他聪明过人，六经七籍，无不熟习；后因弘法无凭，乃随师远游西域，学通三十六国语，诂训、音义、字体，一皆纵贯备识；最后带着搜求所得的大量梵文经典回至长安，在青门外建寺翻译。青门外的这座大寺，就是你我现在所在的这座敦煌寺。"

法长疑而问道："为什么叫敦煌寺？敦煌不是在西边很远的地方吗？我经过的，还参观过那里的石窟雕像、壁画呢，很美很美啊。"

法祥解释道："法护和尚的先祖本是月氏种属，最先就居住在敦煌祁连山脚下，和尚也就出生在那里，取名为竺昙摩罗刹。因为翻译了一百几十部佛典，使佛法得以广流中国，又幽诚所感，竭泉再流，道俗无不敬仰，因尊称其为‘敦煌菩萨’，寺院也因之以敦煌为名。”

法长走到舍利塔前，以袖拂尘，想看一看塔铭究竟写了些什么，但却看不懂。法祥告诉他说：“这就是敦煌菩萨的舍利塔！”

“敦煌菩萨，名不虚传！”法长举目瞻仰舍利塔良久，然后深有感触地这样说，接着又问道，“法师刚才说，敦煌菩萨使经法广流中国，那么，他也是最早在中国传法的比丘了？”

“不不不，菩萨虽有大功劳，但不是最早将佛法传于中国之人。”

法长惊异：“还有比菩萨更早的比丘？”

法祥回道：“佛法之来中国，历史悠久，传说颇多，如我国秦始皇代便有室利房等十八贤前来传法啦，汉武世霍去病讨匈奴至居延山获祭天金人啦，汉宣帝时已有佛经啦，等等，但都虚实难征。若就官修正史记载而言，则应以大月氏使者为首功。这大月氏就是贵霜王朝的建立者，是敦煌祁连月氏人的一部分，在匈奴的逼迫下才辗转到了远西。这个月氏使者在出使中国其间，曾向我国的博士弟子秦景宪口授浮屠经，这才是佛教传入中国之始，比敦煌菩萨译经传法又早了几百年。自秦景宪以后，东来西去的传法者、请益者不绝于途，释尊之教法于是大被中国，敦煌菩萨只是众多先驱者之一罢了。”

法长对敦煌菩萨由敬而生爱，已经开始在竭力为他争取荣誉了：“敦煌菩萨虽然不是第一个翻译佛经者，但他总应该是译经数量最多的人了吧？”

法祥回道：“和他以前的人相比，他翻译的佛经的确是最多的，但随后不久就被别人超过了。”

法长听说有人超过了敦煌菩萨，有点不相信："超过了敦煌菩萨？也就是说，译出的经典比一百几十部还多？"

法祥回道："部数虽然没有超过，但卷数却多出一百余卷。而且呢，译典涉及面很广，法华部，方等部，华严部，般若部，律藏，论藏，无所不包，而且大多是大乘经典。所以，后人都说，大乘佛教在中国之确立，什功最高！"

"谁的功劳最高？"法长不解其意。

"噢，就是佛典的翻译者，具名鸠摩罗耆婆，也叫鸠摩罗什。"法祥解释道，"罗什三藏还有着你们天竺国的血统呢。他父亲叫鸠摩炎，弃相位出家，东游至龟兹国，后被逼与国王之妹成婚而生罗什。罗什七岁出家从师受经，九岁随母至罽宾国，也就是迦湿弥罗国，从盘头达多大师受学，极得大师好评。国王也对他爱戴有加，日给鹅腊一双、粳米面各三斗、酥六升；寺中复以大僧五人、沙弥十人侍奉、洒扫……"

"哎呀呀，这在我们天竺可是最上等的供养啊，与木叉阿阇梨你在那烂陀寺所受供养不相上下呢！"法长打断法祥的话惊讶道。

"让人惊奇的事又何止这一件！"法祥对法长的态度很不以为然，说道，"他不是从盘头达多学小乘吗？可后来却转习大乘，影响很大，龟兹国王专门造了一个金狮子座，铺上大秦国出产的锦褥，请他登座说法；到邻近各国说法时，诸国国王都自动跪于座侧，令其踏而登座；昔日的师父也不远千里从罽宾国来拜他为师，等等，共风光真是一时说不完呢。"

法长听着，不住地点头表示赞赏，但同时也产生了新的疑问："他说法那么忙，哪里还有时间翻译佛经？"

"嘿，那是来到长安以后的事了。"法祥认为这不是问题的问题，于是接着往下说道，"法师与中夏有缘，他的声名传到中国后，当时的皇帝便遣使去邀请他前来,一面弘法,一面翻译佛经。”

说话间,他们已经走到了寺门外,法祥朝北偏西方向指指说:“喏,前面不远处就是罗什法师译经的遗址,叫逍遥园,是一处皇家园林呢,他就住在园中的西门阁上。皇帝为他组织了一个很大的译经场。译经班子中,既有中夏本地的诸多英俊时彦,也有不少西域的道友。每次开译,少则几百,多则数千人,共集一堂,由法师诵出梵文,然后众人共同斟酌,再译成秦语。有时,连皇帝本人,或是文臣武将,都参加了呢。”

法长听后,来了兴趣,抬腿就要往所指方向迈步:“走,到那里看看去。”

法祥连忙拽住他的衣袖说:“不要去了,亭台楼阁都被战火烧了,如今仅剩下一汪湖水。不过,可以庆幸的是,另一个译经处所还在。”

法长惊喜道:“还有另一译经处所?至今还在?”

“不错,那处所就叫草堂寺。”法祥转身朝南遥指那游龙似的山岭说,“就在那终南山山阴处,罗什法师的舍利塔就建在那寺里,塔里瘗藏着法师的舌舍利。”

法长不解:“法师,你说的是什么舍利?”

法祥伸出舌头示意说:“舌舍利就是舌头。”

法长睁大眼睛问道:“为什么是舌头?”

法祥也圆睁双眼看着对方,卖关子道:“为什么是舌头,还不明白吗?”

法长仍然睁着一双大眼睛,等待着回答。

法祥说道:“显而易见的嘛,因为他诵出、译出的经典准确无误嘛。”

法长听后大呼不可思议,接着又问道:“这么说来,法师所译的经典都流传下来了？”

“当然，至今最为人称颂的，流传最广的，就是罗什法师所出的经典了。比如《金刚般若经》、《妙法莲华经》、《维摩诘经》、《思益梵天所问经》、《首楞严经》、《中论》、《百论》、《十二门论》、《大智度论》、《弥勒成佛下生经》、《观无量寿佛经》、《成实论》、《禅法要经》等等，至今都是四众爱不释手的。”法祥答罢，又不无遗憾地说道，“可惜的是，法师不到花甲之年就圆寂了，在长安的时间还不到十年，译出的经典还不及其所记诵的十分之一呢，实在是一件遗憾的事啊！”

法长听后好久没有言语，显然也在为如此奇才未能尽展怀抱而痛惋。良久才开口问道：“法师入灭，栋梁既摧，那这里的译席和法事又有了怎样的变化呢？”

法祥见问及后来的事，笑容中隐藏着几分神秘，说道：“大德不是还要继续参访吗，看后就知道了。”

第二个被派遣带领法长参访游览的是玄谟。此僧年纪，不惑已过，天命未至，正当矫健雄壮的时节，常住京城大兴善寺，房玄龄为玄奘组织译经班子时，以梵文之长当选。今儿一大早，玄奘带着他来与法长接洽，介绍完毕便要出门。玄奘见法长肩上挎着一个沉甸甸的大香袋，便说道：“法师肩挎又大又重的香袋出门，既累又不方便，可以留在房内呀，不会丢的。”

法长听玄奘劝他留下香袋里的物件，不仅没有领情，反而是下意识地护得更紧了，连说道：“不重，不重，无妨的，无妨的。”

玄奘见状，不再说话。

玄谟领着法长出了寺门，先向西走，尽晋昌坊而后折北，至靖安坊南街，再折西便到了靖善坊。在长安的街市图中，靖善坊虽然以坊里命名，实际上却只有一座巨大的寺院，也就是今天要参访的第一站：大兴善寺。

进了山门，迎面矗立的是一座高大的殿宇，大殿周围有佛塔、楼台、亭阁，争相映入眼帘的是凭虚像设、架廻旃梁、耀彩璧珰、含辉玉额、乘云画拱、捧日丹栌、和风宝铎、雨润珠幡、葱郁园林、盛开时花、临风池水、潋滟波光……

法长面对此景，呆呆地站着，一动不动，脑子里乱极了，他真的无法判定：现今所在之处，是天上的瑰琳宫呢，还是地上的祇树园！

玄谟知道，这位天竺来客是被寺院的富丽堂皇镇住了，笑吟吟地盯住看了他一阵子，然后郑重地说："大德很惊讶，是吧？这是前代的一座国寺，六十多年前才建造的，还像新的一样吧？"

法长以问代答道："国寺？什么叫国寺？"

玄谟回道："所谓国寺，就是由皇帝下敕建造，专门作为为国家、为皇室、为朝廷祈福求佑之用的寺院。"

法长多少带着一些儿骄傲说道："就跟那烂陀寺一样，是由几个国王先后修建起来的，对吗？"

玄谟回道："不完全一样。这寺院是由前代，也就是隋朝开国皇帝敕令一次建成的，而且，用时还不到一年呢。"

法长听后若有所思道："既然是皇帝敕建的寺院，那肯定很重要啦？"

"大德说得对，这寺院太重要了。"玄谟说道，"它的建造，首先是表明了皇帝、朝廷的心思，也就是想借提倡正教劝善止恶精神来治国兴邦。所以，寺名也就叫作大兴善寺。后来的事实也证明了，它的确发挥了这种作用。"

"后来做了许多事吗？"法长又问道。

玄谟没有直接回答他，而是按着自己的思路说道："像天竺一样,中国也发生过汰僧毁寺的灭佛事件。隋朝,也就是前代立国之后,即着手复兴佛教,第一批度僧一百二十人,就都安置在这所寺院里。紧接着,皇帝又在全国范围内挑选了六位德学兼优的大德作为振兴佛教的智囊团,他们也都被安置在此寺居住。不久之后,皇帝又将各地的大德名师召至京城,从中再挑选出学有专长的人充当领袖,名叫‘众主’,总共有二十五人之多。”

法长对此颇感兴趣,问道:“学有专长,指什么而言?”

玄谟回道:“学有专长,就是说,精通某一经,某一论,某一乘。如精通《涅槃经》的叫涅槃众主,精通《大智度论》的叫大论众主,精通大乘教义的叫摩诃衍众主,等等,诸如此类。这些大德名师中的大部分人也都住在大兴善寺。”

法长听后颇有感触,叹道:“这大兴善寺真是高手云集、卧虎藏龙啊!和那烂陀寺一样呢!”

“这里不仅高手云集,还是群龙之首呢!”玄谟见法长拿那烂陀寺与大兴善寺相比,高兴之余,还想比个高低,“领导全国佛教事务的领袖,如大统啦,昭玄统,昭玄都啦,也都住在这里。大德你看看,这大兴善寺是不是一个佛教的大本营?是不是一个领导全国佛教四众的指挥部?”

法长听着挺新鲜的,笑道:“法师形容得好,形容得好。大本营,指挥部,这在天竺可不完全如此。大本营还算有,比如那烂陀寺,摩诃菩提寺也可算一个,尤其是摩诃菩提寺,都是五天佛教四众,乃至阎浮提佛教四众景仰的圣地。指挥部则没有,也不可能有,因为五天大小乘并重,各宗各派同弘,各行其是,相互质疑,谁也不听谁的,谁也指挥不了谁。”

玄谟领着法长,在园林与殿堂之间游观,不觉间来到一座仅次于大佛殿的殿堂前,法祥指了指介绍说:“这是翻经堂。大德已经知道，京城长安第一个国立译经场所在地是逍遥园－草堂寺，第二个则在大兴善寺，具体地点就是这翻经堂。自然，是从前代才开始的，比第一个译场晚了近两百年呢。”

法长问：“这里莫非也出了个鸠摩罗什？”

玄谟回道：“虽然没有罗什三藏名气大，所译的经典也没有他多，但在当时，影响也是很大的。译主全系西域僧人，如达摩般若、那连提黎耶舍、阇那崛多、达摩笈多等，后面三人最有名，号称‘开皇三大师’，他们都是奉皇帝之命住寺翻译的。译场开始比较简陋，越往后越严密、完善。本土僧人参译者先后有一二十人，前面提到的十大德也包括在内，主要负责监译、传语、复勘重对梵本、整理诠定文旨，等等。皇帝本人对译场大德自始至终礼问殷勤，供奉隆渥。”

法长赞叹道：“又是一个护法的转轮王！”

玄谟听着称赞，自己也觉得脸上有光，于是更来了劲：“要说转轮王，最大的还要数本朝皇帝呢！”

法长怔了一下，脱口道：“本朝皇帝才是最大的转轮王？”

玄谟没有直接回答，而是指着翻经堂旁边的一个小院说：“大德可知道，这院子里住过谁？”

法长当然不知道，所以只是睁大眼睛等待回答。

玄谟呢，当然也不期待对方回答，继续说道：“这院里曾经住过一位来自中天竺的阿阇梨，法号波罗颇迦罗蜜多罗，我们都叫他波颇。本朝贞观三年，他奉请来到长安，就住在这里翻译佛经。太宗皇帝，也就是今上的父皇，从全国各地搜求备通儒释道三教的硕德十九人，分任助译、证义、译语、缀文等职事，还派出几名重臣参助勘定、总知监护；百司供给，亦极尽丰华。”

法长插问道：“此时的译场岂不是比前又大多了？”

“那当然。”玄谟作了肯定的回答之后，便讲起了另一件事：“大德有所不知，那个时候，佛教典籍翻译还不齐全，宗旨法义，众说纷纭，玄奘三藏颇觉无所适从，可又求签无地，就在这个当口，他从波颇阿阇梨那里知道戒贤大师正在那烂陀寺开讲《瑜伽师地论》，可以解决长久以来心中之积疑，于是下定了西游的决心。”

“这真是因缘所系呀！”法长击掌欢呼道，“木叉阿阇梨就是从这里起步到我国去的？”

玄谟摇摇头，回道：“不，不是从这里，而是从大庄严寺开始的。那也是前代所建的寺院，距今还不到五十年，我们接下来便要去参访的。”

说罢，他们便离开大兴善寺，顺门前横街向西走不远，横穿朱雀大街，再继续往前，经过崇业坊、怀真坊、延福坊、嘉会坊，至西第四南北大街左拐，最后直抵外廓城最南之永阳坊。

站在坊北大街，便见一坊之地内一东一西各有一寺，每寺各有一塔，高标入云，非常壮观。东寺称大庄严寺，西寺称大总持寺。玄谟领着法长首先进了东寺。

本来，法长初见佛塔突兀便已瞠目，既进院内，面对复殿崇廊、幽房秘宇、丛竹翠松，更是惊叹其为天下伽蓝所未有，轮王梵宫之寡匹。正讶呆时，只听玄谟介绍说：“玄奘三藏赴五天求法前就住在这儿。”

说完，玄谟便领法长先看了玄奘昔日所住的定心院，然后又进到塔室内瞻礼释尊圣像，说：“玄奘三藏西行前，曾在此圣像前拜祷，虔申求法素志，乞助加佑。”

礼罢出塔，法长又不胜流连地环顾四周一遍，然后感叹道：“木叉阿阇梨放着祇园、竹林不住，偏偏要冒险西行求法取经，这是多虔诚的佛子之心啊！”

玄谟知道，法长所说的“竹林”，与祇园一样，也是天竺国著名而幽静的园林化寺院。祇园是由舍卫国祇陀太子与给孤独长者须达多为释尊合建的，竹林精舍则是由摩揭陀国频毗娑罗国王为释尊舍加兰陀竹林而建。他拿祇园、竹林比喻大庄严寺，显然是在强调玄奘放弃优越的修行环境而去自讨苦吃的为法忘躯精神。

玄谟于是应和道：“大德真是一言中的，说出了大唐举国上下对三藏敬仰的原因。”

法长在离开大庄严寺往回走时，还再三回头，流连顾盼，难舍难离，并且问道：“法师你前面说，这两座伽蓝也是前代建造的？”

玄谟回道：“是的，刚参访过的大庄严寺是前代高祖文帝，也就是敕建大兴善寺的那个皇帝，为皇后追福所建。”

“那西边的那座伽蓝呢？”法长再问。

玄谟回道：“隋高祖皇帝崩驾后，继位的皇帝，也就是高祖的儿子炀帝为其追福而建造的。”

“这么说，又出了一位护法转轮王？”法长情不自禁地又称赞起来。

玄谟摇摇头说：“不，他不是什么转轮王，而是一个贪欲无度、淫逸之极的昏君，最后就死在了叛臣刀下。”

法长听后不免失望，说道：“哎，人心不净，虽做佛事，无有福报，反招祸殃。自然！自然！”

时间的流逝，没有脚步声、潺湲声。转眼之间，蝉鸣绝而秋风劲，雪花儿很快就要耍起威风来。长安城中的男男女女早就穿起棉袍，法长当然也不例外，不同之处在于，他的长袍是用许许多多的布条缝缀而成，长袍外面又披了一块既厚又密的长方形衣片。不过，由于长安城中西域胡人不少，这多少使这位天竺客人没有显得特别的突出。

三四个月来，开始时法长不得不靠人带着参访，待人事、环境熟悉了些，便独自随意游观起来，足迹不仅遍于全城，连终南山的小径、峰巅也都留下了行踪。时间越往后推移，他对脚下的这座京城了解得越多，了解得越透，内心所受到的震撼也越大。

首先，法长深为长安城的巨大规模所震撼。他曾煞费苦心地对整个长安城做了一次仔细考察，发现这座京城就像一个无比巨大的棋盘，十一条南北大街与十四条横街将它分割成许许多多的长方形的坊里。皇帝居住、视朝的皇宫位于京城正中的北端和东北部，叫太极宫、大明宫。太极宫南面是朝廷各个衙门所在地，叫皇城。宫城、皇城以外部分叫外郭城。天街居中，将外郭城分成相等的东西两大部分，由万年、长安两县分领。在考察中，他自东而西顺十一条南北大街一坊一坊地数点，共得一百一十四坊，各坊均有围墙护卫，或东西两面各开两门，或四面各开一门，坊内既有通衢大道，又有短曲长巷，宛若城中之城。故乡天竺国内也有类似的方城，规划、设计不谓不缜密、精巧，也具方向端正、街衢垂直交错的特点，但却远不如这儿的整齐、划一，就规模而言，则更是不可同日而语，此处的一坊之地，几乎就相当于故乡的一座城池。至于皇宫、衙门、高官巨贾的华府、豪宅，其巍峨、富丽，也同样让人刮目、叫绝。东西两部都有一大市场，叫东市、西市，天下财货几百行，无所不备，金市、铁行、绢行、锦行、雕印行、典当行、鞧辔行、麸行、笔行、肉行、秤行、药行、帛肆、衣肆、酒肆、鱼肆、凶肆、柜坊、油靛店等等，数不胜数；饮食方面有饭铺、食店、饼团子店，其中的毕罗店、窦家店、张家楼尤具特色。此外还有赁驴的、卖饮子的、卖胡琴的、卖钱贯的、烧炭曝布的、算卦占卜的，等等，正所谓应有尽有，无所不有，琳琅满目，五光十色。让法长感到别样亲切的是，市中竟然不乏西方诸国的人影,甚至还有专门的波斯货栈、胡姬酒肆,置身其中,真有点莫分他乡故乡的感觉。

法长真的被这座城市所独具的雍容、繁荣、包容魅力彻底折服了。他在心中暗暗惊叹:像长安这样的城池,不仅在万里旅途中没有见过,就连在传说异闻中也没有听到过呀!

长安城让法长震撼的、同时也是他最关心的另一个方面,是这里圣教弘扬的盛况。他在数点坊落的时候,就连带观察、统计了坊中的伽蓝净住。让他大为惊讶的是,不仅几乎坊坊皆有,不少坊里甚至多达数处,伽蓝总数竟然超过了坊数!更让人难以想象的是,这座城池建成至今才不过几十年,在如此短促的岁月里成就如此宏大的法场,四众的宏愿其深几许,轮王的护持其功几许,这难道还需要用言语、文字来述说吗?!然而,法事兴盛之证还不只是寺刹之众多,而且还见证于其瑰丽和庄严,当法长站在曲江岸边的百尺大佛之前、举高十五丈的弥勒阁下,当他抬头仰望清禅寺、禅定寺、慧日寺、大慈恩寺、法界尼寺等诸多干宵切汉、浮空架回、骸临云际的宝塔灵刹时,当他倾耳谛听着断续传来的梵吹、清诵,以及清脆、悠远的晨钟暮鼓时……不觉怀疑起来,自己怎么一下子又回到了遥远的生身佛国?

终于,参访、考察结束了。对大唐国,对长安城,对这里的世俗,对这里的教风,法长感受了,震撼了,惊叹了,钦服了,心里有底了。于是,一个重要的决定也做出了。

“春打六九头”,严冬的大势已去,百花争艳的时节眼看着就要到来,告别言归的时候到了。

这天,法长好不容易守到天黑,又眼看着僧寮的油灯相次熄灭,他拎起那出门不离身的大香袋,蹑脚来到玄奘法师房前,从窗户往里看，法师没有睡，还在埋头翻看经卷，不时提起笔来在经卷上写些什么。他站在那里待了好一会儿，发现玄奘始终没有抬头转脸过，更看不出有停下来的迹象。他觉得，如果此时此刻贸然上前叩门，影响人家做事，未免显得鲁莽无礼。于是，他又蹑脚返了回去。

此后几个晚上，法长一心想要求见玄奘，但都因同样的原因没有达到目的。

本来，法长为了使眼下所要办的事少几个人知晓，所以选择夜里人静的时分行动，无奈这木叉阿阇梨竟然这样拼命，如此不舍昼夜地操劳，连本来是休息的时间都占用了。眼看着归期就要到来，可要办的事又没办妥，心里如何能不发急？无奈，他只好改变主意：趁早上木叉阿阇梨还没出门理事时将他堵在房里。

第二天，日头刚露脸，法长便赶到了法师房门前，但门还没有开。他想：肯定是昨晚又熬了夜，今儿睡过时了，我就在这候着，只要门缝一露就上前请安，管你有空没空儿！

可是，等了好一阵子，三藏卧室的门却纹丝儿一动不动，所见到的是一个个译经僧接二连三地往译经堂方向走去。又等了一阵，过往的人渐渐没了影儿，可法师房还是没有一点儿动静，他不免焦急、纳闷起来。

就在此时，忽见玄谟小跑着往译经堂那边赶。法长再也顾不得许多，赶过去叫住他问道："请问法师，木叉阿阇梨至今还未起床，是不是病了？"

"什么，你说什么？玄奘三藏没起床？病了？"玄谟闻言，也惊讶起来，停住脚步说道，但接着又摇摇头说，"不不，他每天到译经堂比谁都早，哪会到现在还没起床？译经就要开始了，我这么跑着，就是为了赶点呢！"

说完，玄谟拔腿就走了，可才迈出两步，却又回头问道：“大德有事找三藏？”

法长怕影响玄奘译经，摇了摇头。

计划没有实现，自然有点失落，不过，就在此时，法长突然对译经场产生了兴趣：来到长安快一年了，一直住在这大慈恩寺内，木叉阿阇梨的译经堂就在身边，自己却从来没想过要见识见识，今儿何不趁此空闲就近看一看？这样想定之后，法长便向译经堂走了过去。

译经堂前的庭院静悄悄的，压根就没人走动，法长自然也就没有受到任何的盘问或干涉。他站在堂外，透过窗棂格子往里看，果然瞧见玄奘就正襟端坐在靠北墙的正中处，正看着经本先念梵文，继而翻成华语。他的两旁，各设置有三排长案，每张长案后列坐着四位职事僧，他们一面听讲，一面做着自己分内的事。

法长看到译场诸事进行得如此井然有序，有条不紊，心里真为玄奘的威望和能力叫好，也为正教在这个新的家园里得到如此精心的浇灌、呵护而感受到莫大的安慰。他一面这样想着，一面转身准备离去。可就在此时，忽听得堂内传出激烈的争论声，于是又停下步想弄个究竟。他听得分明，堂内的几个法师正在你来我往争论不休。

法长不懂华语，听了半天，一点儿不知所云者何，脑子里留下的印象只有论争者各持己见、互不相让的情景，而且始终未听见玄奘的声音。再往里看，唯见玄奘已经将手中的经卷放到几案上，一声不响地坐在那里，一味地任由他们争论下去。

此时此刻，面对此情此景，法长心中不觉蒙上了一层阴影。

从译经堂那边回来后，法长坐也不是，站也不是，一直不停地在房里来回走着，他老是在心里发问：译经堂里的秩序本来是好好的，为什么却突然失了控？乱哄哄的还怎么译经？为什么木叉阿阇梨对如此的乱象听之任之，不加管束……这一偶然所见犹如平地风起，不停地撞去着他用了几个月所建立起来的敬仰与信赖，而这种敬仰和信赖，恰恰就是他先前急于会见木叉三藏的先决条件。

不过，他在提出疑问的同时，却也在一次又一次地摇头：不是说耳闻为虚，眼见为实吗？满城的寺塔怎么会是假的？弘福寺中、大雁塔前的御制丰碑谁敢伪造！不是说看一个人的从前就知道他的现在吗，木叉阿阇梨过去的脚印哪个不清晰？一个没有能力、没有作为的人又怎能赢得轮王的垂爱和护持？思前想后，比之较之，他总觉得不能一见风就是雨，仅凭一时的现象就怀疑一个人，事儿还未弄明白就急着下结论。

就在法长这样思来想去的时候，掩着的门被推开了，与伴随一道强光同时进来的还有一个声音："敲门无应答，我还以为大德出去了呢！"

法长一听声音，不觉惊慌起来，赶忙迎上合十施礼道："是木叉阿阇梨呀！法长失礼了，抱歉，抱歉。不知何事有劳大驾？"

玄奘不答反询道："玄奘正要问大德呢。听玄谟法师说，大德早上曾上门候我，不知何事有劳大驾？"

法长回道："哎，不觉间，法长在大唐国都已经住了快一年了……"

"怎么，厌烦了？"玄奘打断道。

法长连忙摆手道："哪里哪里，高兴都说不尽呢，还厌烦！"

玄奘又问："可是思乡了？"

法长长舒了一口气，回道："思乡倒是真的，也确实该回去了。只是…只是还有一事没……"

"还有一事没办完？那就多住些日子，把事办完了再说。"玄奘见法长欲言又止，便代他说道。

法长是个直性子，心里搁不下半丁点事儿，思想了片刻，却转了个话题问道：“今儿译经堂里好热闹呀！”

玄奘听后一怔：“译经堂，热闹！怎么说？”

法长道：“几位法师争吵得好激烈呀！”

“噢，大德是指这个事呀！”玄奘先是恍然，继而则颇觉惊讶，“哎，译经堂里的事，大德怎么知道的？莫非有天耳通？”

法长摇摇头，歉然笑着回答道：“在这里住了快一年，还没有见识过木叉阿阇梨译经的盛况，今儿闲着没事，便到翻经院里看了看。”

“正好听见那几位法师在‘吵架’！”玄奘的话带点风趣，还特别用重音强调了最后两个字，略停，复又问道：“都听懂了？”

法长又摇摇头，回道：“就听懂了一个词儿：‘杀三摩娑’。”

玄奘听后笑了。‘杀三摩娑’是梵语，法长当然能听懂。这词译成唐语就是“六种释”或“六合释”的意思。杀者，六也；三摩娑者，合也。在佛教中，诸法各有其名，有些名称只具有一种词义，有些名称则具有两种以上的词义，多义名称的组成法式有六种。一个多义词究竟属于哪一类法式，应当具体分析而定。法长所说的事，其实就是在翻译《阿毗达摩俱舍论》时，就本题的含义及法式进行判定，众人各抒己见，法宝更是力陈了自己的主张。玄奘判断，法长是将这次席中的讨论误解成了人事失和的争吵，于是说道：“为了诠定正教的真义，经常有这样的讨论呢！”

法长道：“可木叉阿阇梨是译主呀，你说了不就算了？”

玄奘回道：“古人说过，圣人积聚众善以为功。玄奘何人也，比别人多走了些路的比丘而已，岂能以独见为明！集思广益，择善而从，但求圣义彰显，不敢恃虚名误法误人。”

法长连连点头道:“集思广益,从善如流,好一个宽阔胸襟!”

拨去捻花,法长的心灯又敞亮了。他拎起那个大家早已熟悉了的大香袋,对玄奘说:“走,到方丈室去,有一件事要托付木叉阿阇梨。”

玄奘莫名所以,犹豫欲问。法长解释说:“事情重大,这儿不便说。”

玄奘见法长态度郑重、认真,便和他一起回到方丈室,也就是法师房。

既进门,法长没有就座,将大香袋放到几案上后,先转身把门掩上,然后才从香袋中取出一个华锦包裹,解开华锦,只见里面是一只精致玲珑的象牙方匣,再打开方匣,一道金光唰地迸射出来。玄奘定神细看,竟是一座金色的舍利宝塔。法长毕恭毕敬地将舍利宝塔取出来,再将宝塔门洞朝向玄奘,然后说道:“请木叉阿阇梨往里看!”

玄奘凑近往里一看,不禁大惊失色,连连倒退了几步,伏地便拜,口里念道:“南无弥勒佛,是佛舍利,佛真身指骨舍利!”

法长接话道:“是的,是佛舍利,摩诃菩提寺宝塔内供奉的佛真身指骨舍利,是大神变月放光呈瑞的那枚舍利,木叉阿阇梨亲眼看见过的。”

玄奘平静下来后,问法长道:“大德如何请得真身?又为何不远万里携至中夏?”

法长回道:“真身不是法长请来的,是摩诃菩提寺上座戒龙老和尚托付法长带来的。”

玄奘复问道:“上座戒龙老和尚之意……?”

法长顿顿首,又叹了一口气,不胜凄怆道:“哎,一言难尽啊!初来时不是已经与木叉阿阇梨说过了,戒日大王过世后,五天法坛寥落，慧命难续，实在堪忧啊！”

说到这里，法长暂停下来，像放下一副重担似的，长长地舒了一口气，然后换了另种语调继续道：“与天竺相比，大唐国就截然不同了。木叉阿阇梨在天竺时已是有口皆碑的上德，学兼大小、包揽空有不说，而且还穷原尽委，传所未传，登峰造极，无论是那烂陀讲坛还是曲女城法集，无不占尽风光。东回不久，国使、游僧又频传译经徽音，闻者谁不向往！”

至此，法长重又振了振精神，真心诚意地继续说道：“戒龙上座交代说：现如今，纵观正法弘传之势，此消彼长，中心东移，不假时日，缘所使然，势所必然。能够续佛慧命者，舍此东国，谁复可当？既如此，何不让佛真身亦随而往之？法长奉上座之命东来，就为考察虚实，果如传言，便是有缘，大事即可托付。”

玄奘终于明白了原委：法长几个月来既不入室参问，也不随方修炼，只是不辞劳苦地在长安城内外转悠，参观佛寺，访问轶事，而且，不管走多远的路，有多劳累，身上总是挎着那只又大又重的香袋，原因就在于里面装着一件至宝、一份责任和诚意。

法长的认真负责态度和精神，很使玄奘感动，于是关心地问道：“数月下来，不知大德对我东夏正教有何印象？”

“意外，大出意外！”法长毫不掩饰内心的高兴，“尽管在国时已经知道不少有关贵国正教弘传的盛况，亲眼见后还是大觉意外。天竺僧俗向来以东方支那国为‘蔑戾车地’，遥远偏僻，难以化导，木叉阿阇梨只是个例外。后来看法有了转变，但仍然是见虚不见实，连戒龙上座都一再认真交代，要观察确实以后才可做出最后决定。法长这回看了个真切，方知国人的妄自尊大，不知天外有天，远山高出近山。现在看来，东夏不只是传教早，而且经典译出也与日俱增，衲子满堂，才俊济济，寺宇众多，宝塔如林，正所谓园囿临春，满目烂漫，清荷被浦，蓊郁在望。现在更是护法有轮王，擎旗有法将，已远非天竺所可比拟。尤其令法长振奋的是，偌大的大唐国，僧尼百万，竟然是弃羊鹿而敬白牛，同声高唱一乘大法，不以灰身灭智为满足，而以救世度人为大任，这不正是释尊无缘大慈、同体大悲之立教本怀吗？功德无量，前途无量啊！”

法长停下话，双手捧起金塔奉与玄奘，同时说道：“佛智慧命可续，真身指骨舍利有寄了。”

轻轻的几下敲门声使法长顿时担起惊来，急忙忙地取过华锦，将舍利塔覆了个严实。

玄奘开门一看，不胜喜道：“哎呀呀，真是仙人不请自至呀，快进来，快进来。”

来者既进房，玄奘笑着安慰法长道：“无妨的，无妨的。他是道宣大律师，宾头卢尊者、毗沙门天王的挚友，现在还保存、供养着哪吒太子奉献的佛牙呢。”

法长听说来者居然是大罗汉和护法天神的朋友，赶忙合十施礼。

道宣也合十回礼道：“大德至京日久，宣某向未参谒，失礼了。今儿又贸然打搅，请多包涵。”说完，便抽身欲走。

“别别别。”玄奘一只手拉住道宣，另一只手掀起华锦，说道，“律师请细看！”

“金塔！”道宣失声大叫的同时，抢步上前就欲伸手去触摸。

玄奘止之，朝金塔门洞指指说：“先仔细看了！”

道宣弯腰凑近往里细瞄，又是一声惊叫：“还有舍利！”

玄奘只是点点头，没有说话。

道宣又弯腰看了看，说道：“看形状，莫非是佛指骨？”

玄奘说道：“正是佛真身指骨舍利，而且就是玄奘在摩揭陀国摩诃菩提寺亲眼所见之佛真身舍利,曾经给你讲过它的大神变了的。”

道宣听后更是惊讶不已,他看看宝塔舍利,又看看法长和玄奘,似乎在问:这是怎么回事?

玄奘解释道:“这是摩诃菩提寺寺主戒龙上座交由法长大德专程奉至的,期望你我释子好生供奉,保证法轮永转,法脉不断!”

“好生供养,那是自然。”道宣高兴道,“神州大地不是有十九座阿育王塔吗,择其一处瘗藏供奉之,太好不过了!”

玄奘、法长听了都十分高兴,一齐击掌叫好。

第五十五回
俗官闹译场浊浪激荡　法将投定针风波平息

同样是过去了的事，有的可以给人带来快乐，如不久前的有朋自远方来，有的则会让人徒增烦恼，如眼下由俗吏所引起的纷争。

这里所说的纷争，指的是朝官对玄奘翻译的因明论典及其弟子所撰的章疏提出质疑、非难而引起的争论。

所谓因明学，说通俗点就是古代印度逻辑学。这门学问在释迦牟尼住世前就已存在，由一个名叫足目的仙人开其端。释尊立教后，有些人对佛教教义持怀疑态度，大乘论师，主要是瑜伽行派的学者，为反驳怀疑论思想并论证佛法的真理性，遂将足目的论旨加以发挥、完善，最后建立起来一个完整的逻辑学体系，先行者为弥勒尊者，继之者有无著、世亲兄弟，至陈那撰成《正理门论》而奠定本门学说的基础，法称的功劳则是将陈那原本所重的辩论术、论法扩大、发展成认识论的逻辑体系。《正理门论》虽然只有一卷，但论说繁复细密，不易看懂，陈那的弟子商羯罗主，又称天主，便别撰一部《入正理门论》详加解释，作为此学入门的阶梯。玄奘自天竺求法归来不百日，便在京师弘福寺组织译场开始翻译佛经，至第三个年头，也就是贞观二十一年，首先译出《入正理门论》一卷；两年之后，又将《正理门论》原本译出，也是一卷。因为这两论事关护持正法的大计，所以被弟子们视为拱璧，争相撰疏注释详解，译经僧神泰、靖迈、明觉等法师都是执卷承旨、各录所闻者。

世间之事，百人有百种看法。与僧辈的态度相反，有人对因明论很不以为然，不仅不以为然，而且还大发悖论。此中的出头者，就是朝官尚药奉御吕才其人。

平心而论，吕尚药也算得上是个有才有识之士。大唐开国功臣温彦博以其聪明多能、尤长声乐而荐之于朝，负责增损乐章，有名的《秦王破阵乐》就是由他协定音律的，自此开始即为太宗皇帝所重。此后又应诏解周武帝所撰《三局象经》、勘定阴阳之书百卷、造《方域图》和《教飞骑战阵图》，修《文思博要》和《姓氏录》等，先后迁官太常博士、太常丞、尚药奉御，行走于宫廷之中。侍中王珪、魏征对其学术亦有盛称。他与僧辈在因明学上发生争执，必然性多于偶然性，内因多于外因。有才，无所拘忌，什么事都想露一手，这在一定程度上铸成了他的个性。可巧，他又有一个幼时的旧好，而且还是个出家人，法讳栖玄，原来住在嵩岳寺，吕才经常到寺里去与之聚谈。后来，二人都到了京城长安，栖玄驻锡于普光寺，吕才则入仕朝廷。三十余年间，虽一直休戚与共，情同兄弟，但在思想上则是摩擦不断。吕才认为佛教戒律过于严苛，持之亦不见得有益；栖玄则批评他以有限之心，逢事必欲穿凿，而佛法玄妙幽深，虽复强学推寻，亦不一定就能得其要领，对之采取轻毁的态度是不对的。《入正理门论》和《正理门论》译出后，栖玄以为这两论绝非常人所能破，正好借此将吕才一军，于是特地清抄出一份送给他，同时还附了一封短信，其文谓：“此论极难，深究玄妙，即便聪明博识者,听之亦多不能解。今儿君若能通之,才称得上是内外学俱悉。”吕才本来就有恃才傲物的心态,无事儿都要寻事儿做,哪里还经得起如此这般的挑战、刺激?于是乎,译场风波就是难免的事了。

吕才首先将栖玄送来的两论通读了两遍,继而又凭了一宿而解《太玄》,(也就是周武帝所撰之《三局象经》)的聪明劲儿,反复揣摩,便自以为所得已经八九不离十。接下来,他又托栖玄要来神泰、靖迈、明觉诸法师所撰的三家因明义疏,一一加以研习,结果发现三位法师见解不同,所说颇有矛盾之处,于是不免想:既是同禀于三藏,疏义却如开二门,这不正是给了自己发言吐气的好机会吗:既然你内部都意见不一,那就别怪我也一旁插嘴了。

过了不久,吕才真的撰成一篇题为《因明注解立破义图》的长文,就《正理门论》、《入正理门论》及神泰诸法师的论义进行评判,先列二论原文,次列诸师疏注,然后申明自己的观点,针对所疑,总共开列了四十余条立破意见,对文理隐伏难见者则画图作比较,称为“义图”,然后再别做一张见方一丈的大图,专门记录自己的新注。长文、图文兼备,自称有立有破,其用心之细,不难见出。最后,在长文前加了一段序言,便将全稿抄出张贴到了长安城的广衢大街上。

很显然,吕才此举一下子就把影响扩大了,而事情呢,也给闹大了,弄复杂了!

文稿一贴出来,好奇者便闻声而动,纷至沓来,挤了满满当当一大街。人们一面看,一面议论,喧声四起,神情各异。

有人惊讶说:“一个白衣官儿,怎么也掺和到僧事中去了?”

旁边的人不经意地答道:“闲官嘛,活儿少,心里慌呗。”

另一人驳道:“哎,话可不是这么讲,听说这官儿就是凭脑瓜儿灵活步步高升的，没有金刚钻哪敢揽瓷器活儿！他不是在序里说了，这两论本来很难，‘学之者当生不能窥其奥，游之者未足测其源’，而他却于‘平生不见’、又‘不由师资’的情况下，便能‘率尔辄事含毫’，不多时就写出这洋洋洒洒的三卷宏文，难能可贵啊！”

又一个人回道：“依某看，这是站在山顶赞山高，实质上是要突出自己。谁要发表高论，本来无可厚非，可像他这样大事张扬，自卖自夸，就未免有出风头、沽名钓誉之嫌了。”

……

译经僧众很快也知道了这件事，不屑，激愤，担心，百感交集，议论就像煮开的一锅水，末了又一齐到法师房去倾诉，七嘴八舌地抢着说：

“都是我们自己惹的事！”

“这话欠当。章疏嘛，写出就是给人看的嘛，谁看都可以。他吕奉御想要就因明学发表高见，也没人说不行，更没人去阻拦，但他不应说‘衅发萧墙，故容外侮窥测’这样的话。什么叫衅发萧墙？就是说我们内部闹矛盾、闹分裂嘛。这不仅是夸大其词，根本就是在挑拨离间！”

“我们各抒己见，那是为了求同存真，弘法、护法的心却是一致的。”

“他想的可和你不一样！有了‘衅发萧墙’，才能为‘外侮窥测’、以求一逞找到理由嘛。项庄舞剑，意思还难明白吗？”

“这话不假。如果本心是出于讨论，甚至要辩论也无妨，为什么却不言不语就宣之于通衢？哪里有一点儿平心静气、商榷讨论的气氛？分明是在搞突然袭击、不宣而战嘛！”

“是呀，你看他说什么来着，‘造疏的法师若能忘狐魅之微陋，思句味之可尊，择善而从，不简真俗，此则如来之道不坠于地，弘之者众……必以心未忘于人我，义不察于是非，才亦叩其两端，犹质疑于三藏’。这哪里是讨论，分明是说‘我说即是善，非从我不可，否则，我吕才就要找三藏对质了’。自比狐神，看似谦卑，实则自以为精明，真是目空一切，不可一世，嚣张至极。全然是一种威胁的口气，哪里有一点儿商榷讨论的意思，岂有此理！”

……

众人想说的话都说完了，但谁都没有拿出个主意来。最后，眼光都集中到了玄奘身上。

玄奘看着众人期盼的样子，就像一个局外人，一点儿也不焦急，笑吟吟、慢吞吞地开口道：“法师们都是法海义龙了，怎么还为恶业所迷？”

众人不解玄奘所言何意，讶道：

“我们为恶业所迷？”

“我们既不杀生，又不偷盗，怎么个为恶业所迷？”

玄奘回道：“恶业有三，身业之外还有语业和意业呢。”

“三藏是说贪、瞋、痴以外的妄语、绮语、两舌、恶口吧？”

玄奘道：“法师们都知道，痴即无明，无明必贪着，贪而无厌则瞋，既瞋则恶语生。你们刚才不是说，章疏就是给人看的，看后有所感而发声，也很自然，谁有理谁无理，时间是最好的判官。释尊立教，前前后后经历了多少磨难，上千年了，法雨遍阎浮，哪个否定得了？一篇《义图》就能搅动心海，你们想想，自己是不是都除尽了恶业？修持功夫是不是到家？定力是不是还欠火候？”

玄奘简简单单的几句话，就像甘露，使大家的心重又清凉起来。

又过去了两个月的时间，僧团方面对吕才的挑衅抱着一颗平常心，再也没人发过声。

然而，树欲静而风不止。

《义图》贴出后，新鲜了几天，热闹了几天，奉御吕才自然也因此高兴了几天。不过呢，也许是因为因明本身义理深奥、文字艰涩，一般人看不懂；也许是人们对佛教的辩论术不关心；也许……也许还有更多的也许，总之，新鲜过后，热闹过后，街面上那一纸《义图》由于没人照管，也无法照管，几天过后便被风刮得不知去向了。吕才眼见得自己的举动没能引起足够的重视，轰动效应不够理想，于是又变换手法，雇人将《义图》清抄了若干份，亲自游走于朝堂之上、公卿之间，广为散发。怕别人看不明白，还当面进行解说，真可谓不厌其烦，不遗余力，不甘寂寞了。

吕奉御的动作再次激起译经僧的不满，缀文大德慧立、明璿则是其中之尤甚者。

一天，慧立找明璿商量说："这吕奉御做得也太过分了，我们不搭理他，完全是出于一个'忍'字，可他却不知趣，不领情，还如此的兴风作浪，咄咄逼人，分明是说：'僧中无能人，舍我其谁欤'。真没涵养！得有人管管他，不能惯坏了。"

明璿回道："光管不行，还得指出《义图》的谬误所在，这才是根本。"

慧立接道："你说得对。你看这样办好不好？我给左仆射燕国公写封书，把此事的来龙去脉说清楚，盼望他管管自己的部下，不要让不经之言惑众了。你呢，将《义图》的谬误整理整理，做个准备，必要时驳他一驳，正本清源，让教内外明辨是非。"

你说慧立为何比别人心急，此时此地为何会如此踊跃？以前曾约略介绍过，贞观三年，慧立年在志学，出家于郴州昭仁寺，本来就识敏才俊，后来又博考儒释，因此而雅著篇章，妙辩云飞，神思泉涌。为人则直词正色，不惮威严，赴汤蹈火，无所畏惧。他列席译经后，对玄奘西行求法的事迹了解日深，又亲睹其在译场上那华梵兼娴、出语连珠、即诵成文的神采，敬佩钦仰之情油然而生，于是暗地里发了个大愿：要把这位法将不平凡的一生，记录成册，传芳后代。如今眼见吕奉御这一介白衣，竟然如此无礼叫板，要与一代法门领袖对决是非，非只是不自量力，简直就是十足的夜郎自大、不知天高地厚。真是可笑、可气极了！

正是怀着这样一种心情，慧立给左仆射燕国公于志宁拟就了一封书札，书中首先盛赞了释尊教法文言奥远，旨义幽深，等穹隆之廓寥，类沧海之浩瀚。其性相、缘起学说，即大智者穷其一生亦未必可以了达。至于论证佛法真谛的因明学说，如果身缠八邪之网、心沦四倒之流，而强言究了、真知，那简直就是异想天开，狂妄至极。随后，慧立接着说，玄奘三藏所译出之《正理门论》和《入正理门论》，所讲乃论难、破立的指归与规则，虽并非佛法义理之极妙者，但亦绝不是急功近利者仓促、须臾间所可通晓。而尚药吕奉御却自以为稍习声律、略通阴阳，便可了达旨趣。其不求精研、随心所欲、任意穿凿、立异端而排正说，我慢之心由是可见。最后说："维摩通达佛理，却在释尊面前缄口杜言；夫子德高，却对乡党毕恭毕敬。而吕奉御全无虚怀，一面自言文有纰漏，一面却强人服从，甚至担物自售，游走于公卿之前，喧嚣于闾巷之侧，苟觅时誉，求媚于缙绅，在受到冷遇之后，仍然不知自省，其心之褊急狭隘由此可见，这全系无德教所使然也。"

慧立致书以后，连续三个月没人再就因明问题发声，事情似乎已经成为过去。但出乎意料的是，就在僧俗逐渐恢复平静的时候，一个官号太常博士的柳宣又跳了出来，挑动事端，在原来张贴《义图》的老地方贴出一通文告，叫作什么《归敬篇》。归敬谁？归敬尚药吕奉御；告白谁？告白译经僧。《归敬篇》的内容，可以概括为三点：一是表示赞同并支持尚药吕奉御的观点，所谓吕才“驰正见之路，闻持拟于昔贤，洞彻侔于往哲，其词辩，其义明，其德真，其行著”云云是也；二是假朝野之众意，要求译经僧方面就吕才论难作出答辩，认从其“善说”，要不然就谈不上弘阐三宝了；三是借太史令李淳风之口，再次要求玄奘出面与吕才对决是非。

李淳风是谁？柳宣为什么要假此公之威？原来，李淳风也算得上是当世的知名官儿。他博涉群书，尤长天文、历算、阴阳，曾造黄道浑天仪，撰《法象志》、《律算》、《五行志》、《文思博要》，参编《晋书》、《五代史》，而时人最为称述的却是他能知武氏女主之革命。历官将士郎、太常博士、太史丞、以修国史有功而封乐昌县男。以是知，他与吕才、柳宣都是一个屋子里的人，吃的是同一锅饭。特别之处只在于：他父亲因仕途不得志而出家为道士，自号黄冠，注过《老子》，大概是家教的影响，李淳风对“上玄”、“天师妙道”也耿耿于怀，奉之甚笃。如此看来，吕才发难，柳宣为之呐喊，李淳风出面助阵，戳穿了窗户纸看，其实就是儒、道两家联合起来向释教发难、宣战，与历史上常常发生的“三教辩论”相较，不同之处在于更情绪化了，更具攻击性了。

柳宣的《归敬篇》抄件很快便传到了玄奘手里，他看了看，没当一回事，便将它放到了案头上。

慧立与明璿态度却不一样，他们早就憋了一肚子气，加上又早做了准备，所以，在《归敬篇》贴出后第三天，明璿便将自己写的驳文《还述颂》抄了，就在紧靠《归敬篇》的空墙上贴了出来，又另抄一纸发给柳宣。

《还述颂》表面上是在答柳宣，实际上则是指出吕才四十条攻难错误之所在，总计起来大致有以下几个方面：第一，对因明的相关问题，如“生因”、“了因”与“能了”、“所了”等含义多所误解，或执一体而忘二义，或封一名而惑二体，只承认“生因”、“了因”中“因”这个“体”，而忘了它们分别具有的“能起用”、“能生果”这两重意义，而主张去掉“生因”，只留“了因”，只能说“了”，不能说“生”。第二，擅自改变宗、因、喻三支论式，如“宗依”与“宗体”，主张去“体”留“依”以为宗，“喻体”“喻依”亦然。第三，基于以上两种错误，又衍生出诸多错讹，如四十条攻难中的七条，也就是七难，就是因为对“极成”，也就是辩论双方所认同、没有异义的言语事物，产生迷惑乃至于否定所致。第四，对《正理门论》、《入正理门论》采取随心所欲、主观臆断的态度，断章取义，误读字音等。第五，将外道数论师与声论师之说混为一谈，把生死轮回当成寂灭涅槃境界，这已不只是涉及因明的宗因法式问题，而且涉及了颠倒生、灭之理的大事。第六，乱用本土俚语比拟梵文啭音，终致舛杂乖讹。第七，引《易经》系辞“太极生两仪”比附外道卫世师胜论“极微”是“常”、是“实”之义，混淆邪正，完全违背了释尊圣教的真谛，设若不是对正教心怀仇怨，又何至于口出此言？明璿总结说：“以上错讹诸端，皆由轻率所致，因误而生疑，随疑而设难。形曲而冀影直，其可得乎？何况，根既不正，枝叶倾覆也就不足为奇了。”

末了，明璿也没有忘了捎带诘一下太史令李淳风：“太史令说什么‘心怀正路，行属皈依，以实际为大觉玄躯，无为是调御法体……皎日丽天，实助上玄运用，贤僧阐法，实裨天师妙道’云云。窃以为此话言似而意违，词近而旨远，分明是在套近乎，是另类的“凿壁偷光”、“借月自明。”实际的情况是：天师贪生，昧于长生之术，佛家则视死如归，以寂灭涅槃为常乐清净；老道以无名为天地之始，妄执实有，释教则讲空为永恒、非有非无之理。彼此相违，不啻千里。而所谓‘不敢以黄叶为金，山鸡成凤，南郭滥吹，缁渑混流’，看似谦虚，实际上则是要以鍮石当纯金。更有甚者，天师寇氏，由太宰崔君荐之于朝，而共贻伊咎。李君莫非忘了此事不成？”

最后这几句话有点儿费解，所以还得解释一下。天师寇氏即北魏朝的道士寇谦之，自称得太上老君、仙人指点授道，当朝宰相崔浩信而荐于太武帝，太武帝延请并封其为天师，并从受符箓。崔、寇二人沆瀣一气，反对佛教，并唆使太武帝于太平真君七年下诏灭佛，荼毒达数年之久。不过，寇谦之亦死于灭佛期间，崔浩更是遭灭族之诛，姻亲、同僚亦无例外。一朝权臣，终成阶下囚。更有甚者，身系牢笼之时，竟有数十人奉诏往其头上泼屎拉尿，在历朝中央大员被戮辱事件中，实属史无前例，坊间皆指为报应之验。明璿所谓崔、寇“共贻伊咎”，即指此事而言，意在指出“天师妙道”的反佛本质，并暗指李淳风心口不一，言不由衷，口蜜腹剑。

译经僧答复得这么快，大出柳宣的意外。他本来想，头一次挑战，几个月过去都没动静，或许是理屈词穷，不得不以沉默掩饰败局，如今我再擂一鼓，如果还是老样子不吭声，那我们就可以鸣金收兵，高唱凯歌了。可现在，真是气煞人了，不仅应战了，还一五一十地驳了难，破了关，而且还揭人疮疤，大有反攻的势头，不得不小心“大意失荆州”、弄潮反被潮儿弄呀。

柳宣自知自己不过是个敲边鼓的呐喊助威者，根本就没本事去应对这意想不到的事儿，于是只好连夜去找所依傍的两个腕儿商量。李淳风原以为吕奉御已是胜券在握，所以出来为他助兴助兴，与当今美声冲霄的法门领袖比试比试，也好在《坟》《索》、儒林、九畴之外，再博些时荣，可如今是菩萨未见却先被罗汉棒喝，此心如何是甘？于是乎更坚定了与玄奘对定的决心，力促吕才上书皇帝,奏请与玄奘对决。吕才读了明璿的《还述颂》后,内心也开始忐忑,但因先前已说了大话,不好言退,于是也就从了李淳风的意见,给皇帝上了一份奏表。

皇帝接到吕才的奏书一看,压根就没当一回事,反而是怪他们多此一举:玄奘法师头陀域外,遍参名师,备采众说,探幽索隐,享誉内外,堪为师表;而你吕奉御虽聪明才俊,但于佛学,则属外行。外行向内行请益,自然之理,还需向朕奏请?还有准不准之说?于是随手提起御笔,在奏书上写了这样几个字:向三藏就教就是。

敕旨下达之后,双方约定在慈恩寺见面,翻经堂变成了论坛,玄奘居中,奉御吕才、太史令李淳风、太常博士柳宣等一干人马与译经僧众分在两边。既坐定,玄奘首先开口道:"吕奉御诸檀越属心正法,实乃法门之大幸。今日之来,必有教示,玄奘一定洗耳恭听。"

奉御吕才回道:"羞愧,羞愧。三藏此话颠倒了。吕某有幸得读三藏新译《因明》二论,确系理包三乘,事括百法,词约理宏,文微义显,实为众妙之门也。才反复再三,薄识宗趣。继又借得诸法师三家义疏,更加研习,虽各文思泉涌,行云流水,但见解不同,乃至矛盾,故于公务之余,详为注解 ,立破所疑,甄决诸师疏义,勒成三卷,是为《立破义图》。三藏法师乃当世能仁、法门领袖,此来即专为请益尔。"

奉御吕才说完,未待玄奘开口,太史令李淳风已经接上话:"是啊,双天之号,天竺共称,三藏之名,九州咸仰,如今吕君既有所疑,道俗也有所企盼,还望面示、裁决,也好让我等能承禀真义,传示四众,克昌正道,永绝翳障,绍隆三宝。"

待李淳风说完,玄奘即将眼光投向柳宣。而柳宣呢,他其实对

《因明》并无研究，只是因为与吕才同群同类，帮着擂鼓呐喊罢了，哪里有什么主意、见地？当眼光与玄奘对接时，早已慌了神，不待对方发问，自己便先慑嚅道：“宣某之所以写《归敬篇》，本意也与奉御、太史令一般，向三藏请益，诚望不吝赐教。”

玄奘听罢，沉默了片刻，这才开始说道：“三位檀越的大作、宏论，玄奘皆已拜读。吕檀越于《因明》二论辄读便能走笔成篇，勇气尤其可嘉。但恕直言，《义图》所执见解，玄奘实不能苟同。大意已见于明璿大德的《还述颂》，想必诸位檀越都已看过，玄奘不再赘述。需要再说的是，吕檀越将《入正理门论》论文‘此中宗者，谓极成有法，极成能别，差别性故’一句中最后一词擅自改为‘差别为性’，这是不对的。正所谓一字之差，谬之千里也。句中的‘宗’指整个论题；‘极成’意为辩论双方所共许、认同、没有歧义；‘有法’指‘宗’的主词，又叫‘前陈’、‘所别’；‘能别’指‘宗’的宾词，又叫‘后陈’、‘法’；‘性’即‘体’，宗体也。全句的意思是说：此中的宗，是由论战双方共许、认可的‘有法’与‘能别’——也可说成‘有法’与‘法’，或‘所别’与‘能别’，或‘前陈’与‘后陈’，或‘主词’与‘宾词’——互相差别的两部分组成的。‘差别性故’，即‘有法’、‘能别’两者虽然互相有别，却又不离体，都属于宗体的组成部分。‘差别为性’即‘以差别为体’，这不只是完全违背了原文的意思，而且在行文上也根本说不通。玄奘译场中有位年轻贤俊，叫窥基，他对此有过评价。”

玄奘说到这里，举目看了看座中众僧，指着其中一个说：“就是他。对，窥基你来说说，你对改动论文的看法。”

窥基起座道：“将‘差别性故’改为‘差别为性’，那是因为不了解唐、梵方言的差异，没有领会文中的深义，经此改动，便完全违反了因明法的轨辙，将愚见当成了真知，哲言当成了谩语。”

玄奘将目光再转向吕才等人，说：“诸位檀越对这位贤俊所说，不妨深思深思。”

吕奉御似有不服，但又无词反驳，于是转了个弯说道：“只是，才某不明白，为什么诸师同禀于三藏，却所见不同，犹开二门似的？”

玄奘回道：“檀越不是也说过，佛以一音说法，亦许随类各解吗？玄奘非佛，所说自然不是金言，如何能让人不无异议？檀越不见，天下一主，也有三教九流之分吗？正教内部也一样，法师们各有所解，自然亦在所难免。”

“三藏说得对，所谓触类各得其形，共器饭有异色嘛。吕奉御也是一家之言。”李淳风显然是在为吕才辩护。

玄奘认真道：“话倒是不错，只是‘一家之言’也得言之有据，言之在理，是吧？”

太史令是个聪明人，一听玄奘的话就知道其中的寓意，于是赶快说道：“淳风心怀正道，行属皈依。吕奉御、柳博士也同样稽首诸佛，极赞法王法力。此心可鉴，三藏莫要生疑。”

玄奘平心静气再回道：“佛教讲随缘。回向、皈依，既要看根机，也要看缘分，不可强求。因明之法，作用在论证佛法的第一义谛，驳斥一切违反第一义谛的言论，所推重的是辩论和论证、推理的方法，而辩论、论证、推理则有严格的规则、法式。无规则则不成方圆，擅改乃至否定规则，则不能谓之因明，也就无法达到辩论、论证的目的。明璿大德说，诸位檀越借因明法之讨论，望文生义，随误设难，率己穿凿，引《易经》系辞比附胜论，将大觉‘唯识’之旨与天师‘实际’之说并论，以妄执实有取代空无实体之理。这些话说得很白、很刺耳，未免难为听，对不对呢，只能靠诸位自己研习、判断了。不过，在佛子看来，于佛法，未得而谓得，未证而谓证，是为增上慢，乃罪根深重之明证。诋佛、毁佛，罪则又甚之。前些年，玄奘曾应周敦颐诸刺史之请，为授菩萨戒，广说菩萨行法，诫其既言归佛，则务必精研佛法，杜绝异道、外论。诸位既说真心回向，或可向四州刺史问问心得。”

李淳风等听玄奘如此说，虽然不尽合于心意，但来时的那种气势、威风已经没有了。

玄奘再次将目光投向奉御吕才，说道：“因明三支比量的格式细致入微，《入正理门论》中都有分析，吕奉御多才好学，不妨涉猎涉猎梵语、四《吠陀》、内外学、大小乘诸家之说，这对因明法的研习、理解和运用必有大用，玄奘很愿意拜读新作呢！”

吕奉御听着，真有如芒在背的感觉。当然，他不能否认，玄奘提出来的是个好建议，但试想想，学梵语，习《吠陀》，研究内外学等等，这是一朝一夕的功夫所能企及的？再用功，也不可能一蹴而就啊！以是故，真不知如何回答才好，从其建议吧，以五十开外、即将花甲之年去走长征路，显然是太不现实；不从吧，又未免显得缺乏自信。既然不能置可否，那就只剩一句话了：“谢谢三藏指点！”

说完，便起身告辞，快步走出译经堂。

吕才等人走后，译经大德也先后散去。弟子普光、窥基等人即朝玄奘围了过来，脸上洋溢着胜利的喜悦，似乎是要对玄奘做些好评，可还未开口，玄奘却先发话了：“都一个上午了，还不累？还要在这儿耗着不成？再不走，午斋时间就要过了。”

普光他们一看没了说话的机会，便只好走了。可还未跨出门槛，却又被叫住了：“普光，你快抓紧一这会儿空隙，将《俱舍论疏》写完了，否则新经一开译就没空儿了。”

普光回道：“弟子正在赶呢。只是有些问题涉及梵文语义，还得花些时间去请教婆罗门师。”

说完，众弟子又要离去，玄奘却又叫住道：“窥基，你将这段时间的争论内容总结总结，再将你的意见发挥发挥，写个因明疏记，怎样？”

窥基也满口应承了下来。

至此，玄奘这才挥挥手，放他们走了。

弟子们走后，玄奘并没有离开译经堂，他回到座位上坐下，便开始沉思起来，好像是有一件事搁在心头，让他须臾不得安宁。是什么了不得的大事，非要这般着急不可？

玄奘是个细心人，吕奉御就因明问题掀起的风波，给他提了个醒，促使他对整个译经工作作了个全面检讨。他意识到，这件事反映了两个方面的问题：一是翻译中唐言表达可能有不尽意之处，二是译场的权威性至今受到质疑。为什么会是这样呢，过去有过这种现象吗？没有。为什么没有呢？于是，他开始将华夏译经的历史一一梳理起来：凡事都有草创阶段，那时的情形暂且不论，就从苻氏的前秦说起吧，那时有西僧昙摩难提译经，执笔者为黄门侍郎赵政；后秦的鸠摩罗什译场，有国主姚兴和安城侯姚嵩参与；拓拔魏世的菩提留支译席，侍中崔光不仅执笔承旨，而且还为之撰写经序……就近而言，贞观之始，波颇传译，太宗皇帝之重视更是有倍丁前，仆射、郡王、太了詹事、太傅卿，或奉旨监译，或领命详缉……现在如何呢？玄奘先是摇了摇头，接着又点了点头。摇头，是表示现在并无任何朝宰公卿预译；点头，是表示找到了问题的答案，那就是必须设法请公卿朝宰亲预译经事宜。

玄奘知道，这个答案未免带点俗气，是个无法之法，但却有着合理性和急迫性。从表面上看，翻译佛经，真正的行家里手是释子，现在却希冀世俗插手，未免有仰人鼻息之嫌；可世情如此，即使不受欢迎的规矩，一朝成了惯例，则百年也改不了。既改不了，自然也就很难拒绝得了。所以，求俗虽为下策，可就实而言，却不得不这样做。何况呢，官场中的文职，也确有雕龙画凤的能手，或天生聪颖，无师自通，或出身科班，学有专攻，如果能得其中之立言、正身者加盟，增光译场，也应该是好事一桩。

答案找到了，主意也拿定了，可怎么去实现呢？正在犯难的时候，好像是天要助成似的，好机会来了：皇帝为新立太子李弘在大慈恩寺设五千僧斋，并敕令朝臣前往行香，而朝臣中有守黄门侍郎兼检校左庶子汾阳县开国男薛元超和守中书侍郎兼检校右庶子广平县开国男李义府。此二人在行香后，结伴到法师房参礼问安。薛元超者，太宗朝重臣薛收之子，隋内史侍郎薛道衡之孙，好学，善作文，颇得家传，又是刚过而立之年，一身朝气，一颗善心，因为佩服玄奘的志气和精神，很愿意为他效些微力，所以慨然说道："三藏大开译席，此乃法门盛事，不知法师还有什么事未顺手，愿得一闻，元超当不遗余力。"

李义府与薛元超不同，是另一类的人，乖巧，有城府，深知玄奘在先帝、今上心中的分量，自然想博玄奘一份好感，同时取龙颜一悦，于是也积极附和道："是呀，今日译场之大，实亘古所未有，繁难何止百端，三藏如有用得着处，义府一定尽力。"

玄奘初识此二人，虽然未摸其底里，但听他们都说得真切，便也坦率地将请派译场监护人员之事说了出来。薛、李二人当然是满口应承代为转奏了。

告辞的时候，玄奘突然又想起一件事，对二人道："慈恩寺乃今上为文德圣皇后所建，轮奂壮丽，举世无匹，但至今没有丰碑显扬圣衷，传芳后世，公等若能致言皇上，则美事可成矣。"

显然，这是一桩美事，薛、李二人自然也乐得代劳，欣然答应了。

五千僧斋后不几日，玄奘还没有完全将忙乱的情绪调整过来，新托之事却出人意料地有了结果：内给事王君德受遣前来通报说，皇帝已经敕准派遣译场监护的请求，令太子太傅尚书左仆射燕国公于志宁、中书令兼检校吏部尚书南阳县开国男来济、吏部尚书高阳县开国男许敬宗、中书侍郎杜正伦，还有薛元超、李义府等，接旨后，即会随时前到译场看阅。若遇言滞欠通、义隐难明处，可与他们斟酌润色，务求精确。

继之，王君德又报称，皇上不仅同意立碑记述建寺功德，而且还答应亲运玉毫，自撰铭文。

人逢喜事精神爽，何况是双喜临门！玄奘此时的高兴劲自是不言而喻了。

第五十六回

连理无望铁心断青丝　迷津有客情愿当渡夫

所谓生活，就是高兴的事与不高兴的事、给人希望的事与令人失望的事、好事与坏事的混合。生活就像行船，有时溯河而上，有时顺流而下，有时须高挂云帆，有时只能凭借摇橹，变化多端，纷繁多样，让人穷于应付。

这不，去年年底刚刚平息法海波澜，今年年初译场监护问题才奉敕解决，玄奘正在沉下心来埋头翻译《阿毗达摩发智论》，却突然接到一道敕令，要其于二月中入禁中为宝乘尼授戒。

这尼姑的面子也忒大，连受戒都要惊动皇上，而且还非要当下最显耀的法师出场不可，她到底是谁？

她不是别人，她就是薛婕好。知道其人，事情其实也就清楚了四五分，需要分解的，只是剩下来不清楚的部分。

前面说过，当今皇帝九岁丧母，此后即从薛婕好受学。因为她家训严格，道德学问都好，又有一颗慈心、爱心，引导有方，呵护备至，所以在实际上便成了这个乳臭未干的皇子第二个“母亲”，如果撇开伦理关系这一层不谈，仅从他对她的信任和依恋而言，喻之为“情同母子”也不过分。他与她，整日里形影不离，直至刚过在学之年被立为太子，仍然不改故态，耽于宫闱，动逾旬朔，以至太师、太傅、太保以下人等，都很难见得着他。为此，甚至有官员上奏，以切切之言提醒太宗皇帝，要令太子勤于学问，亲近师友，稍抑儿女之情，彰弘远大之规，如此，则海内幸甚矣。自此之后，太宗加紧了对他的约束，旧习辄改，先是每日里随驾听政，学习管理国家的技能；辽东之役期间，复让其留守定州，分担忧国忧民的重任；之后又侍病于御榻之前、听政于金掖门等等。事一忙，闲心、闲时也便少了，这才与薛婕妤少了些走动。不过呢，皇帝本性宽厚、仁恕，走动虽少了，但心中仍深藏着一份不了之情，登基御宇之后，即封其为河东郡夫人，以报师傅旧恩。此后，由于总理万机，政事繁忙，许多事情便都顾不过来了。上月，册代王弘为皇太子，在大慈恩寺设五千僧斋，临事联类，触景生情，这才又触动了胸中的那根心弦，想起许多往事，于是找了个闲时来探望“恩师”。

河东郡夫人痴心不改，仍在惦念着那心期中人。因为其远在大慈恩寺，不能像在弘法院时那样，能送这送那抒情表意；偶尔有法集，好不容易见上一面，但在众目睽睽之下，哪有独谈私语的机会？出格的言语、动作就更是不敢有了。所以，一腔幽情总是无处宣泄，没办法，只好将它寄托于琴棋书画上。你看，眼前画架上不就有一幅刚完成的作品，正准备提笔落款呢。可就在此时，却忽然听见背后有人说道：“这么专心，在画什么大作呀？”

薛婕妤猛回头，见是皇帝，不禁吓了一跳，赶忙作礼道：“微臣失礼了，不知圣驾是几时到来的？”

皇帝摆手道：“哎，再不要再微臣长微臣短的了，是河东郡夫人，是师傅。在师傅面前只有学生，没有什么陛下，还是叫我的小名，称‘雉奴’便好。”

薛婕妤回道：“那是先帝才可叫的稚名呀，微臣岂能造次，违背宗法？”

皇帝道：“古训不谓‘一日为师，终身为父’吗，何来造次、违礼之说？”

说罢，也不问薛婕妤允许不允许，便凑上前去看起画来，一面指点着，一面说：“ 弯曲的小河，河水湍急；这里水面宽，那里水面窄；河中有洲，有渚；岸边长满了苇草，虽然已经入秋，但仍然草色青青；苇叶上的露水，在初升的太阳照耀下，晶莹闪亮，像珠子一般；河岸上站着一位女子，她是谁？花容月貌，婀娜多姿，绰然而立，放目远方，似有所期；远处，水边、洲旁、渚上，人影隐约，可望而不可近。”

皇帝看完画，犹疑难决，回头问婕妤：“师傅的大作是否为《蒹葭》之写意？”

薛婕妤只是微笑，未作回答。

皇帝再把眼光投向画面，一面指指点点，一面背诵道：“蒹葭苍苍，白露为霜。所谓伊人，在水一方。溯洄从之，道阻且长。溯游从之，宛在水中央……道阻且跻……宛在水中坻……道阻且右……宛在水中沚……”

“嘿，这伊人就如此媚人，就如此难求？”皇帝越念心里越堵，不禁嘟囔道，稍停片刻，却忽如大梦初醒，既惊又喜地问道：“师傅已经有‘伊人’了？他是谁？”

薛婕妤听高宗背诵时，脸色已如红云。既见问，便低了头，只是笑。

皇帝见状，更高兴了：“是朕，不不不，是雉奴的哪位臣子？文的，还是武的？师傅说出来，雉奴替你做主！”

这回，婕妤态度很鲜明，坚决地摇了摇头。

皇帝看得清楚，忽然想起了什么，收起笑容问道："不在俗，自然就在僧了？"

婕妤没有回答，脸上的红云没有了，取而代之的是一缕惆怅。

皇帝明白了：婕妤的心还在三藏身上。看着婕妤一脸的失望，心里顿时不平起来，脱口道："三藏法师也忒执着了，就认一条路，谁都拽不回头。父皇的话他不听，朕的话他也不听。"

"怎么，皇上你也和他提过此事？"薛婕妤急问道。

皇帝没有直接回答，而是问道："师傅是不是送过三藏脚盆、暖壶、药匣子诸物？"

薛婕妤讶道："陛下是如何知道的？"

皇帝道："如何知道，师傅就别问了。他以为是朕送的，还谢恩了呢！"

薛婕妤听后，情绪显得有些失落，沉默了好一阵子。但最后还是禁不住再问道："那……后来他弄清楚了？说了什么没有？"

"说了。"皇帝回道，"他要朕代为谢谢你。"

高宗的话虽短，但在薛婕妤心底激起的波澜却突起突落，听到头两个字时，心情就像浪尖一样高，听毕全句，情绪却一下跌到了谷底。不过，心里虽然怨恨，嘴头上却是这样说的："也许他没有明白微臣的意思。"

这回轮到皇帝急了，多少带些嗔意道："是的，开始他是不知道，就像榆木疙瘩般不开窍。可朕后来指着器物上那一幅一幅画给他讲解了呀！"

"他终于明白了？"薛婕妤急切地想知道最终结果。

皇帝没有回答薛婕妤所问，而是这样说道："朕以为，师傅就不要错用心了，白白地浪费了一片真情实意，到头来耽误了一辈子。"

皇帝虽然说得明白、坚决,但薛婕妤仍心有不甘。

惊蛰时节,东风解冻,万物开始复苏,藏在地下深处的虫儿也都爬了出来。只是,那倒春寒也不能小觑,民谚就有“春寒冻死人”之说。春寒不仅还有威风,而且延续的时间还挺长的,所谓“惊蛰不冻,寒到芒种”,就是民间的经验之谈。

初春夜里的寒冷,再加上满腹心事,薛婕妤躺在床上,辗转反侧至半夜都未能入睡。她一遍一遍地想,怎么也想不明白:你这和尚也太不懂人情世故,先帝看重你,赏识你,虚位以待,希望你还俗从政,一面为国家出力,一面翻译你的佛经,如此,既没有白费了几十年的辛苦努力,天生的灵根、智慧又派了大用场,这样的好事儿,别人踏破一百双鞋底都找不着,可你呢,却是送到手的金子你不接,傻不傻?迂不迂?我薛婕妤并不是那种喜欢攀龙附凤、追名逐利之辈,只是觉得先帝为你我牵线乃是一番好意,盛情不应辜负,这于国于教两不误、为民为法两面功的好事放弃了可惜。我本来想,只要你脱了染服,跨进了公堂的门槛,那月下老的绳儿就会将你我牵着不放,只要有耐心,铁杵也能磨成针;精诚不怕金石硬,有情人能不成眷属?

薛婕妤翻了个身,轻轻地叹了一口气,却不得不正视现实:唉,也许这就是命吧,痴女遇痴僧,都是一个痴,但所痴却是南辕北辙,水与油不混搭!我一个大家闺秀,撑灯笼打火把的,找了几十年,好不容易遇上你,称了心,合了意,又不惜抗礼违俗的,向你不断地表白,原以为你是个聪明人,善解人意,一看一想,就能通灵知心,接桃报李。没承想,我这边一味“之乎者也焉矣哉”,你那里却只管念“唵婆髻驮那莫”,心中只有一个佛字,念念不忘的就是译经,在你的脑子里,这阎浮世界除了佛,除了经,好像就什么都没有了,好像不落发,不穿僧衣,就不能弘法了。这心眼儿也未免太窄了。你为什么就不想想,脱了染服,帮你的人只会更多不会减少。在译场,照旧担纲做主;坐槐庭,有部员为你跑腿;有了家,起居饮食有人打理,冷热寒暖有人操心,身体好了,心神定了,精力充沛了,译经弘法不是更有奔头了!也没必要担心还俗就一定会染着,只要你能像人家维摩诘那样,常怀慈悲心,勤修六度、四摄、十力、十八不共法、三十七道品,精进不舍,断恶念,行善法,还怕到不了你那朝思暮想的兜率天宫!那么多风霜雨雪你都经过了,那么多关山险阻你都闯过了,这样一个简单的理儿你竟然想不通,这么个小小的坎儿你竟然跨不过……

不知是怨还是责,薛婕妤想着想着就来了气,自觉不能入睡,于是干脆起来歪靠着床头而坐。可刚坐起,脑子里嗡地响起一个声音:“朕以为,师傅就不要错用心了,白白地浪费了一片真情实意,到头来耽误了一辈子。”她猛地觉得,显然,皇上不仅已经过问过此事,想促成此事,但结果却不佳:碰了钉子,被拒绝了。今天的到来,不管是有意还是无意,到底传达出了一个明确的信息。不是说日久见人心吗,不说更远了,就从贞观二十二年时起算,至今显庆元年二月为止,都九个年头了,时间不算很长,但也不算短了,先帝牵线,今上说情,一概没有效果,人家的心其实已经很清楚。而我呢,却一片痴情总不改,春梦一个一个地做下去。俗话说,礼尚往来,来而不往非礼也。我这边三番四次的“往”,人家那边却从来没有过一言一字一物的“来”。后来好不容易提及此事,却是劝我早结良缘,莫要贻误了终身,其心更是昭昭。而自己呢,不从此觉悟,反坚持认为水滴石穿,铁杵可以磨成针。现在想起来,真是痴得不能再痴,傻得不能再傻了。是呀,事情已经再明白不过了,到此也该作个了结了。当断不断,自找麻烦。如今,皇上都劝我不要再错用心了，难道还真的要到了黄河心才死吗？

因为爱得深，投入了很多，最后却说要抽身，难呀！薛婕妤正是在这样的矛盾之中如此这般地翻来覆去地想呀想的，整整想了三天三夜，终于做出了决定：此时不了，更待何时！

可是，怎么个了法呢？照皇上说的去做，嫁个文官或武将？果真如此，事情倒是太好办不过了，只要给皇上一个明确态度，不出一旬半月就会有洞房花烛夜。但事情不能这样办，因为不合本心。远的不说了，仅父亲死于非命一事，至今想起还心有余悸。天下君权至上，臣之于君，生杀予夺两由之。再贤的明君，也没有一千只眼睛去辨别秋毫。越正直的能臣越招人妒，无事都能生出是非。一言不合，一行违意，人头就会落地。再谨言慎行，也不一定能免刀斧之祸。一旦入了这是非之地，那提心吊胆的日子便有得过了。这是福还是祸啊！如今呢，皇上是说得好，“一日为师，终身为父”，心眼儿也都在为我好，可现在后宫已换主，那武皇后人品如何，还不好评价，皇上能否驾驭得了她，也很难估计。但从大臣们有关皇后废立之争、新后对废后和萧淑妃出手之狠看，朝中的恶斗非但不可避免，而且已经箭在弦上，一触即发了。识时务者，避之犹恐不能，哪有自愿往火坑里跳的道理。文武之门是万万近不得、进不得的。其他路子呢，比如归田园，笑话，一个弱女子隐居独守，不能说古来无有，但起码是世所罕有，没力气，没手艺，没武艺，不饿死也将活得很惨。再说了，这法师虽然痴，虽然呆，虽然可怨、可责，但可真是个可敬可仰、可信可靠、可师可从的人物，既见而不能离，无情胜有情，一日不见，真有如隔三秋的感觉，姻缘固然是不存在了，可法缘却是任何人都割不断的。不做贤妻也罢了，作个法侣难道也不成吗？夫君你不做，做个良师益友总不会拒绝吧？

这样一想，薛婕妤终于开了窍。她赶紧下床穿起棉袍，坐到几前，研好墨，铺开一幅白绢，提起彤管，顺心顺手就写了起来……

早朝结束后，薛婕妤瞧了个空隙，将请求落发出家的奏书递给了皇上。

玄奘接到授戒敕令后，只知道受戒者的法号，并不知道她的真实身份，当然更不知道皇帝已经在禁苑西部，即从长安外廓城北景曜门进苑不远处，已经为这宝乘尼建造了一所寺院，更恰当地说，是将一院旧殿堂整饬、庄严成了一所寺院，据说还要竖一块碑，专门记述这位宝乘尼的德行。

为人授戒，就像渡夫撑船，渡人过河，由此岸到彼岸。剃度一个人，就为娑婆世界添了一颗慈悲心，增加一个乐善好施的人，人世间就会少一声痛苦的呻吟，多一份祥和的气氛，与人方便，利益有情，辅国佐政，功德无量，何乐而不为？

但是，当玄奘得知宝乘尼就是薛婕妤后，那心情就复杂了，高兴的情绪便没有了。倒不是反对她出家修道，而是担心出家并非她的本意。玄奘是前事今事的当事人，在他看来，薛婕妤要求落发，完全是由怨忿而赌气，是一时的感情冲动，甚至可能是走投无路时的选择。这样的出家，是被迫的、无奈的，是将寺院当成了避难所、偷生地，如此绳索缠身，连自己都未解脱了，又如何去帮人解脱？自度不能又如何去度他？既然眼不明、心不正、意不定、志不坚，肯定吃不了那清汤寡水的苦，受不了那孤灯只影的寂寞，自然也就攀不上那须弥山、灵鹫峰，采不到那摩尼珠、菩提果，到头来还不得落个竹篮打水一场空，毁了一生？

这样一想，玄奘的心情更加沉重了：果然不出所料的话，那罪过不在她，而是在自己。他深知，所有这一切的原因，也就是那份怨忿、那份失望，都是他造成的；是他搅乱了她的宁静，是他漠视了她的那份痴情，是他拒绝了她的那颗芳心，是他毁掉了她的期盼和希望，从而也可能毁掉了她的整个生活。用冰对待火，用沉默对待热烈，用绝欲对待柔情，针对性是够强的，用意是够明确的，作用也是明显的，但结果，却往往也是出人意料的冷酷和残忍。

玄奘想到这里，挠了挠头，脑子转了个弯，在心里自对自说：不过呢，这也是没办法的事啊！薛婕妤你切切实实地给我出了一道无解的难题，本来就注定是永远没有答案的，因为释尊制订的戒律明文规定：比丘要是在男女之事上违规越轨，那是要犯僧残重罪的，不当众忏悔，就会被开除僧籍。再说呢，玄奘不净之身本来就是为法而生，也已立誓为法而死，微生唯愿正教兴隆，佛法永驻，苦海火宅众生有救，尘寰浊世国泰民安，除此而外，余无所欲，更无所求。你既知道教有严规，也早知道玄奘的素志，明知不可为而为之，本心虽好，痴情可见，但却实在是强人所难。玄奘的心志是不可动摇的，在知道了你的所作所为，在了解了你的心思后，没有任何回答，不是不通情理，而是想：有时候，话越多越说不清楚，越说不清楚事情越复杂。与其这样，还不如沉默为好，不是说“沉默是金”，“此地无声胜有声”吗？玄奘这样想，这样说，不是在找理由为自己辩护。玄奘是个愿意担当，也敢于担当的人。因为我的缘故，伤了你的心，辜负了你的情，铸成了大错，造成了悲剧，我将为之忏悔一辈子。只是因为出家事大，希望你能三思而后行，不要负气，不要轻率。

玄奘想到这里，眼光不由自主地又落到了那封授戒敕令上，摇了摇头，自语道：“军令如山，圣旨就更难违了。”

仲春的东风，吹绿了整个长安城。二月十日一大早，有司奉敕为授戒事前往大慈恩寺迎接玄奘，此外还有其他九位大德及其侍者。

玄奘及诸位大德策马经过紫槐摇曳、柳丝飘拂的街市，渐行渐北。至景曜门，十乘庄严宝车、十乘音声鼓吹早已等候在那里。玄奘一行既过城门，便转而乘车先发，宝车、音声车紧跟其后，一路笙歌，丝竹共管弦相和，锦轩紫盖，人面与桃花交映，既热热闹闹，又庄严肃穆地直奔鹤林寺而去。

在玄奘一行到达之前，鹤林寺授戒坛场已经布置就绪，薛婕妤并寺内五十余人已和合聚集一起，神态怡然地等待着落发授戒。

授戒这事儿，程序繁复，要求严格。一般来说，授戒需要五位持戒精严、德高望重的阿阇梨，也就是大和尚来主持，这五位阿阇梨的职称及职责是：出家阿阇梨，为僧尼所依而得出家者；授戒阿阇梨，为僧尼授戒作羯磨者；教授阿阇梨，给僧尼教授威仪者；授经阿阇梨，为僧尼讲授经书者；依止阿阇梨，为受戒后之僧尼所暂时依止做伴或同宿者。此外还得有七位当坛作证的证明师。从受戒僧尼方面看，僧尼受戒，分三坛，也就是三种形式，初坛叫沙弥戒，专为沙弥、沙弥女所受，所受共十戒，即不杀生、不偷盗、不邪淫、不妄语、不饮酒、不涂饰打扮、不视听歌舞、不坐高广大床、不非时食、不蓄财物。次为受具足戒，专为正式出家人所授。具足即至极之谓，受此戒后，即可成为正式的比丘、比丘尼，也就是取得了比丘、比丘尼的资格。比丘所受之戒共二百五十条，比丘尼所受之戒共三百四十八条。第三种是为回向的在家菩萨所授，如以前讲过的为四州刺史授戒，这菩萨戒主要是讲布施、爱语、利行、同事四摄法和布施、持戒、忍辱、精进、禅定、智慧等六度法，用以治贪吝、毁犯、瞋恨、懈怠、散乱、愚痴，示大慈，表大悲，显大爱，自利利他，舍己为人，普度众生、利乐有情，和谐社会。

这次授戒，有点儿特殊：宝乘老大出家，所以授的不是沙弥戒，而是直接授具足戒。仪式也简化了，所需的五位阿阇梨，都由玄奘一人来兼任，其余九位大德，则不过是证戒师而已。这样做，是因为寺在禁苑内，不是随便谁都可以进去的，人越少越好，只要事情办得好就算圆满。

受戒时间为三天。第一天是为宝乘落发授戒。仪式开始后，宝乘步至玄奘前，右膝着地合掌作礼道："宝乘前来，请大德为羯磨阿阇梨，乞师为我授大戒，愿大德慈愍，拔济我。"

玄奘听罢，说道："善女人谛听，我今问汝，汝应如实回答，有便说有，无便说无。"

宝乘答："宝乘某遵大德言，真诚实语。"

随后，玄奘即就是否犯过淫、盗、杀、妄语四重罪，是否犯过杀父母、阿罗汉、破坏僧团和合等五逆罪，是否侵犯过比丘、是否贼心入道、是否破坏过内外道、是否是黄门、是否是女人、是否为二形身、是否负债、是否是奴婢、年满十八不、衣钵具不、有否重病怪病等方面一一询问，宝乘一一照实答"是"或"不是"、"有"或"无"。

随后，玄奘又问："汝学过戒律不？"

宝乘答："已学。"

玄奘复问："汝心里清净不？"

宝乘答："清净。"

玄奘就同样问题转而问坛中等待剃度的尼众，尼众亦一皆如实相应作答。

接下来，玄奘即为宝乘授戒相说："善女人谛听：我佛世尊出离尘染，无所执着，正智无偏无邪，为说淫、盗、杀生、妄语、嬉笑、身触、八事满足、窝藏、纵恶八波罗夷戒法；我佛世尊无所著、等正觉，更说四譬喻：若犯八波罗夷，如断人头不可复起，如截多罗树心不更生长，如针鼻缺不堪复用，如大石断为二不可复合。若比丘尼犯八波罗夷，不足还成比丘尼行。善女人谛听：佛世尊所说禁戒，尽形寿不得犯，汝能持否？”

宝乘答：“能持。”

落发后，玄奘宣布说：“善女人，汝已善受教法，应劝化作福、治塔供养佛、法、众僧。阿阇梨所作一切如法教敕，不可违逆；应学问诵经，勤求方便，以求得须陀洹果、斯陀含果、阿罗汉果。汝已经发心出家，只要精进用功，当果报不绝。如果还有什么不清楚的，当请教于阿阇梨。”

受戒后的第二日，玄奘再为宝乘说戒兼教授威仪。他讲解说：“佛说的四譬喻，指出了僧尼执持戒律的重要性。尼众要执持的戒律共三百四十八条，由重戒到轻戒，分为七聚，也就是七大类，其中，波罗夷戒八条，僧残戒十七条，舍堕戒三十条，单提戒一百七十八条，提舍尼戒八条，众学戒一百条，灭诤戒七条。凡犯波罗夷戒者将被开除僧籍，永弃于清众之外；犯僧残戒者，必须当众忏悔，否则罪同波罗夷；犯舍堕戒、单提戒者，必须舍所持犯禁衣物于众人，并行忏悔，否则要堕地狱；犯提舍尼戒者，必须当比丘尼众发露忏悔；犯众学、灭诤戒者，应当加强修学而根绝恶作、恶言。”

接下来，玄奘将三百四十八条尼戒逐条宣读、讲解，继之又教授种种威仪。玄奘说：“所讲威仪，实即三百四十八具足戒之外的其他种种细行。这些细行，小乘教立为三千，称三千威仪；大乘教则扩大至八万四千，约为八万，称八万威仪。三千、八万，都是一个概数，比喻多。所谓威仪，即坐、作、进、退皆有威德、制度，威即容仪可观，仪谓轨度严缜。具戒是建立威仪的先决条件，威仪是对戒条的补充，无戒则无威仪，无威仪则损抑戒律。戒具而又威仪无缺，或者说，具足众戒，不犯威仪，则善法隆盛可期。威仪最瞩目者，为行、住、坐、卧之仪态，所以特列为四威仪。除此之外，诸如出门入户、洗漱穿衣、礼塔诵经、振锡乞食、浣衣洗涤等等一切行为举止、待人接物乃至发声吐气千般细行，都有一定之规，必须时时、事事、处处留心、注意，尤其要做到独慎。在威仪面前，比丘、比丘尼是平等的，所有的规定，《大比丘三千威仪》已经说得很清楚，大姐僧须仔细阅读。”

戒期第三日，按照要求，宝乘前往玄奘处礼谒，暂时依止。虽然宝乘已经落发、出家、受了戒，成了正式尼僧，但玄奘对她还是放心不下，所以不无担心地对她说：“受了大戒，成了正式尼僧，这就意味着要穿粪扫衣，要乞食，要依树下坐，要吃腐烂药，很苦啊！”

宝乘平静回道：“无欲则心无苦，心无苦则无世间苦。”

玄奘又道：“从此孤灯只影的，很寂寞啊！”

宝乘回道：“化导众生，任重道远，只要阎浮世界还有啼饥号寒的声音，弟子的心就安顿不下。要做的事就很多，身不闲，何寂寞之有？”

玄奘再道：“是啊，任重道远，得舍此一生呢！”

宝乘回道：“佛陀为拯救火海众生，连王位都能舍弃，宝乘又何惜微生？何况，为人即为己，有舍才有得，舍此不净之身，证得永恒之性，这正是弟子孜孜以求的呢。奋斗一生能达到这个目的，就是一个大幸、大福分。”

至此，玄奘终于释怀，怡然道：“好，好，根性猛利，已具禅定慧力，身口意三业清净，心得解脱，能永处闲静清凉之室。是上出家者，是上出家者！”

宝乘回道：“弟子宝乘既是出家，也是回家，与师同为一家了。”

玄奘先是一愣，寻而恍然道：“对，对，你我师徒同为一家，同为一家，都姓释了。”

因为有了以前的种种因缘，所以，一触到“家”的问题，玄奘心里多少还是有些儿尴尬，又一时沉默了起来。

倒是宝乘经历的尘事多，反而更沉着些。她看着玄奘一副憨厚的样子，不禁涌起一份忧心，于是话锋一转，语重心长地说道："师久离长安，对这里的气候不了解，冷暖无时，即使是盛夏，只要风雨连日，穿的盖的都得留心，否则会误大事，不可不在意呢。"

玄奘的肠子是直的，没有弯儿，一时消化不了宝乘的话，所以，对她这个告诫很觉纳闷。

第五十七回
因热追凉危笃几不济　上书言事大愿难如意

大唐显庆首岁是个有点儿异常的年份，春天迈着匆匆的脚步提前走了，夏天迫不及待地紧接其脚后跟就抢了上来。三月上巳节时，天气已经热得不能再穿夹衫，宫里的嫔妃们开始换上蝉翼低胸的罗裙，坊间闾巷的小伙甚至已经袒胸露膊去纳凉。未到端午，风挟带着高温像浪一样袭来，让人简直透不过气，没有要紧事儿，人们一般都不愿到街上走动。炎热的天气，有利于树木花草、瓜果蔬菜的生长，小麦的成熟也加快了许多。不过，要是老天突然变了脸，却会造成很大的麻烦。譬如玄奘旧病复发，就与这天气的突变有着密切的关系。

玄奘有什么样的旧疾？追溯一下他前半生的生活轨迹，就不难知道。他十一岁进入空门，十三岁正式落发出家；十九岁开始在国内游学请益，足迹及于吴蜀、赵魏；二十九岁自京师长安出发开始西游，出玉门，度流沙，过凌山，涉雪岭，巡游五天竺，历时十七年，行程数万里。就是在这数十个寒来暑往中，由于屡历风霜，备受艰辛，不幸得了一种怪病，每当病发，往往浑身疼痛难忍，苦不堪言。回国以前，一因天竺气候炎热，发病较少；二因专志求法，又年在壮岁，对病情颇不经意，自然也就疏于治疗，外邪入腠而不知，终于种下病根。回国以后，不百日而开始译经，自此又是日无余暇，昼夜兼程，法事之外又兼带俗务，非但谈不上休养将息，反而是肩负重担，带伤上阵，鼓着劲，与时间赛跑。琴弦绷得太紧会断，过劳必然致病。自贞观之末至今的十年间，玄奘的旧疾其实已经发过多次，由于及时地服药，所以一时暂无大碍。但随着花甲之年的快步到来，鬓发加速斑驳，身体的抗御能力越来越弱，病发也就越来越频了。欠修的旧房子，遇到风雨能不漏水吗？

大家还会记得，在正月戊子大慈恩寺为新立太子弘设五千僧斋的时候，玄奘曾托黄门侍郎薛元超、中书侍郎李义府代奏两事，一是请朝廷派员监译，二是请皇帝御制大慈恩寺碑铭。前者于奏后不几日便解决了，后者虽然经了些曲折，但也于两个月后如愿圆满。此后又经过玄奘的一再坚请，皇帝又亲挥玉毫，御书铭文，至今年四月佛诞节那天镌讫，并准备送往寺院建屋竖之。正是为了迎接御碑入寺，玄奘终于病倒了。

佛诞节前一天，也就是四月七日，玄奘率领本寺僧众及京城僧尼，高举幢盖、宝帐、幡花前往迎接。至晚到达宫城与皇城之隔街西门安福门，与奉敕前来的长安、万年两县千余乘音声会集，准备第二天一早北上芳林门，将御制寺碑迎回大慈恩寺。当天白天还是艳阳高照的，热得人汗流浃背，可晚间却突然下起瓢泼大雨。待天亮一看，整个京城街道，不是被水淹了就是泥泞满路，实在难以行走。无奈，皇上只好下敕喊停迎送事宜。

却说连夜遭遇大雨突袭，整个迎送队伍由于没有一点儿准备，自然被弄得狼狈不堪，几乎是个个都成了落汤鸡。年轻人，壮健者，康健者，自然都无大碍，可玄奘就不一样了，在弟子、僧众的保护下，他固然没有被淋湿，可骤然下降的气温，却对其造成了严重的后果。试想想，热中淋雨，热极骤冷，像他那样的身体，能受得了吗？热铁淬火可以成钢，可因风追凉的结果则会伤身。虽然，他当时很快便被迎入内殿休息，但迎送事至十四日方告结束，这样，先是外邪已经入侵，继而又经多日等待、劳累，一直没有及时服药治理，如此一来，旧疾终于被触发。

御碑迎回寺院，就碑屋竖立完毕，玄奘正打算好好休息一两天，以防闹出大事。不料却在当天半夜里就被一阵剧烈的疼痛弄醒了，四肢关节如刺如灼，钻心入骨，痛得喊不出声，身子动都不敢动，全身热烘烘的，却又离不开被，口鼻气微发冷，渴而不思饮，手足不时震颤，偶尔抽搐，躺着还觉得天旋地转……

第二天，玄奘破例没有早起，弟子玄觉于是叩门探视，里面没人应答。推门进去，只见人未起床，上前一看，人还未醒，身上盖着条大被子，伸手一摸，满额头却是湿漉漉的；低着嗓子喊了几声“师父”，唯一的反应只有听不清的咿唔声，软弱无力，犹如梦呓。这一下，玄觉被吓坏了，他急忙跑了出去……

于是，翻经院所有的的人都知道玄奘病倒了。

接着，大慈恩寺所有的僧众都开始为玄奘担起心来。

很快，玄奘病重卧床的消息，经由监译大臣中书侍郎李义府而传到了皇帝的耳里。

皇帝闻奏，立即召来最好的御医尚药蒋孝璋和针医上官琮，敕令说：“你们二人立即前往慈恩寺给三藏法师看治，务须尽心竭力，仔细诊断，确定病症，查清病因，对症施治。所需药物，一概由宫内供给。切不可粗心大意、有任何疏失。”

御医走后，皇帝又召来羽林军将领吩咐说：“每日早中晚务须派遣禁卫士兵为使者，前往慈恩寺察看动静，等候消息，随时奏上，不得有任何疏忽、遗漏。”

羽林军将奉敕离去后，皇帝心仍未安，又遣内侍传敕：令宫内主管起居饮食等府、局派出上手，到慈恩寺去，亲自安排、布置、监督，务须事事妥帖，处处舒适，所需无缺。

中书侍郎李义府看皇帝对此事处置得如此细心、周到，于是说道：“陛下宽厚仁爱，又出先圣呢。玄奘法师虽然求法译经有功，但终究是个方外之人，陛下竟然如此关怀备至，体贴入微，又何异于慈父之于子？臣下一旁看着都不胜羡慕呢。”

皇帝回道：“卿之言有所不妥。在朕看来，奘师不只是个方外之人，而且也是个赤子、贤臣。无论是十七年的西行求法，还是回国后十来年的译经弘法，何时何处不是在埋头苦干、拼命硬干、一心为苍生着想？他为华夏民族增了光、添了彩，树立了榜样！何况，他所弘扬的佛法，也很有意义呢。”

李义府带点迷茫问道：“陛下是说，佛法对护国安民很重要？”

皇帝回道：“正是。佛教教人去恶从善，自净其心。这无论对官、对民都是很好的警诫呀。古往今来，帝王治国，刑律再严，也只能震慑、阻遏、减少极端之犯罪。而要天下一家，融洽和睦，则须凭借化导之功，而佛教岂不就是最好的选项吗？”

李义府心里似有不同意见，但口上却只是说：“可佛教终究是出世法，出世法哪管得现世事？”

皇帝还未来得及答言，于志宁、来济、杜正伦、薛元超、许敬宗等几位监译大臣如约好了似的，先后接踵而至，所要禀奏的也都是玄奘生病的事。当他们得知皇上已经将治疗事宜安排停当之后，便要起身告退，皇帝却挽留说：“众卿既来之就且安之。朕正与李侍郎谈论佛法呢。朕以为佛法乃治心佐世之术，李卿却说出世法管不了世间事。众卿读的佛经多，领悟得深，正好给朕辩解辩解。杜卿和薛卿，一个曾从奘师受戒，一个曾与奘师亲近，你们带个头，先说说。”

却说杜正伦是个直臣，而李义府则本性鱼滑，二人虽同为朝官，但思想、作风却大相径庭。如今听皇帝如此说，知道李义府又在玩两面手法，明里和三藏套近乎，背里贬损佛法，便想趁此机会，刺他一刺，说道：“微臣以为，所谓出世法，其实就是众生寻求解脱之法，或者说就是佛陀化导众生之法，教导众生心口如一、虔诚回向、去掉贪欲、除恶务尽、行善积德、自净己心、显露真性之法。循之而行者，即能超脱生死轮回，逆之而行，贪得无厌、胡作非为、怙恶不悛者必得恶报，分明是与治国安邦有着密切关系嘛。”

“杜侍郎说得对。”薛元超接过话茬道，“出世法不离世间，自然也就管得了世间事了。”

皇帝高兴道：“二卿说得好，言简意赅，朕听得明白。只是，这出世法又如何才能弘扬开去呢？”

诸臣不约而同道：“自然要靠人啦！”

皇帝复问：“什么样的人？”

诸臣复齐声道：“博通经论、德高望重的法将啊！”

皇帝再问：“当今黑衣，谁可当之？”

于志宁笑道：“微臣虽老朽，但知陛下是在明知故问呢。”

皇帝道：“好嘛，燕国公既说朕明知故问，那你就说说，朕眼中的法将是谁？”

于志宁笑道：“当然非三藏奘师莫属了。师前有求法之功，后有译经业绩，乃前贤所不逮，后哲所难及。荣宠之誉满朝，弘化之功永垂者，唯师一人而已。”

皇帝听罢，看了一眼李义府，说道：“所以啊，朕能不悉心给他治病吗？众卿今日为何非朝而朝？急朕之所急，忧朕之所忧嘛。”

其实，皇帝并不知道，为玄奘的病情担心的，除他本人和诸大臣外，还有更多的市井布衣。

玄奘一病不起的消息，像风一样，很快就传遍了整个京城。于是，不旬日，大慈恩寺偌大的庭院就挤了个水泄不通。都干什么来了？为玄奘进香祈祷，为他祈福消灾！香烟冲天而起，念佛诵经声响成一片。许多人进了香，还要绕道翻经院门口，明知进不去，也要挤到门边探头往里看一看……有鉴于此，寺院不得不临时作出规定：关门限制进出。

大慈恩寺进不去了，人们又开始拥到其他相关寺院。在外廓城西南角和平坊的大庄严寺，四众在玄奘当年坐禅练志的七层塔前设坛祈福，还在佛塔四周壁上贴满了各色各样的愿辞，自然都是盼望玄奘早日康复、法体平安之类的话语。在弘福寺，人们在御制《三藏圣教序》和《三藏圣教序记》二碑前，焚纸烧香，叩头膜拜。

当然，也有不出寺门，居静而寄忧思的。如京西黄堆观音禅院的法山和尚，他独自一人结跏趺坐在蒲团上，手捧《十一面神咒心经》，面对观音尊像，喃喃念道：“怛侄他闍，达啰达啰……”

《十一面神咒心经》是玄奘于前两月刚译出的典籍，法山所念的就是这部咒经中的根本神咒。观音菩萨曾对释尊说：此咒是由十一俱胝诸佛传授的，故具有巨大威力，持念它，可以利益安乐一切有情，除一切病，止一切不吉祥，遮一切非时死，等等。自得知玄奘病讯以来，他一直没有离开过禅堂，不食不眠，如此念念不断，已经有整整三天了。在这三天里，他想起了几十年前洛阳净土寺的往事，难忘贞观二年在观音禅院摸着松树告别的情景，清楚地记得数年前迎接旧友远归的喜悦，还有玄奘将所得供养物转施与本院的次数，特别是他说动先帝赐予寺院三十六根御棍的经过。总之，他割舍不得这份道情，只要能求得他继续住世，他法山本人就愿意这样不断地持念神咒，生命不息，诵念不断！

在禁苑鹤林寺里，宝乘尼在一间静室正对门的墙壁上挂了一帧药师佛像：佛像跣足站在莲花座上，左手持药钵，右手结定印，身披袈裟，背后有圆形火炎光，颔首低眉，凝神专注，如同在给病人把脉。像前有一简单供台，除一束鲜花外，别无余物，显然是临时设置的。药师佛又称药师琉璃光如来，是佛教中的大医王、东方琉璃国土的教主，他在行菩萨道时，也就是成佛以前，曾发下大愿，发誓要为众生驱除病苦，治愈顽疾，令一切有情含类身心健康安乐。此时此刻，宝乘作如是供养，其心思不说自明。供台前面，宝乘正在绘一幅地藏王菩萨像，画架旁的几案上放着一本《大乘大集地藏十轮经》，也许是供念诵的，也许是供绘画时参考的。这部经也是由玄奘于永徽二年译出的，经中讲述的是地藏菩萨受释迦文佛嘱托，于无佛之世留住世间，弘法教化，普度地狱、火宅、苦海有情众生的故事。经中说：众生只要称诵地藏菩萨名号，并对之礼拜供养，就能获得种种利益，满足希求，远离种种烦恼、忧苦、危险，医药无缺，众病除尽，疲劳解除，气力强盛等等，而菩萨本人也发誓，“地狱不空，誓不成佛！”整个尊像已经勾勒完毕，身体微侧、左腿盘曲而坐，右腿下垂，足踏莲花，右手结与愿印，左手持锡杖，头戴毗卢冠，身披袈裟，作出家僧之形相。现在，宝乘正在用心着色，她的手虽然纤细，但笔笔都蘸满了她的神、她的情、她的力，她要用色彩渲染出菩萨所具有的无量无数不可思议的殊胜功德的庄严相、威猛相，显出其降妖伏魔、消灾除病的无比威力和气势。每落一笔，她就念一声地藏菩萨名号，就在心里说一句：“当空的红日还没到下山的时候，他的路只走了一半，不能就这样匆匆离去！”她心中的“他”指谁，不说大家也知道。

在朝野、僧俗的焦虑不安中，又过去了好几天。昨晚入黑时分，北门使者，也就是前面所提到的羽林军传递消息的士兵，终于带回了一个好消息：经过用药、针灸之后，玄奘的病情已大大缓和，睡眠好了些，体温逐渐趋于正常，特别是明显地减少了抽搐。

今儿早朝时，尚药奉御蒋孝璋吩咐针医上官琮留下继续观察照料，自己则赶紧回宫奏报。才进得殿，人还没站住，皇帝便问道："奘师病情如何？"

蒋孝璋揉了揉疲倦已极、快要睁不开的双眼，用沙哑的声音奏道："谨奏陛下，昨晚安安稳稳地睡了一宿，诸种症状基本没了，今早入宫前刚刚望、切过，气息顺畅平稳，脉象均匀平缓，不沉不浮，但略显些弦硬，或许是年龄的原因，并无大碍的。按摩肌肤、关节处，已无疼痛反应。"

众臣齐声道："陛下鸿恩浩荡，所被之处，枯者皆荣！"

皇帝没有回应大臣们的恭维，继续问蒋孝璋："师所患属何病症？"

蒋孝璋回道："属痹症。初由风寒湿三气交侵所致，时日既久，深入脏腑，伤及肝肾，致使气血两虚；气血不足，则营气不充，卫气衰微，于是外邪更易侵侮，痹症由是加重。如此往复不息，虚而不补，久滞不通，三气稍有不调，便即暴发……"

"如此看来，师之病并未彻愈？"皇帝听得发急，打断道。

蒋孝璋脸露难色，全然没点儿信心，回道："微臣窃以为，三藏之病，彻治很难，只能调理。"

皇帝略一沉思，敕道："那就好好调理，细心调理！"

玄奘的病，原是陈病沉疴，虽已深入脏腑，且发则痛楚已甚，但却还不到致命的程度，加之又有皇帝的关照呵护、御医高手的施治和床前枕边、夜以继日的周详护理，很快便可下床走动，饮食也与平日差不多。不过，为了保证愈后的休息、恢复，能够进入法师房探视的人数却仍然是受限制的，连译经班子的大德和他的入室弟子，也不是个个都能随便出入的。没办法，他们只好公推了一人为代表，将众人的问安带进去。这位代表就是道宣律师。

道宣怕影响玄奘的休息，所以待日头升得老高的时候才来到其门前。

听到敲门声，玄奘放下手中的经卷，便慢步上前开门，见来者是道宣，赶忙合掌作礼请进，高兴道："真幸运还有机会与律师相会！"

道宣摆手道："嘿，三藏说哪里话，撂下担子就走，那哪成？佛祖不同意，菩萨不同意，众生不同意，我宣某也不会放你走。"

玄奘笑道："玄奘知道，律师有神人，有长眉僧宾头卢，有天王子哪吒帮忙，所以说话有底气呀。"

道宣显出一副得意的样子，回道："当然啦，只是，法师还少说了一个：孙思邈。宣某与孙先生在终南山净业寺旁有林下之交呢！即便御医不管用，还有医圣作后备呢！"

玄奘讶道："原来律师一直在为玄奘调兵遣将呀，多谢了，多谢了！"

道宣没有领玄奘的情，他伸手拿起几案上一本经卷，摇摇头说道："还未好妥帖呢，又在读经了！莫非真要宣某请孙先生来不成？"

"不不不，不用劳你大驾了。"玄奘连忙道，"不行啊，时不我与呢。不仅日月逝之，身体也每况愈下了，而等着翻译的典籍还多着呢。《阿毗达摩发智论》和《阿毗达摩毗婆沙论》，按计划就要开译了，得先准备准备啊。”

道宣听罢，又得意了：“你看，我说对了吧！你不能，也不会撂下担子就走人的。船儿没人划，渡夫哪能放得下心呀！”

“言过其实了，律师言过其实了。”玄奘回话时，态度很是诚恳。

道宣沉默片刻，若有所思，欲言又止。

玄奘觉而问道：“律师神色犹豫、踟蹰，莫非有些心事不成？”

道宣用审视的眼光看了看玄奘，说道：“恐法师劳神，还是过几日身体好停当了再说吧。”

玄奘一听，反而急了：“现说吧，无妨碍的。要不，又要急出病来了。”

道宣一听，也在理，便开口道：“三藏先听听，千万别动气，是否需办，以后再定。”

玄奘回道：“一切随缘，何气之有。说吧。”

道宣舒了口气，定了定神，像是下了决心似的，然后说道：“近来屡有消息，说及边远官人欺侮僧尼之事：事无大小，随意鞭打，妄称奉敕而行，按俗法推勘，似有愈演愈烈之势。如不及时奏明，则后事如何，实在难说。”

听道宣如此一说，玄奘便立即明白了事出之因：就在此前一年，即永徽六年，今上在听了地方官的奏报后，曾下了一道敕令说：“道士、僧等犯罪，情难知者，可按俗法推勘。”是了，肯定是边官未领会圣衷，滥用敕旨妄加杖罚了。

由此及彼，玄奘很自然地又追溯到其远因，那就是由来已久的释家与李道难解难分的矛盾冲突。

玄奘是一个虔诚的释子，既有习法弘法的热情，也有护法的决心，因此上对释尊教法传来中夏及其如何落地生根、成长发展的历程，包括其中的磕磕碰碰、跌跌撞撞、甜酸苦辣，也就颇为关心，而且记得清楚。自从遁入空门以后，他就慢慢地知道，正教之传来有许多种说法，不过，因为自己家在洛阳，又在那里入道，而且至在冠之年才离开那里，所以，听得最多的，则是东汉明帝夜梦金人、西域僧摄摩腾、竺法兰白马传经的故事。这个故事之所以令人印象深刻，是因为二位西僧才落得脚便受到了道士的挑战，一见面就打了起来。都说人的记忆是有选择性的。玄奘那时虽在童稚丱岁，但记事却清清楚楚，至今未能忘怀。当然，有人说，这佛道斗法的情节是后人虚构的，不大可靠，但不管怎么说，它多少说明：佛教传来中夏之始，就与道教产生了摩擦。当然，这种摩擦是很复杂的，剪不断，理还乱。初来乍到时，脚跟未站稳，不得不入乡随俗，将自己的“谈空”义理附会于道家的“讲无”意旨；而当时道教创立未久，宣传不广，难分两者差别，于是出现释、道同台受供的现象，释教由此得以借势生根发芽。随着东来西去传教，求法者络绎于途，译出的经典与日俱增，佛教的义理越来越明，皈依信仰者日众，终于使道教感受到了挑战和压力，于是乎佛道两家便开始了无休无止争斗，争斗的中心问题是谁先谁后，谁优谁劣。然而，斗争的结果，在许多时候却不是真的以先后、优劣事实为依据、定胜败，而是以人主的信仰、爱憎、好恶为转移，所以，吃亏的往往是被视为“夷教”、被视为“胡鬼”的释教，拓拔魏、宇文周之世，都遭受过灭顶之灾。皇唐之初，也就是自己当年即将踏上西行征途之际，就曾亲眼目睹过类似的事件，可幸的是适逢改历，佛教才有惊无险地度过了又一次生死大关。太宗皇帝算是一代明君贤主了，但即使在其治下，释教也难以确保总是顺风顺水，平安无恙。求法归来不久，就有人来找自己倾诉，说是贞观十年，太宗皇帝曾下敕定“道先佛后”位次；又过了几年，甚至以犯过为由，下敕抓捕过上百僧尼，同时将京城所有寺院的当家大德、纲维人等，召集至玄武门，大加训斥……所有这一切，就像长鸣的警钟，时刻提醒着自己，要事事、处处谨守戒行，防微杜渐；还要睁大眼睛，竖起耳朵，观察周围动静，倾听八面来风，未雨绸缪，防患于未然。

玄奘深信佛法，护持心切，尤其关心大法的命运和前途。正是这种高度的警惕性，使他对道宣律师所反映的情况格外上心，格外揪心，格外忧心。他认为：皇上之所以发下如此诏敕，多半是有人“谎报军情”，至少也是夸大其词所致。退一步而言，即使僧尼中有人犯过，佛世尊临涅槃时也曾咐嘱国王大臣，要爱惜正法，虔诚供养、恭敬、尊重、赞叹，多做劝诫，全力护持。如果不问皂白，以点代面，动辄加刑，则难免泛滥成灾。

想到这里，玄奘做出了一个决定，他对道宣律师说：“这事不能等闲视之，如果不让皇上了解其中利害，及时阻止此类事端，发展下去，势必如千里溃堤，不可收拾。得赶快给皇上奏明才是。”

道宣道：“宣某也这样想过，只是三藏如今法体未全康复，如何进得了禁宫？”

玄奘回道：“无妨，写个奏折即可。”

道宣道：“也好。就由三藏与宣某具名吧。”

玄奘道：“不可。此事祸福难定，福兮圣教多幸，祸兮由玄奘一人担责，如此可矣。”

道宣走后，玄奘于当日就写了一封奏表，请托监译大臣代为进上。表章内容包括两个方面，一是请求更改道先佛后的排位次序，二是请求收回有关僧道犯过依俗法推勘惩罚的成命，仍归教戒处置。在玄奘看来，这两个问题具有密切的关系，甚至可以说具有因果关系，也就是说，“位次”问题是态度、立场、认识的问题，后一个问题是措施、制度、管理问题。态度、立场、认识上出了问题，措施、制度、管理也必然出问题，有因必有果，因不除则果还生。关于第一个问题，先帝太宗弥留时，自己曾在御榻前当着太子，也就是今上及顾命大臣的面奏请更改，而太宗皇帝也答应了“许有商量”。只是由于驾崩，事情才拖了下来，如果今上还记得此话，把它当成遗嘱，则更改的可能性是存在的。只要更改了僧道位次，第二个问题的解决也就有盼头了。所以，他认为，这次申奏成功是可以期待的。

皇帝接到玄奘的奏折时，正好身体不适，神智有些懒散，所以略略看了一眼便放到了御案上，未置许否。

退朝后，则天皇后展开折子看了一遍，对皇帝说：“先帝遗言既许商量，那不就等于松了口，敕准了！至于抓捕的事，其实也有先例可循：贞观十四年，有僧尼犯过，先帝就曾下敕责罚，后来听纳法常和尚的劝导，按照佛陀临涅槃时的嘱咐，将大理狱所囚的百余僧尼都宽宥了。所以呀，依臣妾之意，陛下你也照准了吧。”

然而，皇帝并未为其所动，缄口不语，似乎在想着什么。

武后靠上前去，紧挨着皇帝，拉着他的手去摸自己鼓起的肚皮，说道：“为了这个，也为臣妾的平安，就做个功德吧。”

武后为何如此执着要皇帝准奏？真正的原因是否如其所说？关于这些，以及其人、其心，暂且搁下，留待以后再行交代，这里先说完皇帝对玄奘所奏如何定夺的事。

武后的话，仍然不能消除皇帝的犹豫，他对准奏与否还是拿不定主意。皇帝辩解般自语道：“当年父皇之所以做出道先佛后的决定，主要原因在于追宗认祖，并借以抵制、消弭前代以来所形成的门阀势力，巩固我李家王朝的基础，重点不在以优劣定佛、道高下尊卑。那诏书的开头就说：‘老君垂教，义在清虚；释迦遗则，理存因果。求其教也，汲引之迹殊途；穷其宗也，弘益之风齐致。’这不是说得明明白白了吗，何有亲疏远近之分？从立国计，不得不以李老在前，树立李家的权威。至于治心化导，则处处首推释教，凡有功德，并归寺家，天下大定之后，唯立佛寺，未置道观，这都是有目共睹、事事不诬的呀！更可证明的是，先帝看了《瑜伽》大论之后，知悉三谛之说穷尽众生性德，四檀之法成就有情正道，缘起之论彻明宇宙根本，推色尽于极微为老子所未谈，究心穷于生灭实夫子所未言，所以对释教又倍加亲近，认为佛教宗源渺旷，靡知际涯。他心之所向、情之所依，一目了然，要说有所偏袒，那也是偏袒释教呀。朕无论是在储时还是即位后，也从未亏待过佛门……”

“既如此，好人就不该再背恶名声呀！赶紧准奏停行前敕算了。”武后插话这样说，想了想，意犹未尽，又接着道，“依臣妾看，六经典文，要在济俗为政，还算有功。老庄之书，旨在养生自玩，并非安俗化民之术。若求性灵真要，两者都比不上佛理。下蛋少还要占大窝，不应该嘛。”

皇帝回道：“倒也不能如此偏执。儒教乃治国经邦之术，历代沿袭，未曾轻忽；李教说无为而治之理，主张返朴还淳，故亦不能过贬。”

武氏心怀抵牾，嘟囔道：“那三纲五常就像绳索捆身、大山压顶，让人伸手动腿不得，透不过气来。至于那长生不老之药，那羽化仙升之术，谁应验了？秦始皇、汉武帝，不都是因为服了仙丹丧命的！”

皇帝像是没听见似的，没有搭理武氏，还是自说自的，尽量地发泄积聚已久的胸臆：“奘师你等释子，也忒不知足了，既不解先帝尊祖、重亲之意，又斤斤计较于一个虚位，一再表奏抗辩，给朕出难题，只顾自己的面子，却不管朕的面子。你们要是争得了面子，那朕不就要丢尽了面子？面子既丢，那李家如何立身处世，朕又如何治国理政？敦本之俗、尊祖之风又如何畅于九有、贻诸万叶？”

几个反问让皇帝充足了气，鼓足了劲，坚定了决心，于是提起朱笔就准备批奏。才要落笔，却又犹豫了一下，左手拿起奏折又看了一遍，眼光在最后一行字上停住了：“玄奘命垂旦夕，虑更不见天颜，弗获后言，谨附启闻，伏枕惶惧。”

皇帝将奏折放回原处，沉吟道：“病还未平贴呢，不要因了批奏又转重了，朕岂不是又自找麻烦？再说，设若让远州僻县官员越规违旨、肆意滥刑之举蔓延开来，也难免要失民心违民意呢！也罢，就来个恩威各半吧。”

于是，他御笔一挥，批道：“所陈之事已闻。但佛道名位，先朝处分，事须平章。其同俗敕，即遣停废。师宜安意，强进汤药。”

皇帝放下朱笔，武后立即上前看视，又不无遗憾、不无忧心地说道：“这样批奏，法师能满意吗？会不会又积气成疾？”

皇帝成竹在胸道：“朕自有办法！”

武氏一脸狐疑，不知“办法”者何。

第五十八回

皈依佛用心一时难测　抗圣旨译经自有主张

在与病魔的较量中，由于皇帝的悉心关照和救治，玄奘算是闯过了一个生死大关。在护法方面，则只圆了半个大愿，根本问题并没有解决，心里当然觉得不爽。但转而又想：按俗法勘验敕令之停行，至少在眼下，举国僧尼不会再律外加律，额外受到俗吏的干扰，这个结果还是值得高兴的。因了这些缘故，玄奘接连奉表，一谢天恩矜愍，降良医，加针药，挽颓龄于欲尽，救营魄于将消；二谢圣鉴天临，敕停严科，令僧尼如入网之鱼复游江海、触笼之鸟还返长天。

在皇帝方面，他居高临下，对玄奘接到批奏后的心情、态度，估计得要差些，所以，看完谢表以后，他并没有因为里面的许多好听话而高兴，反而是心生恻隐、怜悯，认为那是在不得已之下的强颜欢笑。于是，他又下了一道诏令：接玄奘进宫，安置于凝阴殿院内西侧之顺贤阁，一面在服、食、住、医四事上加以照顾，一面就近随时在心情上给予慰抚。

玄奘接到皇帝接引入宫的敕令后，自然并未表现出太大的兴趣和热情。一来是病了一场，既耽误了译经时间，又消耗了身体，总觉得老天爷留给自己的日子不多了，剩下的气力也像漏壶里的水会越来越少，心里早就发急，对入宫侍驾、休养一类事儿，自然不太情愿；二来呢，更改佛道位次问题再次被搁置所造成的心理隐忧，也一时难以抹去，乃至成为其与皇帝之间的一层隔膜，虽然只是薄薄的一层，但却是真实的存在。不过，从大局出发，他还是遵旨了，只是加了一个条件：准允带领译经成员跟随入宫。

因为眼下正在翻译《阿毗达摩发智论》和《阿毗达摩毗婆沙论》，所以，跟随入宫的就是这两论的翻译人员，包括笔受者嘉尚、普光、海藏、神昉四人，执笔者神察、辩通二人，证义者明珠、惠贵、法祥、神泰、普贤、善乐、慧景七人，缀文者迻玄、静迈、慧立、玄则四人，正字者义褒、玄应二人。

既进住，遂约法三章：除玄奘本人及随侍可以在住所内外活动外，其余人等则仅限院内，一为保证译经效率，二是宫有严规。这样，他们便只能在顺贤阁的回廊上凭栏观看东面海池中的游船与波光，还有邻近的殿堂楼阁，如海池南边的凝云阁、凌烟阁，海池对岸的紫云阁，海池北的千步廊、毬场亭子，凝阴殿西的承香殿，等等。

进宫后，玄奘又面奏皇帝说："陛下既令玄奘充慈恩上座，纲维寺任，如今入宫，难免荒疏寺务；且玄奘与寺僧有约，每日斋讫、黄昏二时讲解新译经论，不时还得为诸州住寺学僧决疑释义，如今一皆无法酬答处分，如何是好？"

皇帝回道："朕令师入宫，为的就是摆脱寺务，好好地将息身体，待精神焕发之后，再忙碌不迟。朕已经顺了师偕同译经僧徒一起进宫之请，今儿又在想这想那，自讨苦吃，自寻烦恼，何苦来着！"

"皇恩浩荡，玄奘不敢须臾忘忽。"玄奘惶恐谢过，还是坚持己见，“然自度度他乃是玄奘的大愿，违约食言，劳众空等，能不疚怀？”

武后一旁看得清楚，便建言道：“依臣妾意，皇上就准允师一旬半月回寺打理打理吧。”

皇帝见玄奘一副执意不放的样子，只好说道：“好吧，就二旬三旬还寺一次，但须速去速回。”

季节的交替，花开花落，果红籽实，多姿多彩，有类于一只变化无穷的万花筒。人事也是这样，压根儿就想不到的事，倏忽间就出现了。

十一月初一日，早斋过后，玄奘和他的助手们正准备开始新一天的工作，忽然有御前给事王君德进来传敕说：“奉旨传三藏法师，速至显庆殿，皇帝、皇后在等候呢。”

玄奘听得明白，没半点犹豫，简单地对译僧做了些交代，便起身跟王给事走了。

显庆殿离凝阴殿不远，不一会工夫便到了。进得殿，只见皇后正和衣半卧在御榻上，皇帝就坐在榻边亲热与语。玄奘以为不便，正不知如何是好，皇帝已经站了起来，招呼他在旁边的一张椅子上就座；在此同时，皇后也起身坐到榻边，表示欢迎。

玄奘没有立即就座，而是作礼请安道：“皇上、皇后圣体万安。”

“要是万安，就不用法师劳动了。”皇后武氏心里有事，颇为着急地抢在皇帝之前说道。

玄奘一听，心里一怔，真的以为出了什么大事。

皇帝见状，立即解释说：“皇后正欠安呢。在妊已超十个月，可至今还没有一点儿动静。”

玄奘终于明白了，皇后遇到了麻烦事：难产。但转而又想：这与我何干？一个念经的和尚，能帮什么忙、起什么作用？

武氏看出了玄奘的心事，知道他误解了召他前来的意思，所以也觉得难为了他，不禁哑然一笑。皇帝则直截了当地说道："今儿召师来，只为法事，不为别的。"

玄奘仍然一脸茫然。

皇帝再解释说："皇后誓愿皈依三宝，特请师前来加持保佑，愿产育平安。"

玄奘终于明白了圣意，一颗悬着的心不仅踏实了，而且还有了底气，有了自信，于是用医师望诊般的眼光看了武氏一眼。这一眼，再加上短暂的会面，武后的形象却已如镂如刻地嵌进了脑子里：丰腴的面庞，容光焕发；非时的穿着，不拘流俗；动静无羁，进退有度；巧慧伶俐，能屈能伸；事急而心还定，痛苦不露声色；婉媚之中藏棱角，卑辞之中见自信；其言容易明白，其意难于辄测……总之，给人的感受是：欲亲还疏，既近又远，让人颇费忖度。

当然，玄奘能于瞬间做出如此这般的评价，也就能同时想出应对的办法，既能使圣心欢喜，又可令正教获益。刚才听了武后过期不产的话后，往事便立即浮上心头：母亲曾说过，自己在胎都快十一个月了，却仍然悠哉游哉迟迟不肯落地，让人好担心，只有郝妈是个乐天派，说什么这是圣人出生相，还举了些例子加以证明。

想到这里，玄奘高兴地对二圣说道："这是吉兆呢。皇后必定圣体安和无苦。"

一句话说得皇帝、皇后开了心，连连高兴道："那就好，那就好。"

可是，二圣的高兴劲儿还没收住，玄奘却又说道："不过呢，玄奘也有个大愿，请陛下和圣后思想思想。"

皇后问道："师有何大愿，赶快说来听听！"

“是呀，皇后既已皈依三宝，就是师的弟子了，有话好说，万事不难。”皇帝也这样应承道。

玄奘见二人都表了态，于是说道：“玄奘的大愿是：若皇后所生是男，平安之后愿听出家。不知二圣许否？”

你说结果会是怎样的？结果是：皇帝皇后听玄奘如此说毕，相互对视了一眼，竟然同声说道：“就照师所说做：若生男，当听出家！”

这样的结果，那是玄奘意想不到的。说实在话，玄奘的这句话，一半是戏语，目的是为了吹去皇帝与武后因难产而在心中积下的阴霾；一半是试探，借此测一测这位第一次见面的女主儿，她对正教是真皈依还是假许愿。没想到，真的没想到，喜出望外，喜从天降，能不高兴吗？！

玄奘之所以将这事看得如此不可思议，那是因为他不了解皇后当下的处境和心态。其实呢，皇后皈依，皇帝敕准生子出家，都有着其内在的必然性。从皇帝这方面来说，新皇后早已生有贵子，而且已经立为太子，大名就叫弘。储位已经有人，后来者签个僧位，一来可以让他亲自为李家王朝祈求福祉，二来也可杜绝其对皇位的觊觎，一举两得，何乐而不为？

从皇后方面看，情况要复杂些，得往前头多说几句。这皇后呀，身世很有些传奇色彩。其父武士彟，河东并州人士，早年与唐高祖李渊曾有交接，后复以大将军府铠曹参军从李渊平定京师，也算是对大唐皇朝的建立有所贡献，只是还远不能与开国元勋们相比，其门第自然也便与根深叶茂的望族有着相当长的距离。武后十四岁那年，太宗皇帝以其貌美、容止可观，召之入宫，封为才人。太宗驾崩，她与其他嫔妃一起，被送入感业寺出家。按常理，一个下等嫔妃落到此步田地，人生道路似乎已经走到了尽头，没有什么指望的了。可是,她却偏偏被小她五岁的今上看中,在王皇后怂恿下,重新应召入宫,并且进位昭仪。却说王皇后看中武氏,本意原是想给自己增添一个帮手、羽翼,共同对付正在得宠的萧良娣。可大出意外的是,武氏进宫之后却自有主张,她一面低眉侍候王皇后,一面则在皇帝身上下功夫,献媚撒娇,百般讨好;对其他嫔妃亦倾心相结,温和友爱,贿以所得赏赐。如此一来,武氏便既得到了主子的宠幸,又有了窥秘通报的耳目,不仅压住了当红萧良娣的风头,也不再将恩人王皇后放在眼里。当皇后与良娣一朝觉醒,重新组合进行反攻时,这才发现为时已晚。终于,一个是聪明反被聪明误,弄巧成拙,落得个被废的下场;一个是旧宠不敌新爱,风光不再,玉碎为泥,同样是个鸡飞蛋打的结局。显然,在宫闱内的钩心斗角中,武氏成了赢家。不过,这次一对二的斗争并非主要战役,最劳神费脑、最穷于应付的是来自背后和两翼的炮火。这些炮火由宗法制度与纲常伦理、历史的惰性与现实的守旧叠加而成,可谓众志成城,不可一世,防不胜防。皇帝曾想破例特置宸妃,以武氏为之,后来更明言要废旧立新,以武氏为皇后。在这些当要关口,顾命大臣长孙无忌、褚遂良同时挺身而出,冒死切谏,说武后并非出自令族、名家,又曾侍视先帝太宗,为天下人知,故不能立。侍中韩瑗则泣谏不成而再上疏复奏,以妲己亡殷、褒姒灭周故事相讽,并称如今作而不法,必然遗患后来。中书令来济亦上表,要皇帝以周文王迎太姒而兴国、汉成帝以婢为后而社稷倾沦为鉴。长安令裴行俭则说得更直接,明言国家之祸必自此始……诸如此类,不一而足。谏者不谓不忠,所言不谓不切,但都未能撼动天下一人的心关神府。终于,武氏成了大唐王朝的第一夫人,而由尼姑至第一夫人的飞跃,仅仅用了一年多一点的时间,可谓神速、稀罕、不可思议!然而,武氏并未以此为满足,从此鸣金收兵。她深知,现在虽然已经殊荣在身，但情敌、政敌败而犹存，史不谓卧榻之侧难容他人打鼾吗，要巩固胜利果实，要继续往前走，还得用心、用力披荆斩棘、清道除障。于是，在正式封后的次月，她便又发起了一场新的战斗。那时，王皇后、萧良娣已遭禁系，武氏不仅全然没有宽宥之心，反而是刑杖之外，又断其手足，既死还斩，无所不用其极。对于谏阻废旧立新的大臣，武氏同样决心斩尽杀绝，而且动手果断、迅速。早在废立将定未定之时，出头鸟裴行俭首先中枪，被贬为西州都督府长史；立新主意刚定，又贬顾命大臣褚遂良为潭州都督。下来这一年，也就是显庆元年，清道的脚步放慢了些，原因或许是忙于立新太子，多少分了些心；而中书侍郎李义府恃宠用事，暂时被贬，清道少了一个得力推手；三是皇后本人有孕在身，确保自身平安被摆到了首位。不过，还是有种种迹象表明，武氏仍然不会就此罢休，争斗正未有穷期！

不过呀，这世间的事，件件都有两面性。别看武氏在为一个女人的理想而奋斗时是个赢家，而在实际上，她在享受胜利喜悦的同时，却也同样存在着失败感、挫折感、孤独感。怎么说？良娣在临刑时就曾说过这样的话："阿武妖猾，我才落到这步田地！愿来世我生为猫，阿武为鼠，必定生生扼汝咽喉。"其中的深仇大恨能不让人胆战心惊？身受酷刑的人如此说，旁观的人又如何想？虽然迎着大风不得不襟口，遇着大雨不能不遮头，但只要人性不泯，不管是谁，心里总会有个感受，必定有个看法。从这个角度看，武氏也未必是个赢家。据说，也就因为良娣的这句话，武氏从此见不得猫，夜来也往往被王、萧披发沥血的惨象所惊醒。整日里怀着恐惧过日子，这哪里像个胜利者呀！一句女人临死前的话尚且让其惊魂难定，那么，足以将人困住、使人窒息的纲常伦理牢笼、宗法制度的铜墙铁壁，就更是严重的威胁了。此患未除，她能高枕无忧吗？

她能安之若素吗？她能不终日惶惶吗？在这样的心态下，她能算得上是一个真正的、彻底的赢家吗？作为一个心智超强的女人，她清醒地知道：自己虽然已经被立为皇后，却并不意味着从此摆脱了厄运，眼前是展现了一条金光灿烂的大道，但能否一直向前走、走到底，至今还是一个疑问。贪著的人有个特点：担心到手的保不住，又怕新的拿不来。武后现在的心态就是这样，吞到肚里的还未消化了，却已经为新胃口操起心来。命运的转折，起死回生，还有首事即功的喜悦与快乐，使她沉醉难醒、忘记了浅尝辄止训诫，又开始瞄准新的目标，梦想着获得更多的殊誉尊贵。她虽然知道，要使新梦想变成现实，还得走很长的路，需要砍除丛生的荆棘，跨越许多高山大河。因此她经常静夜自问：障碍如此之多，困难如此之大，单凭一己之力，至多，再添几个助手吧，这乾坤就能扭转了吗？可见，武氏对前途还没有足够的自信和把握，强人终于显出了软弱的一面：她也有踌躇蹒跚的时候，她心中也有一个别是一番滋味的人间苦海。

人呀，欲望越大就越想拥有更多，拥有越多就越怕失去，越怕失去就越无安全感，越无安全感就越想寻找靠山和庇护所，用意自然是使惊魂得到安慰，使孤舟有系泊的港湾。试问，武氏心仪中的靠山是什么呢？显然不是孔丘和老君二者，因为，他们一个是社稷的神主，一个是宗庙的太上，都是对付她这个桀骜不驯女人的大棍子。那么，除此之外，还有什么可以仰仗，可以依靠的呢？还好，她曾经有过一段为尼的生活，虽然短暂，但却曾听说过释迦文佛的尊姓大名，而且浅尝过其甘露与醍醐。他不是好施乐助吗？他不是乐于拔苦救难吗？他不是主张众生平等、人人都可以通过修持而成佛作圣吗？经过这一连串发问，武氏心中终于有了主意。

皈依的当日，皇帝、皇后即令内侍将早已准备好的袈裟、什物数十事取来，施与玄奘。接着，皇帝又亲自展开袈裟给他披上，倏然间，只见烟霞入室，兰圃在身，堂殿生辉，光彩满屋。玄奘俯首自视，只见袈裟色彩艳丽，浓淡相宜，裁缝精密，奇绝罕匹，那心中的欢喜与感激呀，自不必说。

此后五日，武后果然平安分娩！果然生的是个皇子！而皇帝、皇后呢，也果然不违诺言，准允出家，并赐号曰佛光王。

满三日，玄奘即为佛光王授三皈依，着袈裟。

满月时，复为之削发，进法服。

佛光王自出生后，虽由保姆、太傅哺育、教养，但为了让他从小就受到钟磬梵呗的熏陶，其居所就紧挨着玄奘译经的凝阴殿。

难产，为皇后皈依三宝提供了一个让外人信得过的理由。

生子，又为皇后交结玄奘并通过玄奘与佛教结缘而架起了一座便桥。

可是，玄奘对武后的“暴发户”历程还知之甚少，对其皈依、回向的真正用心也知之甚少，所以，桥虽是搭建起来了，但是不是真的道心相通呢？现在就来下个确切的结论，似乎还为时尚早。

显庆二年的正月一过，皇帝、皇后便动议驾幸洛阳宫。说出来的原因是：去年秋来雨多，湿气重，冬季不仅冷，而且长，就像是被南边的终南山堵住了似的，总是走不了，过不去。而皇帝近年来风痹之病渐显，畏寒怕冷。武后呢，产后不久，虽然平安，但也不得不防万一。总之，较为暖和的地方对二人都有好处。冬天的中州地面当然也冷，但四九天一过，它就敞开胸怀晒太阳，气温很快就升起来，再经东风一吹，水边的柳树就渐渐地绿了起来。处在中州怀抱里的洛阳宫，当然要比雄关叠嶂中的关中盆地暖一些了。

既有说得出的原因，莫非也有说不出的原因不成？是的，说对了，真是那么一回事。前面不是说过吗，皇后在宫闱争宠的斗争中虽然赢了，但却往往彻夜难眠，风声鹤唳，门动树摇，凡所响动，都会让她惊出一身冷汗。好不容易入得梦乡，却又遇见两只幽灵正冲着自己扑将过来，缺手断足、披发沥血，惨不忍睹的形象吓得她魂飞魄散、撕心裂肺般大叫。有道是：宁缺三顿，不少一眠。设身处地地想想，长此以往，这日子谁受得了，又怎么个过呀？这不只是缺觉少睡的问题，而且更有个心情紧张的问题。心神不宁，寿永难得，这可不是皇后所期盼的。她不仅要寿永，还要福、要禄。在她看来，无寿则免谈福禄，即使有了福禄，人都呜呼哀哉了，也没有任何意义。所以，她认为，寿是核心，是根底，是起点，也是终极目的。

这次移驾，武后提出要玄奘作陪，因为她心理上需要依靠这个新交的朋友；但说出来的理由却只有一条：佛光王既出家，玄奘既是亲教师，自然得随行指教。可玄奘却不太领这份情，只是嘴上没有说。前面说过，玄奘心里惦着的是译经，渐渐地对陪驾之类的事儿不再上心。至于佛光王，才多大的人儿，要教也早了点儿吧！所以，这次奉旨，其实并无多少喜悦的。好在，他已学会了提要求：还是要带上译经班子同行。结果，他的要求只得到了部分的满足，虽然不圆满，但《发智论》和《婆沙论》翻译的几个骨干都在列了。他自己安慰自己说："天下没有十全十美的事，圆满只是个理想。十五的月亮都不圆，还苛求什么！"

到了洛阳宫，玄奘并助译人员被安置到西苑东南部之积翠宫。对于译经来说，这里倒是一个绝佳的地方。西苑本来就在宫城之外，隋代称会通苑，又叫上林苑，由炀帝修建。唐武德年间改名芳华园。西苑东距宫城数里，西临孝水，背靠邙阜，南挨非山，洛水自西而东、谷水由北向南相会于苑内东南。既为御苑，其景物妍华，那是自然。要知道，它是由天下第一淫君隋炀帝亲自指挥设计的呢！在苑内洛水的东段，有一个由河道扩挖而成的水面，其宽阔犹如大湖，取名积翠池，因池水澄澈，所以也叫凝碧池。池中设假山，像东海方丈、蓬莱、瀛洲三神山，宫殿台观绕山而建，有如仙境。池边有宫，因池而名，积翠宫是也。其环境之绝佳，可想而知。

玄奘一行到来之后，十分喜欢这个安谧、宁静的环境，很快就开始了译经工作，而且抓得比平日要紧得多，真可谓是起早贪黑，追星赶月了。潋滟的波光，越长越绿的柳丝，霏霏细雨中的人面桃花，还有那随波摇曳的楼台倒影，等等，虽然近在咫尺，却一概被忽略了，被疏远了。

又是一个两头黑的日子。早斋完毕，天还没全亮，译经工作就开始了。因为人手短缺，今天将翻译次序作了一些调整：暂停《发智论》的翻译，将有限的力量全部放到《婆沙论》上面。工作时间也延长了，原来是天抹黑就收笔，可今天玄奘对大家说："趁园子安静，又是仲春时节，气序宜人，尽量多干些，要不，炎夏一到，事儿就被耽搁了。"

理由如此充足，谁还会有反对意见？就这样，埋下头来一干，又是一整天。当大家从译经堂出来的时候，西边夜空上的长庚星早就高出三舍了。

路上，普光抹了一把脸，像是要把一天的疲劳甩掉似的，然后带点失落感说道："总是这样起早贪黑的，今天不只是两头不见日头，简直是连五指都看不清了。到这园子都两个来月了，不要说整个园子，就是附近的景色都未能好好地看上一眼，亏不亏！"

走在旁边的慧立应声道："可不是？御苑嘛，肯定是天上人间啦。”

“怎么,耐不住寂寞了,还是心动了?”

玄奘和往日一样,工作结束后,总是要将经籍、译稿再清理一遍,所以,除了关门上锁的侍者,最后一个离开译经堂的人就是他了。普光、慧立他们说话时,玄奘正从后面赶上来,于是这样问了一句。

慧立一听声音就知道是谁在问,不禁吓了一跳,瞠目又吐舌的,好在夜里看不见。普光却心里镇定,回头笑着说道:“师父这么快就赶上来了,都听到弟子等说什么了?”

玄奘没有回答普光,而是说道:“不就是个御苑吗,堂殿楼台能比得过西京北阙,都看过了,还有什么新鲜的?”

“师父说的固然有道理,但不管怎样,这儿总是一个新地方嘛。”一向不太多话的嘉尚这时也凑上来搭话道,“师父不是说过,年轻时在洛京住过多年吗,肯定听说过这园子的不少故事,给弟子等说说,也好让我们增点见闻嘛。”

慧立在译经之余,正在收集资料,准备写《三藏法师传》,当然也想了解了解玄奘在洛京的行迹,于是也央求道:“请三藏为我等说说。”

玄奘无奈,只好说道:“建这园子时,玄奘年纪还小,哪里知道那些事儿。是长大后才听说的,并非亲自耳闻目睹。”

说到这里,玄奘停顿了一下,这才又接着道:“这园子方圆二百里,殿堂楼阁、亭台水榭无数,实在难以准确数说清楚。但有两件事让人听了不能忘。”

玄奘又停了停,显出不堪回首的样子,继续道:“这园子是从建显仁宫开始的。隋炀帝登基伊始,就下诏建造此宫,所用奇材异石,都是千里迢迢、跨山渡水从江南岭北运来的,园中的嘉花异草、珍禽奇兽更是网罗于海内各地。满园华宇尚不知足，又别出心裁地在园里挖了一条渠，叫龙鳞渠吧，自北向南注入积翠池。渠的两旁建了十六个院落，院院有宫有殿，有台有观，无不极尽奢华。院门一律面渠，岸上奇树异花，冬来复剪彩饰之；渠中画船彩女，玉箫金管悠悠。每院皆以四品夫人为主儿，而十六院的共主当然就是炀帝本人了，日夜宴游，不知晨昏。”

玄奘说完，长长地舒了一口气。普光、慧立等人听罢，非但没有一点儿欢喜，反而有点儿神伤。

玄奘在黑暗中瞄了他们一眼，问道：“怎么样，这园子美不美？”

嘉尚答非所问道：“偌大的园子，得耗费多少民力资财呀！”

普光接道：“还有人命、血泪呢！”

“听说，炀帝还不以此为满足呢。”慧立接话道，“晚年游幸江南时，仍然行乐不止，荒淫益甚。江都行宫中，房舍百余，房房设帐，房房住美女，每房轮流做主设宴，侍候炀帝、皇后，还有见幸宠姬千余人陪侍。虽见天下已乱，狂澜难挽，但仍流连顾盼于台馆之间，竟以亡陈后主叔宝自诩，最后落了个魂断练巾。”

玄奘明知故问道：“何以至此？”

嘉尚回道：“无非贪欲。”

普光补充道：“贪得无厌，欲壑难填，终至万劫不复。”

“究其根本，还是暗昧无明所致。”慧立像是在总结似的，这样说道。

玄奘问道：“你们现在还为这园子心动吗？”

众人无语。

玄奘油然道：“其实世界上最美、最令人心动的，莫过于天成之万象了。它不费人力，不耗民脂，全凭造化之功，未经雕琢，未失其真。”

“师父说得对,求法路上的风景才是最真最美的呢!”普光颇有感触地这样说。

慧立从普光的话中似乎得到了些什么启发,请求玄奘道:“既如此,三藏何不给慧立说说求法路上的见闻?”

玄奘以问作答道:“你不嫌长庚星高过三舍了?”

众人一听,不约而同地笑了。

玄奘道:“其他事儿以后再说吧,现在还是睡觉要紧,明天还得早起呢。”

四月末,玄奘奉诏至园子西边明德宫陪驾,在飞华殿住了几天。其间,皇帝问及其身体状况和翻译事宜。玄奘如实回道:“因为往昔过度耗损,随着年事渐高,精神、气力已远不如从前;只因大愿未遂,又久荷殊恩,不能不竭此寸心,罄此微命,多出译典,以申释尊正观微旨,报答陛下不次之恩。现在正在赶译《大毗婆沙》等论典呢。”

玄奘本来说的是句老实话,而皇帝却听出了别样的意思。就在玄奘从明德宫飞华殿返回积翠宫的第二天,给事王君德传来一道圣旨,是谓:

“师病愈不久,身体还虚,尚当善自调理休养。天下之事,大莫过人命。师当为国为法保重。其所欲译经论,应无者先译,旧有者放后酌情再译。钦此。”

玄奘接旨,一时紧张起来,座中诸助译僧见状,立即围拢过来看诏令。看毕,也都没了主意。

慧立道:“皇上关怀备至,三藏是应当善自珍重,不能再没日没夜地干了。”

静迈道:“静迈敬佩三藏伏枥之志,可奈何骥老?俗所谓欲速则不达，细水方能长流。这也正是皇上的深衷呢。又者，以迈所知，《毗婆沙论》此前已有译本，依圣旨，正在后译之列呢。”

嘉尚道：“《婆沙论》都译了快百卷了，停下来岂不是要前功尽弃！”

普光道：“不译《婆沙论》容易，可其余经论梵本都在长安，总不能现在回去取吧？如此一来，不是要白白地浪费时间了？”

玄奘听众人如此说，反而冷静了下来，等大家安静后，他这才开口道：“大家切不要焦急，容玄奘慢慢分说。如众贤所知，释尊教法有九经、十二部之说，其中之一部属自问自答法相的，叫《论议经》，这应该是最早的论典了。佛弟子，还有释尊灭度后的诸菩萨，就佛所说经进行解释、论辩，以明经义、法相，这就有了三藏中的论藏。大乘教的重要论典主要有瑜伽行派的“一本十支”，即《瑜伽师地论》和相关的《百法》、《五蕴》、《显扬》、《摄大乘》、《杂集》、《辨中边》、《二十唯识》、《三十唯识》、《大庄严》、《分别瑜伽》十论。大家知道，除最后二论或因已有旧译，或因与已出经典略同而未译外，其余都已于此前几年译出，可以说是穷源尽委地阐明了瑜伽行学派的法门，将五天佛学的最新、最高成果介绍到了中夏。但众贤尚须明白，小乘论藏，其中心是《俱舍论》，而自《俱舍论》往前追溯，则有“一身六足”，即迦旃延子所造的《发智论》与其他诸师撰成的《异门足论》、《法蕴足论》、《施设足论》、《识身足论》、《品类足论》、《界身足论》。其中，《发智论》文义广博，故称为身，其余六论从各方面充实、助成《发智》一论，犹如脚之于身，故称为足。后来，迦旃延子的弟子辈对《发智论》加以详细解释，并驳斥当时流行的各种异说，集而成为洋洋大观的《大毘婆沙论》。《俱舍论》则是世亲菩萨在吸收诸如《阿毗昙心论》、《杂阿毗昙心论》思想自由、无所执着、宏远玄旷的新学说、新主张之后，对《大毗婆沙论》的固执与保守进行批判而撰成的著作。《顺正理门论》和《显宗论》则是《婆沙论》的信徒、卫道者对《俱舍论》批判的反批判,也就是辩护词,目的在于维护本宗诸法实有宗义,理虽不足,但为宣扬有部正宗学说还是有所贡献的。"

普光听到这里,心中不觉生起疑问,于是说道:"既然《俱舍论》是对《婆沙论》的批判之作,自然高其一筹,而且已于前些年译出,师父说,它不仅保全了原本的旨意,还吸收了《顺正理门论》的合理意见,且将它糅合进新译中,自然是更有新意了。当时,师父介绍的许多西天诸师有关口义,弟子在《俱舍论疏解》中也引用了不少呢。《俱舍论》既已翻了,而且又在原来的基础上提升了一步,既如此,确乎没有再翻《婆沙论》的必要呀。"

法宝接着更进道:"更何况,《婆沙论》于苻秦世已译出十四卷,北凉时译出百卷,何必再三其功呢?不如将有限之精力更出未闻、未译者。"

玄奘听后很不以为然,说道:"关于《俱舍论》翻译情况,普光所说固然属实,但却不是停止翻译《婆沙论》的理由,恰恰相反,为了彻底通达《俱舍论》的来龙去脉,更需要进一步追根究底,穷溯它的源头,所以,不只要再翻《婆沙论》,还要翻译"一身六足",以及《顺正理门论》,包括其节缩本《显宗论》。只有这样,才能厘清有部学说的发展脉络,全面系统地介绍和阐明有部学说的宗趣义理。"

说到这里,玄奘看了一眼法宝,接着说道:"不错,此前《婆沙论》已有两译,但苻秦十四卷本翻译之时,正值戎狄纷扰,译事仓促,无论义旨、句味,往往未尽,连名惊四邻的漆道人安公都不满意。至于北凉百卷本,亦因凉境战事频仍,所译经卷,多已零落,所存不过数十卷而已。两译既非全璧,再三其功便在所必然了。"

众人听后,不再说话。

良久，玄奘慨然道："玄奘与《婆沙论》缘深啊。西行求法前，已在国内听习过此论，西游途中更是随时关注此论，于缚喝国停月余，从般若羯罗三藏就读此论，嘉尚、普光还记得吧，你们师兄弟几人还抄了其全文呢。"

嘉尚、普光笑着回答道："当时抄着抄着就睡过去了！"

玄奘继续说道："在迦湿弥罗国，为抄得铜牒三藏而停留了首尾两年，其中就有《婆沙论》。此铜牒藏本不外传，能够抄了传归大唐，弥足珍贵呀。嘉尚你们还记得吗，因携带了铜牒藏抄本，差点儿出不了其国门呢！"

嘉尚说道："后来是国王飞骑赶来亲自放行的。"

玄奘继续道："其他又如在阇烂达那国从旃达罗伐摩学《众事毗婆沙》，在禄勒那国从阇那崛多学《经部毗婆沙》，在羯若鞠阇国从毗离耶摩那三藏读佛使、日胄二人之《毗婆沙》，在那烂陀寺咨听《毗婆沙》，等等。"

静迈听玄奘如此不厌其烦地叙述其研习的情况，于是问道："三藏如此这般锲而不舍地追求《婆沙论》，那肯定认为它很重要啦？"

玄奘回道："这样说吧：释尊的教法，或者说，整部佛学，说到底就是一门心学，即有关内心活动的学问。佛的十大弟子之一迦旃延子，以论议第一见称，是名副其实的心学大师、巨擘。《婆沙论》则是迦旃延学说的集大成之作，既是心学的渊薮和雄关堡垒，也是弘宣法相唯识学者修学所必经之途径，亦即说，不学通《婆沙论》，就很难弄清法相唯识学的源头所在。所以，《婆沙论》及相关各论对于法相唯识学来说，实有导河积石之功用。其次呢，《婆沙论》还是佛学各派学说纲要的汇编，以及佛学基础知识的大全。论中对当时佛教各派的学说都有收录，有关佛教之种种法门如三界、五蕴、五位、七十五法，四谛、六度、十二因缘，等等，还有如“诸法无常”之类的显体诠理名句，也同样包罗殆尽，无论对何宗何派的学人，既是过桥问路、出乡入村的指南，也是治疏、治浅、治漏、治暗的良药。再次呢，《婆沙论》不唯是佛学的重典鸿宝，由于它同时罗致了许多外道的教义，所以还是窥视、乃至于深入了解五天人文学术思想的一扇窗户呢。”

玄奘一口气说了这许多，如数家珍，滔滔不绝，直至意尽才停了下来，轻轻地舒了口长气。

听者呢，则如醉如痴，就像陶渊明被樵夫引入桃花源，一时被奇异的洞天景致迷住了，好久好久才回过神来。

普光首先感慨道：“过去虽然抄了一遍此论，可对论旨却知之甚少，连囫囵吞枣都谈不上；这些月来虽然参加了翻译，可还是忙于笔受，也没有认真领会其中的意趣。经师父今日这样总结、指点，弟子这才茅塞顿开，知道此论居然这般的精彩……”

玄奘打断道：“茶香不是喝出来的，狼吞虎咽分不清糟糠、佳肴，只有细斟慢酌、细嚼慢咽才能品尝出其中的真味来。读书也是这样，读经更是这样。”

慧立既听玄奘如此说，于是表态道：“三藏既有如此真知灼见，那《婆沙论》肯定是一部大作了，当然要翻毕啦。”

嘉尚也接应道：“半途而废，将要留下多少遗憾呀！”

慧立见普光始终没有明确的意见，于是逼问道：“哎哎，普光，你说了那么多，可究竟持何态度呀？”

普光回道：“这还用说，不译岂不埋没了它的光辉？不要说已开了头，就是从头开始，也必须译，非译不可！”

众人中，静迈算是年纪最长的，人情世故自然要多些儿。他听大家说得有理，不好反驳，可又不敢赞同，思想再三，这才似问非问道:“可敕令已下,再译,不就是抗旨吗?”

慧立对静迈的说法很不以为然,说道:“三藏可以上表申述理由呀!”

嘉尚、普光同时把目光投向玄奘,说道:“是呀,师父可以上表申述理由呀。”

玄奘从容道:“玄奘心里也是这么想的。不完整地译出《婆沙论》,则无法追溯小乘佛教,特别是说一切有部学说的源流,当然也就不能反映出它的全貌和系统性了。”

慧立、嘉尚、普光他们虽已认识到《婆沙论》的重要性,也赞同玄奘上表抗辩,但还是担心道:“皇上会准奏吗?”

玄奘似答非答,心情沉重地说道:“要不然,以后就没有机会了,不仅计划被打乱,本怀也无法实现了。”

第五十九回
荒坟拟迁谁人申罔极　风雨骤至何处求庇所

译经的事，玄奘坚持按原定计划进行。表上，皇帝一看，无奈地叹了口气，嘴上没说什么，心里却嘀咕："你这法师就是犟，朕本来是想让你少做些重复工夫，节约些气力，保养保养身体，可你却不能体会朕之深衷，喋喋不休地说了这许多话，摆了这一条又一条的理由，固执己见，非要与朕较个劲不可。好吧，就顺了你的意，算是朕白费了一片心。不过，这可是你自讨苦吃，今后出了什么事，可别说朕不关心。"这样想毕，顺手提起御笔，在原表上批了两个字：准奏。

玄奘得知皇上照准所奏，自觉大事了却，高兴不已，心情自然也就舒畅了许多。

只可惜，好景不长，这舒畅心情很快就没有了。

了解玄奘身世的人都知道，其出生地就在嵩山脚下缑氏县凤凰谷控鹤里之陈村，西北距洛阳宫不过几十里。父亲死后，他即随二哥长捷法师至洛阳净土寺修道。大唐立国当年，玄奘十九岁，兄弟二人结伴自洛阳至长安参学。此后至贞观十九年自天竺求法归来至洛阳宫觐见太宗皇帝，违离故乡总共三十五年，可谓阔别。

但凡正常的人，一般都有三种难舍的情怀，一是孝亲敬友之情，二是怀乡之情，三是爱国之情。玄奘的爱国情怀，从一去一回的求法历程中已经表现得淋漓尽致。在那时，去国与怀乡是紧密联系着的，乡国乡国，乡与国其实是一回事，人去国越远、越久，思乡之情就越深、越切；在茫茫宇宙、浩浩人海中，他的一切依靠，他闯荡天涯的力量源泉，就是这个乡国；往往是一点儿小事，就会撩起缠绵的乡愁，使人望断乡关；又往往是这个令人眷恋的乡国，被他当成大后方、大后盾，大靠山。后来，他回国了，几乎是从踏进国境的那一刻开始，心中思念最切的“乡国”很快缩小为“家乡”，当此之时，他蓦然发现，心的一半落地了，踏实了，而另一半却仍然悬浮在空中，乡关的情结还没有彻底解开。现在，他处身国之怀抱，心却油然想起了生他养他的那片乡土。那片乡土就像一块巨大的磁石，对他具有无法抗拒的吸引力。

不过，当玄奘回国后第一次赴洛阳时，情形却有些例外，因为那时旧担子虽然放下了，新担子却又立即上了肩，而且还不知路在何方，所以一时还无暇顾及还乡回家的事儿。可当他第二次，也就是这次随驾而来时，心情就多少有些不同了：译经间隙，忙碌之余，近看洛水，远眺嵩岳，都自然不自然、有意无意地勾起许多往事，陈村的炊烟，永泰寺的观音像，仙人王子晋遗鞋的凤凰堆，法王寺的佛舍利塔……一一浮现在脑海，抹都抹不掉。

终于有一天，玄奘再也克制不住思乡念祖的冲动，忙里偷闲回到了常常魂牵梦绕的陈村。

自然，玄奘进村后的第一个要紧去处，就是那曾经的家——“陈府”了。不过，在他的想象中，这陈府早应名存实亡，府已不府，说不定就只剩下一堆瓦砾,还有杂树和荒草。可是,当他到达记忆中的地点时,却大大地吃了一惊:大门的墙面、檐口、复瓦虽然旧了些儿,但仍干净、完好,那两扇黑色、厚重的木门扇几乎是依然如故,两旁的青石门墩光光的,显然是经常有人坐过……凡此种种不可思议的现象,无一不使玄奘纳闷,百思不得其解:“莫非三哥他大难中捡了一条命,回来……”然而,刚刚闪出的念头立刻就被否定了:“不不,不可能,离开洛阳前夕,自己和二哥还专门打听过他的消息,可得到的总是摇头和叹气,一点儿希望都没有,这会儿怎么会有奇迹出现?”

正当玄奘盯着大门发愣的时候,突然有个人从旁盯着他发问道:“这位法师就是陈家的老五祎儿吧?”

玄奘闻声,回过神来,也盯着身边的人快速地打开记忆的闸门。很快,他就不胜惊喜起来,反问道:“你老不就是里正正德叔吗?”

老者一听对方的话,立即确认了其身份,一下子将他紧紧地搂在怀里,枯泉再涌,两行热泪扑簌扑簌地滚了下来。

良久,老里正松开怀抱,将双手搭在玄奘的肩上,再次仔细地端详起来,然后说道:“祎儿呀,你不是从天上掉下来的吧?这么些年,你都到哪里去了呀?”

玄奘没有回答老里正,噙满泪水的双眼只是盯着那大门不放。

老里正看出了玄奘的心事,于是向他解释道:“这是华爷和郝妈的主意,他们去世前都有过交代,说:‘这么好的人家,这么好的房子,不能就这样任凭它荒废了,不如暂时用作公所,时常有人扫洒、拾掇,房子反会保存得长久些,公私两利,岂不是好事?’”

说着,里正牵了玄奘的手,一同朝大门走去。推开门,进到前厅,里正指着墙上贴的两张告示就要解释,却见玄奘回头朝着大门在看,便说道:“法师在想什么吧?”

“在正德叔面前,我永远是祎儿,就别叫法师之号了。”玄奘说道,“祎儿在想,这大门好像没上关,不管谁,也不管什么时候,随时都可以进来?”

老里正一听,不觉笑了:“祎儿还不知晓呀?托朝廷的福了,太宗皇帝实行新政,轻徭薄赋,几十年来,国泰民安,生活就像地里开花的芝麻,一节比一节高哩。沿路你没看见?桑、榆、枣诸树连垄,禾稼弥望,牛马遍野,民物蕃息,斗米不过四五钱,外户不闭,路不拾遗,人行千里不用斋粮,这样的盛世,谁还缺啥、少啥!”

玄奘一面听,一面连连点头。

老里正见玄奘已明白了其中的所以然,便转而指着墙上的两张告示说:“这是乡账,是去年岁末里民自报田地阔狭、多寡及收成的数字,已经上报乡里,再由县、州逐层汇总,上报于户部。那张是计账,是来年应缴纳之课役数目,也是要上报户部度支的。还有,这是上头临时所需之课税,先告示而后征收,种田纳粮,天经地义,何况数量又不大,大家都乐意缴纳呢。”

玄奘听后叹道:“政清令明,真是盛世熏风啊!”

老里正介绍完毕,像是放下一副重担似的,说道:“好了,祎儿你终于回来了。华爷、郝妈还说过,日后若陈家后人回来,这房子就物归原主。现在是时候……”

“正德叔,祎儿想问你老,这几十年来,我三哥一直没有消息吗?”玄奘打断老里正的话这样问道。

老里正听玄奘问起此事,眼光立即黯淡下来,同时轻轻地摇了摇头,说道:“在那个黑暗的年代,遭难的人何止一个两个,说不尽数不清啊!”

老里正虽然没有明确回答,但玄奘已经知道了结果,不再言语。

停了停，老里正眼里忽然闪现出光芒，喜盈于色说道："你爹曾悄悄告诉我，芸儿，就是你大姐，是跟了张六伯的儿子全宝走的。他老家好像是在北边的瀛州吧，对，就是瀛州！我这就托人找寻找寻去，若还健在，你们姐弟既可团圆，这房子也就又有主了。"

玄奘急忙回道："老叔，这可使不得。老叔若能托人帮祎儿找寻芸姐，就已经是大恩人了。至于这房子，要不是乡亲们细心照料护理，它就是铁打的也经不起几十年的风吹雨打呀！何况，祎儿既已削发，已经有了天下众生这个大家，戒律又有明文规定，僧家不可蓄财。而芸姐呢，若还健在，则说明她也有了幸福的家，哪里还能顾得上这边的事？所以呀，这房子就按原来的办法，公用吧。"

停了一会儿，玄奘关心问道："是老叔在管这房子？"

"不不，是大伙儿一起管呢。"老里正回道，"你叔我如今已是老来无事一身轻，平日里多来几趟照看照看，让后辈少操些心罢了。"

玄奘又问："老叔如今高寿？"

"现年八十，小你爹五岁。"说到这里，老里正叹了口气，"哎，要是遇上明时，惠哥也不过耄期之年啊！"

一句话触动了玄奘的神经，他趁机说道："祎儿此次回乡，一来是探视探视阔别多年的乡亲，二来是给爹娘扫扫墓，一尽人子之孝。只是，爹娘仙升时，祎儿年在丱岁，不认得坟茔所在，如何是好？"

老里正回道："老叔我当年正是主殡者，大致所在不难确定，只是当时世乱年荒，葬事不周……不过，记得是刻砖勒铭了的。"

玄奘高兴道："那就太好了，老叔你指个大概方位，祎儿自个找找去。"

就在老里正与玄奘转身正准备往外走时，只见门外宽广的场子上聚集了一大群人。玄奘不免心生疑惑:他们是什么时候来的?又是为什么而来?而老里正一看一想就知道,一定是有人看见村里来了和尚,又进了陈家的大门,再联系起这家的往事,猜想肯定发生了天大的事,于是一传十、十传百地传了开去……他心里有了准数,便很有把握地对玄奘说道:“祎儿,这都是来看你的!”

玄奘听老里正如此说,赶快站到台阶前,不住地合掌作礼。因为太过激动,嘴唇虽然在不停地翕动,却一句话都说不出来。

最后,还是老里正先开了口:“乡亲们,你们现在看到的这位法师,就是陈家的老五祎儿,我也是刚见面,刚知晓他曾远赴西天求法,归来后一直住在京师长安弘法译经,年初随驾至洛阳宫,今儿回来,一来是想念乡亲们,二来是给令尊惠公及老夫人扫扫墓。时间紧,今儿个就这样和大家见个面,以后再请祎儿,不不,再请法师来村里说法布道,说说如何做人做事的理儿,好吗?”

人群中响起了一阵热烈的掌声,还有喊声:“望法师多回乡化导化导!”

当玄奘走下台阶时,人群立即往两边闪开,让出一条道来。玄奘从道中走过,不停地向两边作礼、祷祝,喃喃念道:“南无弥勒菩萨! 乡亲万福,家乡万福!”

玄奘在老里正的带领下,才走不到两里路,便来到东南面的嵩山脚下,只见一片二三亩宽窄的坡地上,杂草、灌木丛生,乱坟隐约,不下几十、上百。颇费了一番周折,他们终于找到了陈惠的墓冢,坟头几乎没了形状,幸好那块用青砖制作的所谓墓碑,还没有完全被岁月和尘土淹没,稍微拨去干草枯叶,就露出了“陈惠”两个字,再往下去掉一些积土,又露出“之墓”两字。经老里正确认,这的确是他当年亲手埋下的那块。之后,根据老里正的记忆,又在陈惠墓冢的左旁找到了其母亲宋氏之墓。

事情进行得还算顺利,但玄奘却高兴不起来。他虽然在双亲坟前行了九叩大礼,但仍然是十分疚怀:俗话说,万事孝为先。可数十年来,身为人子,不仅将双亲的冥宅冷落在如此荒僻的山野,而且一直未曾有过杯酒支香祭奠,心里真有说不出的千般自责、万般惭愧,何止无颜面对,实更难以自容。

老里正看出了玄奘的心事,一旁安慰道:“祎儿不要悲伤,找个时间,叫乡亲们帮着加些封土,修个坟圈,立方石碑。”

玄奘回道:“谢谢老叔想得周到,祎儿也有此意。只是这次乃随驾而来,身不由己,凡事更不敢独决。这件事,待祎儿奏过皇上再安排吧。”

老里正点头道:“也是。”

从陈村回来后,玄奘很快给皇帝上了个奏表,将具棺改葬父母遗骸,用答昊天、以申罔极之情的愿望、心情,以及请假还乡,请乡亲帮忙诸事,奏了个明白。

皇帝接到奏表时,黄门侍郎兼中书令杜正伦、中书侍郎李义府正好在场。

皇帝看毕奏表,止不住笑道:“新鲜事,新鲜事,和尚中出了大孝子!不是说,出家人不拜君亲父母吗?可三藏法师却要请假还乡扫墓,还要迁葬父母坟茔,真是稀罕事。二卿之意如何?”

李义府应道:“陛下说得对,是稀罕事。北周宇文邕就曾说过:父母养育恩重,弃亲向疏,是为不孝。本朝太史令青山白云人也曾说过:削发为僧,对君亲只拱手作揖而不跪拜,是为不忠不孝。”

杜正伦对李义府的谀言颇为不屑,话中带刺道:“哟呵,李侍郎对诋佛之言记得真是确切呀!”

李义府的心像是被蜇了一下，嘴角、眼角都同时扯动起来了，但因为面前所对，一个是皇帝，一个是上司，不好申辩、发作，只好皮笑肉不笑地隐忍了事。

杜正伦也不再理会他，转而对皇帝道："微臣对释教之孝与不孝，倒有不同看法，不知可说否？"

"说，当然可以说，朕不是问卿的看法吗？"皇帝高兴地回道。

杜正伦既获恩准，于是说道："微臣以为，宇文氏与太史令之辞，其实是只见其表而不明其里。以臣所知，佛教东来伊始，即有敦煌菩萨竺法护译出《盂兰盆经》，目犍连乞食饷母故事由是盛传神州；刘宋时京声又译出《净饭王涅槃经》，如来临葬担棺事迹更为中夏四众所传颂：释尊得知父王病危消息后，立即从摩揭陀国之灵鹫山赶回迦维罗卫国去探望，净饭王既崩，佛陀与其弟难陀、堂弟阿难、儿子罗云争相担棺送葬，其纯孝之情不仅感动了无数百千眷属、四大天王及属下鬼神亿百千众，同时也为后世有情众生树立了行孝榜样。由是知，僧人弃父母妻子出家，不过是为了断恩爱、除贪著，定下心来修道证果罢了，何来不孝不敬之罪？"

皇帝质道："既出家，不赡不养不教，如何谓之孝？"

杜正伦回道："微臣还曾读诵过两部经，一部是《佛说父母恩难报经》，一部是《佛说孝子经》。经中说：佛陀以为，尽礼侍候、慈心供养父母是应该的，但即使能以甘露百味资其口、天乐众音悦其耳、名衣上服以耀其身、两肩荷担周游四海，持之以恒，始终不懈，直到命终，那也不能说就是至孝、纯孝。"

"如此之行，还不算至孝、纯孝，那怎么做才算呢？"这回是李义府质难了。

杜正伦横了李义府一眼，回道："劝说父母戒除强词夺理、横行霸道、凶虐暴戾、沉湎酒色、淫佚放纵、少廉寡耻、阴柔狡诈诸恶行，去暗转明，奉信三尊，恒持五戒，守信不欺，和顺孝悌，行直不曲，乐善好施，心净智慧，一句话，依法而行，持戒而修，入三昧定，发智慧光，最后使之出生死海，得安乐自在，而且永不退转。设若人人如此，家家如此，则国泰民安、天下和洽可期矣。佛陀说，如此之孝，才是真正之孝。不然，则虽百般赡养，犹不为至孝。”

皇帝听得高兴，问道：“戒律中果然有如此条文？”

杜正伦回道：“微臣岂敢在陛下面前杜撰胡说！比以上《难报经》、《孝子经》要求更高的是《梵网菩萨大戒》。此经强调，孝顺不仅是对生身父母而言，同时也是对佛法僧三宝而言。其中，父母不仅包括现生父母，还包括过去父母。而一切众生在过去世又都曾为人父、为人母，自然，孝顺过去父母，也就是要孝顺一切有情众生。佛陀不仅如此强调，还以律条的形式确定下来，作为过去、现在、未来三世比丘、比丘尼必须执持、遵守的行为准则。可见，佛教不仅崇尚孝道，而且还将孝敬面扩大至一切众生，并认定，这样的孝道才算是大孝、至道之孝。”

皇帝听罢，似有所悟地说道：“果如卿所言，这岂不是有类于孟圣人‘老吾老以及人之老’的训诫了？”

杜正伦回道：“陛下睿智独运，所言极是。儒释二道，设教虽殊，而崇孝无别。有人不仅不理解僧家遁世以求其志、变俗以达其道的良苦用心，反而以此为口实，谓其不忠不孝、蠹国耗民，岂止有失偏颇，实乃居心叵测也。”

皇帝认真道：“如此说来，三藏法师确是名副其实的孝子，朕应当准他的假，让他回乡迁葬啦？”

这边皇帝话音刚落，那边皇后已经抬脚跨进殿来，并且发问道：“皇上与二卿在讨论什么呀，这般热闹？皇上还要准谁回乡迁葬？”

皇帝拿起案头上的奏表，招呼武后道："来来来，你也过来看看，朕该如何办才好？"

武后接过奏表，仔细看了一遍，说道："陛下当然应当准假啦。不仅应当准假，公家还要助他一把呢！靠一个和尚去迁坟改葬，要耗多少日子？费用又从何处来？请乡亲帮忙，这倒也不失为一个办法，只是，乡亲们讨了功，可朝廷的面子往哪搁？皇上既想沾手，何不将好事做到底？"

皇帝说道："皇后的意思，是由公家出钱出力帮他迁葬？"

武后道："一个坟头，能费多少工，能花多少银钱？不过表示皇上关怀体贴之意罢了。把事办得妥帖，法师高兴，天下人称赞，朝廷不又多了一份风光？一举几得的好事嘛。"

皇帝听武后说得有理，便下敕道："听旨：法师营葬所需，并宜公给。"

玄奘迁坟改葬的事，因为有了半个月的长假，有了乡亲们的关照、帮忙，特别是有了朝廷的资助，选址、鸠工、整地、造棺、重新入殓、移葬、封土、树碑等等诸事，进行得都很顺利。

就在迁葬事宜开始后不几日，芸姐在儿孙的陪同下，也赶到了陈村，自然就安置在"陈府"里。乡亲邻里早就为他们准备好了床褥盆钵之类的用物，布置得俨然一个新家，处处显示出温馨与温暖。

就是在这老屋里，玄奘与芸姐重逢了。童稚别离，垂老相见，说不尽的思念与痛苦，一时化作大海波涛，奔腾激荡。姐弟俩相拥而泣，任凭泪水纵情流淌。他们一面哭，一面追思母亲的劬劳、父亲的远任、三哥的憨厚，当然也不忘姐弟如何结伴到村头永泰寺拜观音的事儿。

芸姐说:“也许真的是观音菩萨显灵、发慈悲的缘故吧,当我俩从寺院回到家时,父亲从江陵回来了。还记得吗,虽然你出生以来从来未见过父亲,而见了面呢,就紧紧地搂着他大哭了起来。”

玄奘不胜感慨地说:“是的,我也不知道是为什么。记得我当时见到父亲时,既觉得陌生,却又觉得特别可亲。当父亲紧紧地将我搂住时,我顿时感受到他的胸怀是那样的宽大,依偎着他,就像靠着一座大山,第一次有了安全感,第一次感受着从未获得过的爱和温暖。也许是因为期待的时间太长而感到委屈,也许是愿望的实现太过突然,我哭了,大声地喊了一声“爹”,像是生气,更像是撒娇。”

回忆是痛苦的,凄凉的;而在生离死别数十年后能有这样一个一起回忆往事的机会,却又是幸福的、快乐的。正因为如此,姐弟二人一时哭,一时笑,哭笑交替,回忆的痛苦与相聚的欢乐交织,难辨难分。

迁葬仪式的最后一项,玄奘,还有他的弟子嘉尚、普光、法钦,还有永泰寺尼众,在新坟前举行了一整天的祈祷诵经法会。陈村远近的乡亲们也都参加了,一来是对心目中的好人表示追思,二来是要亲眼看看本乡本土出来的名人。

玄奘与大姐分别的时候,两人都没有多说什么。大姐知道,祎儿已经不是昨日的孤儿,他如今以天下为道场,有了一个以众生为眷属的大家庭,再也用不着大姐的念叨与呵护了。玄奘也知道,大姐要走了,但她不是孑然一身,更不是月黑风高夜的逃难,她有儿、有孙跟在身旁,搀着她,扶着她,护着她,走的又是艳阳高照的大道、通向团圆的大道、通向康乐山乡的大道。相互都没了牵挂,无声胜有声,再有言语就是多余的了。他们笑着向对方挥了挥手,便转身奔各自的路去了。

迁葬事耽误了半个多月，回到积翠宫，玄奘便急着重铺摊子，继续译经。当天夜里，他就像往日一样，趁静开始读诵梵本，朱点次第，为次日翻译做准备。可没过一会儿，迁葬期间留守宫内的慧立却悄悄地来到跟前，接着还神秘兮兮地回头往门外望了一眼，然后压低声音对玄奘说道："三藏不在时，慧立到城内寺院游观，无意中听人议论说，前年因皇后废立事，长安令裴行俭和顾命大臣褚公于去年已被贬谪，一个往西州，一个往潭州。数月前，褚公复由潭州更远贬至桂州。这些个，三藏以前或已有所闻。现在呢，事情闹得更大了，侍中韩瑗、中书令来济去年才拜的新职，如今也都被贬降了，一个为振州刺史，一个为台州刺史。褚公则第三次被贬，而且由都督降为刺史，处所远在最南鄙的爱州呢。可与此相反，另一拨人马，却腾云驾雾似的，节节高升。李义府去年才由中书舍人擢为中书侍郎，今年又兼了中书令。许敬宗则由吏部尚书擢为侍中。一个个大权在握，威风凛凛，颐指气使的，这到底刮的是什么风，要下的又是什么雨呀？"

玄奘听罢，显出一副若无其事的样子，回道："铁打的衙门流水的官，你来我往，浮沉升降，再自然不过了。看你风呀雨的，是不是有点儿大惊小怪了！"

慧立固执道："可这一个个大官重臣，或者曾与三藏有过交往，或者就是钦定的监译大臣呢！"

玄奘仍然无动于衷道："那又怎么样？不是有的贬了，有的升了吗？这与交往不交往、是不是监译大臣何干？"

慧立不无担心道："只是，被贬谪的，该不该且不说；升的呢，人心却不服呢。听说那新擢中书令曾出狱中美女纳为妾，恐事发，又逼死大理寺丞，侍御史知而弹之，非但不为皇上听纳，反而招来大祸，被贬为莱州司户……"

“阿弥陀佛，居然管起俗事来了！尘缘未断，如何去化度群迷？”未等慧立说完，玄奘便念佛嗔道。

慧立辩道：“晚辈是怕累及三藏与译事呢！”

玄奘回道：“你看你，又是怕这，又是怕那的，这不是杞人忧天、自寻烦恼吗？”

慧立原本是当要紧事来讨主意的，没想到却碰了个软钉子，一时没了话头。

玄奘趁此催道：“夜深了，赶快睡觉去，明天又要开译了。”

慧立离去了，玄奘却为他所说的事动起了脑筋。别看他与慧立对话时脸上平静，一副事不关己高高挂起的样子，可心里呢，早就敲起了小鼓，心想：毫无疑问可以肯定，朝中出大事了。

本来，玄奘是个尘外人，认定自己的职责只在于播撒善种，培植善根，建造一个没有苦、没有贪瞋痴、常乐我净的世界，不问世俗的纷争；何况，皇帝家里的事，深宫高墙内的事，其实是难分是与非、对与错的，避都来不及，谁又愿意没事去趟这浑水？以往呢，只是为了弘法的需要，为了实现佛陀设计的极乐世界蓝图，才不得不与国王交结，争取他的护持，虽然无奈，但却必须去做，原因只在于皇帝老子握有呼风唤雨、生杀予夺、一言定鼎的威权。让人欣慰的是，自归国建立法席以来，诸事都还算通畅顺达。先帝太宗胸襟宏旷，能纳百川，且又钟情释教，存心护持，殊恩如霈；今上登极，因循不改，继往开来，礼遇不减从前，实正教之多幸，玄奘之多幸。不过呢，风生必水起，凡事都有个征兆，这次城门失火，会不会殃及池鱼，不能不多加观察、多加思考啊。当然，到目前为止，尚无明证说皇帝、皇后曾慢待过正教，但亦非一点摩擦都没有。有关僧尼依俗法勘验敕、僧道先后位次敕、译经次第安排敕的颁行不就都是例子！刚刚下达的有关僧尼不得受父母及尊者礼拜的诏令，不又是一个例子！虽然，这些诏令或者已经收回，或者无关大局，但总是一个态度呀！至于皇后那边，如果慧立所说的事儿属实，先不说刚封后就贬黜大臣有理无理，应该不应该，对政局又有何影响，仅从佛教的角度言之，却不由得不让人质疑，她的悲悯情怀究竟有多深，其皈依三宝的用心是不是就那么单纯，都很难说。只看眼前的事儿，事发如此突兀，来势如此凶猛，连顾命大臣、朝宰都不能存身自保，接下来的风雨有多大，谁能说得准？俗话说，常在河边走，哪能不湿鞋。慧立说得对，为法计，自己曾频繁出入宫禁；为法计，自己也曾与不少朝廷大员有过交接。言语之间，谁能句句都过过秤，保证斤两无出入？无意遇有心，灾祸必缠身，这样的例子不少，自己能担保就不会成为其中之一？

想到这里，玄奘忽然记起了薛婕妤在受戒后的嘱咐："京师天气变化大，师要随时注意冷暖。"当时听之，颇觉诧异，不理解她何以口出此言。今儿个思之，才佩服她的明敏，才晓得其话中的深意。她住在宫禁内，知道的事情多，必定早就有预感了，只是不便明说，于是假天气为诫。是呀，雨随风至，是该找个稳妥的庇护之所了。

九月下旬的头一天，译经的活儿突然放慢了。还没到午时，玄奘就放下手中的经卷，像往日结束工作时那样，将案头上的东西一一收拾好。弟子等人众看着觉得奇怪，一齐向他投去疑问的目光。玄奘见后，也不问缘由，便说道："今儿译经活儿结束得这样早，是想给大家说个事。昨日，玄奘给皇上进了个表，请求敕准进嵩岳山寺修道，就问你们一句：愿不愿意一起同往？"

此话一出口，法钦、普光等几个弟子都惊讶不已，纷纷表示道：

“这宫里的条件好好的，为何要挪窝？”

“山里缺这少那的，弟子等还年轻，无所谓，只是师父你那身板子受得了吗？”

“进山修道，那还译经不译经？”

“师父决定的事，自然有其道理，弟子等能不赞同？只是皇上那边，能通得过吗？”

“连洛阳都不住了，难道长安也不回去了？”

“这事儿来得太突然，师父能不能说说原因？”

玄奘无法对众人的意见置之不理，于是说道：“你们知道，要证菩提，求涅槃，出离生死海，必须有足够的资粮，有借以渡河过海的船筏。资粮者，船筏者，即戒定慧三学、四谛、十二缘起法诸妙行、净业。修此妙行、净业，就像一个旅人带了盘缠，可资远行，到达目的地。缺此，则会永远流转轮回于六道之中。而如此修行却不是一蹴而就、一桨可渡的。遗憾的是，三界众生不知此理，为烦恼所缠，沉溺于生死之河、处身于火宅之中而不知出离之正道何在。你我身为释尊法子，能不忧心、焦急吗？”

普光插话道：“所以师父才如此日夜不停地翻译佛典呀！”

玄奘听了普光的话，没有理会，而是轻轻地舒了一口气，继续说道：“身者，不过是四大和合的假有，并非常住之体，它的脆弱易摧，并不比岸边的树、旱田的水保存得久些，随时随地都会缘散命终。而玄奘眼看就到花甲之年，真是岁月如梭，白驹过隙啊！”

慧立见玄奘话语有些苍凉，于是相慰道：“三藏不需以此为叹。好人有好报吗，三藏为法忘躯，一向以苍生为念，离期颐之年还远呢！”

玄奘摇摇头，说道：“自唐纪伊始，至于贞观十九年，因求法拜师，十数年如一日，辗转于途，寒暑不避，神州赤县，雪岭胡乡，无处不到，何止万里！每日里忙个不停，心与形俱役，早觉身体疲惫，近年来更是每况愈下，远差往昔，眼看得余年有限，而资粮未充，瞻前誓之旦旦，顾后路之遥遥，能不伤怀嗟叹？”

“师父太自谦了，资粮未充之话从何说起？”嘉尚不同意玄奘的自我评价，“传誉五天，携归大藏都且不说，回来才几年，就已译出宝典几百卷。记得师父说过，这些经典都是佛说四《阿含》、经律论三藏之宗要，大小二乘之枢轴，由凡证圣之行位、法门，无所不包，佛学所有之文义，应有尽有，学者的分流划派也可从中见其梗概，因此故，并为五天称咏，以为镇国之重宝，现如今都陆续译出流布，如此大的功德，怎能说资粮未充呢？”

玄奘摆摆手，回道：“这还算不得什么大的功德，也算不得资粮充实。玄奘微生多幸，时逢圣明，既蒙先朝不次之泽，又荷今上非分之恩，隆礼殊遇，四事供给，无不超越前贤，故凡所作为，都应是天波润泽、日月临照之结果。然国恩浩荡，所报不及万一，功微而誉隆，犹如燕石充宝，驽马取贵。艺业空虚而久冒天恩，扶躬自省，能不惭愧、战兢！何况佛有明训，少欲知足。不可违背啊！”

说到这里，玄奘停下来清了清嗓子，再继续道：“你们是知道的呀，所谓资粮。也就是善根功德，其中又可分为福德资粮与智德资粮。前者即持戒、布施、忍辱、精进、禅定、智慧六度行法之前五，后者即第六之智慧。智德即修正观以证菩提之智，而修正观，一要读经，体会四谛十二因缘之理，二要修禅，由定而生慧。玄奘长久以来唯专志于佛理，而疏于禅定。可灭障除烦恼，必须定慧相资，如车之两轮，缺一不能运行。以是故，不修禅定，则难以制服心猿意马；而心贼不除，则难达菩提彼岸。你们知道不？在朝食禄之士尚且归隐辞荣，巢父许由清流亦知隐形藏光。而玄奘出家为法，反而不及他们乎？”

“师既如此说，是不是今后就不译经了？”法钦仍然不了解玄奘的真意。

玄奘回道：“禅观之余，间以译经，兼而得之，岂不是好事？”

法钦还有疑问：“深山野岭固然有利于禅修，但译经的条件能比长安、洛阳吗？”

“这个倒不用愁。”慧立代玄奘回道，“你等来自高昌，又随三藏长时在外求法，故而有所不知，这嵩岳也是一处净园福地呢。拓拔魏朝，先有天竺高僧跋陀至平城弘法，后随孝文皇帝南迁河洛，有司奉诏于嵩岳山中为其建寺，取名少林，禅门于斯首开。修禅之外，跋陀还与同侍菩提流支、勒那摩提在寺之西台设译经堂，翻出《十地经论》十二卷，是为嵩岳译事之嚆矢。继跋陀之后，复有南天竺禅师菩提达摩至山中五乳峰习定，面壁九年，精影入石，禅门传为佳话，追随者将此演成一大法门。还是三藏了解得仔细，嵩岳不仅是岩壑重深，林泉映带，而且佛寺庄严，房宇闲邃，既宜静修，又可译经开法，两得其所，两全其美，真称得上是一方绝好去处了。”

法钦听后，首先表态道：“既如此，那还有什么好说的，听师父的指挥就是了。”

嘉尚、普光也随即响应道：“对，一切随了师父！”

就在大家为未来的新生活神思遐想时，宫使李君信进来了。他展开诏书宣曰：“省表知法师欲追道林、慧远之高风，晦迹岩泉，托虑禅寂，发扬图澄、罗什之风韵德音，为今人再树榜样，实可钦佩。朕学业空疏，未究其高深，但据薄闻，并未见其有何可师之处。法师以化导众生、度脱三界为大任，心皎如灯，非情尘所可遮，定得三昧，岂识浪所能惊！以是故，何必再求于太华重峦、少室深山？人谓小隐隐于山泽，大隐隐于闹市。朕以为，即使是学昔贤做个市朝大隐士，也不如将广闻博识宣示于当代更为重要。所以，自今以后，诸如入山修禅之类的话，师就不要再说了。钦此。”

玄奘及弟子等人听得清楚，有如当头泼来一盆冷水，刚开始热烘起来的心，一下子又凉了下来。

少林寺修禅的事是告吹了，但玄奘却从敕令中得出了一个结论：今上真心不改，他对正教，对自己都是一本过去的态度，这是毋庸置疑的了。让人想不通的是：既修扬善止恶之教，为何对待不同意见的臣属却要采取如此严苛的惩罚手段？莫非政令所出，背后还另有主儿？那么，这个主儿是谁呢？玄奘将一年多来断断续续传之入耳的信息梳理了一下，很快便将焦点集中到了皇后身上：被引入宫不数月而得宠，又一年而正式封后，一个无依无靠的女人，竟然能在如此短的时间内平步青云，成为天下不二之女主，那是非得有超人的心机权术不可的；加之皇帝这边，近年来又苦于风疾，这不明摆着又给了她施展怀抱的绝好机会？譬如说，自己还乡迁葬公给费用这事，据说就是她拍的板。小事都是如此，那么，大事呢，如贬黜大臣的事儿，既然根子在皇后的废立问题上，当然也就免不了与她相关了。如此一个强势女人却发心入道，这其中的玄机又是什么呢？释尊说戒，特别强调，众生出家要有正念，出家后要有正修。她的皈依三宝，有无正念？是真的要持戒正修，还是别有用心？设若是后者，心既不正，能保证日后没有退转的可能？如果口念佛号而手行杀戮，那对正教又会产生什么样的影响？一言不合，即对大臣重宰生起杀机，那么对正教，对我玄奘，难道就不会有一朝反目的可能……

经过如此这般的条分缕析，玄奘心中自然也就有了一个准数。而自此开始，他在皇帝与皇后之间，信任的秤砣便有了明显的偏向。

行动是心理最真实的诠释。

十一月初，有消息说，皇帝要到许州、溠水、南郑一带巡守，时间可能超过半个月。玄奘本来就因译事累得有些撑不住了，得到此讯后，心里一时着急，竟然病倒了。为何会急成这个样子？因为呀，对来济、韩瑗的处置使得朝野的神经都绷紧了，而这种紧张气氛所产生的后果则是猜测、谣传蜂起：有人说："中书令杜正伦等官员认为当今朝廷选举取士过滥，冗员太多，于国不利，主张改革。而中书侍郎李义府怕改革不利于他的卖官鬻爵、结党营私，于是竭力反对，两人矛盾如同水火。"又有人说："李义府因为在皇后的废旧立新中有功，所以颇得武后的宠睐，因此故，不仅不把当头上司杜正伦放在眼里，而且连顾命老臣长孙无忌奉诏修订、颁行的新礼法也敢随意删削。"更有人说："何止是删削新礼法，恐怕连他的命都敢要呢！"……一方面是残酷的现实与宗教理想形成了鲜明的反差、对比，一方面是兔死狐悲、惺惺相惜的人之常情在起作用，玄奘自然是在听了这许多的话后，不能不想：皇帝出巡去了，皇后还不当家？这期间会不会出现不测之事？既然不能排除任何的可能性，自己又应该如何去规避不可预期的风险……如此一累一急，饮食失调，营气受阻，卫气不足，外邪入侵，宗气受伤，岂有不病之理！

该如何应对呢？玄奘经过深思熟虑之后，终于想出了一个应对的办法：将近日疾病缠身的困状，一一开列上奏，等皇帝表态后再采取进一步措施。

皇帝出巡在即，诸事缠身，得知玄奘又病了，心有不快，烦躁之际，交代御医吕弘哲说："你代朕去慰问慰问三藏法师，看看是何病疾，随时施治，不要耽误了。师有何要求，可办的你代朕准允就是了。"

吕弘哲到后，少不了对玄奘进行一番望、闻、问、切。而玄奘呢，则按心中早已拟定的计划伺机行事，有意在病情上加点油、添点醋，回说道：“近因译事，积气成疾，心痛背闷，骨酸肉楚，寝食俱绝，浑身乏力，这两日更见转笃，或将不久于明时。”

再高明的医生，也不敢担保自己的诊断绝对准确无误。听了玄奘的自述，吕弘哲不敢轻慢，除了根据自己的诊断给药以外，又加倍小心地询问道：“三藏之病已经发作再三了，依以往之经验，师以为如何处置才更妥当？”

玄奘一听这话，正中下怀，不禁暗自欢喜，立即回道：“玄奘此病，最怕乍热乍凉。这积翠宫什么都好，尤其是翻经大殿，高爽清凉，只是外则极热，每日里进进出出，凉热交替，稍不留意，就会四邪交侵成疾，疾既成，则如火遇风，势不可挡。所以，如能有个冷热适宜居处，慢慢调养将息，或许即能不治而治。退而言之，即使病重不济，亦不至于污秽了这好端端的殿堂宫宇。”

吕弘哲见玄奘心情悲凉，急忙安慰道：“三藏过虑了，远没到那地步呢。不过，如果三藏认为出外将息对治疗有利，也不妨试试。”

玄奘一听，随即回道：“那太医能将愚衷转奏不？”

吕弘哲回道：“不用转奏了，皇上已经降旨：三藏若有所求，可办的，由卑职酌情安排即可。”

就这样，玄奘在皇帝出巡之前，如愿以偿地离开积翠宫，到幼时初出家的净土寺挂锡养病去了。

玄奘之所以要这样做，有两个方面考虑：一是一个“病入膏肓”的人可以减少“有心人”的过分注意；二是即使不测之事不可避免，也可让它发生在众目睽睽之下，说严重点，活要活得清白，死要死在众人看得见的地方。总而言之，此举的目的唯在于：防不测于万一！

第六十回

舍此舍彼夙志绝不舍　千计万计远走最上计

显庆三年二月，玄奘随驾回至长安，仍住大慈恩寺，继续全力以赴翻译《大毗婆沙论》。但好景不长，六月底吧，便有宫使前来传诏说："为皇太子弘病愈而敕建的西明寺已于月初毕功，并拟于七月十四日正式迎僧入寺。已为三藏法师准备了上房一处，诏从大慈恩寺迁来驻锡。"

玄奘听罢，心头猛地紧了一下，只说了"领旨"两个字，便再无言语。

这西明寺的兴建，玄奘不仅知道，而且还奉诏参与了筹划。显庆元年正月，武后所生之代王弘被立为皇太子，大病初愈后，皇帝于秋八月便降诏，将延康坊濮王泰的故宅改建为佛寺、道观各一所，为其祈福，特别邀约玄奘前往按察地形并规划之。后根据玄奘的建议只建佛寺，道观则移建他处。

却说这濮王故宅，追根溯源，还颇有来头：其最先为隋代尚书令杨素宅邸，武德初年的新主儿变为万春公主，贞观中复赐予濮王泰。俗话说,物以人贵。杨素者,有隋重宰,权倾朝野;万春者,高祖李渊第六女,受封数女之一;濮王者,先帝太宗之子,文德皇后所生,天性聪颖,好仕,善文辞,颇得太宗钟爱,诏准于府内设文学馆并自引学士,还曾一度欲以其取代承乾为皇太子,后以太原奇石有纹如“治万吉”之兆,这才放弃泰而坚定了册立李治之意,尽管如此,太宗对他的那份才气则始终念念难忘、疼爱绵绵。从这些新旧主儿的身份就不难推知,这两代老宅是怎样的豪奢宏敞。也正因为有了这基础,改建为佛寺自然就省了许多工料和时间,因此又得以从容、精细地进行庄严、陈设。延康坊坊面东西长度为六百五十步,南北长度为四百步,寺院位于坊内西南,相当于半坊之地,方各三百五十步。左右为通衢大道,南北为廛落民居;青槐绕院,绿荫如伞,永安渠纵贯其中,水声潺湲,实在是闹市中的一方清净地。全寺分十个院落,总四千余间。重新庄严后的堂殿楼阁,飞檐连甍,画栋雕梁,极尽辉煌壮丽。

这寺院不仅建筑是一流的,住僧也是一流的。仅高僧大德就有五十人,都是由朝廷主管部门奉敕从各地简选出来的。每位大德都配了一个侍者。此外又敕令从俗童中挑选根机较好的一百五十人剃度为西明寺僧,同时给玄奘新度沙弥十人作为弟子。法侣比肩,济济一堂,好不隆盛!

在别人眼里,玄奘的这次奉敕从大慈恩寺搬迁西明寺,无疑是锦上添花,誉上加誉,是很值得羡慕的。但在玄奘那里,情形却不是这样:他神情恹恹的,心里尽是一个个的问号。原因是:对于这次搬迁,他事前一点儿消息都没有,可谓突然;其次,诏令中只说给了上房一间,择日搬迁,却一个字未说到译经场的事;另外呢,寺中上座已另有其人,自己却身份不明,很可能只是将他当成一个老字号店铺的招牌,以壮观瞻、招徕顾客而已。其实呢,招牌就招牌,能吸引有情众生前来修行习法，也是一件大好事，大功德，与名利无关，更不存在丢份子的问题。只是，如果从此便遵从这安排，并安之若素，则先前所发的译经大愿还算不算数？还要不要实现？纵然可以在寺中讲经说法，但浮生如朝露，亲聆法语的人再多，法益也很是有限。翻译则大不相同了，经典既译，广播四方，流传万代，受益者不分地域远近，不分现世、来世，其数无量。如今这安排，到底是出于圣意，还是另有其他因素……问题越想越多，众多的问题就像乱麻和死结，理不清，解不开。面对如此之多的未知数，不管换了谁，心情能不纠结吗？

临近迎僧入寺的日子，玄奘仍然像没事儿似的，继续埋头译他的经，根本就没有一点儿准备挪窝的意思。一直在身边打理大小事宜的玄觉禁不住催道："师父，都什么时候了，还没吩咐收拾哪些是随身携带的什物呢！"

玄奘还没回答，嘉尚也忍不住问道："译经班子是不是也随迁到那边？"

"是呀，要是随迁，这么多的梵典就得早早收拾了。"普光也一旁插话道。

无论谁提出的问题，玄奘都没有回答，其实也回答不了。

结果是，入寺那天，玄奘什么都没有带，随身弟子也只有玄觉一人。迎接的威仪、幢盖、音乐，不亚于过去迎送御制寺碑入大慈恩寺仪式，但玄奘心里却充满了孤独感。

当然，玄奘的内心，外人是无法知道的，所以仍然是将迁住新寺当成一件风光的事来看待，将它看成是其头上新添的一个大光环，所以，前来祝贺、慰问的禁中使者、在朝大臣，络绎不绝，可谓门庭若市。除皇室的赏赐外，其他各方的随喜嚫施亦不计其数，仅棉帛绫锦之类即不下万段，沙服、衲衣、袈裟等多达五百余事。

玄觉看着满屋嚓赐之物，问道："师父，这么些物件都怎么安置处理呀？"

玄奘回道："都小心保管好，休使虫蛀鼠啮了。"

玄觉复问道："要不要挑出一两件袈裟现用？"

玄奘回道："一样都不能动！除变现为造塔、绘制经像费用外，其他全都瞧机会施给贫穷，还有远道而来衣食短缺的婆罗门客人。"

稍停，玄奘又再次强调道："全都用在这些个上头，记住了？"

玄觉回道："弟子记住了。"

玄奘忽然想起了一件事，再交代道："往昔，胜军尊者曾为了弘法而发愿造七俱胝法舍利佛塔供养。我也想学尊者，发愿造十俱胝弥勒像施与四众。你打点一下，从今而后，每岁购买五驮回峰纸绘制之。记牢了，每岁绘制五驮回峰纸弥勒尊像施与四众。"

迁住是无奈的，日子过得自然也就不痛快、不理想。每日里除了应付参访的事儿，剩下的时间，实在不足以安排什么大计划，所以就只好尽量变通做些工作：或者将担任笔受、证义职务的嘉尚、普光、海藏和明珠、惠贵、法祥、慧景、神泰、普贤、善乐等分别从慈恩寺叫过来，给他们讲授《婆沙论》最后几十卷论义及要点，让他们回去再行整理，写成华语；或者是审阅静迈、惠立、玄则、迻玄等人连缀成章的《婆沙论》译文。再有空儿，就取来笔砚，铺开回峰纸，画起弥勒像来。除此之外，到年底，也只翻出讲解小乘萨婆多部各种法门的《入阿毗达摩论》一卷。面对这一点点儿"成绩"，玄奘心中不免感到十分汗颜。

新的一年开始后，玄奘企图改变过去半年的生活状态，于是向皇帝进表，请求将译经班子迁至西明寺，争取在有限的余年多译些经典，既祈福于国家，利益众生，也了却自己一生矢志以求的大愿。

奏表送达宫中时，正值皇帝风痹病发，百司奏事，皆由武皇后处决。奏文不长，武皇后接过大致看了一遍，便在奏表末尾批道："法师劳累积年，疾病屡发，唯望悉心颐养，多多转经颂佛，为皇太子祈福求佑。译经颇耗心力，易伤身体，不宜专志于此。朕之深衷，法师须知。"

玄奘接到御批一看，先是一怔，寻而如梦初醒，终于明白了为什么在西明寺只给上房一处，为什么没有让译经班子一起迁来，原因就在于：上头只希望自己能为皇太子转经念佛，祈福求佑，再不要专志于翻译。他苦笑了笑，在心里说道："果然是被当成老店的招牌！"

这道似乎处处透露着关怀、体恤的圣旨，对于玄奘来说，却不啻为轰顶之五雷，差点儿没被震昏了：译经已经被列为可有可无的事情，这不就等于否定了他的原定计划，否定了他的大愿，否定了他的理想，否定了他的雄心壮志，一句话，否定了他此前的一切努力和心血！

一言可以成就一切，一言也同样可以毁掉一切。这是怎样的阎浮世界啊！玄奘孤独无助的感觉顿时又增加了许多。心中像有阵阵寒风掠过似的，悲凉极了。

正当玄奘苦闷不能自解、不知道下一步如何迈开的时候，门被推开了，来人一进屋就伏地行叩头礼，同时唱道："师父法体安好。"

参礼者起身后，玄奘这才看清楚其面目，不禁高兴道："是利涉呀，今儿刮的什么风，竟然把你吹来了？"

说到这利涉，在此还得补充几句。他原本是玄奘于求法归途中剃度的天竺弟子，来到长安后，因游历参学至终南山天子峪至相寺，正值此方盛弘《华严》法界缘起之学，心属之，故住寺听习，玄奘不夺其志。因为专心于习法，一年半载才下山来长安一次。这次与玄奘见面，也称得上是久违了。

利涉没有立即回答，他先回过身来将门掩上，然后才凑近玄奘低声道：“外面风大得都快掀翻屋顶了，师父你还这般从容自在，好像什么感觉都没有似的？”

玄奘一看利涉神秘兮兮的样子，又听了他所说的话，不禁联想起以前慧立说过的事，心里开始有了些警惕，但还是拿不准京城究竟是不是又发生了什么大事，于是问道：“是什么风刮得如此之大？”

利涉又回头往门那边看了看，然后才说道：“歪风，邪风，恶风，总而言之，不是好风。”

至此，玄奘真的相信朝廷又出了大事，于是正色追问道：“你到底听到了什么消息？”

利涉心情沉重地摇了摇头，又叹了口气，这才不无遗憾地说道：“哎哟师父，你真的还在三昧定中呢！”

玄奘催道：“到底是什么事，你倒是快说呀！”

利涉见玄奘急了，不敢再耽搁，咽了口口水润润喉，开始说道：“师父知道前些年长安令、顾命褚公和中书令来济、侍中韩瑗被贬之事吧？如今呀，更是六亲不认了。不断从宫中传出消息说，四月时，许敬宗奏长孙无忌与太子洗马韦秀芳谋反。开始，皇上不相信，许敬宗复屡奏，而皇上竟然在未召见无忌对质核实的情况下，即下诏削其太尉之职及封邑，出为扬州都督，安置于黔州。其从兄之子长孙祥也被殃及，其子秘书监驸马都尉长孙冲等亦被除名，流岭表。接着许某又称长孙无忌之谋反是由褚遂良、柳奭、韩瑗扇动的，于志宁也表示支持。上头还是不问青红皂白、真假缘由，便下诏追削褚遂良官爵，除柳奭、韩瑗之名，免于志宁之官，还将褚遂良之子彦甫、彦冲流爱州，在道中加以杀害；将益州长史高履行，也就是今上的舅舅高士廉的儿子，贬为洪州都督。”

“你这说的可都真实？乱说可是要掉脑袋的呀！”因为事情太大，太严重，玄奘不敢轻易相信。

利涉没有回答玄奘，继续道：“五月，将韩瑗之妻侄，也就是凉州刺史赵持满召至京师，一到就加以杀害；将赵持满的舅舅，也就是长孙无忌的堂弟驸马都尉长孙铨流嶲州，既至，也杀了。七月，命御史往高州追长孙无忌的堂弟长孙恩，往象州追柳奭，往振州追韩瑗回长安等待处理，还命有关州县登记其家室，以备处置。可使者皆不依诏，既至，即斩柳奭于象州；韩瑗虽已死于流所，仍发棺验后方罢。与此同时，中书舍人袁公瑜也奉许敬宗之命至黔州，说是要核实无忌的反状，可袁某到后不作任何调查，便逼令无忌自缢。此外，这三家皆同时被籍没，近亲皆流岭南为奴婢。长孙祥则因与无忌有书信往来而被处以绞刑，长孙恩更流檀州。”

玄奘听到这里，禁不住摇摇头，说道：“这也株连太甚了吧？”

利涉接道：“可不吗，有细心人统计了一下，至八月，长孙无忌、柳奭两家的族人，被贬者又有十三人。而高履行则由洪州都督再贬为永州刺史，于志宁虽已免官居家，但仍被贬为荣州刺史，于氏族人被贬者也有九人之多。”

玄奘听罢，不禁扼腕，良久无语，然仍不敢相信利涉所说的一切，于是再问道：“你怎么就听来的那么多，我近在京城，却一无所知？”

利涉回道：“这不奇怪。一者，京城乃宫禁所在地，有心人多，耳目多，谁敢随便言语，特别是有关上头的事！山里就不一样了，林深树密，人迹罕至，你就是放声大叫，还怕没人听见呢，所以不敢说的话敢说了；加之到至相寺烧香拜佛的善男信女来自四面八方，相互传递，消息自然也就随便扩散了。师父肯定知道的，至相寺这寺院，就是由宇文周朝灭法时逃难到山中的僧人创建的，这不就是得益于它离京城远，官府鞭长莫及吗！二者，师父一心只在译经弘法上，两耳不闻窗外事，哪里会注意到街上刮风下雨？”

一句话无意中又撩起了玄奘的心事，触到了他的痛处。他苦笑着回道：“你看我哪里像一心译经弘法的样子？梵典放在慈恩寺就没挪窝，译经班子也没有住过来，这里每日从早到晚六个时辰都是人来人往的，清净的时候不多……”

“嘿，凭师父的声望，这还不是一句话的事，奏请皇上下个令旨不就妥了。”利涉很不以为然地说道。

玄奘心里像是压着一块石头般说道：“奏是奏了，诏令也下来了……”

“那师父为何还这样愁眉苦脸的？”利涉见玄奘神情抑郁，有点儿不解。

玄奘一时激动起来，话中带气道：“诏令说，今后就不要专志翻译了。”

利涉一听，开始不相信，转而又认为师父不可能说谎，于是也就开始觉得事态严重了，心想：诏令这般的说法，其实就是要师父放弃翻译嘛，这可是要命的事儿呀！他活着就为了寻经、译经，比命根子还重要呢！十来年了，一路走得好好的，今儿怎么碰到了一道墙，遇上了一道沟？这诏令的味儿实在不对，是真的怜爱，还是圣衷变了？是出于偶然还是事属必然？与眼前的一路杀伐有无关系？

想到这里，利涉也不禁担起心来，并说出了此次下山的原因：

“弟子今儿下山，为的就是通报一些消息，让师父多加些小心，注意遮风避雨，以免伤了身体。没想到……”

“身体倒无妨，译经才是大事。”玄奘既着急又无奈地打断道。

利涉十分同情玄奘的处境，但一时又想不出好的办法来为他分忧。玄奘呢，也没有再说什么。

沉默中，门响了两下，玄奘应允后，推门进来的竟是道宣律师，现在已是当寺的上座了。

玄奘连忙起座迎接。道宣见屋里有客，便要转身退出。

玄奘挽留道：“律师不要走，这是弟子利涉，无碍的。”

利涉在道宣进门时就已起立迎接，这时见玄奘介绍自己，便合十作揖道：“上座安好。晚辈利涉是从山上下来看望师父的。你们有事，谨此告辞了。”接着又转身对玄奘说，“好久才下一次山，机会难得，弟子顺便到慈恩寺会会师兄嘉尚、普光他们。”

利涉走后，道宣回头将房门重新掩上，然后不待请，便坐了下来，并且先开口问道：“三藏还在为诏令事费心思？”

玄奘微微点头，没有否认，同时说道：“真是一件恼人事呀。拒诏吧，无疑有抗命之罪；从诏吧，译经之事不就打水漂了！难决呀！”

道宣沉吟道：“道宣以为，诏令的本意或在体恤三藏，担心你劳累过度，有损天年。”

玄奘回道：“可在洛阳宫时，皇上已经钦准玄奘按既定计划翻译了呀。”

道宣一面想，一面说道：“听说皇上近来身体不支，很少听政，法师奏表或许不是皇上亲批。”

玄奘听道宣如此说，与心中所想似有契合，嘴唇微微动了一下,但并没有发出声来。

道宣见状,又接着补充道:“不过,三藏也不必忧心。道宣估摸着,她至多也就是希望三藏能集中时间,集中精力,好好为皇太子多做功德罢了。”

玄奘似乎又得到了再次证实,思索着微微地点了一下头,但仍然没有说话。

道宣从玄奘的一再沉默中,也似乎看出了他的心事,于是问道:“三藏是不是风闻朝中人事变动的事了?”

玄奘见道宣已经说到这里,觉得已没有再缄默的理由,于是感慨道:“玄奘只是觉得,人心是如此地难以捉摸、把握。”

道宣见玄奘终于吐露了心声,便顺着往下说道:“人心的善恶,是很难捉摸、把握。譬如说,如今朝中正在相互厮杀的这些人,大多与三藏结过缘,一个个都称得上是心慈面善的护法菩萨、皈依回向的虔诚罗汉,但朝夕之间却反目成仇,不啻水火。有人即使有顾命之恩、护驾之功,到头来也不能幸免于难,见诬不能辩,含冤不能伸,家破人亡不说,还毁了一世清名。有人面对三宝时,无一不心存赞佐、口称功德,但在权与利面前,则五戒十善俱忘,三毒、三途毕现,哪里像要行正道、证菩提的样子!”

一席话,既是律师的自我表白,同时也打开了听者的心锁。玄奘以为知音既遇,自己也就没有什么需要掩饰的了,于是也敞开胸怀说道:“玄奘向来以为,但凡贤君圣主皆系转轮圣王,争取国王护法,乃是佛之遗训。所以,如律师所见证,玄奘自天竺归来,就在不停地努力,先帝太宗自不必说,今上暨则天皇后向来亦优礼释教,偏加护持。可面对眼前的风云变幻,玄奘就有点看不懂了:皇后废立之事,竟然会掀起如此轩然大波,刀光剑影,喊杀连天,弄得满朝震动。一连几年了,愈演愈烈,顺之者昌,逆之者亡。玄奘深知,在道而问政,有违宿志,以是故曾多次谢绝太宗皇帝还俗从政之圣意。而今日之事,那就更是避之唯恐不及,谁还有心干预?随波逐流吧,则有损三宝,有失慈悲怜悯情怀。然而,人非木石,面对如此血淋淋的现实,如何能够做到置若罔闻、视而不见!玄奘难免不想:如果胜利者竟然使出如此之手段,那实在是令人心寒、令人不安,无论在俗、在教,或者都不会坦然接受吧?所以,当此之时,如果违心歌功颂德,无疑有攀附、助虐之嫌;而远之、疏之呢,则可能会引火烧身。烧身在所不惜,最可怕的是演变成法难,那才是玄奘心里的最痛呢。玄奘反复思之,正不知如何进退是好呢!"

道宣听罢玄奘倾诉,也以为是出自肺腑之言,理解之余,又再次谈了自己的看法:"三藏所说,自然有其道理。不过呢,引火烧身乃至演成法难之忧则似乎过虑了。道宣以为,废立之争,实即纲常伦理、宗法制度与离经叛道者之间的较量。武皇后面临着来自柱下和孔门两个方面的夹击,唯一可以引以为依靠并从中得到慰藉的就只有释教了。"

玄奘插问道:"此话怎讲?"

道宣往玄奘那边倾过身去,压低声音道:"老臣们不是说,新后出身并非令族、名家吗?不是还引经据典,以妲己覆殷,褒姒害周、婢后致刘汉社稷倾沦来映射她吗?"

玄奘不解道宣话中之意,复说道:"这与释教并无干系呀!"

道宣回道:"三藏还不明白?释教不是讲众生平等吗?不是主张一阐提人亦有佛性吗?这不就等于说,奴婢与深闺平等、寒门与豪第并辉吗?在释尊看来,即使是最低贱、最底层的人,只要回向发愿,皈依正教,按照三学去精进修行,去贪除妄,悲智双运,同样可以去染成净,转迷为悟,证得菩提。也就是说,人人都有受教育的权利,个个都可经过化导而转变更新,达到人生的最高顶点。三藏你看,这平等的思想,不就是对名门、令族说教的最好反驳吗?这佛性本有、修行可以即圣的道理,不是为她改变命运指示了方向道路吗?”

玄奘听后恍然道:“这就是她皈依三宝的原因?”

道宣道:“应该是吧。三藏试想,她出家为尼才数年便重新被引入宫,自然而然会想到曾相与为伴的佛,认为是佛安慰、温暖了她本已冷却的心,护佑着她的微命,并使之从绝望中看到了希望。不止于此,正如刚刚说过的,又是从佛有关平等的说教中,获得了鼓舞,增强了奋斗的决心。再者,在入宫一年多的时间里,像爬梯子似的,一个劲地往上蹿,由昭仪而宸妃,由宸妃而皇后,她能不想一想,这一切的得来,应当感谢谁吗?”

玄奘点点头,说道:“所以律师认为,她入道之心虽不纯净,却是不会诋毁佛法的?”

道宣很有把握地回道:“是的。以道宣之愚见,她不仅不会害法,还会继续护持佛法,依靠佛法。”

玄奘不解:“这又从何谈起?”

道宣回道:“三藏还没看出势头来?自显庆以来,是谁在实际上执掌朝政?大的如对老臣的发落处置,小的如三藏表奏的批复,难道从中不能见出端倪、脉络?设若皇上万一先走一步,三藏以为这大唐天下还是姓李的吗?”

玄奘惊道:“不姓李,莫非姓武不成?!”

道宣怆然道:“现在还看不准,恐怕你我也未必能看得到了。”

玄奘思索着说道:“律师的意思是说,为今后计,她日后还会有所作为,有所追求,还离不开佛法?”

道宣回道:“除此之外,她还有什么可以依靠,还有什么法宝可以抵御传统势力的猛烈攻击呢?”

玄奘道："这用心也太功利了吧？"

道宣回道："显然又不尽然。既然她已经感受到释教可以为她正名，给了她抚慰、温暖、希望、力量及光明前途，就不能说她一点儿感恩之心都没有。当然啦，宣某也想过，这是一个尘心很重、永远不知足的女人，由于有了此前的经验和"实惠"，她一定还会有更多的事佛活动，但用心是真心回向、崇敬、护持呢，还是仅仅将佛陀说教当成一个冠冕堂皇的、足以与反对势力一决高低、夺取更高权柄的刀枪利器，抑或是两者兼而有之，则很难估计。人的心思呀，有时就像多种材料和合在一起的调味品，很难分辨，很难说清它是什么味儿。"

尽管道宣如此推心置腹，玄奘却依然没有被完全说服，仍然不无担心："律师是不是还忽漏了一点：如此尘心重、不知足之人，也最容易翻云覆雨呀，不如意时能不吊脸吗？退一步而言，就算皇后她不找事儿、不使绊子，可还有她身边的人呢，能保证他们不假圣旨？防不胜防呀！"

道宣道："三藏指的是新迁的中书令和吏部尚书吧？"

玄奘没有回答，但也没有否定的意思。

道宣所说的新迁中书令和吏部尚书，就是皇后废立之争中拥立武氏的许敬宗和李义府。这两位新宠在仕途上是如何一步步高升的，这里还得简略地介绍一下。

许敬宗于太宗世以文才被信用，由著作郎屡迁至检校黄门侍郎。今上在储，即迁为太子右庶子；定州监国时，又代检校中书侍郎，专掌诏令草拟与发布；即位后，先后擢任吏部尚书、弘文馆学士，后因竭力拥立武后、助清君侧而青云直上，升迁为太子宾客、侍中、中书令。李义府亦以文才见称，由门下典仪转监察御史，以太子舍人侍视晋王，也就是太子李治，随后迁崇贤馆直下士；晋王继位，迁中书舍人，因事被贬壁州司马，未发遣而问计于许敬宗的外甥中书舍人王德俭，上表请立武氏，由此转幸，拜中书侍郎、兼太子右庶子、吏部尚书，正所谓因祸而“得福”。这两位大员在清剿老臣一事上，堪称干将、推手，出谋划策，推波助澜，可谓竭尽犬马之劳、无所不用其极。拿罢黜顾命老臣长孙无忌来说，那许敬宗可算得是费尽心机、绞尽脑汁了：如前面所说，他先是借故诬告其结党谋反，建议罢黜，皇上担心受小人离间，未从；许氏复又危言耸听，以社稷将因此而倾覆来恫吓，然皇上又以无忌为元舅，在先帝谋取天下及巩固政权的事业中，均有大功，事须慎重，敕令再行勘实；许氏不听，继续违诏，乘机罗织罪名，说什么参验各方口供，一皆相符，极力让皇上下诏收捕。皇上犹不忍，许氏又引汉文帝哭杀国舅薄昭而仍不失为明主的故事相怂恿，将无忌比之于奸雄王莽、司马懿，警告皇上如不当机立断而稍忽迁延，以至变生肘腋，那就悔之莫及了。正是在许氏的构扇之下，皇上终于不念托孤搂颈之恩，下了罢黜令。然而，许氏仍然不依不饶，立即遣亲信追至流所，逼迫其自缢。至于李义府，其丑恶行状就更是天下一绝了。前面也已略有叙述，无论朝廷、坊间，都知道他有两个绰号：“笑中刀”与“李猫”。可知其乃十足的阴柔人物。再说他的贪得无厌，那就更是触目惊心、为人不齿了。永徽末年，闻大理狱中关押着一个淫女淳于氏，其貌妖艳，李即枉法将其从狱中放出，然后纳为己妾。事泄，为灭口而逼死大理寺丞，未获刑而反获升迁。及有宠于上，又恃中宫之势，诸子虽在襁褓而皆补清官，包括其母、妻、诸子、女婿在内的眷属亲戚，全都公开卖官鬻爵，门庭若市，如汤沸腾。更有甚者，公然违反“制受”制度，撇开皇帝便擅自增设御史、员外、通事舍人等职位，借以受贿敛财，受职者有无学问、才干，则全然不顾。皇帝知而劝诫，不仅听不进去，还当面耍起性子来。此外又营私结党，势倾朝野，全无顾忌。其母丧，役使七县民众为其运土筑坟，乃至累死高陵县令；葬日，送丧帷帘奠帐，绵延七十余里。百姓观之，无不摇头扼腕，怨声载道。

道宣见玄奘容颜不展，揣摩着他正在想心事，于是像是提醒，又像是安慰地说道：“三藏在筹建慈恩寺塔、拟设译经监护、表请今上御制慈恩寺碑铭中，这二公都多少出过力，还被钦定为译经监护之一，或许道心还没有完全泯灭呢。”

玄奘摇摇头，说道：“正是因为他们与玄奘、与正教有这层关系，所以如今才倍觉伤心和担忧呢。试想想，一个把私利看得如此之重、做起事来又如此心狠手辣、少廉寡耻之人，你怎么能相信他有回向皈依、护持正教的诚心？在主人面前都敢尥蹶子的毛驴，谁能保证牠不会伤害别人？”

道宣有意缓解一下玄奘的情绪，笑道：“释尊不是主张有教无类吗，即罪人亦不妨心怀悲悯！”

玄奘听道宣如此说，心情果然松弛了一些，因笑道：“律师所说固然不错，只是，那堕地狱大戒又是为谁设立的呢？”

“自然是为犯四重戒的比丘、比丘尼所设啦！”道宣确然回道，“当然也是为一切作恶多端的人所设的啦！”

说完，道宣走过去，透过门缝向外瞧了瞧天色，随即告辞道：“快要过午了，别误了你我的斋饭。”

玄奘挽留道：“哎哎哎，且慢呀，律师今儿个来意还没说呢！”

道宣头也不回，一面往外走，一面意味深长地回道：“来应考的呀：地狱之门为谁开？三藏真是聪明一世，糊涂一时呀，明明白白的事儿都看不清楚？”

道宣律师走后，玄奘对其所说的话又仔细琢磨、玩味了许久，这才渐渐地品出其中味道来：律师知道我接到了上头不任专译的令旨,心情肯定不好,于是前来排解,一是启发我正确看待当前形势和皇后对佛教的态度,二是暗示小人可以横行一时,但却不可能得意一辈子,恶有恶报只待假以时日,因此不必为此而过多焦虑和担心。

道宣的造访,从他的本意来说,目的是达到了。但在玄奘方面,则仍然没有彻底解决问题。在他看来,有这样两种人:不知其耻而为之是为愚昧之人,明知是耻还为之是为无耻之徒;愚昧之人犹可化导,无耻之徒则难以救药。面对无耻之徒,明知无力回天,唯一的选择是:弃之避之。污泥不能除,不沾总可以吧!

当晚,玄奘又在如何进退的问题上辗转反侧地想了半宿,最后终于做出决定:关掉此扇窗,开启另一扇门。于是,第二天一大早,他就草拟了一封重请入山表,其文谓:

沙门玄奘言:玄奘庸虚,幸参梵侣。贞观之日,早沐殊私。永徽以来,亟叨恩遇。顾循菲劣,每用渐负。自奉诏翻译一十五年,夙夜非遑,思力疲尽。行年六十,又婴风疹,心绪迷谬,非复平常,朽疾相仍,前途讵几。今诏不任专译,岂宜滥窃鸿恩。见在翻经等僧,并乞停废,请将一二弟子移住玉华,时翻小经,兼得念诵,上资国庆,下毕余年。并乞卫士五人,依旧防守。庶荷宸造,免其愆戾。无任恳至,谨诣阙奉表以闻。轻触威严,伏深战栗。谨言。

当玄奘正要打点人员将奏表送进宫的时候,慧立、法宝及嘉尚、普光、法钦一伙却急火火地进了屋,脚跟还未站稳,法钦便脱口问道:“师父,上头果真有不让你译经的诏令?”

玄奘问道;“哪来的这等消息?”

普光回道:“利涉都说了,师父还要瞒我们不成?”

没等玄奘开口,玄觉便急着纠正道:“利涉说得不对,不是不让译经,是不任专译!”

普光呛道:“别咬文嚼字了,不都是一回事吗！不专任,三天打鱼两天晒网的,还能干成什么事,不就等于取消了?”

法宝一旁自语道:“难怪这么长时间了,三藏都没有布置新任务呢。”

嘉尚也似有所悟地喃喃道:“都快一年了,师父挪了窝,可大伙还原地不动,弟子就估摸着会有什么事。”

这时,慧立听着不耐烦了,说道:“嘿,都是大家知道的事了,还在这里啰唆什么！还记得我等此来是为的啥吗?”

经提醒,众人回过神来,抢着回道:

“请师父拿主意呀!”

“是呀,三藏你说该怎么办呀?”

“不让译经了,是不是班子也要解散?”

……

玄奘听了众人七嘴八舌提出的诸多问题和要求,没有回答,反而问道:“既然你们知道了那么多,那就先说说你们的意见吧,何去何从?”

慧立首先说道:“三藏,慧立还是以前的意见,如今天气骤变,电闪雷鸣的,当避即避,当防则防。我仔细地数点过了,整个京城里,以前与三藏有关系的,除了守黄门侍郎兼太子左庶子薛元超外,还有几人留在京城?大家都知道,长孙无忌、褚遂良、韩瑗、来济、杜正伦等人早就落马了。就连于志宁,最后也没有好下场,四月才擢为太子太师,椅子还没坐热,八月就被贬为容州刺史。三藏不想想,大火当前,谁个不担心烧着自己?”

嘉尚附和道:“是呀,监译官员中,被贬的走了,还谈什么监督?没走的又正忙着谋升迁,哪里还有心思顾译事?”

法钦听着心里发凉，便情不自禁地嘟囔道："既不让译经，又没了监译人员，还得烤火活受罪，这京城还有什么呆头？"

法钦不经意的话启发了普光的，他大梦方醒似的喊道："法钦说得对，为什么还要待在京城受这份罪？在洛阳宫时，师父不是动过心，启奏过皇上，要入少林寺修禅译经吗，现在为什么不再次奏请呀？俗话说，此处不留人，自有留人处。说不定，深山静室反而可以成就大业呢！"

众人听普光一说，一时都振奋了起来，纷纷说道：

"说得好，深山静室讵无大业！"

"三十六计，走为上计，是时候了！"

"是呀，三藏赶快再写个奏折吧！"

玄觉一听说写奏折的事，跨前一步就要说什么，玄奘将他拽了回来，又一次问众人："你等果真觉得事态有这么严重，有必要一走了之吗？"

慧立又是第一个发言道："严重不严重，师父难道没听说，长孙氏、废后的舅家柳氏，还有于氏的族人有多少被连坐了！这且不说，只讲那吏部尚书唐临吧，就因做了点分内的事，任命了两个官员，便得了'挟私'之罪，被免了官。为什么？就为那两个官员中，一个曾与来济亲善，一个与当红的中书令有过节。唐临本人无论与来济，与中书令，都既无交谊又无过节，相互间根本就是八竿儿够不着的关系嘛，可还是遭了殃！这事儿还不够险恶，还不足引以为诫？"

玄奘说道："知道路上有坑洼，绕开走不就行了？"

慧立道："三藏是在说笑话吧，哪有那么容易的事？别看京城这么大，其实都在一个大屋檐下，相互之间，朝不见晚还见的，你不找他，他还找你呢！亲近吧，你心里不乐意，也难免不落个趋炎附势、同流合污的臭名;疏远吧,人家会说你有二心,千方百计地找岔子,欲加之罪,何患无辞。三藏难道不知道,世上有多少人就栽在这上头?”

嘉尚支持慧立的意见,说道:“是这么回事。师父根本就不是那墙头上的草,更不是那等阿谀奉承的小人,即使你有千般的柔肠,万般的仁慈,恐怕也难以应付那些有心人。再说了,整天里都得防这防那的,担不完的惊,受不完的怕,不要说上头不任专译,就是没这诏令,心不定神不安的,还能做成什么事?”

玄奘还想听听更多的意见,所以没有立即说什么。弟子们以为他还在犹豫不决,于是,法钦向普光递了个神秘的眼色,先说道:“当然,师父完全有足够的定力,会排除各方干扰的。”

普光紧接着也一本正经地说道:“即使是师父决定要写奏表,现在也不是时候呀。马上就是隆冬腊月了,吃呀,住呀,用呀,安全呀,总之,困难重重的,还不要慎重考虑,三思而行!”

玄奘听后笑了笑,仍然没有说什么。可玄觉却忍不住了,他瞪着双眼冲法钦、普光呛道:“你俩的能耐真不小呀,终于学会说风凉话了。真是的,亏你们跟了师父这么些年,竟然还不了解他的脾气、情性,竟然不知道他在想什么!师父当然有定性啦,要不然能在千难万险中取回真经?!什么冷呀热呀,这困难那困难的,师父什么时候将它们放在眼里了!匹夫之志尚不可夺,何况是师父!你们没亲眼见他是怎样从风风雨雨中走过来的吗?”

说着,玄觉回过身,走到案前拿起一封书函,出示给法钦、普光,嗔道:“就你们能!看看这是什么?”

法钦接过来一看,函封上赫然写着“重请入山表”五个字,先是一怔,继而则反责玄觉道:“好你个玄觉,早知道的事,却一直瞒着大家不说!”

玄觉明知理亏，但又不愿承认，便以攻为守道：“那，你们也不该说出这等不阴不阳的话呀。”

“好啦好啦，说过头了。”玄奘拽了玄觉一把，劝阻道，“他们使的是激将法，你还看不出来？”

法钦、普光看玄奘在为他们辩护，赶忙高兴道：“还是师父眼光锐利，看透了弟子的心思。”

玄奘嗔道：“唔，就你们聪明！”

普光解释道：“我们只是想求师父赶快想个法子，表个态，好让弟子安下心来。多有不敬，师父饶恕了。”

玄奘道：“又小心眼了吧。”

在玄奘、普光他们说话间，慧立、法宝、嘉尚等也都看过了函封。又是慧立首先开口道：“慧立愚笨，真想不到三藏早已做了决定。”

法宝接着道：“三藏奏请入山，不是到嵩岳少林寺呀？”

玄奘回道：“是的，这回不到少林寺，是到坊州玉华宫。太宗皇帝驾崩后，前些年已经改为佛寺，地面又比少林寺宽敞多了。”

法宝问道：“译经班子也一起去？”

玄奘扫了法钦、普光一眼，说道：“还说不准。深山野岭，天寒地冻的，什么都不方便，恐怕也不是人人都愿意去呢！”

“那肯定是法钦、普光啦！”玄觉幸灾乐祸道。

普光、法钦一听，赶忙说道：“师父不是知道弟子的意思吗，怎么现在又当真了？我们发誓，就是上刀山、下火海，也跟定了师父！”

玄奘见二人果然急了，这才将心里话说了出来：“且别心急，更不要高兴得太早了，皇上准奏不准奏还很难说，不能不做好思想准备呢。”

众人不解，齐声问道："皇上会不准奏？"

玄奘警告道："当年奏请入嵩岳时，皇上回敕中不已说过'勿复陈请'的话吗？不准奏还是小事，就怕落个'抗旨'罪名呢！"

众人一听，果然被吓住了，一个个又都泄了气。

第六十一回

时不我与译论创相宗　量才受任割爱遣三贤

皇帝的风痹病，时好时坏，难有定数，九月秋高气爽，经历了几个月的酷暑煎熬，身心终于舒展、放松下来，精神不期然地好了一些，所以又开始隔三岔五地坐朝理政了。

这天，早朝结束，大臣们正陆续散去，使人李君信却急匆匆地进殿呈上一封奏折。

皇帝一面接表，一面问："谁的奏表？"

李君信回道："西明寺玄奘三藏法师。"

皇帝展开奏表看了一眼，不禁嘟囔道："怎么又是'重请入山表'，不是叫他不要再提此事了吗？"

坐在旁边的武皇后从皇帝手中接过奏表，仔细看了一遍，说道："这分明是以退求进，用老病相挟嘛。"

皇帝不明底里，问道："怎么个以退求进，以老病相挟？"

武皇后回道："前阵子陛下卧病时，他进过一通表，要求将译经班子迁至西明寺。臣妾给他回了旨，要他好好为太子诵经念佛、做功德，就不要把整个心眼儿都放在佛经翻译上面了。”

皇帝听武后如此说，眉头蹙了一下，说道：“你真这样说了？”

武后见皇帝有所不快，讶道：“唔，这样说了，怎么啦？”

皇帝道：“这岂不是等于要他的命了！”

武皇帝后不解，说道：“让他住新寺、住上房，给他度新弟子，让他只管诵经念佛，少费点心力，处处为他着想，怎么反倒是要他的命了？”

皇帝道：“他把一辈子都押到这事儿上了，这是他的命根子呢！现在却不让他干了，你说他会是什么样的感觉，什么样的心情？弄不好，他还以为是朕的敕令、朕的旨意呢，身心的压力、负担不就更大更沉重了？父皇欣赏他的学问、见识、风节，曾几次劝他还俗从政，可始终不能夺其志。在洛阳宫时，朕不也曾令他先翻未有译本的梵典，少做重复活儿吗？不也是想让他省点力气、为他好吗？可他不也都拗着要按他原定的计划行事！”

“这脾气、性子也忒倔、忒犟了。”武后带点不满说道。

皇帝道：“这不是脾气、性子问题，是志气、志向。先帝就是为他的这种精神所感动，从此亲近佛法，进而赞扬佛法，护持佛法，专门为他设立译场，御书《圣教序》。现在要他不任专译，能没有想法，能没有情绪！再不给他个明确回答，还不知会弄出什么大事呢。”

武后不以为然道：“寺里四事供给无缺，能弄出什么大事？”

皇帝道：“你想过没有，将苍鹰的双翅剪了，再给牠一个金笼子住，給牠烹兔子肉吃，牠就高兴了？”

武后为难道：“可令旨都下了，莫非再收回不成？”

皇帝道：“自古道：人生七十古来稀。他说年将六十，疾病缠身，朽疾相仍，有前途几许之忧，都是可以理解的事，并非什么以此相挟。朕在想，令旨可以不收回，但却可以更改。

武后问："怎么个改法？"

皇帝道："做功德呀。"

武后问道："什么功德？"

皇帝道："就准了他的奏请，由他带着译经僧到玉华宫寺去。俗话说：硬木掰之易折。他既然舍不得、放不下翻译的事，有心成就一番事业，何不顺其势，遂其愿？如此，一则不委屈了他的一腔热情、满腹经纶，二则可多保存些真经宝典，作为圣朝给后代留下的一笔丰厚遗产。公私两利，国、民两便，岂不是好事，岂不是功德？"

武后听后自辩道："臣妾那样做，本意也是为了弘儿。他不是师父吗？多念几部经，多烧几炷香，为弘儿祈祷……"

"嘿，弘儿是否能成才，主要不是靠祈祷，甚至也不是靠培养所能达到的，而是靠天分、靠勤奋！儿孙自有儿孙福，天下一个理，你也不要太上心了。"皇帝这样打断道。

此后，武后再没有说什么，皇帝于是提起御笔，在《再请入山表》文后批了"准奏"两个字，才要搁笔，忽然记起了什么，于是又补了一句："偕同译经僧前往。"

不用说，玄奘很快就收到了准允进住玉华宫寺的敕令。此时呀，他的心里真有一种海阔凭鱼跃，天高任鸟飞的感觉。

当年十月，玄奘便带领新旧弟子及大部分译经僧，迎着初冬料峭的北风到达金锁关外的坊州宜君县玉华宫寺。旧地重游，感慨系之，心中不免又泛起微澜：依旧的峰峦，依旧的山涧，依旧的殿堂，依旧的亭榭，依旧的金碧辉煌，只是没了龙旗黄麾、华盖玉辇，以及荷枪执戟的卫士、紫衣金带的臣属，没有了殿中的黼扆、蹑席……虽然早已有僧居住，熏炉升紫檀之烟，香案生玉烛之辉，日有钟声，夜传磬韵，但与从前的景象比较起来，仍不免让人感到几分人去楼空、风光不再的寂寞和愁闷。不过，他转而又想，这样的一种阒然天外、杜绝尘喧、净可洗襟的环境，不正是自己向往已久的修禅入定、思考人生真谛的最好所在吗？而且，这里还是自己与先帝太宗缔结深缘的地方，那文超《象》《系》、理括众妙、霞焕锦舒的《圣教序》天文，就是在这里写就的，它对正教极尽褒扬弘护之意，不啻是为慈舟起航剪彩开闸、擂鼓送行，同时也给了我玄奘莫大的鼓励和鞭策。这洞天福地既与自己有缘，既然有过一个好的开头，也就应该再来个好的结尾，使弘教事业有个圆满的结果。老梅尚且是芬芳未尽不甘朽，我玄奘为何就不能勇将残羽搏苍穹！

第二天，玄奘将随来人员全部召集至玉华殿，开了一个预备会。他先看了一眼门外玉华河南岸野火沟没有落尽的红叶，然后问众人道："怎么样，众贤觉得这里的环境条件如何，好不好？"

众人见问，便一时七嘴八舌地说开了：

"这还用说，先帝的离宫别馆嘛！"

"比王舍城的竹园、舍卫国的祇园又宏敞、壮丽多了。当然，僧徒是少了些。"

"那不更好了，更显得清幽寂静嘛。"

"说到这呀，那真是慈恩、西明所不能比了！"

"总说这里是冬暖夏凉，现在真是有切身体会了。昨晚在肃诚院的洞室睡觉，又安静，又暖和，哪像十月里的天气，一丝儿寒意都没觉出来呢！"

……

玄奘见众人情绪都很好，于是说道："各位既然都很满意，那就好。"

众人一时不明白玄奘此话的意思，于是都噤声等待着下文。

可出人意料的是，玄奘却是这样问道："众贤可曾记得，译场成立至今，已经有几个年头了？"

"十五个。"

玄奘循声望去，发现回答者竟是自己的上首弟子普光，心有所动，复又问道："你如今年庚几许？"

普光回道："刚回来时三十有二，如今已经过了不惑之年。"

玄奘道："光阴如箭啊，再过几年，你就是知天命之人了。"

众人听着二人的对话，不免联想到自己，于是，唏嘘感叹之声一时充满了宽广的殿堂。

玄奘待人声静后，复又说道："众贤想必是在惊讶时光何以过得如此之快吧？不过，玄奘却以为，大家并没有虚度时日。十五年来，大家不是一直在劳作不息，收获不断吗？自贞观十九年至于永徽初，所译经籍四十余部二百六十余卷，大家都记得是什么经吧？"

众人见问，便争相说开了：

"首先是铆定大方向的《菩萨藏经》《显扬圣教论》等诸经啦。"

"最重要的是瑜伽行学说的'一本十支'嘛，占了总数的一半以上呢！"

"仅《瑜伽师地论》这'一本'就有一百卷呢！"

"还有因明方面的《入正理论》和《正理门论》呢。"

"还有大乘空宗的《广百论》和《广百论释》呢，虽然数量少，但也很重要呢。"

"很好，大家都记得清楚。可以说，通过这些译典，算是对瑜伽行学说做了个系统、全面介绍。"玄奘做了一个小结之后，继续道，"永徽二年以后至今，我们又着重翻译了小乘说一切有部的集大成之作《阿毗达摩大毗婆沙论》，还有《婆沙论》所宗之《发智论》等

‘一身六足’,而特别有意义的是,我们还译出了为《婆沙论》辩护的《显宗论》、《顺正理门论》,并在参考了此二论的评破观点之后,重译了《俱舍论》。大家须知,说一切有部是小乘教的主要派别,其学说自然也具有代表性。此外呢,这些论典也涉及其他部派的教义、理论。所以,以上译出,其实也是对小乘各派学说作了一个全面的总结、介绍。看看,大家并没有虚度光阴,也没有白费心血……”

话还没说完,众人已经喊开了:

“这都是三藏筹划得好的结果!”

“说的是,没有头,尾哪能摆呀!”

“我等不过是帮着三藏抄抄写写而已。”

“可众贤难道不知,独木难以成林吗?”玄奘接话道,“单靠玄奘一个人,即使有九牛二虎之力,也不可能译得这么快,这么多呀。”

慧立见玄奘态度恳切,颇受感动,于是起立道:“三藏过谦了。别人不知,立等众人谁个不晓?今日之传译,所凭者乃三藏不遗余力汇集的各种梵典、诸家异说。而三藏又华梵兼娴,一口两宣,分身有术,一坛几译,所以才有这样的速度、这样的高效率呀。”

玄奘摆手道:“言过了,言过了。大家忘了?翻译《婆沙论》时,玄奘曾因原文一句词义难以表述,于是随意别以十六字取而代之,法宝不就曾指出:不可以凡语改变圣言的意思吗?他说得很对呀。”

“当时三藏之所以如此做,其实也是无奈之举,没有办法的办法。法宝率性,何足挂齿!”法宝见玄奘表扬自己,有点儿难为情,于是如此自白,继而说道,“立兄的话倒是启发了法宝。宝某觉得,三藏的确是华梵通达,出口成章,落笔成诵,整个译文给人一种凝重的感觉,这种文体风格,与瑜伽学说结构严谨的特点显得颇为协调和谐。请问三藏,这是什么原因呢?”

玄奘听法宝问得到位，高兴回道："那是因为，一方面，玄奘家学严格，从小受到训导，对六代以来的偶正奇变文体颇有兴趣。另外，在多年的西游生活中，又熟悉了梵文钩锁连环的思维和行文方式。如今有意无意地将两者结合了起来，包含了两种文体的特点，所以你就觉得新鲜了。"

"对对对，慧立也有同感。风格既新颖，表述也大别于以往的译作，译文既质直又富于文采，兼有直译、意译双美呢……"

"好啦，好啦，大家不要只顾赞来叹去了，众人拾柴才能火焰高，今天所得的这些成绩，其实全系天道酬勤，都是大家十几年来努力的结果。"玄奘听着满座好评，心里高兴，却没有半丁点儿居功的意思，打断众人的话道，"今儿之所以把大家集合到这里，把已译出的典籍数点数点，算是对此前工作的一个总结。本意嘛，是让大家看到成绩，心里有底，增加信心，焕发精神，继续往前走。"

"那以后如何往前走呀？"有人问道。

玄奘回道："大家且莫急，先把生活安顿好，休息一两日，也容玄奘计划计划，然后再作安排。"

众人听说还要再等一两日，便又七嘴八舌说开了：

"三衣一衲加钵盂，地做床来天作被，再简单不过了，有什么可以安顿的！"

"这天堂般的环境，比什么都宜人，还用得着专门摊时日去休息！"

"整天没事干，那可真要成撞钟和尚了！"

……

玄奘从众人的谈话中感受到一种工作的渴望和热情，于是说道："众贤的话很使玄奘感动。其实呢，玄奘又何尝不焦急！要不然，为何要到这儿来，又为何要偕同大家一起来？你们都知道，玄奘眼看就到耳顺之年了，正在数着天数过日子呢！加之身体又远不如往日，老病交加，真不敢奢望还有多少时日。看着库里还有那么多梵典等着翻译，真让人焦急得像热锅上的蚂蚁，难熬呀！”

说到这里，玄奘真的动起了情，呼吸显然地加快了，不得不略停一下，随后才又接着道：“过去不知说过多少次了，玄奘当年之所以要千里迢迢赴五天求法，是因为那时中夏佛法初传，经籍未备，译主又多为异方远人，音训不同，遂使词义差舛，或者翻译不准确，或者未能发明隐义，于是学者各持己见，分宗划派。玄奘虽遍谒名师，备餐其说，仍然不知所从，于是才不得不远行而溯其源，追其根。后来，终于弄明白，正法虽由释尊一音所说，但却是随机而授，所以教分大小，理有深浅、了与不了之别。然而，也正是因为法出一音，所以无论是最初结集的四《阿含》，还是继出的小乘说一切有部的《大毗婆沙》等三藏释论，无论是小乘还是大乘，无论是小乘之十八部派，还是大乘之空有二宗，其核心旨趣、根本义理都是相互贯通的。也就是说，一部佛法，无非一个‘心’字，染净、善恶皆出于一心，四谛十二因缘之理贯穿其中，并为三乘人所共遵、共弘。”

普光听玄奘如此说，忍不住插话道：“所以，师父在西游时便不拘派别，无论大乘小乘，乃至外道，逢师必参，有疑必问。”

玄奘接着道：“既然大小相通，那就只有通学、兼学才能弄清它们之间的关系，追溯到学说的源头。即使是外道，既然与正教同由一方水土所养，同是一个林子里的树，就未免不发生关系，相互影响。所以，了解外道，其实也是为了更好地理解正教。不过，话又说回来，通学、兼学不是等而观之，同尊并非没有侧重，选大不选小，主有不主空，总而言之，择优而从，习了义不习不了义，那是自然的。”

“照三藏前面所总结的，重点的都译出了，突出了，非重点的也都兼及了，那下来还有何种经典可译呢？”有人又这样问道。

玄奘回道：“众贤不要担心没经籍可译，日后大家不叫苦，玄奘就高兴了。”

玄奘见译经僧士气高涨，热情饱满，自己也不知不觉地振奋起来，再也耐不住性子。就在吹风会的次日，他便将弟子嘉尚、普光、窥基，还有新罗国学僧神昉，召到自己的住处，也就是玉华宫寺最北的肃诚院。一句话没说，先令玄觉将一大摞梵典搬来，一一摊开摆在几案上。

普光一看便说道：“这不是师父在那烂陀寺藏经楼里抄来的十大论师的论释吗？”

“不对，师父在那儿只抄了九大论师的论释。”嘉尚纠正道。

普光歉然回道：“对对对，是记错了，护法菩萨的论释在五天并没有流行。”

玄奘没有理会普光、嘉尚的议论，而是按照自己的思路开始说道：“昨日说过，玄奘对佛的一音说法，主张通学、兼学，但又以为，瑜伽法相才是至极、究竟的法门。何以故？自大乘思想产生，至无著、世亲学说的建立，截然分出中观与瑜伽行两派。中观学派以龙树、提婆为领袖，学说主张性空幻有，称为空宗；瑜伽行派尊无著、世亲为宗祖，学说主张外空内有，也就是以遍计所执性非有、依他起性与圆成实性非空的三性说，称为有宗。无著从弥勒尊者受《瑜伽师地论》、《庄严经论》、《摄大乘论》和《中边分别论》。世亲则有《俱舍》、《唯识》等大小论典千部，所以这系学说面宽、规模大，但在其发展形成的过程中，却始终是以唯识说为主导。瑜伽学的十支中，唯识学方面便占了五支，如《分别瑜伽论》、《摄大乘论》、《二十唯识颂》、《三十唯识颂》、《大乘百法明门论》等。‘识’即心，也就是了知分别宇宙万象之功能；‘唯识’即茫茫宇宙中唯有识之存在，识外无法，亦即万法皆由识生起，心积集三界，于是有三界唯心、万法唯识之说，心生则种种法生，心灭则种种法灭。唯识宗旨由无著造《摄大乘论》而启其端，世亲造《三十唯识颂》而张其翼。”

说到这里，玄奘伸手逐本指着案上的梵典继续道：“随后有亲胜，有火辨，有安慧，有难陀，有德慧，有净月，有胜友，有智月，有胜子等诸位论师为《三十唯识颂》作的这些论释。此外还有陈那、无性、亲光、胜军等也都对之有过注释。”

“哎，就缺护法菩萨的论典了。”普光失望地叹道。

玄奘听普光如此说，只是笑了笑，便又继续说了下去：“诸师论释，异说纷纭，但最重要的一点是关于种子起源说。大家知道，所谓种子，有许多别名，其中常用的是眼、耳、鼻、舌、身、意、末那、阿赖耶八识中之第八识，也就是阿赖耶识。这第八识具有生出宇宙万物，也就是有漏无漏、有为无为诸法的功能，犹如种子一般。十大论师以外的一名论师护月，主张种子‘本有’，也就是种子天生就有，梵语叫‘当常’；难陀论师则主张种子‘始有’，也就是经过熏染以后才产生出来，梵语叫‘现常’。本有说认为种姓是不可变异的，有一部分人注定没有佛性，永远不能成佛；始有说则认为种姓是不固定的，一阐提人，也就是最低贱、最劣根性的人也具有佛性，人人通过修行都可以成佛。诸师异说中，有两个主要系统，即难陀为代表的‘唯识古学’与陈那为代表的‘唯识今学’。难陀传胜军；陈那传护法，护法再传戒贤正法藏。护法对唯识学之研究，可谓精深造极，其他诸师实难匹比。他调和本有与新熏二说，主张两者兼而有之，但他的学说却没有在五天流行。胜军则擅长于唯识抉择，他重新强调种子出于新熏，对种姓决定论再次发起挑战。玄奘游学时，从戒贤正法藏的讲说中窥见了瑜伽学的全豹，同时得到了护法菩萨的秘传《三十唯识论释》，还曾受到其《广百论释》启发，在天竺时曾据之撰成和会大乘空有二宗之《会宗论》；又从胜军论师那里学到了难陀、安慧的异说，廓清了余疑。终于，当初在国内未能解决的大难题，也就是双林一味之旨为什么会有当常、现常两说，大乘不二之宗为何会分为南、北两派，至此总算弄清其脉络、源流。”

神昉听到这里，禁不住感叹道：“三藏真是不枉了十几年的辛苦，终于盘盈钵满，虚往实归，凯歌高奏呀！”

玄奘回道：“是不是凯歌，属不属高奏，不仅要看归来时带回了什么，更要看归来后如何对待所带回来的成果，看能不能将其传播开去，发扬光大。”

普光道：“有关典籍不是已经翻译出来了吗?”

玄奘回道：“虽然如此，但佛学最新最高成果中的精髓还没有尽情尽致地介绍、弘扬，因而也就不足以酬深衷大愿。前面说过，心学，其实也就是唯识学，贯穿于佛的全部所说法中，从最早的《阿含经》，到小乘最有影响的《毗婆沙论》，到大乘的《般若经》，到中观、瑜伽，很能体现出印度佛教思想发展的日趋严密和它的系统性，不仅对心理分析丝丝入扣，还由此而推演到生命的有形、无形各个层面，推演到身体之外的世界、宇宙万象。因此，舍此唯识之学，则不足以谈大乘佛教理论之成立。”

嘉尚听玄奘对唯识思想评价如此之高，心里已经猜到了今日被召来的原因，于是试探着说道：“那何不将十大论师的唯识论典一一翻译出来呢?”

嘉尚的稳重、聪慧向来被玄奘看中，现在听他如此一说，知道他已猜到了自己的心思，便顺而指着案上的梵典直接说道：“你们四人分工负责，与玄奘协力，争取一年半载将它们翻译出来，如何，有没有信心?”

话音刚落，一直没有说话的窥基开口了："三藏不是说，护法菩萨是十大论师之首吗，可这里还缺他的论释呀！"

一句话提醒了玄奘，他伸手将案头右侧的匣子打开，从中取出一册梵典，不说缘由，却先问嘉尚道："还记得经常给我送饮食的那位静志居士吗？"

嘉尚没有回答玄奘所问，而是惊喜地指着其手中的梵册说道："这不就是静志居士转给师父你的那册秘籍吗！弟子记得，他当时还讲了护法菩萨的叮嘱：'我灭度之后，凡有来看此论释者，必须付金一两。如果遇上既敏又慧、堪为法器之神俊，才可将原本传授其弘扬流通。'"

玄奘扬扬梵典说道："不错，这就是护法菩萨的遗稿《三十唯识论释》。它与中夏有缘，玄奘多幸独秉，反复研习玩味不知多少遍了，每置掌中，犹睹圣容，如聆真说，敬仰之情油然而生。只是，玄奘回国时日已经不短，但对菩萨的重托厚寄，却至今未曾见功，所以每每中夜难寐。今儿将诸位贤俊召来，就是想借助你们之力，润色，执笔，检文，纂义，将此十师论释一一译出，好让唯识极微之学流布中夏，滋润有情众生。果然如愿，则玄奘朝汗简，夕死可矣！"

普光见玄奘心情迫切，于是说道："虽然有十释之多，但也不过四千余颂，有弟子等众人共同努力，不出一年也就可以毕功，师父放心好了。"

神昉接话道："只是三藏又得劳神辛苦了。"

嘉尚与神昉颇有同感，想着玄奘近年来连续发病的情形，心里不免有所忧虑，但嘴上没有明说，而是委婉安慰道："来日方长，师父尽可以从容运筹，不必限定完成时日。"

众人说话间，窥基一直在一本一本地检看案上的梵典，最后冷不丁问道："窥基想将这十部梵典带回去先看几日，不知师父许否?”

问题提得突然,要求似乎也有些不合情理,嘉尚、普光、神昉三人不免惊诧,只是谁都没有流露在脸上。

玄奘呢,一时也颇觉为难,明明是叫了四人同来,又作了布置交代,而他却要一人总将了去,情何以堪?但转而又想,这弟子思想行为本来就有些乖异,与众不同。不过呢,从他的乖异中,却往往能见出其智慧,因此不能简单地与常人等同视之。于是,稍一沉思之后,便回道:“可以吧,只是不能逾越旬日。”

窥基答道:“不需旬日,三四日即送还。”

果然,此后第四日未过中,窥基便按时将十大论师的论稿送还玄奘。

玄奘对他的讲信用很是赞赏,但心里还是免不了犯嘀咕:这不足四天的时间,果真就读完了如许之多的文稿?即使读完了,又能记住多少,理解多少?这唯识学可是整个佛学中很繁复、最精深的义门呀!

玄奘还没来得及澄清脑子里的疑问,窥基却已经先开口了:“师父,窥基想一人承担十师论稿翻译的笔受,要不然,我就不参加了。”

又是一个令人突兀的问题,不仅突兀,而且简直让人难以接受:它不仅打乱了原定的计划,而且也让他难于对其他三人作出一个合理的交代。再说,这口气,这态度,也太过傲慢,甚而近于嚣张了。不过,玄奘最后还是把心头的火气压住了,平静地问道:“何以有这般想法?”

窥基见问,丝毫没有遮掩之意,还是那副直来直去的性子,回道:“弟子常听师父说,自佛教传入以来,所得者不过糟粕,而非玄源之醇粹。弟子以为，群圣制作，十师论说，虽大多驰誉五天，文传贝叶，但情见各异，义理未备于一本，学者难求，欲秉无依，加之去圣时远，众生命促，识见浇漓，更是难于在支离异说中领会唯识真义要旨。有道是，机不可失，时不再来。师父既然不辞辛苦，于万里域外亲受宗乘，又兼通大小内外，享誉四方，颖超千古，如果不趁此良辰将此十师论释糅合荟萃，则日后必有坐失时机之叹，后悔莫及呢。"

玄奘问道："你的意思是，十师论释不需逐一译出，而是按照既定主题，将十圣群言归类综合，集成一册，楷定真谬，权衡优劣，并进行抉择？"

窥基回道："正是。"

窥基的回答及其确定无误的态度，又给了玄奘一个不小的震动：这个综合式的糅译法，自己真的是没有想过，原来考虑的侧重点，是要原原本本地传达五天方面的各种异说，确确切切地反映各师论说的真实性，至于如何将这些异说进行综合、解释，那是以后的事情；有关学者研读、接受、领悟是否有困难等问题，那更是不在考虑的范围内。这弟子的建议，无疑具有创造性、建设性。不仅如此，他还提到了机不可失、时不再来的问题，真不失为警钟和忠告呢！自己整天想着寸阴是竞，弘扬光大，可一忙乎起来，却乱了方寸。真应该问一句：自己是不是也成了"尚能饭否"者了？

玄奘想到这里，心里不觉也急了起来，对窥基道："你的意见是很好，可为何要单独承担？人多不是力量更大吗？翻译起来会更快呀！"

窥基回道："快是快了，义解和行文却不免有差异，而责任也便分不清了。弟子并不希望以糅译居功，只是想，设若将来受责，则归于自己一人可矣。"

又是一个不小的震动：这弟子不仅有智慧，有创意，而且还襟怀磊落，敢于担当！

赞叹之余，玄奘心里早已默许，但却没有立即答应。

就窥基提出的问题，玄奘经过几天翻来覆去考虑，终于形成这样几点看法：一者，十释分译，齐全是齐全了，但却不利于传播，只要其中有所缺失，便很难窥其全豹；退而言之，学者即使都能寻到十释译本，各自也还得经过一番研习才能分出彼此的短长；又由于根器差别，领悟不同，仍然难免分歧。反之，若将十释糅译成一本，又经过综合分类，楷定真伪，简别抉择，不仅省了学者的时间、精力，而且还能大大地提高学习效率，有助于领悟、弘扬。再说呢，十释糅译既成，唯识大旨自明，从而为创宗立说打下基础，则自己向来梦寐以求的理想，不也就向前迈进了一步！二者，此子敢于一人担当，志气可嘉。夫子曾谓：美玉不宜韫匮收藏，而应待价而沽。所以呀，不用此子，不让他趁此闪光，更待何时！三者，这活儿既由他一人干了，又可腾出三个骁将来挑起另一副重担，这岂不又是一大好事！四者，从自己方面言之，与其空叹老病相寻，来日无多，不如奋力一搏，借力使力，使夙愿更臻圆满，这岂不是双美之事！

拿定主意后的第二天，玄奘将嘉尚、普光、神昉三人召来，说道："今日将你们召来，是想说明一下翻译计划变动的情况：窥基前几日提出十释糅译的建议，玄奘经过仔细考虑，觉得很好，既可省时省力，又能归纳、申明唯识微旨，为创宗立说、弘扬光大唯识宗旨奠定基础，这正是玄奘长久以来的夙愿。为了行文的统一，气势连贯，决定将笔受、缀文、纂义合而为一，由窥基一人独任。"

说到这里，玄奘有意停下来看了一眼三人的神色，只见他们面面相觑，并无言语。

玄奘见状,说道:“你们是不是觉得这个决定不妥?是不是担心自己闲着没事干了?”

因为问话直截了当,加之僧团中自来有不说谎的严戒,于是众人便不得不开口了。

“窥基自跟师父以来,还从来没有参译过一卷经呀!”普光首先说了自己的想法。

神昉接话道:“是呀,年在未立,又没有到过天竺,梵语胡言程度如何?”

普光、神昉说过之后,嘉尚还是没有开口的意思,玄奘于是问道:“你的意见呢?”

嘉尚不得不回道:“师父的决定,自应有其道理。”

“好呀,你分明是要我说明理由嘛!”玄奘回道,“不错,我之所以如此决定,一是因为,气可鼓而不可泄,他既然敢于担责,说明其心中有数,自信能力可及。其次呢,依玄奘观察,自入道以来,其研习不仅勤奋,而且强记博识,聪颖过人,诸位不都见到了?他才用了不几日的工夫就看完十大论师的释论,还提出了很好的主张,如果没有领悟论旨,岂能有如此的真知灼见?”

嘉尚等听后没有再作声。玄奘继续道:“因了他的这个建议,原定的译经计划还可以大大地提前了呢!腾出你们三个人手,《般若经》的翻译就可以立即提上日程了。”

普光一听说要翻译《般若经》,便讶而问道:“师父不是以阐明唯识宗旨为要务吗,怎么又要分心《般若》?”

神昉也不解地说道:“以神昉之陋闻,后汉竺佛朔和支娄迦谶,三国支谦、康僧会,北魏无罗叉,西晋竺法护,后秦鸠摩罗什等大德都有过《般若》翻译,史有十万偈、二万五千偈、一万八千偈、八千偈、四千偈等等八部之说,三藏为何还要去重复翻译?”

玄奘坦然回道："不错，玄奘是仰止法相唯识学。但也说过，佛的一音说法，虽有大小、空有之分，胜劣、层次不同，但大旨却一以贯之，互有关联。因此，在致力于瑜伽唯识弘扬的同时，也企图反映佛学全貌，以明佛学之源远流长，浩瀚无际，奥妙精深，因此并无出奴入主、排斥异宗的想法。你们都知道，有关瑜伽学、空宗和小乘方面的重要经典此前都已翻出，唯般若智慧旨趣未曾详尽。而般若智慧能与一切善法为母，因其能生诸法，故称佛母，因其能示世间诸法实相，故名如来母。般若所显示的性空、无相义理，其实就是华严、方等、宝积、大集、法华、涅槃各部大乘法的通法和主要教义，其重要性不言而喻。玄奘知道，中国向来注重《般若》，前代已有翻译，但却不过是零星之作，总数不过百余卷，远未周备。玄奘西行求得者，总为佛于舍卫国誓多林祇树给孤独园、王舍城鹫峰山、竹园精舍白鹭池侧、他化自在天宫四处所说十六会之法，远远超过前译者，至于文义之广博，则更非前译典籍所能尽，因此想全部译出，集其全部为大本，大概不下五六百卷……"

"好家伙，这么多呀！真的大大超过前代所译了，干脆就取名《大般若波罗蜜多经》得啦。"普光听到这里，高兴起来，忍不住说道。

玄奘心里欣赏这个弟子的聪明机敏，嘴上不说，脸上却笑了，说道："《大般若波罗蜜多经》，好吧，就依了你的意思。"

高兴之余，嘉尚却不免担心道："这么大的篇幅，就我等三个帮手，心有余而力不足啊！"

玄奘道："整个班子差不多都来了，怎么会只有你们三个参与呢，需要时，法钦啦，玄则啦，等等，随时都可加入嘛。"

三人听罢，都来了劲，很有跃跃欲试的神气。

玄奘见他们都高兴了，便说道："那就这样定了，以你们三个为首，笔受、证义，如何？”

嘉尚回道：“师父是统帅，弟子等是士卒，统帅指向哪里，士卒就向哪里冲呗！”

神昉、普光也同声道：“对，一切听从指挥！”

玄奘屈指数了一下时日，说道：“你们回趟京城，设法将前代所译《般若》典籍收集带回，以便重译时校对用。待我将唯识翻译理出个头绪后，就开始这边的工作。时间很紧呢，可要抓紧咧。”

第六十二回

绘宏图展现和谐佛园　拼老命使出浑身解数

玄奘在给嘉尚、普光、神昉三人布置完收集旧译《般若》典籍任务后，便立即转过来全力抓窥基方面的工作。

因为计划的改变，《般若经》的翻译被提前安排上日程表，玄奘除了高兴之外，还明显地感到了压力，所以时间抓得也就更紧了。从闰十月开始，他按照新的思路给窥基作了如下指示：“基于护法尊者是十大论师中见解最精深造极者，又已得其独传的《三十唯识论释》，所以，糅译十释时，就按其结构进行编排布局，释文亦以护法一家为基础，而以安慧、难陀两大系论释作对照，略去相同者而存其异见。”

窥基接过话头，说道：“师父，能不能这样：将各项法义的十家异说分类编排，在每一类中，先罗列其他各家异说，最后列叙护法尊者的见解，然后也像安慧论师，特别是护法尊者那样，用‘广论’的形式，也就是在释义的基础上进一步的推衍，对各项法义作一个评判、总结，再用因明的逻辑轨式进行论证，将那些不正确、不完备的法义一一加以简别,指出其谬误,使之不能再成立,借以显示护法正宗之所在。”

玄奘赞同道:“你的这个设计很好。这样做,可以使糅译出来的论作既精博、严谨,又条理清晰。”

说到这里,玄奘似乎又想起了什么,继续道:“护法尊者造《三十唯识论释》,所依据的经典不出六经十一论,也就是《华严经》、《解深密经》、《如来出现功德庄严经》、《大乘阿毗达摩经》、《入楞伽经》、《密严经》和‘一本十支’,所以,在糅译时都应当作为参考。还有他所造的《广百论释》,也同样可以作为借鉴、校勘之用。”

窥基点头道:“弟子知道了。”

在唯识论十家糅译的方针、方法确定之后,工作就开始了。头几个月,也就是当年最后一个季度里,玄奘首先为窥基讲述了唯识说的宗要、唯识学的内容即唯识相、唯识性、唯识位,以及佛所证得的菩提妙果等等。特别是详述了十家异说在《三十唯识颂》的旨趣、我法依识所变、诸法种子、诸识结构、诸识的俱有依即诸识生起时的重要增上缘、第七末那识所缘之法等方面的异说。

窥基听后大开眼界,深得法要。而玄奘呢,对这个聪明睿智的弟子也更加器重、更加信任,他语重心长地交代说:“你不仅要把糅译的事做好,还要注意做好听讲笔记,随时将心得体会记录下来,这对你日后的发展会很有好处的,务须记牢了。”

窥基这边的译事才走上正轨,嘉尚等三人已经从京城回来。他们除了带回来在京寺搜集到的历代所译《般若》典籍外,还有一条不大不小的新闻:皇上已经敕准开启扶风法门寺塔下地宫瘗藏的佛舍利,据说要迎往东都洛阳供养,并已赐钱五千、绢三千匹,用作造等身阿育王像及修补古塔费用。

扶风法门寺塔是神州十九座阿育王塔之一，塔下瘗藏有佛舍利，贞观五年第一次奉敕开启就地供养。从此，坊间有“三十年一开，开则岁丰人泰”之说，今上就是据此敕准开启的。因为此时玄奘正专注于译经事务，所以听完这条新闻后，只说了一个“好”字，便置之于脑后，而开始一本一本地翻起旧译来，并且按着书目说道：“无罗叉的《放光般若经》二十卷，竺法护的《光赞经》二十卷，鸠摩罗什的《大般若波罗蜜经》二十七卷，这些是佛在鹫峰山所说的第二会；竺佛朔、支娄迦谶的《般若道行经》十卷，支谦的《大明度无极经》六卷，康僧会、昙摩蜱的《大般若妙经》五卷，鸠摩罗什的《小品般若波罗蜜经》十卷，这些是佛在鹫峰山所说般若的第四会；月婆的《胜天王般若波罗蜜经》七卷，这是佛在鹫峰山所说般若的第六会；曼陀罗仙的《文殊师利所说大般若波罗蜜经》二卷，僧伽婆罗的《文殊师利所说般若波罗蜜经》一卷，这是佛在舍卫国祇园所说般若的第七会；翔公的《濡首菩萨无上清净分卫经》一卷，是佛在祇树给孤独园所说般若的第八会；鸠摩罗什、菩提流支、真谛各出《金刚般若》一卷，达摩笈多的《金刚能断般若波罗蜜经》一卷，这是佛在祇园所说般若的第九会。”

念毕，玄奘自语道：“这前代所译，总共是几种几卷了？”

“十六种一百一十四卷。”普光答道。

神昉讶道：“才一百多卷呀，也就二三万颂吧，离八部十几万颂的总数差着哩！“

玄奘订正道：“何止十几万颂？仅在西游时所得，就有二十余万颂，还不是全部呢！”

普光焦急道：“没有翻译的还这么多，得赶紧开始呀！”

嘉尚为难道：“唯识论的糅译正在进行呢，师父分不出手呀！”

神昉颇有同感，也说道：“的确，如果再另开译席翻《大般若经》，三藏两边跑，即使兼顾得了，那也太劳累了吧！”

玄奘听罢众人的话，自忖各说虽异，但心思却是一样的：都希望及早开译，同时又在担心我玄奘的身体。这份心呀，既让人感动，也很催人奋发。于是，他振了振精神，说道：“已经决定要做的事，自然是宜早不宜迟。大家不必为我的身体担心，马虽老了，但却练就了韧劲和耐力，拉车驮货还不成问题。这样吧，就在除旧布新之日开译，取个‘开门大吉’好兆头，如何？”

神昉问道：“三藏是说，就在即将到来的正月初一日开译？”

玄奘点头道：“是的，正月初一，既为令月又是吉日，令者，吉者，善与福之谓也。译经以扬善，扬善而获福报。择此吉日开席，但求《大般若经》翻译顺风顺水、功德圆满也。”

三人听罢，心里顿时觉得暖烘烘的，似乎胜利的曙光就在眼前，脸上的笑容就像红日喷薄处的那片彩霞。

果然，就在显庆五年元月元日，当附近乡村民舍迎新的爆竹声划破拂晓曙色从凤凰谷口传进来的时候，玄奘与全体译经僧也正在玉华殿举行《大般若经》开译仪式。

事前，玉华宫寺寺主慧德老法师已经率领寺僧将全院街道洒扫得干干净净，道旁绮饰庄严，幢帐华幡随风飘扬；在玉华殿的阶陛上，撒满了金花银屑；殿内供奉着释迦尊像，两旁华幔高悬，中间花果满案，玉烛生辉；译经几案的陈设安排，一如大慈恩寺翻经院。

玄奘并全体译经僧进殿后，先对尊像礼拜、赞叹。既毕，各就其座，玄奘正襟说道：“今天是新年的元月元日，将众贤集合在此开译《大般若波罗蜜多经》。”

玄奘指了指面前案上几大摞经籍，继续道：“这是玄奘西行请回的《大般若经》三种版本，是释尊在四处十六会上所说般若大法，总数在二十万颂左右吧。三种版本有所出入,可供翻译时相互校对,勘定法义。十六会中,前五会共二百四十八品合五百六十五卷,全面讲述了般若学说的义理,习之可窥般若全豹,各会内容大致相同,只是行文互有些出入而已。其中的第一会,即有四百卷,不仅文字最繁,义理也最广、最详,已经包含了般若学的全部义理,为般若学说之主流。第二会和第四会已有旧译,不足百卷,只需改译而使词语统一、释义一致即可。此外的十一会,总三十五卷,小半也已有旧译,共十二卷。由是可见翻译任务之艰巨繁重。此前翻译《瑜伽论》百卷耗时两年,《俱舍论》三十卷耗时三年,《婆沙论》二百卷耗时三年,如此看来,《大般若经》之翻译,非四五年或更多时间不能毕其功。玄奘如今年届花甲,又疾病缠身,注定要毕命于此玉华宫寺了,故每忧此经部头大,不能终笔,唯望众贤人人勤奋努力,勿辞劳苦是盼。”

说完,玄奘取过第一会梵典,又环顾殿堂内的庄严陈设,宣道:“今儿起首翻初会‘缘起品’。此品是说佛在鹫峰山顶放光,普照十方佛土,各方上首菩萨纷纷来献金色莲花,佛将莲花抛向四方,开始说大般若理旨。”

玄奘稍停,似待笔受者记录,抬眼望时,众人却没有一点儿动手的意思。

玄奘见状,不解地一一顾示之,当目光停在嘉尚身上时,嘉尚知道不能继续沉默,于是问道:“这《般若》翻译不循《唯识论》的例子了?”

嘉尚的话引起了其他人的共鸣,于是争相吐露心声道:

“是呀,既然《唯识》十家论释可以糅译,那诸部《般若》为何不也循例而行?”

“何况,前五会的内容并无大的差异,需要费时费力去一一翻译吗？”

“前代已有译本的，也不需重译了吧？”

“如果也像前代罗什法师那样，删繁去重，已有译本的不再翻，既可省时，又可省力，这样一来，就不用担心译不完了。省出来的时间，还可翻译另外的经典，岂不是更好！”

众人群起质疑，这是玄奘始料未及的，但他听后却不为所动，思想片刻后回道：“众贤是否知道，释尊为什么要于鹫峰山、给孤独园、竹林精舍、他化自在天宫四处十六会上不厌其烦地阐说般若理趣？那是因为般若的诸法皆空、无相、无得理，乃一切佛法的共同思想，共同教义。般若贯穿于一切佛法之中，能与一切善法为母，能生诸佛，能生如来，故称佛母、如来母。尤可宝贵的是，般若类经典还显示了与小乘教完全不同的整个大乘教至理，堪称大乘教法之集大成。”

“这些理儿，前些日子里师父都讲过了，弟子等懂得。”普光插话道。

“可难道你忘记了，”玄奘继续道，“你我师徒是怎样地披星戴月，风餐露宿，踏遍千山万水，历尽艰难险阻，东寻西觅，好不容易才搜集到这大部《般若》吗？神州学人早就相传，西方有十万颂大部《般若》，很想一睹为快。如今请得者，又大大超过此数，如不全都一一译出，既辜负了往日的辛苦，又不能显示此经的全豹，不能圆了学人的夙愿，岂不遗憾！”

玄奘说到这里，情不自禁地伸手触摸案头三种版本，就像收藏家把玩稀世珍宝一般。良久，才又继续道：“如今难得三本在手，借此机缘，三本对照，勘定真说，又不只是方便了当下的理解、弘扬，还能为后人留下一份不世鸿宝，这不又是一桩大大的功德？”

“既如此，那为何《唯识论》又采取糅译法？十释不全，岂不是也留下了遗憾?”神昉这样问道。

“这却有所不同。《般若》者,佛之所说;十释者,诸师之论义。佛说务必秉承,唯真谛是传,所以必须全译;论释则难免歧异,须经抉择才能显示佛说心法之精义,了明法相唯识之真趣,非糅译不能达到目的。当然,你所说的遗憾是有的,我最初计划十释全译,也就是抱的这种想法,但听窥基说得有理,所以才改变了初衷。糅译的好处,是避免了不完备、不正确的异说对学人产生扰攘,同时也显示出玄奘秉持护法尊者真传之深衷。”

众人听了玄奘的解释,明白了其要全译《般若》的理由,而这些理由也无疑是正确的。何况,大家之所以提出这些意见,其初衷也主要是从他的年龄和健康状况考虑。现在看到他如此坚持,又说出了这般的道理,自然也就再无话可说了。

说服众人后,《大般若经》的翻译终于顺利展开。

翻译的重头戏是初会,内容多而全面,字数约占全经的七成。玄奘将总数七十九品分为几部分,又指定各部分的执笔者,由他们各自分头听讲笔受。讲一段,笔受一段,这样的挨个讲下去,轮番不停地讲。如此一来,笔受者的任务是清楚了,也相对轻松了,可玄奘作为译主,却因此而不胜劳累,白天讲得口干舌燥,夜里还得挑灯为翌日备课,比起往时来又紧张、忙碌了许多。

也许是一下子增加了工作量,神经绷得太紧,气力消耗得太多,才几天下来,玄奘就觉得身子有点儿飘,神情恍惚,恹恹的老打呵欠,所以,他决定今晚不再熬夜,早点就寝,缓一缓神,歇一歇气,为了明日,也为了避免小不注意而酿成大患。

可是,就在玄奘准备宽衣就寝时,窥基却突然出现在面前,看他的神色,有点儿沮丧,估计是遇上了什么不快的事。

果然，未等玄奘开口，窥基就先泄气地说道："师父，这《成唯识论》还需要译下去吗？"

玄奘虽然对窥基的心事有所预感，但听完他的话，却还是感到有些突然和意外，不解地反问道："此话怎么讲？"

窥基毫不掩饰地回道："别人都已经开讲了，再译下去，人家会以为我们是在炒剩饭呢！"

玄奘更惊奇了："炒剩饭？谁人的剩饭？"

窥基道："就是那个新罗国和尚圆测，正在西明寺开讲唯识论呢！"

玄奘问道："你说是新罗国的圆测法师，已经在西明寺开讲唯识论？"

窥基回道："都在这样传呢！"

听到这里，玄奘不再问什么。

关于这位新罗法师，玄奘当然是熟悉的。就在西明寺落成、自己奉敕移住弘法时，他作为应选的五十位大德之一，也住了进来。此后，慢慢地对他有所了解，甚至还知道此前自己与他曾有过一段特别的因缘：往昔武德之末，玄奘第二次来到京师长安，在僧辩、法常两位大德门下听习《摄论》、《俱舍》。贞观二年，二师门下又来了一个小和尚，年方十五，字文雅，传说是新罗国王孙，入唐后才奉太宗皇帝敕剃度为僧，圆测这个法讳就是钦赐的。尽管身份特殊，因为年纪小，所以，新奇过后便不再被人注意，玄奘当然也记不得这段同门因缘了。只是因了西明寺的再会，如烟往事才又重新回到记忆中来。不过，由于这一层关系，玄奘对他又多了几分关注，知道他在违别之后住进东市南面安邑坊之玄法寺，相继研习《毗昙》、《成实》、《俱舍》、《婆沙》等论典，不过始终见长的还是《地论》和《摄论》学。到玄奘求法归来时，他已是京师佛学基础深厚、广闻博识的知名大德。在西明寺相聚的时间虽然很短,但从其曾多次前来请教法要的殷勤态度看,这法师的确是谦虚好学的,也有自己独立的见解。当然,由于其对五天佛法的历史、现状了解较少,局限性自然是不可避免的。

玄奘想到这里,重又开了口,不过,他没有直接回答窥基要不要继续翻译唯识论问题,而是这样问道:“窥基你可知道五天唯识思想走过的发展路程?”

窥基没想到玄奘会提出这个问题,先是一愣,继而才回道:“这事儿师父不是说过了,世亲菩萨对《十地经》提出的‘三界唯心’说进行解释、发挥,认为‘十二缘起法’本‘依于一心’,证菩提、求涅槃要靠转识成智,这样,他所造的《十地经论》便上通般若,同时又为后来的瑜伽学开宗,是为唯识学之萌芽期。无著菩萨造《摄大乘论》解释《大乘阿毗达摩经》,开始建立瑜伽唯识学体系,世亲为造《摄大乘论释》加以弘扬推广,是为唯识学之增长期。及至《瑜伽师地论》一本十支盛弘,特别是世亲菩萨晚年造《三十唯识颂》,高举唯识法幢,他的弟子以及其他论师又竞为注释,将佛学的最新、最高、最精致的成果唯识学推向崭新阶段,是为此学的成熟期。”

玄奘接着又问道:“世亲之后,唯识学系统中有些什么样的变化?”

“这点师父也说过了。因为大学者很多,有世亲菩萨的弟子,亦有其他论师,他们在注释时,按照自己的理解,各呈其能,标新立异,所以出现了异说纷呈的局面。”窥基回答道,“不过,就主要者言之,则有古今两系:一是以难陀论师为首的唯识古学,所依据的经典主要是《摄大乘论》,此外还有《二十唯识》、《三十唯识》、《辩中边论释》,认为眼、耳、鼻、舌、身、意、末那、阿赖耶八识各自都有两种功能,即‘能取’作用与‘所取’作用,能取作用称为‘见分’,所取作用称为‘相分’，见分为自体，并无自己的行相，相分是转变出来的，因而是不实在的，是虚象，这二分说就是所谓的‘无相唯识’；就唯识三性而言，相分是虚象，属于遍计所执性，见分具有分别的作用，属于依他起性，只有在识变净，也就是认识到相分的不实在性，才是圆成实性；见分、相分的转变与显现，是种子作用的结果，而种子则是由现行熏习而成，所以，种子不是本来就有，而是现熏出来的，可见所主张的是‘种子新熏说’。另一系以陈那论师为首，称为唯识今学，所依据的经典大致与前者相同，歧异之一是主张三分说，即识的作用除见、相二分外，还有‘自证分’，亦即证知见分存在的功能，主张的是‘三分说’；同时还认为，见分、相分都是有行相的，是实在的，所以是‘有相唯识’。”

说到这里，窥基停下来注视着玄奘，似乎是在等待着评判和裁决，然而得到的却是继续提问：“陈那论师以后的情形又怎样？”

“陈那以后的情形？”窥基意识到玄奘在明知故问，所以显出惊奇的样子回道，“陈那以后当然就是现在所要翻译的护法尊者等十家对《三十唯识颂》的论释呀！”

玄奘听窥基说完，莞尔一笑，但没有说话。

窥基是个聪明的人，从玄奘的态度中已经看出了端倪，但思想疙瘩还是没最终解开：“弟子明白，师父的意思是，新罗和尚所弘扬的只是旧唯识学，也就是《摄大乘论》、《解深密经》等所讲的唯识学，但弟子以为，恐怕也不完全尽然，因为《瑜伽论》的一本十支大部分都已译出流行了呀，特别是《三十唯识论》，他不会也融汇进去吗？”

玄奘又是微微一笑：“那当然，流行的东西谁都可以研习，但要是没有译出，没有流行的呢？”

经玄奘如此一点，窥基终于恍然大悟，红着脸拍了拍脑袋，难为情地说道：“弟子糊涂，太执着一点了。十家论释还没有译出呢，更何况，护法尊者的《三十唯识论释》又是十家中之最精微者，只传授了师父，连五天学者都未见着面呢，他圆测如何能讲说？”

玄奘好像是没听见窥基的检讨似的，说道：“现在的要务是，通过十释糅译，简除异见，突出护法的正宗思想，也就是唯识四分说，种子本有、新熏兼有说，诸法不离识说，以及瑜伽、中观、密教和会的观点。特别是，为了使论释严谨、缜密，破立明确，必须运用《因明正理门论》所明之三支来论述，以因、喻比知宗义，使所破、所立无懈可击。”

至此，窥基不仅解开了疙瘩，还明确了方向，说了声“弟子明白”，转身便要离去。

“先别走，还有话呢。”玄奘把窥基叫住，叮嘱道，“对于新罗法师的讲述，不必过于在意。唯识学说，本来就一直在不断变化，从弥勒、无著、世亲时起，各人看法就不完全一样，后人的论释又各申己见，歧义更多，存在争论，那是必然的事。不是常说，事理不辩不明吗？争论就是研习讨论嘛，各抒己见，有理不在声高，也不在讲说的早晚，能不能被人接受、弘扬开去，那要看立论是否正确。服从真理，取长补短，这才是应取的态度。《摄论》首先由真谛三藏翻译传于中夏，他本人所作的《摄论释》，观点更接近于难陀，在多个方面立论与一般瑜伽学者有异，特别是在种子问题上，随难陀取新熏说，表面上与护法尊者新说并不完全相违，实际上却有本质区别，也就是说，护法尊者虽主张种子可以新熏，但仍坚持五种性的不可变异，众生中的一部分人永远不能成佛，难陀的主张则相反。谁对谁错呢？玄奘西游前对这个问题就弄不清楚，所以，在周游五天时，曾到孤山一精舍刻檀观自在菩萨像前抛花祈愿，其中就问到：一切众生是否都有佛性、经过修行都可以成佛？结果是得到了肯定的回答。在杖林山从胜军尊者学时，他的《唯识抉择论》也重新强调种子乃现熏而成,显然在反对种性不变说,而主张人人通过修行都可证菩提,得涅槃。这个观点,我是持肯定态度的。护法尊者无疑是十大论师中论释最精要的一个,无愧于魁首之称,但其新熏说与种性不变说显然是矛盾的。弟子宜知之。”

说毕,窥基告辞离去。玄奘送到门口,目送他消失在夜幕之中。正要转身往回走时,身子忽然向前一倾,趔趄了两步。好在玄觉及时赶来搀扶,这才没有跌倒。

玄觉将玄奘扶至卧榻边坐下,一面给他打开铺盖,一面忍不住嘟囔道:“说好了今晚早些睡,结果还是拖了这么长时间。总是这样没日没夜的,灯盏里的油再多,也会熬干的。”

玄奘缓过了气,又是一副不以为然的样子,说道:“油本来就是供点灯用的嘛,完了再添呗。”

玄觉带气道:“就怕添不进去呢! 看你每顿才吃了多少,而且还越来越减。果真到了不能再添那一步,看你怎么办!”

“好啦好啦,别夸大其词了。耸人听闻,自己吓唬自己!”玄奘躺下盖上被子,说道,“快熄了灯,你也早点睡去。”

玄觉吹了灯便要离去,玄奘却又叫住道:“你光顾数落我了,交你办的事还未汇报呢!”

玄觉在黑暗中回道:“今年用的回峰纸五驮已经购回,正在印造呢。泥塑佛像得天气暖和以后才能开工,弟子会抓紧的。”

玄奘听罢,这才安心地睡了。

在忙忙碌碌中,一年很快又过去了。经过辛苦努力,玄奘的译经工作可说是收获丰硕。

首先是普光,只用了八个月多点儿的时间,就整理完成了所负责笔受的那部分《大般若经》文稿,用实际行动再次证明,他不愧为玄奘的得意门生、上首弟子。其他人的进度也都令人满意。窥基方面，他所负责执笔糅译的《成唯识论》也交了稿，屈指数来，也只用了大约一年的时间，便将十释四千五百颂雄文，经过华梵比较、古言今语对照，然后进行概括、综合、诠释，合为一部，勒成十卷。玄奘捧而读之，流水行云，如在眼前，舒卷自如，徜徉从容，调和韶律，词溢光彩，不愧前贤，后哲难追；尤其值得称赏的是，在阐说教法、诠释宗义、论辩真伪、运用殊方言辞等方面，无不契理传神，通达自在、无碍无滞，纲领、品第，一皆条分缕析，清清楚楚。掩卷时，玄奘不禁啧啧，叹为奇才、法种。

这些成绩，不仅使玄奘得到了极大的慰藉，而且让他又产生了快马加鞭的想法。当然，刺激他萌生这种想法的原因还有另一个，即自那次送窥基出门时头昏欲倒事故之后，又有过两三回类似的现象，好在都是在坐着时发生，双手伏案片刻就过去了，事态不算太严重，自然也就没有惊动他人。不过，自己从此便时时、处处小心了许多。然而，越是小心，越是当一回事，紧迫感就越强烈、越明显，越想加快脚步往前走。

正是在这样一种思想催促下，他回过头来总结、梳理了一下整个译经情况，觉得还有一些不足之处，比如小乘方面，虽然翻译了多部重要经典，如《大毗婆沙论》、《阿毗达摩俱舍论》、《发智》等，但源头追溯仍然不彻底，“一身六足”中的“足”，还有数种未译；在瑜伽唯识方面，也存在同样的问题。这无论从各个学说体系的完整性或正本清源的角度去看，都是一种缺陷，没有做到尽善尽美，很有补补课的必要。

普光交稿后，还没有喘过气来，便被玄奘叫了去，对他说：“你以前笔受过六足之《法蕴足论》，已经顺手了，现在再给你派个同样的活儿，将《阿毗达摩品类足论》也接了，如何？”

普光二话没说就接受了，还笑着说：“正怕没事干，闲得慌呢！”

玄奘回道：“那就好，此论有十八卷之多，足够你忙一阵的了。”

普光领了任务走了，玄奘接着又将弘度、法诠两僧召来，说：“活儿忙不过来了，你俩也来分担一些，考虑到《阿毗达摩集异门足论》篇幅较长，有二十卷之多，为了抢时间，就由你们共同来完成，有困难吗？”

弘度、法诠同声回道：“有三藏指点，做后盾，再有困难也能克服。”

对于窥基，同样是紧抓不放，一下子将《辨中边论颂》、《辨中边论》、《二十唯识论》、《异部宗轮论》、《阿毗达摩界身足论》等数部典籍全都压到了他身上。

窥基听后说道：“既涉十支，又涉六足，还涉部派历史、教义，够杂的了。”

玄奘说道：“是的，涉及面很广，既广必杂，杂而必广，广而杂则博，只有博通，论说起来才能纵横捭阖，左右逢源，舒卷自如。”

窥基回道：“既然师父如此说了，弟子哪有不接活的理。”

玄奘有意试试窥基的信心，故意道：“那也不要勉强，要不然让别人承担也行。”

窥基一听，只说了声“不用了”，也不告别，抽身就走了。

玄奘望着他离去的背影，笑了。

如此安排下来，译经的速度自然大大地加快了。可也就因为这加快了的速度，玄奘自己的负担也随之大大地加重了。想想看，《大般若经》那边还有一大堆的事儿正在做，等着做，而现在又增加了几个摊子；而且，不管是旧摊子还是新摊子，哪一个摊子都离不开他。所以呀，每天从早到晚，只见玄奘总是来去匆匆地往返于云光殿、玉华殿、明月殿、嘉寿殿、庆福殿、八桂亭、肃诚院之间，几乎是整个的玉华宫寺都成了他的“运动场”。

玄觉看在眼里，不免心急、心疼，曾多次建言：“不要一个人四面八方奔跑，只要坐镇肃诚院，让各位笔受人员前来听受，然后回去整理即可。”

玄奘回答道：“笔受人员又是笔又是砚的，离不开文房四宝，携带很不方便。而我呢，则不过是扛着一个脑袋，捎带一张嘴，来去自如，方便利索。所以呀，还是我‘送货上门’为好。”

话说得很轻松，可实际做起来，就不是那么一回事了。要知道，这玉华宫寺，本来就是一处禁地、离宫别馆，改为佛寺之后，周围的田地虽都归还了原主，但宫园内的地面却还是原封原样的，大小宽窄一点儿未变，它有多广多大，一想就知道了。前面提到的那些殿堂庭院，又都不是扎堆儿建造的，而是依山傍水、因地就势、根据攻防要略而修建的，毗邻的少，分散的多，以玉华殿为中心，其北有排云殿、庆云殿、其东为嘉寿殿，其西为庆福殿，虽属中宫一组，但相互的距离都在一里以外；明月殿所在的东宫位于正宫东北的一条川谷中；八桂亭则是正宫西边珊瑚谷紫薇殿侧的观瀑处；肃诚院呢，又在正宫以北的兰芝谷。想想看，相互的距离能近吗？走动起来能是一件容易事吗？

然而，玄奘却是像他说的那样，每日“送货上门”，马不停蹄地穿梭于相关殿宇之间，当然累，当然难，尤其是对于一个年届花甲的人来说，那就更是累上加累，难上加难了。

弟子们看在眼里，疼在心里，坚决要求他把动静的关系倒个过，像玄觉说的那样，由玄奘“送货上门”改为助译僧“上门取货”。

首先采取行动的是普光。这天一大早，他就从云光殿动身，想抢在玄奘离开肃诚院之前到达那里。不料才到得兰芝谷口，便遇上了他，结果是，不得不又一同回到云光殿。

普光对此十分不满，一路嘟囔道：“师父你又何苦呢，能走的你不让走，自己不能走却偏要走，真是不可理解！”

玄奘严肃回道：“理由不是早说了，还要再说一百遍不成！”

普光道：“弟子都到了跟前了，还非要返回不成？”

玄奘道：“不是说人老先老腿吗？我多走走，不是更有利于练腿防老？你们后生既没到需要练腿的年龄，又身负重任，和我争什么呀！”

普光明知玄奘是在强词夺理，无奈地笑了笑，再也无话可说。

就在当天，傍晚时分，当玄奘从云光殿回到肃诚院时，看见门外停着一乘小车，形状有点儿眼熟，与自己在太极宫里行走时见过的那种颇为相似，只是少了些装饰，略显陈旧，却还结实。

玄奘怀着疑问走进院子，又发现当中停放着一担木炭。正要叫来玄觉问个明白呢，他已经从殿里走了出来，后面还跟了一个人，仔细一瞧，竟是寺主慧德老和尚，于是赶忙上前施礼道：“不知长老到来，未曾候驾，玄奘失礼了。”

老和尚回道：“三藏说哪里话？失礼的不是你，而是老衲我呢。”

玄奘道：“长老此话从何说起？山门里的事料理得有条不紊，对玄奘一行又如此关怀备至，岂有失礼之说！”

“正是对三藏照料不周，所以才惭愧哩。”老和尚颇显内疚地说道，“今儿就是专门请罪补过来的。”

玄奘听后，似乎明白了些什么，回头看了一眼那木炭和车子，然后又盯着寺主似在问。老和尚顺便解释道：“老衲看着三藏每日来回奔走劳累，于心何忍？所以叫了几个徒儿，将先帝遗留在寺里的旧车挑了一乘，从库房里搬出来，清洗擦拭干净，又做了些改造。

三藏从明日起，就以此代步吧。老衲遣两个徒儿赶车保护，不会有闪失的。”

玄奘听后颇为感动，说道：“长老的一片诚心，玄奘领受了，只是以此代步，恐有不妥……”

“什么妥不妥的？三藏要是在玉华宫寺出了点事儿，那才真的不妥呢！”老和尚不由分说，继续道，“不仅不妥，老衲也担不起这份责任呀！”

玄奘还是不愿听从安排：“还要派人前呼后拥的，太突出了。”

老和尚说道：“三藏的话差矣。老衲的用心，是要徒儿们借此接近三藏，亲眼看看、随时感受感受三藏为人处事、为法忘躯的品格、风范，这比老衲我说一千道一万的训导又强多了。”

玄奘急忙道：“长老过望了，过望了，玄奘实在不胜担当。”

老和尚没有理会玄奘话，而是指着那儿担木炭说：“这是兰芝谷村民秦小龙给三藏送来的。挑来时，三藏不在，家里还有些事儿，他便先回去了。”

玄奘说道：“玄奘哪来的这份造化，值得乡亲们如此这般的关爱？”

老和尚说道：“小龙留话说，法师大恩大德，无以为报，前些日子，抽闲就地取材，用山中杂木烧了这些黑炭，给法师取暖用。冬天山里本来就冷，又住在高堂大殿里，没有炉火可不行。杂木烧的炭，质地硬，耐燃，无烟，火旺，法师先用着，烧完了，再送来。”

玄奘思忖着问道：“这秦小龙是谁？玄奘何时何处对他有过好处，让他如此念念不忘？”

老和尚说道：“老朽也问过了，他说是改宫为寺后，奉恩敕从山外再回迁至兰芝谷，生计又得从头开始。可上有老下有少，几年来都未能缓过气。艰难之中，法师雪中送炭，施给帛缎一端，小龙将它换成银两贴补家用，这才渡过难关。以心换心，法师的慈心岂是几根炭条所能报答得了的，但山野村夫如今也只能做到这些，望法师体谅了。”

经这一说，玄奘终于想起了：去年到寺不久，正赶上冬天，听说周围一些民户生活无着，经一一访实后，遂将所得赏赐钱物的一部分散施救急。事情做完，也就没再把它放在心上。没想到，还引出今日这事儿来。

想到这，玄奘坦然道：“嘿，这还值得记挂呀！这些钱呀物的，放在玄奘这里，委屈了它们，用到该用的地方，这才真叫物尽其用呢！何况，救苦救难乃是僧家的责任，岂有图报之理！这样吧，炭，玄奘收下，但必须按价付钱。”

玄奘说完，叫过玄觉吩咐道：“你去取来银两，就请长老转交吧。”

玄觉踌躇道：“屋里还有东西呢，也照这样子处理吗？”

“屋里还有东西？”玄奘惊奇道，“是什么东西？”

玄觉回道：“村民送来的粮食。”

玄奘更奇怪了。

老和尚见状，急忙解释道：“有粮食，也有本地的一些特产。”

老和尚说着就往殿里走，并且指着放在地上的袋子说：“三藏看，就是这些，黑米啦，芝麻啦，黑豆啦、黑小麦啦，还有核桃、枸杞、大枣、干山药，也都是附近村民托付老衲转交三藏的。他们说，三藏整日劳神，虚耗过多，食此可以补气、养血、健脑，对肝、肾、脾、胃都有好处。还说了，若将此数种混合研磨成粉，每天早上用开水冲食一小碗，日久即见奇效。若三藏认为好，老衲即差遣几个徒儿拿了去加工，如何？”

老和尚只顾介绍、转述村民的话，没有注意到玄奘神色的变化。待说完再看时，只见他已是泪花闪闪，一切全在不言中。

第六十三回

佛指改瘗福地选凤堆　正法弘宣神州举大旗

前面说过，嘉尚、普光等奉玄奘之命赴京寺搜集前代所译般若类经籍时，曾带回来一条消息：今上有诏按“三十年一开启”的惯例，再次迎奉扶风法门寺阿育王塔内瘗藏的佛舍利至东都洛阳供养。这件事的起始，几乎是与玄奘迁玉华宫寺译经同时。当玄奘不舍昼夜译经的时候，迎奉舍利的法事活动也在紧锣密鼓地进行着。

显庆四年九月，内道场僧人智悰、弘静奉诏入宫应询，在谈及扶风法门寺阿育王塔时说：“古老传云：此塔一闭，经三十年一开示，能令人生善。前贞观五年二月二十五日曾奉敕开示，大有感应，祥瑞颇多。今以届期，请更出之。”

今上听后下诏说：“舍利既是善因，自应如期开启供养。朕令汝二人择日至寺，入塔行道，若有瑞应，即行开发。”

凤诏既下，智悰、弘静与给使王长信即于十月五日出发，至次日天黑到达法门寺，并随即入塔行道，精诚至极。经七日夜，终于在十日三更时分猛听得塔内佛像下有震裂之声，接着又见瑞光四溢，霏霏上涌。塔内三佛像足放光，红绿相杂，盘旋而上，至塔室顶部合而成帐盖。其下僧徒济济一堂，人人合掌念佛，久而隐去。之后，众人遍察塔室，竟获舍利一粒，光明鲜洁，更细寻之，又得七粒……

皇帝得到有关舍利呈祥的奏报后，善心大发，立即下诏开启，果然于塔下地宫中获佛真身舍利一枚。

僧俗闻讯，无不兴高采烈，于京邑至法门寺二百里间，络绎于途，奔走相告，往来相庆。

显庆五年三月，皇帝下敕迎舍利至东都洛阳，先于城内巡行，供士庶瞻仰礼拜。经一宿，然后安置于大内供养。

前面说过，早在智悰、弘静等前往法门寺行道之时，皇帝即给钱五千充作供养，既又获感应佛舍利，于是敕令内侍王君德加送绢三千匹，作为造阿育王像和修补故塔的费用。阿育王像大小与帝本人等高，其仿阿育王故事敬佛之心，昭然可见。

在开启舍利之后，寺僧根据诏令要求，对舍利塔做了一次大修，将已经腐朽的旧材全部拆除，换为柏木；塔基也全部用石块垒砌。修塔的同时，皇帝、皇后又赐钱、绢，令增修寺宇。

这次佛舍利开启供奉活动，前后历时两年多。为什么延续了如此长的时间？一方面是修塔、增修寺宇，都要花费很多的时间。而最主要的，则是第二个原因，也就是这两年多的时间里，皇帝太忙了，军国大事太多了：

大唐王朝建政以后，经过几十年的苦心经营，终于出现了贞观盛世。大局固然已定，但四边犹未安睦。就在显庆四年至龙朔二年的两年多时间里，大唐王朝因边扰而不得不对西戎、北狄如沙陀突厥贺鲁部、契丹、悉结、拔也固、仆骨、同罗、奚、铁勒等部族的侵扰进行反击、讨伐。而东部边境的扰攘，则更是让皇帝寝不安席。

立国之初，为了集中力量巩固新生的政权，对外采取和戎政策，有时甚至不得不隐痛忍辱，对东北境外的高句丽尤其如此。开头的确也取得过良好的成效，但自高句丽盖苏文弑主操控朝政之后，一方面竭力阻断新罗、百济与唐交往的通道，同时又单独或联合百济对新罗频繁侵扰掳掠，尽管唐廷应新罗屡屡请求，出面从中斡旋，令其修好和睦，但盖苏文却非但称霸海东之心不死，而且还公然与唐朝为敌。百济呢，则首鼠两端，企图在高句丽与新罗、唐王朝的斗争中坐收渔利，有时则又助纣为虐，帮着高句丽袭击侵掠新罗。如此一来，唐朝、新罗与高句丽、百济的矛盾就日益尖锐起来，并因此最终促成了唐罗联盟，共同对敌。太宗时的御驾亲征，一因指挥失当，二因天时不利，终致无功。这样，谋求睦邻和东北边境安宁的重任就落到了今上的身上。太宗还师以后，听纳大臣的建议，改变策略，屡遣偏师，更迭扰其疆场，高句丽于是疲于奔命，一心忙于守备，田种不能，数年之间，千里萧条，终致盖苏文恶政尽失人心。在此期间，百济一改旧态，年年出兵新罗，攻城略地，新罗君民因此苦不堪言，只好请兵于唐，共同对付强敌。这样，唐王朝于显庆五年三月、八月、十一月连续三次与新罗合兵攻打百济，并最后俘虏百济国王，百济至此宣告覆灭。接下来又转入对高句丽的连年讨伐……在此期间，皇帝除了统驭全盘，运筹帷幄之外，还要经常出巡，检查守备，甚至想仿效父王太宗御驾亲征，只是在蔚州刺史李君球及武后的谏劝之下，才最后作罢。不用说，在浓云密布的战争氛围之下，皇帝肯定更想通过供养舍利祈求胜利、国泰民安。所以，这次迎奉供养活动延续时间之长就是自然又必然之事了。

百济的灭亡，使高句丽陷入了孤军作战的境地，这无论对新罗还是对唐朝来说,都大大地减轻了边防的压力,在皇帝看来,舍利供奉法事至此也告功德圆满。此外,经过两年多时间,寺、塔整修之功已陆续告毕,武后舍所寝衣帐为舍利而造的金棺银椁、九重宝函也已经完工,于是,将佛舍利送还法门寺塔一事便被提到了日程上。

龙朔改元当年秋风乍起时节,西明寺上座道宣律师奉诏入宫,皇帝对他说:“法门寺佛舍利开启供养,时逾二年。朕拟于明年春送还原处,待三十年以后再启出供养。有奏报说,这次开启,于敕使到达前数日,曾望见塔上有赤色光周照远近,直上至天,整个寺城一下子成了金色世界。真是神异至极,不可思议呀!”

皇帝所说的事,道宣早就知道了,不过,此次听皇上如此说后,却牵出了他的一桩心事,想起了一桩一直未能完成的任务,于是不失时机地接话道:“陛下所说极是,释迦文佛就是这样以种种相、种种瑞应来化导有情众生的。中天竺摩揭陀国伽耶山佛成道处,也就是现如今的摩诃菩提僧伽蓝所在地,那里的灵瑞又更为神奇不可思议多了!”

皇帝来了兴趣,问道:“还有比法门寺舍利更神奇不可思议的?”

道宣见皇帝兴致很高,于是便为之转述了玄奘亲闻亲历菩提圣树、灵骨大显神变的往事,说:“按五天历法,每年十二月三十日,相当于中夏正月十五元宵日,自此起至佛涅槃的二月十五日,是为大神变月。期间,菩提寺塔中瘗藏的佛指舍利即大放光瑞,奇花如雨,从天撒落,整个庭院地面就像是锦缎铺就似的。在此大神变月里,摩揭陀国君民士庶必到此大作佛事,寺僧则出塔中佛指舍利,遍示道俗,让人礼拜、瞻仰。此时,舍利大放光明,照烛天地,犹如白昼。”

皇帝听后将信将疑，问道：“奘师果真亲眼目睹了？”

道宣回道：“第一次前往参礼时，没能看到，因此曾悲啼昏厥倒地。第二次参礼时，终于如愿以偿。”

皇帝沉思有顷，怅然道：“佛指灵骨固然有不可思议大神变，只可惜朕无缘供养呀。”

道宣听皇帝如此说，心里禁不住暗自高兴起来。为什么？因为计划可以施行了，实现愿景的时刻就要到来。还记得吧，往昔永徽年间，天竺大菩提寺有个僧人叫法长，不远万里来到长安，在参见玄奘法师的同时，对京师长安及周围的佛教历史、现状做了个仔细调查、考察后，认定，东来西往僧俗的传说是属实的：佛法在赡部洲东部这块土地上确实很兴盛，称之为圣教的第二故乡、正法弘扬中心实不为过。所以，临走时遂将随身带来的一座金塔，还有那枚原藏于菩提寺塔中的佛指舍利留了下来，并希望玄奘能择福地瘗藏供养，续佛慧命，将正法发扬光大。他这样做，并非临时起意，突发奇想，而是计划周密、目的明确的行动，换句话说，这正是他不远万里前来大唐国都长安的真正目的。玄奘得到舍利后，当下就交给道宣，将寻找福地瘗藏供养的重任也交给了他。多年来，道宣苦于机会难逢，所以一直未能了此心愿。他完全没有想到，喜事真的从天而降了：皇帝竟然召他入宫，正好又谈的是舍利迎奉供养一事，还表示了无缘供养佛指舍利的遗憾！人们做事都讲时机。现在不正是一个大好的机会吗？

想到这里，道宣高兴地说道：“陛下诚心向道，全力护法，与佛的缘分真是很深啊！”

皇帝问道：“律师此话怎讲？”

道宣道：“陛下希望供养佛指舍利，祈福邦家，而佛指舍利果然就在身边呢!”

皇帝不相信道宣所说,带着几分失望苦笑了笑,说道:“律师不过是在安慰朕罢了。五天与大唐相隔千山万水,佛指骨舍利哪能说有就有,说来就来?再说了,舍利既然有大神变,人家五天信众也不会让它轻易挪移呀!再有呢,佛指舍利既有如此大神变,那也只配人家佛国仙乡供养。要知道,大菩提寺可是佛教的源头,具有大神变的佛指舍利正是一个象征,正是一面旗帜啊!”

道宣笑道:“陛下先不要没了信心。道宣以为,只要有缘,什么样的奇迹都会出现,舍利会现前,佛国仙乡也可换个地方嘛。史上不是有‘三十年河东,三十年河西’之说吗?”

皇帝听后只是笑了笑,没有再说话。

道宣见状,担心皇帝就此将此话题搁到一边,于是急忙说道:“陛下,道宣不说谎话,摩揭陀国大菩提寺供养的那枚佛指舍利真的就在大唐京城呢。”

皇帝见道宣态度认真,便正色问道:“佛指舍利真的在长安?这是怎么回事?”

于是,道宣便一五一十地将事情的始末和盘托出,而皇帝呢,也终于相信了,高兴了,当然也觉得事情真的不可思议,但思量再三之后还是摇了摇头,自语道:“这事儿的确神奇,但为什么偏偏出现在今儿,而不在父皇御世之时?护法大事是父皇倡导的呀!”

道宣解释道:“道宣以为,陛下的疑问,其实并不难找到答案。佛教讲因缘,认为世界万物皆是相互攀缘而起,诸法之成立,都是众缘和合的结果,有因必有果,种瓜得瓜,种豆得豆。功德一代一代积累下来,越来越多,福祉当然也就越来越多,喜庆之事出现自然也就不奇怪了。诚如陛下所说,先主太宗皇帝敞大海之胸怀接纳佛教,又鼎力护持之,其鸿恩厚德,众生没齿难忘,天地可鉴。如今，陛下继先帝之宏志，护持有加，法流益盛，众生因之归善，国家借此泰宁，同样功德无量，所以呀，佛指舍利出现在京师，正是一个果报、福报呢。《易经》曾说，‘积善之家，必有余庆’。一个国家也是这样。先帝的恩德泽及陛下，而陛下之恩德还将泽及子孙后代呢。”

皇帝听得高兴，笑道：“律师分明是在歌功颂德，让朕开心哩。”

道宣道：“道宣是在讲事实，说缘由呢。陛下不是说，大神变之佛指舍利只配仙乡佛国供养吗？道宣也说过，仙乡佛国会换地方的。换到了哪里？到了神州赤县！陛下知道，早在玄奘三藏法师回国后不数年，戒日王去世后，五天动乱，使者王玄策曾遭其殃，乱国者倒行逆施，汰僧毁寺，正教凌迟，江河日下，不可昔比。反之，神州大地则已经成为佛教的第二故乡，大乘佛教更是在这里找到了最广阔的家园，佛法弘传中心转向中夏已成不可逆转之势。”

皇帝听后又摇头道：“哎，这只是律师的一面之词罢了。”

道宣辩道：“不只是道宣的看法，还有征候佐证呢。就是前面说到的那个法长和尚，他曾说过，五天竺国国王为了保护伽耶山佛成道处的金刚座，遂于菩提树园的南北面各竖了一尊观自在菩萨像以为界标，菩萨像面东而坐，说是此菩萨像身没不见时，佛法当尽。而现在呢，南边那尊菩萨像已被尘土没过胸。菩提寺寺主戒龙上座以为，五天在南，中夏在北，南边菩萨像没过胸正说明五天佛法衰微之势，北边菩萨像挺立如旧，则说明佛法盛在中夏。正是基于这样的征兆，才有了法长和尚东来之举。这难道不也是因缘所致吗？”

早在皇帝与道宣对话开始后不久，武后便进了殿，并且静听着双方的谈话，直到这时，她才开口问道：“果真有这等事？”

“禀报圣后，教有严戒，道宣不敢说谎，相信法长和尚所说也不是诳语。”道宣回毕，转而对着皇帝继续道，“陛下《述圣记》曾谓：‘夫显扬圣教，非智无以广其文，非贤莫能定其旨。’玄奘三藏法师乃法门领袖，天纵奇才，备修福慧，多闻博洽，于天竺游学时，声震葱左，名流八国，梵僧论坛丧辙，解颐虔服；竺王肘步鸣足，倾珍供养。归国之后，复奉风诏，翻译真经，传未传之学。举目阎浮，于今可作狮子吼、举旗领路者，舍师其谁？弘法中心既已移至中夏，法门领袖亦在此方，这不又是佛指舍利有缘于大唐之一证吗！道宣以为，因此三缘，佛指舍利之来，固然不可思议，而同时也是理之必然，势之使然。”

“照律师所说，大唐国不仅有资格，而且也必须好生供养佛指舍利了！”皇帝终于相信佛指舍利与大唐有缘，但随即却又犯难了，“如此大神变的佛真身指骨舍利，奉安于何处才合适呢？”

道宣回道：“陛下不是拟于今年送舍利还法门寺吗，何不将此指骨舍利一同瘗藏？法门寺塔乃神州大地十九座阿育王塔之一，寺院如今又已成为朝廷为国祈福的道场，奉安、供养这枚舍利是最合适不过的了。”

皇帝道：“与原来的舍利同奉一塔，合适吗？”

道宣回道：“无妨，都是佛舍利嘛。大菩提寺除佛指舍利外，不是也还有若干肉舍利吗？”

皇帝正了正身，说道：“朕今儿召律师来，就是要你与智悰、弘静二师偕同京寺僧众、法门寺僧众，一起奉送舍利还法门寺塔。佛指舍利既是释迦文佛的真身，有大神变，又与中夏有缘，那就趁此机会，也奉送至法门寺，与原来的舍利同塔瘗藏，日后亦同样如期开启供养。”

“领旨。”道宣见皇帝已经认同了自己的建议，心里自是高兴。高兴之余似又想起了什么，于是再奏道，“佛指舍利原是由三藏法师叮嘱道宣择地瘗藏的，如今陛下已经下了圣旨，道宣也想让三藏高兴高兴。陛下以为可否？”

皇帝道：“自然啦，应该的。”

因为时间紧迫，事情重大，道宣在获准之后，立即亲自跑了一趟玉华宫寺。

这次出行，相当于一次公差，祠部奉旨给派了一乘车子，天未亮就出发，紧赶慢赶地，终于在夜幕降临后不久就到达了目的地。

寺主慧德老和尚听说京城来了贵客，急忙赶到山门前迎接，一见面，竟是大名鼎鼎的律师，又知道是专门来找玄奘三藏的，于是径直将他往肃诚院领了去。

既到肃诚院，玄觉禀报说：“师父译经还没有回来呢，不知是在明月殿，还是在嘉寿殿，抑或是八桂亭。”

道宣问道：“天天都是如此晚归吗？”

玄觉回道：“差不离。”

道宣向寺主建言道：“天黑不好走，我等驾车去迎他不好吗？”

这边话音刚落，门外那边便有人回答道：“不用劳驾了。玄觉，是哪方的贵客来了？”

玄觉正要回答，道宣一面阻止，一面赶到门口迎道：“哪里是什么贵客呀，是在下宣某哩。”

玄奘见来者竟是道宣律师，顿时激动起来，一面合十致礼，一面感慨道：“真是人在深山不知年呀，一晃数载未谋面，久违了，久违了！”

油灯虽然光亮微弱，但仍可照见玄奘眼角上的泪花。

道宣拍了拍玄奘的肩膀，没有更多的寒暄，便直截了当地说道：“听老和尚讲，三藏总是起早贪黑地赶日子，往来颠簸，身体哪能受得了……”

“夸大了,夸大了。玄奘每日里都有轻车玉辇,外加扈从伴行、接送,累不着,累不着!”

道宣不信:“轻车玉辇！你骗谁?”

“证人在此呢!”玄奘指指慧德老和尚。

老和尚如实说明了情况。道宣听后仍忧心忡忡道:“人不服老不成。路是没有尽头的,哪怕是日夜兼程也走不完,三藏还是得悠着点……”

“哎哎哎,大律师此来,总不是为检查工作的吧?”玄奘有意转移话题。

道宣知道玄奘的用意,无奈地瞪了瞪眼,说道:“什么检查不检查的,是传谕来了!”

玄奘一听此话,立即肃然起身问道:“传谕来的,皇上有旨?”

道宣摆手让玄奘坐下,便要开口,而玄奘却说道:“且慢且慢,事情重大,还是填填肚子、歇过气来再说吧。玄觉,你给各人冲上一碗黑糊糊。”

“律师劳顿一天,光喝糊糊哪能成!”老和尚说道,“老衲已让香积厨准备了干饭,该好了的。”

说话间,厨僧果然提来了一口冒着热气的铁锅。道宣上前揭开锅盖一看,高兴地喊了起来:“呵,是山药饭呀!”

老和尚说道:“得到消息晚,没准备,律师多多包涵。”

道宣道:“哪里哪里,饭菜一锅,巧媳妇也没这手艺呢！再说了,山药益气补肾,可是个好东西,道宣口福不小呢!”

老和尚说道:“嘿,寺里自己种的,好是好,产的不多,平时藏在地窖里,来了贵客,才取些出来……”

“那就更是珍稀了!”道宣更加赞不绝口。

盛好山药饭，黑糊糊也端了上来。道宣一天来，虽然在耀州、坊州都歇了歇，进了食，但一路颠簸，还是又累又饿，人在旅途，过午不食之戒也就另当别论了。他接过黑糊糊啜了一口，惊喜道：“好香的糊糊，是何等食材做成的？”

玄奘将山民供养的事给道宣说了一遍，愧然道：“无功受禄，深心难安呀！”

道宣道：“当然，受人之惠，思有所报，自然之理。不过，三藏无功受禄之说却过谦了。俗话说，精诚所感，金石为开。如果三藏功未立，诚未精，又何以能如此感动物情？因果因果，有因才有果，无因哪来果！”

食毕，老和尚为了不影响他们说事，告辞走了。

玄奘叫玄觉收拾好火炉，也打发走了。之后，他与道宣盘腿坐到榻上，开始谈正事。

道宣问道：“皇上下诏开启扶风法门寺塔内佛舍利迎往东都供养这事儿，三藏早知道了吧？”

玄奘点头道：“知道是知道了，但因为译经太忙，实在无暇分身顾及。”

道宣道：“前日道宣奉旨入宫，皇上敕令我等奉送舍利还本寺。谈及菩提寺法长大德将来佛指骨舍利一事，皇上已下敕将其与原有舍利同处瘗藏供养。这次到来，就是专门来向三藏报喜的。”

玄奘合十道：“善哉，善哉。这的确是一件令人高兴的大喜事呢！很好，皇上的决定再好不过了。相传周文王居周原时，有凤来鸣于境内之岐山。凤者，出于东方君子之国，翱翔四海之外，过昆仑，饮砥柱，濯羽弱水，暮宿丹穴，见之则天下大安。以是故，周人以为祥瑞，岐山亦因此称凤堆。法门寺就位于这凤鸣之境，又是阿育王塔所在地，真是个理想的好地方呢！将佛指舍利瘗藏于那里，再合适不过了。”

“三藏说得对。”道宣接话道，“不过，愚以为，不仅是佛指舍利奉安得其所，而且还另有其深刻意义呢！”

玄奘问：“怎么说？”

道宣答道：“除可旌表先帝、今上敬佛护法之殊大功德外，同样重要的是，也可以借此昭示佛教弘传中心已由五天转至中夏。”

玄奘问：“能这么说吗？”

道宣解释道：“三藏很清楚，佛指舍利乃佛之真身，神变不可思议，又瘗藏在佛成道处之菩提寺，五天供养佛指舍利犹如供佛，更加证明，菩提寺是名副其实的佛教策源地，同时也是五天乃至整个阎浮世界正教的弘传中心，是赡部洲信众景仰的圣地。可是，自打戒日大王逝世后，正教寖衰……”

“这个事，菩提寺法长大德已经讲过。”玄奘打断道，“不过，仅此就能说明弘传中心转到了中夏？”

道宣没有直接回答，而是问道：“能不能说三藏已经继承了戒贤正法藏的瑜伽学说？”

玄奘回道：“曾五载听讲，不敢须臾怠忽。”

道宣又问：“是不是曾就杖林山胜军论师处解尽所疑，当过那烂陀寺首席教授，开讲《唯识抉择论》？”

玄奘回道：“亲教师正法藏所命，诚不可违。”

道宣复问：“三藏曾否得了护法尊者独传之学《三十唯识论释》？”

玄奘回道：“现在玉华寺翻译《成唯识论》，正是以此论释为纲领。”

道宣更又问道：“三藏是否曾在曲女城乘象巡游？”

玄奘辩道：“五天古法，凡论辩得胜者必受优礼，玄奘辞不获免，只好以所着袈裟代为巡游宣示。”

末了，道宣戏言道：“哎哟，是了，我这‘敕使’还没‘检查’三藏在此的工作呢，究竟又翻译了多少经？”

玄奘屈指约略数了数，回道：“到明年译毕《大般若经》，大概可有六百几十卷吧。”

道宣听后不胜惊讶：“好家伙，同时铺了几个摊子，一下子赶译了这么多的经卷，加上在京所译，已经有千几百卷了呢！即使是隋费长房学士《历代三宝记》所集后汉以降十七代数百年所出经，瓦玉兼收，缺本、疑伪具录，总数亦不过六千多卷，而三藏用力不足二十年，却完成如此巨大之工程，其中之一半则完成于此玉华宫寺，花甲之年了，竟然还一岁干了以往三年的工作，为学献身，弘法利生，求诸既往，谁人可比……”

“得得得，你这不是要捧杀我吧？”玄奘听着不顺耳，笑着质道。

道宣道：“不是捧杀，而是要说明：第一，三藏你不仅学兼内外，通达大小、空有，广则涉及对法、戒律、中观、瑜伽、因明五科，新则得瑜伽唯识之精要，传护法未传之学，无论在五天还是中夏，都已成为无人可以否认的领航人和旗手，当今佛界，能执牛耳者，舍三藏其谁？第二，道宣认为，三藏华梵兼娴，不仅翻译数量多，而且文质相兼，不违梵本，将佛经翻译事业推向了顶峰，也将中国佛教的发展推到了最高峰，非但亘古未有，恐亦后无来者。第三，五天佛法，自古多系暗诵口传，先因无文本而难以传世，后虽结藏而又逢乱世，难以保存。而中夏则不同，自后汉迄于本朝，经典传译总数已多达两千几百部合六七千卷，分门别类，合成一藏，既可供现世弘宣，又可垂万世而不朽，能建如此不世殊勋者，唯我中华而已。纵观法界彼消此长之形势，将来若要寻经问典、梳理佛教之源头、脉络，则非到我中夏兰台金匮不可。”

玄奘道:“这第三点倒说得极是。不过,这与佛指舍利供养何干?”

道宣答道:“指骨舍利,既是佛之真身,又是佛之法身,又有大神变,显然是佛法的一面帅旗!弘传中心在哪里,大本营在哪里,帅旗就应插在哪里。对吧?现如今佛法弘传中心既已东移,大本营已在大唐,帅旗自然也就应当插在大唐。这是再合情合理不过的了。”

玄奘再三回味后说道:“就算律师所说成立,可也不能取而代之就了事了呀!”

道宣问:“依三藏之意,还应如何做才好?”

玄奘想了想,试着建议道:“能不能在菩提寺立碑一方,记佛功德?”

道宣拍手道:“噫,这倒真是个好主意哩,饮水思源,誓不忘本呀!”

回京后,道宣律师将玄奘的意见向皇帝奏了个明白。皇帝觉得言之在理,以为如此树碑刻铭,除了颂佛功德之外,还可宣扬大唐国威,于是便敕准了。此外又令于释迦文佛常住说法之鹫峰山也立一碑。有司奉旨,找典司门令使魏才将此两铭一并拟就并书丹了。

《伽耶山菩提寺碑铭》曰:

大唐扶运,膺图寿昌;行化六合,威稜八方。身毒稽颡,道俗来王。爰发明使,瞻斯道场:金刚之座,千佛代居;尊容相好,弥勒规模;灵塔壮丽,道树扶疏。历劫不朽,神力加焉。

《灵鹫山碑铭》曰:

大唐出震,膺图龙飞;光泽率土,恩覃四夷;化高三五,德迈轩羲；高悬玉镜，垂拱无为。道法自然，儒宗随世；安上作礼，移风乐制；发于中土，不同叶裔。释教移山，运于无际；神力自在，应化无边；或涌于地，或降于天；百亿日月，三千大千。法云共扇，妙理宜宣。郁乎此山，奇状增多：上飞香云，下临澄波；灵圣之所降集，贤懿之所经过；存圣迹于危峰，伫遗址于岩阿；参差岭嶂，重叠岩廊；铿锵宝铎，氛氲异香。览华山之神踪，勒贞碑于崇岗，弘大唐之泽化，齐天地之久长。

两方碑铭经皇帝过目钦定之后，随即付与敕使王玄策再赴摩揭陀国刻而竖之。这事放下不说。

龙朔二年元宵节过后，奉送佛指骨舍利还本寺一事终于列上日程。

二月十日，以道宣律师、内道场僧智悰、弘静为首的奉送团从东都宫中请出舍利，一一入函，而佛指舍利则奉安于武后舍所寝衣帐造的金棺银椁中。这金棺银椁实由一金棺和八重宝函组成，相套而为一。舍利宝函置于一金盘中，由供奉僧捧持。

启程时，皇帝及武后率群臣、嫔妃在应天门城楼上送别。

奉送队伍的最前面是一面绣着“卍”字的巨幡，此后是华盖、肩舆，舆内奉安舍利宝函，由数十位供奉僧轮流抬着前行。肩舆之后，是太常九部乐，再后是京寺及法门寺的迎送僧团、官人、信众，各各高举彩旗、幡幢，如霞如虹，如波如浪，浩浩荡荡，绵延数里。

队伍所过之处，四方民众扶老携幼，比肩接踵，拥挤在道路两旁，或礼拜，或抛花，或设供。其间，又不断有人加入奉送行列，迨过得长安，队伍已长达数十里。一路上，吹螺、击钹、擂鼓之声，震耳欲聋，响彻云霄。

却说法门寺僧奉敕修葺佛塔、寺宇,经过不日不月的载营载葺,工程已于前不久告毕,面貌焕然一新。新塔庄严仑奂,无论是式样、还是陈设,比之旧塔,又增加了许多光彩。堂殿楼阁则可谓危槛对植,曲房分起,栾栌叠栱,梁栋攒罗,极尽蓬莱之妙,真一处琳宫仙境!尤其突出的是,山门外所立的那根象征佛寺净域的刹柱,其高齐天,靡穷崇岳。柱顶上端的金铜宝珠,在阳光的照耀下,熠熠生辉,犹如一团熊熊火焰。刹柱静静地屹立在那里,正等待着庄严时刻的到来。

二月十五日,庄严的时刻终于到来了:正午时分,舍利将要到达法门寺城,道宣、智悰、弘静等主事高僧从宝乘上取下舍利宝函,安放到黄金托盘上,双手捧着,神情虔笃而又庄严地一步步朝前走去。

早已云集在寺城的无数万千人众闻讯后,便远远地蜂拥上前迎接。

道宣一行通过人山人海来到山门前,供奉僧首先将那面“卍”字巨幡升至刹柱顶端。

随后,舍利被直接送入塔室。当两扇刻有护法天王浮雕的石门在僧众的一片行道诵经声中慢慢合拢关闭时,正是释迦文佛入般涅槃的午夜时刻。这时,皓月当空,一颗巨大而明亮的流星从头顶向西边天际滑落。流星隐去,清辉如水,充满整个天宇,留下了一个清凉、明净、静谧的琉璃世界。

夜空中,高高的刹柱上,宝珠结着与愿印,“卍”字巨幡在空中舒展着,舞动着,犹如佛陀那只向整个阎浮世界苦难众生伸出的接引之手。

第六十四回

大功告成僧俗齐欢庆　危言出口徒侣皆失色

龙朔三年十月，又是一个秋收冬藏的季节。

与山乡农民收获五谷果蔬不同，玄奘及其同侪、门徒，收获的则是翻译上的硕果：从显庆五年正月初一开译的大部《般若经》，经过四年不懈努力，终于在十月二十日截稿，全名称《大般若波罗蜜多经》，简称《大般若经》。前面说过，玄奘西游时，共搜集得此大部经籍的三种梵文版本，总括了释尊在祇树给孤独园、灵鹫山、竹林精舍白鹭池畔、他化自在天宫四处十六会上所说真文法义，如今译成唐文，共得整六百卷。

这一巨大工程的完成，让玄奘及全体译经僧，乃至知道此一消息的所有人都兴奋不已。他们此刻的心情，就像战士得胜回朝、农人遇到丰收的好年头、个个欣喜若狂，相互告慰庆祝，由翻经堂及于全寺，由寺院及于附近山村农舍……

十月二十三日，玄奘召集译经僧在嘉寿殿开了个小型的《大般若经》汗简庆祝会。他先对整齐地摆放在香案上的译典合掌敬过礼，然后转身向众人说道：“《大般若经》与皇唐有缘，而玄奘之所以要到此玉华宫寺来，也是缘于此经神力之感召。若在京师，诸缘牵乱，哪里有充裕的时间来译完如此洋洋二十余万颂的大经？众贤须知，《大般若经》上通佛最初所说之法，也就是《四阿含》，又贯摄了大乘佛法的全部思想，是一切大乘法门之总汇集，不啻为镇国重典、人天大宝。所以，大家因此而兴高采烈，那是理所当然的。”

间歇间，玄则高兴地插话道：“如此重典、大宝得以全部译出，传布中夏，还多亏了三藏力排众议，坚持全译呢！”

玄奘听后连连摆手，转而怀着感恩的心情说道：“《大般若经》的毕功，首先要感谢诸佛冥助、龙天护佑。将译之日，玄奘亦欲除繁去重、从略翻译，但夜来梦见危途险境，猛兽扑袭，惊怖奔逃，方免其殃。觉而思之，知是佛以此为警诫，于是才决定一依梵本，不删不改，整部翻出。意既决，复梦菩萨眉间放光，欢喜含笑，诸如此类，祥瑞间现。亦因此故，玄奘于翻译间，不敢有所怠忽，但凡文有所疑，必殷勤省复，审慎从事，三本相校，然后落笔。遇到文乖奥旨、踌躇难断时，又觉似有神人暗中授以明诀，顷间豁然开朗，有如拨云见日。由是知，今日风顺水顺通津达浦，岂是玄奘薄力之所能及，全系诸佛菩萨之冥加……”

“三藏所说，老衲亦有同感。”寺主慧德老和尚打断玄奘的话道，“诸位还记得吧，《大般若经》开译前日，老僧与寺众曾以香花、旗幡严净寺街、殿堂、道场？那皆是依佛菩萨梦中指点而为呀！同时，老衲还梦见：在肃诚院翻经堂内，四众济济一堂，正在倾耳谛听三藏法师讲经演法呢。他的第一句话是：般若即佛母！”

玄奘听后笑道：“老和尚修得神通了，《大般若经》第一会‘庄严佛土品’讲的正是诸佛菩萨供养、庄严法场之事呢！”

慧德老和尚也笑着回道：“三藏夸奖过头了，老衲哪有这般高的道性？为译经做了些事儿，一来是托了佛的福惠，二来呢，不过是尽地主之宜罢了。”

玄奘认真道：“不管怎么说，老和尚，还有阖寺僧众是为翻译《大般若经》出了大力，作了大功德的。”

慧德长老谦恭回道：“区区微力，不足道，不足道。要说能帮得上三藏的，则非三藏身边的各位大德不可，他们不仅是助译的干将，还是天空中的颗颗明星，为敝寺增添了许多光彩呢！”

玄奘欣然道：“长老所夸者，正是玄奘接下来要说的呢。《大般若经》之译，工程巨大，既非一日之功，亦非一人之力所可完成，是在座众贤齐心协力、共同挥汗浇灌出来的硕果。长老看看，正如你所梦，济济一堂呀，连玄奘一时都说不出个准确数来呢！”

说毕，玄奘转向身边侍候弟子，说道：“玄觉，你那里有记录，说说看。”

玄觉应声道：“译场初立时，由司空房公依敕选调进来的证义、缀文、字学、证梵语梵文、笔受及书手总五十四员，今日在座的五十一员，在座与不在座的尊号是……”

玄奘摆手叫停问道：“是不是都署名于所译经中了？”

玄觉回道：“已经一一校对过了，尊号都已具见于所译经中。”

玄奘道：“既如此，这里就不要再费时唱名了。不过呢，有两位贤俊却是必须在此说说。他们是谁？就是从新罗国前来游学的神昉、知仁两位贤者。神昉大德进译场将届二十年，先后参译《本事经》、《大乘大集地藏十轮经》、《大毗婆沙论》、《大般若经》和《缘起经》。众贤中有几个预译卷数在五部以上的？”

玄觉回道：“弟子这里也有个统计，预译五部经籍以上的，共有五人，昉法师为其中之一；百卷以上的译典共三部，预译两部的有三人，昉法师亦列其中。”

对于玄觉所报的这些数字，玄奘其实早就记在心中，所以听后并不觉得惊奇，继续平静地说道："玄奘提出这个话题，并不是说其他贤俊的预译不重要，更不是说昉法师功劳最大，而是很感慨于这样的事实：一个远游学子，要在异国他乡取得一分成绩、一份荣誉，那是非常不容易的事情。他首先要克服语言障碍，其次是必须领会、融入当地文化。让玄奘高兴的是，昉法师不仅学通唐言，谙娴中华文化，而且还能解读梵文，所以，在担任笔受时，将梵音翻译、记录为华语，游刃有余；在担任缀文时，将笔受之文增删加减，组织词句，显彰经义，处处得心应手。预译之外，又撰写了不少章疏，如果玄奘记得不错的话，是不是有《大乘十轮经抄》、《显识论记》、《顺正理论文记序》？听说眼下又在计划写唯识、种性差别方面的大作。胸怀大志，这是何等的难能可贵呀！"

"三藏过奖了，神昉不胜惶恐，不胜惶恐！"神昉急忙说道："一者，三藏华梵兼娴，出言尽意，经义了然，神昉不过是尽了记录之力，何足挂齿？二者，译场雄军队列，一个个都是笔下生花的摛翰能手，神昉有幸忝列译伍，随军呐喊，已经十分知足，更不曾有争名夺利之想。"

玄奘听后，笑吟吟地说道："'更不曾有争名夺利之想'，好，说得好。能以淡泊之心对待事功，这就更难能可贵了。"

神昉听后，显得更加难为情了，还想开口说些什么，玄奘一面笑着摆手阻止，一面继续道："玄奘要说的还不只是你昉师一人，还有仁师呢！"

仁师者，即知仁其人，也是新罗国的入唐游学僧。

玄奘说："仁师在预译《因明》、《心经》、《师地论》之后，便专心于撰写章疏了，玄奘记忆中有《十一面经疏》、《佛地经论疏》、《显扬论疏》、《杂集论疏》等，不知对不对。总而言之，成绩可嘉！"

说到这里，玄奘似乎又想起了什么，脸上依然挂着笑容，继续道："听说京城里还有不少新罗游学道友，也在努力学习华语、梵文。细观其今日表现，则明日之功可以企盼矣！"

说完这句，玄奘又想起了什么，停下来放眼向众人望去，最后定格在一个角落处。那里坐着两个肤色稍黑、身材略矮的僧人，他们是显庆三年从东瀛日本国前来投玄奘门下习法的，法讳智通、智达。因为初来乍到，未完全通晓唐言，是名副其实的新弟子，自然还谈不上有什么建树，当然也就只能列在末位了。玄奘满怀希望，慈祥而又语重心长地对他们说道："比起海东，东瀛日本接受佛法是晚了一步。虽然，永徽间已有道昭、道严来慈恩寺问道，现在又有智通、智达你们二人列席此宫寺，但无论从人数上看，还是从研习范围看，都与海东颇有落差。传说你们国家崇尚武道，如果是出于守土保民，这倒也无妨；但切不可穷兵黩武，好斗成风，否则就有违佛之严戒了。须知，穷兵黩武意味着慈悲精神缺失，而一个缺失慈悲心的民族，则意味着方向的迷失、而良心的泯灭，良心之缺失，则其行必恶，结果不仅会损害阎浮世界的和睦、安宁，到头来自己也将掉入地狱深渊。智通、智达你们既皈依了佛陀，就要一心向善、行善、劝善，筑起善的堤防，不要让狂涛骇浪淹没了心田，淹没了海岛。记住了吗？"

两位东瀛学僧一起站起来，大声回道："三藏亲教师放心，智通、智达记牢了！"

众人听罢，顿时鼓起掌来，掌声在殿内回荡、旋绕，良久方息。

玄奘高兴道："记牢了，又有决心，后来居上就指日可待了。"

玄奘总结结束后，又应众人之请，就《大般若经》十六会的内容作了个简洁的概括。大家听后得了要领，无不心中欢喜。

会毕，已经到了日中时分，包括译经僧在内的全体僧众被告知：为了庆祝《大般若经》的毕功，寺主慧德长老已吩咐都维那寂照法师为大家准备了丰盛的午斋。

众人听后个个高兴不已，加之这时也确实饿了，于是乎蜂拥着直奔斋堂而去。

寺院斋堂，几乎千篇一律。按照寺院的大小不同，斋堂或大或小，但布置却都是一样的：堂中整齐地摆着一排一排的长案，长案后是长凳，僧众各有定位。就餐时，由香积厨值勤的师傅将饭菜按次序分发，一一分发完毕，才能开始进食。食毕将碗筷清洗干净，再放回原位，以备下次使用。平时，僧众一旦就位，分发饭菜也就随之开始。可今天却有点出人意料：并未见值勤师傅前来分发食物。

大家正疑虑时，都维那寂照法师出现了。他抬起手示意僧众安静下来，然后说道："《大般若经》译毕了，大家都很高兴。附近村民听到消息，也都很高兴，他们说，这么大的经典，不几年就翻译完毕，很了不起，法师们立了大功，非得好好犒劳犒劳不可。于是将家里新收获的米麦、豆菽、时蔬、鲜果、山货等等作为供养品送到寺院，还选派出各样烹饪能手，前来香积厨掌勺。大家猜猜看，这顿斋饭都有些什么品种呢？"

众人听后自是高兴不已，可转而又讶异、失望了：斋堂里压根就没有任何斋饭，当然更无法评论丰盛与否了。

都维那见状笑了笑，大声唱道："上斋！"

话音才落，新奇事出现了：十几个村民端着热气腾腾的食物鱼贯走进斋堂，将其摆放到最前面的桌案上，各自唱道：

"这是京兆周至的麻油面皮。"

"这是南山牛背梁的栗子粳米饭。"

“这是延州的枣泥糊糊，还有荞麦坨坨、糜子油糕。”

“这是秦川的养生五豆汤。”

“这是右扶风的岐山面。”

“这是京城西市汤坊的糊杂汤，用豆皮、面筋、木耳、山笋、红白萝卜、南瓜、山药等做成的。”

饭菜之外，接着上来的是各种鲜果、干果，同样唱道：

“临潼石榴。”

“淳化苹果。”

“汉中柑橘。”

“子午岭山核桃。”

“汉上林苑含消梨。”

“骊山火晶柿子。”

……

看着村民上斋，僧众中有人悄声议论道：

“这可都是三秦山中、原上的美食、特产呀！”

“够丰富的了，真称得上庆功宴呢！”

“可别贪嘴，小心撑了！”

“不会的，而今之食，为法而非为养身，岂有因馋而误法之理。”

待所有斋食陈列完毕，都维那再开口道：“怎么样，够丰盛了吧！种类太多，今儿就破个例，不一一分发了，各人根据自己的胃口、食量，自由选择，需多少取多少，既取则食完，不可有一点儿浪费、糟蹋，免得辜负了施主之恩。大家记牢了。”

僧众答道：“已记牢。”

都维那最后唱道：“三钵罗佉哆！”

“三钵罗佉哆”是梵语，意思是“时间到，开饭”。这是斋前都维那必唱之语。

僧众听罢，开始依次趋前，大部分人的心眼儿都放到了斋食上，只有彦悰显出心不在焉的样子。他眼珠儿往前后左右张望顾盼了一圈，似乎没有发现自己要寻找的目标，于是悄声问前面的慧立道："三藏法师怎么没来进斋？"

"或许是慧德长老邀他到方丈室共斋了吧！"慧立随便地回答了一句，心里并不怎么在意，往四周看了一遍，果然没有见到人影，但还是没有在意，对彦悰说道，"斋罢问问玄觉就知道了。"

彦悰见对方是如此态度，也就不再说什么，以为的确是自己多虑了。

玄奘没有参加庆功斋宴，也没有应邀到方丈室去共斋，而是在众人进斋去的时候，由玄觉伴随回了肃诚院。为什么？因为身体不适。

就在庆祝会上讲话结束的当儿，玄奘顿时觉得精疲力尽，一点劲儿都没了，身子不由自主地要往下坠，好在脑子还清醒，就在往下坠时，顺势坐到了椅子上，手扶案桌，作整理典籍状，终于掩人耳目，没有露出眩晕的真相。

既到肃诚院，玄觉将已经凉了的黄芪党参茶温了温，先让他喝了几口，接着又着手烧水，冲碗五黑油茶给他当午斋。

正当玄觉忙乎的时候，嘉尚、普光、法钦、窥基几个突然出现了。他们将玄觉拽到一边，悄声问道："师父身体有无大碍？"

玄觉反问道："谁告诉你们师父身体不好？"

法钦不理玄觉的发问，而是命令般敦促道："少啰唆，快说师父的情况！"

玄觉知道掩饰不了，便回道："大概是太劳累了，会散后，他仍坐着不动弹。我上前扶他去进斋，他却吩咐往回走，我就叫车拉了回来，才躺下一会儿呢。”

嘉尚道：“这么高兴的日子，竟没见师父进斋，我一想就料着出了什么事。”

普光道：“肯定是撑不住了才回来！”

……

正说着，只听玄奘从屋里发话了：“都在外面嘀咕什么呢，怎么不进来呀？”

“就来！”众弟子一面齐声答应，一面进了房。

这时，玄奘像无事似的起身坐在床边，未等弟子们开口，便先发制人道：“我料着就是你们，好好的斋饭不吃，却急急忙忙跑这儿来做什么？”

法钦嘴快，抢着说道：“弟子也是这般地想呀，就想问问师父为何不吃斋饭便回来了？”

玄奘故意把话岔开道：“原来呀，是找我算账来了！”

众人不知玄奘使的是以攻为守的手法，纷纷辩道：“不是的，不是的……”

“莫辩了，莫辩了。”玄奘执意要转移话题，“我是有失公允，在总结会上没有为你们评功摆好，欠了你们的情，欠了你们的债。”

普光惊讶道：“师父此话从何说起？”

玄奘道：“你们几个，还有法云，都是功臣骁将，可我却没有当众表扬，这岂不是委屈了你们，埋没了……”

嘉尚急忙打断道：“师父说哪里话！我等身为入室弟子，任从驱驰，理所当然，也是一份荣跃呀。再者，译经本是为弘扬佛法，教人行善积德、去欲出离，自己岂可又反其道而行之？”

其余人也都同声附和道：“是呀，岂可沽名钓誉？”

玄奘见一计不成，于是又话锋一转，问道：“既然不是为算账而来，那是不是又有了什么好点子要说？”

众弟子果然被玄奘牵了鼻子走，一时竟忘记了此来的初衷。普光不假思索，说道：“师父不是说，《大般若经》是经国重典、人天大宝吗？洋洋六百卷的大经，是不是也应该奏请皇上御制经序呢？”

众人听后，也一齐附和道：

“对呀，《瑜伽大论》译出后，先帝、今上各有序、记……”

“《大菩萨藏经》也有今上的御序金文呢！”

……

玄奘经弟子们提醒，猛地觉得确是个大疏忽，追悔道：“如此大事，我竟然昏昏沉沉地忘了个干净！看看，要不是你们的提醒，那可真要误大事了。我这就拟个奏表，请皇上也为此大经制序，你们谁个给送进宫去？”

普光首先提议道：“谁个送去？自然是窥基啦！”

嘉尚接着补充道：“是呀，窥基乃将门之后，自小出入禁地，轻车熟路的，当然非他莫属了！”

玄奘对窥基道：“那么，就这样定了。窥基你明日就走一趟，将奏表送进宫！”

窥基见众人相信自己，很是高兴，便回道：“师父差遣，弟子自当遵命。”

于是，玄奘立即下了“逐客令”：“那好，你们都走吧，我就开始拟写……”

没等玄奘说完，众人便几乎是异口同声道：“可师父的身体……”

话音未落，门外一队人马已抢步进来，惊问道：“身体怎么了，三藏？”

人群中为首的两个就是发现玄奘没有在斋堂现身的人：彦悰和慧立。跟在后面的是弘彦、释诠、海藏、神昉、法云、靖迈、神泰、法谌、道珣、道晖、道林、道巍、灵润、行友、智证、玄忠、道观、道卓等等，足有十四五人。

玄奘见众人一进门就问身体状况，心想：这回是纸包不住火了。不过，他一如平日般平静、镇定，笑颜相对道："身体怎么了？身体好好的呀！"

说毕，他就伸了伸双臂，打算站起来展示展示自己的"康健"。不曾想，才挺了挺腰，便忽然觉得一阵晕眩，眼冒金花，身子跟着就往一边歪。好在旁边的人及时扶住，才没有倒下去。

慧立问身边的玄觉道："三藏身体究竟怎么了？"

玄觉因为玄奘曾就此叮嘱过，不要将事情泄露了，便回道："大概是饿了的缘故吧！"

慧立讶道："到现在还没吃？"

玄觉指了指几案上的那碗五黑油茶，回道："才冲好放到案上，嘉尚他们就来了，一直说个没完。"

慧立、彦悰他们一听，都把眼光集中到了先来的几个人身上。

普光急白道："我们本来就是来探问师父身体状况的，可师父却总是岔开话题。"

慧立深知玄奘的秉性，当然也就信了普光的话，无奈地叹了口气，说道："总是这样硬撑着干，身体哪能受得了！"

彦悰接着说道："五年间就干了过去十四五年才能干完的工作，这'车'也着实开得太快了！"

玄则也检讨道："要是《大般若经》翻译不要赶得这么紧，也许就不至于累成这样了。"

弘彦也自责道："当初就不该让他把摊子铺这么大，左右开弓，四面应对,哪能不累?哪会不夸?”

玄奘于昏昏沉沉中听众人如此说,便挣扎着说道:“我之所以来玉华,就是为了翻译《大般若经》。幸而抓得紧,车开得快,此经终于得以译毕。累点算什么?病了又算什么?即使死了,也没有什么可遗憾的了。”

慧立却觉着玄奘话中带着凄怆,便说道:“三藏之深衷,天地同鉴。不过呢,摩天大厦不可缺了栋梁,苦海慈航岂能没有舵手?大家都盼着你……”

玄奘带点苦涩笑了笑,说道:“天下哪有水尽湖不干、油尽灯不灭的事儿?玄奘自知老病难免,生涯将尽,江河不可倒流啊。”

“错判了,错判了。”慧立心中更增加了不祥感,于是认真道,“三藏不过是劳累太甚,一时失调,好好将息一段时间就缓过来了。”

众人也一齐劝慰道:“是呀,千锤百炼的一块铁,怎么会顷刻就被锈蚀了!”

玄奘又是微微一笑,说道:“但愿吧。只是,话既说到这里,玄奘也就顺便向众贤托付一句:玄奘一旦无常,治丧事宜,应从俭省,唯以苇席裹之,送于山涧僻处安置即可。不净之身理应远避廛落,更不可逼近宫室官府重地。唯此是盼,切切。”

众人一听此语,不由神伤,嘉尚等门徒更是个个揾泪哀哽,说道:“师父气力尚可,颜色与旧无异,何故忽出此言?”

玄奘若有所思道:“生死之期,惟己知之,他人如何能够晓得。”

众人闻此,大都黯然无语,脑子一时混乱如麻。唯有慧立低头在想:是呀,生死之期,别人哪能说得准?不是有这样的一种人吗?命悬游丝,不仅气不断,而且还显出精神踊跃的模样,谁能从其外表看出身体的虚实?那么,究竟是一种什么样的力量在支撑着他挺立不倒呢？是一种精神力量，换句话说，就是因为心愿未了。三藏法师这几年不顾年迈体衰，强打精神，想方设法，紧赶慢赶地劳作不息，就是这样一个真真实实为大愿而舍生忘死、鞠躬尽瘁的鲜活例子。生命的终结，是不由自己的事，不同的人对于这个终结有着截然相反的看法。在俗人眼里，死就等于失去一切，所以认为很可悲伤。在释子眼里，人生的终结叫寂灭，叫灭度，叫解脱，叫安乐，总谓圆寂，意即灭尽了生死之因果、生死之大患，度脱了生死瀑流，不再有惑业造作，不再有生死之苦果，生命的终结不是死，不是空无所有，而是升华到了一个无欲、无念、无执着的境界。而这，正是所有释子不惜舍此一生、精诚行道、孜孜以求的最终目的、结果。三藏法师能够如此平静地谈论死，对待死，迎接死，高兴死，这充分证明，他已证得无生、无得之真理，具备了安住于此一理体的真智。

不过呢，事可以这样想，话也可以如此说，但慧立与众道友终究未曾修得正果，还是一具真俗相兼的躯壳，所以，听到玄奘如此说，心里仍然不免感到突然、怆然、潸然。眼看着一位巨人在历经风雨之后，由于心力交瘁而即将逝去，哪个又能没有行船无舵、暗室无灯之忧!?

第六十五回

慈舟遽沉人神共凄挽　灵塔巍然功德永彪炳

译毕《大般若经》的庆功会开过之后，玄奘上表奏请皇帝为制御序，至十二月初就有了结果：通事舍人冯义前来玉华宫寺宣敕，皇上已经同意所请。

玄奘与僧众为此自然高兴不已。

在此同时，窥基又额外带回另一条旧闻：奸臣李义府早在四月间就被流放到嶲州。众人听了这个消息，无不欢呼雀跃。但玄的表情却与众不同。本来，恶人少了一个，世界便又多了一份安宁，这原是值得高兴的事情，但他非但欢喜不起来，反而是于深心中生起了几分怜悯和内疚。为什么？因为就释尊的本怀而言，立教的目的在于拯救众生出苦海火宅，一个人下地狱，固然是咎由自取，但同时不也在说明化导工作的缺失，自己不也负有一份责任吗？所以，他听完之后，只在心中念了一声“弥陀”，便将这一页翻了过去。

此前不久，玄奘曾口出危言，徒侣不禁为之大惊失色。还好，差不多一个月过去了，他的身体状况似乎并无多大的变化，起码表面看来是这样的。众人以为是经过休息之后元气恢复的征兆，于是，各自悬着的一颗心不仅放了下来，有人甚至还生出了新的希望。

麟德元年正月初一日，所有翻经大德及寺众都来到肃诚院译经堂，与玄奘一起，共庆新春。

高兴之余，慧立想探探玄奘身体的康复状况，于是建议说："记得几年前，《大般若经》的开译是在正月初一日，今儿又逢此吉日，三藏何不随喜再开译一部大经？"

"是个好主意。"弘度听了高兴，立刻表示支持，只是，接下来却又为难了，"可译哪部经好呢？《阿含》？《涅槃》？《华严》？《法华》？《智度》？前人都已译出，《婆沙》、《瑜伽》……也已新出……"

"嘿，现成的就摆在这里嘛！"法云打断弘度的话说道。

"什么现成的？是何经典？"道巍一面说，一面朝站在书架前翻书的法云走去。

法云回道："什么经典？《大宝积经》啊！"

"《大宝积经》，肯定是大部头了，有一百多卷吧？"慧立一听，也立即振奋起来，说话时特别强调了一个"大"字。

玄奘见大家对此经有兴趣，便慢腔慢调地搭话道："共一百二十卷，跟《大般若经》一样，也是众经的汇编，总共四十九会。它集结了大乘一切深妙法门，但主要讲的还是般若的基本理论，只是在出家戒律、定慧学说、根本正观也就是中道说几个方面，有了较大的发展。其中的第十二会、四十三会、四十八会则最为重要，其别名分别称《菩萨藏经》、《佛遗日摩尼宝经》和《胜鬘师子吼一乘大方便方广经》。"

弘度听玄奘如此说，更迫不及待了，请求道：“既然如此，三藏何不趁此机会将它译出，再给后世留份法宝？”

“是呀，趁此机会翻译，我等也可多聆一次三藏的法音呀！”

就在众人虔请时，法云已经将《大宝积经》梵本搬来摆到了玄奘面前。

玄奘看众意恳切，盛情难却，不得已捡起第一册，翻开首页，仔细阅读起来。

法云、道巍等见状，便立即忙着研墨铺纸，准备笔受。

玄奘看了一阵，又将梵本放到案头上。如此这般地捡起、放下，反复了好几次，最后终于开始慢声细语地翻译起来：

“如是我闻：一时佛在王舍城阇崛山。其山高峻严丽可观，持诸杂种，犹如大地，众花卉木，悉该茂盛。其中复有天龙、夜叉、毗舍阇、紧那罗等常所游止。复有种种异类诸兽，所谓狮子、虎狼、麒麟、象马、熊罴之属，止住山中。复有无量百千众鸟，所谓孔雀、鹦鹉、只罗鸟、凫雁、鸳鸯命命等类，依之而住。是诸众生，以佛威力，不为贪欲、瞋、痴所恼，不相茹食……”

译到这里，玄奘持经的手突然抖了一下，梵本啪地掉到了地上。他先是愣了一下，随即像是意识到什么似的，便要弯腰去取。玄觉手快，抢先为他拾捡了起来。

玄奘接过梵本后，笔受者重新摆开阵势，准备继续听受记录。可玄奘呢，并没有如众人期待的那样再次翻开梵本宣讲，而是轻轻地舒了口气，便十分无奈地将它放到了几案上，然后又凝重地瞄了一眼旁边那摞足有一尺高的梵夹，最后转脸面对译僧，正色道：“这《大宝积经》部轴浩大，与《大般若经》几乎相当。玄奘自知死之可期，气力已不足将其译毕，就此作罢吧，大家可以自便了。我呢，也该到兰芝谷等各处，礼别俱胝佛母尊、弥勒诸佛菩萨了。”

说罢，玄奘遂起身往门外走，在玄觉、嘉尚、普光等诸弟子门人簇拥、搀扶下，蹒跚着离开了译经堂。

众人听玄奘突然再次口出危言，继而又见其以不可阻挡之势径直往外走，彼此相顾，莫不摇头叹气。他们明白，如此一个向来举重若轻、泰山压顶不弯腰的人，一个从来不向困难低头、无坚不摧、勇往直前的人，现在面对原本熟悉的梵夹却感到了压力，乃至不得不却步叫停，那肯定是一个不得已的决定。果真如此，那么，他所说的气力不足、死之可期便绝对不是一句唬人的话，也不是一句戏言了。如此一来，众人才轻松了一阵的心，如今又绑紧了。

接下来发生的事，更加说明，众人的担心、忧心，并不是没有道理的。

正月初九那天，玄奘从珊瑚谷礼佛回来，眼看着就到住处肃诚院了；可就在跨过一条小水渠时，由于拒绝玄觉的搀扶，却又体力不支，脚一软，踩了个空，跌倒了，脚腕被渠边的石头碰去了一小块皮，且血流不止。回到住处，经过上药、包扎，好不容易才止住了。

可是，过了好几天，伤口没有一点儿愈合的征兆。不得已，只好卧床将息。

微伤经久不愈，更使玄奘感受到身体虚耗已极，自度病疾之深，恐怕已非药物所可控制。而自从有了这个想法，“灭度”二字就像胶粘漆贴一样，总是不能从脑海里抹去、赶走。

不知是出于粗心呢，还是上天的安排，一天早上醒来，玄觉一见玄奘，便拍了拍脑门，懵里懵懂地说道：“怪了，我这一夜是怎么了？似睡非睡的，睁眼闭眼总是看见一座又高又大的佛塔，刹那间便轰然倒塌了，真吓人呐！”

玄奘听后不假思索道：“不干你的事，这是我即将灭度的征兆。”

玄觉听玄奘如此说，知道自己鲁莽了，很是后悔，赶忙说道：“弟子无心，师父不要乱想。好好的，又说什么灭度不灭度的！”

玄奘摆手，示意玄觉离去，说道：“冷暖自知，你不要自责，该干什么就干什么去吧。”

就是在这样一种氛围里，玄奘气息日微，而梦呓呢，也愈来愈多：

一日，他突然对身边侍候的门人说道：“你们看到了没有？眼前的这朵白莲花有多大多鲜艳呀，一尘不染，可爱极了！”

又一日，他对前来探病的寺主慧德老和尚说：“昨晚上，我做了个好大的梦呀：从此居室至于整个肃诚院，无数天人列于其间，个个高大伟岸，锦衣华服，手持各色绮绣、妙花、珍宝，院后山岭到处竖挂着五色幢幡，音乐和鸣。”说到这里，他歇了歇，又继续道，“更为奇特的是，门外门内，还罗列着许多宝车，车上满是各式各样的美食、鲜果，都非人间所有，侍者一一捧来供养玄奘。玄奘心想：如此这般的珍馐美味，唯有证得神通者才可享受，玄奘未阶此位，怎敢轻易领受？可是，虽作如是想，手却不停地取而食之，众侍者看着，都掩鼻笑了。长老呀，你说我这是怎么啦，如此一副馋相？醒来一想，连自己都不禁笑了！”

寺主老和尚听罢，不免下意识地想道：佛在拘尸那城临涅槃时，无数诸天国王、大臣、龙王、天王、比丘、比丘尼、优婆塞、优婆夷、彩女、飞天、鬼王、大香象王、水牛王、诸飞鸟王、树神、风神、雨神等各方神圣纷纷前来作种种供养的情形。据此，他认为玄奘所梦乃不祥之兆，灭度恐怕是不可避免的了。因此故，心里特别愁闷，但由于不好形诸于言色，便这样回道：“三藏说哪里话？天人供养，受而食之，理所当然呀！佛教不是讲有因必有果吗？三藏向以四生为己任，建正法为身事，为解圣谛不辞万里，为译真经无舍昼夜，神功伟业，前无古人；大行既修，福报相随，何愧于供养？由此老衲倒是想起一事，不知可以进言否？”

玄奘回道：“愿闻。”

慧德长老道：“三藏既已决意停译，专精行道，何不趁时之未远，对二十年来译经诸事回头数点数点，给自己打个分数？如此，则不仅可以留个真实记录，借此昭示后世，也不至于将来埋没了三藏一生的辛劳和用心。”

玄奘听后，沉吟片刻，然后回道：“玄奘出家入道，一心只在续佛慧命。末法时代，苦海方阔，菩提路远，三途六道众生正在嚎啕呼救，佐佛教化，拯危拔苦，度脱有情，是每个释子的虔心、信念，是一份责任，一个美好的愿景，一项永恒的善业，玄奘纵使罄尽微力，亦不足了此救度大事。大事未了，何谈总结、打分？更何敢妄言昭示后世？”

“看看看，如此顾念苍生的胸怀，纵大海而不能比。这不正是很值得钦仰吗！”慧德长老听玄奘如此说，禁不住击掌称赞。

玄奘微微一笑，同时轻轻地摇了摇头，表示受之有愧。

长老见状，又换了个说法，坚持道：“三藏即使不愿示功于后世，那就作为给释尊的一份汇报，作为将来进入弥勒内院的一份申请书，又如何？”

玄奘听罢笑道：“长老说的倒挺有意思，向释尊汇报，作为进入弥勒内院的申请书。好，好，这倒言之有理，很有必要。”

终于，玄奘听从了慧德长老的劝告，交代上首弟子嘉尚将还国以来所有业行做个总结，而且第二天就有了结果。总结中，先录所译经论一项，共得七十四部合一千三百三十五卷；次录造像一项，共得俱胝佛母尊画像、弥勒画像各一千帧，白描素像无数；次录写经一项，共得《能断金刚般若经》、《药师琉璃光如来本愿功德经》、《六门陀罗尼经》等各一千部；此外又供养贫穷、僧宝悲敬二田各万余人，为救赎数万生灵烧灯百千盏，等等。

当嘉尚将所录数字公布后，所有预译人员及阖寺僧众无不兴高采烈，交口称颂。

玄奘当然也高兴，只是兴奋点与众人有所不同罢了。众人所为之高兴、称颂的，是这些丰功伟业乃亘古以来所未有，而这些成绩的取得，则是因为有了一个智慧超凡、驾轻就熟的舵手、领航人。玄奘高兴，则正如慧德长老所说的那样，他真的是将这份清单看成了进入弥勒内院的一份申请书。他为什么如此钟情、向往弥勒内院？因为他与内院的主人弥勒菩萨之间有着一份山一样高的师恩，海一样深的情谊：他推崇弥勒尊者倡导的瑜伽学说，不仅得到了真传，而且还亲手移植于华夏大地，让本有、新熏种子在这里生根发芽，开花结果，生生不息，繁衍不绝。对于这样一位缘深、恩重的导师、尊者、摩诃萨埵，他能不发奋追随、虔诚侍事吗？

又过了几天，伤口不仅没有愈合，反而有所扩大。这还不要紧，更让人揪心的是，竟然出现了上不思进、下不能泄的状况。

面对这个变化，玄奘并没有死的恐惧，而是产生了一份深深的自责。他觉得自己不断加重的病情连累了别人，例如玄觉每天端汤、送饭、照料起居，还有很多人因惦挂自己而常常前来探视、慰问，而且总是带着愁云而来，然后又怀着惶恐而去。为了避免此类情况继续下去，也就是不再给别人增添痛苦烦恼，他做出了生平最后一个决定：尽快地了结自己此一不净身命。既决定，便立即付诸行动，趁着还有一些余力，他差弟子找来远近闻名的雕匠宋法智，请他用香木在嘉寿殿内仿制一棵菩提树。既成，随即召集全体预译大德、弟子门人、寺内僧众做最后的诀别，神情淡定而又庄重地说道："玄奘此身秽毒，深可厌恶，今生发愿要做的事现已告毕，不宜久住于世。愿以所修福慧回施有情，并与之同生兜率天宫，永奉弥勒尊者，待其当来作佛时，亦随下阎浮广作佛事，证取菩提。"

众人听得清楚，惊而想道：这不是在宣告要自取涅槃吗？但还没来得及说什么，只听玄奘又已朗朗念诵道："色蕴不可得，受想行识亦不可得；眼界不可得，乃至意界亦不可得；眼识界不可得，乃至意识界亦不可得，无明不可得，乃至老死亦不可得，乃至菩提不可得，不可得亦不可得。"

众人听毕，心头的感觉很是复杂。一方面，戚然有如生离死别，因为尽管光阴流逝，但大家仍然清楚地记得：贞观二十三年五月己巳日，太宗皇帝就是在玄奘诵念《般若波罗蜜多心经》的喃喃声中溘然长逝的。现在其所诵者，虽不是《心经》的原文，但却与原文词不两旨，讲的都是般若诸法皆空无我、终无所得、不可执着的道理。前次念诵，抚慰、送走的是一位绝代英豪、圣君明主；这次念诵，则不啻宣告一位法门领袖的永逝，一颗巨星的陨落。思前想后，怎能不叫人伤悲？当然啦，大家从中也还有另外一种异样的感受，那就是他三藏法师在身罹重病、死亡可期的情况下，却一直表现得如此地坦然、从容和平静。这种精神状态，已经不只是视死如归，而是已经将死看成了修行路上的一次跨越、往生。如果不是对四谛之理已经大彻大悟，那是不可能达到如此崇高的精神境界，具有如此超凡的道性的。所以，大家在悲伤、惜别之外，又油然生起了一份肃然敬意和依恋难舍之情。

不过，现在再说什么也没有用了，而玄奘也没有留给大家说话的时间。他念诵完毕之后，立即将玄觉召到身边耳语了几句。玄觉听毕，犹豫再三，这才转身面对众人，很不情愿，但又难违严命地说道："师父要我转告大家，说自己无常期至，决定将现在所余法服、资用全部舍堕，请有缘四众前往肃诚院见证。"

众人听罢，又一次悲从中来，有人甚至已经掩面抽泣。

到肃诚院来的人着实不少。不过呢，大家倒不是希冀得到什么穿的用的，而是想，这一见，或许就是最后一面了，如何能不珍惜！当然啦，既能见最后一面，又能从舍堕中得到三藏的一件遗物，日后睹物如见斯人，不也正是一种永远的纪念和珍藏吗！

只是，谁都没有想到，玄奘能拿得出来舍堕的衣、资，其实非常有限。虽然，他曾获赐、获施无数，但或者旋得旋施，或者用作造像、做功德，早已所剩无几。现在所能见到的，不过就是日用的三衣、瓶钵而已，也就是说，除了现在身上穿的，还有太宗皇帝赐予的那件金襕衲袈裟之外，其余就都摆在众人面前了。一个享誉海内海外、风光无限的一代宗师，其"家底"居然就这寥寥几样！他的生活竟然就是如此简单到不能再简单！

于是，不管是获舍的、没获舍的，都哭了，哭得是那样地伤心，那样动情，那样泣不成声！

就在这个时候，玄奘将嘉尚、普光、法钦、玄觉几个弟子召到身边，用了已多年未再用的昵称说道："弥子们，还记得当年在葱岭播密川篝火旁的相约吗？那时，你们说，把我送至京师之后，便返回高昌弘法，而我却要你们留在长安，一起翻译佛经。当然也答应过你们，等我灭度之后，你们就自由了，爱到哪里就到哪里。现在，该是践约的时候了。"

嘉尚等急忙说道："不，弟子永远不会离开师父。我们相信，师父经过调养，会慢慢恢复的。"

普光等人紧接着也表态道："是的，弟子会一直陪伴师父，直到把取回的经籍全部译完。”

玄奘微微笑了笑，未对弟子们的话作任何的回应，而是按着自己的思路继续说道：“你们生在高昌，老祖宗的根却也在内地。所以，玄奘一旦西归，你们即可各随所愿，去留两便，各奔前程。只是，你们跟了我几十年，可为师的却无任何余物可赠，唯有一言希望记取，那就是：不管去留，不管在哪里，纵便到了天涯海角，都不要忘了佛陀救世度人的大愿。能够拯救苦难众生出离苦海火宅，走向光明、和乐彼岸的，只有大悲、大慈、大爱的精神和怀抱。来，让我们师徒再拥抱一次，就此告别吧！”

嘉尚等人听后很不情愿，但看到玄奘已挣扎着起身，并伸出双臂，便只好流着泪扑将过去，抱成一团，哭成一团，那哭声比之骨肉分离还要动情。

“莫哭莫哭，诸法本就无生无灭，为师的如今要去的是兜率天宫，向弥勒菩萨报到，你们应该高兴欢送才是！”玄奘一面劝着，一面推开他们说，“你们难道不晓得，骏马需要广阔的草原，雄鹰向往万里长空吗？你们不再是弥子，已经成长为大家、大德，堪为人师了。走吧，你们可以展翅高飞，奋蹄驰骋了！”

情到真处，谁能不动容？此时此刻，此情此景，不只是弟子门人，所有在场的大德、寺众，哪一个不是泪流满面，如丧考妣！

自从舍堕之后，玄奘不再让玄觉送饭送水，尽管早在此前这事儿就已成为一种形式，现在则连形式也被叫停了。他和衣枕北面西、累足右胁而卧，右掌支头，左手伸直置于髀上，怡然闭目，作入三昧势。

至麟德元年二月五日夜半，玄奘最后停止呼吸，其极为丰富多彩、轰轰烈烈的一生，终于画上一个圆满的句号！

此前几天，整个玉华宫寺内外就流传着各种各样的说法：

有传说，有人梦见无数金人从天而降，手捧香花直趋肃诚院，很像是一个迎迓队伍。

又有传说，两天人曾手持如轮大小的白莲花，至玄奘前告知：“你已证得无上正果，功德圆满具足，无欠无缺，理性清净无垢，可喜可贺。”

……

这些传说很快在僧俗间传播开去。人们听了之后，不祥的预感更加强烈了，所有人的心思都集中到了一个去处：肃诚院。哪怕是一只鸟儿从那里飞出，也会引起大家的关注乃至惊惧。从寺内到山村，到处都见人在交头接耳，相互询问，相互交换、传递消息，真可谓人心浮动，惶惶然不可终日。

然而，当玄奘寂灭的确凿消息传出后，整个情况却突然变了：瞬间万籁俱寂，群山低头，长空云锁，天地肃然，无论是僧是俗，一时竟木然不知所以，像是停止了思维，失去了感觉。

本来，玄奘卧病之后，负责检校佛经翻译事宜的朝官许玄备已将情况上奏皇帝，但因玄奘向来身体欠佳，疾病时有发作，所以，皇帝闻奏之后，并没有将事儿完全放在心上，拖了几日之后，才下敕中御府派遣御医前往施治。自然啦，晚了一步。

九日拂晓，皇帝上朝刚刚就座，近侍便递上坊州刺史窦师伦快马呈奉的一封奏折，打开一看，原来是玄奘寂灭的凶讯，因为没有丝毫的思想准备，一时竟似五雷轰顶，哀恸至极，当着满朝大臣，两行热泪就止不住夺眶而出，一句话未说，挥挥手，便叫近侍宣布罢朝。

当满朝文武已得知罢朝的原因后，无一不嗟叹流涕，呜咽哽噎，悲伤不能自已。

之后一连两天，皇帝都未视朝，众大臣纷纷入宫探视安慰。皇帝仍然悲伤不已，长叹道："痛哉惜哉。众卿可知？朕国内失奘师一人，可谓释众梁摧矣，四生无导矣！真无异于苦海方阔，舟楫遽沉，暗室犹昏，灯炬斯掩呀！朕能不为此而悲伤吗？"

大臣们劝慰道："圣体要紧，切望节哀。玄奘三藏虽已往生，但其精神还在，所译经典还在，仍然可以为国家增福呢。"

皇帝又叹了一口气，回道："也只好借此自慰了。"

又过了数日，皇帝连下圣旨：

"玄奘法师丧事所需并令官给。"

"玄奘法师葬日，宜听京城僧尼造幢盖送至墓所。"

如此加恩垂顾，求之于古，实所未有。

国葬诏令下达后，弟子、门人并四众遂遵玄奘遗命，以苇席编舆，将玄奘遗体从玉华宫寺奉还大慈恩寺译经院，设灵致祭。

译经院大门及堂前，各书挽联一副：

大门处，上联是"慈舟遽沉天地同凄挽悲哉至极"，下联是"慧灯顿息人神共攀恋难离难舍"，横额是"痛失国宝"

译经堂前，上联是"以四生为己任巍巍乎似嵩华之负穹苍"，下联是"建正法为身事皎皎焉若琅玕之映澄海"，横额是"哀悼法门领袖"。

院内院外，还悬挂着许许多多白幡素幢，以及种种挽辞，诸如：

"孑然孤征扇唐风于八河之外遐域侯王于是驰心辇毂，昂首独对扬国化于五竺之间远方酋长从此系仰天衢"

"历双林八水味道飡风引慈云于西极神功不朽，登鹫岭鸡足瞻奇仰异注法雨于东陲伟业彪炳"

"那寺探幽赜声震葱左八国先达无不倾心称颂，曲城设擂台名闻五天象邦英杰人人解颐虔服"

“誉满五天竺王竭诚挽留助弘遗法情真意笃，心系祖国法师誓死不从传灯华夏矢志不渝”

“起早贪黑苦心孤诣译经二十年鞠躬尽瘁，自始至终精益求精竭诚一辈子死而后已”

“贞敏悟三空松风水月未足比其清华，契理包四忍仙露明珠讵能方其朗润”

“多识洽闻之奥冠恒肇而愈高滔滔乎即法海之义龙，详玄造微之功跨生融而更远荡荡乎实绍隆之神器”

……

挽联之外，又有悼词吊唁之类，其中，西明寺上座道宣律师挽曰：

余以暗昧，滥沾三藏法席，与之对晤，屡展炎凉。听言观行，名实相守。精历晨昏，计时分业。虔虔不懈，专司法务。言无名利，行绝虚无。曲识机缘，善通物性。不倨不谄，行藏适时。吐味幽深，辩闻疑议。实季代之英贤，乃佛宗之法将。

翻经大德慧立铭曰：

生灵感绝，大圣迁神，其能绍继，唯乎哲人。马鸣先唱，提婆后申，如日斯隐，朗月方陈。穆矣法师，谅为贞士，迥秀天人，不羁尘滓；穷玄之奥，究儒之理，洁若明珠，芬同蕙芷。悼经之阙，疑义之错，委命寻求，陵危践壑。恢宏器宇，赳赳诚恪，振美西州，归功东阁。属逢有道，时为我皇，重振玉镜，再理朱囊。三乘既闻，十地兼扬，俾夫慧日，幽而更光。粤余庸眇，幸参尘末，长自蓬门，靡雕靡括；高山斯仰，清流是喝，愿得攀依，比之藤葛。

上首门人彦悰挽曰：

暨至佛教东传以来，英俊贤明舍家入道者万计，其中罕能兼善，一二美者有焉。至若视听貌言，洽闻强识，轻生重道，绝域遐征，贞操劲松筠，雅志凌金石，群雄革虑，圣主回光者，于三藏备之矣。考三藏宿心，稽其近迹，自非摩诃萨埵，其属若之乎？曰我同俦，幸希景仰，勗哉！

灵位既设，致祭继之。宫中朝臣、妃嫔之属，京城内外远近之百工士庶、善男信女、新朋旧友、非亲非故、识与不识，前来瞻仰、吊祭者，连街接巷、填门塞户；抚今感昔之叹，追思悼念之怀，怆然难掩。

发丧日，京城及三辅、诸州数百里内前来送行的民众不下百万。

出殡队伍中，黄堆观音禅院僧众手执太宗皇帝赐寺的三十六根御棍，作六六方阵于前面开道导引；紧随其后的是两乘涅槃舆，前者殊妙庄严之极，堪称华舆，后者则简之又简，即蘧篨舆。华舆由东市绢行制作，共用缯彩三千余匹，更饰之以华珮，本意用为安置神柩，以示法师之生荣死哀。但门徒却认为，这样做违背师父的遗嘱，有亏其素志，所以坚决拒绝了。最后只将太宗皇帝于贞观二十二年所赐价值百金、制作精绝之金襕衲袈裟置于其上，居前而行，神柩则仍旧奉安于蘧篨舆上，随后跟进。蘧篨即用苇子、竹篾编成之粗席，虽然再简陋不过，却是玄奘遗言指定的。可见道宣律师“名实相守”、“行绝虚无”之挽，真不诬也。见之者能不倍加敬重、更痛更惜！

神柩所在之蘧篨舆由嘉尚、普光、法钦、玄觉、利涉、窥基六位弟子挽扶，其余数百门徒及弘福寺、大慈恩寺、西明寺大德、僧众簇拥于后。相继者依次为韭露蒿里哀乐队伍、玉华宫寺以香木制成的菩提树、禁中鹤林寺宝乘等尼众所绣的娑罗双树、其他僧俗四众所造的须弥山光明顶、素盖幢幡、泥洹帐舆、金棺银椁等等殡仪、冥器，其数不下五百余件，或高或大，连云接汉，遮天蔽日。

送葬队伍出了寺门后，东行经修德坊沿朱雀街东第五街而北，至新昌坊折东，出外郭城延兴门，然后直奔浐河东岸白鹿原北畔而去。整个队伍前不见头，后不见尾，绵延达于二十余里，笳声凄挽，弥空漫野。

既葬，复于其上建塔，经宿而毕功。此时也，平地风起，乱云冲突，号唳之声塞耳。缁素以为神感，天地动情，譬如佛涅槃时之大地震动，于是复又长泣号啕不止，攀恋回顾，久久不忍离去。

呜呼哀哉，曷情深之若此！

呜呼哀哉，将永世而长此！

后 记

《玄奘大传》是一部长篇传记小说。之所以用小说文体来写传记,为的是能更好地将一个完整的、有血有肉、栩栩如生的伟人形象奉献给读者。

在走进夕阳的岁数,我之所以还要竭尽余力写这本书,一是因为玄奘是中华民族历史上脊梁级的人物,他的埋头苦干、拼命硬干、为利益众生而不惜身命的精神,充分体现了华夏民族的优秀品格,代表了华夏民族的魂与魄;二是因为玄奘是一位世界级的文化巨匠,在世界文化发展中,既是传承者,又是建设者、守护者,其辉煌业绩照耀古今,影响中外;三是因为玄奘有一颗火热的赤子之心,他享誉五天,受尽殊礼,却始终心系祖国,不因荣宠而忘归,为华夏的利生事业、文化事业不舍昼夜,竭尽余力,鞠躬尽瘁,死而后已,其爱国情怀昭如日月,令人感佩;四是因为玄奘还是大唐王朝与西域各国、各民族友好交往的使者,他在西游途中,走一路,播撒了一路友谊种子,在华夏民族与西域民族之间架起了一座友好往来的桥梁,为拓展“丝绸之路”立下了殊功奇勋。

不管有多少缘由，总括起来都是为了彰显玄奘的丰功伟绩和高尚思想情操，并寄望处身于商品经济大潮中的芸芸众生能藉此有所感悟，从中得到启示，认准生活方向，把好生命航舵。

本书于2004年正式开篇，之后辗转写作于西安、沪上、海南岛五指山仙鹤云居，历时十载而于2014年汗简。

书写完了，大愿已了。但还未圆满，还须感恩。

我与未来出版社副总编陆军先生以前曾有过几次合作，联系密切，可算得上是忘年交了。他自得知我在写作此书后，便一直关注它的进展情况，为它的顺利出版做了诸多工作，费了不少心力。中国社会科学院世界宗教研究所研究员冯今源先生、陕西师范大学宗教研究中心教授吕建福先生、唐歌文化有限公司何英居士也对本书的出版给予过帮助。谨此一一恭谢了。

最后要提到的是我夫人白炎教授。我们是大学同班同学，一起同甘共苦、相濡以沫、携手同行将届50年。在我写作本书期间，她更是既主内又主外，不时还兼任“参谋”、“顾问”，出力不少。值此书付梓之际，衷心道一声：辛苦了，谢谢你！

很可庆幸，《玄奘大传》的出版，正当国家开始实施“一带一路”大战略的重要时刻，祈愿它能为此一伟大事业尽一份绵薄之力，成为正能量、增上缘。果能如此，则我心安矣，足矣！

作者2015年3月6日于西安无说斋寓所